이리리 장편소설

日月

가하

지은이 | 이리리
펴낸이 | 이형기
펴낸곳 | 도서출판 가하

초판인쇄 | 2011년 7월 16일
1판 3쇄 | 2013년 3월 13일
출판등록 | 2008년 10월 15일 제318-2008-00100호

주 소 | 서울 영등포구 당산동5가 33-1 한강포스빌 1209호
전 화 | (02) 2631-2846
팩 스 | (02) 2631-1846
www.ixbook.co.kr

ISBN 978-89-97081-43-1   04810
      978-89-97081-41-7   04810(set)

값 12,000원

十五

　반들반들 윤기가 도는 당과는 먹어 달라고 재촉이라도 하는 듯 달달한 냄새가 코를 찔렀다.

　하나만 먹어도 될까? 저렇게 많은데 제일 위에 있는 것 하나만 살짝 집어 먹으면 표도 나지 않을 것 같은데. 주변의 눈치를 슬슬 보면서 과자로 다가가던 손가락이 잽싸게 뻗어 온 다른 손에 휙 잡히고 머리에는 '콩' 알밤을 쥐어박혔다.

　괄괄한 평소 성품대로라면 커다란 목소리로 혼찌검을 냈겠지만 용화는 아이의 귓가에 대고 엄하게 속삭였다.

　「이건 개경으로 장삿길을 떠나는 상인이 특별히 바친 고려병이라고 했지? 아가씨 드시라고 따로 빼놓은 것이니 먹고 싶어도 참아야 한다고 했니, 안 했니?」

　「……했어요.」

　우물거리던 어린 소녀가 작은 얼굴을 푹 숙였다. 고사리 손 위로 눈물이 툭툭 떨어졌다. 달달 떨며 들먹이는 여린 몸을 보자 유달리

심한 식탐을 이참에 잡겠다는 결심도 슬며시 약해졌다.

이 정도로 혼났으면 또 그러진 않겠지.

용화는 기세를 누그러뜨리고 아이를 살살 달랬다.

「먹어도 된다고 허락받지 않은 것에는 절대 손을 대면 안 된다고 했잖니. 잘 참으면 대신에 언니가 점심에 맛난 걸 만들어 줄게.」

「네에. 맛난 거요?」

금세 입이 헤 하고 벌어지는 아이를 보며 용화는 쿡쿡 터져 나오는 웃음을 간신히 밀어 넣었다. 한 대 쥐어 박힌 아이에게 한 약속을 지키려면 슬슬 나가서 점심 준비를 해야 할 시간. 그녀는 깁고 있던 옷을 내려놓으며 소녀의 무릎에 헝겊 쪼가리와 바늘을 쥐여 주었다.

「이걸 갖고 여기서 꼼짝 말고 감침질 연습을 하렴. 부를 때까지 밖으로 나가 놀면 안 된다. 혼자 계시면 아가씨께서 너무 심심하실 거야.」

언제 봐도 그림자처럼 꼼짝도 않는 저 선녀 같은 분이 과연 심심해하기나 할까 싶었지만 용화의 심기를 거스르기 두려운 소녀는 최대한 신실한 표정으로 고개를 주억거렸다.

복잡한 표정으로 고운 여인을 일별하고 용화가 나가자 소녀는 열성적으로 헝겊 가장자리를 감치기 시작했다. 그러나 그것도 잠시. 의지와 상관없이 눈은 다시 탁자 위에 놓인 함지로 자석처럼 돌아갔다.

아무리 참으려고 해도 침은 저절로 고였다. 흥건한 침이 조그맣게 벌어진 입 사이로 후루룩 떨어지는 것을 느낀 소녀는 얼른 들고 있던 헝겊으로 입을 닦아 내려고 했다. 그런데 하필이면 바늘이 꽂힌 부분이라 입술을 옴팡지게 찔러 버렸다.

「아야야!」

손등으로 뚝뚝 떨어지는 빨간 피. 피에 놀란 소녀는 바닥에 털썩 주저앉아 울음을 터뜨렸다. 아픔보다는 누구든 와서 자신을 달래 달라는, 하소연의 의미가 더 큰 앙앙거림이었다. 그렇게 목청이 터져라 울어 젖히는 소녀의 입술에 낯선 온기가 닿았다.

「많이…… 아픈 모양이구나. 그래도 다행히 크게 다치지는 않았으니 그만 울렴.」

「예?」

바늘에 찔리고 피를 봤다는 사실보다 더 큰 놀라움에 소녀는 울음소리가 뚝 그쳐 버렸다.

이 예쁜 여인이 도관에 나타난 건 몹시도 추웠던 겨울 어느 날. 누구냐고 물어도, 몸이 아프신 분이니 시끄럽게 굴거나 귀찮게 해서는 안 된다는 주의만 들었다. 도사 어머니나 용화 언니는 떠들지 말라고 주의를 주면서도 아이들 중 하나는 꼭 곁에 두고 자리를 지키도록 했다. 하지만 그들 중 누구도 그녀가 말하는 걸 듣지 못했다.

「아가씨도 말을 할 줄 아시네요?」

「내가…… 벙어리인줄 알았니?」

「예. 아가씨께서 여기 온 지 석 달이 넘었는데 늘 누워 계시거나 저기 의자에 앉아만 계셨잖아요. 말씀하시는 걸 본 게 이번이 처음인걸요.」

두어 살만 더 나이가 들었다면 절대 나올 수 없는 솔직한 대답. 어쩌면 잔인할 수도 있는 그 천진함이 단단히 갇힌 감정의 벽에 미세한 균열을 일으켰다.

「석 달? 벌써 그렇게 되었구나.」

쌍둥이인 특무 중 한 명이 원하면 언제든지 떠나도 좋다는 정왕의 명을 갖고 왔을 때 그녀는 곧바로 일어섰다. 몸이라도 추스르고 가라고 모두 말렸지만 서내원에 단 일각도 머무르고 싶지 않았다. 텅 빈 의식 속에서 떠오르는 상념은 오직 하나. 그의 마음이 변하기 전에 여기를 떠나야 한다. 그녀의 운명을 비틀어 놓은 두 남자, 태손도 정왕도 영영 찾을 수 없는 곳으로 가야겠다는 것뿐이었다.

열흘 가까이 곡기를 끊은 사람이라고는 믿을 수 없는 결연함에 다들 손을 들었고, 채연은 바라던 대로 서내원의 밖으로 나갈 수 있었다. 하지만 의지의 힘이 아무리 강하다 해도 한계가 있었다. 서내원이 보이지 않는 곳까지 왔을 때 억지로 쥐어짜 낸 기운마저 사라지는 것을 느끼며 정신을 놓은 것이 마지막 기억.

비몽사몽을 헤매다가 희미하게 정신이 들었을 때 들려온 것은 임 도사의 낮고 부드러운 음성이었다. 그녀와 용화라는 처녀가 나누는 대화를 통해 호지윤이라는 우특무가 쓰러진 그녀를 마조 도관에 데려다 놓은 것을 알 수 있었다.

정왕과 관련된 곳이니 떠나야 한다. 이성은 다급하게 경고했지만 서내원을 벗어나기 위한 싸움에 모든 기력이 소진된 터였다. 생각이라는 걸 하면 미칠 것 같아 의식적으로 눈과 귀와 마음을 닫았다.

처음에는 가능했다 어떻게 자신이 도관에 오게 됐는지도 잊고 임 도사와 용화의 극진한 보살핌과 걱정도 모르는 척할 수 있었다.

日月🦋

그렇지만 내면의 상처와 상관없이 몸이 회복되면서 닫아걸었던 마음과 의식도 현실로 돌아오고 있었다. 언제까지나 폐를 끼칠 수는 없다는 자각과 계속 도피하고 싶다는 유혹 사이에서 갈팡질팡. 편안한 망각의 유혹은 여전히 컸지만 그만 떨쳐야겠다는 마지막 결심을 하게 한 것은 아이를 꾸짖는 목소리 중의 한 단어였다.

고려병.

진정으로 마음을 열면 그 증표로 고려병을 만들어 달라던 정왕의 음성이 소름 끼치도록 가까이 다가와 그녀와 세상을 차단해 주던 최후의 장막을 찢어 버렸다.

이곳은 정왕의 뒤뜰이나 마찬가지인 곳. 떠나야 한다.

텅 빈 심신에 의지를 다져 넣으면서 채연은 고려병이 담긴 함지를 소녀 앞에 밀었다.

「아까 이것 때문에 괜한 꾸중을 듣더구나. 가지고 나가서 동무들과 사이좋게 나눠 먹으렴.」

「하…… 지만.」

눈물, 콧물로 범벅이 된 것도 모자라서 입에서 다시 침이 뚝뚝 떨어지기 직전인 소녀의 양팔에 채연은 함지를 안겨 주었다.

「내가 허락했다고 하면 용화 소저도 아무 말 하지 않을 테니 걱정하지 말고.」

아직 어린 소녀에게는 도저히 거부할 수 없는 유혹이었다. 갈등하던 것도 잠시, 옷소매로 얼굴을 슥슥 문질러 닦은 소녀는 함지를 품에 꼭 끌어안았다.

「고맙습니다. 잘 먹겠습니다.」

용케 과자는 떨어뜨리지 않고 몇 번 꾸벅거리더니 바람처럼 쌩하고 나가 버렸다. 꼼짝 말고 자리를 지키라는 용화의 또 다른 당부는 과자를 나눠 먹으라는 허락에 휩쓸려 저 너머로 날아가 버린 듯했다.

문을 활짝 열어 놓은 것도 모르고 달려가는 소녀의 뒷모습을 응시하는 채연의 입가에 희미한 미소가 머금어지다 흩어졌다. 저 천진함이 부럽고 한편으로는 애잔했다.

과자 몇 조각으로도 하늘에 오른 듯 행복해질 수 있는 나이. 하지만 몇 년만 지나면 저 아이도 여인이라는 슬픈 운명에 순응해야 하겠지.

열린 문으로 쌩쌩 들이치는 황소바람에 함께 실려 들어오는, 조만간 어른이 되고 힘든 삶을 알게 될 아이들의 조잘거리는 소리를 들으며 채연은 천천히 몸을 일으켰다.

「아니, 낭랑!」

마조 여신을 모신 신성한 장소라는 것도, 또 채연의 정체를 철저히 감춰야 한다는 사실마저도 잠시 망각할 정도로 놀란 임 도사의 음성이 본당을 울렸다.

반송장이나 다름없는 채연을 지윤이 도관으로 업고 온 것이 벌써 석 달 전. 도관에 온 날부터 넋을 놓고 꼼짝도 않던 채연이 자진해서 밖으로 나온 것은 처음이었다. 지윤은 몸을 추스르고 떠날 때까지만 돌봐 달라는 당부 외에 아무 설명도 덧붙이지 않았지만 기나긴 전란의 세월을 살아 낸 임 도사는 무슨 일이 있었는지 바로 간파했다.

정왕이 억지로 채연을 취했다는 것은 솔직히 충격. 그것도 모자라 곧바로 내친 처분에 대한 실망은 이루 말로 할 수 없었다. 나는 새도 떨어뜨릴 권세를 가졌음에도, 마음을 얻으려는 노력들이 미쁘고 흐뭇해 채연을 부추겼던 죄책감에 그녀는 두말도 않고 맡았다.

이제 기나긴 구렁텅이에서 조금은 벗어나는 것일까?

도사는 희망과 염려가 함께 섞인 시선으로 채연의 움직임을 좇았다.

「채연이라 불러 달라는데 진인께서는 계속 저를 그리 부르시네요.」

자진해서 입을 떼는 것도 역시 처음. 무슨 소리를 해도 표정 없이 멍하니 있던 모습을 보며 어떻게 하면 말문을 틔울 수 있을까 방금 전까지도 고민하고 있었다. 입을 쩍 벌리고 있던 도사는 겨우 표정을 수습했다.

「진인은 과하니 임 도사라 불러 달라는 소리를 내내 무시하는 낭랑께서 할 소리는 아닌 것 같군요.」

「그런가요?」

채연의 입가에 희미하게 미소가 감돌았다. 입꼬리가 위로 살짝 둥글려지는 정도였지만 도사는 반색을 했다.

「그리 웃으시니 참으로 보기가 좋습니다. 예의는 아니나 공연한 말썽이 날 수도 있으니 이제 낭랑이 아니라 한 소저라고 부르겠으니 양해를 해 주십시오.」

「저도 그것이 훨씬 낫답니다. 그나저나 마음 쓰실 곳이 많은데 저 때문에 심려를 끼친 것 같아 송구하네요.」

「힘들고 지친 이들이 쉬어 가는 곳이 바로 도량이고 그걸 돕는 것이 제 수행인 것을요. 폐라고 하시면 서운합니다. 이제 볕이 제법 따스하니 좁은 도관 마당일망정 산보도 좀 다니고 끼니도 잘 챙겨 드시면서 몸을 보하세요.」

「말씀하신 대로 이제 날도 풀리고 하니 이만 떠나려고 합니다.」

「낭랑! 그게 무슨 소리십니까!」

임 도사는 채연의 손을 잡아 이마에 맺힌 진땀을 직접 느끼게 해 줬다.

「안채에서 채 스무 걸음도 되지 않는 본당입니다. 겨우 이 걸음에 낯빛은 하얘지고 진땀까지 흘리는 허약한 몸으로 길을 떠나시겠다고요? 마을을 벗어나기도 전에 쓰러질 게 분명한데, 뻔히 객사할 걸 알면서도 떠나보내 멀쩡한 목숨을 앗았다는 죄를, 명색이 수행자인 제게 지우실 작정이십니까!」

한결같이 다감하고 푸근하던 임 도사가 맞는지 의심이 갈 정도로 매서운 일갈이었다. 도사의 지적이 아니더라도 채연 스스로도 체력이 회복되지 않았음을 지금 절감하고 있었다. 그러나 정왕과 마주칠 가능성이 아주 조금이라도 있는 도관에 더 이상 머물 수 없었다. 죽음을 각오한 덕분에 빠져나오긴 했지만 정왕의 욕망이나 집착이 완전히 사라진 게 아니라는 걸 알기에, 다시 그의 눈에 띌 위험을 무릅쓰고 싶지 않았다.

「염려해 주시는 마음과 배려는 고맙습니다. 하지만 제가 여기 머무는 것을 만에 하나…… 전하께서 아시면 도관에도 좋지 않을 것입니다.」

빙빙 에둘러 말한 의미를 알아챈 듯 임 도사의 눈에 짙은 동정이 빠르게 스쳐 갔다.

「여기서 정왕 전하를 다시 뵙는 것보다 도관 마당 대추나무에 벼락이 두 번 떨어지는 일을 보는 게 더 빠를 겁니다.」

다시 부드러워진 그녀의 음성엔 평소처럼 푸근한 장난기가 가득했다.

「호씨 형제가 이 도관에서 자란 터라 정왕께서 때마다 재물을 더해서 보내 주시긴 합니다. 하지만 여기 직접 오셨던 건 딱 세 번뿐입니다. 처음은 벌써 다섯 해 전이었고,」

도사는 의미심장하게 고개를 살짝 끄덕였다.

「나머지 두 번은 낭랑께서도 잘 아실 테지요.」

채연의 무리한 고집을 확실히 꺾어 놓기 위해 그녀는 명나라 사람이라면 누구나 다 아는 실정도 덧붙였다.

「무엇보다 일반 군민이 노인(路引)[1] 없이 백 리를 벗어나면 엄벌로 다스린답니다. 떠나 봤자 백 리가 한도랍니다.」

그러나 임 도사의 지적은 정왕과 그 수하들이 얼마나 주도면밀한지를 간과한 거였다. 그녀의 설명에 채연은 서내원을 떠나기 직전 지윤이 직접 건네줬던 것들을 떠올렸다.

「혹시 제 옷 속에 봉인이 된 간찰이 하나 있지 않았는지요? 호 특무가 제게 준 감합(勘合)[2]과 노인인데…… 순검사에게 보이면 어디든 통과하고 원하는 곳에서 살 수 있는 증표이니 잘 간수하라고 당부한 기억이 납니다.」

정왕에게서 벗어날 수 있는 생명줄이기에 시키는 대로 품속에 단단히 갈무리를 했으니 잃어버리지는 않았을 터. 제대로 간직하고

---

1) 통행증.
2) 날인이 된 신분증명서.

왔다면 꼼꼼한 임 도사가 버렸을 리가 없었다.

예상대로 상대의 표정에는 무언지 알겠다는 빛이, 옅은 아쉬움과 함께 떠올랐다.

「그게 바로 감합과 노인이었군요. 관인官印이 찍혀 있기에 중요한 것 같아 제가 따로 잘 챙겨 두었습니다.」

채연이 말한 대로 목적지나 일정이 전혀 명시되어 있지 않다면 그건 보통 노인이 아니었다.

아무리 지윤이 삼법사의 특무라지만 천하의 어디든 갈 수 있는 노인은 임의대로 발행할 수 없었다. 그것은 분명 정왕의 지시.

정말 용의주도하고 빈틈이 없으신 분이구나.

하지만 채연이 떠날 때 주라고 지윤이 따로 맡긴 거액의 어음과 은자까지 떠오르자 해답을 찾을 수 없는 의문에 머리가 지끈거렸다. 두 번 다시 보지 않겠다고 쫓아내 놓고 이리 꼼꼼히 뒷일까지 안배해 놨다는 것은 아무리 따져 봐도 앞뒤가 맞지 않았다.

가장 이해가 되지 않는 것은 채연에게 승은까지 내리고 내쳤다는 사실이었다. 하룻밤 가볍게 취하고 춘정이 다하면 버리는 것은 사내들에게 흔한 일이지만 채연을 바라보던 정왕의 눈에 가득한 열기는 하룻밤에 해소될 것이 아니었다. 잠시 화르르 타올랐다가 금세 식는 욕망이 아니라고 확신했던 터라 초주검이 된 채연을 봤을 때 황당하기까지 했다.

늙으니 눈까지 흐려진 것인가?

새삼 이해가 되지 않는 일련의 사태에 대한 궁금증이 굴뚝같았지만 겨우 상처를 덮는 시늉이라도 하려는 채연에게 물을 수는 없는 일. 목구멍까지 올라온 질문은 꿀꺽 삼켰다.

日月

「명나라 안에는 못 갈 곳이 없는 노인을 갖고 있다고 해도 이 몸으로는 10리도 못 가십니다. 떠나도 되겠다 싶으면 그때는 말리지 않을 테니 당분간은 아무 생각도 말고 머무세요.」

「하지만……」

임 도사가 채연의 팔을 꽉 쥐었다.

「이 손을 뿌리칠 수 있을 정도로 기운을 차리면 그때는 말리지 않겠습니다.」

자그마한 체구 어디에 저런 힘이 있는지 놀라울 정도로 강한 악력. 뿌리치는 건 고사하고 잡힌 팔을 뺄 기운도 없었다. 결국 채연은 근행勤行[3]에 들어간 임 도사의 낭랑한 음성을 뒤로하며 본당을 나와야 했다.

여기저기 참 많은 빚을 지는구나. 무거운 마음으로 방으로 돌아가려던 그녀는 잠시 망설이다 주방을 찾아 뒤채로 발걸음을 옮겼다.

「에구머니!」

바삐 점심 준비를 하던 용화의 손에서 식칼이 챙그렁 소리를 내며 바닥에 툭 떨어졌다. 용화를 돕던 소녀 둘도 토끼눈을 하고 주방으로 들어서는 채연을 멀뚱히 바라보았다. 마치 유령이라도 본 듯 어버버버 말도 못 하고 얼어붙은 그들 앞에 다가온 채연은 매일 그래 왔던 것인 양 천연덕스럽게 팔소매를 걷어붙였다.

「저도 좀 도우려고요.」

소녀들의 눈이 더 커졌고 용화는 그야말로 불에 덴 듯 펄쩍 뛰었

---

3) 도사들이 경전을 읽는 일.

다.

「무슨 말씀이세요. 아직 몸도 성치 않으신 분이 어찌 여기에 오십니까? 어머님이 보시면 저희가 큰 꾸중을 듣습니다.」

「도사님께서도 방에만 있지 말고 산보도 하라고 하셨어요. 말씀을 드리면 꾸중이 아니라 잘했다고 칭찬을 해 주실 것입니다.」

정왕 전하께서 아낀다는 귀한 낭랑인데, 이런 험한 일을 시켜도 되는 것인가?

소녀들이 망설이는 동안 채연은 바닥에 떨어진 식칼을 주워 들었다. 용화가 자르던 연근을 잡고 얇게 편을 떠내기 시작했다.

「용화 소저는 무를 씻어서 껍질을 벗겨 주세요. 저 반죽은 쌀가루 같은데 미선米線, 굵은 국수이나 미분米粉, 가는 국수을 만들 모양이네요?」

반사적으로 무를 집어 들던 용화는 어느새 넘어가 버린 주도권을 되찾기 위해 미약하나마 반항을 시도해 봤다.

「낭…….」

입에 익은 대로 채연을 낭랑이라고 부르려던 용화는 주의를 떠올리며 황급히 입을 다물었다. 임 도사는 서내원의 귀인이 여기 머문단 것이 알려지면 모두 무사하지 못할 거라고, 채연의 두 번째 방문을 목격했던 용화와 몇몇 아이들을 엄하게 단속했다. 때문에 지금 함께 부엌에 있는 다른 두 소녀도 채연은 사정이 있어 의탁하는 반가의 규수 정도로 알고 있었다.

「아, 아가씨. 이건 저희들의 일이니…….」

그러나 용화의 미약한 반발은 제대로 시도도 못 해 보고 끝이 났다.

「그동안은 염치없이 폐만 끼쳤지만 떠날 때까지는 제 몫을 하고 싶습니다. 가진 재주가 이것밖에 없으니 부디 이 일이라도 돕도록 해 주세요.」

한 식경 전까지만 해도 혼이 나간 것처럼 보이던 사람이 무슨 조화인가 싶었다. 하지만 그녀의 깜냥에도 방에 꼼짝 않고 있는 것보다 지금이 낫지 싶긴 했다.

「정 그러시면…… 하지만 너무 무리하시지는 마시어요.」

「그럴게요.」

타닥타닥. 슥슥. 능숙한 칼놀림으로 잘라 내는 연근은 종잇장처럼 얇고 고왔다. 자신들이 해야 할 일도 잊고 마법 같은 칼질에 넋을 잃고 구경하던 소녀 하나가 용기를 내어 물었다.

「그냥 삶으면 되는데 이리 곱게 저며서 뭘 하시려고요?」

「튀겨서 초와 간장을 얹으면 쌀로 만든 국수와 잘 어울린답니다. 파삭하고 새콤한 맛이 일품이라 멀리 달아났던 입맛도 돌아오게 한다고 하지요.」

설명을 하고 있으니 정말 입에 군침이 사르르 도는 것이, 몇 달 만에 처음으로 뭔가를 절실하게 먹고 싶다는 욕구가 솟았다.

이래서 사람은 죽지 않고 살아지는구나.

다시 커지는 자기혐오를 삼키며 채연은 식칼을 더욱 재게 놀렸다.

그날 마조 도관의 아이들은 비록 소박한 채소지만 황궁에서 먹는 요리로 다시없을 호사를 누렸다. 그리고 채연도 서내원을 떠난 뒤 처음으로 그릇을 비웠다. 국물 한 방울 남지 않은 아이들의 그릇과 채연의 빈 그릇을 흐뭇하게 바라보면서 임 도사가 치하를 했다.

「한 소저 덕분에 저희가 엄청난 호강을 했습니다.」

채연에게 부엌일을 하게 한 것 때문에 꾸중이라도 듣지 않을까 조마조마해하던 용화가 대놓고 한숨을 푹 내쉬었다. 그 모습을 곁눈으로 보면서 채연은 임 도사에게 청을 넣었다.

「허락을 해 주신다면 몸이 회복될 때까지 도관에서 신세를 지는 동안 주방 일은 제가 맡았으면 합니다.」

용화처럼 펄쩍 뛰며 말리면 어쩌나 걱정했던 게 무색할 정도로 도사는 순순히 승낙을 하는 것도 모자라 뜻밖의 부탁까지 더했다.

「저희로선 감읍할 따름이지요. 이왕 주방을 맡아 주시는 김에 여기 용화와 두견이, 소선이에게 음식 만드는 일도 전수를 좀 해 주십시오. 세 아이 다 과년해 조만간 출가를 해야 하는데 제가 수도하는 이다 보니 제대로 가르치지 못해 부족한 점이 많습니다.」

「세 소저 다 솜씨가 좋으시던데 저같이 부족한 사람이 어찌 감히요.」

「소찬을 하는 도관이라 일상 상식은 그럭저럭 하지만 별식은 배우기가 쉽지 않습니다. 귀찮다 말고 잘 가르쳐 주십시오. 이왕 도와주시는 김에 반가의 규수들처럼 열두 가지 장과 스물네 가지 저에 서른여섯 가지 술 담그는 법까지 알려 주시면 더 좋고요.」

눈이 동그래진 소녀들의 옆구리를 도사가 쿡쿡 찔렀다.

「얘들아, 뭐하느냐. 얼른 스승의 예로 모시지 않고. 한 소저께서 만드시는 건 주랑을 고용하는 천하의 갑부들이나 겨우 맛볼 수 있는 요리들이다. 잘 익혀 두기만 하면 시집가서 시부모와 낭군의 귀염을 받는 건 따 놓은 당상이니 눈에 불을 켜고 배우고 익히도록 해라.」

나이도 제일 많고 눈치도 빠른 용화가 잽싸게 채연에게 스승의 예를 올리자, 분위기를 살피던 나머지 두 소녀도 몸을 숙였다.

「열심히 배우겠습니다.」

순식간에 벌어진 일에 빼도 박도 못하게 된 채연은 어영부영 소녀들을 맡게 되었다. 이 인연도 정왕과 얽힌 것이라는 게 걸렸지만 현실적으로 이 정도가 그녀의 최대치였다. 몰래 떠나 봤자 임 도사의 말대로 얼마 가지도 못하고 쓰러질 것은 자명한 일. 임 도사의 장담을 믿고 잠시만 현실에 안주하기로 했다.

도사의 의도가 무엇이었든 소녀들을 가르치는 건 그녀에게도 도움이 되었다. 서툴지만 열심인 제자들과 부실하기 짝이 없는 재료들로 매 끼니 무엇을 만들지 고민하고 바삐 움직이다보니 잡념이 들 겨를이 없었다.

특히 일단 수줍음을 벗자 활달한 본성을 드러낸 용화는 채연을 친언니처럼 따르며 알게 모르게 큰 위로를 주었다. 입과 손을 동시에 놀리는 재주를 가진 용화는 혼수품에 수를 놓으며 종알종알 수다를 멈추지 않았다.

「두견이는 봄이면 혼인을 할 거고, 소선이는 아직 혼처가 정해지지는 않았어요.」

「용화 소저가 가장 나이가 많다고 들은 것 같은데 소저는 언제 혼례를 올리나요?」

「그게 말이죠!」

주군이 아직 홀로 계신데 어찌 먼저 혼례를 올리느냐고, 기약도 없이 혼례를 미루는 지운에 대한 불평을 늘어놓으려던 용화는 아슬아슬한 순간에 입을 닫을 수 있었다. 채연 앞에서 정왕의 이름은 금기어. 만약 그녀의 정인이 정왕의 수족인 호지윤이라는 사실을 알았을 때 채연이 자신을 밀어낼까 두려웠다.

「그게⋯⋯ 그이도 저도 여기 도관에서 함께 자란 처지라 어느 정도 살 궁리는 마련하고 혼례를 올리자고 해서요. 두견이야 재취 자리긴 하지만 전처 소생도 없고 가세가 넉넉한 상인이니 하루라도 빨리 데려가고 싶다고 몸이 달아 날을 급히 잡았지만 저야 그럴 수 있나요. 두견이처럼 좋은 혼처가 들어올 때까지 기다리지 못하고 어릴 때 첫정에 발목을 딱 잡혔으니. 에효. 제가 제 눈을 찌른 거지요.」

입으로는 투덜투덜 불평이지만 용화의 얼굴이 묻어나는 것은 사모와 다가올 미래에 대한 장밋빛 기대감이었다.

나도 저랬겠지. 명나라에서 준휘 도련님이 돌아올 날을 하루하루 손꼽아 기다리면서 그와 함께할 기나긴 미래가 있다고 믿었지. 지금 용화를 위해 수놓고 있는 이 베갯잇처럼 그 시간을 어떻게 채색하고 행복으로 수놓을지 부풀었고.

다시는 돌아갈 수 없는 아련한 추억에 이어 지우고 싶은 기억도 꼬리를 물었다. 정왕이 달콤한 독처럼 귀에 쏟았던 신기루. 그의 왕자와 군주들을 낳고 늙어 가는. 금지된 것을 탐하며, 죄책감에 몸부림쳤던 순간을 털어 내려 애쓰면서 채연은 그녀가 할 수 있는 최선의 충고를 들려줬다.

「진심으로 연모하는 분과 함께라면 어떤 고생도 이겨 낼 수 있을 것입니다. 아까운 시간을 허비하지 말고 빨리 혼례를 올리세요.」

음성에 묻어나는 애잔한 울림에 왠지 먹먹해진 용화는 고개만 끄덕였다. 더 이상 거짓말을 하기도 어렵고, 그렇다고 진짜 혼인을 못 하는 이유를 댈 수도 없어 침묵을 지켰다. 갑자기 적막해진 방 안에서 묵묵히 바느질만 하고 있는데 소녀 하나가 울상이 되어 달려 들어왔다.

「용화 언니.」

뛰어 들어온 소녀의 낯빛은 귀신이라도 본 것 같이 새하얗게 질려 있었다.

「여진아, 무슨 일이야? 왜 그래?」

「언니, 나…….」

「그래그래. 얘기를 좀 해 보렴.」

말이 나오지 않는지 입술만 달싹거리던 소녀는 와앙 울음을 터뜨리며 용화의 품에 안겨 들었다. 그러고도 다시 한참을 통곡을 하고 나서야 소녀는 겨우 눈물을 그쳤다. 채연과 용화의 다독거림에 띄엄띄엄 입을 떼기 시작했다.

「나, 죽을병에 걸렸나 봐요.」

「죽을병? 너 어디가 아픈 건데? 그렇게 울지만 말고 말을 해 봐.」

얼굴이 흙빛이 되어 울먹거리는 소녀를 보자 채연의 뇌리에 추억 하나가 퍼뜩 스쳐 지나갔다. 입술 밖으로 새어 나오는 웃음을 겨우 삼키며 그녀는 몸을 굽혀 소녀와 눈을 맞췄다.

「혹여, 몸에서 피가 나온 게 아니니?」

「예?」

용화와 소녀가 각각 다른 의미로 똑같이 비명을 질렀다.

「그걸…… 그걸 어찌 아셨어요?」

마치 화타의 환생이라도 만난 듯 여진이란 소녀는 채연에게 애절하게 매달렸다.

「아가씨, 피가 엄청나게 많이 나왔어요. 저는 이제 죽는 건가요?」

그제야 상황을 알게 된 용화가 깔깔대며 소녀의 엉덩이를 철썩 소리가 나게 쳤다.

「으이그, 이것아 호들갑 하고는. 겨우 그것 때문에 이 난리를 피운 거야? 너 때문에 간 떨어지는 줄 알았잖아.」

「호들갑이 아니란 말이에요. 뒷간에 갔는데 옷에 피가 묻어 있어서…… 아무리 닦아도 계속 흐르는데. 으헝엉엉.」

다시 시작된 대성통곡. 미리 들은 바도 없이 창졸간에 당한 일이라면 소녀에겐 하늘이 무너질 대사건일 거였다. 지금 얼마나 두렵고 막막한지 능히 짐작되지만 그래도 우스웠다. 그나마 채연은 폭소는 참았지만 용화는 배가 접히도록 웃고 또 웃어 댔다.

「우리 여진이가 아직 아기인 줄 알았는데 다 컸구나. 네가 벌써 처녀애가 된 줄 알았다면 어머님이 네게도 미리 귀띔을 해 주셨을 텐데.」

소녀를 달래며 그녀는 침상 아래 궤짝에서 잘 접어 놓은 하얀 포를 하나 꺼냈다.

「자, 이 서답_{생리대}을 어떻게 쓰는지 가르쳐 줄게. 그리고 어머님께 가면 이게 무슨 병인지 설명을 해 주실 거야.」

때아니게 울려 퍼진 곡에 놀랐는지 방방이 문이 다 열려 있었다. 머리를 죽 빼고 있는 눈들과 마주한 용화는 피식피식 웃으며 난리의 원인을 시원하게 알려 줬다.

「내일은 우리 여진이 덕에 납일도 아닌데 팥죽을 먹겠어.」

나이가 찬 소녀들은 곧바로 알아듣고 킥킥거리기 시작했다. 소선은 시키기도 전에 팥을 불리러 주방으로 달려갔다. 청정한 도관을 뒤집어 놓은 늦은 밤의 소동은 임 도사의 방으로 용화와 여진이 들어가면서 마무리되었다.

바느질을 계속하려 앉는 채연의 입가에도 웃음꽃이 남아 있었다.

몇 해 전, 초조初潮가 왔을 때 죽을병에 걸린 줄 알고 벙어리 냉가슴을 앓으며 자리에서 일어나지 못하는 그녀를 보던 어머님의 심경이 이랬을까? 그 소동에 교훈을 얻었는지 채선에게 일찌감치 여인으로 겪을 일을 조근조근 설명해 주시던 기억들. 언젠가 그녀에게도 딸이 생기면 늦지 않게 미리 알려 줘야겠다고 남몰래 결심을 했었는데.

추억이 눈시울을 뜨겁게 하자 채연은 서둘러 바늘을 잡았다. 잡념을 털어 내는 데는 바쁘게 손을 움직이는 게 최고다 싶어 다시 수를 놓는데 이상하게 마음이 불편했다. 아주 중요한 것을 놓치고 있다는 두근거림. 찜찜한 뭔가가 간질간질하니 그녀의 명치끝을 콕콕 찔렀다.

그러기를 한참. 마음과 손이 따로 놀며 몇 번 헛손질을 하던 손이 바늘에 찔리고 빨간 피가 흰 옷에 똑 떨어져 얼룩을 남긴 순간, 채연은 무의식과 의식이 함께 눈감고 있던 청천벽력을 인정했다.

서내원을 나온 이후 경수가 없었다는 사실을.

간혹 거르는 때도 있었지만 석 달 이상 건너뛴 적은 단 한 번도 없었다. 그렇다면 그 의미는 딱 하나였다. 그 밤이 그녀에게 절대 지울 수 없는 흔적을 남겼다는 것.

정왕과의 지독한 악연이 아직도 끊어지지 않았다는 현실에 정신이 아득해졌다. 어떻게 해야 할지. 엉망으로 엉킨 실타래를 풀 엄두를 내지 못하며 넋을 놓고 있던 채연은 용화가 들어오는 것도, 의아한 표정으로 그녀를 보다가 살며시 부르는 것도 알아채지 못했다.

「아가씨?」

어깨를 살짝 누르는 손길에 펄쩍 뛰어오르는 채연을 보자 용화가 겸연쩍게 웃었다.

「몇 번을 불렀는데도 미동도 안 하셔서⋯⋯. 멍하니 계신 모습이 여기 처음 오셨을 때 같아 가슴이 덜컹했답니다.」

「아⋯⋯ 그저 생각을⋯⋯.」

「무슨 생각을 그리 골똘히 하시기에 사람이 드는 것도 모르세요?」

억지로라도 웃으며 아무 일도 아닌 양 가장을 해야 한다는 건 알았지만 감당하기엔 너무도 큰 날벼락이었다.

「잠시⋯⋯, 그저 옛일이 떠올라서요.」

평소라면 무슨 일인지 물어보고 종알종알 수다를 떨었을 용화지만 잠자리에 들 시간이 훨씬 지난 터라 그런지 더 이상 묻지 않았다.

「아가씨, 안 주무세요?」

「나는 이 자수를 좀 더 하고 잘게요. 용화 소저 먼저 주무세요.」

「이러다 제 혼수는 아가씨께서 다 만들어 주시겠어요.」

미안해하면서도 덤비는 수마를 이길 수는 없겠는지 용화는 서둘러 침의로 갈아입었다.

「전 여진이 때문에 어찌나 놀랐는지 아주 삭신이 다 쑤시네요. 하아암.」

늘어지게 하품을 하며 침상으로 들어가더니 반 각도 채 지나지 않아 쌕쌕 고른 숨소리가 들려왔다.

아무 근심도 걱정도 없는 편안한 잠. 그렇지만 채연에게는 불가능한 호사였다. 초봄의 게으른 햇살이 어둠을 밀어내고 동창을 부옇게 물들일 때까지도 그녀는 깨어 있었다. 미명이 밝아 오자 밤새 내린 결심을 가슴에 묻고 채연은 일찌감치 주방으로 나갔다.

간밤의 소동으로 평소보다 늦잠을 잔 용화와 두 소녀가 헐레벌떡 주방으로 달려왔을 때 커다란 솥에는 콩과 쌀을 넣은 팥죽이 설설 끓고 있고, 부뚜막에는 참기름 냄새를 폴폴 풍기는 배추뿌리 무침과 버섯볶음이 그릇에 정갈하게 담겨 있었다.

「아니, 이걸 아가씨가 혼자 다 하신 거야? 얼마나 일찍 일어나셨대?」

「참 곱게도 담아 놓으셨네. 어쩌면 이렇게 자로 잰 듯 똑같을 수 있니? 부잣집에서는 채도 길이를 딱딱 맞춰 줄을 세워서 먹나 봐.」

그런데 정작 이 많은 요리를 혼자 다 했을 채연의 모습은 보이지 않았다. 처음엔 볼일을 보러 잠시 자리를 비웠거니 했지만 그 부재가 길어지자 따끔따끔, 찜찜한 느낌이 용화의 목덜미를 쑤셔 대기 시작했다.

왜 그랬는지는 그 후로도 설명할 수 없었지만 그 소곤소곤 감탄에 불현듯 탁자 한가운데에, 마치 보란 듯이 곱게 펼쳐져 있던 자수가 떠올랐다.

싱싱한 붉은 꽃과 대조되는 푸른 새가 당장이라도 살아 움직일 듯 자태를 뽐내는 원앙화조도鴛鴦花鳥圖.

감탄을 금치 못하는 용화에게 채연은 신혼부부의 침장寢帳으로 쓰도록 가장자리에 고려의 징금수로 수壽와 복福 자를 빙 둘러서 수놓아 주겠다고 약속을 했었다.

그렇지만 오늘 아침에 본 자수 테두리엔 채연이 그려 놓은 밑그림만 있었지 수는 한 땀도 되어 있지 않았다. 완성도 하지 않은 걸 굳이 수틀에서 떼어 내놓은 연유는 무엇일까? 텅 빈 주방에서 혼자 끓고 있는 팥죽을 봤을 때부터 다가오던 불길함이 점점 짙어졌다.

「나, 잠깐 나갔다 올게.」

상을 차리는 소녀들을 두고 달려 나온 용화는 뒤채부터 살폈다. 하지만 어디에도 흔적이 없었다. 불안감으로 두근거리는 가슴을 누르며 혹시나 하고 달려간 본당에는 임 도사 혼자 앉아 근행을 하고 있었다.

기우가 아니다. 확신이 들자 마음이 다급해졌다.

「어머니! 채연 아가씨가 사라졌어요!」

근행 때는 독경 말고는 어떤 잡문이나 잡설도 금지되는 것이 엄중한 법도였지만 상황이 상황인지라 임 도사도 규율을 아랑곳 않았다.

「뭐! 그게 무슨 소리냐?」

「처음엔 잠시 자리를 비웠으려니 했는데 도관을 다 찾아봐도 보이지를 않으십니다.」

「뭐라고? 언제부터? 언제부터 안 보이신 게냐?」

「여진이를 위해 팥죽까지 끓여 놓은 걸 보면 새벽까지 도관에 계셨던 게 분명한데, 아무리 찾아도 없어요. 그리고 혼인 선물로 주시겠다던 자수는 완성도 않고 수틀에서 빼내어 두셨고요. 이 가장자리에 수와 복 자字를 수놓아 주시겠다는 약속을 어머니도 들으셨잖아요!」

용화가 내민 천을 잡아채서 살피는 임 도사의 손이 덜덜 떨리기 시작했다.

「이게 무슨 날벼락이냐? 그동안 무슨 이상한 낌새라도 없었어? 혹시 짚이는 일은 없느냐?」

「아뇨. 넋을 놓고 계실 때야 혹시라도 모진 결심을 하실까 염려했지만 주방 일을 맡으신 이후에는 말씀도 곧잘 하고 잘 지내셨잖아요. 어젯밤에는 여진이 일로 소리 내어 웃기까지 하셨는데요.」

줄줄 이어지는 설명을 듣던 임 도사의 뇌리에 퍼뜩 뭔가가 스쳐지나갔다.

「용화야, 그동안 한 소저께서 서답이나 면포를 달라 하신 적이 있었니?」

처음에는 무슨 소린가 맹하니 눈만 굴리던 용화의 턱이 아래로 천천히 떨어졌다.

「한 번도…… 그러고 보니 여기 오신 뒤로 한 번도 없으셨네요.」

월사가 멈췄다면 십중팔구……. 임 도사와 용화의 낯빛이 장백해졌다.

정신을 차리고 살아보겠다고 움직이는 것에 다들 감사했을 뿐, 아무도 챙기지 못했던 문제. 아들이라면 정왕의 장자이자 첫 왕자.

정왕의 핏줄을 잉태했다는 건 보통 일이 아니었다. 아마도 채연 자신도 모르고 있다가 여진의 일로 뒤늦게 깨달았을 터였다.

「월하노인이 맺어 준 인연은 인력으로는 절대 끊어 낼 수 없다더니.」

혼잣말을 하며 한숨짓는 것도 잠시. 채연의 실종에 용화와 같은 결론을 내린 임 도사는 지체하지 않았다.

「여자아이들에게는 지금 당장 마을로 가서 한 소저를 본 사람이 있는지 알아보면서 찾아보라고 하고, 용수에겐 사내아이들을 데리고 둘씩 짝을 지어 마을 주변 동산에 큰 나무가 있는 곳 근처를 샅샅이 훑어보라고 해라.」

나무에 목을 맨 채연의 시신이 눈앞에 있기라도 한 것처럼 용화가 자지러졌다.

「어머니!」

그러나 도사는 당장이라도 바닥에 주저앉을 것처럼 덜덜 떠는 용화를 다그쳤다.

「난 지금 강가로 가 볼 테니 소선이 두견이와 함께 너도 강 쪽으로 나오렴. 혹시 중간에 삼법사의 검교나 강변을 지키는 순라대를 만나면 한 소저를 찾아봐 달라고 부탁을 하도록 해라. 왕손의 생사가 달린 일이다. 정신 바짝 차려라. 알겠지?」

마조 도관이 간밤에 이어 새벽부터 난리가 나든지 말든지, 휘적휘적 채연은 발걸음을 옮기고 있었다.

무슨 미련이 남아 모진 목숨을 이어 왔는지. 정조를 빼앗겼을 때 목을 맸어야 하는 것을.

혹시라도 자진할까 봐 궁녀들이며 환관들이 철저하게 감시를 했다곤 하나 결국은 핑계였다. 정절을 잃은 주제에 삶에 미련을 버리지 못하다가 결국은 이런 치욕까지 겪는 게 아니냐고, 하늘 위에서 부친이 눈을 부릅뜨고 꾸짖는 것 같았다.

도관을 처음 나설 때는 가까운 산에 가서 목을 매려고 했다. 하지만 보기 흉한 시신의 수습까지 임 도사에게 맡기는 건 아니다 싶었다. 그렇다면 남은 선택은 강. 푸른빛이 은은히 감도는 누런 물결을 바라보자 만감이 교차했다.

같은 강이고 같은 물인데 어쩌면 이렇게 다른지.

팔사의 밤엔 폭죽이 울려 퍼지고, 붉은 홍등과 인파로 북적이던 강가엔 스산한 바람에 앙상한 버드나무 몇 그루가 흔들리고 있을 뿐 사람의 흔적도 찾아볼 수 없었다.

불과 몇 달 전, 설레는 가슴을 누르며 정왕과 함께 이 강을 건너고, 천상의 강 같은 붉은 홍등의 물결 가운데 거닐었던 그 밤이 꿈처럼 아련했다.

한없이 어리석은 여인이 잠시 꿨던 미몽이었다. 이제 그 미몽을 영원히 지우리라.

안개를 헤치고 흘러내리는 강줄기를 바라보던 채연이 그 안으로 한 발을 내딛었다. 따뜻한 강남이라고는 하나 아직 동장군의 흔적이 완연히 남은 초봄. 강물은 시리도록 찼다. 겨우 담근 한 발짝을 본능적으로 빼고 움츠릴 정도로. 하지만 두 눈을 질끈 감고 채연은 강 한가운데를 향해 발걸음을 뗐다.

겨우 다잡은 용기가 사라지기 전에 끝을 맺어야 한다. 부디 이 강에 떠밀려 아무도 나를 알아볼 수 없는 머나먼 곳으로 흘러 내려가

길. 아무의 눈에도 띄지 않고 세상에 존재하지 않았던 것처럼 조용히 스러지길 기원하면서 유유한 흐름에 몸을 맡겼다.

　너른 강 가운데 한 점이 되어 사라지기 직전인 채연을 발견한 건 수로를 관리하는 하급 관원이었다. 매년 봄마다 있는 상급 기관의 감찰을 대비해 강과 농수로를 잇는 갑문을 점검하러 나온 그는 물결 사이로 흔들리는 인영을 봤을 때 처음엔 물을 다스리는 여신, 여와女媧를 본 줄 알았다.

　그러나 물속으로 사라진 것은 분명 인간 여인. 본능적인 허우적거림도 없이 순응하는 것을 보건대 분명히 자진이었다. 그걸 깨달은 순간 아연실색, 그는 기겁을 했다.

　여기가 보통 강인가? 황제의 휴양지인 원유와 금림의 경계. 더구나 이 강 너머에는 우는 아이의 울음도 뚝 그치게 한다는 인간 백정, 정왕의 별저까지 있었다. 만에 하나 여인의 시신이 경계 안쪽으로 흘러가 검교나 원유 관리들에게 발견된다면 현령부터 시작해 말단 중의 말단인 그까지, 이 지현에서 머리를 온전히 보전할 관원은 단 한 명도 없었다.

　당장이라도 목에서 머리가 달아나는 끔찍한 환상에 그는 추위도 아랑곳 않고 관복을 훌훌 벗어 던지며 물에 뛰어들었다.

　「이보시오! 멈추시오! 여기서 자진은 아니 되오!」

　무슨 소리인가 잠시 어리둥절하던 수하들도 곧바로 사태를 파악했는지 역시 사색이 되어 앞을 다퉈 강에 들어갔다. 긴 겨울 가뭄으로 강물이 줄어 있지 않았다면, 그리고 그들이 물에 뛰어드는 게 조금이라도 늦었다면 물귀신이 되었겠지만, 물에 익숙한 건장한 사내들은 간발의 차이로 이승과 저승 사이 경계에서 여인을 건져 내는 데 성공했다.

「죽었느냐, 살았느냐?」

초조한 물음에 흠뻑 젖은 가슴에 귀를 대 보던 이가 신이 나서 외쳤다.

「맥이 뛰옵니다. 아직 살아 있습니다.」

이제 우리도 살았구나. 저승 문턱에서 살아 돌아와 한숨을 돌리고 보니 이 여인을 어찌할지 난감해졌다. 강에 몸을 던지려는 이가 신분을 증명하는 감합을 갖고 다닐 리가 만무하고, 그렇다고 관아에 데려갈 수도, 또 이렇게 버려 둘 수도 없었다. 제일 먼저 채연을 발견한 관리는 이맛살을 잔뜩 찌푸리고 연신 물에 젖은 염소수염을 쓰다듬었다.

「허허, 이를 어째야 하나?」

그런데 그의 운수가 풀리려는지, 청회색 도사복을 입은 인영이 옹기종기 모여든 사이로 달려 들어왔다.

「아이고! 기어이!」

난데없는 난입에 호통을 치려던 관리는 그 여인이 임 도사임을 발견하자 공손하게 포권의 예를 취했다.

「임 도사, 혹시 이 여인을 아시오?」

「예. 알다마다요. 저희 도관에 잠시 머물고 계신 귀한 분이십니다.」

도사의 설명에 관리의 얼굴에 화색이 확 돌았다.

「아, 그랬구먼. 우리가 빨리 발견해 건진 덕분에 다행히 목숨은 구한 듯하니 너무 걱정 마시오. 그런데 이분은 누구……?」

귀한 분이라는 단어에 귀가 솔깃한 관리가 채연의 정체를 알아내려고 했지만 임 도사는 그럴 틈을 주지 않았다. 피가 돌도록 몸을 계속 주무르면서 둘러싼 사내들을 채근했다.

「속히 도관으로 모셔 가도록 좀 도와주십시오.」

임 도사의 양아들인 호씨 형제가 정왕의 수족이라는 건 이 지현 관리들은 다 아는 사실. 물에서 건져 낸 여인이 삼법사나 정왕과 관련이 있을 것이란 생각이 들었는지 말이 떨어지기가 무섭게 움직였다.

「빨리 이분을 모셔라.」

채연이 정신을 차린 것은 꼬박 하루가 더 지난, 다음 날 늦은 아침녘이었다.

발이 닿지 않는 깊이에 도달해 캄캄한 암흑에 휩쓸린 것이 마지막 기억. 그런데 눈에 들어온 것은 지난 몇 달간 너무나도 익숙해진 잿빛 침장이었다.

죽어서 온 저승이 마지막 머물던 도관과 같은 장소인지, 아니면 어제의 일이 꿈인 것인지. 만약 악몽이라면 태에 정왕의 혈육이 깃들었다는 사실도 그저 끔찍한 악몽 중 하나일 수 있지 않을까? 아이를 거부하는 사고의 흐름과 달리 손은 본능적으로 배로 올라갔다.

그 행동에 그녀가 깨어난 걸 알았는지 엄한 음성이 들려왔다.

「이제 깨어나셨군요.」

「아! 진인.」

몸을 일으켜야겠다는 것은 의지일 뿐이고 등을 침상에 아교로

붙여 놓은 것처럼 꼼짝도 할 수 없었다. 고개만 겨우겨우 임 도사 쪽으로 돌린 채연은 질책으로 가득한 얼굴과 마주쳤다. 어제 일이 꿈이 아님을 깨달은 그녀의 눈이 절망으로 어두워졌다.

「심려를 끼쳐…… 죄송합니다.」

「예, 소저를 세상에 낳아 고이 키워 주신 부모님께 죄송하고, 소저 자신에게 죄송하고, 또 잉태하신 귀한 생명에게 죄송하셔야지요.」

잉태라는 단어에 없던 힘이 갑자기 솟아났다.

「잉태라니요! 아닙니다. 저는…… 저는 그런 끔찍한 일은……」

그러나 이슬이 맺힌 눈귀는 도사의 짐작이 사실임을 보여 주고 있었다. 그녀도 확신을 했기에 죽으려고 했으니까. 어떻게든 지워 보려던 그 밤이 아이라는 구체적인 증거로 형상화되어 그녀를 평생 쫓아다니는 걸 견딜 자신이 없었다.

「연유야 어찌 됐든 귀한 생명입니다. 어려우시겠지만 책임을……」

「그리 쉽게 말씀하지 마십시오! 진인의 일이 아니니 그리 말할 수 있으시겠지요. 제가 어떤 일을 당했는지 아십니까?」

채연이 아닌 것처럼 그 음성은 너무도 싸늘하고 원념이 뚝뚝 흘러내렸다.

「이 먼 나라로 끌려와 처음으로 뵌 분이었습니다. 죽은 정혼자에 대한 절개마저 버리고 사모했습니다. 그분을 위해서라면 어떤 고통도 즐거이 참을 수 있다고 생각했고 그리하려고 했습니다. 그런데 저를 오해해 한마디 변명도 허락하지 않고 능욕하더군요. 그리고 잘난 사과 몇 마디로 모든 걸 덮으려고 했습니다.」

과연 이 여인이 늘 유순하고 다감하던 채연이 맞나 싶을 정도로 서슬 퍼런 원망. 정왕이 채연을 귀애하는 이상으로 채연도 그를 담았다는 짐작이 맞았다는 건 기뻤지만 그 연모가 컸기에 배신감도 더 클 거였다.

　「증오하는 건 전하 하나로 족합니다. 아이까지 미워하고 싶지는 않습니다. 이대로 태어나면 저는 평생 제 아이를 증오하고 원망할 거예요. 그렇게 천륜을 어긴 어미가 되었다는 사실은 또 저를 지옥에 몰아넣겠지요. 그리 살고 싶지는 않습니다.」

　한마디 한마디가 통곡이고 피울음이었다. 누구도 감히 위로하거나 말릴 수도 없는 처절한 아픔. 때문에 긴 통읍慟泣이 이어지는 동안 임 도사는 아무 말도 하지 못하고 떨리는 어깨를 바라보면서 한참을 기다렸다.

　마침내 지친 채연의 흐느낌이 잦아들자 그녀는 담담하게, 문에 귀를 바싹 대고 몰래 엿듣고 있는 용화가 뒤로 나자빠질 제의를 했다.

　「정 그러시면 아이를 낳고 죽으세요.」

　「진인!」

　채연까지도 귀를 의심하게 하는 소리였지만 임 도사의 태도엔 흔들림이 없었다.

　「자진도 살생이니 수도자의 처지로 말려야 함이 도리입니다만, 이대로 두면 소저께서는 복중 태아와 함께 두 목숨을 끊으실 것 같아 차선을 제안 드리는 겁니다. 아기씨를 낳으신 뒤에 그때도 죽고 싶으시면 죽으시고, 홀로 떠나고 싶으면 떠나십시오. 아이는 이 도관에서 거두겠습니다.」

같은 여인으로 연민을 속으로만 갈무리하며 그녀는 일부러 냉정하게 일어섰다.

「그럼 쉬십시오.」

문에 귀를 바싹 대고 붙어 있던 용화는 갑자기 문이 열리는 바람에 피하지도 못하고 벌렁 뒤로 나자빠졌다.

「아앗!」

엿듣다 들켰으니 큰 꾸중을 받겠구나. 각오를 단단히 하는데 의외로 임 도사는 채연의 방 쪽으로 시선을 꽂으며 나직하니 당부했다.

「당분간 한 소저를 절대 혼자 두지 마라.」

채연이 지윤의 등에 업혀 온 그날처럼 인기척도 없는 방을 뒤로하며 돌아선 임 도사의 가슴은 천근만근이었다. 마조상 앞에 앉아 좌선을 함에도 평정심을 찾는 데 한참이 걸렸다.

채연의 심정은 백분 이해가 되었다. 오랜 수행을 해 왔지만 그녀 역시 아직 오욕칠정五慾七情에서 완전히 해방되지 않은 인간이고 또 여인이니까. 그러나 자세한 내막은 잘 모르나 채연을 향한 정왕의 깊은 연모도 확신하기에 고민이 됐다.

어떤 오해가 이리 깊은 골을 팠는지. 천생연분이 어디서부터 이렇게 엉망진창으로 꼬인 것인지. 자초지종을 모르니 더 갑갑했다.

머릿속을 꽉 채운 시름을 쫓던 그녀는 이 상황에서 최선이란 없다는 결론을 내렸다.

최선이 없으면 차선을 찾아야 하는 법.

가장 시급한 문제부터 해결하기 위해 지필묵을 꺼내 먹을 갈기 시작했다.

　다음 날 이른 새벽, 도관과 호씨 형제들 사이의 연통을 맡아 주는 이가 임 도사의 서신을 품 안에 넣고 황도로 달려갔다. 평소처럼 외성에 있는 삼법사의 지부에 맡겨진 서찰은 바로 그날 다른 보고들과 함께 내성으로 전달되었다.

　문서의 출납을 담당하는 경락사의 관리는 누런 종이봉투에 써진 지급至急과 친전親傳이라는 두 단어를 보자 미간을 모았다. 다른 때라면 골머리 썩일 필요 없이 적힌 대로 하면 되지만 문제는 이 전언을 직접 받아야 한다고 명시된 우특무 호지윤이 이틀 전 낙양으로 떠났다는 거였다.

　개봉해 내용을 봐도 된다면 삼법사의 관원이 암호로 바꿔 전서응이나 전서구를 보내겠지만 친전이라니 그럴 수도 없고. 어찌해야 할까? 이대로 우특무가 올 때까지 쥐고 있다가 혹시 중대한 일을 실기失期라도 하면?

　그 죄를 감당할 수 없는 그와 달리 책임을 질 수 있는 사람을 찾아야 했다. 끙끙 앓던 그는 좌특무라는 묘안이 떠오르자 더 이상 망설이지 않고 지원에게 쫓아갔다.

　「무슨 일인가?」

　「마조 도관에서 보내온 서찰입니다.」

　「마조 도관?」

　「예. 오늘 오후에 경락사로 들어왔는데 반드시 우특무께 직접 전하라고 해서요. 그것도 지급으로요. 이렇게까지 강조를 해 놓은 걸 보면 분명 시각을 다투는 중대한 일인 것은 분명한데 제 선에선 어찌할지 가늠할 수 없어 좌특무께 의논을 드리러 왔습니다.」

지윤과 용화야 뻔질나게 서신을 주고받았지만 임 도사는 사사로운 연통이 누가 될 수도 있다며 그들이 황도로 발탁되어 온 뒤 단한 차례도 소식을 전해 온 일이 없었다. 그런데 전에 없던 행동도모자라서 지급이라니. 굳이 지윤을 지목한 것도 이상했다.

혹시 용화나 도관에 큰일이라도 생긴 것이 아닐까? 갑자기 마음이 다급해졌다.

「이리 내어 보게.」

무거운 책임을 벗게 되어 다행이라는 심정을 감추지 않으며 경락사의 관리는 얼른 봉투를 지원에게 넘겼다.

「도대체 무슨 일이기에…….」

무심하게 서신을 뜯어 읽어 내리던 지원은 부들부들 떨리는 손을 감추기 위해 주먹을 꽉 쥐었다. 혹시라도 앞에 선 자가 의심을 할까 봐 무심함을 가장하기 위해 가진 모든 자제력을 끌어모으며서찰을 읽고 또 읽었다. 그렇지만 몇 번을 확인해도 내용은 착각할여지조차도 없이 간단명료했다.

채연이 아기를 가졌고 이제 석 달이 넘어간다는 것. 정왕 전하께알려 드려 그 처분을 기다림이 옳을 것 같다는 의견과 정왕이 채연과 그 소생을 거부하면 굳이 답신을 할 필요 없다는 당부로 끝맺음이 되어 있었다.

성인인 황자 중에서 유일하게 후사가 없는 정왕의 첫 왕손이 생긴다는 건 큰 경사. 일반적인 상황이라면 임 도사의 제안은 지극히이성적이고 시의적절했다. 하지만 그 어미가 채연이라는 건 심각한문제였다.

스산했던 그 겨울날의 기억이 해일처럼 밀려왔다.

그날 창백한 얼굴로 옥란당을 나온 정왕은 걱정스레 바라보는 지윤과 지원에게 명령했다.

「어디로 가서 살건 지장이 없도록 조치해 주고, 두 번 다시 과인의 귀에 채연의 얘기가 들어오지 않도록 하라.」

그의 음성이나 태도는 평소와 크게 다르지 않았다. 그렇지만 지난 5년간 그림자처럼 그의 곁에서 일거수일투족을 지켜본 지원의 눈에는 정왕이 지금 당장이라도 부서질 것처럼 보였다.

그것은 불운한 희생자들에게서 수없이 많이 봐 왔던 익숙한 표정이었다. 무딘 칼날과 꼬챙이로 수없이 헤집고 인두와 불로 지지는 끔찍한 고문을 꿋꿋이 견뎌 내던 이들도 아내나 자식이 눈앞에서 난도질당하고 절명할 때 무너져 내렸다. 더 이상 지킬 것도 없다는 걸 깨달은 마지막 순간에 떠오르던 자포자기. 죽음만이 유일한 구원인 이들은 예외 없이 이런 황폐한 눈을 하고 있었다.

모든 걸 다 잃고 이제 습기 하나, 온기 한 점 없이 버석버석 마르고 찢긴 가슴으로 하는 통곡.

채연을 버린 것이 정왕에게 이런 정도의 고통이었다니! 믿을 수 없었다. 얼음산처럼 차고 단단하던 주군도 인간이라는 것을 처음으로 느낀 순간. 그 약함이 지원은 끔찍하게 싫었다. 언제나 냉철하고 이지적인 정왕을 뒤흔든 채연이 증오스러웠다.

남영과 간자 노릇을 한 환관의 처분에다 채연의 일까지 지윤에게 맡기고 정왕과 서내원을 떠날 때는 10년 묵은 체증이 다 내려가는 것처럼 후련했다. 몸도 제대로 회복되지 않은 채연이 기어이 서내원을 떠났다는 소식을 전해 들었을 때는 안도감까지 들었는데.

객사하는 꼴을 보기 싫으면 멀리 떨어진 적당한 사찰이나 하나 골라 맡길 것이지, 지척인 마조 도관에 의탁하게 해 이런 화근을 키우다니.

채연에겐 이상하게 물러 터진 동생에게 뒤처리를 맡겼던 것에 땅을 치면서 그는 재빠르게 생각을 정리해 나갔다.

정왕의 이지와 냉정을 흩트리는 유일한 존재. 이 소식을 들으면 앞뒤 가리지 않고 곧바로 다시 데려올 것이 분명했다. 지금은 개국공신 중에서도 최고 명문가를 이룬 증산왕 서달의 막내딸 묘금과 정왕의 혼담이 진행되고 있는 상황이었다. 연왕비의 동생이기도 한 묘금과의 혼사는 강력한 적대 세력인 연왕가와도 이어지는 귀중한 고리였다. 이 와중에 장자를 가졌을지도 모를 채연이 나타났다간 자칫 혼사를 그르칠 수도 있었다.

증산왕 가문의 소저와 혼인하면 곧 적손들을 보실 수 있을 것이니 아직 태어나지도 않은 아이 하나쯤이야…….

화근 덩어리를 확실하게 제거하는 의미에서 당장 손을 쓸까 하는 유혹이 강하게 덮쳤다. 하지만 채연은 몰라도 주군의 혈육에게까지 손을 대는 건 내키지 않았다.

어머님이 잘 처리해 주시겠지.

궁금증을 가득 담고 그를 지켜보는 경락사 관원에게 최선이라 믿는 지시를 내렸다.

「이 일에 대해서는 내가 따로 이를 때까지 절대 함구하도록 하게.」

부드럽게 돌려 말하기는 하지만 너는 알 필요도 없고 이 보고에 대해 입을 놀리면 안 된다는 경고였다. 삼법사와 연관된 일은 모르면 모를수록 신상에 좋은 법. 가늘고 길게 살자가 신조인 관리는 불필요한 호기심은 싹싹 지웠다.

「알겠습니다.」

관리가 나가자 그는 촛대에 서찰을 갖다 대었다. 그리고 불이 누런 종이를 삼키고 재로 화하자 그 재마저도 가루로 만들어 자지함에 넣어 버렸다. 이것으로 채연과 정왕의 연을 사르고 끊어 버렸다고 믿었다.

日月 🦋

十六

「사내아이이네요! 이목구비가 훤한 게 나중에 여인네들 가슴 꽤
나 설레게 하겠어요.」

갓 태어나 쪼글쪼글한 아기에게 인물이 어디 있겠냐마는 산파는
아기를 씻기며 호들갑을 떨었다. 따스하고 안락한 태에서 밀려 나
온 게 억울하다는 듯 큰 소리로 앙앙거리는 아기를 무명천에 꽁꽁
감싸 주면서 종알종알 덕담을 보탰다.

「본디 아기는 작게 낳아 크게 키우는 게 최고인데 날 때부터 효
도를 하네요. 체구는 작지만 울음소리는 어찌 이렇게 우렁찬지요.
쩌렁쩌렁 울리는 것이 대장군이 될 모양입니다.」

그녀의 칭찬에 피 한 방울 섞이지 않은 늙은 도사의 입가에까지
빙그레 미소가 머금어지건만, 모진 산고를 겪으면서도 악문 이 사
이로 신음을 흘릴 뿐 비명 한 자락 지르지 않던 젊은 어미는 미동
도 않았다. 힘들게 품어 낸 여린 생명을 세상으로 내놓고도 눈을
감은 채 아이를 외면했고, 아무것도 들리지도 보이지도 않는 듯 눈

길도 주지 않았다.

　너무 힘이 들어 잠시 맥을 놓았나? 산파가 얼른 채연의 안색을 살펴봤지만 낯빛도 정상이고 숨소리도 고른 것이 별 탈은 없어 보였다.

　기진한 산모의 기운을 돋우는 데는 아기가 최고지.

　싱글벙글 웃으며 그녀는 방금 씻어 포대기에 감싼 아기를 채연의 곁에 살짝 내려놓았다. 그런데 시신처럼 꼼짝도 않던 산모가 움찔하며 몸을 싹 비켰다. 아기가 닿는 자체도 싫다는 강렬한 거부의 몸짓에 산파가 깜짝 놀랐다. 이상하게 생각한 산파가 혹시라도 밖에서 쓸데없이 입을 놀릴까 봐 임 도사가 엉너리를 쳤다.

　「산고로 많이 지치신 모양입니다.」

　「그러게요. 그런 것 같네요.」

　대답은 그리 하나 의아함을 지우지 못하는 음성. 줄줄이 딸만 둔 어미가 또 딸을 낳은 것도 아니고 잘생긴 아들이라는데 얼굴도 보려 하지 않는 산모는 정말 괴이쩍었다. 노골적인 거부에 흥이 깨진 듯, 산파는 떠드는 것도 관두고 묵묵히 산후 뒤처리를 마무리했다.

　「하루 정도는 아기가 젖을 잘 빨지 않을 수도 있겠지만 빨리 젖을 물려야 산모에게도 좋으니 첫국을 먹고 바로 젖을 물려 보세요. 저는 이만 가 보겠습니다.」

　「고생 많으셨소.」

　내내 산실 밖에서 동동거리다 산파가 떠나자마자 방에 들어온 용화는 방 안의 무거운 분위기에 눌려 준비했던 축하는 꺼내지도 못했다.

　아기를 낳기는 하겠지만 절대 보지 않겠다던 결심은 알고 있었다.

그래도 부모 자식은 천륜이라고 하지 않았던가. 피 한 방울 섞이지 않은 도관의 아이들이 그리 말썽을 피워도 눈살 한 번 찌푸리지 않고 따사롭게 다독여 주는 한 소저니 달라질 것이다. 내심 기대했던 그녀에겐 지금 이 상황이 감당하기 힘들었다.

아기씨를 데리고 나갈까요?

소리를 내지 않고 입만 벙끗거리는 용화를 향해 임 도사는 단호하게 고개를 가로저었다.

「많이 곤할 테니 쉬세요. 우린 나가 보겠습니다.」

'아기는 어쩌고요?'라는 용화의 달싹임을 이번에도 묵살하며 임 도사는 방문을 닫았다.

밖으로 나오자마자 용화는 임 도사의 귀에 대고 속삭였다.

「어머니, 유모를 빨리 구해야 하는 것 아닌가요?」

당연히 그러자 할 줄 알았는데 임 도사의 대답은 기대와 딴판이었다.

「내버려 두자.」

「채연 아가씨는 정말로 아기씨를 거들떠도 보지 않으시는데 그러다가 아기씨께 탈이라도 나면 어쩌려고요? 저분은 정왕 전하의……」

「쉿! 입에서 백 가지 복과 화가 온다고 했다. 넌 다 큰 처녀가 어찌 입을 그리도 경망스럽게 놀리니?」

「아!」

버림받았다고 해도 엄연한 정왕의 혈통이었다. 하지만 그의 보호가 없는 이상 그 신분은 오히려 재앙. 정왕에게 원망을 품고 이를 가는 사람들로 가득한 세상에서 목숨도 부지하지 못할 확률이 높았다.

「행여 잠꼬대라도 그 소리는 입 밖에 내어선 안 된다. 명심해라.」

「명심하겠습니다.」

잽싸게 수긍을 하면서도 용화는 채연의 확고한 거부가 못내 마음에 걸렸다. 한동안 잊고 있었던 임신 중의 일들도 새록새록 다시 떠올랐다. 한없이 유하고 착해 보이던 채연의 매섭고 독한 면모와 몸서리를 치게 했던 자해가 반복되지 말라는 법은 없었다.

「그런데…… 기어이 죽겠다는 결심으로 독초까지 먹었던 황아님이 그리 쉬 마음을 돌리실까요? 그때야 천행으로 심한 입덧 때문에 모조리 토해 냈다지만…… 아무래도 아기씨는 빨리 유모를 구하시는 게 좋지 않을까 싶어요, 어머니.」

「그 엉망이 된 몸으로 강물에 몸을 던졌을 때도 뱃속에서 버텨 내었고 한 소저가 삼킨 독까지 밀어내며 살아남은 아기씨. 돌아가실 운명이었으면 벌써 태에서 어미와 함께 이승을 떠났을 것이다. 건강하게 태어나셨으니 잘 이겨 내실 게야.」

호언장담을 하며 그녀는 용화를 주방으로 밀어 넣었다.

「쓸데없는 소리 할 시간이 있으면 산모에게 먹일 닭국이나 끓이렴.」

「예, 알겠습니다.」

어머니가 저리 장담하시니 정말 별일 없을 것이다. 주방으로 가는 용화의 가슴을 누르던 무거운 돌덩이는 한결 가벼워져 있었다.

하지만 잰걸음으로 가는 용화의 등 뒤에 선 임 도사의 표정은 결코 밝지 않았다. 심란한 표정으로 서 있던 그녀는 결의를 다지듯 큰 심호흡을 몇 번 반복한 뒤 산실 앞에서 악귀惡鬼를 쫓고 사기邪氣를 멀리하는 우보禹步를 밟으며 경문을 외우기 시작했다.

　임 도사의 간절한 기원과 호언장담과 달리 다음 날에도 채연은 여전히 아기를 외면했다.

　첫날은 세상에 나오느라 힘들었는지 아기도 젖을 보채지 않고 잠만 잤지만 이튿날은 아침부터 배고픔을 호소하며 울기 시작했다. 세상에 태어나 젖 한 모금 먹어 보지 못했건만. 울음소리는 산파 말마따나 갓 태어난 아이라는 게 믿어지지 않을 정도로 우렁찼고 고집도 무척이나 셌다. 배를 채워 줄 때까지는 절대 멈추지 않겠다는 듯 잠깐잠깐 잠드는 때를 제외하고는 끊이지 않는 울음에 용화와 임 도사는 뜬눈으로 이틀 밤을 지새웠다.

　채연이 해산하고 사흘째 되던 아침, 부석부석한 눈으로 아침상을 들고 들어간 용화는 먼저 아기부터 살폈다. 어제까진 제법 앙칼지게 악을 쓰던 아기는 이제는 울 기운도 없는지, 어린 강아지처럼 낑낑거리는 소리만 내고 있었다. 그녀는 아기를 채연의 등 쪽으로 살며시 밀었다.

　「아기씨가 몹시 배가 고프신 것 같은데…….」

　어렵사리 말을 붙여 봤지만 묵묵부답. 분명 아기가 닿은 것을 느꼈을 텐데도 누워 있는 채연의 등 자락에선 여전히 찬바람만 쌩쌩 불었다.

　아무리 미워도 자식이고 생명인데. 지나가던 사람도 불쌍해 한번 돌아볼 법도 하건만 어쩌면 저리 매섭게 내치는지.

　채연에 대한 불만이 부글부글 끓어넘칠 것 같았다. 울 때는 그래도 기운이 있나 보다 하지만 축 늘어진 아기를 보니 다급해졌다. 몰래 안고 나가 젖동냥이라도 하고픈 충동에 밀려 팔을 뻗으려는 찰나, 방 안의 광경을 보기라도 한 것처럼 엄한 음성이 들려왔다.

「용화야, 한 소저께서 쉬시게 빨리 나오너라.」

배고픔에 지쳐 숨만 깔딱깔딱 쉬는 아기를 두고 발걸음이 떨어지지 않았지만 불가항력. 사려 깊은 어머님이니 무슨 요량이 있을 것이다. 그렇게 마음을 먹으려고 해도 걱정과 불만은 감출 수가 없었다. 손도 대지 않은 상을 들고 밖으로 나온 용화의 얼굴에 가득한 수심을 번연히 보면서도 임 도사는 다시금 지난 이틀간의 지시를 반복했다.

「식사를 들여갈 때 외에는 저 방에 들어가지 말고 특히 아기씨에게는 눈길도 주지 마라. 아기씨가 아무리 울어도 절대 상관해서는 안 된다.」

「어머니! 갓 태어나서 젖도 한 번 빨아 보지 못한 아기씨입니다. 빨리 유모를 찾아 젖도 물려 주고 잘 보살피는 게 도리일 텐데 내버려 두라니요? 도관 앞에 버려진 아기들은 거두면서 왜 이러시는지 전 도무지 납득이 가지 않네요. 정녕 아기씨를 죽이려고 작정을 하셨어요?」

반발심으로 가득한 어린 처녀를 올려보는 여도사의 눈매가 날카로워졌다.

「생모가 살아 있는데 남의 젖을 먹으며 어미의 얼굴도 모르고 자라서는 아니 되지 않겠니?」

「하지만 회임하신 동안 내내 아기씨를 절대 보지 않겠다던 아가씨가 과연 그 결심을 접을까요? 낳기만 하면 어머니께서 거둬 주신다는 철석같은 약조에 겨우 죽겠다는 마음을 접으신 분 아닙니까. 지금도 눈길도 주지 않으시던데…….」

「사내야 끝까지 미워할 수 있겠지만 자기 속에서 난 자식은 다른 법이다. 한 소저처럼 고운 심성을 가진 이가 죄 없는 아기를 끝까지 밀어내진 않을 것이다. 조만간 생각을 바꿀 게야.」

용화도 한때는 그렇게 믿었다. 그러나 요 며칠 그 기대가 바닥부터 흔들리고 있었다. 지금 저 모습을 보면 채연이 단단히 채운 마음의 빗장을 푼다는 건 가망이 없어 보였다.

더 이상 지켜만 보고 있을 수 없다.

용화는 몰래 마을로 나가서 젖을 짤 염소라도 한 마리 구해 봐야겠다고 작정했다.

변함없이 고요한 방 안의 정경은 용화의 판단이 옳은 것처럼 보였다. 점심상을 들여갔을 때도 채연의 자세는 변함이 없었고 아기는 이제 낑낑거릴 힘도 없는지 까무룩 늘어져 있었다.

드디어 결단을 내린 용화가 마을로 나간 늦은 오후. 배고픔에 잠이 깼는지 아기가 다시 울기 시작했다. 이제는 소리도 내지 못해 쉰 숨소리 같은 흐느낌. 악을 쓰는 것보다 더 오장육부를 난도질했다. 그 소리를 막으려 채연은 귀를 꽉 감싸 눌렀다.

속 편히 외면하고 있었던 건 아니었다. 연유야 어찌 됐든 그녀가 품어 낳은 아이. 배고파 울 때마다 무딘 칼로 심장을 한 점 한 점 도려내는 것처럼 아팠지만 무시하려 안간힘을 썼다.

여기서 약해지면 안 된다. 이 아기는 그녀의 믿음을 배반하고, 몸과 마음을 갈기갈기 찢어 놓은 사내의 흔적. 여기서 돌아보면 그

치욕의 증거를 평생 안고 살아가야 한다. 조금만 버티면 아기를 살리기 위해서 임 도사가 데려가겠지. 그때까지만 참아 내자.

그렇게 외치며 당장이라도 아기에게 뻗고 싶은 손에 힘을 주고 이를 악물었다. 어찌나 세게 물었는지, 입안에 찝찔한 맛이 느껴졌다. 앙다문 입술에서 방울방울 터져 나오던 피가 흐르기 시작한 것을 뒤늦게 깨달은 채연은 수건을 찾으려 손을 더듬었다.

그런데 더듬거리는 손끝에 수건 대신 말랑하고 따뜻한 살결이 스쳤다. 깃털보다 더 가볍고 짧은 스침이었지만 벌겋게 단 숯을 잡은 것처럼 뜨거운 기운이 손끝부터 그녀의 전신으로 퍼져 나가 온몸을 화르르 태웠다.

밉고 증오스런 존재. 할 수만 있다면 몸속을 긁어내서라도 지워 내고 싶은 증오스런 핏덩이라는 걸 일깨우려고 했다. 그렇지만 일단 피부를 스친 그 감각은 그녀를 놓아주지 않았다.

이제 영영 보지 않을 아기인데. 딱 한 번만 보는 것이다. 이번 한 번만 보고 그 기억마저 지워 버리자.

자신에게 변명하며 채연은 홀린 듯 몸을 돌렸다.

아기는 너무도 작았다. 두 손바닥을 펼치면 다 덮어질 정도로 조그만 몸. 애처로움에 눈물이 핑 돌았다. 같이 죽기를 바라면서 굶어 죽지 않을 만큼만 억지로 연명을 했는데 크고 건강하다면 그게 이상한 거였다.

가슴이 욱신거렸다. 그 통증이 젖이 돌아서인지, 아니면 울다 지쳐 핼쑥해져 있는 아기에 대한 죄책감 때문인지 알 수 없었다. 뱃속에서 열 달 가까이 담아 키운 아이에게 젖은 한 번 물려 주고 싶다는 욕망이 밀려왔다. 너무도 강해서 도저히 밀어낼 수가 없었다. 지

남철에 쇠가 끌리듯 손이 저절로 아기에게 향했다.

"그래. 미운 건 네 아비인데 왜 네 아비 때문에 죄 없는 네가 굶어야 하는지 모르겠구나. 딱 한 번뿐이다. 그 이상은 안 되니 이해해 다오."

정신이 나간 것처럼 중얼중얼, 듣는 사람도 없는데 연신 변명을 해 대면서 채연은 아기를 천천히 안아 올렸다. 그리고 가슴을 열어 아기의 입에 대 줬다.

태어난 지 이제 겨우 사흘. 누가 가르쳐 준 것도 아니건만. 지금 이걸 물어야 자신의 굶주림이 채워진다는 걸 본능적으로 아는지 아기는 허겁지겁 유두를 물었다. 금방이라도 숨이 끊어질 듯 축 늘어졌던 모습이 거짓인 양 사정없이 죽죽 빨아 대기 시작했다.

처음엔 아팠다. 그다음엔 몸 안의 무엇인가가, 그녀 안의 가장 소중한 정수가 아기에게 전달되는 느낌이 전신을 짜릿하게 관통했다. 아프기도 하고, 시원하기도 한 묘한 감각. 이 아기가 혹독한 굴욕의 결과라는 것도, 뱃속에 있을 때부터 몸을 찢고 태어날 때까지 죽이고 싶도록 미웠다는 사실도 무의미하게 느껴지기 시작했다. 젖과 함께 증오도 함께 빨아들이는지, 마치 봄볕에 눈이 녹는 것처럼 똘똘 뭉친 응어리가 스르르 녹아내리는 것 같았다.

너를 죽이고 싶어 했는데.

어미로서, 사람으로 품어서는 안 되는 그런 지독한 살의를 품었는데.

아기의 동그란 이마 위에 눈물 한 방울이 뚝 떨어졌다. 그동안 참았던 눈물보가 터지는지 아무리 이를 악물어도 통곡을 참을 수가 없었다. 줄줄 흐르는 눈물에 원망과 미움도, 너무나 강해서 평생 안고 갈 것 같았던 그 독기도 무서울 정도로 빨리 사라져 갔다.

비처럼 후드득 연달아 떨어지는 그 눈물 세례에도 아랑곳없이 아기는 굶주린 배를 채우느라 여념이 없었다. 지금 입안을 가득 채우고 있는 어미의 젖에서 떨어지면 당장이라도 숨이 끊어질 것처럼 꼭 달라붙어 있었다. 하지만 작은 아기가 먹는 것은 한계가 있었다. 채연이 상념에 잠긴 동안 젖을 빠는 힘이 급속도로 약해지더니 아기는 스르르 눈을 감아 버렸다.

그녀를 응시하던 아이의 눈꺼풀이 감기자 와락, 두려움이 그녀를 엄습했다.

태어나자마자 바로 젖을 물려 줬어야 하는 건데 사흘이나 굶주리게 했다. 배가 고파 낮밤을 가리지 않고 울었는데. 너무 오래 내버려 둬 무슨 일을 당한 게 아닐까? 만약 아기가 이대로 숨을 거둔다면 자신을 용서하지 못할 것 같았다. 옷도 제대로 추스르지 않고 달려 나오던 채연은 문 밖에 서 있는 임 도사를 발견하자 울먹이며 달려들었다.

「진인, 아기가 이상합니다. 울지도 않고 이렇게 갑자기 까라져서……!」

하얗게 질려 울먹이는 채연에게서 도사는 여유로운 얼굴로 아기를 받아 안았다.

「괜찮습니다. 배를 채우셨으니 이제 그동안 못 잔 잠을 주무셔야지요.」

「그럼?」

「예. 잠이 든 겁니다. 배가 부르니 기분도 아주 좋으신 모양이네요.」

멈춘 것 같았던 심장이 다시 천천히 고동을 치기 시작했다.

「하아아. 다행…… 이네요.」

「예. 정말 다행이지요.」

서로 조금은 다른 의미로 다행이라고 하면서 임 도사는 채연의 흐트러진 차림을 살짝 추슬러 줬다. 가슴을 훤히 드러내고 있다는 것조차 잊고 있었다는 뒤늦은 자각에 얼굴이 확 달아올랐다. 옷깃을 꽁꽁 감싼 그녀는 도사의 팔에서 아기를 얼른 받아 안았다.

어미로서 본능적인 몸짓. 이제는 되었구나. 안도하며 임 도사는 소박한 저녁상이 차려진 소반을 들고 방으로 따라 들어갔다.

「입에 맞지 않더라도 많이 드세요. 아기씨의 왕성한 식욕을 채워 주려면 강건하셔야 합니다.」

「제가…… 이리 될 거라고 이미 알고 계셨…… 지요?」

아기가 악을 쓰고 울어도 모른 척, 옆에 내버려 둔 지난 사흘 내내 도사가 원망스러웠다. 그 의도를 짐작하기에 더 고집스럽게 외면했건만 결국 부처님의 손바닥 안. 의기양양한 수궁이 돌아올 줄 알았는데 도사는 머리를 가로저었다.

「아니요. 제가 키울 테니 낳기만 하라고 말씀드렸을 때도, 아기씨를 소저 옆에 두고 모른 척할 때도 간절히 소망하였지, 확신하지는 못했습니다. 다만, 소저께서 젖을 물리신다면 그때는 놓지 못하실 거라는 것은 알고 있었습니다.」

그녀는 잠결에도 젖을 빠는 것처럼 오물거리고 있는 아기의 볼을 살짝 쓰다듬었다.

「눈으로만 보면 잊고 묻을 수 있지만 한 번이라도 젖을 물린 어미는 그 자식을 떼어 놓을 수 없지요. 설령 헤어지더라도 평생 가슴에 담게 된답니다. 미물들의 아픔도 내버리지 못하는 한 소저가 아기씨를 외면하지는 못할 거라고 믿었지요.」

바로 반나절 전에 이 애기를 들었다면 그녀는 코웃음을 쳤을 거였다. 젖 한 번 물린다고 증오스런 사내의 아들에게 애정을 품다니. 있을 수 없는 일이라고 했을 것이다. 그런데 딱 한 번, 처음이자 마지막이라고 모질게 작정하고 안아 든 아이였는데 이제 절대 놓을 수 없었다. 초점도 맞지 않는 눈으로 그녀를 올려다보며 생명수라도 되는 양 젖을 빨던 아기. 그녀에게 절대적으로 의지하는 이 약하고 여린 존재는 그 짧은 순간부터 생명을 걸고 지켜야 하는 보배가 되어 버렸다.

씨 도둑질은 못 한다더니, 아마도 그 아비를 닮아 갈 아이. 아들이 곁에 있는 한 그녀가 당한 치욕을 잊을 수 없을 거였다. 평생 그녀를 괴롭힐 굴레이고 업보일 수도 있겠지만 기꺼이 감수할 수 있을 것 같았다.

「진인의 말씀이 맞습니다. 어리석은 저를 깨우쳐 주지 않으셨다면 평생 씻을 수 없는 죄인이 되었을 것인데……. 정말 고맙습니다.」

「고맙긴요. 장한 결심을 해 주신 한 소저께 오히려 제가 인사를 드려야지요.」

지난 몇 달간 어깨를 태산처럼 짓누르던 걱정이 사라진 터라 임 도사는 홀가분한 표정으로 일어났다.

「많이 드십시오. 갓 낳은 아기씨들은 자주자주 드시니 백일을 넘길 때까지 길게 주무실 여력도 없으실 겁니다.」

수저를 드는 채연을 보고 나오는데 그림자 하나가 후다닥 담벼락 옆으로 사라지는 게 보였다. 그러나 그 날랜 동작이 허무하게도, '매에' 하는 울음소리가 숨어 있는 존재를 알려 줬다.

풋. 도사는 웃음을 삼켰다.

「근방에 젖이 모자란 산모라도 있는 모양이지?」

「혹시나 하고…… 그나저나 어머님의 지혜는 정말로 신묘하세요.」

「신묘하긴. 저분의 심성을 믿고 우격다짐으로 밀어 넣은 게 요행히 들어맞은 것이지. 말이야 바른 말로 저리 받아들이기가 정말 쉽지 않은데…… 그분은 저런 고운 이를 어떻게……. 후우.」

그러게요. 그리 총애하셨다면서 싹 무시할 수 있는지. 정 떨어진 여인은 무시한다손 쳐도 어떻게 자식까지 돌보시지 않는지. 실컷 농락당한 뒤 핏덩이인 자신과 함께 버려졌다던 어미의 사연에 맞물리자 마치 자신이 당한 일인 양 원망이 밀려왔다. 그렇지만 이 작은 도관이 열 명도 넘는 고아들을 부족함 없이 건사할 수 있는 건 정왕이 내린 땅 덕분이었다. 그 은혜에 의지하는 주제에 대놓고 불만을 터뜨릴 수는 없었다. 더구나 그녀의 정혼자도 정왕에게 발탁되어 그 수하로 있으니 더더욱.

뒷간에 갈 때 마음이 다르고 나올 때 마음이 다르다고, 채연이 아기를 외면할 때는 그것이 걸리더니 이제는 정왕의 혈육을 애지중지 돌보는 채연을 보니 꼭 자신의 어머니를 보는 것 같아 울화가 솟았다. 영영 아비 얼굴도 이름도 모를 아기에게 그녀 자신이 투영되어 더 속이 상했다.

사내란 다 이런 것인가. 일평생 그녀만 아끼겠다던 지윤의 맹세마저도 회의가 들기 시작했다. 주군이 아직 홀로 계신데 먼저 혼인하기 민망하다는 이유로 혼례를 차일피일 미뤄 온 것이 벌써 몇 년. 말이 좋아 정혼자이지 얼굴을 보는 것도 1년에 너덧 번이 고작이었다.

신의라고는 찾아보기 힘든 사내들에게 휘둘리지 말고 출가해서 청정한 수도자로 사는 것이 오히려 더 낫겠다는 생각까지 새록새록 들 무렵, 연통도 없이 지윤이 불쑥 찾아왔다.

채연의 일이며 그동안 쌓인 것이 폭발하기 직전이라 용화는 새치름하니 데면데면 지윤을 맞았다. 그렇지만 오매불망 기다리던 희소식을 갖고 왔다는 환희에 눈이 먼 그는 정혼녀 주변에 쌩쌩 몰아치는 북풍한설을 전혀 인지하지 못했다.

「용화야, 우리 올해를 넘기지 말고 성혼을 하게 날을 잡자.」

「홀로 계신 전하를 두고 먼저 혼인할 수는 없다고 하더니. 무슨 바람이 분 거예요?」

어라? 예상과 달리 시큰둥한 반응에 지윤의 이마에 주름이 잡혔다. 그렇지만 뛸 듯이 기뻐 달려온 흥분이 가라앉지 않은 터라 그는 용화의 빈정거림을 수줍음으로 편리하게 해석했다.

「전하께서도 올해 안에 드디어 비를 맞으실 것 같아. 그것도 개국공신인 서달 장군의 영애인 묘금 소저와 말이야. 증산왕의 장녀께서 연왕비이시니 이제 전하의 주변도 든든해진다는 거 아니냐. 황상께서 특별히 신경을 써 간택을 해 주셨다고 모두들……」

마치 자신의 혼사라도 되는 양 침을 튀기던 자랑은 용화의 찢어지는 비명에 중단되었다.

「뭐라고요! 전하께서요?」

당연히 놀랄 거라고 생각했다. 하지만 지금 이 태도는 정왕이 드디어 정비를 맞고, 덕분에 그들도 기다리던 혼사를 치를 수 있게 됐다는 그런 기쁨 섞인 경악과는 거리가 멀었다. 용화의 음성에서 철철 넘치는 것은 오로지 분노. 도무지 이해할 수 없었다. 신이 나서 아무것도 들리지도 보이지도 않던 지윤의 머리가 그제야 제대로 돌아가기 시작했다.

「무슨 일이 있는 거야?」

무슨 일 정도가 아니지요. 당신이 나보다 더 소중하게 모시는 그 전하께 아드님이 생겼으니까요. 당장이라도 쏘아붙여 주고 싶었다. 그렇지만 채연의 회임을 알렸을 때도 철저하게 무시한 정왕이었다. 이제 혼인까지 하게 된 판에 새삼스레 돌아볼 리는 만무. 채연이 얼마나 무시당하는지 새삼 확인해 속을 다치고 싶지 않았다.

「일은 무슨 일이요. 왜 괜한 사람을 잡으려 드나 모르겠네요.」

「그래?」

분명 뭔가 감추는 게 있다. 잘 훈련된 지윤의 육감이 뚜렷하게 경고했지만 상대는 소중한 정혼녀였다. 기약 없이 혼인을 늦추는데도 불평 없이 기다려 주던 미안하고 고마운 사람. 그런 그녀를 죄인 다루듯이 문초를 할 수도 없는 터라 의구심을 꾹 누르며 다시 그들의 혼사 문제로 화제를 돌리려는데, 희미한 아기 울음소리가 들려왔다.

「누가 또 도관 앞에 아기를 버리고 간 모양이지? 어머님께서 고생이 많으시겠군.」

울음소리가 났을 때 용화는 지윤이 채연의 아기라는 걸 알아챌까 봐 간이 졸아들었다. 만약 무슨 소리냐고 물을 때를 대비해 누군가 버리고 가 거둔 아이라는 대답까지 준비해 뒀다. 하지만 의심조차도 않는 그 무심한 태도에 기가 막혀, 하려던 변명이 쏙 들어갔다.

채연이 정왕의 아이를 가졌다는 것을 번연히 알고 있으면서 그 안부라도 물어 주는 게 인지상정이련만. 어쩌면 주인과 똑같이 저리 매정할 수 있을까.

간신히 누르고 있던 용화의 분이 삽시간에 폭발했다. 씩씩거리며 버럭버럭 고함을 질러 댔다.

「어떻게, 어떻게 오라버님이 그런 소리를 할 수 있어요!」

「어? 아니, 그 무슨?」

어릴 때부터 괄괄한 면이 있었지만 정혼을 한 뒤로는 최소한 그 앞에서는 다소곳하고 상냥하던 용화였다. 그런데 이 무슨 날벼락인지. 너무도 놀라 지윤은 말까지 더듬었다.

「저, 그게…… 부모를 잃거나 갈 곳 없는 아이들을 잘 거둬 준다는 소문이 나서 문 앞에 어린 아기를 버리고 가는 건 종종 있는 일이 아니냐. 그래서 당연히 그러려니…… 그게 아니면 여기에 아기 울음소리가 날 리가 없는데…… 무슨 일이야?」

「아하! 그래요? 그런 이유 말고는 여기에 아기가 있을 수가 없다고요? 정말 그리 생각하십니까? 오라버님은 까마귀 고기라도 드셨어요?」

당연한 추측에 왜 이리 불같이 화를 내는지 도무지 이해할 수 없어 모자란 사람처럼 용화를 멀뚱멀뚱 쳐다만 보던 그의 머릿속에 의문이 하나씩 착착 제자리를 찾아갔다.

혼인날을 잡자는 얘기에도 시큰둥했고 말 한마디 할 때마다 가시가 한가득. 곰곰이 따져 보니 몇 달 전에 잠시 들렀을 때도 조금 이상했다. 그나 지원이 올 때면 소소한 요깃거리 하나라도 챙겨 먹이고 싶어 하던 용화나 임 도사는 그를 빨리 보내기에 급급했다. 그때는 짧은 말미를 내어 잠깐 왔던 터라 무심히 넘겼지만 예사로운 일은 아니었다.

혹시 오랜 기다림에 지친 용화에게 새로운 구혼자가 생겨 변심한 것은 아닐까?

의심이 순식간에 확신으로 굳어지자 그의 낯빛이 눈에 띄게 음산해졌다.

「내가 그런 소릴 할 수 있냐니, 너야말로 무슨 소리야?」

「그걸 몰라서 내게 묻는 거예요?」

「그래 정말 모른다. 설명을 해야 알 것이 아니야! 도대체 무슨 일이냐?」

끝까지 모른 체할 셈인가? 부아가 걷잡을 수 없이 치솟아 도저히 제어할 수가 없었다. 정왕이 채연을 버린 지금, 그녀가 왕손을 낳은 게 알려지면 목숨 보존도 못 할 수 있으니 죽을 때까지 함구해야 한다는 임 도사의 엄중한 경고도 저 멀리 날아가 버릴 정도로.

「그걸 꼬박꼬박 일러 줘야 알아먹을 바보라면 말을 해 드리지요. 지금 도관에 한 소저께서 낳은 아기씨 말고 아기가 누가 있겠어요? 얼마나 힘들게 낳으셨는데, 아예 모르는 것처럼 시치미를 뚝 떼고 누가 버리고 간 아이냐니요! 무정하신 전하는 그렇다고 쳐도 오라버님은 어디로 떠났는지, 무사히 계신지 안부라도 한번 물어보기라도 해야 하는 거 아닌가요? 아아, 사내들은 어쩌면 하나같이 이리다 몰인정한지.」

아락바락 있는 대로 성을 내며 다 쏟아내고 나니 속이 후련해졌다. 그렇지만 지윤은 숨 쉬는 능력마저 사라진 것처럼 멍하니 서 있었다. 오랫동안 꼼짝도 않고 입을 벌렸다 닫았다 반복하던 그는 겨우겨우 모깃소리로 두 단어를 밀어냈다.

「정말…… 몰랐다.」

살짝 누그러졌던 용화의 울뚝 뿔이 다시 확 돋았다. 어머님이 전하께 한 소저의 딱한 사정을 꼭 전하라고 서찰까지 보내셨는데 어떻게 모를 수가 있냐고, 야무지게 따져 주려고 고개를 쳐들었다. 그런데 경악으로 굳어 버린 지윤과 눈이 마주친 순간 가슴이 철렁했다.

정말로 몰랐던 걸까? 정왕의 심복인 지윤 오라버니도 몰랐다면, 혹시?

전혀 생각지도 못했던 가능성이 하나 떠오르자 박동이 미친 듯이 빨라지기 시작했다.

제발, 제발.

짐작이 맞기를 간절히 기도하면서, 동시에 아니라는 답이 나올까 두려워하면서 그녀는 자신을 꽉 채운 의혹을 파고들었다.

「그럼…… 전하는요? 전하께서도 아가씨가 회임하셨던 걸 모르시나요?」

「당연하지! 아셨다면 어떻게 여기 낭랑과 아기씨를 두셨을까. 전하께서 낭랑을 얼마나 총애하셨는데.」

「몇 달 전에 어머님이 아가씨가 회임한 걸 알리는 서찰을 보내셨잖아요. 전하께 바로 말씀드려 달라고 쓰셨는데…….」

「난 그런 걸 받은 적이 없다. 네가 잘못 안 게 아니냐?」

「내가 직접 그 서찰을 보냈다고요. 아무리 기다려도 아무 답도 오지 않아서 우리는…… 어머님은 전하께서 연을 끊기로 어지를 굳히신 걸로 알았다고요.」

「그게 언제였니?」

「지난…… 중화절中和節[4]…… 과 상이절 사이 즈음이었어요.」

「그때 난 낙양에 있었다.」

「그럼 그 서찰은요? 반드시 오라버님께 직접 전하라고 몇 번이고 강조를 했는데 그게 어디로 간 거여요?」

이미 결론이 난 깨달음을 확인하는, 복잡한 감정이 서린 눈이 허공에서 마주 얽혔다.

고리를 끊은 것은 분명 지원.

이해는 할 수 있었다. 정왕의 혼사 문제가 물밑에서 한창 거론되던 시점. 다른 이도 아니고 증산왕 집안과의 혼사가 본격적으로 추진되는 때에 채연의 존재는 골치 아픈 걸림돌이었다. 태어날 왕손이 딸이라면 상관없지만 아들이라면 서장자이긴 하나 어쨌든 장자. 서씨 가문에선 충분히 혼사를 망설일 수도 있었다. 더구나 채연은 태손과 추문까지 돌았던 조선 공녀로 다음 황제가 될 태손과 정왕 사이에 불화의 씨앗이 될 가능성이 높았다.

정왕이 두 번 다시 보지 않겠다고 선언하며 내쳤으니 지원만 입을 다물면 탄로 날 가능성은 없었다. 실상 지원의 평소 깔끔한 일 처리라면 채연의 목숨을 은밀하게 거두는 걸로 말썽의 씨를 미리 제기히고도 남있을 터. 실러 둔 선 엄청난 자비를 베푼 거였다.

그걸 잘 알기에 지윤은 지원에게 이를 박박 가는 용화와 달리 남

4) 음력 2월 2일.

몰래 안도의 한숨을 삼켰다. 형에게 따지거나 다투는 것은 나중에 하자. 가장 급한 일부터 차곡차곡 처리하자고 자신을 다독였다.

「아기씨는 아드님이시냐?」

사내들이란 그저. 속으로 한 번 투덜거리면서도 용화는 자랑스럽게 성별을 알려 줬다.

「아주 강건한 사내 아기씨세요.」

「사내 아기씨라!」

자신이 득남이라도 한 것처럼 지윤의 입이 귀에 걸렸다.

「언제 태어나셨는데?」

「지난 중추仲秋. 음력 8월 염일念日. 음력 20일에 나셨어요.」

마지막 남은 의심마저도 사라지게 하는 명확한 증거에 지윤의 입이 더 크게 벌어졌다.

「낭랑께서는 건강하시고?」

그 구구절절한 사연을 다 전하자면 밤을 꼬박 지새워도 모자라지. 이참에 잘 해결이 되었으면 하는 기대에 약간 과장도 섞어 지윤이 해결해 줬으면 하는 일을 풀어 놨다.

「그게, 몸도 완전히 회복되지 않으셨는데도 자꾸 떠나려고 하셔서 걱정이에요. 실은 삼칠일이 지나자마자 가시겠다는 걸 어머님께서 간신히 만류해 아직 머물고 계신 거예요.」

「뭐? 연약한 여인이 아이까지 데리고 홀로 어찌 사시려고 떠나신다는 소리냐! 더구나 몸도 좋지 않다고?」

이왕 이리 된 것. 지윤이 정왕에게 아들의 존재를 알리면 뭔가 달라지지 않을까 하는 기대에 용화는 채연의 계획을 미주알고주알 다 털어놨다.

「멀리 변방으로 가서 주랑이 되겠다고 하시네요. 하긴…… 황궁 어선방에 계셨던 아가씨의 솜씨면 변방 토호의 주랑으로는 넘칠 정도이니 사는 데는 지장이 없으시겠지요.」

황제가 즐긴다고 소문이 나 다들 맛보고 싶어 하는 고려 음식이며 어선방에서 익힌 요리들을 펼쳐 보이면 변방의 토호나 갑부들이 천금을 주고 앞다퉈 데려갈 것은 자명한 터. 신분은 천해도 어지간한 부호는 감당도 못 할 정도로 높은 급여를 받는 업業이 주랑이니 정체를 감추고 살기에는 더할 나위 없이 이상적이었다.

문제는 귀하디귀한 정왕의 장자가 평민으로 자란다는 거였다. 만에 하나 채연에게 변고가 생기거나 병이라도 얻어 요절한다면 왕손이 사고무친 천애고아가 될 수도 있었다.

용화의 바람대로 지윤은 선불 맞은 멧돼지마냥 펄펄 뛰기 시작했다.

「뭐라고! 귀한 왕자마마가 주랑의 아들로 자란다고? 어찌 그런 망극한 일이 있단 말이야! 그건 있을 수도 없고 또 절대 있어서도 안 되는 일이다.」

「그럼 어쩌라고요? 아기씨의 신분이 드러나면 변을 당할 수도 있는데 베어 가라고 여기서 목을 쭉 내밀고 앉아 기다릴까요?」

표현은 험했지만 정확한 지적. 정왕의 뼈를 갈아 마셔도 한이 풀리지 않는다고 이를 가는 원수들은 차치하고, 그를 자신 아래 두고 싶어 하는 연왕이며 황위를 노리는 다른 황자늘까지. 사방 첩첩이 다 적이었다.

하지만 그런 외부의 적보다도 내부의 적이 더 무서웠다. 채연이 아들을 낳았다는 걸 아직 모르기에 망정이지 아는 그 순간 지원이 나설 거였다. 다른 상황이었다면 그 역시 지원의 어리석은 자비를 비웃었을 테지만 정왕과 채연이 얽히니 생각이 복잡해졌다.

채연이 곁에 있을 때 정왕은 진심으로 편안해 보였다. 그녀 앞에서 보이던 부드럽고 다정한 모습은 결코 가장이 아니었다. 그리고 채연을 다시는 보지 않겠다고 선언했을 때의 그 짙은 비애와 고독감은 지윤에게 충격이었고, 시간이 지났음에도 이상할 정도로 생생했다.

혼례를 앞둔 지금도 그랬다. 배필로 막강한 배경에 재색까지 겸비한 규수가 내정되었을 때 지원과 지윤을 비롯한 삼법사의 수하들은 기뻐 날뛰었지만 그는 너무도 무관심했다. 그 무심함은 채연이 있는 서내원에 달려갈 때면 풍기던 열정과는 너무도 대조적이었다. 채연을 내친 것은 전하의 본심이 아니다. 설령 정이 식었다고 해도 책임감이 강하신 분. 아들까지 낳아 준 여인을 내버려 두실 리가 절대 없다. 정비는 공신의 여식이 적합하지만 후궁 정도는…… 그분에게도 정략과 상관없이 조금은 쉴 자리가 있어도 되지 않을까.

지윤은 만약 형이 알았다면 당장 그의 목을 졸라 버리려고 들 결단을 내렸다.

「전하께 알려야겠다.」

바로 이 대답을 기다렸던 터라 용화의 얼굴이 환해졌다. 정혼녀의 고운 얼굴에 활짝 피어난 웃음꽃을 보면서 지윤은 오자마자 했던 약조를 반복했다.

「올해는 절대 넘기지 말자.」

뉘 집 개가 짖느냐는 듯 시큰둥하던 좀 전과 달리 용화는 그에게

와락 안겨 들었다.

　땀범벅에다 숨이 턱에 닿아 달려 들어온 지윤을 보자 산더미 같
은 보고를 받고 있던 정왕이 웃음 섞인 시선을 들었다.
　「충분히 쉬다 오라고 했건만, 뭘 그리 바삐 오느냐?」
　그가 어디에 무슨 용무로 갔는지 다 아는 처지라 정왕을 둘러싼
지원과 고문관들의 얼굴에도 비슷한 표정이 떠올랐다. 평소라면 이
런 놀림에 낯도 제대로 못 들었겠지만 품고 온 비밀이 너무나 크고
무거워 지윤은 쑥스러움도 잊었다.
　「급히 아뢸 말씀이 있어 돌아왔사옵니다.」
　「급히? 무슨 일이냐?」
　혼사를 준비하기 위해 말미를 얻어 간 사람치고는 지나치게 비장
한 분위기였다. 혹시 도관에 변이라도 생긴 게 아닐까 싶은지 지원
의 얼굴에 염려가 떠올랐다.
　「전하, 아뢰옵기 황송하오나 긴히 아뢰어야 할 사안이니, 부디
주변을 물려 주십시오.」
　전에 없는 요청에 심각성을 느꼈는지 정왕이 좌우를 보며 손을
들었다.
　「모두들 물러가고 사방을 다 비우라.」
　험악한 눈총이 지윤에게 일제히 꽂혔다. 이 방 안에 있는 수하들
은 삼법사 안에서 핵심 중의 핵심, 정왕의 심복 중의 심복이었다.
모두 물리고 보고를 하겠다는 건 그들을 믿지 못한다는 의미였다.
성질대로라면 드잡이라도 했겠지만 정왕 앞에서 차마 그러지는 못
했다.

태산처럼 지엄한 영이니 따르긴 한다만 도대체 무슨 일이기에 이렇게 유난을 떠는지 나중에 두고 보자는, 벼르는 시선을 쏟아부으며 모두 밖으로 나갔다. 곧이어 연결된 익실에서도 사람들이 다 빠져나가는 소리가 들렸다.

「무슨 일인가?」

정왕의 물음에 지윤은 마른침을 꿀꺽 삼켰다.

황도로 달려올 때만 해도 반드시 알려야 한다고 믿어 의심치 않았다. 그렇지만 정왕과 마주하니 회의감이 슬금슬금 솟아났다.

벌써 1년여. 궁금하다는 생각도 할 수 있으련만. 절대 그의 귀에 한채연이라는 이름이 들리지 않도록 하라는 명을 내린 뒤 정왕은 스스로도 그 맹세를 지켰다. 이미 다 정리하신 것을 공연히 전하의 성심만 어지럽게 하는 게 아닐까? 뒤늦은 불안감이 엄습했지만 그래도 이왕 뽑은 칼. 뒤로 물러설 수는 없었다.

「채연 낭랑께서…….」

정왕의 짙은 눈썹이 가장 불쾌할 때의 각도로 모아지는 걸 보자 용기가 급속도로 사라졌다. 그렇지만 울음소리로만 만났던 어린 왕자의 존재를 떠올리며 그는 자신을 다잡았다.

「채연 낭랑께서 지난 달 염일에 마조 도관에서 왕자 아기씨를 출산하셨다고 하옵니다.」

「뭐라고!」

늘 속내를 알 수 없이 가늘게 뜨고 있던 그의 눈이 좀처럼 보기 힘든 크기로 커지고 부릅뜬 눈에서는 퍼런 양광이 한밤 호목(虎目)처럼 매섭게 빛났다. 죄 없는 지윤의 간담마저 콩알만 해지는 것 같은 매서운 예기였다.

日 月 🦋

그러나 순식간에 침착함을 되찾은 정왕이 평소와 별로 다를 것 없는 목소리로 물었다.

「잉태한 것은 진즉에 알았을 텐데 어째서 지금 아뢰는 것인가? 임 도사 그 정도로 어리석은 이인 줄을 몰랐구나.」

「그것이 아니오라…….」

무심한 반문이나 그 속에 열화가 화산처럼 펄펄 들끓고 있다는 걸 모르지 않았다. 그러나 임 도사의 억울함을 벗기려면 지원이 개입했다는 걸 고해야 했다. 진퇴양난의 상황에 고심하던 지윤은 조심스레 변명을 시도했다.

「임 도사께서 잉태하신 건 알려 왔사오나 전하께서 채연 낭랑의 일은 절대 거론치 말라는 엄명을 내리신 터라…… 보고를 못 드린 것 같사옵니다.」

최대한 뭉뚱그려 스리슬쩍 넘어가려고 했지만 정왕은 행간을 간파해 냈다.

연통을 받은 것은 지원일 터. 동생에게도 알리지 않고 덮은 모양이다. 그래서 뒤늦게 안 지윤이 이렇게 헐레벌떡 달려와 형까지 물리쳐 달라고 한 거겠지.

얼음 기둥처럼 꼼짝도 않는 정왕의 얼굴은 전에 없이 싸늘했다. 형이 지은 죄지만 그래도 형제라 지윤은 오금이 저렸다.

「소신도 이 일을 듣고 고민을 많이 하였사옵니다. 한데 채연 낭랑께서 조만간 왕자님을 데리고 떠난다고 하셔서…… 그건 있어서는 안 되는 일이라 알리옵니다.」

그를 두 번 다시 보고 싶지 않던 채연의 절규가 떠올랐다. 얼마나 엄청난 일을 저질렀는지, 채연에게 어떤 상처를 줬는지 잊고 싶어 애써 무시하던 그 순간. 그의 가슴에 칼날처럼 꽂혀 피를 흘리게 하는 그 눈물과 증오의 기억은 한 가지 결론으로 달려가게 했다.

떠난다고? 내가 그렇게 끔찍한가? 내 귀한 아이에게 아비 없는 자식이라는 굴레를 씌우고, 마땅히 누려야 할 권리마저도 빼앗아 갈 정도로?

이어 한때 그의 것이 될 거라고 믿었던 정경이 떠올랐다. 곁에서 따스하게 웃어 주는 채연과 그 품에 안긴 아이. 세월이 흐르고 하나 둘 늘어나는 귀여운 아이들에게 둘러싸여 나이를 먹고 늙어 갈 거라는 꿈. 상상만으로도 너무나 행복했기에 백일몽이 되었을 때 그 상실감을 견딜 수가 없었다. 채연에게 차마 해서는 안 될 짓을 저질렀다는 걸 알기에, 그녀의 소망대로 놓아줬다. 자신을 볼 때마다 그 끔찍한 악몽을 떠올린다는 그녀에게 미안하고 고통스러워서 잊으려고 했던 미래. 영원히 포기했던 그것의 일부는 되찾을 수 있다.

그 가능성에 맥박이 걷잡을 수 없이 빨라지기 시작하더니 환희가 해일처럼 그를 압도했다.

서내원을 떠나면서 영원히 죽어 버렸다고 여겼던 감정. 바삭바삭 마르다 못해 흔적도 없이 사라졌다고 믿었건만. 절망 속에 깊이 갇혀 있었던 열망이 순식간에 뜨거운 덩어리로 화했다. 격렬하게 꿈틀거리던 열기가 서서히 핏줄을 타고 움직이며 빙결되었던 온몸을, 마음을 되살렸다.

나와는 다르게 키울 것이다. 아비의 애정에 목말라하지 않고, 자신을 감추거나 원치 않는 일은 절대 하지 않으면서, 더없이 귀한 존재로 자라게 하겠다. 몸속 저 깊은 곳부터 차오르는 희열을 누르며 그는 미미하던 분노를 일부러 키웠다. 그렇게 노화의 불꽃으로 죄책감을 태우며 자신의 결단에 확고한 면죄부를 주었다.

내 뒤를 이을 소중한 아들을 데리고 사라지려 한 만행은 도저히 용서할 수 없다.

이 무슨 억지냐고 양심이 속삭였지만 그 소리도 무시했다. 어차피 채연이 없는 삶은 거대한 공허에 둘러싸인 지옥이고 억겁의 형벌이었다. 그곳에서 풀려날 희망이 보이는 거였다. 그를 미워하는 그녀와 함께하는 것도 지옥이겠지만 채연이 없는 지옥보다는 나았다. 곁에만 둘 수 있다면 다 견딜 수 있다. 짓궂은 운명이 다시 기회를 허락했으니 그걸 잡아채겠다. 본심을 냉랭한 눈빛에 감추고 그는 자리에서 일어났다.

「따르라.」

정왕이 나오자, 도대체 무슨 일인지 모여 앉아 추측을 하고 있던 관원들의 얼굴에 노골적인 호기심이 드러났다. 그렇지만 그는 잠시 멈춰 명을 내리는 시간도 아까운지 넓은 정청을 빠른 걸음으로 가로질러 갔다.

「과인은 지금 바로 서내원으로 갈 것이다.」

「예?」

영문을 몰라 어리둥절하는 다른 수하들과 달리 지원은 짚이는 게 있었다.

혹시?

그의 의구심을 확신시켜 주는 명령이 정왕의 입에서 또 흘러나왔다.

「우특무만 따른다.」

특별한 사정이 없는 한 그와 지윤은 늘 함께 정왕의 그림자 역할을 수행했다. 급박한 임무가 있는 것도 아닌데 그를 배제했다는 건 한 가지 이유밖에 없었다.

채연의 회임을 알리지 않았다는 걸 정왕이 알았고, 그 월권에 노여워하고 있다는 표시.

감시를 붙여 놨다가 출산하자마자 바로 처리할 것을. 독한 여인이라 천명한 대로 조용히 사라져 줄 거라 믿고 살려 뒀더니 결국은 이 사달이 나는구나.

손속에 정을 둔 자신이 한탄스러웠지만 시위를 떠난 화살이었다. 정왕이 이미 후사를 봤다는 것이 알려지면 서씨 가문에서 내켜하지는 않겠지만 피차 권력의 균형을 이루기 위한 정략. 공녀가 낳은 왕자를 이유로 혼사를 작파할 수는 없을 것이다. 정궁으로서 그 혈육을 받아들이는 게 당연한 순리일 거라는 데 계산에 미치자 심란하던 속이 조금은 평온해졌다.

반대로 황성을 빠져나와 말을 달리는 정왕의 심중은 평온과는 거리가 멀었다. 그 격랑 치는 심기를 대변하듯 대기마저도 불순했다. 얼마나 급박한 일이기에 금세라도 폭풍이 한바탕 몰아칠 것 같은 날씨에, 더구나 짧은 가을 해가 벌써 흐려져 석양이 짙어지는 이 시간에 길을 나서는 것일까. 수행한 검교들은 의문 가득한 시선을 교환하면서도, 검자줏빛 놀구름 속으로 천마처럼 내달리는 정왕의 말을 놓치지 않기 위해 힘껏 채찍질을 해 댔다.

지금 누가 달려오는지 까맣게 모르는 채연은 막 젖 먹이기를 끝내고 임 도사와 마주 앉아 있었다. 등을 토닥여 주는 장단에 맞춰 트림을 시원하게 한 것이 엄청난 대업이라도 되는 양 도사는 대견함을 감추지 못했다.

「회임하셨을 때 드시는 게 영 부실해 젖이 제대로 돌지 않을까 걱정했는데 돌아볼 때마다 무럭무럭 자라 계신 것 같습니다. 산모를 돌보시는 임수부인께서 한 소저와 아기씨를 아끼시나 봅니다.」

「진인의 축수 덕분이지요.」

배가 차자 졸리는지 바로 꾸벅꾸벅 조는 아기를 추슬러 안는 채연의 입술이 곱게 미소를 그렸다. 젖이 모자라는 정도가 아니라 종종 따로 짜내야 할 정도로 남아도는 게 지금은 번거롭기는 했지만 점점 더 많이 먹는 아이의 배를 곯릴 걱정을 안 해도 되니 감사해야 할 일. 애정 가득한 시선으로 아기를 내려다보며 채연은 조심조심 말문을 열었다.

「진인이 아니셨다면 씻지 못할 죄를 짓고 두고두고 후회를 했을 것입니다. 슬기롭게 막아 주셔서 정말 감사드립니다.」

서두만을 듣고도 의도를 알아챘는지 임 도사가 무거운 한숨을 내뿜었다.

「기어이 떠나실 작정이십니까?」

대답 대신 채연은 품에 안은 아들의 볼을 쓰다듬었다.

수없이 많은 밤을 뒤척이고 갈등하면서 내린 결단이었다. 볼 때마다 탄식이 절로 튀어나올 정도로 아비를 빼닮은 아이.

아들에게 나날이 짙어지는 정왕의 흔적은 박박 지우고픈 사내의 모습을 자동적으로 떠올리게 했지만 스스로도 신기할 정도로 그다지 괴롭지도, 또 염려와 달리 아들이 미워지지도 않았다. 뱃속에 있을 때는 고통스런 기억에 영영 옭아매는 아이를 미칠 듯이 혐오했지만 그 미움은 처음으로 젖을 물리면서 지워져 버렸다. 대신 하루하루 아들에 대한 애정이 커질수록 갈등이 커지고 있었다.

자신과는 모든 연이 끝났지만 그래도 천륜인데 정왕에게 아들의 존재를 알려 줘야 하지 않을까? 왕자로 자라야 할 아기의 앞날을 막는 것이 과연 옳은 것인지. 그런 고민이 들 때도 있을 정도였다. 인정하기 싫으나, 가장 두려운 건 아이의 존재를 알렸음에도 정왕이 무시하는 거였다. 만약 아들이 거부당한다면 그에게 강제로 몸을 빼앗겼을 때보다도 더 처참할 것 같았다. 가정만으로도 치가 떨렸다.

그렇지만 정왕에게 인정받는다고 해도 암담한 것은 마찬가지. 그리 되면 그녀도 그의 그늘에 머물러야 했다. 아무리 자식의 미래가 소중하다고 해도 치욕스런 기억을 안고 그와 살 자신이 없었다. 마지막 하나 남은 선택은 아들을 떼어 놓고 혼자 떠나는 것이지만 그것은 이제 그녀에겐 불가능했다.

모계가 아무리 보잘것없다고 해도 그는 황자이자 번왕. 명문대가에서 왕비를 맞고 후궁도 여럿 들여서 많은 자손을 보겠지. 하지만 내게는 이 아이뿐이다. 아비를 빼앗는 대신 내 모든 걸 다 바칠 것이다.

가책을 털어 내며 채연은 결심한 바를 다부지게 밝혔다.

「이곳에 있으면 제 아들은 아비 없는 자식이 됩니다. 아무도 저희를 모르는 곳으로 멀리 떠나 과부의 자식으로 키우는 것이 모두에게 최선인 것 같네요. 많이 숙고하고 내린 결정이니 진인께서도 부디 받아 주십시오.」

日月

「한 소저의 뜻이 그리 굳으시니 저도 더 이상 말리지는 않겠습니다만…… 떠나시는 건 몇 달만 뒤로 미뤄 주시면 좋겠습니다.」

「말씀은 감사합니다만, 몸도 다 회복돼서 괜찮습니다. 더 추워지기 전에 길을 나서는 게 옳을 듯싶어요.」

「황제 폐하께서 천하를 통일하신 뒤 나라의 질서가 잡혀 태평성대라고는 하지만 여인 홀로 나서기에는 여전히 험한 길입니다. 더구나 소저는 이제 혼자가 아니라 돌보아야 할 아이가 있으십니다. 아드님의 안위를 생각하셔야지요.」

일단 가장 큰 약점을 공략한 뒤 그녀는 채연이 혹할 당근을 흔들었다.

「매년 이른 봄에 해남 천후궁에서 모시는 큰 제사에 참석하기 위해 각지에 있는 마조 도관에서 도사들이 많이 내려오는데, 동지부터 춘절 즈음에 여기에 도착해서 숙식을 청한답니다. 보통 소흥으로 가서 물길로 움직이니 그들과 함께 가십시오. 가다가 마음이 닿는 곳이 있으면 낭랑께서는 거기서 멈추시면 될 것 아닙니까?」

임 도사의 말마따나 그녀는 혼자가 아니라 한 아이의 어미. 이제 겨우 한 달을 넘긴 아이에게 여행은 분명 무리가 있을 수 있었다. 요 며칠 꿈자리가 시끌시끌한 것이, 육감은 빨리 떠나야 한다고 재촉했지만 임 도사의 논리는 무시하기 힘들었다.

배로 움직이면 도보보다는 훨씬 편하고 또 어지간히 무도한 무리가 아닌 이상 수도자 일행을 괴롭히지는 않을 터. 그때쯤 되면 이 아이도 충분히 여행을 감당할 수 있을 것이다.

이제는 자신이 아니라 아들을 위한 선택을 해야 한다고 되뇌며 채연은 무거운 구름을 애써 걷어 냈다.

「그러면…… 염치 불구하고 조금만 더 신세를 지다가 남쪽으로 떠나겠습니다.」

「잘 생각하셨습니다. 저도 이제 마음이 좀 놓이는군요.」

이제 몇 달은 벌었구나.

도사는 남몰래 안도의 한숨을 삼켰다. 적당한 때를 봐서 지윤이나 지원에게 채연이 아들을 낳았다는 것을 정왕에게 아뢰어 보라고 할 작정이었다. 일전엔 노여움이 아직 가라앉지 않았을 때라 잉태 소식도 무시했겠지만 귀한 왕손까지 낳은 채연을 모른 척하지는 않을 것이다. 사내들이란 본디 성질을 못 이겨 판을 엎어 놓고는 뒤늦게 수습하려고 고심하는 경우가 다반사니, 오히려 좋은 핑계가 생겼다고 환영할 것이다. 문제는 채연의 마음이 정왕에게는 여전히 단단히 얼어붙어 전혀 녹지 않고 있다는 것이지만 그 역시 잘 풀릴 거라고 믿었다.

낳기는 하되 절대 보지도 않겠다던 자식도 받아들이지 않았나. 어질고 현명한 사람이니 시간이 지나면 용서까지는 아니더라도, 아들을 위해서는 정왕의 보호 아래 사는 게 최선임을 수긍할 것이다. 찬찬히 설득을 하고 다독여 조금이라도 부드러워지는 기미가 보이면 정왕에게 사람을 보내어 소식을 전해야겠다. 서로 한풀씩 꺾이고 진정되면 잠시 어긋난 인연도 제자리를 찾아가겠지.

용화가 어떤 일을 벌였는지 모르는 임 도사는 간신히 얻어 낸 말미를 어떻게 잘 활용해 채연의 상처를 다독여 줄 것인지 부지런히 궁리를 했다. 그렇지만 그녀만의 느긋한 계획은 시작도 못 해 보고 끝이 났다.

다음 날, 평소대로 모두 본당에 모여 독경을 한 뒤 아침 식사를 하려는 시간, 굳게 닫힌 도관의 정문을 거칠게 두드리는 요란한 소음이 들려왔다. 독경의 여운이 남은, 대화도 허용되지 않는 엄숙한 시간을 방해하는 소란에 죽을 뜨던 손이 동시에 멈췄다.

「도관의 사정을 잘 모르시는 외지 객인 모양이다. 식시食時. 아침 7~9시가 지나야 개문開門을 한다고 말씀드리고 오너라.」

임 도사의 명에 입구 가까이 앉아 있던 소년이 날래게 일어났다. 그런데 밖으로 나갔던 소년은 새파랗게 질린 얼굴이 되어 방 안으로 뛰어 들어왔다.

「어머니, 크, 크, 큰일 났습니다. 셀 수도 없이 많은 병사들이 도관을 에워싸고 있습니다!」

「뭐라고!」

놀란 비명과 동시에 터져 나온, 용화의 나직한 중얼거림이 채연과 임 도사의 귀에 확 꽂혔다.

「정왕 전하!」

임 도사의 음성이 째지듯 올라갔다.

「용화야, 그게 무슨 소리냐?」

예상 못 한 진행에 혼비백산한 것은 용화도 마찬가지였는지 임 도사의 추궁에 하얗게 질린 얼굴로 마주 보기만 할 뿐 입을 떼지 못했다. 다들 놀라 얼음 기둥이 되어 있었지만 정왕이라는 단어에 받은 충격은 채연이 가장 컸다.

소원대로 버려 두겠다고 했을 선언했을 때 그는 분명 신심이었다. 그 맹세를 번복할 사람이 아니었다. 그런데 왜 여기에 나타난 것일까? 하필이면 지금, 그리고 병사까지 이끌고. 결론은 하나로 모아졌다.

내 아들!

순간 머릿속이 완전히 정지되었다. 마치 그렇게 하면 감출 수 있는 것처럼 채연은 아기를 꼭 부둥켜안았다. 그러나 미처 다음 행동을 결정할 사이도 없이, 문을 꽉 채우며 거대한 그림자가 들어섰다.

다들 얼어붙어 숨소리도 제대로 내지 못하고 있건만 정왕은 그들 중 누구에게도 눈길 하나 주지 않았다. 그 서늘한 시선은 마치 생명줄이라도 되는 것처럼 아기를 꼭 끌어안고 있는 채연에게만 오롯이 꽂혀 있었다. 앞을 막아서는 자는 모조리 베어 낼 듯 날카로우면서도 음산한 압박감이 채연을 틀어쥐었다.

「내 눈을 피해 잘도 숨어 있었군.」

꽁꽁 묶여 잡혀 올려진 것처럼 눈이 마주치자 그녀를 지배하는 감정은 본능적인 두려움. 뱀에게 홀린 가여운 먹잇감처럼 채연은 꼼짝도 할 수 없었다. 그가 작정하면 그녀의 미약한 저항 따위는 우습게 꺾어 버릴 수 있다는 것을 처절하게 체험했기에 몸과 마음이 저절로 움츠러들었다. 하지만 팔에 느껴지는 무게감과 온기가 그녀에게 용기를 주었다.

「숨었다니요. 전하께서 내치셨습니다. 두 번 다시 저를 보지 않겠다 하신 분도 전하이옵니다.」

「그래. 그랬지.」

의외일 정도로 순순한 인정. 그러나 음울한 냉소와 함께 나온 반박이 그녀를 후려쳤다.

「하지만 내 후계자를 내치겠다고 한 적은 없다.」

헉! 문 앞을 막아선 지윤의 입에서 숨넘어가는 비명이 튀어나오다 간신히 삼켜졌다.

日月

후계라니! 이미 정비가 정해진 마당에 아무 봉작도 없는 여인에게서 난 아들을 어찌!

채연의 온화한 심성이 마음에 들었고, 정왕을 행복하게 해 줬기에 더더욱 좋아했다. 하지만 이건 아니었다.

조용히 뒤를 쫓다가 국혼이 끝난 뒤에 알렸어야 하는 것을. 뒤늦게 땅을 치며 후회하는 그를 제외하고는, 다들 이 급작스런 진행에 놀라 그런지 정왕의 선언에 관심을 표하는 사람은 없었다. 오로지 지금 이 상황이 어떻게 진행될지, 두려움과 호기심으로 가득한 시선이 채연과 정왕에게 집중된 가운데 그가 채연의 품에 안긴 아기에게 팔을 내밀었다.

「안 돼요!」

아기를 가슴에 꽉 당겨 안았지만 다가온 정왕은 완강했다. 버티려면 더 버틸 수도 있었지만 그러면 아들이 다쳤다. 절대 자식에게 해가 가는 짓을 할 수 없는 어미의 손에서 힘이 빠져나갔다.

순한 아기는 깨자마자 일찌감치 배를 가득 채운 터라 안겨 있던 품이 바뀌어도 별반 뒤척이지도 않고 눈만 반짝 떴다.

부자간의 첫 대면. 아무도 범접할 수 없는 순간이었다. 저대로 아들을 빼앗기는 게 아닐까, 속이 타 죽을 것만 같은 채연조차도 아무 훼방도 할 수 없었다.

닮은 색의 티 없이 맑은 눈망울과 심연처럼 어둡고 깊은 눈동자가 처음으로 만났다. 그를 마주 보는 검남색의 투병한 동공과 마주하자 정왕의 가슴에서 뜨거운 것이 후끈 치밀었다.

통통하고 발그레한 볼에 커다란 손가락이 조심조심 닿자 아버지인 왕을 처음 배알하는 순간이라는 걸 알기라도 하는 양, 아기는 때맞춰 까르르 배냇짓을 했다.

내 아들.

아무 계산도 정략도 없이 그에게 속한 유일한 존재.

이제 넓은 천하에 혼자가 아니다.

처음 상면한 아들에 대한 애정이 감당하기 힘들 정도로 샘솟았다. 자신에게 존재하는지조차 몰랐던 부성애라는 이 낯선 감정이 당혹스러운 동시에 감격스러웠다.

감동의 격랑이 한 차례 휩쓸고 지나가자 아기를 소소히 살필 여유가 생겼다.

동그란 이마며 웃는 상인 아미娥眉는 어미를 닮았구나.

채연은 아들에게서 그를 보았지만 정왕의 눈에는 채연의 모습이 들어왔다. 두 사람이 함께 창조해 낸 귀한 피조물. 이 아이로 인해 채연을 영원히 묶어 둘 수 있다는 확연한 깨달음이 양귀비 달인 물을 마신 듯 짜릿한 쾌감으로 그의 육신을 관통했다.

감히 바랄 수도 없었던 소망이 이제 이뤄졌다는 흐뭇함이 그를 조금은 너그럽게 했다. 한결 부드러워진 표정으로 채연에게 아기를 돌려줬다. 포동포동한 아들의 묵직한 체중이 팔에 다시 느껴지자 채연은 잊고 있던 숨을 몰아쉬며 아기를 꽉 끌어안았다. 아들이 품에 돌아오자 천리만리 달아나 버렸던 혼도 제자리에 돌아온 듯 겨우 말이 나왔다.

「도대체…… 도대체 제게 왜 이러십니까!」

그녀의 음성에 그에 대한 원망과 힐난이 절절이 묻어났다.

사모했다. 거짓인 줄도 모르고 그 달콤한 속삭임에 중독되고, 독을 바른 배려에 젖어 들며 그에게 빠져들었다. 평생 절개를 지키겠다고 맹세했던 정혼자마저도 잊고 싶을 정도로 흔들렸다. 마침내는 그를 지키기 위해 탕녀의 오명을 쓸 각오까지 했다.

그 지순한 단심丹心을 배신하고 능욕한 사람. 소중한 아이의 아버지기에 그 증오마저도 삭이고, 겨우 평정을 찾고 있었는데. 왜 아직도 치유되지 않은 상처를 다시 헤집어 피를 철철 흘리게 하는지. 지금 자신이 어떤 처지인지조차도 망각할 정도로 그가 밉고 원망스러웠다.

「잘 살고 있는 저희를 왜 이리 괴롭히시는 겁니까!」

설설 기면서 빌어도 시원찮을 판국이건만. 다들 기함을 했다. 그런데 놀랍게도 정왕의 입술 끝에선 천천히 미소가 떠올랐다. 물색모르는 이가 본다면 모든 걸 가납하는 어짊으로 착각할 수도 있는 부드러움. 그러나 정왕의 미소는 결코 좋은 신호가 아니었다. 미소가 짙어질수록 더 경계해야 하고 웃음이 되면 그때는 목을 내놓아야 했다.

그걸 잘 아는 지윤은 등골을 관통하는 공포를 누르며, 최소한 죄 없는 사람들이 불똥을 맞는 걸 피하게 해 주려 민첩하게 나섰다.

「어머님, 전하와 낭랑께서 편히 말씀을 나누시도록 모두 나가는 게 좋을 듯싶습니다.」

도망갈 구멍이 열리자 임 도사와 용화는 서둘러 아이들을 일으켜 세웠다. 순식간에 방이 싹 비고 문이 닫혔다. 좁은 마당에서도 사람들이 빠져나가는 소리가 희미하게 들리다 조용해졌다. 폭풍이 휩쓸고 간 듯한 적막 가운데 단둘만이 남자 그는 기다렸다는 듯 무자비한 공격을 시작했다.

「잘 지낸다는 건 너 혼자만의 착각이지. 네가 끝내 왕자를 감추는 데 성공했다면 이 아이는 어찌 될까? 너를 닮아 영민해 과거로 출사를 하려 한다손 치자. 그때 누구의 자식이라고 내세울 것이냐? 뒤늦게라도 자신의 신분을 알게 된다면 왕자로 자라야 할 자신을 평민으로 키우고 모든 기회를 빼앗아 간 너를 원망하지 않을까?」

작정하고 급소만 공격하는 난도질. 그 지적 한마디 한마디가 그녀의 고심거리기도 했기에 아무 항변도 할 수 없었다. 핏기 하나 없는 입술을 바들바들 떨고 있는 모습에 측은지심이라도 들 법하건만. 그는 일말의 여유도 주지 않고 계속 몰아붙였다.

「과인의 유일한 혈육이다. 왕자가 그렇게 자라는 건 용납할 수 없다.」

「저는 절대로 제 아이와 헤어질 순 없사옵니다. 기어이 아이를 뺏으시려면 차라리…… 차라리 저를 죽이고 데려가세요.」

야청색 눈을 스쳐 간 감정은 어두운 핏빛. 하지만 고개를 갸웃하며 나긋하게 속삭이는 목소리는 녹아내릴 듯 보드랍고 달콤했다.

「내 왕자를 그 어미에게서 떼어 놓겠다고 한 적은 없는데?」

도대체 무슨 심산인지. 그에게서 감정이나 표정을 찾는 건 헛된 노력이라는 걸 알면서도 채연은 마주 볼 수밖에 없었다. 늘 그렇듯 어두운 밤처럼 그의 눈 속에는 아무것도 비치지 않았다. 막다른 곳에 몰아넣어 이제 막 숨통만 끊어 놓으면 되는 먹잇감을 앞에 둔 맹수의 여유로움을 겉에 바른 그는 무감동하게 선고했다.

「과인의 왕자와 군주들은 기억이 아니라 반드시 살아 있는 어미를 가질 것이라 말하지 않았더냐.」

달콤한 감언이설甘言利說. 자신이 바로 그 아이들의 어머니가 되어 있는 영상에 당황하면서도 설레었던 기억이 따라왔다. 일찍 모후를 잃고 외롭게 자랐다던 그를 위로해 주고 싶었던 부끄러운 소망까지. 산산이 깨어져 버린 과거의 꿈이 날카롭게 깨진 사기 조각처럼 가슴을 찔러 대자 제어할 틈도 없이 나지막한 한탄이 새어 나왔다. 그것은 자신에 대한 원망. 더불어 운명에 대한 원망이기도 했다.

「그날 밤 왜…… 연못에 갔는지…… 왜 하필이면 그 길로 갔는지…….」

무덤 같은 고요. 죽음의 독 향을 풍기는 것 같은 그 미소마저 천천히 사라져 갔다. 그가 내뿜는 것은 극도로 정제된 순수한 분노. 채연의 피 토하는 절규에도 유지되던, 그 예의 온화함은 하나도 남지 않았다. 감정의 반경 안에 있는 채연은 공포에 숨도 잘 쉬어지지 않았다.

당장이라도 불을 뿜어 댈 것 같았지만 예상과 달리 그는 폭발하지 않았다. 그러나 차라리 벼락이 치는 게 낫지, 그 폭풍 전야의 고요는 피 말리는 고문이었다. 피가 얼어붙는 것 같은 긴장을 견디기 힘들어 차라리 정신을 잃고 싶을 정도였다.

뜻밖에도 그는 초인적인 자제력으로 노여움을 다스려 냈다. 천천히 몸을 굽혀 채연과 눈높이를 맞추는 정왕의 입술에 희미한 냉소가 다시 묻어났다. 슬쩍 보기엔 다정하고 온유한 각도로 부드럽게 휘어져 있었지만 눈빛만은 전에 없이 음습하게 빛났다.

「그것보다는 이곳에 머물러 있었던 네 아둔함을 탓하는 것이 옳지 않을까 싶구나.」

보이지 않는 올가미에 꽁꽁 묶인 것처럼 그의 시선을 피할 엄두도 내지 못하는 채연의 볼을 그의 손끝이 천천히 쓸어내렸다. 잘 제어되고 있으나 당장이라도 터질 듯 펄펄 끓고 있는 격노. 따뜻한 손의 체온과 대조적인 서늘한 살기가 맞닿은 피부를 따라 퍼져 나갔다.

「뭔가 착각하고 있는 모양인데, 그때 죽겠다는 네 앙탈 따위에 밀려 풀어 준 줄 아느냐? 내가 작정했으면 넌 속내야 어떻든 과인 곁에서 웃음을 지으며 얌전히 머물렀을 것이다.」

절대 그런 일은 없었을 것이다. 그녀의 결연한 표정을 빤히 응시하는 그의 입술에 비소가 떠올랐다. 감정을 다스리는 데 이골이 난 사람답게 정왕은 너무도 상냥하여 오히려 소름이 끼치는, 달콤한 음성으로 속삭였다.

「그때 말이다, 만약 과인이 개경에 남겨 두고 온 그 동생들의 목숨과 미래가 네 선택에 달려 있다는 걸 말해 줬다면 네가 떠날 수 있었을까?」

더없이 다정하니 그녀의 얼굴을 쓸어내리던 손길이 목덜미에서 멈췄다.

그의 손은 검을 잡는 무인으로는 어울리지 않게 가늘고 길었다. 모양새만으로 본다면 여인의 손으로 착각할 정도로 아름답지만 그 무시무시한 악력은 익히 경험했다. 완력보다 더 무서운 것은 그의 손에 있는 권력. 마음만 먹으면 그녀가 소중히 여기는 모든 것을 사라지게 할 수 있었다. 그녀의 목덜미를 살짝 누르는 요유(擾柔)한 손놀림은 그걸 여실히 알려 주는 경고였다. 지금 힘만 주면 이 목숨을 거둬 갈 수 있는 것처럼 그녀와 관련된 사람 모두의 미래도 망쳐 버릴 수 있다는 것을.

그 냉혹한 현실을 그녀가 깨닫기를 기다리는 면밀하게 계산된 움직임에 공포가 등줄기를 따라 온몸을 훑어 내렸다.

「서…… 설마…….」

차마 이어지지 못한 질문에 그가 친절히 답을 해 줬다.

「아직은 아니다. 영원히 아닐 수도 있고. 모든 것은 네게 달렸지.」

차라리 영영 찾지 못할 곳으로 숨어 버리지. 그러면 지금까지 살아온 대로 거대한 공허 속에 파묻혀 언젠가는 잊을 수도 있었으련만. 하지만 늦었다. 운명이 너를 내게 다시 돌려준 이상, 비록 반쪽뿐이라고 해도 난 놓지 않겠다.

「진심으로 사죄하려는 마음이 있다면 놓아 달라기에, 네게 진 빚을 갚으려 놓아준 것이다. 그걸로 그 셈은 깨끗하게 청산되었지. 과인이 베푼 단 한 번의 기회를 놓친 것은 다름 아닌 너다.」

채연의 눈망울이 절망으로 젖어 들더니 짙은 체념이 덧씌워졌다.

예상대로의 반응. 하지만 전혀 기쁘지 않았다.

넌 내게 모든 것이지만 너에게 나는 아니지.

비애를 억누르며 정왕은 본심과 전혀 다른 소리를 내뱉었다.

「네가 일전에 말한 적이 있지. 나는 이승이 지옥이라고. 내 눈에 다시 띄었으니 너도 그 지옥에 살아야 할 수밖에.」

이미 그에겐 실망할 일도, 그 때문에 다칠 일도 없다고 믿었건만, 그 냉혹한 선고는 채연의 마음에 또 상처를 남겼다. 그러나 그 심중을 알 리 없는 정왕은 냉엄한 경고만을 보냈다.

「안됐지만 젊은 과부가 되어 왕모王母로 태평하게 남은 생을 보낼 욕심은 버리는 게 좋을 게다. 네 정혼자 같은 고고한 선비들은 맑은 물이 아니면 살지 못하지만 나처럼 흙탕물에서 뒹구는 잡어는 어떤 난세에도 끝까지 살아남는 법이지. 나는 말이다, 단 하루라도 너보다 더 살다가 떠날 작정이니까.」

죽음보다 두려운 선고를 마친 그는 방을 나가 버렸다. 거칠게 닫힌 문이 계속 흔들렸다. 오래오래 지속될. 어쩌면 죽을 때까지 치유하지 못할, 그가 남긴 상처처럼.

또르르.

절망과 체념이 맑은 물방울이 되어 하얀 뺨 위로 흘러내렸다. 잠든 아기의 보얀 피부 위로 톡톡 떨어지는 뜨거운 이슬을 훔쳐 내며 채연은 중얼거렸다.

여인으로 태어나지 말지니라. 여인의 몸으로 태어나면 온갖 운명이 남의 손에 달리느니.[5]

---

5) 人生莫作婦人身 百年苦樂由他人. 백거이의 ‘태행로(太行路)’ 中.

十七

황제를 알현한 정왕이 이마에 피를 철철 흘리며 쫓겨 나왔다더라.

일파만파 一波萬波. 삽시간에 퍼진 소문에 황궁 안이 발칵 뒤집혔다. 단단한 물건에 정통으로 맞지 않고서는 불가능한 상처. 동석했던 환관과 시위들 모두 입에 자물통을 채운 듯 함구하고 있지만 삼법사 수장에게 그런 짓을 할 수 있는 사람은 온 천하에 단 한 명뿐이었다.

스물이 넘는 아들 중에 유일하게 곁에 두고 있는 황자. 의심 많고 변덕 심한 황제의 의중을 한발 앞서 짚어 내는 절묘한 처신으로 부러움을 사던 그였다.

그 처세의 달인이 무슨 죄로 황제의 심기를 거스른 것일까?

황궁 안 고귀한 비빈부터 저 아래 말단 궁녀와 환관들까지 눈만 마주치면 그 이유를 추측해 보느라 여념이 없었다. 삼삼오오 모여 설왕설래만 하던 그들은 곧바로 내려진 교지에 다시금 경악해야 했다.

정왕은 오늘부로 삼법사의 모든 직책에서 물러난다. 더불어 황궁 출입을 금한다.

은의위가 삼법사로 바뀌는 과정을 주도하면서부터 황제의 눈이고 귀인 동시에 손발이었던 정왕이었다. 사냥이 끝나면 사냥개를 삶는다더니. 생사고락을 함께했던 개국공신들에게 가해졌던 그 매서운 숙청의 칼날이 이제 아드님에게까지 가는 것인가? 정왕을 토사구팽 하는 것이라면 이걸 빌미로 얼마나 심한 회오리가 휘몰아칠까? 그들을 무자비하게 감시해 온 정왕이지만 최소한 공정하기는 했는데 더 지독한 자가 그 자리에 앉아 도륙을 하면 어쩌나? 대소신료들은 그동안 정왕이라면 몸서리를 치던 것도 잊고 새로운 근심에 잠겼다.

하지만 오후가 되자 황제에게 불려 갔던 몇몇 이해 당사자들은 정왕이 내쳐진 진짜 이유를 알게 되었다. 공들여 도모한 일이 모래성처럼 허물어지는 걸 두고 볼 수 없기에 임안공주는 혼례를 돕기 위해 황도에 와 있던 연왕비 서씨를 끌고 득달같이 정왕에게 달려왔다.

「국혼을 파하다니! 그게 무슨 소리냐! 다른 집안도 아니고 증산왕의 여식이다. 그 명가에 네가 어찌 그런 모독을 줄 수 있니!」

격노를 감추지 못한 임안공주가 숨도 쉬지 않고 앙칼진 독설을 쏟아 냈지만 정왕은 공주 뒤에 반쯤 몸을 감추고 난처한 표정으로 서 있는 연왕비에게 사죄를 했다.

「다행히 간택이 공표되기 전이라 서 소저에게 큰 누가 되지는 않을 것입니다. 서 소저라면 저보다 훨씬 나은 배필을 만날 수 있을 터이니 마마께서도 너그러이 양해를 해 주십시오.」

「무슨 망발이야! 절차만 밟지 않았다 뿐이지, 묘금이 비가 될 거라고 알 사람은 이미 다 아는데 크게 허물이 되지 않을 거라니! 반가의 혼사도 파혼을 하면 그 규수에게 흠결이 가는데 이건 그냥 혼사도 아니고 엄연한 국혼이다. 황친으로 어찌 이런 경거망동을 하느냐!」

누구 편에 서느냐에 따라 힘의 균형이 달라질 수 있는 정왕이기에 그의 혼인 상대를 놓고 끝도 없는 계산이 황제와 종친들, 중신들 사이에서 오갔다. 수많은 경우의 수를 놓고 신중한 저울질 끝에 선택된 배필이 묘금. 언니는 연왕의 정비지만 그 오라비는 황제와 태손에게 절대적인 충성을 바치는 서휘조徐輝祖 장군. 황제는 황도 수비대장 서휘조와 정왕이 힘을 모아 윤문의 든든한 방벽이 되어 줄 거라고 계산했고, 연왕 지지파는 이 혼사로 정왕과 고리를 걸어 놓는다고 판단해 쌍수를 들어 환영했다. 동상이몽이지만 모두가 만족하는 이 공들인 혼사가 깨어진다는 게 공주로서는 용납이 되지 않았다.

「도대체 무엇 때문에 갑자기 국혼을 파한다는 것이야?」

그녀가 흥분해서 펄펄 뛰거나 말거나, 구경만 하는 정왕의 무심함에 지친 임안공주는 잠시 숨을 가다듬으려 자리에 앉았다.

「여봐라, 여기 차를 좀…….」

한숨 돌리고 정왕을 다시 설득하려던 그녀는 불현듯 스치는 이름을 내뱉었다.

「혹시…… 내 시녀였던 그 공녀 때문에…… 설마 그런 것은 아니겠지?」

「맞습니다.」

「뭐?」

그냥 문득 떠올라 지껄인 소리였지, 설마 정왕이 채연 때문에 혼사를 파하겠다고 나섰을 거라고는. 지금 두 귀로 들으면서도 믿어지지 않았다. 기가 막히고 코가 막히는 전개에 그녀는 쩍 벌어진 입을 다물지 못했다.

「너, 너, 너…….」

치받는 열과 타오르는 분노를 이기지 못한 그녀가 다시 벌떡 일어섰다. 거친 행동에 의자가 뒤로 넘겨졌지만 아랑곳하지 않았다. 체통도 잊고 악을 썼다.

「혼인은 부모지명 매작지언父母之命 媒妁之言이라 했다. 초 평왕이 평범한 공자였을 때 채나라에서 변방을 지키는 관리의 딸과 정을 통해 아들을 얻었지만 그 여인과는 부모의 허락을 얻어 혼례를 치르지 않았기 때문에 첩으로 두고 따로 정실을 얻은 고사를 잊었느냐!」

「하지만 초 평왕은 그 여인이 낳은 아들을 세자로 삼았지요.」

「예?」

「뭣!」

임안공주와 연왕비의 입술에서 동시에 경악의 비명이 새어 나왔다. 채연에게 자식까지 봤다는 건 금시초문. 두 여인은 새파랗게 질려 말을 잇지 못했다. 그 모습을 무표정하게 바라보면서 이번에도 정왕은 누이가 아니라 형수에게 설명했다.

「저는 초 평왕의 전례를 따를 작정입니다. 여인은 자식으로 인해 귀해지는 것이 우리 대명의 국법이 아닙니까? 다른 여인 소생이 세자가 될 상황에서 서 소저를 비로 맞는 건 도리가 아니라고 생각합니다.」

어지간히 대가 센 임안공주에게도 그의 선언이 충격이었는지 그녀가 일순 비틀거렸다.

「세상에. 맙소사! 하찮은 필부도 아닌 네가 이 무슨 경거망동이냐? 격에 맞는 정비에게서 본 왕자를 세자로 삼아야지! 어디 공녀 소생을! 네가 정녕 제정신이라면 그리할 수 없다.」

가벼운 실소. 곧바로 호탕한 앙천대소가 이어졌다. 한참을 그렇게 웃고 난 정왕이 웃음기를 지우지 못한 채 공주를 돌아봤다.

「누님, 그 말씀은 공비마마뿐 아니라 연왕 형님까지 무시하는 것 같아 심히 듣기가 괴롭습니다.」

소리란 소리가 모조리 빠져 달아난 것처럼 방 안이 일순 고요해졌다. 공주의 얼굴에서도 핏기가 완전히 사라져 백지장처럼 하얘졌다.

기를 쓰고 부인하고 덮으려 들기에 다들 입 밖에 내지 않을 뿐 연왕과 공주의 생모가 고려 출신이라는 건 공공연한 비밀. 왕모의 출신이 황태자 자리를 놓친 가장 큰 이유라고 믿는 남매에게 그것은 치명적인 약점이자 지우고픈 치부였다.

주먹을 너무 꽉 쥔 바람에 연한 살결에 피가 배고 소중하게 가꾼 손톱이 부러져 나갔다. 그렇지만 그조차도 인식하지 못할 정도로 임안공주의 분노는 격렬했다.

저 느물느물한 면상을 피가 나게 할퀴어 줄 수 있다면 조금이라도 후련해지련만. 그렇지만 아주 어린 아이였을 때도 결코 녹록하지 않았던 정왕은 이제 너무 크게 자라 있었다. 설득은 불가능하다. 그걸 깨닫자마자 공주는 꼴도 보기 싫다는 듯 몸을 휙 돌려 나가 버렸다. 문 옆에 궁녀며 환관들이 줄줄이 부복하고 있건만 부서져라 문을 쾅 닫고 사라지는 모습은 그녀가 얼마나 격분하고 있는지 여실히 보여 줬다.

남매간의 살벌한 설전에 어쩔 줄 몰라 하는 연왕비를 향해 정왕이 몸을 가볍게 숙였다.

「마마와 증산왕가에 심려를 끼친 점 너그러이 이해해 주십시오.」

더 말해 봤자 입만 아프지 전혀 소용없을 거란 건 연왕비의 눈에도 훤히 보였다. 철저하게 정략적으로 혼사를 추진한 시누이나 부군과 달리 그녀는 솔직히 다행이다 싶기도 했다.

부친을 일찍 잃고 규중에 갇혀 곱게 자란 잔약한 아이. 늘 마음에 밟히는 막냇동생이었다. 부군의 뜻이고 황제의 명이니 따랐을 뿐이지, 천지사방이 원수인 정왕의 비로 보내는 것은 진실로 내키지 않았다. 설상가상으로 다른 여인 소생이 세자 자리를 꿰찬다면 그야말로 있으나 마나 한 자리. 잠시 상심은 되겠지만 이쯤에서 작파하는 게 백번 나았다.

그녀는 내심 고마워하면서 거절을 정중하게 받아들였다.

「전하의 뜻이 그리 굳으시다면……」

배행한 여관들이 기겁을 하는 게 느껴졌지만 피는 물보다 진한 법. 연왕비는 태연자약하니 그 반응을 무시했다.

「이해해 주시니 고맙습니다. 서 장군에게는 제가 직접 사죄의 글을 보내겠습니다.」

「알겠습니다. 제 친정과 전하께도 그리 말씀을 드리겠습니다.」

태풍처럼 몰려왔던 불청객들이 사라지자 정왕은 뒷정리를 시랑들에게 맡기고 빈 몸으로 황궁을 나섰다. 그런데 황궁 밖에는 삼법사의 관복이 아니라 평범한 청색 무명 장의를 입은 지원과 지윤이 부복하고 있었다.

「너희들이 여기엔 웬일인가? 새로운 수장이 과인을 감시하라는 명이라도 내렸느냐?」

「저희도 오늘부로 삼법사를 떠나옵니다.」

불쾌한 듯 눈을 가늘게 뜬 정왕은 그들을 차갑게 내쳤다.

「너희는 일개 검교가 아니라 수장을 보좌하는 특무들이다. 어찌 경거망동을 하느냐?」

「저희의 충성은 삼법사가 아니라 전하께 향한 것이옵니다. 역참에서 허드렛일이나 하며 살다 갈 저희에게 기회를 주신 것은 전하이옵니다. 전하께서 계시지 않았다면 특무는 고사하고 검교도 언감생심이었을 저희들이 어찌 전하를 떠나겠사옵니까?」

우연히 들른 역참에서 허드렛일을 하는 그들을 그가 직접 검교로 발탁하긴 했다.

제법 영리하고 무골의 자질이 보이는 고아들. 더구나 쌍둥이니 요긴하게 쓰일 데가 있을 거라는 계산에 뽑아 들인 형제는 예상 이상으로 기민하고 또 충성스럽기까지 했다. 여섯 해 가까운 세월이 흐르면서 그들은 어느새 그의 수족이 되어 있었다. 하지만 모두에게 그렇듯 호씨 형제도 그에겐 믿되 믿지 않고 가까우나 결코 지근에 두지는 않는 수하. 언제든지 대체할 수 있는 존재들이었다.

그런 그들이 특무 자리까지 내팽개치고 따르겠다니. 고마우면서도 마음이 편치 않았다.

「난 너희를 삼법사의 수장으로서 발탁한 것이지 정왕으로서 거두지 않았다.」

「하오나 저희는 정왕 전하를 따랐지 삼법사의 수장을 따른 것이 아니옵니다.」

단호한 대답을 마침과 동시에 지원과 지윤은 동시에 장검을 뽑아 정왕에게 바쳤다. 세 해 전 특무로 파격 승차시키면서 그가 직접 내린, 손잡이에 충忠 자가 새겨진 양날 장검. 이걸로 그들의 목을 베든가 받아들이든가 양자택일을 하라는 강력한 의사표시였다.

생기는 것 없이 고생만 하다보면 알아서 살길을 찾아 떠나겠지. 그는 서늘하니 경고했다.

「내 왕부는 여름은 팔열지옥이고 겨울은 한빙지옥인 각박한 땅이다.」

허락의 의미임을 알아들은 형제의 얼굴이 환해졌다.

「전하가 가시는 곳이면 불구덩이라도 저희는 따를 것이옵니다.」

내가 무엇을 해 주었기에 이러는 것일까. 마음이 뭉클했다. 그렇지만 그와 세상 사이에 놓인 간격이 한 발짝 좁아지는 느낌은 여전히 불편했다.

「지금 출발한다.」

황궁 문을 나설 때 그는 이제 저 멀리 서쪽 변방에 있는 왕부로 돌아갈 일만 남았다고 생각했다. 그렇지만 마조 도관에 두고 온 채연과 아직 이름도 지어 주지 못한 아들을 데리고 먼 길을 떠나려던 계획은 출발부터 난관에 봉착했다.

「전하께서는 웅천부 밖으로 나가실 수 없다고……, 따로 황명이 있을 때까지는 황도에 머무르시라는 명이 내려왔사옵니다.」

외성의 수문장이 난처한 얼굴로 알려 준 황제의 교지. 연금軟禁이었다. 멀리 가면 황제를 겨누는 비수가 될 수도 있는 그를 감시하는 동시에 언제든지 쓸 수 있도록 가까운 곳에 두자는 그 속셈에 씁쓸한 냉소가 절로 떠올랐다.

「그럼 황도 밖의 사람을 불러들이는 것은 가능한가?」

「그 사안에 대해서는 아무런 명이 없으셨사옵니다.」

최소한 채연을 불러들이는 것은 막지 않는다는 의미였다. 혈손을 중시하는 황제이니 아마도 그녀가 낳았다는 아들 때문이겠지만 그나마도 감사한 일. 정왕은 당장이라도 수문장의 목을 따고 싶은 듯 붉으락푸르락하고 있는 지윤에게 명을 내렸다.

「난 좌특……, 지원과 함께 먼저에 가 있겠다. 너는 호위들을 이끌고 그 사람과 아이를 데려오라.」

「존명.」

정왕이 아들의 존재를 알고 채연 앞에 나타났다 감시만 남기고 사라진 것이 불과 나흘 전.

재회의 충격에서 겨우 벗어나기도 전에 급작스레 나타난 지윤은 당장 황도로 돌아가야 한다고 서둘러 댔다. 그동안 신세를 진 임 도사나 용화와 제대로 작별 인사를 나눌 겨를도 없이 아이와 함께 정왕부의 깃발이 휘날리는 수레에 올라야 했다.

중간에 수레를 끄는 말만 한 번 바꿨을 뿐 쉬지도 않고 꼬박 달려온 하룻길. 두툼한 휘장 사이로 살짝 보이는 거대한 성벽을 보는 채연의 심정은 착잡했다.

상기하는 것조차 두려운 그 여름 초입. 죽은 사람이 되어 성문을 벗어날 때 이곳에 다시 발을 디딜 거라고는 꿈도 꾸지 못했는데 이제는 한 아이의 어머니가 되어 돌아오고 있었다. 언제 어디로 휘몰아칠지 모를 운명에 몸을 내맡기는 것 말곤 아무런 선택권도 없는 자신의 처지가 막막하고 서글펐다.

그러나 어미의 심란함은 아랑곳없이 때가 되니 아기는 배가 고프다고 칭얼거리기 시작했다. 잔뜩 분 가슴이 욱신거려 그녀도 간절히 젖을 물리고 싶었다. 하지만 이미 외성을 통과했는데 먹이는 도중 목적지에 도착해 젖을 뗀다면 난리가 날 것이라 아들을 살살 얼렀다.

「미안하다, 아가야. 조금만 기다리려무나.」

평소와 달리 금방 젖을 주지 않자 짜증 가득한 칭얼거림이 커지더니 금방 울음으로 바뀌었다. 요란한 울음보와 달래는 채연의 음성이 수레 밖에도 들린 모양이었다.

「곧 내성을 통과할 것입니다. 내성을 지나면 번저는 금방이니 조금만 기다리십시오.」

「예. 알겠습니다.」

아기를 어르면서 채연은 간절하게, 비록 두려운 존재가 기다리더라도 번저에 어서 도달하기를 비는 마음이 되어 버렸다. 보채는 울음에 수행원들도 마음이 급한지 움직이는 속도가 확연히 빨라졌다. 일다경이 되기도 전에 문이 열리는 소리와 함께 수레가 덜컹거리며 들어가다 금방 멈췄다. 악을 써 대는 아기를 보며 난감함을 감추지 못하던 지윤은 서둘러 채연을 처소로 안내하더니 문을 닫고 나갔다.

젖을 물리자마자 아기는 언제 그랬냐는 듯이 금세 잠잠해졌다. 잠투정도 없고 기저귀가 젖어도 알아서 갈아 줄 때까지 거의 티도 내지 않으면서 배가 고픈 것만은 유독 참지 못했다. 인연을 끊으려는 모진 어미 때문에 사흘 가량 굶주린 기억이 무의식 속에 남아 있어 그러는 것 같아 식탐을 부릴 때마다 마음이 아렸다.

빈 젖이 되자 칭얼거리는 아들을 퉁퉁 불어 있는 반대편 가슴으로 바꿔 안으며 채연은 뒤늦게 실내를 둘러보았다.

창마다 두툼한 비단 휘장을 내려놓아 외풍 한 자락 들어올 틈도 없이 해 놓은 것이며 커다란 청동화로가 내뿜는 열기로 후끈한 방안은 그들을 맞을 준비를 일찌감치 하고 있었던 게 분명했다.

그렇지만 좀 더 세심히 살펴볼 여유가 생기자 어수선한 썰렁함이 느껴졌다. 넓은 침실엔 붉은 비단 침장을 길게 드리워 놓은 침상과 그녀가 앉아 있는 의자와 탁자를 제외하고는 흔한 꽃병 하나 없었다. 눈 닿는 곳, 손 닿는 곳마다 정교하고 아름다운 장식품과 공들여 조각한 가구로 채워져 있었던 옥란당이나 서내원의 전각들과는 비교가 되지 않았다. 운치 있고 섬세하게 가꿔진 서내원과 같은 주인을 가졌다는 게 믿기지 않을 정도로 휑뎅그렁. 여기뿐 아니라 수화문에서 내려 얼핏 본 풍경은 전체적으로 너무도 살풍경했다. 지윤이 번저라고 알려주지 않았다면 황도에 다른 거처를 마련해 준 것이 아닐까 생각할 정도였다.

차라리 그래 주면 고마우련만.

기저귀를 살피며 한숨을 삼키는 순간 바깥문이 열리는 소리가 났다. 정왕이 온 줄 알고 가슴이 콩알만 해진 그녀의 귀에 여인의 음성이 들려왔다.

「낭랑, 들어가도 되겠사옵니까?」

「예? 예에. 들어오세요.」

가장 낮은 품계임을 보여 주는 홍상녹의 차림의 중년 여인이 몸을 한껏 굽히며 들어왔다.

「소인, 재복이라고 합니다. 모실 궁녀들이 올 때까지 시중을 들라는 명을 받았사옵니다.」

「궁녀들이요?」

「예. 전하께서 황도에선 황궁에 머무르셨기에 전하께 속한 궁인들은 대부분 서내원과 정왕부에 있고, 이곳엔 취사각과 세답방에 속한 궁비를 제외한 궁녀는 저밖에 없사옵니다. 서내원에서 궁인들이 올 때까지 제가 임시로 시중을 들어 드릴 터이니 너그러이 가납하여 주십시오. 늦어도 오늘 밤이나 내일 아침엔 황도에 도착할 것이옵니다.」

「그럼…… 전하는요?」

아닐 거라고 생각하면서도 혹시나 하는 가냘픈 희망이 일렁였다. 그러나 질문의 의도를 궁녀는 달리 해석한 모양이었다.

「당연히 전하께서도 이곳에 계시옵지요.」

괜한 기대를 가졌던 자신의 어리석음에 쓴웃음이 나왔다.

언감생심이지. 젊은 과부가 될 것은 꿈도 꾸지 말고 함께 지옥에서 살아야 할 거라던 정왕이 그녀에게 홀로 지내는 은사를 베풀 리는 만무했다. 채연에게 드리우는 그늘의 의미를 자기 나름대로 파악한 듯 궁녀가 호들갑스럽게 장광설을 펼쳤다.

「전하의 귀한 첫 왕자 아기씨를 품에 안고 계신데 무슨 걱정이 있으시옵니까? 낭랑께서는 아무 염려 마시고 단장이나 신경을 쓰십시오. 조만간 좋은 소식이 있을 것이옵니다.」

그러나 채연의 귀에 들어온 것은 오로지 한 단어.

「왕자? 왕자라고 했습니까?」

「예? 예에.」

궁녀는 무슨 실언이라도 했나 싶어 겁이 더럭 나는지 말을 더듬었다.

「저, 전하께옵서, 예부禮部에 왕자마마의 작호와 명호를 올리란 명을 내리셨다고…….」

황족들의 명호와 작호는 반드시 예부에서 지어 올리는 것이 법도. 그 명령은 그들 모자를 거두는 정도가 아니라 공식적으로 인정한다는 의미였다. 아들을 위해서는 더없이 다행이지만 채연에겐 영영 벗어날 수 없는 무거운 족쇄가 채워진다는 소리이기도 했다. 그의 배려에 고마워해야 한다는 걸 알면서도 정왕에게 일생을 묶여야 할 미래가 암담했다.

자식을 위해 모든 걸 기쁘게 감수하는 것이 어미의 도리라는데 나란 여인은 어쩌면 이리 이기적인지.

포동포동하니 살이 올라 보얀 아들의 뺨에 얼굴을 부비는 채연의 눈에 절망이 가득 고였다.

그 시간, 예부의 관리들은 숨도 쉬지 못하고 비단을 댄 긴 두루마리를 든 정왕의 손끝만을 주시하고 있었다.

싫은지 좋은지 도통 알 수 없는 표정에다 가타부타 아무 언질도 없이 종이만 뚫어져라 들여다보고 있는 모습에 전전긍긍, 입안이 바싹바싹 말랐다. 붓을 꺾고 검을 잡은 지 오래되었다지만 정왕의 학문이 결코 얕지 않다는 것을 아는 늙은 학사들은 혹시라도 책잡힐 것이 있을까 싶어 더더욱 조마조마해하고 있었다.

마침내 정왕이 붓을 들어 낙점을 하면서 속이 시커멓게 타들어 가던 고문이 끝이 났다. 팽팽하게 당겨진 긴장의 끈이 늦춰지자 여유가 돌아왔는지 예부상서가 나섰다.

「전하, 왕자마마 탄신을 경하 드리옵니다.」

신호라도 된 것처럼 예부 관리들이 모두 몸을 깊이 숙이며 같은 축하를 입에 올렸다.

「경하 드리옵니다.」

「고맙소. 경들 모두 노고가 컸소.」

너그러운 치하에 남아 있던 긴장이 스르르 풀어졌다.

파직하고 근신을 명했으면서도 황도에 잡아 둔 것은 늦건 빠르건 복귀시키려는 황제의 복심일 터. 이 기회에 정왕과 작은 인연의 고리라도 걸어 두면 나중에 보탬이 될 것이다. 산전수전 다 겪은 늙은 관리들은 호기를 놓치지 않으려 들었다.

「전하, 왕자마마의 생모께는 어떤 봉작을 내리시려는지요? 윤허하신다면 왕자마마의 명호와 맞추어 합과 뜻이 좋은 자를 저희가 몇 개 골라 올리고 싶사옵니다.」

옳다구나 싶은지 다른 이도 잽싸게 거들었다.

「명을 내려 주시오면 성심을 다해 지어 올리겠사옵니다.」

아첨과 야심을 포함한 갖가지 계산으로 가득한 눈빛들. 이미 익숙해져 이젠 역함도 느끼지 못한 지 옛날인데 오늘은 이상하게 거슬렸다. 울컥 솟는 혐오감을 깊숙이 밀어 넣으며 정왕은 손을 흔들어 야욕으로 번들거리는 시선의 물결을 차단했다.

「뜻은 고맙소만 왕부의 소사에 예부가 나서면 구설에 오를 수 있으니 모두 함께 자중하는 게 현명할 것 같소.」

구설이라는 단어에 섞은 은근한 협박에 혼비백산한 그들은 줄행랑을 치듯이 모조리 사라졌다. 악취를 풍기는 귀찮은 무리들이 사라지자 그는 연적을 들어 벼루에 맑은 물을 부었다.

「사향묵麝香墨을.」

옥함에서 조심스럽게 꺼내 바친 용모양의 묵환墨丸을 정왕이 직접 잡자 시립하고 있던 환관이 기겁을 했다.

「전하, 제가……」

「왕자에게 내릴 것이니 이건 과인이 직접 하려고 한다.」

하긴. 다른 형제분들은 약관도 되기 전에 이미 왕자와 군주들을 여럿씩 두셨는데 이립을 향해 가는 이제야 겨우 본 첫 아드님이니 오죽 기쁘고 귀하실 것인가. 수긍한 환관들은 더 이상 말리지 않고 옆으로 비켜섰다.

서걱서걱. 힘찬 손놀림에 투명한 물이 점점 검은빛으로 물들기 시작했다. 묵향과 어우러진 사향 냄새가 서서히 짙어질수록 물빛도 검어졌다. 벼루 위의 물이 윤기가 자르르 돌며 걸쭉해지고, 사향내로 가득 차자 그는 묵환을 내려놓았다. 시립한 환관이 재빨리 내민 붓을 받아 든 그는 호흡을 가다듬은 뒤 낙점한 명호를 일필휘지一筆揮之로 단숨에 써내려갔다.

기쁠 환歡.

책잡히지 않을 적당한 글자를 골라 기계적으로 황자들의 이름을 짓는 예부의 관리들은 절대 알 수 없었을 그의 진심.

아들이 생겨서 기뻤고, 낳은 이가 채연이라서 더 기뻤다.

이제 절대로, 그를 제외한 누구도 채연을 탐낼 수 없다는 사실도.

그와 채연이 이제 절대 끊어 내지 못할 인연의 사슬에 묶였다는 것은 더없는 행복이었다. 그렇지만 다시 나타난 그를 보던 채연의 눈에 가득한 격통을 무시할 수 있을 정도로 완벽하게 뻔뻔하긴 힘들었다. 그의 존재 자체가 채연에게는 지독한 고통이란 건 알고 있기에. 오해와 질투로 모든 걸 뒤틀어 놓지 않았더라면 함께 나눌 수도 있었던 감정. 이제는 고백할 수도 없는 정애情愛를 그는 정성 들여 이름을 쓰는 것으로 대신했다.

벼루에 붓을 내려놓자 시립해 있던 태감과 환관들이 진심 어린 찬탄을 토해 냈다.

「전하, 어찌 이리 옥으로 만든 자로 잰 듯 반듯하면서도 사나운 바람과 같은 기세가 등등한지요. 진정 명필이시옵니다. 왕자마마를 아끼시는 전하의 배려 덕분에 이 노비까지 오늘 안목을 크게 넓혔사옵니다.」

입에 발린 아부겠지만 오늘처럼 우울할 날에는 그마저도 조금은 위로가 되었다.

「그리 봐 주니 고맙구나. 송 태감.」

「지금 바로 족자로 만들도록 보내야겠지요?」

「그래. 그리 하도록 하라.」

허락이 떨어지자 낙관이 든 옥함을 열려던 태감의 손이 이어진 명령에 얼어붙었다.

「낙관은 치워라.」

「예? 하오나.」

손수 먹까지 갈아서 정성스레 쓴 이 귀한 글에 낙관을 찍지 않겠다니. 이해할 수 없었다.

그러나 태감은 모르는 사연이 정왕에겐 있었다. 채연이 그러면 몸서리를 치고 그와 관련된 모든 걸 혐오할 거란 현실. 그저 좋은 서예가를 구해 쓴 것으로, 아무 편견이나 불쾌감 없이 받아들이길 바랐다.

「되었다 하지 않느냐.」

「예. 명을 받잡겠사옵니다.」

어리둥절한 표정을 얼른 감추며 그는 낙관을 찍지 않은 종이를 받아 들었다. 혹시라도 잃었을지 모를 점수를 만회하려 정왕의 눈치를 보면서 채연의 존재를 상기시켜 줬다.

「수연각粹然閣에 드신 낭랑께 왕자마마의 명호와 작호를 알려 드려야 하지 않겠사옵니까? 전하께옵서 직접 납시면 분명 크게 기뻐할 것이옵니다.」

문진을 쥔 정왕의 손에 힘이 들어갔다.

보고 싶었다. 확인도 하고 싶었다. 그의 그늘에 온전히 머물고 있는지.

그러나 마조 도관에서 자신을 보자 떠오르던 그녀의 공포와 거부를 또다시 맞닥뜨릴 거라는 사실이 발목을 잡았다. 죽음도 두려워 않는 자신이 고작 그게 두려워 회피한다는 게 우스웠지만 채연에게 철저한 배척 대상이라는 걸 감당하는 게 쉽지 않았다.

「그 일은 족자가 완성되면 천천히 생각해 보겠다.」

왕자의 작호와 그 생모의 봉작을 같이 내리려는 모양이구나. 태감은 나름 짐작을 했다.

「최대한 서두르라고 하겠사옵니다.」

그렇지만 희소식을 전하는 전령이 되고픈 송 태감의 부푼 기대는 다음 날 오후 푸시시 바람소리를 내며 꺼졌다. 정왕이 채연을 남다르게 총애한다는 소문의 진위를 의심하면서 그는 정왕이 내린 명을 수행하러 달음박질쳤다.

태감이 거드름을 피우며 등장하자 오매불망, 봉작 교서를 기다리던 고대하던 수연각 궁녀들의 낯빛이 확 피었다. 하지만 따라온 환관들이 내려놓는 것은 커다란 상자 몇 개. 그들의 얼굴에 일제히 실망감이 떠올랐다. 왕자마마의 생모이니 빈은 따 놓은 당상일 것이다, 그 희망이 무너진 것도 속상한 판에 태감이 열어 놓은 상자는 실망을 넘어 황당한 수준. 봉작을 아니 내리실 거면 비단과 패물이라도 듬뿍 보내 주실 것이지, 상자마다 가득한 것은 책이었다. 그것도 온통 딱딱한 사서들뿐. 여인에게 내릴 선물로는 도통 어울리지 않았다.

감탄사를 터뜨릴 준비를 하고 있던 궁녀들의 입술에서 동시에 경악 섞인 한숨이 쏟아져 나왔다. 짐을 지고 온 환관들 역시 뜻밖의 물목에 당황스런 빛이 역력했지만 산전수전 다 겪은 태감은 임기응변으로 북치고 장구를 쳐 댔다.

「전하께옵서 왕자마마의 훈육에 벌써부터 마음을 쓰시는 모양이옵니다. 부왕께서 손수 골라 주신 사서로 공부하실 왕자마마의 모습을 상상하니 벌써부터 흐뭇하옵니다.」

태감과 달리 채연은 그가 왜 이 서책들을 보냈는지 이유를 알고 있었다.

이것은 서내원의 문창제와 같은 미끼.

안락한 수연각이며 보화들은 그녀에게 별다른 매혹이 되지 못했다. 하지만 서책들은 치명적인 영혹. 새 종이 냄새가 물씬 풍기는 서책들을 보자 당장이라도 살펴보고 싶어 손이 근질거렸다.

하지만 이 선물은 사서를 쓰고 싶다는 그녀의 은밀한 소망을 그가 기억한다는 의미. 원하는 걸 얻기 위해서 그가 얼마나 주도면밀한지를 보여 주는 증거이기도 했다. 그녀가 가장 갈급하는 것을 예리하게 꿰뚫는 정왕의 통찰력과 치밀함이 두려운 동시에 혐오스러웠다.

다시는 감언이설에 넘어가지 않겠다. 갈급하던 산해진미를 채연은 애써 외면했다.

「정말 왕자에게 꼭 필요한 선물이군요.」

채연의 시큰둥한 반응을 궁녀들처럼 실망 때문이라 봤는지 태감은 알랑알랑, 입안의 혀처럼 더더욱 열성적으로 비위를 맞추었다.

「예. 그렇사옵니다. 전하께서도 몇 년 만에 번저로 듭시다 보니 수연각도 아직 어수선하여 마음에 차지 않으신 점이 많으실 것이옵니다. 부족한 것이 있으면 언제든지 말씀해 주십시오. 전하께서 특별히 신경 써서 잘 보살펴 드리라고 신신당부를 하셨사옵니다.」

이렇게까지 했으니 이제 성은이 망극하다는 감격이 당연히 터져 나오리라. 그 반응을 소상히 전하면 전하께서 기뻐하실 것이다. 잔뜩 부풀던 그의 기대는 곧바로 무참히 무너졌다.

「지금으로도 충분하니 더 이상 마음 쓰지 않으셔도 됩니다.」

덤덤하다 못해 무례하다 느껴질 정도의 반응에 송 태감은 낭패감을 삼켰다. 환관에게 웃전의 눈치를 살피는 능력은 생존의 필수

조건이었다. 서내원에서 무슨 일이 있었는지 아직 알지 못함에도 그는 채연과 정왕 사이에 자리 잡은 심상치 않은 불화의 기운을 감지했다. 더불어 통상의 남녀관계와 달리 무심한 쪽은 채연이고 매달리는 쪽은 정왕이라는 것도. 그러나 그의 영달을 보장하는 건 채연이 아니라 정왕이었다. 무슨 짓을 해서라도 주군이 흐뭇해할 만한 반응을 건져 가야 했다.

아무리 도도한 낭랑이라도 이것만큼은 감동할 것이다.

대미를 장식하기 위해 감춰 놓았던 비장의 수. 비단 족자를 자신만만하게 바쳤다.

「왕자마마의 작호와 명호이옵니다. 전하께서 친히 낙점을 하셨사옵니다.」

채연의 눈이 처음으로 흥미가 돌았다. 그녀가 족자를 푸는 걸 보면서 태감은 이름의 뜻을 설명할 준비를 했다. 그런데 채연의 입에선 예상치 않은 감탄사가 터져 나왔다.

「아!」

그냥 아는 척을 하는 것인지, 아니면 정말 글을 아는 것인지 미심쩍은 눈초리로 살피는데, 아무것에도 반응을 보이지 않던 채연이 무엇에 저리 놀라나 싶어 옆에 다가선 궁녀들은 그림도 아니고 글자만이 덩그러니 써져 있는 족자를 보며 고개를 갸웃거렸다.

「왕자마마의 명호와 작호가 아주 마음에 드시는 모양이옵니다.」

정식으로 작호와 명호가 내렸다는 건 왕자로 인정받았다는 의미니 당연히 기뻤다. 하지만 그 자체보다 더 그녀를 놀라게 한 것은 그가 선택한 명호였다.

아무 설명도 없었지만 채연은 그 선택의 내면을 알아차렸다.

정말로 기뻐하고 있다.

아들이 아비에게 인정받지 못할까 봐 두려워했던 상상이 할퀴었던 상처가 씻겨 내려가고, 그에 대한 원망마저도 일순 잊을 정도로 고마웠다. 족자를 내려다보는 눈시울이 뜨끈해졌다. 이것만으로도 내 희생은 가치가 있다.

채연을 면밀히 살피고 있던 태감은 살짝 젖어 든 눈귀를 보자 이제 겨우 하나 건졌다 싶은지 설레발을 쳐 댔다.

「낙루까지 하며 감읍하셨단 말씀을 올리면 전하께서도 크게 기꺼워하시겠사옵니다.」

그러나 감동했다는 사실을 가장 알리고 싶지 않은 존재가 바로 정왕이었다. 족자에 쓰인 글자를 내려다보며 그녀는 딴청을 부렸다.

「행초는 조금만 과하면 광초로 흐르기 쉬운데 이것은 쇠칼로 자른 듯이 절도가 단단한…… 보기 드문 혈맥상련血脈相蓮의 일필서一筆書로군요. 이렇게 민첩하게 일필휘지로 내리면서 정교하게 필의를 연결하다니 정말 대단한 경지네요.」

실제로 족자의 필체는 그녀가 일생을 수련해도 따라갈 수 없는 경지였다. 때문에 이 경탄은 태감의 관심을 돌리기 위한 과장만은 아니었다. 그러나 궁녀들은 대부분 흰 건 종이요, 검은 건 글자인 까막눈이라 채연이 무슨 소리를 하는지는 도통 알아들을 수가 없었다. 그래도 꿀 먹은 벙어리처럼 있을 수는 없는 터라 아는 것을 긁어모아 맞장구치는 척을 해 보았다.

「왕휘지처럼 명필인 모양이네요?」

「일필서는 왕휘지 공보다는 왕헌지 공이 더 조예가 있으셨지요.」

문창제에 보관된 중추첩中秋帖에서 봤던 왕헌지의 글씨를 떠올리며 대꾸했다.

그 필체와 일맥상통하면서도 뭔가 다른, 능가한다고는 할 수 없으나 결코 뒤떨어지지는 않는 수준. 그런데 이상하게 눈에 익었다. 분명 이와 흡사한 글씨를 본 적이 있었다.

개경에서는 분명 아니었고, 어디서였더라?

기억을 더듬던 그녀는 퍼뜩 우연히 열었던 궤 속에 있었던 국화 그림과 시를 떠올려 냈다.

체는 다르지만 똑같은 기풍. 힘찬 획 놀림은 분명 그 파지의 주인이었다. 하지만 정왕은 그 글을 누가 썼는지 모른다고 했다. 누군지도 모르는 서예가를 그새 찾아내어 왕자의 작호와 명호를 쓰도록 했다는 건 아귀가 맞지 않았다.

의문의 해답은 정왕의 칭찬을 할 기회를 놓치지 않으려는 송 태감에게서 나왔다.

「역시 안목이 높으시옵니다. 이 족자의 글은 전하께서 친히 쓰신 귀한 어필이옵지요.」

「전…… 하께서요?」

도무지 믿기지 않는다는 채연의 반문에 태감은 마치 자신이 쓰기라도 한 양 목에 힘을 줬다.

「예. 국무가 워낙 번다한 터라 그동안 전하의 전교를 비롯해 사적인 서찰까지 대부분의 글은 모두 삼법사와 황궁의 시랑들이 맡아 왔지만 왕자마마의 탄생이 많이 기꺼우신지 이번엔 특별히 직접 붓을 드셨사옵니다.」

「어머, 그러고 보니 전하께서 소년 시절 명필이라 소문이 자자하셨다던 얘기를 들은 기억이 납니다. 과연 명불허전인 모양이옵니다.」

「저도 대본당大本堂에 배속됐던 궁인에게 비슷한 얘기를 들은 적이 있사옵니다. 전하의 글을 탐내는 분들이 많으셨으나 어필을 내리는 일은 거의 없으셨다고요. 이 얼마나 큰 광영인지요. 왕자마마께 대한 총후가 이만저만이 아니신 모양이옵니다.」

태감에게 뒤질세라 궁녀들도 모두 채연의 행운을 축하하느라 갑자기 시끌벅적해졌다.

그러나 채연의 상념은 그들을 떠나 다른 곳을 헤매고 있었다.

왜 자신이 썼다는 것을 밝히지 않았을까? 그렇게 경탄하는 그녀를 보면서도 왜 전혀 모르는 척했을까. 이해하기 힘들었다.

입에 침이 마르도록 정왕의 칭찬을 해 대던 이들은 채연의 반향이 영 신통찮은 걸 눈치챘는지 서서히 조용해졌다.

도대체 무엇이 부족해 저러시는 것인지. 궁녀와 환관들 사이에 암담하단 시선이 교차되는 가운데 태감은 그나마 보고할 만한 반응에 다시 초를 칠까 싶어 얼른 하직 인사를 고했다.

「전하의 어필에 크게 찬탄하시고 깊이 감격, 감읍하셨다는 말씀을 꼭 올리겠사옵니다. 전하께서 기다리시는 터라 소인은 이만 물러가겠사옵니다. 평안하시옵소서.」

입을 떼면서 이미 뒷걸음질을 시작한 터라 인사는 문을 나선 뒤에 마무리가 되어 멀어졌다.

「낭랑, 하사품들을 어찌할까요?」

탁자에 펼쳐 놓은 족자만을 뚫어져라 응시하고 있던 채연은 그제야 고개를 들고 정왕이 보내온 책들과 하루 사이에 확 바뀐 방을 새삼스럽게 일별했다.

어지간한 선비의 서재 하나 정도는 채우고 남을 정도의 귀한 서책들.

살풍경한 공간도 호사스럽게 바뀌어 있었다. 어제 오후부터 당장 쓸 일용품뿐 아니라 꽃병이며 화분, 자수 병풍 등 가지각색의 장식품들을 날라 놓은 덕분에 널찍한 침실과 내실이 좁게 느껴질 정도였다.

그녀도 평범한 젊은 여인이었다. 한때는 저런 선물들이 그의 마음이고 정표라고 착각하고 설레던 시절도 있었다. 색색의 고운 비단옷과 진귀한 패물이 불편하면서도 곱다랗게 치장하는 것은 설레고 즐거웠다. 아름답게 꾸민 그녀를 보며 찬탄으로 빛나는 정왕의 눈과 마주칠 때면 죄책감을 느끼면서도 그 기쁨을 거부할 수 없었다.

이제는 이 물목들 중 악몽을 상기시키는 서내원에서 입고 쓰던 것이 하나도 없다는 게 그나마 다행이다 싶을 뿐, 아무 느낌도 없었다. 오히려 새장 안에 영영 갇힌 운명을 상징하는 것 같아 싫었다. 마음 같아서는 보이지 않는 곳으로 다 치워 버리라고 하고 싶었다.

설령 그렇게 시켜 봤자 들을 리도 없었다.

씁쓸하니 무력함을 곱씹으며 그녀는 아들을 위한 족자만 비단 주머니에 손수 갈무리했다.

「나보다는 그대들이 더 잘 알 터이니 적당히 치워 두세요.」

「예. 알겠사옵니다.」

바삐 움직이기 시작한 시녀들을 뒤로하고 채연은 침실로 돌아갔다. 그녀가 이곳에 머물려야 하는 의미이자 이유인 아들을 보면서 혼란을 가라앉히고 싶었다. 그러나 그곳도 이제는 더 이상 그녀와 아들만의 공간은 아니었다. 오늘 환이란 이름을 받은 아들은 그녀가 아니라 다른 여인의 품에 안겨서 젖을 빨고 있었다.

통통하고 선량해 보이는 여인은 채연을 보자 얼른 자리에서 일어섰다.

「인사드리옵니다. 소인 내자부_{奶子府}[6]에서 왕자마마를 모시라는 명을 받고 온 내구_{유모}이옵니다.」

환은 낯선 유모의 품에서도 편안해 보였다. 배가 가득 찼는지 유모의 가슴을 만지작거리며 만족한 얼굴로 옹알거리는 모습을 보자 가슴이 욱신거렸다. 낯을 가리지 않는 아들이 처음으로 원망스러웠다.

젖이 돌아서 아픈 것이다.

그저 자신의 임무를 다하고 있을 뿐인 죄 없는 여인이 미워지는 것은 치졸한 감정. 채연은 미소를 간신히 그려 냈다.

「잘 부탁해요. 배만 고프지 않으면 아주 순한 아이랍니다.」

「예. 명심해서 왕자마마를 성심으로 모시겠사옵니다.」

내자부에서 엄선해 보낸 아지_{阿之}[7]답게 그녀는 정말 충실했다.

남에게 맡기고 싶지 않았지만 임무를 수행하지 못한다는 소문이 내지부로 들어가면 벌을 빌고 쫓겨난다는 읍소에 결국 밤에는 유모가 돌보는 것으로 타협을 볼 수밖에 없었다.

---

6) 황실의 유모를 선발해 관리하는 기관.
7) 왕자의 유모.

아들이 태어나고 처음으로 떨어진 밤. 하룻밤에도 여러 번 깨어나 젖을 먹이는 힘든 일에서 해방이 되었으니 잘되었다고, 그동안 고프고 모자란 잠을 실컷 자며 켜켜이 쌓인 피로를 풀어 보자고 마음을 먹어 봤지만 그저 생각뿐. 쌔근쌔근 작은 숨소리가 들리지 않으니 방 안이 텅 빈 것 같았다.

횅해진 심중과 달리 젖가슴은 시간이 지날수록 점점 더 차올랐다. 젖이 돌다 못해 넘쳐 축축하게 젖어 드는 유방을 수건으로 닦아 내며 채연은 아들과 유모가 함께 자고 있는 방으로 가고픈 유혹을 간신히 눌렀다. 대신 침상 옆에 있는 궤짝에서 아들의 작호와 이름이 쓰인 족자를 다시 꺼내었다.

"환."

음도 뜻도 마음에 딱 드는 것이, 되뇔수록 정이 가는 이름이었다. 하지만 지금 그녀의 뇌리를 가득 채운 것은 아들의 명호가 아니라 이 글을 쓴 사람이었다. 아까 낮에는 착각을 하지 않았을까 싶었지만 다시 봐도 분명 서내원에서 봤던 그 필체였다.

마음도 허하고 몸도 가뿐하지 않은데 이 족자를 보니 머리가 더 복잡해지는 것 같았다. 억지로 누워 봤자 밤새 뒤척일 것은 뻔한 일. 잠자는 걸 포기한 채연은 피풍의를 걸쳤다.

익실에서 번을 서던 궁녀는 문을 열고 나온 채연을 보자 얼른 일어섰다.

「어디가 불편하시옵니까?」

「아니오. 갑갑하여서, 잠시 바람을 쐬고 오려고요.」

「제가 따르겠사옵니다.」

「따라 나오지 마세요. 혼자 있고 싶습니다.」

「하지만……」

「수연각 앞뜰만 잠시 거닐다 올 것이니 걱정하지 마세요.」

완강한 채연의 거부에 궁녀는 내키지 않는다는 걸 어조에서 드러내면서도 문을 열어 줬다.

「저는 문 옆에 있을 터이니 필요한 일이 있으시면 바로 부르십시오.」

그것이 시녀가 할 수 있는 최대의 양보라는 걸 알기에 채연도 순순히 받아들였다.

「그러지요.」

만추의 끝에서 동장군의 기운이 드리우기 시작한 밤은 싸늘했다. 두툼한 피풍의를 걸쳤지만 파고드는 냉기는 만만치 않았다. 하지만 복잡한 머리를 차갑게 식히는 데는 추위가 제격. 찬바람을 더 맞고 싶어 채연은 뜰 가운데로 발걸음을 빨리했다.

서내원은 우아한 석등이 곳곳에 세심하게 배치되어 밤에도 빛과 어둠이 절묘하게 어우러진 정취를 즐길 수 있었지만 번저는 정원도 살풍경했다. 불빛이라고는 수연각 앞뜰에 덩그러니 놓인 석등 하나. 커다랗긴 했지만 밝혀 주는 범위는 지극히 좁았다. 그래도 그녀 말고 정원에 있는 다른 존재를 알려 줄 정도는 되었다.

아무도 없으리라 믿은 정원에 누군가 있다. 어두운 곳에서 기척을 죽이고 있다면 결코 우호적이지는 않을 존재. 본능적인 공포가 그녀를 얼어붙게 했나.

「누…… 누구……?」

채연도 기겁했지만 갑자기 나타난 그녀의 존재에 상대도 당황했는지, 숨을 들이켜는 게 느껴졌다. 금방이라도 달아나거나 숨기라도 하려는 것처럼 잠깐 멈칫하더니 석등을 등지고 있던 인영이 모습을 천천히 드러냈다.

「전하!」

내막이야 어쨌든 공식적으로는 정왕의 첩실과 그 왕자가 머무는 전각이었다. 환관과 호위들이 철통같이 지키고 있는 이곳에 거침없이 드나들 수 있는 사내는 그가 유일하다는 걸 어떻게 잊고 있었을까. 혹시라도 음성에서 묻어날지도 모를 적대감을 지워 내려고 애쓰며 그녀는 다소곳이 몸을 숙였다.

「야심한 시각에 어인 일이시옵니까?」

「왕자를 잠시 볼까 했는데, 이미 잠자리에 든 것 같아서 돌아가려던 참이었다.」

아들이 보고 싶은 것은 사실이지만 그보다 더 간절히 그리운 것은 그 어미. 갑작스런 충동을 이기지 못하고 수연각으로 왔지만 여기까지가 한계였다. 더 들어가지 못하고 여기 서서 전각의 불이 하나둘씩 꺼지는 걸 하염없이 지켜보고 있던 참이었다. 채연을 보는 기쁨과 자신을 향한 증오를 마주해야 한다는 고통 사이에서 갈등하며 겁쟁이처럼 계속 서성거리고 있었다는 건 죽어도 고백할 수 없었다.

예민한 채연은 그의 거짓말을 알아챌 수 있었다.

바로 곁에 서 있음에도 전혀 느껴지지 않은 온기는 그가 여기 있은 지 한참이라는 증거. 더불어 딱딱한 음성 아래 미미하게 일렁이는 잔물결은 분명 추위 때문일 거였다.

그와 마주하고 싶지 않다는 것을 알고 피해 주는, 아주 조금의 양심은 있었던 모양이구나 하고 냉소적으로 생각하려 했다. 하지만 사내 백 중 아흔아홉은 하룻밤 춘정의 결과라고 무시했을 자식을 왕자로 봉해 준 것은 분명 감사할 일이었다. 자존심을 할퀴는 진실이지만 인정할 것은 인정해야 했다.

「왕자의 작호와 명호를 내려 주신 것은 감사드리옵니다.」

「환은 내 아들이다. 아비로서 당연히 해 줘야 할 일이니, 고맙단 인사는 당치도 않다.」

싸늘하다 못해 살벌한 반향이 돌아왔다. 정으로 바윗돌에 새기기라도 하는 것처럼 또박또박 끊어 내는 그 날 선 목소리엔 꽉 닫힌 그녀의 마음마저도 뭉클하게 하는 울림이 있었다.

그에 대한 원망으로 일부러 외면하고 있던 사실이 그녀를 다시금 덮쳤다.

끊어 낼 수 없는 천륜. 환은 이 사람의 아들이기도 하다.

처음으로 젖을 먹인 순간부터 아들이 그녀에게 생명을 내줘도 아깝지 않은 소중한 존재이듯 이 사람에게도 그럴 수 있다. 그 존재를 알자마자 달려온 것을 보더라도 그에게 자식의 의미는 남다를 것이 분명했다.

유혹을 위해 그가 읊었던 수많은 거짓들. 그 달콤한 말 중에서 최소한, 아이들을 모두 소중하게 여기겠다는 것은 거짓이 아니었다.

그 깨달음이 미미하나마 위로가 되었다. 그래도 그와 이렇게 마주하고 아무 일도 없었던 것처럼 대화를 나누고 싶지 않았다.

「전하, 저는⋯⋯」

이만 물러나겠다는 소리는 갑작스런 그의 질문에 채 마무리를 짓지 못하고 끊어졌다.

「왕자의 이름은 마음에 드느냐?」

채연은 어떻게든 피하려던 그의 얼굴을 마주 봤다. 그 족자 속 필체. 가슴에 묻어 놨던 궁금증이 참을 수 없이 커져 어떻게든 이 자리를 빠져나가려던 시도마저도 잠시 잊게 했다.

「족자의 글이 전하의 친필이라고 들었사옵니다.」

「내 아들이니 그 역시 당연한 일이다.」

말끝마다 매번 강조하는 내 아들. 그것은 채연에 대한 경고이기도 했다. 아들도 그녀도 절대 포기하지 않겠다는. 그러나 다른 상념으로 머릿속이 꽉 찬 채연은 바꿀 수 없는 현실에 저항하는 대신, 덮어 두려고 했던 의문에 정면으로 부딪쳤다.

「서내원에서 제가 본 그 시화는 전하가 쓰신 것이지요?」

「무슨 소리냐?」

「문창제 2층에 서첩을 만들기 위해 모아 놓은 글과 그림을 말씀드리는 것입니다. 그 시는 초서로 썼고 오늘 내리신 족자는 해서지만 같은 이의 붓끝에서 나온 것이 분명했사옵니다.」

채연이 명필이라고 감탄을 했다는 건 태감의 보고를 받아 이미 알고 있었다. 하지만 이미 한참 전에, 그것도 잠시 봤던 그 글씨를 오늘 내린 글과 연결했다는 건 정말로 의외였다. 채연의 칭찬이 싫지는 않았지만 그 글은 되살리고 싶지 않은 회상과 연결되는 매개체. 괜한 미련에 태워 버리지 않고 남겨 둔 걸 후회하며 그는 너털웃음을 날렸다.

「네가 과인의 칭찬을 다 하다니. 내일 해가 어느 쪽에서 뜨는지 잘 살펴봐야겠구나.」

뒤늦게 자신이 무슨 소리를 하고 있는지 깨닫자 양 볼에 꽃물이 들었다. 하지만 공평한 어둠이 상대의 표정만큼 자신도 감춰 주고 있다는 사실에 기대어 채연은 추궁을 계속했다.

「문창제에서 서첩을 만들기 위해 모아 놓은 시를 보고 제가 보기 드문 명문에 명필이라고 감탄했을 때 전하께선 누구 것인지 모른다고 하셨지요. 왜 그러셨습니까?」

마치 그녀의 질문을 허공이 빨아들인 것처럼 적막이 밤의 대기를 채웠다. 바람에 일렁이는 석등 불빛에 가락을 맞춰 흔들려 비현실적으로 보이는 커다란 사내의 그림자에선 숨소리조차 들려오지 않았다. 숨을 죽이고 그의 대답을 기다리던 채연이 마침내 포기하려는 찰나, 들릴락 말락 낮은 으르렁거림 같은 소리가 바람을 타고 흘러 들어왔다.

「안목이 높은 줄 알았더니 네가 잘못 본 모양이구나. 그것은 태손의 것이다.」

「예? 하…… 지만…….」

채연은 고개를 세차게 저었다. 한 달 넘게 태손의 서예 연습을 지켜본 그녀가 그런 착각을 할 리가 없었다. 아니, 그녀가 아니더라도 서법을 감식하는 눈이 조금이라도 있는 사람이라면 윤문과 정왕의 필법을 동일인이라고 볼 수가 없었다.

「태손 전하의 필법도 분명 힘차고 단정하지만 용트림을 하는 웅혼함은 없었습니다. 단단한 바위를 단번에 잘라 낸 것 같은 그 삼엄한 법도는 흉내를 낸다고 낼 수 있는 것이 아니지요. 그것은 분명 선하의 글이옵니다.」

「법도가 삼엄하다?」

채연의 강평이 가슴속 깊은 곳에 웅크린 감정이 회오리가 되어 봉인을 뚫고 나왔다.

「그래. 모두들 그리 감탄했지. 시운이 청신하고 필법의 법도가 심히 삼엄하다고.」

그가 머물 자리를 확실하게 알려 줬던 사건. 그가 아비에게 어떤 존재인지를 명확하게 깨닫고 어떤 착각도 할 수 없도록 해 줬던 그 고맙고도 서글픈 추억. 그의 입귀가 사납게 비틀어졌다.

「내가 쓴 것이란 걸 알기 전에는 말이다.」

왜 이 여인 앞에서는 철통같은 자기 통제가 이렇게 형편없이 무너지는지. 이미 오래전이라 이제 아프지도 않고, 흉터마저도 다 지워졌다고 믿었지만 그건 거짓이었다. 제어하기도 전에 입이 먼저 움직였다. 한마디씩 뱉어 낼 때마다 되살아난 상처가 아프고 쑤셨다.

「부황의 부름을 받고 황도로 돌아온 해에, 황친들에게 '바람이 불어오니 말총이 천 가닥 실낱같다.'는 부황의 시에 어울리는 대구를 지어 보라는 명이 내렸다.」

무식한 농민 출신이라는 과거를 지우려는 주원장은 자식들의 교육에 병적일 정도로 집착했다. 끊임없이 성취를 시험하는 황제이기에 그 명은 별로 신기할 것도 없었다. 문제는 그 자리가 어린 태손의 재주를 널리 드러내 칭찬해 주려던 의도로 마련되었다는 것. 그리고 몇 년 만에 뵙는 부황에게서 대찬人讚을 듣고 팠던 소년의 재주가 지나치게 뛰어났다는 거였다.

어릴 때 변방으로 보내져 성장해 물정 어두운 소년은 자신을 어디까지 드러내고 감춰야 하는지, 그 선을 몰랐다. 황실에 아무런 연고도, 조력자도 없는 그에게 그날 시회의 목적을 알려 주는 이는 당연히 없었다.

「내 대구를 두고 시와 필법에서 웅장한 왕재가 넘친다고 입을 모아 칭송을 하던 자들이 '비가 내리니 양털에서는 한 가닥 노린내가 난다'[8]는 대구가 윤문의 것이라는 걸 안 찰나 모두들 얼어붙더군.」

다른 황친과 중신들의 반응은 그에게 상관없었다. 그를 아프게 했던 건 부황의 표정에 서리던 그 당혹감이었다. 일개 번왕의 지나친 영특함은 제국의 안위를 무엇보다도 우선에 두는 황제에겐 전혀 달갑잖은 선물이었다.

방금 전까지 더없이 흐뭇해하던 모습은 온데간데없고, 모두에게 칭송받던 그 시와 글은 돌연 혹독한 비난의 대상이 되었다. 똑같은 학문이더라도 그 안에 천자의 도가 있고, 제후의 도가 따로 있다는 것을 잊지 말라고, 주제를 넘어서는 자는 자식이라도 결코 용서하지 않겠다. 매섭게 엄포를 놓는 부황을 보며 그는 처절하게 깨달았다.

스승이 칭송해 주고 격려해 줬던 그의 성취는 절대 드러내서는 안 된다는 것을. 생모를 잃고 황후의 보호를 받았던 어린 아기였을 때처럼 여전히 무력한 존재라는 것을. 벌써 오래전이건만 턱없이 순진하고 미련했던 자신에 대한 자책감과 자괴감은 여전히 생생했다.

「만약 그때 장형이 나서 주지 않았다면 나는 격한 성품의 부황에게 죄를 받았겠지.」

아들이 빛났어야 할 자리를 망친 아우가 못마땅할 만도 하건만, 태자는 그의 재주를 진심으로 기특해하며 칭찬해 주었다. 남몰래 그를 불러 위험해질 수 있으니 광휘를 드러내지는 말라는 충고를

---

8) 雨打羊毛一片膻.

해 주는 친절까지 보여 줬다. 처음으로 맛보는 지친의 정에 눈물까지 글썽이는 그를 다독이며 장형은 윤문을 잘 보좌해 달라고 당부했고 그것은 또 빚이 되었다.

어떻게 된 조화인지 모르지만 그가 쓴 대구는 윤문의 것으로 포장되어 세상에 알려졌다. 와전된 사실을 아무도 정정하지 않았기에 세월이 흐르면서 황태손인 윤문의 뛰어난 재주를 보여 주는 증거로 굳어졌다.

만약 그가 막강한 공신 가문을 외가로 둔 황자였다면 두고두고 괴롭힘을 받았겠지만 족쇄였던 모후의 비천한 출신은 이때 처음으로 도움이 되었다. 생김새부터 그들과 확연히 다른 황자. 아무리 그가 뛰어나다고 해도 간신히 오랑캐를 몰아내고 평화를 찾은 제국에서 색목인의 피가 흐르는 황제를 용납할 리가 없었다. 수많은 아들 중에 황제가 될 가망성이 가장 낮은 황자가 그였기에 그 파문은 정왕의 유일한 지주이자 후견인이었던 늙은 교관이 누명을 쓰고 사사되는 것으로 조용히 마무리되었다.

혹시라도 모를 화근의 뿌리까지 완벽하게 제거하고 나자 황제는 영민한 아들의 완벽한 쓰임새를 찾아냈다. 악명이 지나치게 높아진 은의위를 해체하고 세우는 새로운 비밀 감찰 기관의 수장으로. 그때부터 황제를 대리해 자행한 잔인한 숙청은 부황의 계산대로 황위를 향한 실낱같은 가능성마저도 말끔히 날려 버렸다.

「스승의 목숨으로 값을 치러 내 삶을 번 일은 너도 잘 알지 않느냐?」

흔들리는 빛 사이로 언뜻언뜻 비치는 정왕의 눈에 가득한 슬픔과 서러움이 바람과 불의 장난이라고 여기고 싶었다. 그러나 그가 얼마나 괴로워했는지 온 세상에서 유일하게 아는 사람이 그녀. 채연과 그만이 공유하는 그 숨 막히게 더웠던 밤의 기억이 수면 위로 떠올랐다.

아픈 눈빛이 교차되고, 원치 않는 공감이 천 리 만 리 떨어져 있던 정왕과 그녀의 마음을 잠시 이었다. 채연은 새삼 깨달을 수 있었다. 그와 연관되지 않았다면 건재할 사람들. 가까운 이들을 몰살시켰다는 그 죄책감이 그를 옥죄고 있음을. 단호하게 부인했지만 분명 그 밤에 죽으려고 했고, 그를 위로하면서 채연은 마음의 평화를 찾았다. 그때 정왕에게 느꼈던 연민. 두 번 다시 느끼지 않을 거라고 믿었던 감정이 다시금 천천히 고개를 들었다.

그가 가여웠다.

왜 왕임에도 이 사람은 이리 상처투성이인지.

왜 이 사람은 내게 약한 모습을 보이는지.

그를 위로하고 싶어 저도 모르게 움직이던 손이 마지막 순간에 허공에서 멈췄다. 그로 인해 나락으로 떨어졌던 기억이 다가서려던 발길을 막았다.

「전하의 성심을 상하게 해 드린 것을 용서하십시오.」

다 떨치고 달아나고 싶었다. 가슴을 아릿하게 하는 이 연민에서. 애증으로 자신을 괴롭게 하는 저 사내에게서.

절실하게 다가가고프나 다가설 수 없어 괴로운 마음과 외면하고 싶으나 완전하게 외면할 수 없어 슬픈 마음. 애달픈 두 시선이 허공에서 얽혔다. 보이지 않는 단단한 끈으로 묶인 듯 꼼짝도 않고 두 사람은 찬바람이 쌩쌩 부는 뜰에 서서 그렇게 마주 서 있었다.

잔뜩 긴장한 마음은 느끼지 못하나 차갑게 얼은 그녀의 몸이 추위를 이기지 못해 부르르 떨렸다. 그 순간 팽팽하던 끈이 툭 끊어졌다. 아니, 채연을 옴짝달싹 못하게 잡고 있던 그가 압박감을 풀고 물러섰다고 하는 편이 더 정확했다.

「괜한 걱정을 하는구나. 이미 다 잊은 일이다. 지금 와서 성심이 상하고 할 것도 없지.」

무심한 음색이지만 그 뒤에 서린 그늘은 한 치 앞도 보이지 않는 암흑처럼 짙었다. 다시 심장이 울렸지만 채연은 눈을 질끈 감았다. 조금 전, 예기치 않게 그를 만났을 때처럼 고개를 떨구고 그에게서 오는 감정과 내면의 소리까지 모두 차단했다.

「그리 너그럽게 말씀해 주시니 감읍하옵니다.」

가도 좋다는 무언의 허락임을 믿으며 채연은 다시금 몸을 깊이 숙였다.

「그럼 저는 이만 물러가겠사옵니다.」

마구 달려 달아나고픈 충동을 누르며 그녀는 천천히 뒷걸음질로 그에게서 멀어졌다. 문을 꼭꼭 닫아거는 것도 모자라 창의 휘장과 침장까지 차례로 내려 버렸다. 빛도 소리도 다 차단해 고치처럼 어둡고 고요한 침상에 웅크려 이불을 머리까지 뒤집어쓰고 눈을 꼭 감았다.

가슴을 찌르는 이 통증이 제때 젖을 물리지 못해서라고 자신을 속이면서. 무서리가 깔리는 만추의 밤, 어두운 뜰에서 지금도 자신의 방을 바라보고 있을 그림자의 존재를 지우려 했다.

日月

十八

「낭랑.」

채연은 유모의 음성에 퍼뜩 정신을 차렸다.

뭔가 불편한지, 여느 때 같으면 허겁지겁 기갈이 든 듯 덤빌 환은 젖을 밀어내고 찡얼찡얼 짜증을 내고 있었다.

「이런.」

젖을 물리면서 딴생각을 하고 있었다니. 미안함을 웃음으로 눙치며 얼른 가슴을 바꿔 대어 줬지만 이번에도 두어 번 오물거리는 시늉을 하더니 또 뱉어 내고 칭얼거렸다. 몇 번이나 다시 시도하다 결국 포기한 채연은 옷을 추슬렀다.

「왕자가 지금은 별로 식욕이 없는 모양이네요.」

마치 자신의 잘못인 것처럼 유모는 안절부절못했다.

「송구하옵니다.」

「내구가 송구할 일이 아닌데 웬 사과랍니까. 더운 물수건과 그릇을 좀 가져오라 하십시오.」

침실 문에 귀를 쫑긋 세우고 있었는지 시키기도 전에 궁녀들이 수건 일습을 갖고 들어왔다. 궁녀들이 탁자에 대야와 수건을 놓아 두자 채연은 유모에게 안고 있던 아들을 넘겨주었다. 평소라면 채연이 혼자 뒤처리를 할 수 있도록 냉큼 아이를 받아 안고 나가건만, 이날따라 유모는 계속 미적거렸다.

「소인이 좀 도와 드릴까요? 내자부에서 배운 터라 혼자 하시는 것보다는 나을 것입니다.」

밤에는 유모가 돌보니 한두 시진마다 일어나 젖을 먹이고 돌보는 일에는 해방이 되었지만 남아도는 젖은 골칫덩이였다. 가르쳐 준 대로 곧바로 짜내어 버리지만 아무리 해도 아이에게 먹인 뒤처럼 시원하지 않았다.

유모의 도움을 받으면 젖을 먹인 뒤처럼 텅 빈 상쾌함을 느낄 수 있을까? 그러나 아무리 같은 여인이라고 해도 맨가슴을 맡기는 건 선뜻 내키지 않았다.

「괜찮으니 부를 때까지 나가 있으세요.」

단호한 거부에 유모는 더 이상 우기지 못 하고 물러났다.

혼자 남자 채연은 옷깃을 풀어 욱신거리는 가슴에 수건을 대었다. 부푼 유방을 천천히 누르자 보드라운 무명천이 금세 흠뻑 젖어 들기 시작했다. 수건을 바꿔 가면서 여러 번 반복하자 천은 보송보송하니 더 이상 젖어 들지 않았다.

점심에도 다시 차오른 젖을 물렸지만 왕자는 아침나절처럼 두어 번 시늉만 하더니 영 내키지 않는 듯 팩하고 유두를 뱉어 냈다.

「한두 시진마다 꼬박꼬박 젖을 물리지 않으면 악을 쓰고 울어 대던 아이인데…….」

전에 없던 일이라 혹시 무슨 탈이라도 난 게 아닐까 겁이 덜컥 났다. 삐죽거리면서 울먹이는 표정은 배가 고프다는 의사표현이기에 더더욱 영문을 알 수 없었다. 혹시나 하고 환을 받아 안은 유모가 자신의 옷깃을 풀러 가슴을 입에 대어 줬다. 그런데 방금 전까지 거부하던 게 거짓말인 것처럼 아이는 기운차게 빨기 시작했다.

안도감과 함께 희미한 배신감이 몰려들었다. 겨우 며칠. 그것도 밤에만 떨어져 있는데 벌써 이렇게까지 유모를 따르다니. 아무것도 모르는 철없는 아기라는 걸 알면서도 섭섭했다.

살짝 짚이는 것이 있으나 대놓고 아는 척은 할 수 없는 유모는 채연의 눈치를 보며 운을 떼어 보았다.

「낭랑, 요 며칠 드시는 것도 영 시원찮으시고 어제부터는 낮빛도 붉으신 것이 몸이 영 좋지 않아 보이십니다. 상식국尚食局[9]에 연통을 넣어 진맥을 한번 받아 보시지요.」

아닌 게 아니라 유모가 온 다음 날부터 가슴이 조금씩 뭉치는 느낌에다 요 며칠은 몸도 찌뿌둥하니 영 편치가 않았다. 마음이 불편하니 몸까지 따라 표를 내는 모양이려니 대수롭잖게 치부해 왔지만 오늘은 평소보다 더 심하게 욱신거리고 열이 오를 때처럼 화끈거리기까지 해 은근히 신경이 쓰이던 참이긴 했다.

하지만 상식국에 의파를 청하는 건 정왕을 통하지 않고선 불가능했다. 상태를 살피려 직접 나타날 것은 명약관화. 전처럼 혐오뿐이라 마음껏 원망하고 증오할 수 있다면 차라리 나았다. 그를 보면 번저에 도착한 날 밤처럼 보고 싶지 않은 것과 마주해야 했다. 받

---

9) 후궁과 왕실 여인들의 의약을 관리하는 기관.

아들일 수 없는 그 감정과 또 맞닥뜨리고 싶지 않았다.

채연은 단호하게 거부 의사를 밝혔다.

「필요하면 내가 따로 청할 것이니 신경 쓰지 마세요.」

「알겠습니다.」

유순해 보이나 한번 싫다고 한 것은 번복하지 않는 성미라는 건 짧은 기간 동안 익히 알게 된 터. 공연한 기우일 것이다. 그리 접으며 유모는 더 이상 나서는 걸 포기했다.

「왕자마마는 하루하루가 아니라 아침과 저녁나절이 다르시네요. 전하를 쏙 빼닮아 아기답지 않게 이목구비가 뚜렷하시고 머리숱도 어쩌면 이렇게 짙고 많으신지. 정말 헌헌장부가 되실 것 같사옵니다.」

속 모르는 유모의 찬사가 채연이 안간힘을 다해 떨치려던 아들의 아비에게로 상념을 흘려보냈다.

작은 머리를 덮은 부드러운 머리카락은 벌써부터 곱실거리고 있었다. 씨 도둑질은 절대 못 한다는 속담을 증명이라도 하듯 마치 그 아비처럼. 솜털처럼 부드러워 보이지만 제 주인의 성미를 닮아 고집스럽고 말을 듣지 않는 그 굽슬굽슬한 머리카락은 그의 몸에 색목인의 피가 흐른다는 증거. 햇빛이 강하게 내려 비칠 때 떠오르는 눈동자의 푸른빛처럼 절대 황제가 될 수 없다는 낙인이기도 했다. 권력의 중심부에서 그의 목숨을 부지해 주는 일종의 부적.

그걸 안 이후 정왕의 이국적인 용모를 볼 때마다, 기실 그녀가 더 빈한하고 불쌍한 처지임에도 그가 측은했다. 그리고 지금 이 순간, 두 번 다시 그러지 않겠다고 결심했음에도 심장 깊은 곳이 아릿아릿 저려 오고 있었다. 동시에 자꾸 아비를 떠올리게 하는 아이를 외면하고 싶은, 예전에 다 스러진 줄 알았던 고약한 충동도 슬며시 되살아났다. 곧바로 꼬리를 무는 죄책감을 지우기 위해 채연은 졸기 시작한 아이를 유모에게서 받아 안았다.

「좀 눕고 싶네요. 왕자도 잠이 드는 것 같으니 둘이 함께 잠시 눈을 붙일게요.」

「왕자마마는 제가 모실 테니 그냥 편히 주무시지요.」

「아니요. 유모가 왕자를 돌보는 덕분에 밤에는 푹 자는걸요. 감환感患이 오려는지 오늘은 조금 곤하여 그럽니다. 유모도 잠시 쉬세요.」

「하면 소인은 옆 내실에서 있겠사옵니다. 필요한 일이 있으시면 부르십시오.」

창마다 두툼한 휘장을 겹겹이 내려 밤처럼 어둑어둑하게 만들어 놓고 유모가 나가자 채연은 천천히 의자에서 몸을 일으켰다.

눕고 싶다는 소리는 혼자 있고 싶어 붙인 핑계였다. 찰나간일지언정 죄 없는 아이마저 외면하고 싶었던 죄책감을 아들을 돌보며 속죄하고 싶었다. 그런데 침상에 누우니 깊은 늪에 푹 잠기는 듯 수마가 온몸을 휘감아 들었다. 아무리 쫓으려 해도 절대 달아나지 않고 꽁꽁 감겨드는 유혹에 채연은 결국 굴복했다.

등촉燈燭궁녀들이 수연각 곳곳에 등을 하나씩 켤 때까지도 침실은 조용했다. 모처럼의 휴식을 방해하지 않으려 조심조심 발끝으로 다니긴 했지만 그래도 너무 길다 싶은 오수. 침실 문 앞에 앉아 바느질을 하던 궁녀와 유모가 서로를 마주 봤다.

「많이 곤하신가 봅니다?」

「그러게요. 서내원에서부터 모셔 왔지만 한 번도 낮잠을 주무시는 일이 없었는데……」

저녁을 올릴 시간도 되어 가는데 이리 하염없이 기다려야 하나, 아니면 무례를 무릅쓰고 들어가 깨워야 하나? 고심하는데 희미한 아기 울음이 흘러나왔다.

「왕자마마께서 기침하셨나 봅니다.」

마침맞게 고민을 해결해 주는 왕자에게 감사하며 채연이 일어나길 기다리는데 울음소리만 커질 뿐 안에서는 아무 기척도 없었다.

약간의 당혹감과 의아한 시선이 교차됐다.

모든 신경이 아들에게 쏠려 있는 듯 왕자의 아주 조그만 움직임에도 채연은 곧바로 반응하는 예민한 어미였다. 그런데 지금 침실 안은 이상할 정도로 쥐 죽은 듯 조용했다.

「설마!」

궁녀의 입에서 외마디 비명이 새어 나왔다.

「왜 그러십니까?」

영문을 몰라 어리둥절한 유모의 질문에 대꾸도 않고 그녀는 문을 활짝 열고 침실로 돌진해 들어갔다. 대들보에 매달려 대롱거리는 시신을 보지 않을까 사색이 됐던 궁녀는 나란히 누운 모자를 보자 안도감에 휘청했다. 그래도 혹시나 싶어 발끝으로 걸어 침상에 조심조심 다가섰다. 채연의 숨결이 조금 거칠기는 하지만 분명히 살아 있는 사람의 것. 가슴을 쓸어내리던 궁녀는 감히 채연의 이마에 손을 얹는 유모를 보자 화들짝 놀랐다.

「무슨 짓이오! 뉘께 감히!」

「속히 의파를 모셔 와야 할 것 같습니다. 낭랑의 몸이 불덩이입니다.」

「뭐라고요?」

유모의 손을 치우고 이마를 만져 본 궁녀도 채연의 상태가 심상치 않다는 걸 직감했다.

「아까까지만 해도 멀쩡하시더니, 이 어찌…….」

서내원에서 채연이 죽을 각오로 곡기를 끊었던 기억이 떠오르자 갑자기 식은땀이 흘렀다.

혹시 독약이라도 먹은 게 아닐까? 이제는 모든 걸 포기하고 순응하는 것 같아 안심을 했는데. 다시금 덮쳐 온 최악의 상상에 그녀는 예법이고 법도고 다 팽개쳐 버리고 채연의 귀에 대고 목청껏 소리를 질렀다.

「낭랑, 제발 정신을 차려 보시옵소서. 어디가 불편하시옵니까?」

아들의 울음소리와 함께 궁녀의 목소리가 깊이 침잠해 가던 채연의 의식을 깨웠다.

빨리 눈을 뜨고 아이를 돌보아야 하는데. 이제 배가 고플 시간이 되었는데. 지극한 모성애가 무거운 눈꺼풀을 들어 올렸다. 열꽃이 피어 바삭바삭 마른 입술 사이로 희미한 음성이나마 밀어낼 힘을 주었다.

「잠시 기진하여…… 유모는 왕자……, 환을…….」

눈앞에서 저승 문이 열렸다 닫혔다 하는 게 보이던 궁녀에게는 지옥에서 지장보살을 만난 것보다 더 반가운 소리였다. 대답하는 목소리엔 물기마저 촉촉이 묻어났다.

「낭랑, 정신이 드시옵니까?」

그러나 겨우 정신을 차리는가 싶던 채연은 그 두어 마디에 남은 원기를 소진했는지 다시 눈을 스르르 감았다.

「낭랑!」

입술을 달싹이는 모양새를 보건대 아직 의식은 남아 있는 듯 보였지만 더 이상 말할 기력은 없어 보였다.

「아무래도 젖몸살을 심하게 앓으시는 것 같사옵니다. 어제 그제부터 몸이 편치 않아 보이시더니…… 아까 억지로라도 의관을 불렀어야 했는데.」

「의관?」

유모의 중얼거림이 멍하니 넋을 놓고 있던 궁녀의 정신을 확 깨웠다.

「상식국, 상식국에 의관을 청해야……. 난 태감께 가 보겠으니 내구는 다른 궁녀들을 불러 낭랑을 보살피라 해 주시오.」

그녀는 발목이 보일 정도로 치맛자락을 치켜들고 달려 나가 버렸다. 침실에서 들리는 소음에 모여 들었던 궁녀들도 곧 상황을 눈치 챈 듯 부산하게 움직이기 시작했다.

온 황도가 깊은 잠에 빠진 야심한 시간인데도 정왕저의 모든 전각엔 불이 훤히 밝혀져 대낮처럼 밝았다.

온 번저를 긴장으로 팽팽하게 몰아가는 중심부는 정왕이 앉아 있는 서각이었다.

겉으로 보기에 정왕은 더없이 침착해 보였다. 하지만 그의 앞에 놓인 책은 채연의 상태가 위급하니 상식국에 의관을 청해 달라는 소식을 들은 이후 단 한 장도 넘어가지 않고 있었다.

저녁도 거른 정왕 곁에 선 태감은 소용없을 거라는 걸 알면서도 조심스럽게 권했다.

「전하, 상식국 수의首醫가 비록 여인이기는 하나 의술의 깊이가 태의원[10]의 원사 대사공戴思恭[11]에 결코 뒤지지 않사옵니다. 차도가 있으면 바로 연통이 올 것이니 그동안 잠시라도 침수를 드시지요.」

「되었다.」

「하면 가벼운 야식이라도 올리라 이를까요? 저녁부터 아무것도 드시지 않으셨는데…….」

정왕이 고개를 들었다. 고요하나 얼릴 듯 차가운 눈은 호통보다 더 엄중한 경고를 담고 있었다.

입 닥치고 조용히 있으라는.

공연히 나섰다가 벼락을 맞을 수도 있겠다. 재빠르게 상황을 판단한 태감은 정왕의 시선 안에서 벗어나기 위해 의자 뒤로 살짝 몸을 비켰다. 제발 채연이 깨어났다는 소식이 어서 오기만을 기다리면서 그는 벽에 몸을 기댄 채 눈치껏 깜박깜박 졸았다.

그러나 그의 간절한 소망과 달리, 전날 가득 채운 등잔의 기름이 다 떨어져 꺼져 버리고, 그 빛을 대신하는 늦은 아침 햇살이 동쪽으로 향한 창으로 비쳐 들다가 남쪽을 거쳐 서쪽으로 옮겨가 긴 그림자를 드리울 때까지도 수연각에 보낸 환관은 돌아오지 않았다. 조참을 올려도 되는지 밖에서 조심스레 고하는 소리만 몇 번 들려왔다가 가차 없이 내쳐졌다. 두어 번 그리 물려지니 이제는 고하지

---

10) 황제의 건강을 돌보는 의료 기관.
11) 명 태조 홍무제부터 건문제, 영락제까지 어의로 봉직했던 명대 초기의 명의.

도 못하고 눈치만 보는 듯 때가 되어도 작은 소음만 들려왔다 사라졌다.

지난밤까지만 해도 아무리 날고 기는 의술을 가진 상식국의 수여의라도 위급한 환자를 곧바로 쾌차하게 할 수는 없을 테니 당연히 시간이 걸릴 거라고 낙관적으로 생각했다. 오히려 무소식이 희소식이려니 했다. 그런데 꼬박 하루가 넘어가는데도 아무 연통이 없자, 정왕의 곁을 지키느라 수면 부족과 배고픔에 지쳐 멍해진 심신에도 슬슬 초조감이 차올랐다.

짧은 겨울 해가 금세 기력을 잃고 어둑어둑해지자 서재의 문 앞에 등촉의 소임을 맡은 이들이 왔다 갔다 하는 그림자가 보이기 시작했다. 어선을 올렸다가 무섭게 내쫓겼다는 소식에 들어오지도 못하고 눈치를 보는 것이 분명했다. 일부러 눈에 띄게 부스럭거리는 품새에선 태감이 나서 상황 정리를 해 주기를 바라는 재촉이 역력했지만 어찌해야 할지 갈피를 못 잡는 것은 그도 마찬가지였다.

꼬박 하루 넘게 동동거리다 보니 눈에 가시 같던 지원과 지윤 형제가 갑자기 못 견디게 아쉬웠다. 그러나 지윤의 혼례를 위해 말미를 얻어 간 그들이 당장 돌아올 리가 만무했다.

신랑은 어쩔 수 없지만 지원만이라도 속히 돌아오라고 연통을 보내야겠다.

정왕을 그림자처럼 지키는 호씨 형제가 없는 틈을 타서 총애와 신임을 독차지하려던 깜냥을 다 털어 버리는 결심을 한 순간, 구멍이라도 뚫을 것처럼 책만 내려 보고 있던 정왕의 음성이 서재를 울렸다.

「송 태감」

「예, 전하, 하명하소서.」

심중은 격랑 치고 있는 것이 분명하나 표정만큼은 무념무상. 그 감정은 단단한 가림막 뒤에 있는 것처럼 전혀 보이지 않았다. 그저 미루어 짐작할 뿐인 태감은 조마조마하니 정왕의 반응을 기다릴 뿐이었다.

「지금 수연각에…….」

말을 끊고 서재 문을 노려보던 정왕이 별안간 벌떡 일어났다. 그를 억누르고 있던 인내심의 사슬이 끊어져 버린 듯 곧바로 문으로 향했다.

「전하?」

처음엔 어리둥절하던 태감은 주군의 발걸음이 어디로 향할지 짐작했다. 쓸데없는 질문은 않고 잽싸게 서재의 문을 열었다.

빠른 발걸음으로 정왕이 향한 곳은 예상대로 수연각이었다. 정왕이 왔음을 고하기도 전에 그가 손수 외실의 문을 열어젖혔다. 갑작스런 소음에 밤을 꼬박 새우고 지쳐 깜박 졸던 궁녀들이 후다닥 몸을 일으켰다.

「정왕 전하를 뵈옵…….」

그러나 그녀들이 예를 표할 틈도 없었다. 정왕은 그들에겐 일별도 없이 성큼성큼 내실을 거쳐 깊숙한 침실 문을 열었다.

감히 누가 이리 무엄한 행패를 부리는 것인가 호통을 치려던 수여의와 의파들은 활짝 열린 문을 채우고 서 있는 사람을 보자 모조리 얼어붙었다. 뒤늦게 정신을 차리고 예를 표하려고 했지만 그는 손을 한 번 내젓는 걸로 불필요한 행동을 제지했다.

「아직 차도가 없는 것이냐?」

평온한 표정에 차분한 질문. 하지만 그가 여기 나타난 것 자체가 의관들의 입장에서는 엄청난 압박이었다. 뱀 앞에 선 개구리의 심정을 절감하며 수여의는 자신이 최선을 다하고 있음을 증명하려 나섰다.

「낭랑의 병증은 심한 유옹乳癰이옵니다. 유즙이 막혀 생긴 종기와 염증을 풀기 위해 어제 밤부터 누로산漏蘆散을 올렸고, 토련土蓮을 간 것과 단삼고丹蔘膏로 찜질을 해 드리고 있사옵니다.」

「단삼고엔 황랍黃蠟이 들어 통증과 염증을 걷어 들이는 데 가장 즉방이고 특효인데 어찌 하루가 꼬박 지나도록 효험이 없는 것이냐? 혹, 네가 병증을 잘못 짚은 것이 아니냐?」

처방에 대한 정확한 지적에 의파들이 동시에 움찔했다.

눈앞에 선 이 사내는 춘약이나 장생을 위한 단약이나 찾지 의술에 대해서는 깜깜인 다른 황자들과는 차원이 달랐다. 삼법사는 검 이상으로 독毒을 능숙하게 다루는 이가 많으니 그도 당연히…… 그 깨달음은 저승사자 앞에 선 것 같은 위기감과 공포를 불렀다.

만약 채연에게 무슨 일이 생기면 그 불똥이 곧바로 그들의 머리에 떨어질 터였다. 의술만큼이나 생존 본능도 뛰어난 수여의의 노회한 두뇌가 빠르게 돌아갔다.

「모시던 궁녀나 유모의 얘기를 들어 보니 며칠 전부터 눈에 띄게 몸이 편치 않아 보이셨다고 하옵니다. 특히 어제부터 왕자마마께서 모유를 드시는 걸 거부하셨다고 하는 걸 보면 이미 유옹이 많이 진행되었던 것으로 보이옵니다. 이렇게 고열이 심해질 정도라면 병증이 시작된 지 짧게 잡아도 이레 이상은 된 터…… 병이 골수로 파고든 상태라 좋은 처방도 쉬이 듣지 않고 있사옵니다.」

자기가 살자고 모든 책임을 이리로 밀다니. 이번엔 궁녀들의 낯색이 창백해지고 모로 찢어진 눈초리엔 원망의 빛이 연연했다.

그러나 눈앞에서 벌어지는 이 책임 회피 다툼은 정왕에게는 의미가 없었다.

「그동안 멀쩡했던 사람이다. 왜 갑자기 이리 된 것이냐?」

「낭랑의 병증은 모유가 제대로 순환되지 않아 비롯된 것이옵니다. 왕자마마를 홀로 돌보실 때는 문제가 없으셨지만 최근 내구가 왕자마마께 젖을 드리면서 제때 밖으로 나가지 못한 모유가 엉켜 속에서 종기가 된 것 같사옵니다.」

그녀의 설명에 정왕의 머리가 하얗게 비었다.

내구. 그가 내자부에 명해서 데려온 사람이었다. 채연을 위해서.

서내원에 채연이 도착한 첫날. 채연은 몰랐지만 그 밤에도 그는 수연각의 외당 주랑에 서서 그에겐 금지된 낙원을 몰래 훔쳐보고 있었다. 어린 아들은 잠도 없는지 시도 때도 없이 일어나 보채고, 그때마다 어김없이 다독다독 달래는 소리가 들려왔다. 게으른 늦가을 해가 떠오를 때까지 내내 창가를 지키던 그는 아기를 홀로 돌보는 것이 녹록한 일이 아님을 알게 되었다. 마조 도관에서 재회한 채연의 눈에 띄게 여위고 지친 모습은 아이를 돌보느라 힘든 때문이라는 판단에 해가 뜨자마자 내자부에 사람을 보냈다.

그런데 채연을 위한 배려가 도리어 병을 부르고 생명까지 위태롭게 만들다니. 기가 막혔다. 자신의 존재가 채연에게 진짜 악연이 아닐까? 극단으로 달려가는 상념을 간신히 잡아챘지만 무심한 가면은 이미 씻은 듯 사라졌다. 그는 이글거리는 눈으로 수여의를 노려

봤다.

「곧 회복이 되겠지?」

격렬한 눈빛에 숨이 막혔다. 틀림없이 쾌차할 것이라고 장담하고 싶었다. 그러나 최선을 다 하고 있음에도 별반 반응을 보이지 않는 예후는 아무리 낙관적으로 보려 해도 심상치 않았다. 특히 점점 더 진하게 피어나는 열꽃은 죽음의 전조. 찬 물수건으로 쉴 새 없이 닦아 주고 있지만 이대로 더 진행되면 손을 쓸 수 없었다.

오랫동안 황족들을 상대해 온 노회한 수여의는 최대한 외교적인 답변을 택했다.

「성심을 다하겠사옵니다.」

「네 성심을 다하는 것은 당연한 일이다. 내가 묻는 것은 언제 회복이 될 거냐는 것이다.」

「전하……」

황후와 태손비의 승하에도 불구하고 자리를 잘 보전해 왔건만 여기서 딱 덜미가 잡히다니. 누리고 있던 영화가 다 떨어져 나가는 것도 모자라 목까지 달아나는 환상을 떨쳐 내면서 그녀는 면피를 위해 적극적으로 나섰다.

「상식국에 있는 최상의 약재를 쓰고 있고, 소인들이 성심을 다하고 있사오니……」

「다른 처방은 없는 것이냐?」

「다른 처방이요?」

실은 있기는 했다. 이런 갖가지 약재를 쓰는 것보다 더 확실하고 빠른 처치가. 그러나 그것은 민간에서나 가능한 방법이지 번듯한 반가만 되도 권했다간 멱살을 잡히기 십상이고, 고귀한 황족 앞에서는 감히 입에 담을 수도 없는 내용이었다.

그렇지만 그녀의 그 짧은 망설임이 정왕에게는 다른 의미로 해석된 모양이었다.

「좋은 처방이 있으면서 왜 쓰지 않는 것이냐?」

「전하, 그…… 그것은……」

마치 불이 튀어나오는 듯한 착각이 들 정도로 정왕의 눈이 무섭게 번뜩였다.

「고하라! 왜 그 처방을 쓰지 않는지. 누구에게 어떤 사주를 받은 것이냐?」

치료를 제대로 못 했을 때 질책이나 벌은 각오한 바지만 이건 차원이 달랐다. 까딱하다가는 삼족이 멸문될 수도 있는 대역죄. 모골이 송연해진 수여의가 펄쩍 뛰었다.

「사주라니요! 전하, 천부당만부당한 말씀이옵니다. 소인 진정으로 억울하옵니다.」

「그럼 왜 사람이 죽어 가는데도 이리 손을 놓고 있는 것이냐?」

억양 하나 없는 낮은 어조이나 단단한 밧줄처럼 목을 바짝바짝 조여드는 것 같았다. 이래도 죽고 저래도 죽는다면 최소한 황족을 해하려 했다는 누명은 벗고 죽어야 한다. 그래야 남은 가솔들이라도 무사할 수 있다. 그녀는 바닥으로 곤두박질치려는 정신을 애써 가다듬었다.

「민간에서 널리 쓰는 처방이 하나 있사온데, 그 효험은 신묘하나 행하는 법이 심히 망측하여 ……」

무슨 소리가 나올지 짐작한 의파들은 민망함을 감추지 못하고 바닥으로 얼굴을 떨궜다. 불귀의 객이 될 걸 각오한 수여의는 목까지 벌겋게 물들인 채, 효능은 좋으나 결코 실행은 할 수 없는 치료법을 더듬더듬 고했다.

「그것이…… 유옹의 결핵이 더 커지지 않도록…… 그 원인이 되는 뭉친 유즙을 남김없이 빨아내는 것이옵니다. 다 빨아내어 유선이 깨끗하게 비면 굴피산橘皮散으로 맺힌 것을 풀어 흩어지게 하고 남은 모유를 말리는 약재를 쓰면 완쾌가 됩니다.」

궁녀들의 얼굴에도 진한 홍조와 함께 동정과 동조의 빛이 떠올랐다. 누가 감히 귀한 존체에 그런 무도한 행위를 할 수 있을 것인가. 입에 올렸다는 자체만으로도 대죄를 받아도 할 말이 없는 불경한 행위. 천부당만부당한 망발을 지껄이는 이 무엄한 수의녀를 끌어내라는 정왕의 명이 떨어질 것이다. 벼락을 기다리고 있는 그들에게 뜻밖의 명령이 떨어졌다.

「모두 밖으로 나가라.」

「전하?」

「듣지 못했느냐? 모두 물러가라고 했다.」

감히 거역할 수 없는 기세에 금세 방이 비었다. 단둘만이 남자 그는 채연의 가슴께에 덮어 놓은 더운 습포를 거침없이 치워 버렸다. 풍만한 유방이 훤히 드러났지만 채연은 무슨 일이 있는지 의식하지 못하는 듯 미동도 않았다. 채연이 정신을 잃은 게 이 순간만큼은 정말 고맙고 다행스럽다는 생각을 하며 그는 망설이지 않고 몸을 숙여 유두를 입을 넣었다.

의관의 말대로 유선이 꽉 막힌 듯 처음에는 아무것도 나오지 않았다. 하지만 손으로 눌러 짜는 것과는 차원이 다른 압력에 어느 순간부터 샘이 터지듯 젖이 빨려 나오기 시작했다. 밍밍하니 형언

할 수 없는 묘한 맛이었지만 이 순간에는 감로수보다 더 달고 고마운 액체를 삼키며 그는 부디 채연을 괴롭히는 유옹까지 다 쏟아 내기를 간절히 빌었다.

힘차게 빨아내고 삼키기를 한참. 가슴에서는 더 이상 아무것도 나오지 않았다. 수건으로 유두와 유륜을 닦아 낸 그가 반대편 가슴에 입술을 대려는 순간 채연이 가는 신음을 흘렸다. 혹시 정신을 차리는가 싶어 얼른 몸을 들어 살폈지만 눈꺼풀이 조금 흔들리는 것 말고는 더 이상의 움직임은 없었다. 안타까움과 안도감이 동시에 그를 스쳐 갔다.

안타까움은 채연이 여전히 정신을 차리지 못할 정도로 위중하다는 암울한 현실 때문에, 안도감은 그녀가 지금 그가 무엇을 하는지 모르고 있다는 것 때문에. 만약 그녀가 희미하게라도 의식이 있었다면 그가 몸에 손을 대는 걸 허락하느니 주저 없이 죽음을 택했을 테니까. 아무리 거부한다고 해도 그가 할 일을 했겠지만 그런 실랑이는 가능하면 피하고 싶었다.

내가 남의 증오를 두려워하는 날이 오다니.

쓴웃음을 삼키며 그는 퉁퉁 부은 다른 쪽 가슴에 몸을 굽혀 같은 일을 반복하기 시작했다.

그러나 정왕의 짐작과 달리 채연은 깨어나 있었다.

잠을 자는 것도 아니고 깨어 있는 것도 아닌 비몽사몽. 비명이 절로 나오는 지독한 통증과 열에서 조금이라도 도피하고파 그나마 고통이 덜한 망각에서 헤매고 있었다. 그런데 활활 타는 숯을 올려 놓은 것 같던 유방에서 그 불덩어리가 서서히 빠져나가는 그 시원한 느낌에 어느 순간 정신이 돌아왔다.

눈을 뜨자마자 시야에 들어온 것이 정왕이었다. 처음엔 고열에 시달려 헛것을 보는 줄 알았다. 그렇지만 눈앞의 사내는 환각이 아니라 엄연한 현실이었다.

상상 속에서 수도 없이 죽였던 사람. 미칠 듯이 저주하던 이였다. 살이 닿는 것만으로도 자지러지며 밀어내야 하는데 그럴 수 없었다. 어린 아들이 아니라 다 큰 사내에게 가슴을 드러내 놓은 것도 모자라 이런 망측한 일까지 당하고 있다는 사실이 죽도록 수치스러워야 하건만, 그렇지 않았다. 그를 제지하기에는 견뎌야 했던 격통이 너무 컸다. 영원히 끊이지 않을 것 같던 그 아픔이 잦아들고 있었다. 지금 이 순간에는 미움도 창피함도 느껴지지 않고, 오히려 그가 멈출까 봐 겁이 났다.

제발 계속해 주기를.

자신의 의지박약이 혐오스러웠지만 눈알이 빠지고 뼈를 갉아먹던 통증이 녹아 빠져나가는 이 안도감을 도저히 포기할 수 없었다. 저도 모르게 흘린 한숨에 정왕이 몸을 들었을 때는 심장이 멈추는 것 같았다. 다행히 그는 그녀가 여전히 고열 때문에 신음을 흘렸다고 생각했는지 다시 몸을 굽혀 하던 일을 계속해 주었다.

결국 채연은 계속 정신을 놓고 있는 척, 도피를 택했다. 이제는 통증이 아니라 가슴이 완전히 텅 비는 그 쾌감을 참기 위해 억지로 신음을 눌러 참아야 했다.

더 이상 아무것도 나오지 않자 몸을 일으킨 정왕이 몸을 가려 주려는지 벌려 놓은 침의를 잡았다. 옷깃이 여미던 손길이 멈추고 망설이듯 피부 위에 떠 있던 따뜻한 손이 그녀의 살결에 내려앉았다가 떨어졌다.

日月

마치 깃털 같이 가볍고 짧은 그 스침. 움찔하며 몸을 비킬 뻔했지만 채연은 아슬아슬하게 참아 냈다. 만약 그 손길에 사내의 욕망이 단 한 자락이라도 느껴졌다면 혼절한 척하는 연극은 계속하지 못했을 거였다.

그것은 소중한 존재가 곁에 있음을 온기로나마 확인하고픈 동작이었다. 차마 손댈 수도 없어 눈으로만 바라보고 있지만 그래도 허상이 아니라는 걸 확인하고픈 조심스럽고 애절한 손놀림. 혹시라도 더 이상의 행동을 하지 않을까 온몸에 긴장이 흘렀다. 그렇지만 정왕의 손은 다시 그녀에게 닿지 않고 피부 조금 위의 허공에 머물러 있었다. 그 위에서 그녀의 몸을 따라 다정하게 움직이는 것이, 원치 않음에도 마치 보는 것처럼 느껴지고 어른거렸다.

다른 종류의 통증이 가슴을 관통해 갔다.

그러나 이 고통을 인정하고 싶지도, 또 누구보다 정왕에게는 들키고 싶지 않았다. 조금이라도 약해진 구석을 발견하게 된다면 사정없이 공략해 그녀를 또다시 흔들어 놓을 테니까. 순진한 여인을 홀리는 교묘한 술수에 끌려 들어가 허우적거리는 건 한 번으로 족했다. 마음의 떨림이 몸으로 나타날까 봐 채연은 눈을 꼭 감은 것도 모자라 어금니를 사려물었다.

다행히 몸을 돌린 정왕이 옆에 있는 수건으로 젖은 입술을 닦는 게 보였다. 그대로 나갈 것처럼 그가 움직일 때 방심했던 모양이었다. 마치 등에도 눈이 달린 것처럼 발길음이 뚝 멈추고 그가 몸을 돌렸다.

흔들리는 동공이 허공에서 마주쳤다.

그가 돌아본 순간 모르는 척 눈을 감아 버렸어야 했다. 그러나 미처 그러지 못한 채연은 뜨거운 불덩이를 품은 듯한 검남색 눈동자를 속절없이 바라보며, 그 안에 넘칠 듯이 출렁이는 비통을 고스란히 감수해야 했다.

거짓 미소 뒤에 숨어 있는, 그녀로서는 불가해한 존재일 때가 더 나았다. 왜 모든 게 다 끝나 버린 지금, 절대 그를 용서할 수 없는 이때에야 뒤늦은 진심을 보여 주는 것인지. 정왕에게 품었던 감정은 이미 오래전에 다 죽어, 산산이 흩어져 버렸다고 믿었는데.

맥박이 빨라지는 자신이 혐오스러워 채연은 그에게 강제로 안기던 그 밤을 상기했다. 연모는 짓밟히고 자존심은 너덜너덜한 누더기가 되던 그 끔찍한 굴욕을 떠올리자 잠시 더워지던 피가 차갑게 식었다.

다시는 흔들리지도, 애증에 괴로워하지도 않을 것이다. 입술을 깨물며 채연은 벽 쪽으로 얼굴을 돌려 버렸다.

그와 마주 보는 것조차 싫다는 강렬한 의지의 표출.

정왕의 눈이 흐려졌다. 이미 알고 있었다. 너무도 잘 알았다. 그럼에도 이렇게 또 확인하는 건 여전히 아팠다. 이 아픔은 영원히 익숙해지거나 덜해지지 않을 거였다. 하지만 누구보다도 타인의 고통에 민감하고 이타적이던 채연이 이렇게까지 모질게 변했다는 건 그에게 받은 상처가 얼마나 큰지를 보여 주는 반증이었기에 아무 말도 할 수 없었다. 섣부른 사죄나 어설픈 위로는 오히려 그녀에게 더 큰 고통이고 모욕이 될 것이기에.

그나마 그가 해야 할 일을 다 한 다음에 채연이 깨어났다는 것에 감사하기로 했다.

「의관이 올 것이다.」

하나 마나 한 한마디를 겨우 던지고 정왕은 침실을 나갔다.

멀어지는 발소리를 듣는 채연의 눈가에선 맑은 이슬이 끊임없이 흘러내렸다.

十九

채연의 와병으로 몰아쳤던 파문이 지나가자 일상은 다시 잔잔하게 흘러갔다.

위중하다던 채연이 정왕이 들렀다 간 뒤 금세 차도를 보인 일로 물밑에선 한동안 시끄러웠다. 수연각에 있었던 사람들은 채연의 신열이 내린 건 정왕 덕분일 거라고 짐작했다. 그러나 그걸 입 밖에 낼 정도로 대담한 자는 없었다. 사실 정황이 그렇다는 것이지 그런 민망한 치료술을 정왕이 직접 행했을 거라고 확신하기는 어려웠다.

정왕이 계속 병세에 관심을 보였다면 풍문에 신빙성이 더해졌겠지만 그날 잠시 왔다 간 이후 채연의 신열이 내렸다는 소식에도, 일어나 운신을 하게 됐다는데도 수연각에 발걸음조차 하지 않았다. 들르기는커녕 눈길도 한 번 주지 않자 은밀히 난무하던 설왕설래는 절대 있을 수 없는 헛소문이란 의견이 우세해지며 서서히 잦아들다가 의파들이 돌아간 뒤에는 잊혔다.

하지만 채연에게는 아니었다.

밤에 곁을 지키던 수직守職 의파는 채연이 깊이 잠들었다고 생각했는지 마침 자리를 비웠던 동무에게 정왕이 다녀간 사건을 속닥거렸다. 믿지 못하는 동료에게 그녀는 그 방법을 제외하고 꽉 막힌 유즙은 절대 뺄 수 없었다고 장담을 했다. 그가 아니었다면 목숨을 장담하지 못했을 거라며, 체통도 버리고 정인을 살린 정왕의 지고지순함에 감동을 감추지 않았다.

그때까지도 열에 들떠 보았던 환상이라고 치부하려고 노력했다. 하지만 그가 왜 그런 일을 했는지를 알려 주는 의파들의 대화는 그런 얄팍한 자기기만마저도 불가능하게 만들었다. 지워 버리고픈 기억은 가시처럼 콕콕 채연을 찔러 댔고, 무엇보다 이해할 수 없는 것은 자신의 심리였다. 그가 오지 않아 다행이라고 안도하면서도, 저 깊은 곳 한구석이 허허로웠다. 다시 그를 지우려고 했지만 이제는 말끔히 지워지지가 않았다.

이처럼 다스려지지 않는 마음만으로도 충분히 고단하고 괴로운데 정왕과 채연의 화해를 지상 목표로 삼은 듯 수연각의 궁녀들과 환관들은 물론이고 유모까지 가세해 그의 일거일동을 바지런히 물어 날랐다.

이날도 그랬다. 왕자를 모시고 아침 문후를 다녀온 유모는 전혀 알고 싶지 않은 시시콜콜한 일상을 늘어놓기에 여념이 없었다.

「전하께서 오늘도 왕자마마를 손수 안고 사서와 경전을 읽어 주셨답니다. 그런데 참으로 신기한 것이 부왕께 안기면 왕사마마께서 마치 알아들으시는 것처럼 떼를 쓰지도 않고 조용하시답니다. 배행한 환관들 모두 기이하다고 감탄이옵니다.」

유모는 몰랐지만 그 칭송은 죄책감으로 변해 채연을 할퀴어 댔다.

잉태한 여인은 바른 심성과 자세로 태아에게 경전을 읽어 줘야 했다. 마땅히 해야 할 의무였으나 증오에 허우적거리느라 아무것도 해 주지 못했다. 뒤늦게라도 벌충해 주는 정왕에게 고마워해야 하는데 그녀를 힐책하는 것 같아 미안하고 미웠다. 태교도 못 해 주고 이젠 젖도 먹이지 못하는 자괴감과 가책에 땅이라도 파서 들어가고 싶었다. 여기서 한마디라도 더 정왕이 아들에게 무엇을 해 줬다는 소리를 들으면 비명을 지를 것 같았다.

「오늘은 다른 날보다 일찍 돌아왔네요?」

딱 자르는 메마른 어조엔 정왕의 일상은 전혀 듣고 싶다는 의사가 강하게 드러났다. 더 몰아붙여선 안 되겠다 싶었는지 유모는 눈치 빠르게 화제를 바꿨다.

「예. 좀 전에 혼인하러 고향으로 갔다던 그 쌍둥이 호위 위사분들이 돌아오셨답니다. 그래서 평소보다 이르게 물러났사옵니다.」

「쌍둥이? 호씨 형제들이요? 우특무가 혼인을 했다고요?」

「낭랑께서도 그분들을 잘 아시는 모양이지요?」

용화가 드디어 혼례를 올렸구나. 영리하고 활달한 소녀를 떠올리는 채연의 얼굴에 옅은 미소가 돌았다.

「그 어부인과 잘 알아요. 어릴 때 만나 오랫동안 사모지정을 쌓으며 기다렸으니…… 우특무의 기쁨이 크겠습니다.」

실제로 그랬다.

정왕의 서재 안에 나란히 선, 똑같은 생김새의 두 사내 중 한 명은 싱글벙글 절로 벌어지는 입을 다물지 못하고 있었다. 그렇지만 나머지 한 명은 속이 터져 죽겠다는 감정을 미처 누르지 못해 부루퉁한 채로 시립해 있었다.

늙은 황제가 세상을 떠나기 전에 반드시 삼법사로 돌아가야 하는데. 서장자를 저리 대놓고 아끼면 누가 정비로 들어오려고 할 것이며, 나중에 뒷감당을 어찌하려고 저러시나? 신혼의 단꿈에 빠져 온 세상이 장밋빛인 지윤과 달리 지원의 속은 끓다 못해 터져 나가고 있었다.

지윤의 귀띔대로 정말 채연의 소생을 세자로 세우려는 건 아닐까? 애써 지우던 기억이 떠오르자 소름이 쫙 돋았다.

아닐 것이다. 누구보다도 냉철하게 이 위험천만한 시국을 능란하게 헤쳐 온 전하이시다. 자해나 다름없는 선택을 하지는 않을 것이다.

그리 자위했다. 그러나 돌아왔다는 인사를 올리려 들어왔을 때 아들을 안고 몸소 강독을 해 주고 있는 광경은 아무리 떨쳐 내려고 해도 떨쳐지지 않았다. 불안감을 지우려 시선을 여기저기 옮기던 지원은 커다란 팔선탁 위에 쌓인 책들을 보자 더더욱 기가 막혔다.

「자치통감資治通鑑?」

부주의하게 새어 나온 중얼거림에 아차 싶었지만 다행히 정왕은 그것을 타박하지 않았다. 피식 웃으며 책장을 천천히 넘겼다.

「왜? 너도 송 태감처럼 언제 다 읽을 거냐는 소리를 하려고?」

「아, 아니옵니다. 다만 너무도 방대한 양이라, 분주하신 전하께서 어찌……」

「분주하긴. 할 일 없는 번왕에겐 넘쳐 나는 것이 시간이 아니더냐. 나도 초목에 관심이 많으면 주왕 형님처럼 구황救荒에 도움이

되는 풀과 열매를 찾아 백성들의 구휼에 보탬이 되어 보겠지만 그
쪽은 지식이 일천해 어릴 때 읽다 만 책이나 왕자와 함께 보려고 한
다. 오후에는 심경心經을 읽어 주고 있지.」

아직 천지분간도 못 하는 간난 아기에게 일평생 학문에만 매진하
는 선비들도 다 읽기 힘든 수백 권짜리 자치통감이 무슨 소용이며,
심경을 읽어 준다고 무엇을 알아들을 것인가. 볼이 통통 부은 그와
달리 태감은 아부를 할 기회를 결코 놓치지 않았다.

「이리 자애롭게 훈육을 하시니 왕자마마께서도 전하처럼 신동
으로 자라실 것이옵니다.」

「송 태감의 아첨 실력이 갈수록 느는군. 우리 형제 중에 어릴 때
신동 소리 한번 듣지 않은 이가 누가 있는가?」

분명 황자들에게 그 단어가 남발되긴 했지만 정왕은 그런 아부
를 할 가치조차 없는 미약한 황자였다. 교관들의 칭찬은 진심이었
을 것이다. 삼법사의 수장이 됐던 초창기에는 심지어 행군을 할 때
도 책을 손에 놓지 않다가, 쓸데없이 서책만 가까이 하느라 맡은 임
무를 소홀히 한다는 황제의 엄중한 질책을 받기까지 했었다. 그 이
후 모든 서책을 서내원에 보내고 학문에서 완전히 손을 뗐다는 일
화를 들은 기억이 났다. 무심히 흘렸던 정왕의 과거를 더듬던 지원
의 뇌리에 번뜩, 세를 모을 묘책이 하나 스쳤다.

「하면 전하, 상왕 전하처럼 이곳 번저의 서각을 새로 단장해 문
사를 초청하고 교류를 하시면 좋지 않겠사옵니까?」

정왕을 높이는 일이라면 뭐든 한몫 하고픈 태감도 옳다구나 싶
은지 냉큼 나섰다.

「좋은 생각인 것 같사옵니다. 서내원 문창제에 있는 장서만 옮겨

오면 상왕부의 경원각景元閣은 비교도 할 수 없을 것입니다. 특히 전하가 소장하신 서첩들은 천하의 선비들이 모두들 탐내는 귀한 것들이 아니옵니까.」

「좌특무의 기억력이 이리 형편없는 줄은 몰랐군.」

성난 것인지 아니면 놀리는 것인지 판단이 서지 않는 모호한 어조. 지원은 침묵 대신 질문을 택했다.

「예? 무슨 말씀이시온지요?」

「네가 삼법사에서 맡았던 가장 중요한 임무를 잊었느냐?」

지원의 임무는 감시. 황족들, 특히 번왕들의 동태를 파악해 세를 불리려는 시도를 주도면밀하게 막아 내는 것은 가장 중대한 업무였다. 어찌 그걸 망각할 수 있었는지. 주먹으로 급소를 한 대 강타당한 것처럼 지원이 몸을 푹 수그렸다.

「과인은 노왕 형님의 전철을 밟고 싶지 않으니 너희도 자중하는 게 좋을 것이다.」

호랑이에게서 개가 태어나지 않는다는 속담을 증명하듯 주원장에겐 문무겸장의 황자들이 많았다. 10황자 노왕은 그중에서도 특히 출중한 아들 중 하나였다. 하지만 높은 학식과 호방한 인품으로 인망이 높던 그는 교류하던 도사가 바친 불로장생약을 먹고 시력을 잃었고, 눈을 고치기 위해 백방으로 노력하다 결국 단약 때문에 요절했다. 절명까지는 몰라도 갑작스런 실명은 세를 불리는 아들을 견제하려는 황제의 개입이란 유추가 지배적이었다. 노왕의 비극은 그들에게 확고한 교훈을 주었다. 황제는 정해 준 한계를 넘어서려는 자는 설령 친자식이라도 절대 용서하지 않는다는 것을. 그 감시와 제재의 제일 앞에 삼법사가 있어 왔다.

「먼 길을 오느라 피곤할 테니 물러가 쉬어라.」

정왕도 이제 다른 왕들처럼 삼법사의 감호 아래 있다는 자각은 지원을 더욱 우울하게 했다. 그가 모셔 온 주군은 이런 무료하다 못해 숨 막혀 죽을 것 같은 삶에 절대 어울리지 않았다. 선을 넘는다는 걸 알면서도 물러날 수가 없었다.

「전하, 조 첨사가 수장 대리로 임명받았다는데 어찌 이리 태평하십니까?」

「부황께서 잘 선택하신 것이다. 조원일이면 최소한 공평무사하려는 노력은 하겠지.」

「자리보전에만 급급한 첨사가 어찌 삼엄한 기강을 세우고 삿된 무리들을 감찰해 엄단하는 중임을 맡을 수 있겠사옵니까? 황상께서 수장이 아니라 굳이 수장 대리라는 직책을 교서로 내리신 것은 전하를 심중에 두고 계심이 틀림없사옵니다. 이제 진노가 조금은 잦아드셨을 터이니 알현을 청하시고 미루었던 국혼을……」

탁. 책장을 덮는 것과 동시에 섬뜩한 시선이 지원에게 꽂혔다.

설화를 자초한 지원은 물론이고 신혼의 단꿈에 빠져 백일몽에 젖어 있던 지윤마저 움찔할 정도의 기백. 잠시 망각했다. 그는 일개 호위이자 그림자. 그의 역할은 오로지 따르는 것이지 결코 나서서는 안 되는 존재. 지금 그걸 명백히 넘어선 거였다.

역린. 채연은 정왕의 역린이다.

깨달음이 그들에게 동시에 각인된 순간, 몸을 날린 지윤은 형을 쓰러뜨리다시피 꿇어앉혔다. 바닥에 납작 엎드린 그는 이마를 바닥에 쿵쿵 찧으며 빌었다.

「전하, 용서하시옵소서.」

잠시 멍해 있던 지원도 곧바로 동생을 따랐다.

「용서하시옵소서. 소인이⋯⋯, 소인이 잠시 정신이 나갔던 모양이옵니다.」

이대로 내쳐지는 건 아닐까. 등줄기에 줄줄 흐르는 식은땀을 느끼며 엎드려 있는 시간은 1초 1초가 수십 년 같았다. 그 무게에 짓눌려 납작해지는 게 아닌가 싶은 찰나에, 감정의 편린을 싹 걷어 낸 정왕의 차분한 음성이 들려왔다.

「과인이 보기에도 그런 것 같구나.」

이때껏 자신들이 숨도 쉬지 않고 있었다는 사실을 뒤늦게 깨달은 지원과 지윤은 그제야 참았던 호흡을 푹 내쉬었다.

「하해와 같은 성은에 감읍하옵니다.」

「감읍할 것 없다. 잠시 정신이 나간 것까지 일일이 벌하면 곁에 누가 남아 있겠느냐. 내려다보기 목이 아프니 그만 일어나라.」

아무리 뛰어난 사내도 여인의 치마폭에 싸이면 그 총명을 잃는다더니. 이제 채연에 관한 일은 입에 절대 올리면 안 되겠다고 씁쓸하니 결심을 하는데, 엉뚱하게 지윤이 불쑥 나섰다.

「전하, 소인 주제넘으나 한 말씀만 여쭙겠사옵니다. 채연 낭랑껜 봉작을 언제 내리실 예정이신지요? 엄연히 왕자마마의 생모이신데 아무 품계가 없어 번저의 어녀御女. 정7품 궁녀나 채녀采女. 정8품 궁녀들이 난감해하고 있사옵니다.」

대담함을 넘어선 무모함에 태감과 지원이 그대로 얼어 버렸다. 그렇지만 믿는 구석이 있는 지윤은 태연자약했고, 정왕 역시 시퍼런 살기를 내뿜던 조금 전과 달리 덤덤해 보였다. 급작스런 전개에 덜덜 떨던 태감도 미묘하게 다른 분위기를 감지했다. 낭랑이라고 호칭할 때마다 난감하기는 그도 궁녀들 못지않았다. 호씨 형제들을 견제하는 입장이긴 하지만 이번만큼은 지윤을 응원하며 기대로 가득한 눈빛을 보냈다.

설빙雪氷으로 빚은 듯 단단하던 정왕의 입술이 슬쩍 휘어졌다. 냉소로도 실소로도 해석되는 희미한 곡선이 그려지더니 무심한 목소리가 흘러나왔다.

「삼법사를 떠나니 과묵하다고 소문난 우특무까지 수다스러워지는 모양이구나. 그 일은 과인이 알아서 할 테니 신경 쓰지 마라.」

여기서 더 나가는 건 분명한 월권이었다. 실은 이 정도도 정왕이 너그럽게 봐줬기에 가능한 수준이었기에 지윤은 채연에게 좋은 일은 쌍지팡이를 짚고 반대하러 나설 판이라 모르는 척 방관만 하고 있던 지원과 함께 쫓기듯이 물러났다. 미적거리던 태감도 조용히 책을 읽겠다는 정왕의 명에 꼼짝없이 밖으로 나가야 했다.

고요하다 못해 적요한 공간에 다시 홀로 남은 정왕은 대통력人統曆[12]을 펼쳤다. 찬예贊禮[13]태감이 진즉부터 알려 준 날짜임에도 일부러 다시 확인을 했다. 채연을 번저로 데려올 때부터 결심했던 것을 시행할 날. 넘어야 할 산이 얼마나 많은지 너무도 잘 알기에 심경이 복잡했다. 그러나 그가 가진 모든 책략과 힘을 다 동원해서 이뤄야 할 과업이기도 했다.

그의 여인을 귀하게 만드는 일. 아들에게 아비로서 주는 첫 선물.

방글거리며 그에게 안겨 오는 환을 떠올리자 익숙한 희열이 온몸으로 퍼져 나갔다. 그 환희는 앞으로 헤쳐 나가야 할 수많은 난관

---

12) 명나라 달력.
13) 궁중의 제사와 예를 주제하는 소임을 맡은 환관.

과 가시밭길 때문에 무거운 마음을 가볍게 해 주는 동시에 의지를 굳건하게 해 줬다.

아둔하고 철없다는 손가락질을 받아도 좋다. 넌 아낌 받는 존재라는 걸 조금도 의심하지 않고 살 것이다. 아비의 관심과 인정을 구걸하고 목숨을 부지하려 손에 원치 않는 피를 묻히는 일은 절대 없도록 할 것이다. 너와 네 어미를 위해서라면 나는 기꺼이 악귀가 되겠다.

이제 그 첫 발판을 만들어야 할 때. 허공을 응시하는 그의 눈동자가 결의로 빛났다.

「모후마마의 제사라고요?」

막 들었던 찻잔이 손에서 뚝 떨어졌다. 섬세한 도자기가 바닥에 떨어져 산산이 부서지고, 튄 찻물은 얼룩이 되어 연한 도화색 비단옷 소매와 자락에 번지기 시작했다.

「에구머니나!」

「낭랑, 데지 않으셨습니까?」

궁녀들이 호들갑을 떨어 댔지만 채연의 상념은 과거로 달려가고 있었다.

바로 1년 전 오늘이었다. 황제의 명을 받고 떠도느라 생모의 제사도 제대로 챙기지 못하는 그가 못내 안타까워 임 도사의 도움을 받아 제사를 올렸던 날. 부모 형제와 준위의 제사까지 지내 준 것에 대한 감사라고 자신을 속였지만 실은 그리 담백하지 않았다. 이제와 떠올려 보면 정말 시모의 첫 제사를 준비하는 새색시처럼 공연히 설레었다.

그랬는데……. 채연은 이어지는 회상의 꼬리를 끊어 냈다.

「손이 미끄러져서…… 나는 괜찮습니다.」

괜찮다는 소리에도 아랑곳 않고 궁녀들은 화기를 식힐 찬물을 떠 오네, 물수건을 대어 열을 빼 주네 하며 난리법석을 피웠다. 소동이 어지간히 잦아들고 채연의 손에 붉은 자국 하나 없다는 걸 확인하자 태감은 본연의 임무로 되돌아갔다.

「좀 전에 말씀 올렸듯이 오늘이 제사이니 낭랑께서 왕자마마를 직접 모시고 오시라는 전하의 명이시옵니다.」

「저도요? 정말 그리 명을 내리셨단 말입니까?」

「예. 전하께서 분명히 그렇게 하명하셨사옵니다.」

궁이 아니라 번저이긴 하지만 정식으로 올리는 제사라면 그녀는 참례할 수 없는 것이 엄연한 법도였다. 그런데 왜 왕자를 데리고 직접 오라는 건지?

그러나 연유를 모르는 것은 태감도 마찬가지였다.

「소인의 얕은 소견으로는 오늘 왕자마마의 탄생을 사당에서 고해 올리는 그 기쁜 모습을 먼발치에서라도 황아님께 보여 드리려는 전하의 깊은 성심이 아닐까 사료되옵니다.」

태감의 짐작대로라면 분명 엄청나게 파격적인 배려였다. 감읍하고 감희感喜해야 마땅하겠지만 사당에 발을 들일수도 없는 처지에 대한 자괴감만이 엄습했다.

나란 여인, 참으로 못됐구나.

씁쓸한 감정을 털어 내며 그녀는 아들을 위해 순수하게 즐거워하려 애썼다.

「그렇다면 정말 감읍할 배려시군요.」

「제 짐작이 틀림없을 것이옵니다. 낭랑을 향한 전하의 성총이 정말 하해와 같이 깊고도 넓으신 것 같습니다.」

기회를 놓치지 않고 상전을 붕붕 띄워 주면서 그는 시간에 맞춰 다시 모시러 올 것이니 왕자의 차비를 서둘러 달라는 당부를 남기고 돌아갔다.

머릿속은 엉망으로 꼬이고 엉킨 실타래처럼 복잡했지만 제례에 걸맞게 왕자의 채비를 해 주려면 시간이 많지 않았다. 꽤나 서둘렀지만 내실 밖에서는 일찌감치 도착한 환관들이 연신 재촉을 해 댔다. 금불상을 수놓은 앙증맞은 자색 비단옷을 입히고 찬바람에 혹시 감환이라도 걸릴세라, 채연은 강보에 꽁꽁 싼 아들을 안아 들었다.

「오늘 친조모님께 처음으로 인사를 올리는 날이니 울지 말고 의젓하게 행동해야 합니다.」

옷과 같은 색의 모자가 마음에 들지 않는지 작은 주먹을 들어 연신 머리를 밀어 대던 아기는 어미의 다사로운 속삭임을 알아들은 양 옹알거리며 폭 기대어 왔다.

초조하게 기다리던 환관은 채연이 나오자 곧바로 앞장을 섰다.

두어 개의 샛담을 지나자 번저 깊숙이 자리 잡은 사당이 보였다. 그녀에겐 금지禁地. 이 영역으로 들어가도 되는 것인지, 낮은 담장 너머에서 지켜보라는 것인지 허용된 범위를 알 수 없어 문 앞에서 머뭇거리는데, 앞서 가던 환관이 어서 들어가라는 듯 옆으로 비켜섰다.

「이리로 드시옵소서.」

채연이 환을 안고 들어서자 기다렸다는 듯 찬예환관이 아기를 받아 안아 제주인 정왕의 곁으로 갔다. 그걸 신호로 집사시랑이 사당의 신주문을 활짝 열었다.

넓은 사당에 모셔진 위패는 단 하나. 제물도 의외로 단출하고 간소했다. 가짓수나 풍성함으로 따지자면 오히려 작년에 그녀가 직접 장만했던 제수가 더 규모가 있을 정도였다.

본디 풍속이 그런 것인지 아니면 이런 일을 관장할 내명부가 없는 번저라서 격식 있게 준비를 못 한 것인지. 만약 후자라면 얼마나 민망하고 슬픈 일인가? 서글픈 동질감이 스쳐 갔다.

단 하룻밤의 연으로 정왕을 낳은 여인.

1년 전 그 사연을 들었을 때 막연한 동정심만 품었던 그 운명이 곧바로 자신과 겹쳐질 줄은 상상도 하지 못했다. 닮은 처지를 인정하자 풀 수 없는 의문이 꼬리를 물었다.

그녀는 어떤 심정으로 황제를 받아들였을까?

두려움과 경외의 대상이었을 황제와 하룻밤이 고통스럽지는 않았을까?

처음이자 마지막이었다는 그 승은 이후 외로운 세월을 어떻게 견뎌 냈을까?

그리고…… 핏덩이나 다름없는 어린 아들을, 의지가지 하나 없는 황궁에 홀로 두고 이승을 떠날 때 심정이 어땠을까?

아마도 마지막 순간까지 아들에 대한 염려에 편히 눈을 감을 수 없었을 거였다. 찬예환관에게 안겨 제례에 참례하고 있는 아들을 보자, 어미로서 또 여인으로서 정왕의 모후가 느꼈을 그 애통함에 빙의라도 된 듯 심장이 조여 왔다.

무감동한 얼굴로 제주의 역할을 다하고 있는 정왕. 무심해 보이지만 그의 심중에 생모에 대한 애달픔이 자리 잡고 있다는 걸 알 수 있었다. 그녀를 유혹하기 위해 온갖 감언이설을 늘어놓고, 계산적으로 여심을 흔드는 고독감을 노출하긴 했지만 모후에 대한 고백마저 거짓이라고 믿기는 힘들었다.

과거와 현실을 오가는 회상에 잠긴 채연은 자신을 부르는 소리를 듣지 못했다. 그러나 다시 들려온 음성이 푹 빠져 있던 혼자만의 세계에서 그녀를 끌어냈다.

「한가韓家의 장녀 채연은 사당에 올라와 왕모께 정왕부의 일원이 됐음을 고하라.」

지금 뭐라고 한 거지? 채연은 귀를 의심했다. 하지만 그녀 못지않게 경악한 시랑들의 표정은 방금 들은 통고가 환청이 아님을 여실히 보여 주고 있었다.

여인이 정식으로 사당에 드는 것은 시집 왔을 때 단 한 번, 그 가문의 일원이 됐음을 조상들에게 고하는 엄숙한 행사뿐이었다. 그러나 그것은 정실에게만 허락되는 일이었다. 첩실은 죽을 때까지 사당은 물론이고 그 담장 안에도 발을 들일 수 없는 것이 법도였다.

실은 이 자리에 채연을 부른 것만으로도 엄청난 파격이었다. 귀한 왕손을 낳아 준 여인이니 그럴 수도 있겠지, 은근슬쩍 납득하며 따지지 않고 넘어가던 이들에게조차 용납될 수 없는 예외. 문자 그대로 어불성설語不成說이었다. 붕어처럼 뻐끔뻐끔 입을 달싹이는 집사시랑과 찬예환관의, 소리가 되어 나오지 못하는 입속말은 분명 '이건 절대 있을 수 없는 일이다.'였다. 송 태감을 비롯해 산전수전 다 겪은 노회한 자들은 그동안 내내 그들을 괴롭히던 수수께끼를 풀어냈다.

바로 이래서 봉작을 내리지 않았구나.

감당하기 힘든 엄청난 파문을 일으켜 놓고도 너무도 침착하게 그녀를 응시하는 정왕의 눈을 마주 보며 채연도 깨달았다.

오늘 부른 건 바로 이 일을 위해서이다. 나를 후궁이 아니라 정비로 맞겠다는 것을 나와 모두에게 통보하는 것. 어떻게 이루려는지 모르겠지만 절대 즉흥적인 결정이 아니다. 하지만 이 또한 그에게 묶이는 사슬. 절대 안 된다.

그녀의 거부를 읽었는지 어둡게 가라앉은 시선에 간구와 함께 섬뜩한 위협이 떠올랐다. 그 기백에 뒷걸음질 치려던 채연의 오금이 얼어 버렸다.

「뭣들 하느냐? 서두르라.」

쐐기를 박는 듯한 명령에 환관들이 제일 먼저 정신을 차렸다.

「어서, 안으로 드시옵소서.」

부축을 가장해 다가선 그들은 채연의 양팔을 움켜쥐다시피 하면서 활짝 연 신주문 안으로 들였다. 감히 제지하거나 반발할 수는 없으나 제사에 참례한 이들이 거부감을 감추지 못하는 가운데 채연은 찬례를 돕는 궁녀들의 부축을 받으며 위패에 사배를 올렸다.

혼백이 공중에 붕 떠서 또 다른 자신을 내려다보고 있는 듯 몸과 정신이 따로 노는 가운데 채연은 네 번의 절을 올렸다. 그렇게 정왕부의 일원이 되었다는 것을 사당에 고하는 의식을 마쳐 버렸다. 남은 절차가 끝나고 철상을 할 때가 되자 채연과 왕자는 왔던 때처럼 환관을 따라 수연각으로 돌려보내지고 신주문이 닫혔다.

「모두 수고가 많았다.」

얼마나 엄청난 파격을 벌였는지 전혀 모르는 사람처럼 정왕은 너무도 침착하고 느긋하게 친히 치하까지 해 주고 사당을 떠났다. 그러나 그의 뒤를 따르는 자들이나 남은 자들 모두 알게 모르게 교환하는 눈빛에서 같은 염려가 아른거렸다.

이 일이 황제께 들어가면 그 파장이 만만치 않을 것인데.

사당에서의 사건이 아직 전해지지 않았는지 수연각의 궁녀들은 심산하게 채연을 맞았다. 그녀도 평소처럼 행동했기에 누구도 동요나 다른 감정의 파편을 발견하지 못했다. 하지만 아들을 유모와 보내고 침실로 돌아오자 죽을힘을 다해 겨우 버텨 내던 신경이 뚝 끊어지는 것이 느껴졌다. 덜덜 떨리는 손은 지금 자제력이 한계에 왔음을 여실히 보여 주고 있었다. 사당에선 침착한 태도를 지킬 수 있었지만 실은 그때부터 반은 넋이 나가 있었다. 누군가 그 시간을 싹 걷어 간 것처럼 무엇을 했는지 생각도 나지 않았다. 멍한 머릿속에선 오로지 한 목소리만 메아리처럼 끝없이 반복되고 있었다.

「내 왕자와 군주들은 그런 단과자의 기억이 아니라 엄하면서도 자애로운 부왕과 살아 있는 모후의 다정한 보살핌을 받은 행복한 기억만을 갖고 자라게 하고 싶다. 아니, 꼭 그렇게 할 것이다.」

오래전, 그녀를 마구 흔들어 놨던 그 속삭임. 더불어 까맣게 잊고 있었던 대화도 떠올랐다.

겨울 사냥을 위해 떠나기 며칠 전에 정왕은 농담 반 진담 반의 질문을 던져 왔다.

「아직도 출가하겠다는 뜻엔 변함이 없는 것이냐?」

질리지도 않는지 잊을 만하면 그렇게 그녀를 툭툭 건드리는, 이미 익숙해진 떠보기였다. 언제나처럼 채연은 미소로 답을 대신했지만 그날따라 그는 집요했다.

「수행자로서의 삶이 왕의 후궁보다 더 낫다는 여인은 너밖에 없을 것이다. 무엇 때문에 그리 고집을 부리는 것이냐?」

계속 미소와 묵언으로 대응해도 됐지만 그날만큼은 왠지 얼버무리고 싶지 않았다. 그래서 자신을 설득하는 이유 중 하나를 밝혔다.

「서내원에 처음 왔을 때부터 말씀 올렸듯이 저는 속이 좁고 투기가 심해 다른 여인들과 화합하며 전하를 보필할 그릇이 못 되옵니다.」

「네 정랑은 평생 다른 여인에게 눈도 돌리지 않고 네게만 충실했을 것 같으냐?」

「미희를 보면 그 미색에 끌리고 감탄할 수는 있겠지요. 그것은 인지상정이니 탓할 수 없습니다. 하지만 부부라면 신의를 배반해서는 안 되는 것이니 정절을 지키셨을 것입니다.」

「그걸 어찌 확신하느냐?」

「그리 맹서를 했으니까요. 일평생을 함께하기로 한 사람을 믿지 않으면 어찌 혼인을 할 수 있겠습니까?」

죽은 정혼자에 대한 단단한 신뢰가 배알을 뒤틀리게 했는지 그의 입귀가 슬쩍 비틀어졌다.

「다른 세상사는 제법 잘 판단하고 시류를 따르면서 엉뚱한 것에 아둔하고 고집이 세구나. 네가 그런 맹랑한 뜻을 갖고 있다는 걸 알면서도 네 부모는 이리 내버려 둔 것이냐?」

「제가 맹서를 받은 것까진 모르셨지만 설사 아셨더라도 꾸중하지는 않으셨을 것입니다. 부부간에 정절을 엄중히 지키는 것은 저희 집안의 가풍이고 또 그것을 요구하는 건 고려에선 흠이 되는 처신이 아니옵니다.」

「하! 투기가 가풍이라고?」

「투기가 아니라 신의와 정절이 가풍이옵니다.」

정말로 놀란 표정의 정왕을 물끄러미 보는 채연의 입술꼬리에 웃음기가 살그머니 맺혔다.

「오래전, 고려가 원의 사위국이었을 때 원에서 귀족가의 공녀를 많이 요구해서 온 나라에 근심이 컸던 일이 있었사옵니다.」

「그래. 그 일은 알고 있다. 매년 수백, 수천의 공녀를 요구했다지.」

「예. 가려는 이는 적고 요구하는 숫자는 많다 보니 원하는 만큼 공녀를 내줄 수 없어 그 겁박이 극심했었다고 하옵니다. 그래서 당시 대부경이었던 박유란 분이 공녀로 보낼 자손을 많이 얻기 위해 관료들은 품계에 따라 처를 여럿 두고 평민은 일처 일첩을 얻도록 하자는 간언을 올렸던 적이 있었사옵니다.」

「제법 머리를 쓰는 자였구나. 그래서?」

「그 소문이 퍼지자 귀족 가문부터 평민들까지 여인들이 모두 안방문을 닫아걸어 부당함에 항의하고, 연등회 날 몰려 나가 부부간의 화목을 파탄 내고 축첩을 권하는 파렴치한이라고 대부경을 크게 망신을 주었답니다. 그 간언은 결국 없었던 일이 되었지요.」

「뭐라고!」

어찌 여인들이 그런 얼토당토않은 망발을 감히 작당할 수 있는지. 불신과 경악으로 가득한 정왕을 올려다보는 채연의 눈망울엔 장난기가 차랑차랑. 더불어 긍지가 넘쳐흘렀다.

「안방 문을 닫아걸자는 결의부터 연등회까지 그 모든 항의를 앞장 서서 주도하신 분이 제 증조모님이셨습니다. 그분이 생존해 계실 때 제 아버님이나 숙부님은 물론이고 제 고모부님께도 절대 축첩을 하 지 않겠다는 엄중한 약조를 받은 뒤 혼인을 시키셨다지요. 하여 저희 가문은 팔촌 범위 안에선 축첩을 한 이가 아무도 없사옵니다.」

한동안 멍하던 그가 파안대소를 터뜨렸다. 정자 둘레에 시립해 있던 환관들이 고개를 갸웃거리며 눈치를 살필 정도로 끝없이 웃어 댔다.

「너를 얻으려면 네가 과인의 유일한 여인이어야 한다는 소리로구 나.」

「감히 바랄 수 없는 일이겠지만…… 만에 하나 제가 전하 곁에 남 는다면 전하께서 제게 일부(一夫)인 것처럼 저도 일부(一婦)여야겠지요.」

입 밖으로 낸 순간, 주변에 선 사람들보다 채연 스스로가 깜짝 놀 랐다.

그들은 어찌 그런 망발을 겁 없이 지껄일 수 있을까 하는 이유로. 하지만 그녀는 그것이 진심이라는 급작스런 깨달음에. 각자 이유가 다 른 두려움에 몸이 움츠러들었지만 정왕의 눈에는 정체를 파악하기 힘 든 번뜩임 뿐, 노여움의 흔적은 없었다. 비소인지 실소인지 알 수 없는 웃음을 흘리며 그는 흔쾌히 대답했다.

「그래……? 유념해 두지.」

그 대화는 그것으로 끝이었다.

잠시 겁을 상실한 말실수였지, 위험한 주제에 다시 발을 담글 정 도로 채연은 어리석거나 용감하지 않았고 정왕도 그 화제를 다시 입에 올리지 않았다. 너무 대담하게 굴어 공연히 호승심을 자극한

게 아닌가 하루 이틀 정도 불안해했지만 정왕이 그 대화를 완전히 잊은 듯이 보였기에 채연도 곧 잊었다.

그런데, 정왕은 분명 그 이야기를 기억하고 있었다. 그리고 절대 불가능하다 확신하기에 감히 했던 요구대로 그녀를 유일한 정처로 인정하겠다고 선언을 한 거였다.

왜 모든 것을 다 망쳐 놓은 지금에 와서 이러는 것인지. 그 때문에 번뇌를 할 때마다 떠오르는 하소연을 그녀는 재삼 곱씹었다.

아이를 낳은 걸 정왕에게 들켜 황도로 다시 끌려올 때는 자포자기라 차라리 편했다. 그의 감정은 그녀에 대한 분노와 희미한 미련, 혹은 집착일 뿐이다. 언젠가 정비를 맞아들이고 그 사이에서 자식들이 생기면 그녀도 잊힌 여인으로 조용히 묻힐 수 있을 것이다. 그렇게 믿었다. 아들을 위해서 남은 세월을 인내하며 살아갈 결심을 했다.

그런데 사람의 마음이란 왜 이리 약하고 요망스러운 것인지. 모든 감정을 털어 버렸다는 건 오만한 착각이었다. 한때 믿고 연모했던 단심을 되살리려는 그의 시도가 혐오스럽다고 수없이 되뇌면서도 두려웠다. 차마 다가오지 못하고, 애걸하듯 곁을 맴도는 그를 바라보는 게 괴로웠다. 증오와 연민 사이에서 흔들리며 미칠 것 같은 자신이 너무도 한심했다.

후회로 가득한 비애 어린 눈동자가 떠오를 때마다 따라오는 어쩔 수 없는 애처로움을, 절대 느끼고 싶지 않은 연민을 지우려면 같은 이가 그녀를 짓밟았다는 것을, 그 무지막지한 힘에 눌려 저항조차 할 수 없었던 공포와 무력감, 심신이 찢겨 나가던 고통을 떠올려야만 했다. 육신의 상처뿐이었다면 얼마나 좋았을까. 단단한 빗장을 풀고 마음을 바친 존재에게 짓밟히던 순간은 지금도 생생하니 그녀를 후벼 팠다.

그 기억을 끄집어내는 자체만도 끔찍했다. 안간힘을 다해 겨우 덮고 있는, 그러나 평생 아물지 못할 그 상흔을 자꾸 헤집는 일은 그녀에겐 또 다른 지옥이었다. 그를 용서하고 받아들일 수도, 그렇다고 계속 미워할 수도 없는 모순. 영원히 빠져나갈 수 없는 깊은 늪에 빠져 가라앉는 것 같았다. 갑갑함을 이기지 못하고 채연은 커다란 창문을 활짝 열어젖혔다.

따뜻한 남쪽이지만 초겨울의 바람은 매서웠다. 밖으로 달려 나가 몸이 얼음장이 되도록 식히면 확확 타오르는 것 같은 심신과 끈덕지게 따라붙는 잡념을 다 날려 보낼 수 있을까?

얼마나 오랫동안 그렇게 밖을 바라보고 있었는지. 차가운 빗방울이 뺨을 때리고 옷을 적실 즈음에야 그녀는 습기를 함빡 머금은 대기가 세찬 비를 쏟아붓고 있다는 걸 깨달았다.

점점 거세지는 비 뒤에 죄 많은 자들의 밤잠을 설치게 하는 뇌성벽력이 따라붙더니 빗소리를 제치고 밤을 울렸다. 거대한 촛불 같은 번개가 번쩍, 하늘 끝에서 땅으로 내리꽂히며 환해진 찰나 채연의 시야에 비를 맞고 선 인영이 들어왔다. 번개가 밝힌 순간은 눈 한 번 깜박이는 것보다 짧았지만 그림자의 정체를 알아차리기엔 충분한 시간.

정왕이었다.

늦은 밤이면 종종 저 자리에 서서 두어 시간씩 그녀의 침실을 지킨다는 걸 알고 있었다. 알면서도 꿋꿋하게 무시했다. 하루하루 날이 지날수록 더 부담스러웠고 제발 그러지 말라고 비명을 지르고 싶을 때도 있었지만 참아 왔다. 그것은 그의 존재를 그녀가 의식하고 있단 증명이 될 테니까. 이번에도 채연은 눈을 질끈 감았다.

난 아무것도 보지 못했다.

이대로 창문을 꼭 닫고 돌아서야만 했다. 두터운 휘장을 겹겹이 내리고 아무것도 모른다고 우기며 불을 끄면 되었다.

하지만 그리하지 못했다. 만약 이렇게 거센 비바람이 내리치고 있지 않았다면, 그냥 서 있는 것만으로도 몸을 얼릴 것 같은 북풍이 휘몰아치고 있지 않다면 가능했을지도 몰랐다. 그러나 형태만 비일 뿐 얼음이나 다름없이 한수寒水. 이대로 돌아서기엔 날이 너무나 험하고 혹독했다. 번개가 재차 칠흑 같은 밤하늘을 밝히는 순간 다시 시선이 교차했다.

순간 깨달았다. 정왕이 비를 맞고 서 있는 것은 스스로에게 내리는 단죄라는 것을. 그녀가 온 첫날 이후 눈이 오거나 비바람이 치는 날에도 하루도 빠짐없이 서 있을 거라는 것도.

아무리 무예로 단련된 강건한 육신이라지만 겨울비는 혹독했다. 저렇게 꽁꽁 얼어서 쓰러지기라도 하면 어쩌나. 빨리 따뜻한 곳으로 옮겨 몸을 말려야…… 자신이 그를 염려하고 있다는 걸 깨달은 순간 갑자기 꾹꾹 내리누르고 있었던 갈등이 인내력의 한계를 넘었다. 저렇게 비를 맞으며 자신을 학대하는 걸로 무엇을 보여 주려는 건가? 아이까지 품은 채 죽음이란 극단적인 선택을 하게 할 정도로 짓밟아 놓고선 이제 와 백배사죄하는 걸로 모든 과오가 덮어진다고 믿는 것일까? 얼마나 더 나를 갈기갈기 찢어야 만족하겠다는 것인가.

꾹꾹 눌러 삭이던 해묵은 증오가 폭발했다. 그가 미워 온몸이 부들부들 떨리고 분에 겨워 숨도 쉬기 힘들었다. 거센 감정의 격랑에 휩싸인 그녀는 꼿꼿하게 무시하려던 결심도 잊은 채 침실을 박차고 나와 수연각 밖으로 나갔다.

누더기처럼 너덜너덜한 흉터투성이인 심신. 산산조각이 난 파편을 하나씩 끌어모아 겨우 일어설 수 있었다. 이제는 미움조차도 지워 낸, 아무 의미도 없는 사람이어야 하는데. 왜 천신만고 끝에 찾은 내 평온을 산산이 흩어놓는지. 왜 내가 저 사람 때문에 이토록 끊임없이 아파해야 하는지.

실성한 사람처럼 빗속으로 달려 나가는 채연을 쫓아 나온 궁녀는 어둠 속에 서 있는 남자의 정체를 알아채자 번개처럼 회랑으로 돌아가 멀찌감치 비켜섰다. 그러나 바로 등 뒤에서 일어나는 그런 움직임조차 모를 정도로 채연의 감정은 격앙되어 있었다.

이제는 더 참을 수 없었다. 고름이 켜켜이 쌓인 종기를 터뜨려야만 했다. 자신의 속을 썩게 하는 이 시커먼 증오를 다 토해 놓지 않으면 죽어 버릴 것 같았다. 자신이 입은 상처만큼 정왕도 피를 흘려야 한다. 복수심에 불타는 자신. 비비 꼬이고 추한 번뇌가 혐오스러워서, 그가 더 미웠다.

「왜 이러십니까? 이미 한 번 저를 죽이고 나락에 떨어뜨리셨습니다. 그 끔찍한 수렁에서 겨우 벗어나려던 저를 끌고 오셨고, 명하신 대로 전하와 함께 지옥에 살고 있습니다. 얼마나 더 고단해하고 괴로워해야 합니까? 이것도 모자라다시면 무엇을 더 해야 하는 것입니까!」

우르릉 거리는 천둥소리와 함께 울리는 채연의 절규. 천지를 울리는 벽력도 이보다 크진 않았다. 빗물인지 눈물인지 분간할 수 없는 물기로 흠뻑 젖은 채연의 눈이 그에게 애원하고 있었다.

제발 놓아 달라고. 그의 존재 자체가 그녀에겐 지옥의 형벌이라고.

따스한 온기로 주변까지 온화하게 만들던 눈동자를 우수로 덮고 봄날의 꽃처럼 환하던 미소를 앗은 것은 나다.

새삼스런 깨달음에 천지를 울리는 뇌성벽력도, 온몸을 아프게 때리며 얼리는 비의 냉기도 다 사라졌다. 온 천지에 존재하는 것은 정왕과 채연 단둘인 것처럼 흐릿해지는 가운데 깊은 절망과 번민이 정왕을, 그리고 채연을 각기 따로 감쌌다. 그들 사이에 자리한, 절대 넘을 수 없는 깊고도 넓은 바다가 그를 삼킬 듯이 넘실거렸다.

「네가 원하는 게…… 내게서 벗어나는 것이란 건 안다. 하지만 모두가 너와 환의 존재를 알게 된 이상 그것은 불가능하다.」

어떻게 하면 나를 떠나지 않겠느냐? 용서받는 것이 언감생심이라는 걸 안다. 나를 보고 웃어 주는 것까지는 바라지 않겠다. 하지만 이렇게 바라만 보는 것만이라도, 그것마저도 안 되는 것이냐? 차마 입 밖에 내지는 못하는 그 수많은 간구가 무언으로 오갔다.

「내가 무엇을 해 주면 되겠느냐?」

묻고 있으되 답은 누구보다 그 자신이 잘 알고 있는 질문. 실은 애원이었다. 사무치도록 애절한 간구이기도 했다. 빛 한 줄기, 온기 한 자락 없는 이 막막한 심연에 그를 홀로 두지 말아달라고.

그러나 채연은 사당에서부터 내내 쫓아오던 그 탄원을 매정하게 외면했다.

제발 그만! 이제는 그만! 얽혀 버린 실타래를 풀어낼 수 없다면 끊어 내는 수밖에!

젖은 눈을 들어 그를 응시하며 또박또박, 그의 심장에 비수를 박아 넣었다.

「제발, 다시는 이곳에 오지 마십시오. 전하를 보지 않도록 해 주십시오.」

마치 보이지 않는 힘에 밀린 것처럼 비틀, 정왕은 한 걸음 뒤로 물러섰다.

채연이 그를 배신했다고 믿은 그 밤. 또 채연을 떠나보내기로 결심했던 날. 그는 심장을 찢는 아픔은 두 번 다시없을 거라고 믿었다. 그러나 얼마나 헛된 만용이고 착각이었는지. 이 격통은 이전에 비할 바가 아니었다. 그때는 분노를 돌리고 책임을 회피할 곳이라도 있었지만 지금은 오롯이 그에게 향한 토로. 변명할 수도 없었다. 시간과 진심이 닫힌 마음을 열어 주지 않을까, 가냘픈 희망마저 산산이 부서지자 그를 버티게 해 주던 의지도 무너져 내렸다.

채연이 목숨보다 아끼는 이름 두어 개만 들먹여도 그녀는 꺾일 수밖에 없었다. 그러나 거짓으로 미소 짓고 숨만 쉬는 인형은 원치 않았다.

이대로 나만을 바라보게 하면서 영영 놓지 않고 싶다.

두 사람 사이를 가로막은 보이지 않는 벽이 영영 깨지지 않을 거라는 걸 어쩔 수 없이 인정하며 그는 흠뻑 젖은 채연의 볼을 부드럽게 감쌌다. 완강하게 돌리려는 얼굴을 꼼짝 못 하게 하며 시선을 고정했다.

작은 희망의 불빛에 의지해 희미하나마 잿빛을 띠던 그의 세상이 다시 캄캄한 암흑으로 변해 가는 것을 느끼며, 자신을 감싸는 익숙한 심연에 몸을 맡겼다. 그리고 찬 빗물에 섞여 손바닥을 적시는 따뜻한 물기를 닦아 주며 고개를 끄덕였다.

돌처럼 굳어진 심장을 뛰게 하는 유일한 존재인 동시에 그것을 찢어 놓을 수 있는 채연. 내 존재가 그렇게 괴롭다면, 내가 해 줄 수 있는 게 그것뿐이라면 그대로 해 줘야겠지.

약속대로 그는 수연각 담 안에 다시는 발을 들여놓지 않았다. 아니 아예 존재마저도 사라진 듯 그림자도 보이지 않았다. 뒤늦게 전해 들은 사당에서의 경천동지驚天動地할 사건에다, 빗속에서 정왕과 채연의 조우에 설레었던 수연각의 궁녀들은 실망감을 감추지 못했다. 정왕의 유일한 여인인 지금 천재일우千載一遇의 기회를 낚아채지 못한다며 은근슬쩍 구박을 해 댔지만 그들의 무엄함까지 신경 쓰기엔 채연의 사념이 너무도 복잡했다.

갑자기 솟구친 원념을 이길 수 없어 한껏 퍼부어 대긴 했지만 기대와 달리 통쾌하지 않았다. 남은 것은 허탈한 자괴감뿐. 자신 안에 그렇게 많은 증오가 있었다는 데 놀란 동시에 스스로가 실망스러웠다. 무엇보다, 그녀가 휘두른 칼날에 난도질당하고 돌아서던 그 외롭고 텅 빈 그림자가 그녀를 줄기차게 쫓아다니고 있었다. 황량한 겨울 벌판에 벌거벗은 어린아이를 버리고 온 것 같다는, 말도 안되는 죄책감이 새로운 번민이 되어 평온을 후벼 팠다.

늘 분주한 삼법사의 수장이니 자리를 비우는 건 당연한 일이다. 서내원에서도 수시로 떠나있지 않았던가? 오히려 그동안 계속 황도에 머무른 것이 오히려 이상할 정도다. 그리 변명하며 신경 쓰지 않으려고 했지만 그녀도 부재가 전에 없이 길다는 건 인정해야 했다.

해묵은 상처는 둘 사이의 것이지 그 증오를 아들에게 대물려 아비와 떼어 놓을 생각은 없었다. 채연에겐 완전히 정이 떨어져 연을 끊기로 작정했다손 쳐도 눈에 넣어도 아프지 않을 정도로 귀애하는 아들, 환과 보내는 그 애틋한 시간마저도 포기하고 떠나 버리다니. 도대체 어디로 간 것일까?

차마 궁녀들에게 묻지도 못하고 혼자 고민하던 어느 날. 전혀 예상치 못한 방문객이 그녀를 찾아왔다. 조용한 아침나절에 느닷없이 나타난 객은 거침없이 내실로 들어섰다.

뜻밖의 인물에 잠시 멍해졌던 채연이 벌떡 일어섰다. 그동안 너무도 많은 일들이 벌어져 이젠 꿈결처럼 비현실적으로 느껴지는 황궁에서의 시간. 하지만 유일하게 생생하고 또 이따금 그립기까지 한 존재가 있다면 바로 이 사람이었다.

「노로! 노로께서 여기 어인 일이십니까!」

황실에서 노로라고 불리는 인물은 단 한 명. 멀뚱히 있던 시녀들과 유모가 화들짝 놀라 일어나 얼른 예를 표하는 작은 소동이 벌어졌다. 눈앞의 난리를 본척만척하며 두 미인은 빨간 얼굴로 칭얼거리고 있는 환에게 몸을 굽혔다.

「이분이 정왕부의 금지옥엽이신 모양이군요. 제가 좀 안아 드려도 되겠습니까?」

청하는 것은 그저 구색인지 그녀는 말을 하며 팔을 활짝 폈다. 채연이 안아 내미는 아기를 넘겨받은 두 미인은 흐뭇한 표정으로 오통통한 볼을 쓰다듬었다.

「한눈에 전하의 아드님이신 걸 알겠군요. 아직 어리신데도 놀라울 정도로 전하를 쏙 빼닮았습니다. 아기의 얼굴은 자라면서 수백 번 변한다고 하지만 왕자께선 장성하셔도 부왕의 판박이일 것 같습니다.」

「예. 다들 그리 말하고 있습니다.」

부군을 닮은 아들을 낳았다는 긍지나 흐뭇함은 거의 없는 시금 씁쓸한 표정. 짙게 깔려 있는 그 애수를 놓칠 두 미인은 아니었지만 그녀는 원치 않는 부분은 가볍게 무시했다.

「그런데…… 안색이 붉으신 것이…… 낭랑도, 왕자마마께서도 좀 편치 않아 보이십니다?」

왕자의 병에는 자신의 책임이 큰 터라 채연의 음성이 기어들어 갔다.

「아, 예. 제가 걸린 감환이 왕자에게도 옮아서 잠시……. 의관이 처방한 약제가 잘 들어서 왕자도 많이 나아졌습니다.」

「정말 다행이군요. 정왕 전하께 단 하나뿐인 귀한 왕자님이 아니 십니까? 아끼고 귀히 여기시는 자애가 전례를 찾아보기 힘들 지경 이라고 소문이 자자하더이다.」

만약 채연에게 가책을 주려는 의도였다면 그건 완벽하게 성공했 다. 애써 밀어 놨던 죄책감이 또 가시를 세워 가슴을 찔러 댔다. 애 틋한 부자지간을 그녀가 갈라놓고 있다는 사실. 아들이 마땅히 넘 치도록 누려야 할 육친의 정을 빼앗고 있다는 진실과 맞닥뜨리는 건 달갑잖았다.

별 뜻 없이 한 얘기일 것이다. 그저 제 발이 저려 침소봉대하는 것이다. 그녀는 회피를 택했다.

「저도 늘 감사하게 생각하고 있습니다. 그런데 어찌 이곳까지 발 걸음을 다 하셨는지요?」

「바로 그저께 태손전하의 탄신연이 열렸답니다. 황도에 계신 황친들은 거의 다 참석을 하셨는데 전하께서만 금족령이 아직 풀리지 않으신 터라 불참하셨지요. 축하연에 오지 못하신 황친들께 황궁어선을 하사하라는 황명이 있으셨기에, 황도 바람을 쐬고 싶어 핑계 삼아 나왔습니다.」

탄신연에 오지 말라고 한 아들에게 어선이라니. 병 주고 약 주는 황제의 기행은 역시 그답다 싶었지만 두 미인의 설명을 액면 그대로 믿기는 어려웠다. 일흔을 앞둔 노인이라는 게 믿어지지 않을 정도로 정정한 두 미인이지만 나이는 속일 수 없었다. 그녀가 불필요한 활동을 줄이고 중요한 일만 챙기며 체력을 비축한다는 건 어선방 사람들은 다 아는 공공연한 비밀이었다. 좀처럼 않는 황궁 밖 출입을 했다는 건 반드시 그래야만 할 연유가 있을 거였다.

여기까지 직접 찾아왔다면 자신의 입으로 밝힐 것이다.

채연은 궁금증을 꾹 눌렀다. 그러나 채연의 지략으론 감히 따라갈 수 없는 두 미인이었다. 본론을 꺼내지 않고 차를 마시며 느긋하니 안부부터 챙겼다.

「감환을 제외하고는…… 그간 무탈하셨지요?」

공손하기는 하지만 왠지 뽀족하니 가시가 느껴지는 어투. 정왕이 먼저를 떠난 이후 수없이 받아 온 무언의 힐난에 익숙해진 채연은 모르는 척 웃음으로 받아넘겼다.

「제가 무탈하지 않을 일이 뭐가 있겠어요.」

「낭랑이라도 평안하시다니 다행이군요.」

낭랑이라도? 생략한 단어는 분명 정왕일 거였다. 우중雨中에 잠시 잠깐 나섰던 그녀도 단단히 한기가 들어 극고생을 했는데, 혹시 정왕이 병이라도 난 게 아닐까? 염려라는 감정이 그의 신변엔 아무

관심도 두지 않겠다던 결심을 뚫고 불쑥 솟아 튀어나와 버렸다.

「전하의 부재와 관련해서 노로께서 제게 하고픈 말이 있으신 모양이네요.」

내내 기다렸던 반응이라 두 미인은 망설이지 않았다.

「삼법사에서 물러나시고 금족령까지 내려 황도 밖으로 나가실 수도 없는 전하를 왜 이리 밖으로 내몰고 냉대하십니까?」

화목하지 못한 것에 대한 질책은 각오했지만 두 미인의 질문은 전혀 예상 밖이었다.

「삼법사에서 물러나다니요?」

채연의 경악에 두 미인이 도리어 더 놀랐다.

「정녕 모르셨습니까?」

커다랗게 뜬 눈만 보이는 채연의 얼굴이 천천히 흔들렸다.

어찌 황궁을 떠들썩하게 한 그 큰 난리를 모를 수 있을까? 미움 때문에 모르는 척하는 건 아닐까? 처음엔 의심이 들었지만 투명한 동공에 출렁이는 건 분명 순수한 놀라움이었다. 그러자 새로운 의문이 그녀를 덮쳤다.

정왕이 채연을 위해 어떤 곤욕을 치렀고 무엇을 버렸는지 알면 매정하게 돌아선 마음이 조금은 풀릴 수도 있을 텐데 왜 비밀로 한 것일까? 의아함을 감추지 못하며 그녀는 오직 채연만 모르던 사건을 털어놓았다.

「실은…… 왕자마마께서 태어나셨을 즈음 전하의 국혼이 진행되고 있었답니다. 증산왕의 막내 여식인 묘금 소저가 비로 내정되어 형식적인 간택 절차와 공표만 남겨 놓았을 때였습니다. 그런데 전하께서 왕자마마의 소식을 아시자마자 혼약을 곧바로 파하셨지요.」

「허면…… 그 일로 삼법사의 수장 자리에서 물러나신 겁니까?」

「예. 국혼을 파하겠다고 하셨을 때 황상의 진노가 이만저만이 아니셨지요. 황상이 던지신 벼루에 맞아 이마를 심하게 다치셨는데……」

두 미인은 채연의 눈에 떠오른 죄책감에 쾌재를 부르며 황궁을 발칵 뒤집어 놨던 사건에 과장을 살짝 덧칠했다.

「하늘이 도와 그만했지 조금만 아래에 맞았다면 눈을 잃으실 뻔했지요. 그날 황상께선 곧바로 전하의 직위를 박탈하시고 황궁에 출입하지 말라는 엄명과 함께 황도 밖으로도 나가실 수 없다는 명까지 내리셔서 전하께선 왕부로도 돌아가지 못하시고 여기 계시는 거랍니다.」

당신을 위해 이리 큰 희생을 했으니 부디 알아주시오. 형형한 두 미인의 안광엔 압박이 가득했다.

「그런 일이…… 있었군요.」

기대했던 감동은 고사하고 아까 보여 줬던 경악마저도 이미 갈무리한 듯 채연은 고요했다. 낭패감을 삼킨 두 미인은 빙빙 돌려 공격하는 걸 포기했다.

「전하께서 번저를 떠나 계신 일로 좋지 않은 소문이 돌고 있다는 걸 아시는지요?」

이것 역시 금시초문이었다. 도대체 내가 아는 것은 무엇이 있을까? 새삼스럽게 무력함과 무지를 절감하며 채연은 그녀를 콕콕 쑤셔 대는 노파를 마주 봤다.

「좋지 않은 소문이라니요?」

「전하께서 지금 머물고 계신 신악관은 황상을 보위하다 죽은 위사들을 넋을 위로하고 식솔이 없는 지밀호위들이 말년을 의탁할 수 있도록 직접 건립을 명하신 도관입니다. 그곳에 전하께서 가 계시니 쓸데없이 말 만들기 좋아하는 이들이 입방아를 찧는 것이지요. 전하께서야 그동안 무뎌진 심신을 가다듬는 수련을 위해서라고 하시지만 천하에 전하를 당할 무사가 몇이나 있겠습니까? 그리고 설령 전혀 고강하지 않다고 해도 전하 곁을 지키는 이들이 모두 고수들인데 새삼스레 그런 고행을 자초하는 것도 호사가들에겐 입질이 될 일이지요.」

가슴이 철렁하면서 저도 모르게 모국어가 입에서 튀어나왔다.

"황상께서 혹시……?"

혹시나 하는 그저, 중얼거림이었다. 그런데 천만 뜻밖에도 두 미인의 고개가 아래위로 살짝 흔들렸다.

"낭랑의 영민함은 다행히 변함이 없군요."

두 미인의 입귀가 상긋이 올라갔다.

"제게 어찌하라는 명을 내리시지는 않으셨습니다. 하지만 돌려 말하신 그 의중을 미처 짚어 내지 못한다면 수십 년간 이 자리를 지키지 못했겠지요. 황상께서는 낭랑의 일에 신경을, 그것도 많이 쓰고 계십니다."

"이해할 수가 없군요. 저는 보잘것없는 공녀입니다."

"태손 전하와 정왕 전하의 총애를 동시에 받으신 이상 더 이상 보잘것없지 않지요. 아직 정정하시지만 황상은 내일을 장담하실 수 없는 연치이십니다. 붕어하신 뒤 태손 전하를 곁에서 보좌할 황친은 정왕 전하뿐이라고 판단해 많은 안배를 하고 계셨는데 낭랑 때문에 두 분께 앙금이 생긴 것을 많이 안타까워하셨습니다. 많은 분란을 일으키면서 정왕 전하가 맞아들인 낭랑께서 전하와 불화하다는 소식을 전해 듣고 심려가 깊으십니다."

심려가 아니라 노여움이겠지. 채연은 두 미인이 에둘러 표현하고 있는 요점을 짚었다.

"제 목을 온전하게 지키고 싶으면 전하께 순응하면서 살라는 말씀이시군요."

"낭랑뿐 아니라 전하의 목도 온전하게 지켜 드리려면 그래야지요."

일순 온몸의 피가 한꺼번에 말라 버리는 것 같았다. 석상처럼 굳어져 허공을 응시하던 채연의 입술에서 모깃소리처럼 작은 음성이 흘러나왔다.

"황상께서…… 전하를 의심하고 계신 것입니까?"

두 미인의 머리가 가로로 흔들릴 때까지 시간이 마치 억겁처럼 길었다. 차라랑. 머리에 꽂은 보요의 옥구슬이 맞부딪치는 소리가 물속처럼 고요한 방 안의 공기를 흔들었다.

"다행히 아직은 아닙니다."

안도하는 채연의 뒤통수를 치듯 두 미인은 지극히 담담하게 나쁜 소식을 이어 전했다.

"정국의 난맥을 잘 아시는 전하께서 아무 복안도 없이 신악관에서 머무르시는 건 아닐 거라고 믿습니다. 하나, 전하께 원한을 품고 있는 자들이 많으니 의심이 많으신 황상의 귀에 독을 쏟아 넣는 것은 시간문제겠지요. 그리하면 어찌 될 것 같습니까?"

황제의 병적인 의심증은 어선방에서 가장 말단이었던 그녀도 잘 알 정도였다. 퇴물이나 다름없는 늙은 무사 몇몇이라고는 하지만 의구심을 품게 되면? 공포로 몸이 떨렸지만 채연은 이를 악물고 냉담함을 지켜 냈다.

"노로의 말씀대로 신중하고 주도면밀하신 분이십니다. 나름대로 뜻하신 바나 안배가 있으니 그곳에 계시는 거겠지요."

냉담함이 영 못마땅한 듯 두 미인의 입귀와 미간에 깊은 주름이 잡혔다.

여리고 온순한 아이가 이리 쇠고집을 부리다니. 듣던 대로 단단히 엇갈려 버렸구나.

예상보다 어려운 진행에 좌절감이 밀려왔지만 그녀는 꿋꿋하게 목적한 바를 밀고 나갔다.

"왜 전하를 그리 밀어내는지 같은 여인으로 이해는 합니다. 하지만 모두를 위해 이제 그만 전하를 용서해 드리세요."

노회한 두 미인이었지만 단어를 잘못 선택했다. 용서라는 말은 날카로운 창이 되어 채연을 푹 찔렀다. 간신히 덮어 두었던 상처가 터져 피가 철철 흘러나왔다.

"어떤 일이 있었는지 아신다는 분이……, 어찌 용서라는 말을 입에 담으십니까?"

나지막한 음성에 절절히 서린 것은 서러움과 울분. 늘 안으로 삭이고 감추던 채연의 성격으로 볼 때 이 정도 표출은 골이 예상보다 훨씬 더 깊다는 증서기에 마음이 무거워졌다. 그러나 작정하고 나선 길이기에 그녀는 거침없이 독설을 퍼부었다.

"그러면 이대로 전하를 계속 밖으로 내몰 작정입니까?"

내가 내몬 것이 아니라고, 그 스스로 나갔다고 항변하고 싶었지만 차마 그럴 수는 없었다. 그것은 진실이 아니기에. 그 밤에는 정말 그와 한 하늘 안에서 숨을 쉬는 것조차 괴롭고 싫었다. 그가 지척에 있다는 것이 미칠 것 같았었다. 문제는 소원대로 떨어져 있음에도 그 번민은 전혀 덜어지지 않고 있다는 것.

"저도, 저도 괴롭습니다."

싸울 듯이 고개를 든 채연의 눈동자에 넘실거리는 것은 진하디진한 애수. 고여 넘친 눈물이 뺨을 적셨다.

"용서하고 싶지 않습니다. 아니, 용서할 수가 없습니다."

말을 더 잇지 못하고 채연은 양손으로 얼굴을 가려 버렸다. 푹 수그린 어깨가 들먹거리는 걸 가만히 바라보던 두 미인이 그 여린 등에 주름진 손을 얹었다.

"증오는 결국 자신을 잡아먹는답니다."

부디 수습하지 못할 정도로 망가진 것은 아니기를. 부디 채연의 곱고 따뜻한 천성이 원한까지도 녹여낼 수 있기를.

"부모와 정혼자를 죽인 원수를 위해 공녀가 되어 이곳에 온 낭랑이 아닙니까."

"그들을 위해서라니요! 저는……"

"예. 아우들을 위해서였지요. 그렇지만 내가 낭랑이었다면 난 동생과 함께 목을 매 공멸共滅을 택했을 겁니다. 조카를 팔아 딸을 구하려는 숙부 내외의 뒤통수를 치고, 이씨 왕가는 공신의 딸을 공녀로 보내야 하는 일로 분란이 일어날 테니 무력한 여인으로 그보다 더 통쾌한 보복을 어찌할 수 있겠습니까? 아마 낭랑도 한 번쯤은 같은 생각을 했을 테지요."

그랬다. 채선을 희생시키려는 숙모의 계략을 안 순간 가장 유혹적인 도피처는 죽음이었다. 제일 확실한 해결이자 복수. 그렇지만 윤기가 다시 불어넣어 준 희망에 활짝 피어난 채선과 낮에 받은 책을 끌어안고 좋아 어쩔 줄 모르는 성수를 보자 차마 입이 떨어지지 않았다. 그래서 내키지 않는 차선을 택했다.

이런 운명이 기다리는 줄 알았더라면 그 밤에 어떤 선택을 했을까? 그래도 이 길로 왔을까? 갈피를 잡지 못하며 헤매는 사념과 갈등이 번연히 보이련만, 두 미인은 아랑곳없이 자신이 할 말만 쏟아냈다.

"하지만 이씨 왕가에 대한 미움보다 아우에 대한 애정이 더 컸기에 원수까지 포용하는 걸 선택한 겁니다. 그 마음을 기억하세요. 그리고 다른 무엇보다 이걸 명심하십시오. 채연 낭랑은 이제 어미이고, 어미에게 자식은 목숨을 바쳐서라도 지켜야 할 소중한 존재입니다. 엄청난 시련과 파란을 예상하면서도 모후의 제삿날 낭랑을 참석하게 하신 뜻을 모르십니까?"

어떻게 두 미인이 그것을? 놀라 반문하려던 채연은 어리석은 질문은 관두었다. 그 일이 새어 나가지 않을 리가 없었고, 그런 예상도 않고 판을 벌였을 정왕이 아니었으니까.

"전하의 뜻이 그러하시고 여기까지 온 이상 반드시 정비가 되셔야 합니다. 낭랑이 아니라 아드님을 위해서요. 적장자와 서장자의 위상은 하늘과 땅입니다. 장차 세자가 되고 또 왕위를 이어받을 수도 있는 왕자마마의 앞날을 그 원망 때문에 가시밭길로 만드실 겁니까?"

이성적으로 보면 구구절절 옳은 지적이란 걸 알지만 듣기 싫은 쓴소리. 상대가 두 미인이 아니라면 나가라고 쫓아냈을 거였다. 그걸 잘 알기에 두 미인은 거침없이 채연을 몰아댔다.

　"이대로 전하께서 밖으로 도시다가 만에 하나라도 황상의 불신을 사게 되어 화라도 입으시면 그때는 전하뿐 아니라 왕자마마까지도 목숨을 부지하지 못하십니다. 세상 천지에 어느 어미가 제정신을 가지고 자식에게 해를 끼치는 일을 한답니까?"

　자식을 해치려고 했던 어미. 바로 그녀였다. 뱃속에 있었을 때 자신을 죽임으로 태아의 목숨까지 거두려 했고 태어난 뒤에서 사흘이나 모질게 굶겼던 죄. 남은 평생을 속죄하며 살 것이라고 다짐하며 묻어 놨던 죄책감이 눈덩이처럼 거대해져서 그녀를 덮쳤다.

　"제발! 제발 그만 하십시오!"

　"아드님께 그 증오를 대물리실 작정입니까? 가장 가까워야 할 부자 사이를 반목하게 만드시면 가장 훌륭한 복수가 되기는 하겠지요. 하지만 복수의 통쾌함 말고는 무슨 이득이 있습니까? 누구에게 도움이 됩니까?"

　입술만 파들거릴 뿐 대꾸를 제대로 하지 못하는 채연의 가슴에 그녀는 대못을 쾅쾅 박았다. 지금 자신이 표독스런 마귀 같다는 건 알았지만 아랑곳 않았다.

　"전하를 미워하는 게 가장 쉬운 일일 겁니다. 하지만 그렇게 해서 낭랑의 고통이 덜어지고 있습니까?"

　"그만 하시라니까요!"

　"아니오. 그리 못 하겠습니다. 미움으로 독을 풀어내고 편안해지는 사람도 분명 있습니다. 실은 엄청나게 많지요. 하지만 낭랑은 아닙니다. 낭랑은 자신이 가진 증오의 크기만큼 스스로가 괴로워하고 상대를 할퀴는 그 깊이만큼 아파하는 심성을 가졌습니다. 그것이 저주스럽겠지만 타고난 천성인 것을 어쩌겠습니까?"

인정하기 힘들었다. 아니, 싫었다. 왜 내게만 참고 용서하라고 하는지. 왜 내 아픔은 돌아봐 주지 않는지. 그러나 항의를 해 봤자 철없는 투정은 그만 하라는 질책만이 돌아올 터. 급소만을 골라 콱콱 찌르는 두 미인의 공격에 지칠 대로 지쳐 항변할 기운도 잃었다.

"왜 직접 오셔서…… 제게 이런 말씀을 해 주시는 것입니까? 황상께서 직접 명을 내리신 것도 아니라면서요?"

장차 황위를 물려받을 태손의 총희에게 연을 엮어 두는 것은 필요한 안배. 청우전에 두 미인이 찾아온 건 지극히 당연했다. 그러나 계승 가능성으로 따지자면 정왕은 우둔하기로 소문난 열두 살짜리 이왕보다도 확률이 낮았다. 거기다 삼법사에서도 쫓겨나 끈 떨어진 연 신세. 정왕의 내명부에서 가장 낮은 봉작조차도 받지 못한 채연을 위해 황제의 후궁들도 한수 접는 두 미인이 나선다는 건 분명 이해불가였다.

잠시간 무거운 침묵이 내려앉았다. 탐색하는 시선에 서로 얽혀 팽팽하게 맞서다가 바위처럼 다물어졌던 주름진 입술이 천천히 열렸다.

"채연 낭랑이 마음에 걸려서라고 하면…… 믿기 힘들겠지요?"

"노로께서 그리 말씀하시면 저는 믿습니다."

채연의 답이 뜻밖이었는지 흠칫하더니 곧 탄식과도 흡사한 실소가 나직이 깔렸다.

"훗. 나도 늙었나 봅니다. 낭랑에겐 잇속을 차리려는 상대를 무안하게 하는 묘한 재주가 있다는 걸 벌써 잊다니."

교소를 흘리며 그녀는 주름진 손으로 자신의 가슴께를 톡톡 쳤다.

"그리 순수한 얼굴로 진심으로 믿는다고 하니 나같이 산전수전 다 겪어 승천을 목전에 둔 불여우의 양심도 잠시잠깐이지만 따끔하군요."

주름이 자글자글해 거의 감은 것처럼 보이는 실눈 사이에는 정체를 알 수 없는 번쩍임이 가득했다.

"오래전……, 아니 별로 오래전도 아니군요. 내 나이가 되면 몇 해 정도는 바로 어제처럼 가까우니 말입니다. 내 후계자로 낭랑을 점찍었던 걸 알려 준 날, 내가 왕조를 바꿔 가며 어선방을 지켜왔다는 얘기를 기억합니까?"

"물론입니다."

"황상께서 유일하게 무한한 애정을 쏟으시는 존재가 대명 제국이듯, 난 언제나 내가 모시는 황실을 위해 전심전력을 다합니다. 그것이 바로 나를 지키고 위하는 일이니까요. 오늘 여기 찾아온 가장 큰 이유는 바로 그 때문입니다."

"제가 전하와 화락하는 것이 황실의 안위에 그리 큰 영향을 끼치는지 정말 몰랐습니다."

두 미인이 화를 발칵 낸다고 해도 할 말이 없는 쓸쓸한 비아냥거림이었다. 하지만 그 정도 반항은 귀엽다는 듯 그녀의 입술귀가 장난스럽게 말려 올라갔다.

"태손 전하와 정왕 전하 두 분을 사로잡은 낭랑의 복이자 업보이지요. 고려 여인에겐 대륙 사내를 끄는 특별한 매혹이 있는 모양입니다."

허공을 보며 열없이 웃던 그녀의 입가가 다시 단단하게 굳어지고, 외로 비꼈던 고개를 채연에게 다시 고정했다.

"부디 현명한 선택을 하세요. 무엇이 모두에게, 특히 낭랑 자신에게 가장 행복한 일인지 잘 숙고를 해 보란 말입니다. 이건 영화를 길게 보존하기 위해 재빠르게 나선 어선방의 두 미인이 아니라, 오래전 낭랑과 같은 운명으로 이곳에 끌려온 공녀였던 늙은 고려 여인이 동향의 여인에게 충심으로 하는 조언입니다."

아무리 능구렁이보다 엉큼한 두 미인이라고 해도 가장이라고 보기는 힘든 충고. 이런 진정을 밀어내는 건 채연에게는 무리였다. 더구나 상대는 자포자기하며 죽지 못해 살아갈 때 삶의 지표를 주었던 존재기도 했다. 채연은 가만히 고개를 끄덕일 수밖에 없었다.

"언제나 마음 써 주시는 것……, 정말 감사드립니다."

"감사는요. 황실의 녹을 먹는 자로 당연한 일인 것을요. 그럼 저는 이만 환궁하겠습니다."

그녀는 일어서려는 채연의 어깨를 살짝 눌러 앉혔다. 짱짱하니 노인답지 않은 힘이었다.

"제가 너무 시간을 뺏어 왕자마마께서 서운해하실 것 같군요. 나오실 필요 없습니다."

단호한 태도에는 배웅을 정말로 원치 않다는 것이 뚜렷했다. 아직 열이 완전히 내리지 않은 왕자를 유모에게만 맡겨둔 것도 마음에 걸리기도 했던 채연은 순순히 물러섰다.

"그럼 조심해서 환궁하십시오."

두 미인이 수연각 밖으로 나오자 기다렸다는 듯 송 태감이 쪼르르 달려와 착 달라붙었다.

「낭랑과는 말씀을 좀 나눠 보셨습니까?」

그가 왜 이렇게 몸이 달아 달려왔는지 뻔히 알고, 그녀 역시 같은 목적을 갖고 왔음에도 두 미인은 모르는 척 어깃장을 놓았다.

「무슨 말이요?」

환관들에게 들려 보내도 되는 황궁 어선을 들고 두 미인이 직접 찾아온 건 틀림없이 황상의 명을 받고 오신 게다. 내심 기대에 부풀어 있었던 그는 곧바로 울상이 되었다.

「노로께서도 이미 아시겠지만 정왕저가 화목하지가 못합니다. 전하께서는 밖으로만 도시지, 낭랑께서는 전하의 성심을 살필 생각도 않고 저리 냉담하기만 하시니. 이러다 공연한 구설이라도 나서 황상의 진노를 살까 봐 제가 아주 속이 타서 죽겠습니다.」

이 정도로 우는 소리를 했으니 뭔가 조언을 해 주지 않을까 하는 기대와 달리 그녀의 반응은 여전히 심드렁 그 자체였다.

「모시는 이들이 하나 같이 손을 놓고 있으니 그런 것 아니요.」

「손을 놓고 있다니요! 그리 말씀하시면 정말 억울합니다. 전하께도 여러 번 주청을 드렸고 낭랑께도 부디 전하께 어서 돌아오십사 하는 서찰이라도 써 달라고 계속 간청을 하는데 두 분 다 도통……」

전전긍긍하는 태감에게 그녀는 코웃음을 쳤다.

「허허. 그리 우둔해서 어찌하려고. 정왕부 장사라는 감투가 아깝구려. 번저에서만 머물러 그리 나태해진 것인가.」

다른 이가 이런 비난을 했다면 발끈해서 펄펄 뛰었겠지만 상대는 수십 년간 황제를 가장 지근에서 모시며 변함없는 신임을 받는 두 미인이었다. 품계가 높은 비빈들조차 어려운 일이 생기면 의논하고 조력을 청한다는 내명부의 은밀한 실세 중의 실세. 두 미인의 계책이 절실하게 필요한 건 이쪽이었다. 태감은 먹이를 조르는 강아지 같은 눈빛으로 애걸복걸했다.

「노로. 제발 그러지 말고 이 사람을 좀 살려 주십시오. 노로께선 전하를 모셔 올 좋은 방도가 있으신 게지요?」

「내, 참.」

큰 선심을 쓴다는 티를 팍팍 내며 그녀는 걸음을 늦췄다.

「전하께서 채연 낭랑 말고 가장 고이시는 분이 누구이시오?」

「그거야 당연히 왕자마마시지요.」

왜 그런 걸 묻나 하는 태감을 향해 그녀는 한숨을 크게 내뿜은 뒤 낚싯밥을 흘려 주었다.

「내 좀 전에 수연각에서 왕자마마를 뵈었는데 감환이 오시는지 열도 있고 영 옥체가 미령해 보이시더이다.」

「예? 왕자마마께서욧! 이제는 거의 다 나으셨다고 했는데!」

왕자가 악화되다니, 큰일 났구나. 태감은 사색이 되었다. 그러나 너무도 태연자약한 두 미인의 눈과 마주치자 흙빛이었던 낯색은 어안이 벙벙한 표정으로 바뀌었다가 서서히 미소가 번져 나갔다. 모시는 왕부의 유일무이한 왕손이 아프다는 소식을 들은 사람치고는 너무도 환한 얼굴을 크게 주억거렸다.

「이리 중한 사태를 전하께서 몰라서는 아니 되지요. 암요.」

아주 바보는 아니로구면. 거만하게 턱을 치켜든 두 미인은 교소를 흘리며 수레에 올랐다.

「좋은 소식을 기다리겠소.」

「예, 예. 염려 마시고 조심해 환궁하십시오.」

두 미인이 탄 수레는 황궁으로, 태감은 번저로 안으로. 은밀한 공모자들은 그렇게 자신의 임무에 따라 각자의 길로 헤어졌다.

　반나절도 되지 않아 정왕이 탄 말이 온몸에서 열기와 김을 내뿜으며 번저로 내달려 들어왔다. 그리고 수연각은 갑자기 들이닥친 정왕을 맞아들이느라 아수라장이 되었다.

　「환이 위중하다고?」

　아닌 밤중에 홍두깨도 유분수지. 황당함이 궁녀들의 얼굴을 덮었다. 그러나 거의 다 나았다고는 하지만 감환에 걸려 며칠 고생했던 것은 분명한 사실이었다. 대답하기가 곤란해 울상을 하고 있는데 채연의 차분한 음성이 그들을 살렸다.

　「며칠 전 감환에 와서 열이 조금 나긴 했지만 이제는 괜찮사옵니다.」

　「감환? 정말 감환이라고?」

　이번엔 그가 황당해질 차례였다.

　왕자가 위중하니 속히 돌아오시라는 연통에 하늘이 노랬다. 두어 줌이나 될까, 안아도 무게감도 잘 느껴지지 않는 작고 연약한 아이. 이 세상에서 그가 애정을 마음껏 쏟아도 되는 유일한 존재였다. 그가 누군지 아는 것처럼 눈이 마주치면 방실거리고 손을 뻗어 오는 아들이 하루하루 자라는 모습을 바라보는 건 지금 그를 버티게 해 주는 유일한 힘이기도 했다. 그런 아들이 그를 떠날 수도 있다는 공포에 아무것도 보이지 않았다.

　그런데 감환이라니. 아들의 일이라면 새끼를 지키는 맹수처럼 발톱을 세우는 채연이 저리 침착한 걸 보건대 필경 가벼운 병증이었을 거였다. 놀란 가슴이 진정되자 호들갑을 떨어 그를 기함시킨 태감에게 슬그머니 분이 솟구치는 동시에 의문이 모락모락 피어올랐다.

감환에 걸렸던 것은 며칠 전인데 왜 뒤늦게 연통을 보내 이리 사람을 놀라게 했을까?

같은 질문을 품은 시선이 허공에서 마주쳤다. 그리고 동시에 같은 깨달음이 뇌리를 스쳤다.

「송 태감이 일부러 호들갑을 떤 모양이군.」

냉정을 잃고 정신없이 달려온 추태가 부끄럽고 허탈하긴 했지만 그래도 아이가 아무 탈이 없다니 일단 만족하기로 했다.

「그에게는 내가 따로 따끔하게 얘기를 하지.」

사색이 되어 달려왔던 것이 거짓말인 것처럼, 아들의 얼굴도 한 번 보지 않고 그는 미련 없이 몸을 돌렸다.

저대로 다시 번저를 떠나면? 만에 하나 황제의 의심을 산다면 저이는 어떻게 될까? 왈칵 솟는 두려움에, 자제할 사이도 없이 그를 부르는 소리가 튀어나와 버렸다.

「전하……」

무슨 일이냐고 묻는 서늘한 시선이 채연에게 꽂혔다.

왜 그를 불렀을까? 가지 말라는 만류? 염려? 그러나 어느 것도 그녀가 입에 올릴 수 있는 것이 아니었다. 솔직히 무슨 얘기를 하고 싶었는지 스스로도 명확히 알 수 없었다.

「저…… 송 태감을 너무 많이 나무라지는 마십시오. 아마도……
제 좁은 소견으로는 노로가 개입하신 것 같사옵니다.」

「두 미인이 왜?」

「아침나절에 노로가 황상께서 내리신 어선을 전하께 진상하러 들렀사옵니다. 돌아갈 때 필시 태감에게 전하를 모셔 올 방도를 귀띔하였지 싶사옵니다.」

두 미인의 방문은 아직 그의 귀에 들어가지 않은 모양이었다. 그라면 기겁을 하고 피하기만 하는 채연이 왜 이러는지 이유를 알겠다는 듯 흐릿한 비소가 입술 끝에 걸리다가 사라졌다.

「내가 신악관에 머무르는 일로 두 미인이 괜한 소리를 한 모양이군.」

걱정했던 것이 속이 상할 정도로 그는 태평했다.

「걱정하지 마라. 전에도 경고했듯, 네가 어린 정왕의 모후로 유유자적하며 혼자 늙어 가는 일은 절대 없을 테니까.」

일전에 들었을 때는 소름이 끼쳤던 이 호언장담이 왜 지금은 이리 안도감을 주는지. 그 감정을 정왕이 알아챌까 봐 채연은 얼른 고개를 수그렸다. 바닥을 보면서 자신을 가다듬었다. 흔들림이 말끔히 진정됐다고 확신했을 때야 얼굴을 들었다. 그러자, 갑작스레 들이닥친 그를 맞느라 놀란 눈에 비치지 않던 것들이 차분해진 눈에 들어왔다.

여위고 꺼칠해진 얼굴. 가시방석이라고 늘상 되뇌지만 살뜰하고 극진한 보살핌 속에서 화사한 용색을 되찾은 그녀와 너무도 대조적인 그 모습에 가슴이 싸하게 아려 왔다.

인두겁을 쓴 사람으로 당연한 측은지심일 뿐이다. 정왕이 황제의 눈 밖에 나서 변을 당하는 건 목숨보다 소중한 아들에게도 화가 미치는 일이다. 자신에게 변명을 하며 채연은 그가 번저로 돌아오면 하려던 말을 꺼냈다.

「환은 전하의 아들이옵니다.」

「무슨 뜻이냐?」

「아직 어리지만 부왕의 훈육과 애틋한 정을 이미 알고 있는 왕자이옵니다. 저 때문에 왕자를 멀리하시지 않으셨으면 합니다.」

진심인지 의심하는 기색이 슬쩍 스치더니 마치 신기한 것이라도 보는 양 이채롭다는 표정이 떠올랐다.

「넌 정말로 출가를 했어야 할 모양이다.」

어안이 벙벙해 그를 보는 채연의 귀에만 겨우 들릴 정도로 나지막한 속삭임이 들려왔다.

「같은 하늘 밑에 있다는 것만으로도 숨을 막히게 하고, 너를 지옥 속에 살게 하는 과인을 참아 내겠다는 소리를 자진해서 하다니. 엄청난 측은지심이군. 정말 대단해.」

내리뜬 긴 속눈썹 그늘에 시선을 감추고 있는 채연을 내려다보는 정왕이 차가운 미소를 흘렸다.

「그래. 그대가 생불이라는 걸 잊고 있었다. 미물에게도 향하던 그 측은지심을 과인에게까지 나눠 주다니 고맙다고 해야 하는 거겠지.」

내용은 분명 칭찬이지만 그 음성엔 자괴감이 흘러넘쳤다.

이 사람도 정말 상처 받았구나. 그 깨달음이 그녀를 아프게 찔렀다.

그 밤의 격한 공격은 갑자기 치솟은 감정의 분출이었다. 그를 할퀴고 상처 주고 싶다는 충동에 진심보다 더 심했던 독설. 저항할 수 없는 상대를 무참하게 밟아 버린 것 같아 내내 마음이 불편했다.

전부 다 진심은 아니었다고 고백하려는 찰나, 그가 먼저 입을 열었다. 채연 만큼이나 감정이 말끔하게 지워진 건조한 음성으로.

「구설이 나지 않도록 적당히 번저와 다른 곳을 오갈 테니 염려하지 마라.」

정왕은 조용히 몸을 돌려 나타났을 때처럼 빠르게 나갔다. 그가 어둠 속으로 묻혀 완전히 사라질 때까지 그 모습을 지켜보던 채연은 양손으로 입을 단단히 틀어막아 겨우겨우 오열을 눌렀다.

그도 다치기를 바라며 작정하고 찔러 넣은 칼날. 분명 원하던 바를 이루었음에도 두 미인의 말대로 그녀도 아팠다.

지독하게.

숨을 쉬는 것조차 힘들 정도로.

日月

二十

정왕이 돌아오자 어딘지 모르게 느슨했던 번저의 분위기는 다시 팽팽하게 조여졌다.

이왕 돌아온 것, 잠시 머물며 밀린 일을 처리하겠다는 정왕의 결정에 송 태감은 쾌재를 불렀다. 왕부의 관원들에게 맡기고 하릴없이 소일하자고 들면 얼마든지 게으름을 피울 수 있지만 직접 챙기고 들자면 만만찮은 것이 번왕의 정무였다. 그리하여 태감은 그동안 정왕부에서 보내온 산더미 같은 상주문을 모조리 꺼내도록 했다. 근래의 것은 물론이고, 삼법사 때문에 바쁜 정왕이 챙기지 못해 알아서 처리하라고 넘긴 케케묵은 것까지. 두루마리를 담은 궤의 끝없는 행렬에 비서랑은 물론이고 지윤과 지원의 입까지 떡 벌어졌다.

오래전에 올라온 상주문이나 상소는 이미 끝난 사안들이 대부분일 터. 지금 정왕이 보고 추인한다고 해도 거의 의미가 없었다. 그러나 태감이 왜 이런 소동을 벌이는지 그 속내가 훤히 보였다. 하나 정왕이 번저에 오래오래 머물러 쓸데없는 구설이 날 소지를 없애는 건 공통된 소망이기에 누구도 타박하지 않고 연도별로 차곡차곡 분류해 펼치고 쌓았다.

「전하께서 드시옵니다.」

공모자들은 일제히 몸을 숙였다.

「정왕 전하를 뵈옵니다. 천세 천세 천천세.」

새벽마다 빠뜨리지 않는 가벼운 연무를 마친 뒤 냉수욕을 하고 서각에 들어서던 정왕의 발걸음이 뚝 멈췄다. 커다란 팔선탁도 모자라 그 주변까지 점령한 두루마리의 산. 차마 정왕의 얼굴을 마주 볼 수 없는지 머리를 조아리고 있는 공모자들과 상주문 더미 사이를 그의 눈길이 번갈아 오갔다.

「이것이 다 무엇인가?」

몰라서 묻는 거라고 믿는다면 그거야말로 천치였지만 비서랑은 눈을 딱 감고 그쪽을 택했다.

「전하께서 꼭 보셨으면 한다는 봉인이 붙은 상주문이옵니다.」

정왕의 냉시冷視가 자신들을 훑는 것을 느낄 수 있었다. 마치 얼음으로 된 손이 스치는 것처럼 목덜미가 서늘하니 따끔거렸다. 당장이라도 줄행랑을 치고픈 충동을 꾹 누르며 납작 엎드려 쫑긋 세운 그들의 귀에 의자에 앉는 기척이 들렸다.

「어디, 왕부에 얼마나 큰일이 났는지 한번 살펴보지. 어느 것부터 봐야 하는 것이냐?」

옳다구나 하고 옆에 선 비서랑과 환관들이 정왕 앞에 부지런히 상주문을 펼쳐 놨다.

「순서대로 보시라고 정리해 놨사옵니다. 이쪽이 가장 최근의 것이옵니다.」

「그래? 이걸 하나도 빠짐없이 과인이 다 봐야 한다고……?」

새벽부터 피워 놓은 화로가 온 방을 덥히고 있음에도 불구하고 북풍한설이 몰아치는 한데에 서 있는 것처럼 한기가 엄습했다. 대답을 해야 하는 비서랑의 혀가 바싹 말라붙었다. 겁 없이 일을 벌인 태감과, 말리지 않고 동조한 자신의 어리석음이 뒤늦게 원망스러워졌지만 이미 엎질러진 물. 감히 정왕의 눈을 마주 보지는 못하며 침을 꿀꺽 삼켰다.

「소신의 얕은 소견으로는…… 전하께서 한 번은 두루 살펴보심이 가할 듯싶사옵니다.」

「이렇게 문제가 산재하다니 정왕부가 망하지 않고 남아 있는 게 신기하구나.」

펼쳐 놓은 상주문을 집어 드는 정왕을 바라보는 그들은 등줄기는 물론이고 이마에도 식은땀이 줄줄 흘러내리는 것을 느꼈지만 감히 닦을 엄두도 내지 못했다. 겁도 없이 왕을 능멸하려 든다고 당장이라도 채찍 같은 질책이 터져 나올 것 같아 잔뜩 움츠리고 있는데 시간이 흘러도 서재는 조용했다. 눈치를 살살 살피며 조심조심 눈만 살짝 든 그들은 빙긋 옅은 실소를 입에 문 정왕과 딱 마주쳤다.

정왕에 한해서 미소는 결코 바람직한 징후가 아니란 걸 알기에 간장이 확 오그라들었다. 소름을 오소소 돋게 하는 웃음이 짙어지자 이대로 엎드려 대죄를 청하거나 목숨을 빌어 보는 것, 어느 쪽이 더 현명한 선택일까 다들 심각하게 고민하는 찰나, 어느새 표정을 지운 정왕이 무심하게 세필을 들었다.

「그럼 오랜만에 봉록의 값을 한번 해 보지.」

　정왕을 가능한 오래 잡아 두고, 이왕이면 다시 황제의 부름을 받을 때까지 아예 번저를 떠나지 못하게 하려는 공들인 계략은 곧 난관에 부딪쳤다.

　가장 큰 계산 착오는 그의 주군은 예상했던 것보다 훨씬 더 유능하다는 거였다. 나태하고 놀기 좋아하는 동년배 형제들과 달리 정왕은 살인적인 격무에 익숙한 데다 근면하기까지 했다. 수년간 이따금 중요한 사안만 보고 받았을 뿐, 거의 살피지 못한 왕부의 일들이건만 챙길 것과 무시할 것을 곧바로 파악하며 무서운 속도로 일을 처결해 나갔다. 하루 두 번 왕자와 보내는 시간을 제외하고는 거의 침식을 잊고 매달리니, 못해도 두어 달은 꼼짝도 못 하고 묶여 있으리라는 기대가 허무하게 상주문의 산더미는 눈에 띄게 줄어들었다. 비서랑과 태감은 물론이고 호씨 형제까지 나서 시시콜콜한 것까지 찾아봤지만 열흘도 되지 않아 더 이상 내놓을 일거리가 남지 않았다.

　마침내 팔선탁이 텅 비자 그들이 손을 들기를 기다리고 있었다는 듯, 정왕은 이틀 뒤에 외성으로 유람을 나갈 것이니 그 채비를 하라는 명을 내렸다.

　한 번은 무사히 넘어갔지만 다시 칭병해 정왕을 모셔 오려 했다가는 목이 달아날 건 명약관화. 언제 돌아올지 모르는 정왕을 기다리며 전전긍긍할 생각을 하니 송 태감은 벌써부터 막막했다. 골은 지끈거리고 가슴은 갑갑해 터질 것 같아 그는 마침 왕자를 데리고 유모와 함께 온 여관을 닦달해 댔다.

日月

「도대체 너는 무엇을 하는 것이야! 7품 어녀이면서 과분하게도 정왕부 번저의 총관 여관이란 직분을 맡았으면 그 자리 값을 해야지! 전하께서 다시 번저를 비우신다는데 이제 이를 어쩔 거냔 말이다!」

「송구합니다.」

「그놈의 송구! 송구! 아무짝에도 쓸모없는 그런 입바른 소리 말고 낭랑께서 나서도록 말씀을 잘 드려 보란 말이다!」

그게 입대로 될 것 같으면 태감께서 직접 해 보시지요. 혀끝까지 나오는 볼멘소리를 간신히 참아 내며 여관은 머리만 조아렸다.

하도 갑갑하니 만만한 여관을 족치는 것이지, 궁녀들도 채연과 정왕을 화해시키기 위해 최선을 다한다는 건 그도 잘 알았다.

서내원에서 온 궁인들에게 들은 뒷사정부터 최근까지 행보를 볼 때 그의 짐작대로 정왕은 해바라기를 하고 있지만 채연은 절대 녹지 않는 만년설을 이고 있는 설산이었다. 왕손을 낳았다는 큰 공이 있긴 해도 뒷배도 없는 공녀. 정왕의 눈짓 하나에도 죽는 시늉을 해야 하는 처지인데 무엇을 믿고 저러는지, 그 무엄함을 왜 두고만 보는지 처음엔 황당했고 이제는 바라보며 맴돌기만 할 뿐 다가서지 않는 정왕이 갑갑해 미칠 것 같았다. 기루에서 사용한다는 춘약을 구해 볼까 하는 큰일 날 궁리까지 할 정도로 그는 정말로 절박했다.

채연의 냉대에 정왕이 밖으로 나돌다가 혹시 모략에라도 말려든다면……

내관의 운명은 모시는 주인과 곧바로 직결되는 것이 세상의 이치. 꿈이었던 장인태감은 되지 못하고, 승차도 좌승봉左承奉에서 멈춰 황궁에서 밀려났지만 정왕부는 황궁 다음으로 위세당당한 곳이었다. 황궁에 있는 태감들도 다른 왕부에 속한 이들에게와 달리 그에겐 함부로 대하지 못했다. 그런 정왕부의 장사라는 이 자리가 날아가는 건 송 태감에겐 최악의 악몽이었다. 한풀 죽은 목청으로 그는 볼이 탱탱 부은 여관을 도닦였다.

「너희들도 최선을 다하고 있다는 건 내가 익히 안다. 하나 그것만으로는 턱없이 부족해. 목숨을 건다는 각오로 두 분의 화합을 이뤄야지, 아니면…….」

흐린 말끝의 의미를 충분히 알아차릴 정도의 연륜을 가진 여관도 이심전심, 덤터기를 씌우는 질책에 뾰로통했던 것도 잊고 진한 공감을 교환했다.

「죽을힘을 다하겠습니다.」

태감 앞에서 결의를 다졌지만 막막한 것은 그녀도 마찬가지라 나오느니 한숨뿐이었다.

「내구까지 나서 봤구먼 꿈쩍도 않는 것을 어쩌라고.」

아까는 뱉어 내지 못한 볼멘소리가 튀어나왔다. 출세할 가망은 전혀 없어도 속 편한 서내원에서 대장 노릇이나 하며 지낼 것을. 무슨 영화를 보겠다고 번저로 자원해 왔는지. 속이 벌겋게 타다 못해 이제 숯이 되었다. 이렇게 남의 가슴엔 뜨거운 바윗덩어리를 떡 얹어 놓고선 속도 편하게 다소곳이 앉아 자수를 하고 있는 채연을 보니 탄식이 절로 흘러나왔다.

침식을 잊고 밀린 정무를 처리하는 정왕과 경쟁이라도 하듯, 틈만 나면 잡고 있는 터라 시작한 지 얼마 되지도 않았는데 수틀엔 벌써 황금빛 용의 형체가 보였다. 발톱이 세 개뿐인 삼조룡三爪龍이니 당연히 왕자를 위한 거라는 걸 알면서도 그녀는 모르는 척 끼어들었다.

「벌써 이렇게 많이 놓으셨습니까? 침장에 쓸 것치고는 좀 작아 보이고…… 아! 전하의 어복御服에 달 보補[14]가 아니온지요?」

틈만 나면 정왕의 존재를 일깨우려고 혈안이 된 다른 궁녀들도 그 기회를 놓치지 않았다.

「손수 수놓은 보를 붙여 용포를 지어 올리면 전하께서 크게 기뻐하실 것 같사옵니다.」

그러나 용의 머리 부분을 채우는 잽싼 손놀림을 멈추지 않으며 채연은 빙긋 웃었다.

「왕자의 이불을 만들려고 합니다.」

이 정도로 나서면 그런 척이라도 하며 은근슬쩍 바꿔 주실 것이지. 다들 한숨을 삼켰다.

「그런 것이라면 수방繡房에 맡기셔도 되는데…….」

「물론 솜씨는 수방궁녀가 당연히 나보다 훨씬 낫겠지요. 하지만 어미가 되어 아무것도 해 주지 못하고 있는데 이불이라도 손수 만들어 주고 싶어 그럽니다.」

왕자를 위하는 그 정성의 10분의 1만이라도 정왕에게 주시면 얼마나 좋을까? 더 참다간 속병이 날 것 같았다. 어차피 이판사판. 여관은 방금 태감에게 들은 소식을, 아주 불경스런 어조로 옮겼다.

「전하께서 모레 외유를 나가겠다고 그 채비를 명하셨다고 합니다.」

14) 황족의 옷에 붙이는 흉배는 보라고 부르고 가슴과 등뿐 아니라 양 어깨에도 붙였다.

신들린 듯 쉬지 않고 정연하게 움직이던 채연의 손이 멈칫, 흔들렸다.

어라?

그동안 수도 없이 정왕의 일상이며 근황을 고하고 또 고했지만 처음으로 보인 반응이었다. 궁녀들의 가슴이 기대로 한껏 부풀어 올랐다. 그러나 간절한 소망이 만든 착각이었던지 바늘은 다시 빠르게 움직였고, 금색 실로 꼼꼼히 채워지는 빈자리는 엉키거나 꼬인 땀 하나 없이 정교했다.

그래도 조금은 기대를 했는데. 에라, 이제 나도 모르겠다. 두 손을 들고 터덜터덜 내실을 나가려던 그녀를 들릴락 말락 작은 음성이 붙잡았다.

「저기, 왕 총관.」

여관은 말 그대로 날듯이 몸을 돌렸다.

「예. 하명하실 분부가 있으신지요?」

심장이 두방망이질 친 것이 허무하게, 채연의 지시는 부푼 기대감을 일시에 날려 보냈다.

그런 엉뚱한 짓은 그만 하고 서내원에서처럼 멋들어진 고려 요리를 만들어 전하를 찾아가 뵈옵소서! 그것이 정 싫으면 저희가 장만한 주안상이라도 갖고 가 보시든지요!

채연 옆에 있다가는 감히 해서는 안 될 소리가 튀어나올 것 같아 그녀는 다른 궁녀들에게 시켜도 될 명을 굳이 직접 전하러 나가 버렸다.

불만이 덕지덕지 붙은 얼굴이긴 했지만 그래도 전달은 충실히 한 모양이었다. 채연이 취사각으로 갔을 때 이른 대로 곱게 채친 밀가루에 꿀과 술, 기름 등속까지, 모든 재료가 쓰기 좋게 정렬되어 그녀를 기다리고 있었다.

「수고를 끼쳐 미안하군요.」

아직도 끝나지 않은 갈등에 까끌거리는 목청을 억지로 가다듬어 치하를 하고, 채연은 조리대에 놓인 재료를 물끄러미 응시했다.

고려병을 만들어 정왕에게 주는 것은 그를 온전히 받아들이겠다는 의미.

수많은 밤을 불면으로 지새우며 고심에 또 고심을 거듭해 내린 결단이었다. 그럼에도 지금 이 순간까지도 망설임이 발목을 잡았다.

정말 용서할 수 있을까?

아직도 악몽으로 종종 떠올라 가위눌리게 하는 그 치욕을 접고 그의 여자로 살 수 있을까? 그를 온전히 받아들일 수 있을까?

솔직히 자신이 없었다. 그래서 자신을 좇으면서도 감히 다가오지 못하는 그 애절한 간원을 무시해 왔다. 고통스러워하는 그를 보면서 아주 조금이지만 위로를 받았다. 그가 아파할 때마다 자신의 격통이 덜어지는 것도 같았다. 그렇지만 그 쾌감은 길지 않았다. 그에게 상처를 줄 때마다 그녀도 아팠다. 그렇지만 용서하고 싶다는 생각을 할 때마다 격하게 샘솟는 거부감만큼은 지울 수 없었다.

그러나 가슴속에서 자라는 증오의 칼이 그녀를 베이 내어 상흔은 점점 커지고, 미움에 점점 잡아먹히는 자신에게 지쳤다. 이제는 해방되고 싶었다. 지난 열흘간, 갈팡질팡 치열한 애증의 갈래 속에서 헤매던 그녀가 택한 길은 망각.

용서할 수 없다면 잊어 보자.

굴욕과 배신의 증거인 환을 결국 받아들인 것처럼 정왕과 애증의 고리를 끊자.

아들을 위해서인 동시에 그녀 자신을 위해서이기도 했다.

이 길이 최선이다. 이대로 다시 돌아서고 싶은 망설임을 끊어 내기 위해 채연은 심호흡을 크게 하며 결심한 일을 시작했다.

시간을 가늠하려 창을 열어 달을 보던 수직 환관은 으슬으슬하니 뼛속을 파고드는 냉기에 진저리를 치며 곱은 손을 비벼 댔다. 그러나 동빙한설凍氷寒雪보다 더 이기기 어려운 졸음은 얼어붙을 것 같은 찬기에도 절대 달아나지 않았다. 저 멀리 각루刻漏에서 한 시각마다 은은히 울려오는 북소리를 기다리며 병든 닭처럼 꾸벅꾸벅 졸다가 깨기를 여러 번. 마침내 정왕의 침실 불이 꺼지자마자 그는 수직을 서는 방의 책상에 엎드렸다. 그렇게 꿀보다도 단 쪽잠에 막 빠져 들려는 찰나, 그의 신경을 긁는 소음이 들려왔다. 화들짝 놀라 일어선 환관은 옆에 둔 막대기를 들고 후다닥 소리가 나는 곳으로 달려 나갔다.

「누구냐!」

혹시라도 주군의 침수를 방해할까, 소리를 죽인 호통에 움찔하는 그림자는 분명 여인의 것. 정왕의 침전에 허락도 없이 여인이 들게 하다니! 침전 밖을 지키는 위사들에게 이를 갈며 그는 무엄한 것들을 후려치려고 막대기를 치켜세웠다. 그런데, 사르르 한 걸음 앞으로 더 다가선 여인의 자태가 왠지 눈에 익다고 느낀 순간, 익숙한 음성이 그의 귓전을 때렸다.

「전하께서 이미 침수 드셨나요?」

이것이 꿈인지 생시인지! 그는 한달음에 달려 내려갔다.

「방금 불을 끄셨으니 아직 침수에 드시지는 않으셨을 것입니다. 이미 잠이 드셨다고 해도 낭랑께서 오신 걸 알면 괘념치 않을 것이니 어서 안으로 드시지요. 자, 자, 이리로 오십시오. 소인이 모시겠습니다.」

혹시라도 마음을 바꿔 달아날까 두려운지 청하지도 않은 부축을 가장해 채연을 침전으로 이끌었다. 분명 정왕에게 올릴 것이 들었을 소반을 든 궁녀의 느릿한 발걸음에 속이 타서 남몰래 눈까지 부라려 재촉을 해 대며 두 여인을 몰다시피 정왕의 침실 앞까지 데려갔다.

싱글벙글 함박웃음을 감추지 못하며 환관은 단단히 닫힌 문을 조금 열었다.

「어서 듭시옵소서.」

궁녀도 채연에게 갖고 온 소반을 공손히 올렸다.

「여기 있사옵니다.」

상보를 씌운 소반을 받아 드는 채연의 손이 미미하게 떨렸다.

지금이라도 돌아갈까?

그러나 애가 타 동동거리고 있던 환관은 채연을 재촉하듯 몸을 숙였다. 이제 물러설 수 없다는 사실을 스스로에게 일깨우며 채연은 천천히, 절대 선택하지 않겠다고 결심했던 길에 발을 디뎠다. 그녀가 방 안으로 들어서자마자 마치 퇴로를 막듯 환관은 부리나케 문을 꽉 닫아 버렸다.

수직 환관의 예측대로 정왕은 잠을 자고 있지 않았다.

이미 습관처럼 익숙해진 불면이었다. 설령 숙면을 취하고 있었다고 해도 침실 문밖에서 들리는 작은 소곤거림과 인기척을 놓치지는 않았을 거였다. 잘 때도 주변을 경계하기 쉽도록 들인 버릇대로 침실 문을 향해 몸을 돌리고 누워 있던 덕에 야밤에 그의 허락도 없이 들어온 불청객이 소반을 든 여자라는 건 금세 알 수 있었다.

감히! 오물을 확 뒤집어쓴 것 같은 불쾌감이 엄습했다.

간 크게도 그를 유혹하려는 저 가증스런 궁녀는 물론이고, 번저의 기강을 제대로 다스리지 못한 송 태감을 가만 둬서는 안 되겠다. 지금 당장 모조리 불러 모아 혼쭐을 내 줄 것인가, 아니면 몇 시진을 기다려 해가 뜨자마자 벌을 내릴까? 그 짧은 고민은 눈앞에 선 여인의 정체를 알아채자 곧바로 얼어붙어 버렸다.

채연!

침실까지는 들어왔지만 더 다가오지 못하고 선 채연을 멍하니 바라보던 그가 천천히 몸을 일으켰다.

「무슨 일이냐?」

그가 말을 걸 거라고는 생각지 못했는지 흠칫 놀라던 채연은 몸을 숙였다. 손이 덜덜 떨려 소반에 놓인 그릇이 달그락거리는 소리가 들릴 정도였지만 용케 든 것을 놓치지도 않을 수 있었다.

「전하께 올릴 것이 있어서 무례를 무릅쓰고 허락도 없이 왔사옵니다.」

「이 시각에 올릴 것이 무엇이냐?」

이 질문을 받았을 때 하려던 대답을 수도 없이 연습해 왔지만 막상 현실로 닥치자 입이 떨어지지 않았다. 결국 채연은 소반을 덮은 보를 치우는 것으로 답을 대신했다.

희미한 달빛이지만 어둠에 익숙한 정왕의 눈에는 소반 위에 놓인 것의 정체를 알아보기에 충분했다. 국화꽃 모양의 과자. 순간 머릿속이 새하얗게 변했다. 눈앞에 보이는 것이 현실인지 간절한 소망이 빚어낸 환상인지 일순 구별이 되지 않았다.

「이…… 것이 무엇이냐?」

자신의 목청에서 나오는 것이라고 믿어지지 않은 거칠거칠하고 어눌한 음성. 하지만 지금 이 순간은 동요를 감춰야 한다는 생각조차도 들지 않았다. 그의 눈과 머리는 지금 자신의 앞에 놓인 것을 소화하기에도 버거웠다. 그나마 더듬거리지 않는 것만 해도 평생의 자제력을 다 그러모았기에 가능했다.

「고려병입니다.」

심장이 그대로 튀어나올 듯이 거세게 두방망이질 쳤다.

「고려병?」

채연은 자신과 과자 접시를 번갈아 쳐다보는 정왕을 응시하며 용기가 사라지기 전에 마치 전생의 일처럼 까마득히 느껴지는 옛일을 입에 담았다.

「예전에……, 서내원에서 그러셨지요. 전하를 받아들이겠다는 결심을 하게 되면 고려병을 만들어 달라고요.」

그랬다. 치밀한 영혹의 그물을 겹겹이 쳐 놓고 채연의 결심을 재촉하기 위한 마지막 안배. 그렇지만 채연에게 해서는 안 될 짓을 저지르고, 용서받는 것은 영영 불가능하다는 걸 인정한 뒤로는 지우려고 했던 말의 향연. 그것이 현실이 되어 자신 앞에 나타나자 처음엔 경악에 그 다음엔 기쁨에 숨이 막혔다.

하지만 갑작스런 채연의 등장과 고려병으로 멀리 달아났던 이지가 서서히 돌아오면서 벼랑 위에서 몸을 던지는 것 같은 비장함이 눈에 들어오기 시작했다. 그것을 보자 더워졌던 심장 위로 얼음 바람이 서걱서걱 불었다.

「두 미인과 송 태감이 네게 쓸데없는 소리로 공연한 근심을 얹은 모양인데, 난 그리 허술하지 않다. 하니, 염려하지 말고 돌아가라.」

「저도 두 미인께 그리 말했습니다. 신중하고 주도면밀하신 전하이시니 공연한 구설이나 모함을 걱정할 필요는 없을 거라고요.」

「그래. 네가 옳게 보았다.」

냉담한 거부나 저주 없이 이렇게 서로 마주 보고 평온한 어조로 대화를 나누는 것이 얼마만인지. 희미한 어둠은 여인의 가는 자태를 더욱 곱게 보이게 했고 은은하게 풍겨 오는 체향은 머리가 아찔할 정도로 유혹적이었다.

고려병까지 만들어 왔는데 이대로 모르는 척 받아들일까? 유혹은 여전히 컸다. 그렇지만 어쩔 수 없이, 아들을 지키기 위해 자신에게 오는 건 싫었다. 그에 대한 신뢰나 연모는 간데없고, 산 제물처럼 비장한 결의로 가득한 채연을 바라보고 있는 건 고통이었다. 더 이상 길게 대화하다가는 다시 욕망을 져서 이대로 안아 버리거나 아니면 그녀를 붙잡고 애걸복걸하는 흉한 꼴을 보일 것 같아 그는 어금니를 사려물었다.

「네 마음이 여리고 측은지심이 남다르다는 걸 내가 잠시 잊었구나. 동정하는 거라면 돌아가라. 사내들이란 여인과 달라 거절당한 분노는 품어도 상처는 입지 않는다.」

마음에 없는 소리를, 그는 최대한 무심하게 해 댔다. 귀찮다는 듯

손까지 내저으며 축객령을 내렸다.

「내일 일찍 사냥을 나갈 예정이라 이만 자야겠다.」

아무것도 자랄 수 없으리라 믿었던 황량한 마음 밭에 내려앉아 어느새 뿌리를 내려 버린 소망. 그도 누군가와 진정을 나누며 사람답게 살 수 있으리란 꿈. 만년설을 녹인 것 같은 얼음비를 맞으며 다 씻어 버린 줄 알았는데 남은 미련이 있었던 모양이었다. 몸을 돌려 벽 쪽으로 눕는 가슴에 삭풍이 스산하게 휘몰아쳤다.

이대로 눈을 딱 감고 미몽에 굴복하고 싶은 유혹도 컸지만 채연과의 관계에서만은 기만은 싫었다. 그녀는 간계와 모략으로 이뤄진 그의 세상에서 유일하게 진실한 존재였다. 비틀린 방식이기는 했지만 그 또한 진심으로 대했던 여인이었기에. 채연이 나가면 그때 괴로워하리라. 일그러진 욕망에 지지 않도록 자신을 억눌렀다.

그런데, 아무리 기다려도 움직이는 기척이 나지 않았다. 팽팽하게 당겨진 신경 줄이 거의 끊어질 지경에 이르렀다. 일어나서 직접 쫓아낼까 했지만 채연의 곁에 다가서는 순간 봄눈처럼 스러질 자신의 자제력을 알기에, 침상에서 꼼짝도 할 수 없었다.

환관을 불러 끌어내야겠다고 결의를 가다듬는 찰나, 바늘 떨어지는 소리마저도 들릴 정도로 고요한 공간을 청량한 속삭임이 채웠다.

「동정이 아닙니다. 동정이란 강자가 약자에게 갖는 감정인데 제가 어찌 감히 전하를 동정하겠습니까?」

세상이 흔들렸다. 그대로 돌이 된 것처럼 굳어 있던 그의 혀가, 만약 조금이라도 정신이 있었다면 절대 뱉지 않을 고백을 밀어냈다.

「모르느냐? 네 앞에선 난 언제나 죄인이고…… 약자다.」

전혀 예상하지 못한 고백에 채연의 혀도 얼어 버렸다. 지금 자신을 찌르는 이 통증이 측은지심인지, 아니면 희미하게 남은 애모의 파편인지는 그녀 자신도 명확히 알 수 없었다. 아마도 그 두 가지가 뒤섞인, 절대 분리해 낼 수 없는 감정이리라.

황제를 제외하고 두려울 게 없는 권력자이면서 그녀에게만은 철저하게 약자라는 이 남자.

그토록 참혹하게 짓밟혔음에도 끝까지 밀어내고 온전하게 미워할 수 없는 자신이 이 순간까지도 한심했다. 그렇지만 증오는 그녀의 고통을 덜어 주지 못했다. 원한마저도 감싸 안기로 한 지금이 그밤 이후 그나마 가장 평화롭다는 건 인정해야 했다.

서늘하니 태연함을 가장하나 그녀의 처분을 기다리며 마구 흔들리는 시선을 마주 보며 다시 고개를 드는 애증을 힘겹게 삼켰다.

「이제 지우십시오. 팔사날 제게 그러셨지요. 필부인 것처럼, 서로 연정을 품은 평범한 정인들처럼 당신을 바라봐 달라고요. 그 성음이 진심이었다고 믿으렵니다.」

「넌…… 어떻게?」

너무나 많은 질문과 감정이 순식간에 쏟아지니 단 한마디도 옳은 말이 되어 나오지 않았다. 아니, 그것은 자기기만이었다. 진정으로 묻고 싶은 것은 단 하나. 그러나 물어볼 염치조차 나지 않아 그저 그렇게 어눌함으로 가장하는 것뿐.

「그…… 일을 용서하느냐고 물으신다면 그렇다는 대답은 올릴 수 없습니다. 아마 앞으로도 오랫동안, 어쩌면 평생 저를 괴롭힐 것이고 그때마다 전하를 원망하여 힘들게 해 드릴 수도 있을 겁니다.

하지만 거기에 저는 묻히지 않겠습니다. 그래서 지우려고 합니다. 그리고 전하께서 원하시는 대로 전하의 여인으로 최선을 다해서 순명하며 살겠습니다.」

만약 채연이 그에게 복수를 하려는 거라면 최고의 수였다. 이렇게 용서하는 척했다가 다시 돌아선다면 그는 절대 회복되지 못할 터. 하늘로 날아올라 갈 듯 기뻐야 하지만 천성이 된 의심이 그의 발목을 잡았다.

「왜 갑자기 그런 결심을 했느냐?」

「제가 살기 위해서입니다. 전하께선 원망과 한을 그대로 품고 함께 지옥에서 살자고 하셨지요. 하지만 전 그리 살 수 없습니다. 제가 그 지옥에서 빠져나오기 위해 전하도 함께 나오셔야 한다고 생각했기에 여기에 왔사옵니다.」

감춘 것도 남은 것도 없었다. 모든 걸 다 토로했다. 수연각 정원에서 켜켜이 쌓이고 곪은 원념의 독을 토해 냈던 순간과 다른 후련함. 그렇지만 정작 반응을 보여 줘야 할 정왕은 꼼짝도 않고 그녀를 바라만 보고 있었다. 그대로 얼어붙은 것처럼 숨소리조차 들리지 않았다.

처음엔 당혹스럽고 난감했지만 슬슬 화도 나고 서글퍼졌다. 정왕을 받아들이는 그 두려움만 생각했지 그가 거부하는 건 예상 밖이었다.

이렇게 끝없이 엇나가고 엇갈리는 것이 우리의 운명인 모양이다.

「어리석은 행동으로 전하의 침수를 방해한 것은 너그럽게 용서……」

뒷걸음으로 막 물러나려는 찰나. 어둠 속에서 뻗어 온 손이 그녀의 가는 팔을 번개처럼 잡아챘다. 채연의 손에 들었던 소반이 덩그렁 소리를 내며 떨어지고 고려병들이 흩어졌지만 그는 아랑곳 않았다.

「아니, 용서할 수 없다.」

곧바로 뻗어 온 손이 허리를 낚아채더니 어느새 정왕의 품에 안겨 있었다. 뜨겁고 거친 호흡이 피부를 데웠다.

「너를 잊으려고 했다. 네 소원대로 버려두고 아무것도 원하지 않겠다고 결심했었다. 그렇지만 이제는 늦었다.」

너를 원하는 마음마저도 지우며 그 끔찍한 지옥에서 홀로 머물려고 했는데…….

모든 감정을 날로 드러낸 격정이 그녀의 귀를 때렸다.

「네가 날 이렇게 만들었다. 이제 넌 절대 도망갈 수 없어. 이 길의 끝이 파멸이라고 해도 난 절대 너를 놓지 못하니까.」

가질 거다. 수백 수천 번의 밤마다. 네가 내게 속했다는 걸 세상 모두가 인정하고 무엇보다 네가 각인할 수 있도록. 그리고 내가 확신할 수 있도록.

모란이 새겨진 비녀가 툭 소리를 내며 떨어지고 투둑. 투둑. 아까 궁녀들이 공들여 꽂아 놓은 떨잠과 화잠들이 하나씩 떨어져 내렸다. 뒤이어 느슨하게 틀어 올려놓은 칠흑 같은 머리카락이 스르륵 흘러내리고 그 검은 타래가 남자의 손에 감겼다. 비단실 같은 감촉을 즐기듯 천천히 손가락을 움직이며 그가 긴 머리카락을 입술에 가져갔다.

그 색정적인 몸짓에 놀란 채연이 헐떡이자 그 틈을 놓치지 않고 열린 입술을 그가 파고들었다. 사내의 혀가 깊숙이 들어와 뒤로 물러서고, 도망가려는 순진한 여인의 혀를 잡아챘다.

맥동과 함께 혈관을 타고 도는 욕구가 그를 몰아가는지 다급한 손길이 어느새 옷을 벗겨 내기 시작했다.

하얗게 드러나는 피부를 따라 봉긋이 솟은 젖무덤 언저리를 더듬는 사내의 입술은 더없이 부드러웠지만 여전히 두려웠다. 단단히 각오를 했음에도 의지만으로 뼛속에 각인된 고통의 기억을 지우는 것은 역부족. 거부감으로 온몸이 나무토막처럼 빳빳하게 굳어졌다. 힘껏 밀치고 달아나고 싶은 충동을 참느라 부들부들 떨렸다.

저항을 느꼈지만 그는 아랑곳 않고 채연의 풍만한 가슴에 얼굴을 묻었다. 그러나 아무리 무시하려고 해도 무시할 수 없는 떨림이 그의 예민한 신경을 자극했다. 욕망으로 멀었던 이지가 조금씩 돌아오자 시야에 들어온 것은 두 눈을 꼭 감은 채 입술을 깨물고 누워 있는 여인. 저승사자 앞에 선 것처럼 부들거리는 몸을 애써 자제하고 있는 모습을 보자 미칠 것처럼 타오르던 욕망이 잦아들었다. 그는 당장이라도 터져 폭주하려는 욕망을 초인적인 노력으로 달래며 몸을 떼어 냈다.

「내가 무서운가?」

그렇다고도 아니라고도 할 수 없는 것이 진심. 그가 무섭긴 하지만 지금 이 공포는 이전과는 좀 달랐다. 하지만 그것이 무엇인지는 그녀도 알 수 없었다. 때문에 얼른 대답할 수 없었다. 귓가에 한숨으로 짐작되는 긴 호흡이 느껴지더니 그의 손이 한 겹만 남은 얇은 옷을 차분히 여며 드러난 피부를 가려 줬다. 그리고 팔이 뻗어와 그녀의 몸을 보드랍게 감쌌다.

「졸리는군.」

저도 모르게 새어 나온 커다란 안도의 한숨. 민망해 몸 둘 바를 몰라 하는 그녀를 보는 눈동자엔 여전히 해소되지 못한 불꽃이 이글거렸지만 그의 목소리는, 그리고 그녀를 달래는 손길은 한없이 다정했다.

「이것으로도 충분해. 진심이다.」

정왕의 침전에, 하고 많은 시간 중에서 굳이 늦은 밤을 택해서 올 때는 모든 것을 각오했다. 거기엔 정사까지도 포함되어 있었다. 그래서 그가 자신을 침상에 눕히고 옷을 벗겨 낼 때도 참아 내려고 했었다. 최소한 이번에는 강제가 아니라 그녀가 허락하는 것이니까.

하지만 이건 상상하지 못했다. 단단한 어깨에 얼굴을 파묻고 박동을 듣고 있는 이런 담백한 시간과 욕망을 억제한 손길은 전혀 예상 밖이었다. 처음엔 익숙하지 않은 온기에 잔뜩 긴장해야 했다. 하지만 시간이 흐르고, 그가 이렇게 안고 있는 이상은 아무것도 하지 않을 거라는 확신이 서자 몸에서 긴장이 빠져나갔다. 맞닿은 살갗을 통해 전해지는 체온에 가슴이 따뜻해지는 것 같았다. 그 온기가 채연의 심신을 가득 채운 공포의 냉괴冷塊를 조금씩, 아주 조금씩 녹이면서 팽팽했던 신경도 느슨해졌다.

그러나 잠은 오지 않았다. 시간이 지날수록 점점 더 말똥말똥 정신은 맑아지고, 잠든 척하는 것도 쉽지 않았다. 그녀를 안고 있지 않은 한 손을 나른하니 이마에 얹고 똑바로 누워 있는 정왕 역시 숨소리는 규칙적이지만 잠이 들지 않았다는 건 알 수 있었다.

곳곳에 남은 검상의 흔적에도 불구하고 그의 손은 길쭉길쭉하니 어지간한 여자의 손보다도 아름다웠다. 그렇지만 얼마나 치명적인 힘을 갖고 있는지. 그 기억이 떠오르자 편안하게 풀어졌던 몸에 긴장이 되돌아왔다. 이대로 일어나 그나마 안전한 수연각으로 달아나고 싶은 충동과 함께 하나의 의문이 엄습했다.

이런 용기를 다시 낼 수 있을까?

자신이 없었다. 어쩌면 영영 불가능할 수도 있었다. 정왕의 인내심이 대단하긴 하지만 무한하지는 않을 거였다. 만약 그를 억제하는 철갑이 부서졌을 때, 그녀가 원치 않는 일이 또 일어난다면? 한기가 등줄기를 타고 내리며 몸이 저절로 경련했다.

채연의 동요를 느꼈는지 나른하던 정왕의 몸에 힘이 들어갔다. 도망가고픈 충동을 알아채기라도 한 것처럼 이마에 놓였던 그의 팔이 번개처럼 뻗어 와 채연의 허리를 단단히 감았다.

「왜? 추운 것이냐?」

벌겋게 달아오른 커다란 구리화로는 넓은 침실을 다 덥히기는 역부족이었지만 냉기를 가시게 할 정도의 열기는 뿜어내고 있었다. 이 떨림이 추위와 전혀 상관없다는 건 피차 알건만. 빤한 거짓말을 하며 그녀의 공포에 변명을 해 주려는 그가 안됐다는 생각이 돌연 들었다.

황제를 제외하고는 세상에 부러울 것도, 부족한 것도 없는 이 사람이 진실로 원하고 갈구하는 것은 그녀였다. 1년 전에도 연모보다 먼저 다가왔던 연민이 다시 그녀의 심장을 살그머니 건드렸다.

지금이어야 한다.

그러나 그 결심을 입 밖에 내는 건 그녀의 능력 밖이었다. 오늘 그를 찾아온 것만으로도 그녀가 가진 용기는 다 소진한 거나 다름없었다. 입술을 떨며 몇 번이고 목소리를 밀어내려던 채연은 허리를 움켜잡고 있는 그의 손에, 자신의 작은 손을 수줍게 겹쳤다.

처음엔 움찔 놀라며 그가 손을 피했다. 그러나 이 의미가 무엇인지, 탐색하는 시선이 채연을 훑더니 겹친 손을 천천히 마주 잡았다. 그녀의 손을 다 감싸고도 넉넉히 남는 커다란 손. 힘의 차이는 그 이상이겠지만 마음만 먹으면 얼마든지 뿌리칠 수 있는 가벼운 악력은 분명 그녀의 의사를 되묻는 행동이었다.

눈빛이 이미 용암처럼 일렁이고 있지만 그녀가 물러나면 그는 받아들일 거였다. 다시 세찬 갈등의 회오리가 채연을 휘감았다. 정왕에게는 천년보다도 길었지만 실은 짧았던 망설임의 시간을 떨치고 그녀는 결연하게 그의 손을 마주 잡아 깍지를 꼈다. 그녀로선 최대한 대담한 표현이었다. 그 수줍은 허락은 사내의 봉인을 깼다. 초인적인 인내력으로 누르고 있던 본능. 풀려난 맹수가 끝 간 데 없이 질주를 시작하며 채연의 입술을 탐식하기 시작했다.

숨이 막힐 정도의 탐닉. 강제로 첫 몸을 열던 그 기억이 떠올라 몸이 다시 얼음장처럼 차가워졌지만 오늘 밤 그는 인내의 화신이 된 것 같았다. 따스한 입술이 그녀의 턱과 목으로, 점점 드러나는 여린 살갗을 그의 이가 슬쩍슬쩍 깨물면서 내려갔다. 그의 호흡은 여전히 거칠고 뜨거웠지만 옷깃을 벌리고 피부에 닿는 촉감은 조심스럽고 한없이 부드러웠다. 그렇게 정신을 혼미하게 만드는 자잘한 입맞춤이 끝없이 이어졌다.

밤이 만들어 낸 은밀한 흑암黑暗의 장막 안에서 봉긋하고 풍염한 가슴이 드러나더니 어느새 금지를 가린 마지막 천까지 사라지고 있었다. 서서히 옷이 밀려나고 공기 중에 드러나는 부위가 늘어날 때마다 그의 입술이 그 자리를 덮었다. 옷 대신 그녀를 덮히고 감싸주려는 것처럼. 할짝할짝. 핥아주는 혀의 놀림은 가벼웠지만 지독하게 색정적이었다. 낯선 접촉에 기함하고 두려워하면서도 저항도 거부도 못 했다. 완력으로 강압당하는 것도 아닌데 모든 의지를 빼앗긴 듯 도망갈 엄두도 나지 않았다. 머릿속이 텅 비고 몸에서 힘이 다 빠져버린 인형이 된 느낌. 음락淫樂을 아는 노련한 사내에게 저항하는 것은 압도적인 힘의 차이는 차치하고라도, 아이까지 낳았지만 남녀 간의 색사色事에 있어선 여전히 순결한 처녀나 다름없는 채연에겐 무리였다. 폭풍처럼 휘몰아치는 자극과 정열에 미미한 반항조차도 하지 못하고 그가 뿜어내는 화염에 몸을 맡겼다.

어둠에 익숙한 눈에 교묘하고 농염한 애무에 수줍어하며 몸을 비트는 여체가 들어오자 몸 중심부에 짜릿한 쾌감이 스쳐갔다. 채연을 정신없이 몰아가 두려움마저 잊게 하려는 그의 필사적인 시도는 분명 성공. 검어둠 속이라 확인할 수 없지만 이 순진한 여인이 지금 머리끝부터 발끝까지 속속들이 홍조로 물들어 있을 거라는데 그는 목숨이라도 걸 수 있었다.

즐거웠다. 그렇지만 순진무구한 채연이 절대 감당할 수 없는 관능의 태풍이 지나간 뒤 이 밤을 후회하며 다시 그를 혐오의 눈으로 바라볼지도 모른다는 공포가 그를 거세게 몰아갔다. 앞으로 어떤 일이 닥쳐온다고 해도 지금 이 순간만큼은 그들만의 것. 다른 사념이나 잡념은 하나도 없이, 온전히 그에게 집중하고 빠져들게 하고 싶었다. 서내원에서처럼 그를 신뢰하고 의시하는 것을 넘어 이제 오로지 그만 바라보고 그만 생각하게 하고 싶었다.

절대 잃을 수 없다.

자신에게 존재하는지조차 몰랐던 극한의 독점욕과 집착. 하지만 고삐 풀린 이 감정은 그로서도 제어 불능이었다. 지금 유일하게 가능한 건 거칠고 잔혹하게 채연을 속속들이 차지하고픈 욕구를 누르고 최대한 취연(脆軟)하게 행동하는 것뿐. 이대로 폭주하며 여인을 속속들이 탐하려는 맹수를 달랬다.

그가 곧 채연에게 얻어 낼 극상의 쾌락까진 불가능하다고 해도 이전 같은 악몽은 아니어야 했다. 오늘 밤은 그가 저질렀던 참혹한 악몽을 조금이라도 잊게 해 줘야만 한다. 어둡고 치열한 욕망이 굶주린 야수처럼 으르렁거리면서 그를 한계로 몰아갔지만 초인적인 인내로 누르며 길쭉한 손가락으로 속살을 조심스럽게 파고들어 더듬기 시작했다.

능란하면서도 조심스러운 침입과 탐색. 하지만 순진한 채연에겐 감당하기 힘든 충격인지 기겁을 하는 게 보였다. 반사적으로 다리를 모으려고 힘을 주는 그녀의 입술에서 애원의 흐느낌이 흘러나왔다.

「제…… 제발, 그만…….」

그렇지만 더 이상 거부는 이어지지 못했다. 거절을 용서하지 않는 사내가 그녀의 입술에서 흘러나오는 애읍을 삼켜 버렸기에. 강철 같은 자제력으로 부드러움을 잃지 않고 있지만, 기적처럼 허락받은 이 기회를 놓칠 수 없다는 절박감이 그를 무섭게 몰아가고 있었다.

하얀 허벅지를 지그시 누르는 손은 다정하지만 단호했다. 비지를 감추려는 미약한 시도를 무산시키고 몸을 활짝 벌리게 했다. 그리고 정왕의 손가락이 다시 집요하게 그녀의 꽃집을 파고들어 예민한 부분을 끊임없이 자극했다. 처음에는 바깥 부분을. 그리고 점점 더 안쪽으로. 사내의 손이 들어오자 충격으로 단단하게 굳어졌던 몸이 서서히, 아주 서서히 풀어지기 시작했다. 그리고 어느 순간, 순량한 채연의 입술에서 처음으로 고통이나 두려움이 아닌, 가냘픈 신음이 새어 나왔다.

나비의 날갯짓처럼 미미하고 흐릿하지만 그것은 분명 흥분이었다. 처음 느끼는 감각에 어찌할 바를 모르다가 미처 억제하지 못하고 수줍게 흘린, 거의 한숨과도 같은 가느다란 교성과 여린 잔물결이나 어떤 농염하고 색정적인 몸짓보다도 그를 더 달아오르게 했다.

쾌락을 주는 것보다는 받는 데 익숙해져 있었던 그에게는 낯선 경험. 정왕의 속에 내재된 몰염치한 짐승이 기뻐하며 날뛰며 더한 것을 요구했다. 그렇지만 공들인 끈질긴 애무에도 불구하고 채연의 꽃잎 속은 좀처럼 그가 원하는 만큼 젖어 들지 않았다. 이대로 안았다는 분명히 상처를 입을 터. 불만스럽게 이마를 찌푸리던 그는 잠시 망설이다 몸을 뗐다.

몸을 압박하던 묵직한 체중이 가벼워지는 게 느껴졌다. 끊임없이 이어져 혼을 쏙 빼놓던 강렬한 자극마저도 사라지자 잠시 흐려졌던 수치심이 돌아왔다. 음란하게 몸을 활짝 열고 있는 자신에게 놀라며 다리를 모으려는데 강한 힘에 다시금 제지당했다. 거침없이 내려온 정왕의 손은 허벅지를 다시 벌리고 수줍게 감춘 금단의 영역을 환하게 드러냈다.

밀시를 감추려 힘을 쥐 봤지만 부자비한 손길은 거부를 용서하지 않았다. 민감한 꽃잎이 차가운 공기에 노출되자 이번엔 두려움이 밀려왔다. 이제 곧 가장 은밀하고 여린 속살이 갈기갈기 찢기게 될 터. 무자비한 침입을 각오하며 잔뜩 긴장한 몸에 전혀 묘한 촉감이 느껴졌다. 마치 입김 같은 따스한 간질거림. 입맞춤을 할 때 입안을 침범하던 그것과 흡사한 감촉이 이어졌다.

분명 이질적이지만 아프지는 않은, 끈적거리면서도 집요한 놀림에 공포와는 조금 다른 긴장감과 야릇한 떨림이 그녀를 엄습했다.

설마?

저도 모르게 꼭 감았던 눈을 뜬 그녀는 기겁을 했다. 허벅다리의 가장 안쪽, 비밀스런 삼각지의 정점에 얼굴을 파묻고 있는 것은 정왕. 그렇다면 여성에 닿은 것은 분명 정왕의……

믿을 수가 없었다. 지금 눈으로 보고, 그에게 탐욕스런 애무를 당하고 있음에도. 환을 갖게 된 날 밤, 그에게 몸을 빼앗기던 그 순간보다 지금이 더 경악스러웠다. 화염 같은 탐닉에 말려 넋을 잃었던 채연의 이성이 겨우 단말마 같은 거부를 토해 냈다.

「전하!」

듣도 보도 못한, 이 색정적이고 음탕한 행위에서 벗어나려고 했다. 남은 기운을 다 끌어모아 몸을 빼려고 해 보았건만, 이번에도 정왕은 가차 없었다. 허탈할 정도로 가볍게 도망가려던 채연의 발목을 잡아 속박하며 다감하지만 엄중한 경고를 중얼거렸다.

「널 다치게 하고 싶지 않다.」

이것이 다치게 하는 일과 무슨 상관인지?

순진무구한 여인의 몽롱한 눈망울에 의문이 가득 떠올랐지만 그는 설명 대신 하던 행위를 입술과 혀로 반복했다. 살그머니 벌어진 산홋빛 꽃잎 안을 탐색하고 핥고 빨아들이고 희롱하는. 아까의 긴 애무에도 좀처럼 젖어 들지 않던 몸 안이 촉촉해지기 시작했다.

그 습기가 노련한 손길에 속절없이 무너진 몸에 맺힌 이슬인지,

아니면 그녀의 유완儒緩한 여성을 집요하게 머금은 그의 타액인지는 알 수 없었지만 어느 쪽이든 크게 상관이 없었다. 그를 받아들이는 채연이 고통을 느끼지 않으면 되니까.

내 여인이다. 나만 볼 수 있고 온전히 나의 것인 소중한 꽃.

절망뿐이었던 어제와 달리 이제 숱하게 많은 밤과 시간들이 있다는 걸 스스로에게 각인시켰다. 면밀하게 계산된 능란한 자극에 압도되어 바르르 떨고 있는 하얀 나신 가운데 그가 자리를 잡았다.

천천히, 가장 여리고 예민한 안쪽으로 거대하고 단단한 불기둥이 들어서자 고통을 기억하는 여성이 극도로 긴장하며 침입자를 거부했다. 입구에 조금 들어선 정도이건만 그가 파고들자마자 빳빳하게 굳어진 몸과 찌푸린 미간. 힘겨운 신음은 사내를 받아들이기 버거워한다는 것을 여실히 보여 줬다.

이미 출산까지 한 번 했다는 게 믿어지지 않을 정도로 비좁았다. 하지만 지금 물러나는 건 아무리 강철 같은 자제력을 지녔다 자부하던 그도 무리였다. 속도를 늦추는 것이 지금 그가 할 수 있는 유일한 배려이자 자기 통제. 채연이 익숙해질 시간을 주려고 아주 느릿하게 움직이면서도 조금씩 확실하게 그녀를 차지하기 시작했다. 고운 입술에서 간헐적으로 고통의 신음이 흘러나올 때마다 멈춰 어르고 달래면서 그는 진입을 계속했다. 다행히 충분한 애무로 흠뻑 젖어 든 꽃잎이 스르르 벌어지면서 비교적 매끄럽게 그를 받아들였다. 마침내 작은 틈 하나도 없이 속속들이 차지하자 그는 채연을 끌어안아 올렸다.

고운 속살을 속속들이 차지한 것도 부족한지 허리를 움켜잡은 손에 힘이 들어가고 부딪쳐 오는 사내의 몸짓이 점점 빨라졌다. 무력한 인형처럼 가냘픈 여체가 마구 흔들렸지만 그는 멈추지 않았다. 약 올리듯 빠져나갔다가 다시 강렬하게 밀어붙이며 여리고 가는 몸속을 꿰뚫는 움직임이 이어지면서 호흡도 거칠어졌다. 마침내 도달한 완전한 열락의 정점. 정신이 아득해지는 절정에서 그가 쾌감의 긴 신음을 흘리며 천천히 무너졌다. 곧이어 채연의 몸속을 뜨거운 정수가 가득 채웠다. 그러나 그는 결합을 풀지 않았다. 거친 숨을 내뿜으며 아직도 자신을 머금고 있는 채연을 으스러지게 끌어안았다. 그것은 각인이자 낙인. 품 안에 안고 있음에도 사라질까 두려운 여인에게 그렇게 끝없이 자신의 화인을 찍었다.

정신없이 몰아치는 정사에 아득하게 멀어졌던 정신과 육신의 감각이 돌아오자 채연은 자신이 정왕의 가슴에 머리를 대고 누워 있음을 깨달았다. 목덜미를 간질이는 숨결과 옆에서 느껴지는 뜨거운 열기에 몸을 돌렸다가 정왕을 발견하고 얼굴이 확 붉어졌다.

온몸의 기운이 단 한 방울도 남지 않고 다 빨려 나가 기진맥진, 완전히 탈진해 녹초가 된 그녀와 달리 정왕은 멀쩡해 보였다. 그녀를 응시하는 부드러운 눈길 위에 더해지는 것은 여전히 식지 않은 욕망. 그의 이글거리는 시선이 어디에 머무는지를 깨닫자 그녀는 서둘러 이불을 끌어올려 나신을 가리려고 했다. 하지만 그는 용납하지 않았다.

하얀 여체가 붉게 타오르도록 오랫동안 눈으로 즐기고도 만족하지 못했는지 그는 가는 목에 얼굴을 파묻으며 입술로 고운 피부를 지분거리기 시작했다. 아이처럼 가슴에 얼굴을 묻은 사내의 뜨거운 입술과 혀가 가슴의 정점을 삼키고 희롱했다. 극상품의 향료

를 품평하는 것처럼 그는 드러난 나신에 입을 맞추고 체향을 음미
했다. 가슴에서 허리로, 엉덩이로 거침없이 미끄러진 강철처럼 강한
팔이 부드럽게 조이며 그의 품으로 당겼다.

그렇게 욕심을 채우고도 모자란 건가.

배에 닿은 불기둥이 다시 용트림을 하는 것이 느껴지자 아직도
완전히 치유되지 못한 심중 깊은 곳에 찬바람이 휭하니 불어왔다.
정왕에겐 쾌락이겠지만 그녀로선 앞으로 얼마나 더 겪어 내야 익숙
해질지도 가늠하기 힘든 걱정. 불에 덴 듯 화끈거리는, 차마 말하기
민망한 몸 깊은 곳의 통증과 곳곳에 핀 붉은 꽃을 떠올리며 살며
시 그를 밀어내려 했다.

「전하, 씻지도 않았는데……」

「네 몸에서 내 냄새가 나는 것이 좋구나.」

그는 풍만한 가슴에 얼굴을 더욱 깊이 파묻었다.

「매일 밤 네가 곁에 있는 꿈을 꾸었다. 그러다가 눈을 뜨면 혼자
였지. 처음엔 꿈에서나마 잠시 행복했지만 나중엔 꿈에서도 그게
꿈이란 걸 알게 되더구나. 나중에는 잠을 자기가 싫을 정도였다.」

채연의 눈망울에 습기가 고였다. 방울방울, 이슬이 맺히고, 체념
인지 서글픔인지 알 수 없는 눈물이 되어 또르르 흘러내렸다.

이 사람도 많이 힘들었겠지. 내가 미칠 듯이 그를 저주하고 미워
하며 자신을 갉아먹는 동안 이이는 이이대로 또 이렇게 스스로를
죽이고 있었으리라.

가슴에 물기가 닿은 것인지, 정왕이 어느새 몸을 일으켜 그녀를
내려다보고 있었다. 젖은 볼을 그가 입술로 훔쳐 주며 속삭였다.

「제발 울지 마라. 이제 다시는…… 다시는 네가 우는 걸 보고 싶

지 않다.」

하얀 뺨을 닦아 주는 움직임은 나른하니 침착해 보였지만 채연은 그의 불안을 읽어 낼 수 있었다. 정왕의 집착은 여전히 무섭고 버거웠다. 하지만 동시에 그 절박함이 가여웠다.

살아온 세월만큼 외로움을 쌓아 왔을 남자. 한 겹 한 겹 그 고독이 겹쳐지면서 단단한 바위처럼 마음이 굳어져 버렸겠지. 그래서 그리 집착하고 우리를 필요로 한 거였겠지.

이제는 뒤로 돌아갈 수 없었다. 서로 외면하며 사는 시간으로 통하는 유일한 다리를 끊어 버린 것은 그녀 자신. 주변의 압박과 강요가 없었다고 할 순 없지만 최후의 선택은 스스로 한 거였다.

어쩌면 당신을 용서하는 건 영원히 못 할지도 몰라. 아무리 나를 아끼고 사랑한다고 해도 당신이 줬던 그 끔찍한 굴욕이 사라지는 건 아니니까. 앞으로도 괴물처럼 불쑥불쑥 튀어나와 당신을 할퀼 수도 있겠지. 하지만 이렇게 하루하루를 살아 나가다 보면 흉터마저도 희미해질 날이 오리라고 믿어야지. 어쨌든 당신은 내 아들의 아버지고 나 없이는 지옥이라는 사람. 난 그 지옥에서 도저히 살 수 없으니 당신을 지옥 밖으로 데리고 나오는 수밖에.

채연은 주춤주춤 팔을 들어 자신을 덮고 있는 사내의 단단한 허리에 얹었다. 팔에 힘을 주어 안으며 절박하게 자신을 파고드는 사내에게 몸을 열어 줬다.

언젠가는 마음도 그를 받아들일 수 있기를 기도하면서.

日月

홍무洪武 31년의 새해는 따뜻한 남쪽 땅에서는 보기 드문 백설이 온 천지를 새하얗게 채색하면서 열렸다. 신년 벽두에 소복이 쌓인 눈은 풍년을 예언하는 길조. 모처럼 선심을 쓰기로 했는지 하늘은 멈추지 않고 며칠 동안 눈을 계속 뿌려 주었다. 덕분에 황궁부터 가난한 민가까지 모두 용왕의 입김이라는 이 상서로운 눈을 모아 녹인 물로 음식을 장만하고 술을 빚느라 그 어느 해보다도 흥겹고 분주했다.

　가난한 농민이 천하를 통일하고 황제가 됐음에도 그들의 삶은 변함이 없었다. 새벽부터 밤까지 몸이 부서져라 일을 해도 하늘이 홍수나 가뭄 같은 재앙을 내리지 않아 줘야 입에 풀칠이라도 할 수 있었다. 그래도 걸핏하면 마을을 습격하는 화적 떼나 몽고군, 혹은 군벌들에게 집이 불태워지거나 아내나 딸이 끌려갈 걱정 없이 편히 잠을 잘 수 있고, 목숨을 걸지 않고도 논밭에 나가 농사를 지을 수 있다는 것만으로도 그들은 충분히 만족했다.

올해도 풍년이 들고 이 호랑이해도 평온무사하게 지나가기를.

지신地神이나 조상에게 비는 민초들의 소망은 이처럼 소박했다.

그렇지만 많이 가졌음에도 더 갖고 싶은 자들, 앞으로도 그 영화를 대대손손 누리고 싶은 자들의 욕망은 이들처럼 단순할 순 없었다. 한 해의 시작과 함께 그들 앞에 도착한 급보로 인해 변화될 정국은 마냥 즐기기에는 너무 복잡했다.

새해 직전, 홍무 30년 마지막 달에 강력한 황친 중 하나인 3황자 진왕晉王 강堈이 급작스럽게 쓰러졌다. 황자 중에 가장 연장자인 종재宗宰. 지나치게 교만하기는 하지만 지모도 뛰어나고, 무엇보다 강력한 병권을 쥐고 제국의 북방을 지키는 번왕 중 하나였다. 예전에도 한 번 쓰러져 반신불수가 되었지만 황제가 파견한 어의의 처치로 건강을 되찾았었다. 다시 일어나면 다행이지만 이대로 승하했을 때 정국엔 어떤 격랑이 치게 될지. 진왕과 경쟁하면서도 태손을 밀어내려는 동일한 목적을 가졌던 세력들은 주판알을 튕기느라 여념이 없었다.

삼법사에서 물러나면서 칩거하고 있는 정왕에게도 진왕의 와병 소식은 쏜살같이 날아왔다.

「위중하다고?」

「예. 진왕부의 어의들은 물론이고 민간에서 용하다는 명의들까지 다 수소문해 치료에 최선을 다하고 있지만…… 이번에는 어려울 것 같다고 하옵니다.」

「그럴 것이다.」

진왕이 처음 쓰러졌을 때 치료를 맡았던 대사공은 이번엔 병증을 다스렸지만 다시 재발하면 그때는 어렵다고 조심스럽게 고했다.

황제의 명을 받은 두 미인이 진왕의 병증에 맞춰 소채蔬菜를 위주로 한 어선 처방까지 보내 주었다지만 일평생 폭음과 폭식을 즐기던 그가 대사공과 두 미인의 조언을 따랐을 리는 만무했다.

이 결과는 자업자득. 그렇지만 그의 승하가 불러올 후폭풍을 가늠하니 머리가 지끈거렸다. 병적인 의심증 환자인 황제는 분봉을 할 때도 둘째, 셋째, 넷째 아들이 서로 견제하도록 북방에 절묘하게 배치를 해 놨다. 셋 중 누가 역심을 품고 남하하면 같은 야욕을 불태우는 다른 형제들이 가만히 있을 리가 없으니 상호 견제를 하며 막아 내는 형국. 하지만 몇 해 전 둘째인 진왕秦王 상楝이 승하하면서 팽팽한 균형이 흔들리기 시작했고 이제 그마저 떠나면 북방은 무주공산. 연왕만이 남는 거였다.

진왕과 함께 황자 중 가장 강력한 병권을 갖고 있는 연왕은 형이 승하하면 남은 황자 중에서 가장 연장자. 태손을 탐탁지 않아 하는 세력들은 유일한 선택권인 연왕을 중심으로 뭉치려고 할 거였다. 하지만 황제는 그걸 결코 묵과하지 않을 것이고…….

다시 피바람이 몰아치겠구나.

펄펄 나리며 더러운 세상을 하얗게 덮어 주는 백설. 그 하얀 눈 위에 붉은 피가 뚝뚝 떨어져 붉게 물드는 것 같은 환상이, 코끝에선 진한 피비린내가 환몽처럼 스쳐 갔다.

우울한 표정으로 한 손을 턱에 괸 채 손가락 끝으로 탁상을 톡톡 두드리며 그는 경우의 수를 따져 봤다.

아직 완전히 기반을 굳히지 못한 태손을 지탱해 주는 사실상 유일한 힘이 황제였다. 황제가 계속 건재하다면 진왕의 승하는 가벼운 미풍으로 끝나겠지만 그 혼란이 수습되기 전에 쓰러진다면?

연왕은 반드시 황권 찬탈을 위해 일어설 것이다. 무모한 도전이고, 그 끝에 기다리는 것이 파멸뿐이라고 해도 포기하기엔 그의 야망이 너무도 크고 오래되었다. 가장 이상적인 결과는 진왕이 회복되어 불안하나마 균형을 이뤄 주는 것이지만 기적이 일어나지 않는 한 불가능한 희망. 현 상황에서 바랄 수 있는 건 황제가 가능한 오래 버텨 주는 것 정도였다.

진왕의 죽음은 그의 이 유유자적하는 세월이 끝난다는 걸 의미했다. 지금 삼법사의 수장 대리는 거대한 소용돌이를 헤치며 황제가 뜻하는 바를 무자비하게 수행하기엔 강단도 배포도 한없이 부족했다. 이대로 3황형이 승하하면 부황은 그를 부를 거였다. 동등한 위치에서 형제들을 베어 낼 수 있는 것은 결국 그뿐이기에.

삼법사에서 쫓겨날 때부터 부황이 그를 다시 필요로 할 날이 올 거라는 예상은 하고 있었다. 기다리고 있기도 했다. 채연을 정비로 책봉할 수 있는 기회. 절대 공짜로 주는 법이 없는 부황과 거래할 것이 생기기를 기다리며 몸을 숙이고 있었다. 그렇지만 그 계기가 형제의 죽음일 거라는 것과 이렇게 빠른 시기일 거라는 건 계산 밖이었다.

더불어 황좌를 노리는 다른 형제들의 포섭도 더욱 집요해질 거였다.

아버지도 형제도 원하는 건 그들을 대신해 적을 물어뜯을 사냥개이자 살인귀. 어느 쪽을 선택하든 다시 피바람의 한가운데 들어서야 하는 운명. 과연 필요한 것을 받아 내고 제때 발을 뺄 수 있을까?

나름대로 충만했던 자신감이 갑자기 수그러들고 속이 갑갑해져

왔다. 세상에서 유일하게 그에게 어떤 악행도 요구하지 않는 존재가 갑자기 절실하게 그리워졌다.

그때, 마치 그의 요구에 답이라도 하듯 문밖에서 송 태감의 음성이 들려왔다.

「전하, 지금 막 낭랑과 왕자마마께서 월우루月遇樓로 납시셨다고 하옵니다.」

아차. 처음으로 혼자가 아닌 가족을 이뤄 셋이서 맞는 원소절. 함께 달과 한 해의 으뜸인 밤을 맞자는 생각에 관등회觀燈會[15] 준비를 시켜 놓고는.

「새로운 소식이 있으면 바로 알리라.」

급작스런 비보에 모처럼의 계획을 까맣게 잊고 있었던 자신의 이마를 손바닥으로 툭툭 치면서 일어섰다. 이 위태로운 시국에 웬 신선놀음이냐는 허탈한 시선들이 등을 콕콕 찌르는 것을 무시하며 서각을 나선 그는 가벼운 발걸음으로 수화문 안으로 들어갔다.

각별히 신경을 쓰라는 명에 태감이 어지간히 닦달을 했는지 먼저는 내정 입구부터 알록달록 각양각색의 등으로 가득 뒤덮여 있었다. 전각마다 벽등을 달아 켜 놓은 것은 물론이고 후원 연못으로 가는 길과 주랑에 화등花燈과 봉등鳳燈을 줄줄이 이어 달아 놔 정원 위로 오색찬란한 지붕이 하나 더 세워진 것처럼 가히 장관이었다.

그 찬연한 빛의 통로 끝에 선 월우루 누각에는 옥으로 장식한 유리등들이 번쩍이고 있었다. 한풍을 막기 위해 연못 방향을 제외하고는 삼면에 두툼한 채장을 내려놓은 그 불빛 사이로 곱게 흔들리

---

15) 정월 대보름에 등을 밝히고 노는 축제.

는 그림자가 보였다.

정왕과 시선과 마주치자 채연이 우아하게 몸을 굽혔다.

「전하. 오셨사옵니까.」

따스한 환영이 감도는 인사말과 고운 미소. 아비를 알아보는지 버둥거리며 팔을 뻗어오는 어린 아들. 완벽했다. 서내원에서 그가 채연을 두고 꿈꿔 왔던 바로 그 정경이었다.

화룡점정畫龍點睛을 찍듯 그의 심기를 늘 세심하게 살피는 다감한 염려가 더해졌다.

「전하, 심려하시는 일이라도 계신지요? 안색이 영 어둡사옵니다.」

「아!」

채연에게 들킬 정도로 감정을 풀어 놓고 있었다니. 불과 몇 달도 안 되는 동안 경계심이며 자기 통제력이 형편없이 풀어졌다는 사실에 쓴웃음이 떠올랐다. 그렇지만 이 느슨한 편안함이 싫지는 않았다. 지옥도 한가운데로 복귀해야 할 날이 머지않았다는 걸 알고 있는 지금은 더더욱.

「별일 아니다. 그것보다 오늘 날이 찬데 환이 춥지는 않을까 걱정이구나.」

화제를 돌리고픈 의도를 알아챈 듯 채연은 모피로 감싼 아들을 그에게 보여 주었다.

「두꺼운 채장으로 바람을 다 막은 데다 화로를 많이 피워 놓아 방 안이나 거의 진배가 없답니다. 그리고 월우루로 오는 내내 어찌나 좋아하는지 보는 저희가 다 흐뭇했사옵니다. 처음 보는 화등의 물결이 신기했던 것 같습니다.」

日月下

어미가 허풍을 떤 게 아니라는 걸 증명이라도 해 주려는 듯 빨간 볼을 한 아기는 고사리 손을 허공으로 내밀었다. 아른아른 흔들리는 불빛을 잡으려는 것처럼 잼잼거리는 모양을 보는 정왕의 얼굴에 아버지로서의 만족감이 떠올랐다.

「벌써 사물을 분별하기 시작한 모양이구나. 호기심이 많은 걸 보니 제법 영특하겠다.」

채연에게서 받아 안아 높이 치켜올려 주자 아기는 등의 장식 술을 꽉 잡았다. 눈에만 어른거리고 잡지 못하던 것이 손에 들어오자 곧바로 입으로 가져가려고 당겼지만 단단히 매어 놓은 등은 출렁거리기만 할 뿐 딸려 오지는 않았다. 몇 번이고 시도를 해도 끌려 오지 않자 성질이 나는지 '앙' 하고 울음을 터뜨렸다.

얼굴이 시뻘게지도록 안간힘을 쓰는 모습을 흥미진진하게 구경하던 정왕과 채연은 물론이고 둘러선 궁인들과 환관들까지 모두 웃음을 참지 못했다.

「이리 주시옵소서. 제가 달래겠습니다.」

「아니, 괜찮다.」

아이를 흔들어 달래는 그의 뇌리에 문득 한 번도 떠올리지 못했던 자문자답이 이어졌다.

부황은 한 번이라도 나를 이렇게 안아 준 적이 있었을까? 아마도, 아니 전혀 없었을 거였다. 하다못해 머리를 쓰다듬어 주거나 입에 발린 칭찬을 들은 기억도 없었다. 1년에 몇 번 황실 행사에서 다른 황자들과 다 함께 인사나 겨우 올리고, 어린 나이에 번왕으로 책봉되어 왕부로 이어한 이후에는 만나지도 못했던 아버지. 첫 입조人朝 때 그의 이용가치를 부황이 발견하지 못했다면 다른 형제들처럼 몇 년에 한 번 알현하는 것이 고작이었을 거였다.

그랬다면 결코 채연을 만나지는 못했겠지.

떼를 쓰는 모습마저도 사랑스러운지 웃음꽃이 활짝 핀 입매. 아들을 향한 시선에는 절절한 애정이 넘쳐흘렀다. 만약 저 다사로움이 그의 것이라면 그 하나만으로도 겪어야 했던 지난한 세월과 쌓아야 했던 업보를 탕감할 수 있었다.

그렇지만 그에게는 결코 허락되지 않는 진실한 온기였다.

그에게 온 밤 이후 채연은 부녀자들의 덕목과 행동 규범을 다룬 예서의 글귀가 그대로 인간으로 화한 듯 완벽했다. 지밀의 환관들이나 궁녀들이 자신들은 할 일이 없다고 불평할 정도로 약간의 빈틈도 없이 그를 세심하게 섬기고 보필했다. 동시에 왕자를 돌보는 것이며 아랫사람들을 다루는 것까지 모든 행동에 하나의 어긋남도 없었다. 그렇다고 법도나 원칙에 얽매여 지나치게 엄격하거나 융통성이 잃는 일은 없기에 번저의 궁인들 모두 동국에서 온 여군자라고 칭송으로 입술이 마를 정도였다.

말 그대로 채연은 그의 여인으로 순종하며 살겠다는 약속을 한 점 어김없이 지키고 있었다. 하지만 말을 타면 호령하고 싶어지는 것이 간사한 인간인지, 채연이 완벽하면 할수록 허기가 더 그를 엄습했다.

매일 밤 그가 원할 때마다, 때로는 환한 대낮에 요구해도 부끄러움으로 온몸을 붉히면서도 한 번의 거부도 없이 안겨 오고 지금처럼 다감한 미소를 지어 주지만 그녀는 그의 곁에 있지 않았다. 몸은 주지만 마음엔 여전히 응어리가 남아 있음을 그는 확실히 알고 있었다.

日月

뜨거운 정사를 나누고, 채연과 한자리에 있다는 행복감을 만끽하며 단잠에 빠져들었던 어느 밤, 그는 왠지 허전한 느낌에 잠이 깨었다. 온기를 찾아 옆을 더듬었지만 포근히 안겨 와야 할 말랑하고 따스한 몸은 간데없고 썰렁한 빈자리만이 잡혔다. 잠이 확 깨어 고개를 든 그의 눈에 들어온 것은 침실 창가에 선 채연의 뒷모습이었다. 삭풍이 몰아치는데도 춥지 않은지 활짝 열어 놓은 창 옆에 선 채연의 어깨는 한없이 가냘프면서도 무거워 보였다. 그 어깨에 내려앉은 그림자에서 풍기는 소망은 그에게도 너무나 익숙한 것이었다.

싫은 것을 억지로 참아 내는 무한한 인내. 하지만 벗어나고 싶다는 간절한 탈출의 욕구.

그대로 자리를 박차고 일어나 채연을 부둥켜안고 그런 꿈도 꾸지 말라고, 평생 함께 있겠다고 맹세하지 않았냐고 윽박지르고 싶었다. 그렇지만 정말 그랬다간 아슬아슬하게 버텨 내고 있는 채연의 인내심이 끊어지고 다시 혼자 남게 될까 봐 두려워 꼼짝도 하지 못했다.

얼마나 시간이 지났는지. 긴 체념의 한숨을 베어 문 그녀가 돌아와 침상 끝에 몸을 눕힐 때에야 수면 중의 뒤척임인 척하면서 채연을 끌어안을 수 있었다.

다시 불면의 밤이 시작되었다. 채연을 안는 몸짓도 더 절박해졌다. 혹시라도 눈을 떴을 때 또 그를 피하고 선 그녀를 발견하게 될까 봐.

그리고 채연의 미소를 볼 때마다 얼마만큼의 진심이 담겨 있을까 불안했다.

순후하고 어진 이이니 모든 게 다 가장은 아닐 것이다. 그렇게 자위하면서도 지금처럼 인내심으로 단단히 무장된 거짓 미소를 볼 때마다, 용을 수놓은 환의 이불이 완성된 날 나눴던 대화 한 자락이 점점 또렷해졌다.

「서책이나 요리만큼이나 침선도 많이 즐기는 모양이구나.」

그의 치하에 그녀는 낯을 붉히며 고백했다.

「실은…… 요리도 침선도 별로 좋아하지 않사옵니다.」

「뭐? 그런데 어찌 이렇게 능숙한 것이냐?」

「제가 책을 보느라 정작 꼭 익혀야 할 침선 같은 것들을 게을리하니 어머니께서 궁여지책으로 그날그날 분량을 정해 주시고 그 일을 제대로 끝마치기 전에는 절대 서책을 잡지 못하도록 하셨답니다. 책을 읽으려면 아무리 싫어도 과제를 끝내야 하니 점점 빨라지더군요. 손이 빠르다는 칭찬을 받을 때마다 속으로 많이 부끄러웠습니다.」

좋아하는 일을 하기 위해서 싫은 일을 먼저 꾹 참고 한다.

채연에게 그의 존재는 하기 싫어도 꼭 해야만 했던 바느질과 요리와 같은 거였다. 자식을 향한 무한한 애정, 거기에 더해 그에 대한 연민이 그녀를 잡아 두고 있는 것일 뿐, 내명부의 일원으로 흠잡을 데 없는 행동거지는 엄격한 훈육을 통해 각인된 의무의 실천이지 애정과는 거리가 멀었다. 어떤 요구에도 미간 한번 찌푸리는 일 없이 고운 미소는 그가 평생을 써 온 딱딱한 가면과 같은 성분. 채연의 얼굴에서 자신을 발견하는 건 끔찍하게 싫었다.

그래서 더더욱 짐승처럼 그녀를 탐하고 갈구할 수밖에 없었다. 최소한 그에게 안겨 있는 시간만큼은 단단한 성벽이 사라지니까. 수줍어하고, 정숙하려 하면서도 능란한 그의 손길에 결국은 무너져 내렸다.

겨우 움켜쥔 불안한 행복이 당장이라도 신기루처럼 사라져 버릴 것 같은 위태위태함을 잊을 수 있는 유일한 순간. 그가 주는 쾌락에 취해 몸부림치는 보드라운 몸속에 파묻혀 있을 때는 안심이 되었다.

　지금 안아 버리면 저 가식적인 미소는 사라지겠지?

　타오르기 시작한 음흉한 화염을 눈치챘는지 귓불이 연홍으로 물드는 채연을 보며 그는 천천히 호흡을 조절했다.

　「내년 원소절엔 등에 글자를 달아 환과 함께 청등미淸㮚謎[16] 놀이를 해야겠군.」

　「내년 이맘때면 말문이나 겨우 떼고 있을 터인데 청등미는 너무 이르지 않사옵니까?」

　「그런가? 그럼 내년부턴 그대와 우열을 겨루며 연습을 해 보고, 몇 년을 더 기다려 환과 그 아우들도 함께 하면 되겠군.」

　만약 정왕이 사당에서 한 맹세를 지킨다면 환의 아우들은 채연의 태에서만 날 터. 변함없는 충후를 약속하는 암시에 궁녀들은 부러움을 감추지 못했지만 채연의 얼굴엔 그늘이 살짝 드리웠다.

　「보잘것없는 재주로 어찌 감히 전하와 우열을 겨눌 수가 있겠습니까? 받들기 어려운 성음은 거둬 주시옵소서.」

　「나야말로 경전을 손에 놓은 지 한참이라 시경의 구절도 하나 제대로 맞히기 힘들 것 같으니…… 공평하게 파자나 수수께끼로 청등미를 준비하라고 하면 되겠군.」

　파자로 서로 답하고 싶지 않은 질문을 피했던 기억. 만약 그때 순

---

16) 등마다 글자를 하나씩 매달아 놓고 그 뜻이나 문장을 맞히는 놀이.

순히 나이를 알려 줬다면 어떻게 되었을까? 부질없는 가정을 지우며 채연은 입귀를 곱게 둥글렸다.

「창피는 면해야 할 터인데 벌써부터 걱정이 되옵니다.」

「지나친 겸양이로구나.」

감당하기 힘든 대화가 무난한 곳으로 옮겨 온 것에 안도하며 채연은 일찌감치 화로에 올려놓아 끓기 시작한 물을 다관에 부었다. 세차洗茶한 첫물을 버리고 다시 우려낸 향긋한 차를 찻잔에 부었다.

「왕자는 제게 주시고 차와 함께 원소를 좀 드시지요.」

「함께 들도록 하자.」

눈치 빠른 유모가 다가와 정왕의 품에서 왕자를 받아 안아 뒤로 물러섰다. 안전한 방패막이인 환을 향해 아쉬운 눈길을 슬쩍 던진 채연은 얼른 감정을 추스르고 차를 건넸다.

「드시지요. 춘절에 내린 매화나무에 내린 눈을 녹여 끓인 아차芽茶이옵니다.」

「매설수梅雪水로 끓인 차라면 이렇게 설화雪花를 완상하면서 음미하는 게 제격이겠지.」

일어선 정왕은 한 손엔 찻잔을 들고 채장을 열어 놓은 연못 쪽 난간으로 그녀를 끌었다.

「태백은 꽃 사이에서 한 병의 술을 마셨지만[17] 난 꽃 사이에서 한 잔의 차를 마시니 내 흥취가 그보다 나은 것 같구나.」

은가루 같은 월광을 한껏 머금은 연못 위로 남쪽에선 좀처럼 보기 힘든 눈꽃들이 어우러져 풍취를 더해 운치를 자랑하건만, 그의

---

17) 花間一壺酒. 이백의 시 '月下獨酌' 中.

눈은 설경도, 달이 담긴 연못도 아닌, 옆에 선 여인에게 온전히 향해 있었다. 그가 바라보고 있는 꽃은 그녀라는 걸 웅변보다 더 강하게 알려 주는 달금한 시선. 손끝 하나 대지 않고 있건만 최면을 거는 것 같이 낮고 그윽한 음성이 대기를 채웠다.

「특히 지금 내가 벗하는 꽃을 보면 그가 저승에서도 부러워할 것 같군.」

「시선詩仙[18]은 달을 초청해 벗을 삼았는데[19] 어찌 거기에 금세 지는 꽃이 비교가 될 수 있을지요?」

저릿한 유혹의 그물에서 벗어나려는 미약한 시도에 그의 눈꼬리가 짓궂게 치켜 올라갔다. 연둣빛 차를 한 모금 입에 머금어 굴리는 것 같더니 찻잔을 난간에 내려놓은 그의 억센 팔이 채연의 허리를 끌어당겨 그에게 바짝 붙였다.

「홀로 마시기 외로우니 그런 핑계를 댄 것이지. 만약 곁에 이런 꽃이 있었다면 무엇하러 한랭한 달을 굳이 초청할까?」

숨결이 귓가를 간질이는가 싶더니 어느새 살짝 열린 입술 사이로 그의 혀가 깊숙이 파고들어 삼켰다.

채연의 맛. 언제나 그를 흥분시키고 갈급하게 하는 달콤함과 어우러진 톡 쏘는 새콤함. 채워지지 않는 허기를 메우려는 굶주린 사람처럼 그의 입맞춤이 더 뜨겁고 격렬해졌다. 거침없는 손길이 옷깃을 벌리며 우아한 목선과 풍염한 가슴골 사이로 스며들었다.

환하게 노출된 공간. 정원 곳곳에 숨은 호위들은 물론이고 등 뒤에는 환관과 궁인들이 지켜보고 있었다. 주변의 이목을 전혀 의식

---

18) 후대 사람들이 이백을 칭하는 별칭.
19) 擧杯邀明月. 이백의 시 '月下獨酌' 中.

치 않는 노골적인 애정 행각은 채연에겐 여전히 부끄럽고 민망했다. 두 팔에 힘을 주어 그를 밀어내려고 시도했다.

「전하, 여긴 보는 눈이…… 하앗!」

그러나 그는 옷자락을 더 열어 환하게 드러난 정점을 빨아들이는 걸로 대답을 대신했다.

「잊었느냐, 군왕은 무치라는 걸?」

더욱더 농밀하게 감아드는 혀 놀림과 능수능란한 애무에 저항이 힘을 잃었다. 새하얀 볼에 피어오른 홍조가 짙어져 가슴까지 물들이더니 항복의 나직한 신음이 흘러나왔다. 여체에서 가녀린 떨림이 느껴지자 만족감이 더욱 짙어졌다. 이렇게 그의 열정에 공명하며 채연이 정신없이 흔들릴 때면 행복했다. 무력하게 무너지는 그녀를 볼 때면 안도감과 쾌감이 그를 더 짜릿하게 했다. 좀 더 밀어붙여 볼까? 잠시 잠깐 유혹이 강렬했지만 그는 인내심을 돋웠다.

함부로 대할 여인이 아니다. 내 유일한 반려다.

자제심을 긁어모으며 그는 난간에 내려 둔 찻잔을 들어 올렸다.

「꽃의 맛이 가장 향기롭고 좋긴 하지만 지금은 차를 더 마셔야겠다.」

차분한 모습에 슬쩍 약이 올랐지만 그래도 이쯤에서 풀어 준 것이 감지덕지였다. 확확 타오르는 피부를 찬바람이 식혀 주길 바라며 채연은 흐트러진 옷차림을 가다듬었다. 헝클어져 흘러내린 머리카락도 손으로 쓸어 올리며 재빠르게 탁자로 돌아갔다.

「차가 식었으니 다시 따르겠사옵니다.」

다시 높이 쌓인 성벽을 보는 마음이 쓰라렸다. 그래도 시간은 그의 편. 이것만으로도 감지덕지라고 스스로를 달래는데, 그가 채연을 놓아주길 기다린 것처럼 누각 아래에서 잔뜩 긴장한 목소리가 더듬더듬 들려왔다.

「전하, 황궁에서 오신, 미, 밀…… 사가 긴히 뵙기를 청하시옵니다.」

밀사라는 단어가 화기애애하던 누각의 분위기를 얼렸다. 조만간 황궁에서 누군가 올 거라는 건 예측하고 있었지만 이건 너무도 빨랐다. 혹시 진왕의 비보라도 전해진 게 아닌가 하는 데 생각이 미치자 맥박이 속도를 더했다.

채연과 아들과 함께하는 뜻 깊은 행사가 망쳐진 게 안타까웠지만 앞으로도 수많은 날들이 있을 거라고 믿기에, 그는 아쉬움을 곧바로 접었다.

「매설수로 끓인 차는 아무도 방해하지 않을 때 마시도록 하지.」

그가 기대하는 것은 차가 아니라 다른 것이라는 노골적인 암시. 미련을 버리지 못한 손길로 마지막으로 그녀의 흘러내린 귀밑머리를 쓸었다. 한공寒空을 채우는 차와 채연의 향기를 뒤로 한 채 월우루를 떠났다.

객당에서 밀사를 마주한 순간 좀처럼 동요하지 않는 정왕의 눈에 당혹감이 스쳤다.

「오랜만에 뵙습니다. 항숙.」

삼법사의 지휘사나 어전태감 정도는 예상했다. 하지만 그 이상의 존재. 속내엔 온갖 의문과 경계심으로 소용돌이쳤지만 정왕은 나무랄 데 없이 정중하게 태손에게 인사를 올렸다.

「황궁에서 오늘 원소절 행사가 있을 텐데 어찌 이런 누추한 번저에까지 직접 오셨는지요?」

「황숙께서 오시지 않으니 제가 올 수밖에요.」

「하하. 잊으셨습니까? 황상께서 황궁에 출입 금지령을 내리셨잖습니까. 부황의 엄명을 따라야 하는 처지라 부득이하게 신년 인사도 못 드린 것은 너그러이 양해를 해 주십시오.」

유들유들한 너스레에도 딱딱하게 굳은 윤문의 입매는 풀리지 않았다. 오히려 더 단단한 일자로 다물어지고 마주 보는 눈은 찌를 듯이 날카로웠다. 어지간한 이는 기가 질릴 정도로 냉랭한 태도였지만 정왕의 입술에 덧그려진 미소는 전혀 흐려지지도 일그러지지도 않았다.

「전하, 앉으시지요. 그리 계속 서 계시니 심히 불편합니다.」

잠시 망설이는 듯싶더니 윤문은 의자에 앉았다. 때맞춰 태감이 직접 향긋한 찻상을 갖고 들어왔다. 황궁에서 나온 밀사가 누구인지 이미 알고 있는 듯 그는 감히 고개도 들지 못하며 차를 올려놓고는 뒷걸음질로 나갔다.

「익실까지 비우고 한 장 밖으로 물러나라.」

「존명.」

사위가 조용해지자 정왕은 먼저 자신이 마셔 독이 없음을 확인해 준 뒤 그 잔에 다시 차를 따라 태손에게 내밀었다.

「드시지요. 춘절에 내린 눈을 녹여 끓인 차입니다. 춘절의 눈은 용왕의 입김이라고 하니 태손께 가장 어울리지 싶군요.」

차를 즐기는 태손인지라 사양 않고 차향을 음미하면서 찻물을 머금어 넘겼다.

「매화의 향기가 감도는…… 잘 끓인 아차로군요.」

「역시 태손의 미각은 탁월하십니다. 매화 가지에 내린 눈을 모아 녹인 매설수이지요.」

「황숙께서 번저에서 즐기시는 풍류가 황궁보다 오히려 나은 듯싶습니다.」

「그럴 리가요.」

심중으론 잔뜩 경계를 하며 상대의 의중을 떠보기 위한 수만 가지 계산이 오가고 있지만 분위기는 화기애애했다. 일상적인 방문인 것처럼 차 맛을 품평하며 하릴없는 잡담을 나누는가 싶었지만 차호가 비자 대화는 곧 끊겼다. 잠시 침묵을 지키던 윤문이 먼저 입을 열었다.

「3황숙의 환후 소식은 들으셨지요?」

잠시 잠깐 부정하고 놀란 척을 할까 했지만 부질없이 싶었다. 삼법사를 떠났다고는 하지만 그와 연결된 끈들이 완전히 끊어지지 않았다는 건 황제도 태손도 짐작하고 있을 거였다. 속 보이는 기만으로 공연히 의심을 살 이유는 없었다.

「위중하다고 들었습니다.」

「길어야 두어 달 남짓일 거라고 하더군요.」

태손과 마주한 시간 동안 처음으로 그의 미소가 사라졌다. 알아채기 힘들 정도로 가늘지만 흘러나온 것은 분명 암탄暗嘆. 윤문의 눈초리에 날이 섰다.

「그 탄식의 의미를 제가 여쭤도 되겠습니까?」

「형제의 비보를 들었는데 혈육으로 어찌 한탄이 나오지 않겠습니까?」

「진정 그런 의미밖에 없으십니까?」

다른 때라면 상대가 자신의 마각을 드러낼 때까지 그 유도심문을 요리조리 피하며 진을 빼 줬을 테지만 지금은 그게 별로 내키지 않았다.

「전하께선 제게 무엇을 하문하고 싶으신 건지요?」

「제가 여쭌다면 진솔한 답을 주시렵니까?」

「당연히 그래야지요.」

그렇지 않다는 건 피차 아는 처지. 빤한 사실을 놓고 모르는 척 기만하는 건 둘 다에게 너무도 익숙한 행동이었다. 그런데 처음으로 태손이 그의 허를 찔렀다.

「황숙을 찾아온 밀사 중 제가 몇 번째입니까?」

빙빙 돌려 서로의 약점을 찔러 보고 반응을 통해 진실을 유추해 내는 우아한 가면극이 아니라 정공. 빤히 응시하는 윤문을 마주하는 그의 눈에 유쾌한 빛이 스쳤다.

네가 이리 나온다면 나도 조금은 진실의 자락을 펼쳐 주는 게 공정하겠지.

「진솔하게 고하자면, 처음은 아닙니다.」

이 정도의 정직함은 예상하지 않았는지 태손이 움찔 놀랐다.

「하지만 직접 찾아오신 건 전하가 처음이십니다.」

「그것이 황숙께 의미가 있는 건가요?」

「그 의미는 제가 정하거나 만드는 것이 아닙니다.」

선문답과 같은 대꾸에 잠깐 멈칫하는 것 같더니 태손의 얼굴이 차디찬 냉소로 덮였다.

「제가 만들어야 한다는 거로군요.」

천천히 고개를 끄덕이며 태손이 자리에서 일어섰다.

「잘 알겠습니다.」

「벌써 일어나십니까? 어려운 걸음을 하셨는데 차라도 좀 더 드시고 가시지요.」

「아닙니다. 제가 알아야 할 것은 다 알았으니 황숙의 시간을 더 뺏어서는 안 되지요.」

「무엇을 말씀이십니까?」

「황숙께서 아직 어떤 선택도 하지 않으셨다는 것을요. 그것이면 충분합니다.」

제법이로군. 아까 운문에게 허를 찔렸을 때의 유쾌함이 더욱 짙어졌다.

「정말 그것이면 충분하십니까?」

「예. 황숙께 제가 어떤 의미를 만들어 드려야 할지만 정하면 되니 문제가 한결 간단해졌습니다. 이제는 그것에 대해 고민을 해 보려고 합니다. 연통도 없이 불쑥 찾아와 폐를 끼친 것은 사죄드립니다.」

「태손의 방문은 더할 나위 없는 영광인데, 폐라니요. 그리고 부족한 숙부를 이리 높이 평가해 주시니 몸 둘 바를 모르겠습니다.」

쇠로 된 검만큼이나 설검(舌劍)도 참으로 능란하게 휘두르시는군요. 계교와 술수만큼이나 언변도 타고 나셨습니다. 차마 내뱉지는 못하는 무언의 비판과 찬탄 섞인 눈초리로 정왕을 짧게 일별하며 운문이 가볍게 목례를 했다.

「다음번에는 황궁에서 뵈었으면 합니다.」

여러 뜻이 담긴 인사말이었다. 이번에도 정왕은 그 중의적인 울림을 깨끗하게 무시했다.

　「덕담, 감사합니다. 조심해 돌아가십시오.」

　정왕의 배웅을 받으며 호위들과 함께 말에 오르는 순간, 가까스로 유지되던 태손의 얼음 가면이 산산이 흩어졌다.

　다 버리고 잊었다고 믿었는데.

　오늘 채연을 볼 거라고는 꿈에서도 생각하지 않았다. 어쩌면 무의식에서는 기대했을지 몰라도 드높은 자존심은 그를 배신하고 숙부를 택한 여인을 아직도 그리워한다는 사실을 인정할 수 없었다. 아예 그녀가 존재하지 않았던 것처럼 잊고 싹싹 지우려고 하면서 살아왔고 성공한 줄 알았다. 그것이 자신의 착각이고 아집이었다는 걸 정왕의 품에 안긴 채연을 보는 순간 처절하게 깨달았다.

　황궁에서 온 밀사라는 소리에 환관은 지체 없이 그를 월우루로 모셨기에, 보지 않았더라면 더 좋았을 장면의 목격자가 되어야만 했다.

　희미해진 추억 속에 그의 부모와 자신이 함께했던 그리운 광경. 그가 꿈꿨던 아름다운 그림 속에 채연이 그가 아닌 다른 사내와 함께 있었다. 바로 그에게 저렇게 안기고, 그를 다정하게 바라보면서, 그와 함께했어야 할 여인. 숙부의 파렴치하고 민망한 행각을 기꺼이 받아들이는 채연을 더 이상 지켜볼 수 없었다. 조금만 더 있다간 위신도 잊고 난입해 당장 둘을 떼어 놓을 것 같아 서둘러 자리를 떠났었다.

　어두운 객당에 홀로 앉아 수도 없이 되뇌던 주문을 윤문은 자신에게 다시 새겼다.

숙부의 여인이다. 정비로 맞으려는 뜻을 천명해 목전에 닿은 삼법사 복귀를 무한정 늦추게 만든 총희. 더구나 숙부는 황제로의 길을 지지하고 지탱해 줄 가장 큰 기둥 중 하나였다. 만약 다른 자의 휘하에 들어가면 곧바로 그를 찌를 가장 치명적인 무기. 여인에게 눈멀어 대세를 그르쳐서는 안 된다.

이성이 그를 진정시키고 냉철한 판단을 할 수 있게 바로잡아 줬다. 하지만 이성에 눌려 꼼짝도 못 하던 감정이 모처럼 기지개를 켜며 조그만 소리로 속살거렸다.

황제가 된 다음에는?

아주 작은 속삭임이지만 지워 내기 힘든 유혹. 차갑고 투명한 그의 이지에 검은 그늘이 이렇게 하나 드리워졌다.

그해 묘월卯月. 음력 2월, 홍무제 주원장의 3남 진왕 강이 마침내 승하한다.

일흔이 넘은 노인에게 감당하기 힘든 비극이었지만 이번에도 주원장은 참척을 겪는 아비가 아니라 황제이길 선택했다. 그는 아들의 죽음에 마땅히 책임을 져야 할 어의들을 모두 용서해 그 지위를 그대로 유지하도록 하고 장례는 최소한으로 간소하게 치르도록 명했다. 그렇게 어수선한 틈을 타 혹시라도 부화뇌동할지 모를 중신과 황친들을 단속했다.

국상을 위해 황제가 파견한 조문 일행이 신왕의 영지인 태원으로 떠난 다음 날 정왕의 번저에 요란한 방문객이 찾아왔다. 그동안 야밤을 틈타 몰래 은밀한 봉서를 품고 스며들어 온 밀사들과 달리 벌건 대낮에 정문을 당당히 두드린 황제의 칙사는 정왕에게 속히 입궐하라는 명을 전했다.

「강녕하신 부황을 다시 뵈오니 소자의 마음이 기쁘옵니다.」

「흥. 번저에서 빈둥거려도 입에 발라 놓은 꿀은 멀쩡하구나.」

주름진 용안 가득 핀 검버섯이 저렇게 많았던가? 가시 같은 비난을 가득 담았음에도 카랑카랑한 목청의 힘은 확연히 빠져 있었다. 분명 황제의 기력도 기세도 예전 같지 않았다. 하지만 주씨 천하에 대한 집착은 노쇠와 비통함도 거의 영향을 끼치지 못한 듯했다.

「반년 가까이 잘 놀았으니 달콤한 꽃놀이는 이제 충분하겠지?」

명백한 시비조. 작년 정왕저에서 있었던 일을 모를 리 없는 황제가 그에게 던진 낚시였다. 그러나 황제의 곁에서 수족으로 산 지난 세월은 거저 보낸 것이 아니었다.

부황은 내가 원하는 것을 줄 의사가 전혀 없다. 채연의 지위는 후궁의 가장 위인 빈 정도로, 대신 환의 세자 자리를 보장해 주는 선에서 마무리를 지으려고 한다. 주지 않으려는 것을 얻으려면 나 말고는 절대 줄 수 없는 것을 제공해야 피차 공평한 법.

고개를 조아리며 희미한 미소로 대답을 대신했다.

덫을 유유히 피해 가는 아들에 대한 불만을 감추지 않으면서 황제는 예상했던 명을 내렸다.

「오늘부로 삼법사로 복귀하라. 그리고……」

선심을 쓴다는 투로 툭 몇 마디를 보탰다.

「미처 정리되지 못한 왕부의 소사小事는 조만간 의논을 해 보도록 하자.」

「성심을 다해 부황의 명을 받들겠사옵니다.」

영악한 놈. 아들에 대한 가벼운 찬탄과 노화를 동시에 느끼면서 황제는 심술을 피웠다.

　「삼법사의 일을 빨리 파악하는 게 급선무일 것이다. 수장대리가 하느라고 했지만 네가 오래 챙기던 일이라 그런지 별반 미덥지가 않았다. 그동안 조원일이 관장했던 업무를 자세히 살펴보고 늦어도 내일 술시까지 급히 처결해야 할 선후를 정리해 짐에게 가지고 오라.」

　몇 달간 그와 전혀 상관없이 진행된 대소사를 파악하는 데만 해도 밤낮없이 매달려 며칠은 족히 걸릴 터인데 선후까지 정해서 보고를 하라니. 지켜보고 있는 환관들이 남몰래 고개를 저었다. 그렇지만 부황의 꼬인 성정과 괴팍한 생트집에 익숙해 있는 그는 태연했다.

　「소자, 지금 삼법사로 물러가 지엄하신 명을 받들겠사옵니다.」

　정왕이 삼법사로 돌아오자 능력 밖의 짐에 허덕이던 수장 대리는 아주 기쁘게 강등을 받아들여 자신의 본디 자리로 내려앉았다. 파직될 때와 달리 복귀는 요란한 교지 같은 것도 없이 조용했다. 그렇지만 정왕의 복귀 소식은 파직 때보다도 더 빨리 황궁 담장을 넘어온 황도로, 그리고 각지에 흩어진 왕부로 날아갔다.

　정왕을 다시 등용한 것은 한동안 느슨하게 늦췄던 사정의 고삐를 사정없이 죄겠다는 의도. 뇌동하는 중신과 황진들에 대한 엄중한 경고이자 협박이었다. 혹시라도 자신들이 뭔가 빌미를 잡힐 짓을 한 게 없는지 전전긍긍하며 황제의 의도대로 모두들 납작 엎드렸다. 대신 모든 더듬이를 삼법사와 정왕에게로 세우고 일거수일투족을 살폈다.

이목이 자신에게 집중된 것을 알련만 정왕은 딱히 경계를 강화하지도 않았다. 이전과 달라진 것은 단 하나. 아무리 늦어도, 때로는 새벽녘이 다 되어서도 꼬박꼬박 번저로 돌아간다는 것뿐이었다.

삼법사의 업무로 인한 외유를 제외하고는 황궁에 머물며 황제의 곁을 지키던 그의 달라진 행보에 정적들은 머리를 싸매며 고민하기 시작했다.

황제의 노여움을 사면서까지 요란하게 들어앉힌 잉첩. 더구나 정비로 맞겠다는 뜻까지 천명했다고 할 정도니 아직 식지 않은 열정 때문이라고 판단해도 타당하긴 했다. 하지만 상대는 정왕이었다. 심계 깊고 음험하기로 따지자면 황제에게 결코 뒤지지 않는 부전자전父傳子傳을 넘어 청출어람靑出於藍. 자식조차 장기판의 졸로 취급하는 황제의 지근에서 수족으로 살아온 인물이 저렇게 길게 이성을 잃고 있다고 믿기는 어려웠다. 애욕에 불타는 모습으로 경계를 풀게 한 뒤 뒤통수를 치려는 계략이 아닐까 하는 염려가 드는 것은 당연지사였다.

정왕을 좀 더 잘 안다고 믿는, 임안공주나 연왕 같은 사람들은 둘 다 포함이 됐을 거라고 짐작했다. 아끼는 총희도 가까이하고, 그 핑계로 간자들이 침투하기 어려운 번저에서 반대자들을 제거할 계략을 꾸미고 있다고.

그들이 알았다면 모두 뒤로 나자빠졌겠지만 진실은 아무도 믿지 않는 곳에 있었다.

채연과 함께하고 싶다, 세상에서 유일하게 그에게 빚을 지우려 들지 않고, 존재하는 것만으로도 위로가 되는 여인의 곁에서 숨을 쉬고 싶다는 단 하나의 이유.

육욕만은 아니었다. 황제의 심통이 없었다 해도 삼법사의 정무 자체가 엄청난 격무였다. 그나마 이른 편인 해시에 퇴궐하는 것은 가물에 콩 나듯. 자시나 축시가 다반사였다. 아무리 정력 넘치는 한창때의 사내라고 해도 매일 밤 애욕을 불태우는 건 무리였다. 그대로 쓰러져 잠시간 눈을 붙이고 나가는 것이 고작. 황궁에 있는 침소에서 지내는 것이 나음에도 꿋꿋이 번저로 돌아왔다.

지쳐 돌아온 그의 의대를 풀어 주고, 제대로 씻지도 못하고 누우면 얼굴과 손발을 따뜻한 물에 적신 면포로 닦아 주는 보드라운 손길이 그에겐 너무도 소중했다. 의무감에 묶인 거짓된 배려라고 해도 상관없었다.

연일 강행군에 꺼칠해진 모습을 보다 못해 채연도 황궁에 머물 것을 조심스럽게 권유했지만 그의 대꾸는 명쾌했다.

「네가 옆에 없으면 잠이 오지 않는다.」

아닌 척해도 이른 봄 살얼음판 위에 선 듯 조심스러운 관계. 자신의 일거수일투족이 그에게 위로가 되고 상처가 된다는 것을 알고 있었다. 아무리 좋은 뜻이라고 해도 더 이상의 권유는 거부로 들릴 거였다. 일부러 그를 할퀴고 싶지 않았기에 채연도 포기했다.

덕분에 정왕의 정적들은 더욱 더 고민을 하고, 황제는 점점 더 암상을 부리는 가운데 계절은 봄에서 여름으로 바뀌었다.

무더위가 한창이던 윤5월, 영원히 살 것처럼 보이던 절의 황제 홍무제가 서궁에서 급작스럽게 쓰러졌다. 자식들을 여럿 앞세우면서도 단 한 번도 약한 모습을 보인 적이 없던 황제이기에 급환의 충격은 엄청났다.

젊을 때부터 전장을 누비고, 황제가 되어서도 절제하는 생활을 해 온 터라 강건하긴 했지만 그런 사람일수록 한번 무너지면 다시 회복되기 힘든 법. 오랫동안 황제의 건강을 살펴온 어의 대사공의 낯에 드리운 암운을 보며 모두 천하의 주인이 바뀔 때가 되었음을 직감했다.

그러나 그 예측을 비웃기라도 하듯 계미일癸未日에 병세가 급작스럽게 호전되었다. 혼란을 원치 않는 이들은 안도의 한숨을 내쉬었다. 중신들이며 환관들은 쾌차하시어 곧 환궁할 수 있을 거라고 입을 모았지만 그건 공허한 위로일 뿐, 황제는 마지막이라는 걸 직감했다. 지금 이 회복은 촛불이 꺼지기 직전 마지막으로 환해지는 찰나. 다시 정신이 흐려지기 전에 못다 한 일을 마무리 지어야 했다.

「유고를 내릴 테니 중신들은 모두 입시하고 황태손과 정왕을 부르라.」

언제 숨을 거둘지 모르는 상태. 유훈도 없이 황제가 세상을 떠났을 때 닥쳐올 혼란이 두려운 그들은 약한 소리는 마시라는 입에 발린 시늉도 하지 못했다. 대기하고 있던 공신들과 태손, 그리고 황자 중 유일하게 정왕이 황제의 어상 옆에 시립했다.

바닥에 엎드려 눈물을 글썽이는 대신들을 죽 훑어보는 주원장의 입귀에 비웃음이 물렸다.

지금 나를 데려가려고 기다리고 있는 원혼들이 너희를 보며 무슨 생각을 할까? 그래. 억울할 것이다. 나와 생사고락을 함께 해 대업을 이룬 것은 그들인데 정작 남긴 과실은 네놈들이 배가 터지도록 맛보고 있으니. 하지만 후회하지 않는다. 회한에 젖기엔 내 인생은 너무도 치열했고 내가 지켜야 할 것은 아직 태산 같으니까.

日月⊤

태손과 연왕을 비롯한 황자들을 놓고 저울질을 하고 있는 저들의 헛된 욕심을 모조리 분쇄해야 한다는 의지가 그에게 마지막 힘을 더해 줬다. 그는 대신들이 아니라 태손에게, 그리고 정왕에게 들려주기 위해 제국의 주인이 되기까지 자신의 고난을 또박또박 토로했다.

「천명을 받아 북적을 몰아내고 황위에 오른 지 서른한 해. 짐은 출신이 한미하고 넓은 지식이 없어 선을 좇고 악을 미워하는 것을 제대로 하지 못했다. 하지만 천하를 태평하게 하며 백성들을 위해야 한다는 근심 걱정으로 하루도 게으름을 피우지 않고 부지런히 일했다.」

금기시되던 비천한 출생을 직접 입에 담자 기겁을 하는지 엎드린 자들의 몸에 떨림이 지나갔다. 늙은 황제가 실은 멀쩡하게 회복되어 놓고는 그들을 시험하기 위해 죽어 가는 척을 하는 게 아닐까? 이렇게 순순히 죽음을 받아들이며 유훈을 들은 것 때문에 트집을 잡혀 목이 달아나는 게 아닐까? 대신들의 두려움이 모락모락 피어나는 걸 구경하는 늙은 황제의 비소가 더욱 짙어졌다. 회고는 잠시였다. 지금 자리에 없는 중신들과 저 멀리서 소식을 기다리고 있을 아들들에게 향하는 무시무시한 경고를 철퇴처럼 내리쳤다.

「황태손은 어질고 명철하며 효성스럽고 우애가 깊으니 마땅히 제위에 오를 만하다. 온 천하와 문무백관들은 모두 한마음으로 태손을 따르고 정사를 보필해 백성을 편안하게 하라. 영감록永鑑錄과 황명조훈皇明祖訓을 고치려는 자는 악적이고 간신이니 설령 황친이라고 해도 때려죽여도 무방하다.」

태손이 황위를 물려받는다는 확실한 선언에 연왕을 은근히 지지

했던 중신들의 얼굴이 미미하게 굳어진 반면 태손을 지지하던 일파들은 일제히 희색이 감돌았다.

「짐이 붕어한 뒤 장례는 한 문제文帝의 예를 따라 금과 옥은 일절 쓰지 말라. 장지는 짐이 정해 놓은 효릉으로 하되 산천의 모양을 바꾸거나 훼손하지 말고 그대로 유지하라. 번왕들은 각자의 봉지를 굳건히 지키는 임무를 수행하며 통곡하고 장례식에는 일절 참석하지 않도록 하라. 곡도 사흘로 그치고 국상을 이유로 백성들의 혼례를 막지 마라.」

그답지 않게 더없이 자애로운 배려로 끝을 맺는가 싶더니 황제는 청천벽력을 터뜨렸다.

「이제 겨우 세 살인 보경공주가 천애고아가 되는 것은 너무 가련하니 장 미인은 공주를 키우도록 하고 나머지 비빈들은 모두 짐을 따르게 하라.」

침전에 엎드린 모든 사람들이 일순 숨을 멈췄다.

지금 죽음을 선고받은 비빈 중엔 이 자리에 있는 신료들의 누이나 딸도 있었다. 하지만 누구도 감히 구명을 위해 나설 수 없었다. 후궁 모두를 순장하겠다는 건 태손의 치세에 아주 작은 걸림돌도 남겨 놓지 않겠다는 강력한 의지의 표명. 여기에 한 마디라도 토를 달았다간 그의 목이 먼저 달아날 거였다. 속으로 피눈물을 흘리면서도 황제의 뜻을 받들겠다고 앵무새처럼 외쳐야 했다.

황제는 그렇게, 위협이 되지 않는 힘없는 백성들에겐 더없이 자비롭고, 가까이 그를 모신 이들에게는 한없이 냉혹한 유조를 마무리했다.

「태손만 남고 모두 물러가라.」

멀찌감치 엎드리고 있는 중신들은 눈치채지 못했지만 침상 바로 곁에 선 태감과 어의는 황제의 호흡과 기력이 눈에 띄게 약해지는 걸 감지했다. 황제는 서둘러 다가서 맥을 짚으려는 어의와 태감도 물리쳤다.

태손과 둘만이 남자 비로소 황제는 지친 얼굴로 한탄을 중얼거렸다.

「두 해 정도만 더 다지면 아무 염려 없이 떠날 수 있는데…… 하늘이 그것까진 허락하지 않는구나.」

「소손이 불민하여 황상의 심기를 무겁게 하는 것 같아 송구하옵니다.」

「불민? 과한 겸손이다. 넌 기대 이상으로 잘 성장해 주었다. 하지만 넌 네 아비를 너무도 빼닮았다.」

상찬이되 아쉬움이 가득한 칭찬. 의문황태자에 대한 비난일 수도 있는 소리기에 윤문은 가만히 입을 닫았다. 주원장도 맞장구나 대꾸를 원한 것이 아니었기에 하려던 당부를 이었다.

「네 아비는 자애로운 황제가 되고 싶어 했다. 그래서 짐은 네 아비를 위해 가시를 다 없애 주려고 했다. 그게 겨우 마무리됐을 즈음에 네 아비가 죽었지. 너를 위해 다시 가시를 빼내려 했지만…… 짐도 아비다 보니 정작 가장 큰 가시는 차마 이 손으로 제거할 수 없었다.」

태손에게 가장 큰 걸림돌이 될 아들들. 자식을 여럿 잃었지만 제국을 물려받을 맏아들이 죽었을 때를 제외하고는 비통함도 보이지 않았다. 자신보다 앞서 세상을 뜨는 불효를 저지른 아들들의 불민함을 꼬치꼬치 따지면서 시책문까지 썼지만 실은 아팠다. 그래도 그가 가장 사랑하는 제국에 조그만 상처를 내는 것도 용납할 수 없기에 견뎌 낼 수 있었다.

「짐은 난세를 평정하고 보위에 올랐기에 두려움으로 다스렸다. 하지만 너의 치세는 좀 달라도 되겠지. 너는 네 아비가 꿈꿨던 것처럼 덕으로 다스리는 성군이 되어라. 하지만 덕으로 다스릴 수 없는 자들을 후려칠 수 있는 회초리는 절대 놓아서는 안 된다. 네가 성군으로 존경받고 사랑받는 존재가 되기 위해서는 천하가 미워하고 두려워할 존재가 필요하다. 그것을 정왕이 해 줄 것이다. 그는 대명大明과 함께 네게 주는 짐의 가장 중요한 유산이다.」

「17황숙이요?」

「그래. 황제가 아무리 능력이 뛰어나도 모든 것을 다 통제할 순 없다. 궂은일을 해 줄 참모가 받쳐 줄 때 치세가 이뤄지는 것이다. 대의명분이며 실속 없는 명예를 추종하는 자들에게 정왕이 걷는 길은 사도邪道지. 하지만 승패를 바꾸는 힘은 군사가 아니라 정보다. 정왕은 실속 없는 화려함이 아니라 그 더럽고 표 나지 않는 일을 할 줄 아는 자이다.」

긴 장광설이 힘에 겨운 듯 황제는 호흡을 한참 가다듬었다.

「그걸 위해 때론 상대의 약점을 집요하게 파헤치고 이용하는 비열한 짓도 마다하지 않지. 그들의 숨통을 죌 수 있는 모든 치부가 정왕의 손에 있고 필요하다면 그것을 풀어 그들을 파멸시킬 수 있다는 걸 알기에 중신들과 네 숙부들은 그를 경원시하고 미워한다. 짐이 그렇게 만들었지. 때문에 그가 기댈 곳은 황제밖에는 없다. 그리고 이제 그 황제는 네가 된다.」

「천하의 제일 윗자리에 있는 자는 모두를 내려다보고 우러름을 받되, 아무도 믿어서는 안 된다고 가르침을 주신 분이 황상께서 어찌 17황숙은 신뢰하라고 하십니까?」

웃음인지 기침인지 분간하기 힘든 낮은 쿨룩거림이 고요한 방을 채우다 멈췄다.

「그래. 옳은 소리다. 입안의 혀도 내 이에 물리는데 누구도 완전히 신뢰해서는 아니 되지. 하지만 태손, 목숨을 걸고라도 절실하게 지키고 싶은 것이 있는 자는 절대 그걸 위험하게 만들 모험을 하지 않는다. 네 다른 숙부들과 달리 정왕에게는 그런 존재가 있지.」

윤문의 눈이 차갑게 가라앉았다. 잘 갈무리했지만 결코 사라지지는 않은 짙은 앙금. 마지막 생명의 기운을 불태우는 가물가물한 상태에서도 황제는 그걸 놓치지 않았다.

「애야, 넌 그 공녀 덕분에 넌 가장 날카롭고 고약할 수 있었던 커다란 가시를 도리어 네 손에 쥐고 다른 자들에게 휘두를 수 있게 된 거란다.」

황제는 거친 다시 기침을 쏟아 냈다. 겨우 기침은 멈췄지만 기력이 쏙 빠져나갔는지 입을 뗄 기운도 없었다. 이대로 눈을 감고 쉬고 싶었지만 아직은 할 당부가 남았다는 의지가 흐려지려는 그의 정신을 깨웠다.

「그는 황제는 될 수 없지만 황제를 지키고 또 만들 수 있는 자다. 욕심이 많은 자는 쉽게 다룰 수 있지만 정왕처럼 세상에 걸리는 것도 미련을 둔 것도 없는 자가 가장 위험한 법이지. 그래서 짐이 떠나기 전에 그에게 줬던 힘을 다 거두려고 했었다. 그런데 그에게 지키고 싶은 존재가 생겼다. 그 여인과 아들의 무사 안위를 위해서라면 정왕은 형제를 해치는 패역을 저질러서라도 네 보위를 지켜 줄 것이다. 명심해라. 너는 천하의 주인이다. 그 하잘것없는 여인에게 미련을 두지 마라.」

「명심하겠습니다.」

순순히 수긍은 하나 왠지 모를 찜찜함에 황제는 잠시 망설이다 마지막 충고를 보탰다.

「넌 명분과 대의를 중히 여기란 가르침을 받으며 자라 왔고 그런 황제가 될 수 있을 것이다. 하지만 그걸 버려야 할 때는 미련을 두지 말고 철저하게 버려라. 자비는 너를 위협하지 않을 자에게만 베푸는 법! 무슨 일이 있어도 그가 연왕과 손을 잡도록 해서는 안 된다.」

아들들의 죽음을 선고하는 황제의 표정에는 아무런 흔들림이 없었다. 태손에게만 내리는 유조를 마친 황제는 정왕을 불러들였다.

무표정한 얼굴로 다가와 몸을 숙인 아들을 향해 그는 다짜고짜 선언했다.

「그 공녀를 왕비로 책봉해 주겠다.」

마지막 순간까지도 아비가 아니라 황제인 주원장을 바라보는 정왕의 가슴에 서걱하니 얼음바람이 불었다. 이 부름을 받았을 때 그를 내치거나, 아니면 윤문을 위해 지금과 같은 일을 하라고 요구하거나 둘 중 하나일 거라고 예상했다. 그럼에도 아주 잠깐이지만 아비로서 마지막 석별을 나누려는 것이 아닐까 일말의 기대를 버리지 못했다.

예측을 벗어나지 않은 부황의 행보가 아직도 그에게 상처를 줄 수 있다는 건 뜻밖. 미처 감추지 못한 아픔을 드러낸 황량한 눈동자가 죽음을 목전에 둔 노인에게 꽂혔다.

日月

「부황의 하해와 같은 은혜에 보답하기 위해 소자는 무엇을 해 드려야 하옵니까?」

으르렁거림에 가까운, 차라리 노여워하며 내침을 받기를 기대하는 그 무엄한 태도에도 황제는 동요하지 않았다. 이미 삶의 끝에 서 있음에도 여전히 교활하고 빈틈없는 안광을 내뿜으며, 맡겨 놓은 빚을 챙겨 가듯이 당당하게 요구했다.

「네 목숨을 걸고 윤문을 지키겠다고 맹세하라. 황위에 오른 태손을 위협하는 존재는 누구도 용서치 않겠다고.」

친자식을 천하가 다 손가락질하는 살인귀로 만든 것으로 모자라 이제 손자를 위해서 그 악행을 계속하라 시키는 것에 대해 단 한순간이라도 망설임이나 가책을 느낀 적은 없으십니까? 영원히 할 수 없는 질문을 던지고 싶다는 충동이 저항하기 힘들 정도로 커다란 울림이 되어 그를 덮쳤다. 그렇지만 절대 손에 혈육의 피를 묻히지 말라던 간청이 그의 곁을 스쳐 가면서 격렬한 충동이 부스스 스러졌다.

지켜 줘야 한다. 어차피 천만 겁 넘게 쌓아 온 죄. 조금 더 보탠다고 지옥에 떨어질 운명이 면해지는 것도 아니니. 채연과 아들을 위해서라면 그보다 더한 악업도 얼마든지 짊어질 수 있었다.

그러지요. 거래는 명확하게 해야겠지요. 제가 필요로 하는 걸 주신다면, 당신에게 철저하게 도구였던 것처럼 이제 남은 삶은 조카를 위해 피를 뒤집어쓰겠습니다.

완전히 지워지지 않는 울분을 누르며 그는 몸을 숙였다.

「그가 소자를 버리지 않는 한, 제 신명을 다해 태손을 지키겠습니다.」

더 이상 한 공간에서 공기를 나눠 마시는 것도 싫었다. 여기서 부황이 몇 마디를 더 보태면 정말 패륜을 저지를 것 같다는 위기감마저 엄습했다. 서둘러 몸을 돌리려는데 가느다란 음성이 이어졌다.

「헌아……」

자신의 것이되 십수 년간 한 번도 들어 보지 못한, 오로지 부황만이 부를 수 있는 이름이 고요한 침실을 가로질러 그의 발목을 잡아챘다. 반쯤 돌린 몸이 휙 황제의 침상으로 돌이켜졌다. 살아 있는 한 영원히 보지 않으려던 부황에게로 시선이 꽂혔다.

「태손을 지키고…… 그리고…… 가능하다면…… 네 형제들도 함께 지켜 다오.」

믿기지 않는다는 표정으로 자신을 응시하는 아들을 마주한 황제 역시 스스로에게 당황하고 있었다. 부지불식간의 충동이었지만 지금 담은 당부를 하지 못하면 차마 눈을 감을 수가 없으리란 걸 알기에, 그는 슬그머니 꿈틀거리는 양심을 꾹 밟으며 힘겹게 손짓을 했다. 의아함을 감추지 못하며 다가선 아들의 귓가에 황제가 속삭였다.

「짐이 죽으면 중신들은 번왕들을 숙청하려고 할 것이다. 불가피한 일이지. 하지만…… 역모를 꾀하지 않는 한 지켜 다오. 최소한 억울하게 목숨을 잃지는 않도록 해 달라는 말이다.」

띄엄띄엄. 나직하게 소곤거리는 이 한마디 한마디는 정왕에겐 충격 그 자체였다. 경악이 잦아들면서 서서히 분노가 밀려왔다.

형제들과 철천지원수로 만들어 놓고 이제 새삼 그들을 지키라니 이 무슨 어불성설이냐고 따지고 싶었다. 더불어 그 명을 따르겠다고 약속하면 당신은 무엇을 줄 거냐고도 묻고 싶었다. 그도 싫으면 대충 대꾸하는 척만 하고 돌아서면 되는 거였다. 그렇지만 일생 동안 꾹꾹 눌러온 울분이 자제력의 범위를 넘어 울컥 치밀어 올랐다.

「왜 하필이면 소자입니까?」

주름진 눈꺼풀이 천천히 흔들리더니 가느다란 눈이 그에게 향했다.

「저는 아무 욕심도 없었습니다. 아무도 둘러보지 않는 그 척박한 변방의 번왕으로도 얼마든지 만족하며 살 수 있었고, 태손이 즉위하면 모든 직위를 내놓고 제 왕부로 돌아가려고 했습니다. 제가 원한 건 그저……」

「그랬지……. 그래서 너를 택했다.」

흐린 눈망울에 유쾌함이 감돌았다. 죽음을 눈앞에 두고 있음에도 아들의 머리 꼭대기에 있음을 알려 주는 게 즐거운 듯, 서걱대던 음성에 갑자기 윤기마저 돌았다.

「네게 삼법사를 처음 맡겼을 때의 계획대로라면 넌 짐이 쓰러진 바로 그날로 파직되어 지금 한참 왕부로 쫓겨 가고 있을 것이다. 네 놈은 작심하면 연왕보다 더 위험한 존재니 말이다. 그놈은 천하를 가능한 온전히 차지하려고 하지만 넌 가차 없이 파괴하려고 들 테지. 넌 황제가 되긴 힘들지만 명에 치유하기 힘든 상처를 줄 수 있는 존재다.」

부황이 세상을 뜬 뒤 한 번 난장을 부려 볼까, 시퍼런 칼날을 품었던 건 사실이었기에 그는 반박하지도 빈빅 하시노 않았다.

「그걸 아시면서도 어째서 제게 이 막강한 권력을 남겨 두시는 겁니까?」

「이제는 그러지 못한다는 걸 알거든. 넌 젊은 날의 짐을 가장 많이 닮았다. 냉혹하고 비정하지. 하지만 너나 나 같은 인간은 언제나 최악의 상황을 대비하고, 일단 가진 것은 절대 놓지 않는다는 전제 아래 모험을 한다. 빤히 파멸로 이어지는 건곤일척을 택하기엔 지금의 넌 놓쳐선 안 되는 게 너무도 많지 않으냐?」

음흉한 노인네. 그래서 채연을 두고 벌인 일들을 다 묵인했던 거로구나.

허를 찔렸으나 의외로 밉지는 않았다. 아들을 속속들이 파악해 적당히 주고 뺏으면서 이용하는 것. 이것이 부황이 가진 비뚤어진 애정의 한계라는 깨달음이 치솟던 격분을 식혀 줬다. 그래도 처음이자 마지막일 진솔한 대화. 속에 담아 놓은 한마디만큼은 꼭 해 주고 싶었다.

「제게 갖고 싶거나 지키고 싶은 걸 하나도 허락지 않은 건 부황이셨습니다.」

단 한순간이라도 나를 도구가 아니라 아들로 생각한 적이 있으신가요?

단 한순간이라도 아비로서 미안해하거나 가책을 느껴 본 적이 있으신가요?

자신에게 꽂힌 그 허기진 시선이 황제의 심장을 건드렸다.

하찮은 공녀를 정왕의 정비로 책봉해 주려는 것은 윤문을 위한 대비이기도 하지만 아무것도 해 주지 않은 아들에게 마지막으로 하나쯤은, 그가 간절히 원하는 걸 이뤄 주고 싶은 아비로서 자그마한 배려라는 것을 말해 줄까?

그렇지만 최후의 순간에 찾아온 이 희미한 부정父情조차 황제는 용납할 수 없었다. 그는 아버지이기 이전에 황제였다. 아비로서는 때때로 미안하고 가여운 마음이 드는 아들이지만 그 감정은 제국의 주인이자 온 백성의 어버이에겐 사치. 이 아들은 아직 굳건하게 자리 잡지 못한 나라를 위해 필요한 존재이고, 다음 황제에게 가장 유용한 도구였다. 그의 아들 헌은 그걸 잊어선 안 되었다. 그는 삼법사의 수장이고 정왕임을 뼛속까지 새겨야 했다.

「너희 황자들은 달이고 천자는 태양이다. 절대 그 천지의 이치를 거스르지 마라. 모반은 절대 관용을 베풀지 말고 엄중하게 다스리도록 하라. 설령 그것이……」

잠시 잠깐 망설임이 있었지만 그것 역시 찰나였다. 거친 숨소리 사이로 밀어내는 내용은, 조금 전의 애틋한 당부와 달리 더없이 냉혹했다.

「네 형제라고 해도 용납해서는 안 된다.」

부황이 가장 사랑하는 자식은 바로 대명 제국이다. 자식 중 어느 누구도 부황이 이룬 제국보다 더 마음에 밟히거나 고이지는 않을 것이다. 자식들마저 내치고 지켜 주려는 저 윤문도 실은 가장 사랑하는 자식인 명을 위한 최선의 선택이라 믿기에 그리해 주는 것이지 이 넘치는 애정의 대상 자체는 아니다. 모든 것을 확인하고 나자 오히려 마음이 편해졌다.

「명심하겠사옵니다.」

새삼스레 각별한 정이 솟아날 것도 아니고 정왕은 황제가 원하는 것을, 황제는 정왕이 원하는 것을 주기로 했으니 피차 주고받을 것은 다 오갔다. 미련 없이 몸을 일으켜 하직 인사를 올리려는데 황제가 어전태감을 불러들였다.

「짐이 너와 정왕에게 일러 둘 것이 있다.」

의심 많은 노황제는 그나마 신뢰하는 둘에게 손자를 위한 마지막 당부와 안배를 남겼다. 남은 숙제를 다 마치고 눈을 감는 용안은 지치긴 했지만 어느 때보다도 평안해 보였다.

「내일 아침 일찍 예부상서에게 책비冊妃를 명하고 한씨에게 책문과 명복을 내리겠다.」

　그러나 그 약조는 끝내 지켜지지 못했다. 바로 그날 밤 다시 덮친 발작에 쓰러진 황제는 깊은 혼수상태에 빠져들었다. 모든 것을 이뤘기에 아쉬울 것 없는 그의 편안한 잠을 방해하는 것은 단 하나, 헌에게 처음이자 마지막으로 한 아비로서의 약속을 지켜야 한다는 것뿐이었다. 간절한 욕구가 몽롱한 혼수 속에서 계속 그를 괴롭히고 마지막 발걸음을 붙잡았다. 하지만 강건하고 무자비했던 그도 사신 앞에는 무너질 수밖에 없는 약한 존재. 강철 같은 의지도 늙고 병든 심신을 일으킬 수는 없었다.

　명 태조, 홍무제 주원장은 영영 눈을 뜨지 못하고 을유일乙酉日에 서궁西宮에서 붕崩한다. 유언대로 경사京師 종산鍾山 기슭의 완주봉玩珠峰에 직접 정해 놓은 효릉에 묻혔다. 가난한 평민으로 태어나 천하를 통일한 일세의 풍운아. 그의 마지막 여로엔 마흔여섯 명의 꽃다운 후궁들이 순장되어 동행하였다.

日月下

二十二

홍무 31년 중하仲夏에 천하의 주인이 바뀌고 건문제의 시대가 열렸다.

난세를 평정하고 새 황조를 개국한 황제의 국장으로는 초라할 정도로 최소한의 절차만으로 장례가 진행되는 가운데 번왕들에게 홍무제의 붕어와 왕부에서 애도하라는 유훈이 담긴 파발이 전해졌다. 이처럼 겉으로 보기엔 건문제의 즉위가 순조롭게 이어지는 것처럼 보였다. 그렇지만 불만이 있어도 황제의 유조라니 따르는 다른 왕들과 달리 연왕이 대놓고 반발을 하면서 파란이 시작되었다.

「연왕 전하께서 지금 회안淮安 근방에 당도하셨다고 하옵니다.」

급보에 조정이 발칵 뒤집혔다. 충과 효를 근본으로 하는 나라. 아비의 장례에 자식들의 조문을 막는 건 과하다는 의견을 가졌던 중신들이 조심스럽게 나섰다.

「선황제께서 유조로 장례 참석을 금하신 것은 번왕들이 봉지를 비워 국경이 허술해지는 것을 경계하시기 위함이었사옵니다. 황자

중 종재이신 연왕 전하의 참례는 너그러이 윤허를 해 주시는 것도 좋을 것 같사옵니다.」

조문을 막은 이유를 다른 관점에서 바라보고 있는 중신들이 가만히 있지 않았다. 특히 홍무제에게 윤문의 후견을 부탁받은 고명대신顧命大臣[20] 중 하나인 황자징黃子澄이 격렬하게 반발했다.

「선황제께서 유조로 번왕들의 상경을 금지하셨사옵니다. 황족이라고 예외를 두면 황상의 권위에도 흔들림이 있을 수 있사옵니다. 일벌백계로 다스리심이 옳은 줄 아뢰옵니다.」

「태상시경太常寺卿의 말도 일리가 있긴 하옵니다만 부자지간은 천륜이라고 하였사옵니다. 그 천륜을 지키러 오신 분을 엄벌에 처하는 것은 과한 것 같사옵니다.」

그러나 눈엣가시 같은 연왕을 제거할 호기를 잡았다고 판단한 황제파들은 천재일우의 기회를 놓치려 들지 않았다. 이번엔 병부상서兵部尙書 제태濟泰가 나섰다.

「형부상서刑部尙書란 분이 어찌 그리 태평한 소리를 하십니까! 유조도 엄연한 황명입니다. 연왕께서 지금 저지르신 죄는 선황 폐하의 명을 거역해 불충한 동시에 부황의 유조를 거역한 불효를 함께 저지른 흉역凶逆이옵니다. 황친이니 더욱 엄히 다스리심이 마땅하옵니다.」

치열한 설전이 한참 이어지는 동안 그들을 조용히 지켜보기만 하던 윤문이 바로 한 단 아래에 선 정왕에게 물었다.

「황숙께선 어찌하는 것이 옳다고 보십니까?」

---

20) 전대 황제의 유조를 받아 새로운 황제를 보좌하는 대신.

회안 성주의 보고가 도착한 이후 황제가 처음으로 보인 반응이었다. 당장 멱살잡이라도 할 것처럼 떠들썩하던 편전이 순식간에 쥐 죽은 듯 고요해졌다.

과연 어느 편을 들어 줄 것인가? 모두가 초조하게 지켜보는 가운데 정왕의 입이 열렸다.

「유조로 왕들의 상경을 금지한 것은 사실이나 효를 행하려는 자식을 처벌하는 것 역시 좋은 본은 아닐 것입니다. 황상께서 돌아가라는 칙서를 내리시는 것이 옳은 듯싶습니다.」

「만약 칙서를 받고도 따르지 않으면 어쩌실 것입니까?」

「칙서 정도로 순순히 물러날 심산이라면 유조까지 어기며 오지도 않았을 것이옵니다.」

「맞사옵니다. 무도한 연왕……」

흥분을 이기지 못해 튀어나온 실언을 정왕이 매처럼 낚아챘다.

「무도…… 라. 황상 앞에서 황친을 두고 쓰기는 좀 무언한 언사 같군, 한림시강학사.」

엄혹한 지적에 기고만장해 마구 날뛰던 중신들이 움찔했다.

뒤에서 자기들끼리야 번왕들을 두고 멋대로 찧고 까불지만 여기는 정전이었다. 권위를 침범당하는 것을 극도로 싫어하는 젊은 황제를 노엽게 한 것은 아닐까. 등줄기에 식은땀이 흘렀다.

다행히 역린을 건드린 것은 아닌지 황제의 시선은 그들이 아니라 정왕에게 향했다.

「그럼, 17황숙께서 짐의 칙서를 전해 주시면 고맙겠습니다.」

칙서 정도로 순순히 물러날 작정이라면 회안까지 달려오지도 않았을 터. 잘하면 칙사로 간 정왕을 쳐 주어 저 거슬리는 인물을 제거해 줄 수도 있을 것이다. 그럼 그 핑계로 연왕을 죄줄 수 있다. 부지런히 돌아가던 계산은 황제가 덧붙인 한마디에 희희낙락 날개를 달았다.

「황숙께서 책임지고 처리해 주시리라 믿습니다.」

정왕의 조언을 받아들이는 동시에 그 책임도 함께 지우는 것. 역시 황제 폐하는 몇 수 앞을 바라보는 정략가다. 벙긋벙긋 희색을 감추지 못했다.

하지만 황제와 정왕은 주변엔 무심 무감. 그들의 주의는 오로지 상대에게만 집중해 있었다.

「촌각을 다투는 일이니 지금 바로 출발하겠습니다.」

펄펄 뛰려다가 입귀가 일제히 빙그레 휘어지는 황제파들을 등 뒤에 두고 정왕은 금란궁을 빠져나왔다.

정전 밖에서 대기하고 있던 호씨 형제는 홀로 나오는 정왕을 보자 어리둥절한 표정으로 그를 맞았다.

「지금 바로 회안으로 출발한다. 신분을 감춘 자를 제외하고 근방에 파견된 검교들은 모두 집결시켜라.」

「연왕 전하께서 기어이 오신 것이옵니까?」

연왕이 북평을 떠난 순간부터 그의 행적을 추적하는 비전飛傳이 하루가 멀다 하고 삼법사로 도달했다. 그래도 설마 했는데. 만만찮은 태풍의 조짐에 지원은 평소라면 차라리 죽는 게 낫다고 할 제안을 스스로 입에 올렸다.

「황상께 윤허를 얻어 금군도 함께 데리고 가시는 게 낫지 않겠사옵니까?」

「금군이 나서면 그것은 곧바로 난亂이 된다. 황상의 칙서가 있으니 별문제 없을 것이다.」

호랑이 같은 연왕이 저 눈 아래로 깔보는 조카의 칙서 한 장에 순순히 물러나겠는가? 황제를 따르는 중신들과 똑같은 의견이 지원의 가슴을 무겁게 했다. 그러나 주군이 괜찮다는데 홀로 설레발을 칠 수는 없었다. 부디 연왕이 국경을 맞댄 몽고와의 전투로 단련된 정예병을 끌고 내려오지 않았기를 기도하면서 종종걸음을 쳤다.

걱정을 산더미처럼 등에 이고 따르는 호씨 형제의 심중은 능히 짐작할 수 있었지만 정왕도 머리가 복잡해 그 걱정을 덜어 줄 여유가 없었다.

대다수의 우려대로 윤문의 칙서는 분명 연왕에게 큰 영향을 미치지 못할 거였다. 효를 핑계 삼아 황도로 내려오는 배포를 지닌 형이니 그 권위를 무시하기 위해서라도 밀어붙일 것이다. 아무리 유조라고 해도 아비의 조문을 위해 왔다는 읍소를 무시하고 진압하거나 죄를 주면 그 비난은 황제가 고스란히 뒤집어쓸 터. 그것까지 계산에 있을 거였다.

그걸 알면서도 나선 것은 연왕을 북평으로 돌려보낼 자신이 있어서였다. 바로 이런 때 쓰기 위해서 쥐고 있었던 비장의 무기도 있었다. 지금 그를 괴롭히는 건 이번 한 번은 가능해도 다음은 장담할 수가 없다는 거였다.

심란한 흉중과 달리 행로는 순조로웠다. 빈나질바다 기운찬 새 말로 바꾼 덕분에 회안에서 멀리 벗어나지 않은 곳에서 연왕 일행과 맞닥뜨렸다.

멀리서부터 먼지 구름을 일으키며 달려오는 걸 진즉부터 지켜보고 있었는지 연왕의 호위병들은 단단한 수비 진형을 취하고 있었다. 삼법사의 깃발은 곧 정왕의 표식. 불길한 위압감을 조성하는 붉고 검은 깃발과 마주한 연왕부의 군사들이 동요하는 게 분명했지만 선두에 선 연왕은 침착함을 잃지 않았다.

「황제의 곁을 지켜야 할 네가 여기까지 무슨 일이냐?」

황상이라든가 폐하라는 당연한 칭호마저도 뚝 잘라먹는 연왕의 무엄한 말투에 검교들이 어찌할 바를 몰라 전전긍긍했다. 그나마 감정 수습이 빠른 지원과 지윤은 그 무례한 언동을 아예 못 들은 척 연왕이 아니라 저 먼 지평선을 건너다보았다.

「황상의 칙서를 갖고 왔습니다.」

「칙서?」

거만한 어투는 감히 어쭙잖은 칙서 따위로 행보를 막으려 드느냐는 도발이었다. 그렇지만 정왕은 말려들지 않았다.

「칙서와 함께 형님 전하께 긴히 드릴 말씀도 있습니다. 혹여 듣는 귀가 있으면 형님 전하께 좋지 않을 듯하니, 주변을 물려 주시면 좋겠습니다.」

여기까지 내려왔을 때는 연왕도 어느 정도 각오가 서 있었다. 유일하게 걸리는 대상이 있다면 바로 눈앞에 있는 이 정왕. 치밀한 술수에 있어서는 자신보다 한수 위라는 걸 인정하는 유일한 대상. 일단은 그가 무슨 소리를 하는지 들어 봐야 했다. 허풍이라고 무시하기엔 그는 너무도 교묘하고 음흉했다.

「모두 석 장 밖으로 물러나라.」

연왕의 호위병들과 검교들이 멀찌감치 비켜서자 그는 불안감을 감추려 허세를 떨었다.

「이 요란을 떨면서 내게 하겠다는 얘기가 도대체 무엇이냐?」

「북평으로 돌아가십시오.」

「자식이 되어 부황의 장례에도 참여하지 못하는 대불효를 저지를 수 없다. 더구나 난 지금 남은 황친 중 종재다. 다른 형제들은 몰라도 나마저 국장에 빠진다는 건 어불성설이다.」

보기 흉한 꼴을 보이며 내침을 당하든, 장례에 참석하든 손해가 될 것 없다는 득실 계산은 마친 상태. 충과 효가 충돌할 때 어느 쪽을 택하는 것이 옳은지는 수천 년간 결론이 내려지지 않은 오랜 논란. 때문에 연왕의 명분은 충분히 설득력이 있었다. 여유로운 연왕의 눈을 마주 보며 정왕은 부황에게도 보고하지 않았던 옛일을 끄집어냈다.

「몇 해 전 연왕부의 사부 도연道衍이 천거한 유장柳莊이란 거사가 형님의 사주와 관상을 보고 백모白帽를 쓸 상이라고 하였다지요.」

왕王이 백白 모자를 쓰면 황제를 의미하는 황皇 자. 파자의 풀이 자체만으로도 대역이었다. 실제로 역천을 꿈꾸고 있기는 하지만 드러낼 수는 없는 형편이기에, 내심 기뻐하며 감추고 있던 비밀이 이미 정왕의 귀에 들어갔다는 청천벽력에 연왕의 낯빛이 잠시 창백해졌다. 그렇지만 금세 평온을 회복한 그는 너털웃음으로 당혹감을 덮어 버렸다.

「근본도 모르는 떠돌이 관상쟁이가 아첨하려고 지껄인 헛소리를 믿는 것이냐? 아마 그자가 네 왕부에 시는 이였으면 네게도 똑같은 소리를 해 줬을 것이다.」

정왕의 음성에 냉기가 더해졌다.

「그는 생년 일시에 맞춰 형님과 우리 형제들의 합合도 모두 풀었습니다. 그중 제 합은 형님 곁에 있으면 호랑이가 날개를 달고, 용이 물을 얻는 형국이지만 반대편에 있을 시에는 모든 운과 기를 다 틀어막는 악연 중의 악연이니 반드시 제거해야 한다고 했다지요. 제가 존재하는 한 대업은 쉽사리 이루기 힘들 것이라고요. 아마 그 직후부터였을 겁니다. 제 등을 노리는 살수들이 눈에 띄게 늘어난 것이오.」

「크험. 부황의 명을 수행하다 보니 네게 적이 많아진 것은 천하가 다 아는 일인데 어찌 그 핑계를 내게 갖다 붙이는 것이냐?」

여전히 능청맞기는 했지만 아까보다 현격하게 힘이 떨어진 반발. 이쯤에서 놓아줘도 되련만, 정왕은 당긴 시위를 늦추지 않았다.

「그렇게 꾸준히 제 뒤를 따르다가 그들은 마침내 청량산에서 기회를 잡았지요. 만약 그자들이 삼법사의 이등 검교 정도의 용의주도함을 갖췄다면 분명 뜻대로 되셨을 겁니다. 하지만 형님껜 불행히도 그 무사들은 전쟁에선 몰라도 살수로 쓰기엔 많이 무능하더군요.」

단 한 번 거친 호흡을 삼켰을 뿐 연왕은 긍정도 부정도 하지 않았다. 반응을 보이기에는 너무 놀라 굳어 버렸다는 표현이 더 적합했다.

「사냥터에서 저를 노리고 풀어 놓은 흑표의 일도 있지요. 가죽을 벗길 때 목에 줄을 맨 자국이 있었습니다. 그것은 그 맹수가 길들었거나 사람의 손을 탔다는 증거이지요. 세자의 문약함을 염려하고 질책하던 형님께서 왜 하필이면 그날 사냥에 빠지라고 명을 내리셨는지, 그리고 왜 하필 세자가 제 곁에 없으리라 믿었던 그때 제게 변이 생겼는지 좀 이상하지 않습니까?」

日月

그것까지 알고 있을 줄이야. 연왕부 가장 깊숙한 밀실 벽에 숨어 엿들은 것처럼 속속들이 비밀을 알고 있는 아우에게 공포감마저 느껴졌다. 그렇지만 그저 넘겨짚는 소리일 수도 있었다. 그런 내막을 샅샅이 알면서도 수년간 덮어 두고 있었다는 건 말이 되지 않았다.

영악한 놈이 조각을 잘 짜 맞춘 것일 뿐 증거는 없다는 확신이 서자 자신감이 다시 커졌다.

「허허. 재미있는 추론이긴 하다만 증험도 없이 누명까지 씌울 셈이냐? 네 말에 진실이 조금이라도 섞여 있었다면 형제간의 우애를 중시하시던 부황께서 나를 가만히 두셨겠느냐?」

「부황께서는 형님이 저를 암살하려 했다는 사실까진 모르셨습니다. 그건 바로 이런 때를 위해서 제가 감췄으니까요.」

「이런 때를 위해? 부황의 영정에 조문하는 것이 아우와 조카에게 억울한 누명까지 쓰면서 쫓겨 가야 하는 죄란 말이냐! 네가 그리 자신이 있다면 증거를 내놓아 보거라!」

「삼 년 전, 늦은 밤 북평 취선루醉仙樓에 왔던 수염이 아주 길고 풍신이 좋은 연왕부 호위무사를 기억하는 이가 의외로 많더군요. 그리고 그와 함께 왔던 기골이 장대하고 미목이 수려한 젊은 색목인 무사도요. 구척장신의 색목인이라니 딱 떠오르는 자가 있지 않습니까?」

연왕이 늘 곁에 두고 수족처럼 부리는 환관 마화가 바로 색목인이었다. 움찔하며 반박하려는 형의 시도를 정왕이 가볍게 막았다.

「예. 긴 수염이 아름다운 중년의 무사도, 키 크고 잘생긴 색목인도 찾아보면 천하에 발에 채이도록 많겠지요. 하지만 그 둘이 하필이면 북평에 함께 있는 경우는 별반 흔하지 않지요. 그래도 확실하게 하기 위해 일부러 여러 번왕들의 어진을 함께 보여줬습니다. 그랬더니 하나 같이 수염을 가리키며 형님을 지목했다더군요. 그들의 증언기록과 수인은 삼법사에서 보관하고 있습니다.」

유장거사를 시험하기 위해 변복을 하고 찾아갔던 것은 쥐도 새도 모르는 비밀이라고 믿었는데, 자랑거리인 수염이 이렇게 발목을 잡을 줄이야. 더는 우기거나 변명할 여지가 없었다.

「삼법사로 이름만 바뀌었을 뿐 부황께서 수십 년간 쳐 놓은 은의위의 촘촘한 거미줄은 그대로입니다. 천하 어디에도 그 눈과 귀가 없는 곳은 없습니다.」

과연 누가 끄나풀일까? 부지런히 머리를 굴리며 범인의 범위를 좁혀 봤지만 도무지 갈피가 잡히지 않았다. 고심하느라 분노마저도 잠시 잊은 연왕에게 정왕이 친절하게 충고했다.

「형님께 꼬리가 밟힐 정도의 인물이라면 알려 드리지도 않았을 것이니 공연한 헛수고는 하지 마십시오. 제 귀라는 걸 빼면 그자는 형님께도 아주 충실하고 유용한 자입니다.」

늙은 태감 놈들 중 하나일 것이다. 아니면 오래전 나를 따라 왕부로 온 지밀호위들 중 하나이거나. 분명히 분봉할 때 부황이 심어 놓았겠지. 돌아가는 대로 모조리 싹 물갈이를 해 버려야겠다. 이를 득득 갈면서도 연왕은 이번 싸움에서는 패배했음을 인정해야 했다.

황자들은 가혹한 대명률에서 많은 예외와 특혜를 갖고 있지만 그들에게도 절대 용납되지 않는 죄가 역모였다. 황도로 가서 세를 과시하고 새 황제의 위신에 상처를 주려던 포부는 이미 물 건너갔고. 지금은 어떻게 빠져나가야 하나를 고민해야 할 처지가 되자 당당하다 못해 뻔뻔하던 연왕의 얼굴에도 당혹감이 비쳤다.

분하고 원통해서 당장이라도 뒤로 쓰러질 것 같았지만 지금은 참아야 했다. 그에게 남은 선택권은 가능한 한 품위 있게 물러나 후일을 기약하는 것. 동복형제인 주왕과는 확실히 뜻을 맞추었고, 황도에 있는 누이 임안공주도 그를 따르는 중신들의 세를 모아 주고 있었다. 기세를 잡으면 나머지 줏대 없는 왕들은 형세를 보아 가며 우세한 쪽에 붙을 터. 적어도 대놓고 황제를 편들어 군사를 일으킬 자는 없었다.

아직은 때가 아니다. 조금만 더 명분과 세를 모은 뒤에 반드시!

어금니를 사려문 연왕은 말머리를 북쪽으로 돌렸다. 정왕과 어떤 대화를 나눴는지. 갑작스럽게 돌아가는 이유는 무엇인지 일언반구도 떼지 않았기에 수행한 군사들은 영문도 모른 채 터덜터덜 돌아섰다.

정왕이 평화롭게 처리해 주기를 바라는 바람이 반, 이참에 연왕을 제거할 빌미를 잡고 싶은 바람이 반이었던 황제파의 중신들은 연왕이 돌아갔다는 소식에 안도감과 실망감을 동시에 삼켜야 했다.

뜨거운 숨결이 얽히고 달콤하면서 색정적인 쾌락의 향기가 방 안을 가득 채웠다. 이른 저녁부터 시작된 정사는 끝날 기미가 보이지 않았다. 절정의 꼭대기까지 올라갔다가 벼랑 저 아래로 떨어지기를 이미 여러 차례. 끝없이 몰아붙이는 열락에 이제는 머리마저도 몽롱해졌다. 그러나 파도처럼 세차게 밀려왔다가 물러나기를 반복하는 사내는 지치지도 않는지 움직임이 더욱 거세졌다.

열기 가득한 신음을 토해 내던 몸이 떨어졌을 때 저도 모르게 안

도의 한숨이 흘러나왔다. 그러나 그도 이제는 피로하리란 것은 착
각이었다. 어느새 몸이 돌려져 엎드려지고 무기력하게 드러난 둔부
에 뜨거운 숨결이 느껴졌다.

「전하…….」

남녀 간의 온갖 농염한 행위에 많이 익숙해졌음에도 굴욕적으로
느껴져 피해 오던 자세. 인간이 아니라 짐승의 암컷이 되는 것 같아
그가 구슬리며 몇 번 시도를 했지만 계속 피해 왔다. 그래도 지금까
진 채연이 싫어하면 물러나 주더니만, 오늘은 이상하게 완강했다.

「오늘은…… 이대로 너를 안게 해 다오.」

풍염한 가슴을 움켜쥐고 있던 손이 아래로 내려와 박처럼 하얗
게 드러난 엉덩이를 잡아당겨 허벅지를 벌렸다. 치부가 활짝 노출
되는 자세가 부끄러워 몸을 감추려 다시 바르작거려 봤지만 그는
전에 없이 고집스러웠다. 포기한 채연이 몸에서 힘을 빼자 그를 받
아들이기 쉽도록 허리를 들어 올려 주더니 곧바로 침입이 시작되었
다. 거부감을 상쇄해 주려는 듯 불기둥이 아주 느리게, 그리고 부드
럽게 밀고 들어왔다. 그렇지만 엎드린 자세로 받아들이는 그는 평
소보다 몇 배는 더 거대하게 느껴졌다. 거대한 기둥이 몸을 그대로
꿰뚫는 것 같았다.

「아앗.」

비명에 가까운 신음에 그의 입술이 그녀의 목덜미를 색정적으로
핥았다.

「아픈 것이냐?」

아팠다. 한동안의 부재를 벌충하려는 듯 초저녁부터 시작된 격렬
한 정사 때문에 온몸이 욱신거리며 쑤셨다. 특히 지금 그를 받아들

이고 있는 아랫부분은 불에 덴 듯 화끈거렸다. 하지만 탈진해 당장 쓰러질 것 같음에도 온몸을 타고 도는 기대의 간질거림이 얼른 긍정의 대답을 쏟아 내지 못하게 막았다. 그를 받아들이는 고통은 대부분 마지막 순간에 극상의 쾌감으로 변해 그녀를 불태웠기에. 힘들고 지쳐서 정신이 혼미한데도 밀어낼 수 없는 것은 이미 정염을 아는 육체의 배신.

내게 음탕한 요녀의 본성이 숨어 있었던 것일까?

그렇지만 생각은 거기까지가 한계였다. 다시 빠르게 움직이며 들락거리기 시작한 힘찬 움직임에 여린 여성이 고통과 쾌락으로 움찔거렸다. 거칠게 파고드는 몸짓과 점점 더 빨라지고 거세지는 호흡이 뒤엉키다 마침내 완전한 정적. 굳어졌던 두 사람이 동시에 무너졌다. 온몸을 내리누르는 묵직한 체중이 힘겨웠지만 짙은 피로감에 푹 젖어 손가락 하나 까딱할 기력도 없었다. 그렇게 한 몸인 채로 함께하기를 한참. 마침내 그가 몸을 비키더니 채연을 당겨 옆에 나란히 누웠다. 거세게 들먹거리던 가슴이 점차 조용해지고 규칙적으로 변했다.

그대로 지쳐 곯아떨어지는 게 당연하겠지만 그는 잠들지 않았다. 채연도 눈을 감았음에도 정왕에게서 풍기는 설명할 수 없는 이질감이 늪처럼 잠겨 드는 수마마저도 훼방 놓았다.

그녀를 안을 때마다 그에게는 늘 절박감이 가득했다. 그 순간이 지나면 그녀가 사라질 것을 두려워하는 것처럼. 그럼에도 환을 가지게 됐던 첫 밤, 그리고 그녀가 결국 정왕을 받아들이기로 결심하고 찾아온 그 밤, 그 두 번을 제외하고는 정사 중에도 정왕은 절대 자기 통제를 놓지 않았다. 집요하게 관능의 절정으로 몰아 그녀가 완전히 무너질 때까지 밀어붙이고, 자제력을 잃는 걸 지켜보고 나서야 자신을 풀어 놓곤 했다.

그런데 오늘은 달랐다. 그녀의 몸에 파묻혀 모든 걸 잊고 싶은 듯 거친 열정을 그대로 드러내었다. 이건 그답지 않았다. 그리고 그녀를 안으며 완전히 소진을 했음에도 팽팽한 긴장감은 조금도 느슨해지지 않는다는 것도 예사롭지 않았다.

고심하는 문제가 있으신 모양이구나.

짐작되는 것이 있기는 했다. 갑작스런 부재의 이유. 연왕이 황도 부근까지 왔다가 돌아갔다는 것, 큰 난리가 날 뻔했다는 것도.

물론 정왕은 그녀에게 내색조차 하지 않았다. 바깥세상사는 수연각 안으로 들어오는 것조차 허락하지 않는다는 표현이 더 적합했다. 그렇지만 그가 아무리 철저하게 차단한다고 해도 바람처럼 스며드는 풍문까지는 막을 수는 없기에 채연도 대충을 알고 있었다.

자신을 계속 좇는 눈초리를 느꼈는지 그가 몸을 돌려 채연을 당겨 어깨에 머리를 기대게 했다. 그리고 다정한 손길로 나른하니 축 늘어진 채연의 매끈한 살결을 쓰다듬었다.

「이렇게 기력이 약해서야…… 마음껏 안지도 못하겠구나. 수여의를 불러 네 몸을 보하는 약재를 좀 지어 올리라고 해야겠다.」

도대체 얼마나 더 해야 직성이 풀리려는 것인지. 경악이 고스란히 드러난 동그란 눈망울을 마주한, 짐짓 부릅뜬 눈엔 장난기가 찰랑거렸다.

「너만이 내 여인이어야 한다면서? 다른 곳에 한눈을 팔지 못하게 하려면 네가 나를 부족함 없이 받아 줘야 공평한 것이 아니냐?」

어찌 대답을 할까 고심하던 채연의 뇌리에 극히 최근에 알게 된 깨달음이 스쳐 갔다. 정왕은 감추려는 것이 있을수록 더더욱 유쾌한 척을 하고, 그녀를 짓궂게 놀려 주의를 다른 곳으로 돌리려고 한다는 것을. 대다수의 사람은 아무 것도 발견할 수 없고, 마주 보기조차 끔찍해하는 야청색 눈동자 안에서 채연은 위안을 갈구하는 울림을 읽어 냈다.

「성심을 괴롭히는 일이 있으신 건가요?」

느긋하니 채연을 더듬던 손길이 딱 멈췄다. 특유의 그 느물느물한 웃음과 함께 딱 자른 부정이 나오리라 예상했지만, 정말 누구에게든 털어놓고라도 싶었던 모양이었다. 한참의 침묵 뒤에 그가 무거운 입을 열었다.

「연왕 형님의 일은 너도 알고 있겠지?」

「예.」

「아마도…… 난 조만간 혈육의 피를 손에 묻혀야 할 것 같다.」

그의 얼굴에 드리운 그늘이 짙어졌다.

「요행히 이번엔 피를 흘리지 않을 수 있었다. 하지만 이건 시작일 뿐이지. 황제를 둘러싼 자들은 피에 굶주려 있다. 황제가 그걸 원치 않는다고 해도 태양이 되려는 달을 가만 둘 수는 없는 것이니…… 결국은 그걸 내가 해야겠지.」

수년 전의 대화가 수면 위로 떠올랐다. 그기 누군지도 모른 채 던졌던 부탁. 만약 이 사람의 정체를 그때도 알았다면 감히 그런 소리를 입에 담을 수 있었을까? 그렇지만 열어서는 안 될 봉인을 연 건 그녀였다. 운명이 그들을 교차시킨 그 여름부터 그가 짊어진 짐은 그녀에게도 무시할 수 없는 것이 되어 버렸다.

부디 상처로 가득한 이 사람에게 조금이라도 위안이 되기를. 간절히 기도하면서 채연은 어렵게 입을 열었다.

「전하…… 미천한 여인의 소견이지만 한 말씀 올려도 괜찮겠습니까?」

「말해 보라.」

「오래전, 제 아버님께서 무인인 제 사촌 오라버님에게 해 주신 말씀이 하나 기억나옵니다. 같은 검이라도 사람을 살리기 위해 휘두르면 활인검活人劍이고, 죽이기 위해 휘두르면 살인검殺人劍이라고요. 활인의 뜻을 절대 잊지 말라고 당부를 하셨지요.」

「활인검과 살인검이라……. 책상물림 학자답지 않은 식견이로구나.」

그의 진심 어린 감탄이 그녀에게 용기를 더해 줬다.

「문과 무는 그 형체만 다를 뿐, 사람을 구하거나 죽이는 그 이치는 똑같다고 하셨지요. 혈육의 피를 묻히지 않는단 의미가 황명을 거역하는 대죄인 것을 아는 지금은 감히 같은 말씀은 올리지 못하겠습니다. 하지만 한 가지만은 확신하옵니다. 다른 분이 삼법사의 수장으로 계신다면 황친들에 대해서는 아무런 배려도 하지 않으실 거란 걸요. 오히려 누명을 씌워 자신의 공을 높이려고 할 수도 있겠지요. 그런 억울한 희생을 막을 분은 전하뿐일 것입니다.」

「도리어 내가 더 지독하게 형제들과, 나아가서는 조카인 황제마저 도륙할 수 있을 거라는 생각은 들지 않는 것이냐? 나도 황위에 오를 자격이 있는 황자다.」

「황제의 자리를 원하십니까?」

감히 그 누구도 묻지 못하는 질문. 그렇지만 당돌한 물음에 그는 채연이 아니고선 누구에게도 할 수 없는 속내를 털어놨다.

　「전혀 탐나지 않는다면 거짓이겠지. 황좌란 아무리 욕심을 버리려고 해도 절대 끊어 낼 수 없는 마력이 있다. 욕심이 계속 커졌다면…… 그 욕망에 잡아먹혔을지도 모르겠다.」

　어차피 한 번 태어나서 죽는 인생. 너와 내 아들이 없었다면 단 한 번도 돌아봐 주지 않는 부황에게 복수하는 의미로라도 시원하게 엎어 보려고 나섰을 수도 있었을 것이다. 아니, 분명히 그랬을 것 같다. 그래야 최소한 최후만큼은 황제의 개가 아니라 인간이었을 테니까. 그렇지만 가슴속 깊숙이, 실은 스스로에게조차 감추고 있었던 그 강렬한 유혹은 곁에 있는 여인의 체향에 가는 먼지가 되어 손가락 사이로 스르르 빠져나갔다.

　「하지만 난 가망성 낮은 절대 권력보다는 지금 누리는 권세를 더 선호한다. 황제가 되기엔 내가 가진 패가 너무나 형편없고 십중팔구는 실패하리라는 걸 알거든. 전부를 걸어서라도 얻고 싶어 하는, 연왕 형님 같은 황자도 있겠지만 나는 불확실한 도박에 걸지는 않는다.」

　「저희 모자 때문이옵니까?」

　채연의 통찰력이 보통이 넘는다는 것을 잊고 있었다. 속내를 들킨 것이 당혹스럽긴 했지만 아니라고 부정하고 싶지 않았다. 어쩌면 채연이 알아주기를 바랐을 수도 있었다. 둘 사이에 놓인 높고 견고한 철옹성이 조금이라도 낮아지기를. 그녀 가슴속의 단단한 얼음에 조금이라도 균열이 생기기를 빌며 그는 진심을 고백했다.

　「그래. 너를 만나고 아무것도 두려운 것도, 지키거나 가지고 싶은 것도 없었던 내게 두려움이 생겼지. 내게 넌 처음으로 절실하게 원하고 곁에 두고 싶은 존재이다. 널 놓칠 위험은 조금도 무릅쓰고 싶지 않다.」

그 사무친 고독이 그녀를 꽁꽁 옭아매고, 눈망울에 투명한 습기를 모았다.

내가 무엇이기에 이러는 것인지. 그녀에게 무섭게 집착하는 그가 가엾고 아팠다. 그녀를 위해서 그는 형제의 피라고 해도 서슴없이 흘릴 거였다. 천운으로 아직은 선을 넘지 않을 수 있었지만 마지막 천륜을 어기면 이 사람은 얼마나 고통스러워할지. 어쩌면 스스로 인정했던 대로 피도 눈물도 없는 진짜 악귀가 될 수도 있었다.

「전하께서…… 저희를 위해 무엇을 해 주시려는지 알고 있사옵니다. 하지만…… 저를 왕비로 만들겠다는 약속 때문에 하고 싶지 않은 일을 하지는 마십시오. 저는 지금으로도 충분히 만족하옵니다.」

그를 위한 배려이건만, 나른하니 따스하고 부드럽던 분위기가 확 식고 그의 눈매가 음산한 살기를 뿜었다.

「내가 정비를 맞으면 넌 그녀를 상전으로 모셔야 한다. 그리고 법도에 따라 난 그 비를 최우선에 둬야겠지. 그걸 받아들일 수 있느냐? 네가 정말로 그리 바란다면 네 말대로 해 주지.」

우악스런 손길이 이불을 거칠게 끌어내리더니 훤히 드러난 가슴의 정점을 아프도록 빨아들였다. 뜨거운 숨을 토해 내며 그가 다시 물었다.

「정말 만족하겠느냐?」

놀리듯 살짝 떼었다 핥기를 반복하는 지독할 정도로 끈적하고 음탕한 애무에 몸이 자동적으로 뜨거워지고 자잘한 떨림이 머리부터 발끝까지 퍼졌다. 밤 내내 사내의 입과 손을 탄 살갗이 화끈거리는데도 입에선 교성이 새어 나왔다. 그렇게 그녀를 극도로 달아오르게 하던 애무가 갑자기 뚝 그쳤다.

「내가 다른 여인을 이렇게 안는다고 해도?」

그렇다고, 절대 투기하지 않겠다고 대답을 해야 했다. 그가 정비를 맞는 것은 처음 결심대로 그와 무관하게 살 수 있는 해방을 뜻했다. 자신을 향한 이 버거운 욕망이 꺼지기를 오랫동안 기다려 왔다고 믿어 왔는데. 긍정의 짧은 한마디만 밀어내면 되는데, 입이 떨어지지 않았다. 정왕이 다른 여인과 알몸으로 뒤엉켜 있는 모습을 상상하자 화르르 질투의 불꽃이 그녀를 휩쓸고 지나갔다. 이성과 상관없이 혀가 따로 움직였다.

「싫…… 습니다.」

어쩌다 이렇게 되어 버렸을까.

「다시 한 번 말해 보라.」

눈에 가득했던 살기가 사라지고 승리의 만족감이 그를 채웠다.

「어서!」

늘 약자인 양 굴더니 갑자기 자신만만해진 다그침이 거슬렸지만 거짓말은 나오지 않았다.

「싫습니다. 전하께서 다른 여인을 얻는 것은 원치 않습니다.」

채연의 입술에서 절규 같은 대꾸가 흘러나오자 절정보다도 더 짜릿한 쾌감이 그를 감쌌다. 만약 채연이 상관없다는 대답을 했다면 이대로 그녀의 목을 눌러 버렸을지도 몰랐다. 대답을 망설이는 동안 실제로 살의를 주체하기 힘들었다. 그는 죽어라 두드리고 갈구하는데 여전히 꽉 닫혀 있는 벽 앞에서 몸을 부딪치는 그 절망감이 분노로 변하려고 하던 찰나였다.

채근을 해서 재차 삼차 확인하고 싶었지만 글썽해진 채연을 보건대 그보다도 더 놀라고 난감해하는 기색이 역력했다. 몸은 주면서도 마음은 절대 주지 않는 그녀가 처음으로 작으나마 한 자락을 열어 준 기적 같은 순간. 이것만으로도 감지덕지였다.

살짝 젖어 든 눈꼬리를 혀끝으로 가볍게 핥아 주며 채연의 허리를 으스러져라 끌어안았다.

「나를 믿어라. 내가 해 줄 수 있는 한 너를 가장 귀하게 만들어 주겠다.」

다시 격하게 관통하는 사내의 몸을 받아들이는 합일의 순간에 그녀는 인정했다.

영원히 녹지 않을 것 같던 두꺼운 얼음덩어리가 균열을 일으키며 한 조각 더 떨어져 나갔음을.

그 밤이 채연과 그의 관계를 극적으로 바꿔 놓지는 않았다. 하지만 이전보다 한 발짝 더 다가선 것은 확실했다. 나무랄 데 없이 다정하고 공손하지만 늘 거리를 두고 정중하게 정왕을 대하던 채연은 서내원에 있을 때처럼 동요하는 기색이 역력했다. 그걸 확연히 보고 있음에도 정왕은 그녀를 더 흔들어 무너뜨리기 위한 시도는 하지 않았다. 이번만큼은 기다려 주고 싶었다. 스스로도 놀랄 정도로 조급해지지 않았다. 희망이 보인다는 것만으로도 충분했다.

번저가 정왕이 꿈꾸던 낙원에 근접할수록 바깥세상은 더 숨 가쁘게, 그리고 그가 원치 않는 방향으로 험악하게 돌아갔다.

북방이 어지러워지면 천하가 혼란에 빠질 수가 있으니 일단 연왕 주변을 하나씩 자르는 것이 옳다는 중지를 모은 중신들은 정왕이 예상했던 것보다 훨씬 빠르게 움직이기 시작했다.

가장 먼저 희생양이 된 것은 연왕과 동복형제인 주왕이었다.

황제의 명을 받은 조국공과 이경륭이 군사를 끌고 하남으로 달려가 주왕 숙과 그의 세자, 비빈들을 모두 서인으로 강등시켜 저 멀리 남쪽 운남으로 귀양을 보냈다. 홍무제가 붕어한 뒤 불과 석 달 만에 전광석화처럼 벌어진 사건. 좌불안석이 된 번왕들은 모두 납작 엎드려 조정의 눈치를 살피기 시작했다.

하지만 그들이 근신한다고 해서 해결될 상황이 아니었다. 살얼음판을 걷는 것 같던 몇 달이 흐르고, 매서운 삭풍이 휘몰아치는 초겨울. 숙청의 바람이 대왕代王 계桂가 다스리는 대동大同을 휩쓸었다. 그는 왕으로서 위엄을 잃고 포악한 행동으로 백성을 도탄에 빠뜨렸다는 죄로 왕위를 빼앗기고 촉왕蜀王의 왕부 성도成都에 유폐되었다.

몸에 착 달라붙는 민망한 옷차림에 맨머리로 다니며 손도끼로 사람을 다치게 하는 등 선황제가 살아 있을 때부터 골칫덩이긴 했지만 따져 보자면 그보다 더한 기행을 한 번왕도 많았다. 그가 죄를 받은 것은 개국공신인 외척 곽씨 일가가 연왕과 은밀하게 내통하고 있기 때문이라는 소문이 들불처럼 퍼져 나갔다.

주원장이 예견했던 대로 윤문을 받드는 중신들은 황친들을 제거하는 데 아무런 거리낌이 없었다. 잠시 숨 고르기를 하는가 싶더니 해를 넘기자 곧 모든 왕들에게 칙서가 내려졌다.

모든 번왕은 황제의 허락을 받지 않고 임의로 문무 관리와 병력의

증원이나 영지의 관제를 고쳐선 안 된다.

　누구를 겨냥한 것인지는 말할 필요도 없는 일이었다. 그러나 국경 안쪽에 있는 왕부엔 크게 상관이 없지만 몽고와 대적하고 있는 북방의 방비가 약해질 수 있다고, 불합리함을 고하는 간언도 만만치 않았다. 각자의 이익에 따라 치열한 갑론을박으로 조정이 시끄러워지고 분란이 절정에 달한 순간 황제는 정왕의 의견을 받아들이며 정쟁을 종식시켰다.

**　황제 직속의 도지휘사와 그 휘하의 부대를 진과 연의 왕부로 증원한다. 공부시랑 장병을 북평좌포정사**北平左布政使**로, 사귀는 도지휘사**都指揮使**로 임명하니 번왕들을 보좌해 북방을 튼튼히 하라.**

　허울이야 보좌지만 황제 직속 군사는 몽고의 침입을 대비하는 동시에 만에 하나 연왕이 모반을 획책할 경우 곧바로 제압할 수 있는 무력이었다. 언제라도 황제가 신임하는 이경륭과 서휘조 장군이 이끄는 군대가 달려갈 수 있으니 일거양득의 절묘한 수. 그 계책이 누구에게서 나왔는지 깊숙한 사정을 모르는 하급 관리들이나 장수들은 젊은 황제의 영명함을 입에 침이 마르도록 칭송했다. 하지만 연왕을 비롯한 눈엣가시 같은 번왕들을 일거에 쓸어버리려 기세를 드높이던 황제파들은 이것을 정왕의 절묘한 방해라고 판단했다.

　가장 경계할 자는 연왕이 아니라 정왕일 수 있다. 선황의 유고를 받들어 황제에게 충성하고는 있으나 칼날이 이쪽으로 향하면 가장 치명적인 무기가 삼법사. 그 삼법사를 자유자재로 운용하는 존재

日月下

가 정왕이라는 새삼스러운 깨달음이 그들의 뒷덜미를 서늘하게 했다. 멀리 있는 호랑이 연왕뿐 아니라 바로 곁에 있는 늑대인 정왕에 대한 공포가 그들의 행보를 더욱 빠르게 했다. 그리고 늦건 빠르건 정왕을 제거해야 한다는 공감대가 암암리에 형성되었다.

황궁에서도 가장 은밀하고 지엄한 공간이 바로 황제의 침전인 건청궁. 그 깊숙한 내전에 있는 황제의 개인 서재는 외인에게 철저하게 차단된 장소였다. 때때로 황후나 후궁들과 공유하는 침실보다도 황제 자신에겐 더 은밀하고 개인적인 공간이었다. 청소 같은 허드렛일 조차도 가장 신임하는 지밀환관들만이 출입해 전담하는, 그 누구와도 공유하지 않는 금지였다. 중대사를 결정할 때면 젊은 황제는 늘 이곳에서 홀로 숙고하고 결단을 내려 왔다. 그 서재엔 지금 사람의 숨소리마저 짓누르는 적막이 가득했다. 내려야 할 결단이 중한 것일수록 황제의 침묵은 무거웠기에 이런 냉적静寂함은 결코 낯선 것은 아니었다.

하지만 지금 서재 안의 공기는 2대에 걸쳐 황제의 곁을 지켜 온 어전태감조차도 견디기 힘들 정도로 묵직했다.

석강을 마친 이후 황제는 내내 저렇게 무표정한 얼굴로 허공만을 노려보고 있었다. 그의 불편한 심기를 보여 주는 유일한 표식은 손이었다. 백옥을 깎은 듯, 여인보다 더 곱고 하얀 손은 퍼런 힘줄이 튀어나올 정도로 단단히 깍지를 틀어쥐고 있었다.

괴괴할 정도의 고요 가운데 일렁이는 것은 적의? 혹은 진노? 눈치로는 천하에 둘째가라면 서러워할 하 태감이지만 난감할 정도로 짚이는 게 전혀 없었다.

연전에 연왕이 황도로 올라오는 바람에 잠시 골머리를 썩이긴 했지만 그 문제는 정왕이 나서서 해결했고, 다른 번왕들도 지난해 주왕과 대왕이 폐서인이 된 이후 황실의 눈치만 살피고 있는 판국이라 천하가 태평한데, 왜 저리 어두운 표정이신가?

　좌불안석, 전전긍긍하며 눈치만을 살피는데 황제가 연적을 집어 들더니 벼루에 먹물을 부었다. 잽싸게 몸을 숙인 태감은 종이를 펴고, 족제비 털로 만든 붓을 벼루에 올려놓았다. 입안의 혀처럼 움직이는 그 동작에도 황제는 치하도 타박도 않았다. 그를 괴롭히는 무엇인가를 떨치려는 것처럼 쌓여 있던 상소문을 빠르게 훑으며 그 옆에 비답을 적어 나갔다. 마치 혼자 힘을 얻어 종이 위로 달려가는 듯 붓이 빠르게 움직였다. 섞이지 않도록 상소문 옆에 차곡차곡 황제의 교서를 쌓아 나가던 태감의 손에서 그가 막 받아 든 종이가 와사삭 빠져나갔다. 그가 들고 있던 교지를 빼앗아 든 황제는 종이를 북북 붓으로 그어 버렸다.

　붓으로 지운 것도 모자란지 구깃구깃 뭉쳐 찢어 버리는 모습에 몸이 와들와들 떨려 왔다. 한 번도 본 적이 없는 무서운 분노와 살기. 무언가 보아서는 안 될 것을 자신이 목격한 것 같다는 예감에 그는 파지를 치울 엄두도 낼 수 없었다. 격렬한 불길과 마주칠 것이 두려워 감히 고개를 들지 못하고 바닥에 떨어지는 종잇조각만 응시했다.

　갈기갈기 찢어 낸 그 종이 더미를 윤문은 태울 듯이 노려보고 있었다. 지금 자신이 전에 없는 폭발을 했고, 태감이 이상하게 여기는 걸 알고 있었다. 이렇게 이성을 잃은 자신이 혐오스러우면서도 자제할 수 없었다.

日月

교서에 자신도 모르게 써 버린 이름. 채연.

순간 눈을 믿을 수 없었다.

숙부에게 안겨 있는 광경을 떠올리면 지금도 구역질이 솟건만.

황제를 능멸하고 숙부를 택한 어리석은 여인. 가지지 못했기에 아쉬운 것이지 지극히 평범한 여인이다. 기억하고 괴로워할 가치도 없다. 너는 황제다. 하찮은 인연에 이리 집착할 이유는 하나도 없다. 이성으로 다독여 왔다.

그렇지만 꿈속에서는 얼마나 많이 정왕을 참(斬)하고 채연을 되찾아 왔는지 헤아릴 수도 없었다. 황제가 되기 전엔 감히 고개를 들 엄두도 못 냈던 또 하나의 목소리가 전과 비교할 수 없이 크고 설득력 있게 속삭였다.

원하면 가져야지. 그깟 여인 하나쯤 취하는 것이 무엇이 대수라고. 몽중에 뜨겁게 달아올라 푹 젖은 몸으로 깨고 자기혐오와 허탈감에 다시 잠을 이루지 못하는 건 이제 충분하지 않느냐? 너는 황제다. 온 천하가 바로 네 소유. 한 번 취하고 버려도 되는 것을 왜 쓸데없이 힘들어하는가?

나는 황제다. 그렇게까지 치졸해지고 싶지 않다.

그래. 너는 황제다. 사내답지 못하게 웅크리고 괴로워하는 이 모습이 더 바보 같고 치졸한 것이 아닌가? 무엇을 두려워하는가? 네 숙부, 정왕이 두려운 것이냐?

아니다! 나는 그를 두려워하지 않는다. 다만……!

오랫동안 꼭꼭 파묻어 놨기에 스스로조차 거의 잊고 있었던 진실을 그는 자인(自認)했다.

정왕이 부러웠다.

채연이 택한 사내가 그라서 더 화가 났다.

왜 하필이면 숙부인지.

그가 유일하게 패배감과 열등감을 느끼는 존재가 정왕이었다. 황제 앞에서의 그 사건뿐이었다면 조금 불쾌했던 기억으로 그렁저렁 잊었으련만. 그를 기필코 꺾어 보고 싶은 호적수로 각인시킨 것은 바로 아버지인 의문황태자였다.

생애 첫 패배가 분해 병이 날 정도로 속을 끓이는 아들을 달래려던 그는 호승심 강한 어린 윤문에게 해서는 안 될 얘기를 무심코 해 버렸다.

「그는 불세지재不世之才다. 범인에겐 불공평하다만 세상엔 간혹 하늘이 낸 선재들이 있는 법이다.」

「정왕 숙부께서 그런 선재란 말씀이십니까?」

「그래. 그날 네 숙부의 시를 보고 흥미가 생겨 그가 스승과 주고받은 시제試題를 몇 개 가져와 보라고 했다. 매일 학업의 성취를 가늠하려는 간단한 시제와 비답임에도 그걸 봤을 때 이 아비는 몸이 다 떨리더구나. 그 나이에 그런 패기와 깊이는 타고나지 않고선 불가능하지. 대부분의 선재들은 자기 재능에 도취해 교만이나 나태함으로 자신을 갈고 닦는 법을 잊거나, 유약해 스스로 무너지는 경우가 많은데 네 숙부는 문무를 함께 갖춘 데다 근면하기까지 하니 그 또한 황실의 홍복이다. 그런 이가 네 곁에 있다는 걸 감사하면서 꾸준히 정진하여라. 너도 남 못지않게 영특하니 그러다 보면 언젠가는 네 숙부가 이룬 성취에 가까이 갈 수 있을 것이다.」

정왕은 선재인데 자신은 아니라는 걸 믿을 수 없었고 인정할 수는 더더욱 없었다. 어떻게 다른 이도 아닌 아버지가 자신을 황실에서 존재감 하나 없던 정왕보다 못나다는 평가를 할 수 있는가? 아비가 틀렸다는 걸 증명하고 시원하게 설욕할 날을 위해 밤잠을 설치며 노력했다. 그렇지만 그런 기회는 두 번 다시 오지 않았다. 패기만만한 대구로 그를 압도했던 시회 이후 정왕은 지극히 평범하고 눈에 띄지 않는 모습으로 황제의 그림자가 되었다. 단 한 번도 그를 능가하는 능력을 보여 주지 않고, 그가 원하는 것은 모두 다 양보해 주었다.

그렇게 정왕이 빛났던 유일한 순간은 시간이 지나면서 대다수의 기억에서 사라졌다. 그것이 윤문에겐 더 불쾌했다. 정왕이 마음만 먹는다면 그는 얼마든지 이길 수 있다는 것처럼 보였기에. 그래도 세월이 약이라 패배감을 조금씩 잊어 가던 무렵 의도하지 않게 연적이 되어 버렸다. 그가 처음으로 연심을 품은 여인은 정왕을 선택했고, 바로 그날 상처에 소금이라도 뿌리듯 정왕은 표범을 가뿐하게 잡아 그의 코를 납작하게 눌렀다.

황제가 된 뒤 가장 큰 위기를 넘긴 연왕의 처리도 따져 보면 정왕의 조력이 결정적이었다. 감히 선황의 유훈을 거역하고 황도로 조문하러 오던 연왕을 소수의 검교들만을 데리고 가서 세치 혀로 돌려보낸 것도 정왕. 그리고 골칫덩이인 강력한 번왕들을 견제할 묘수를 내놓은 것도, 선황제가 그를 잘 보필하라고 특별히 부탁한 고명대신이나 충성을 맹세한 문무백관이 아니라 정왕이었다.

가장 강력한 보루이자 지지자. 선황의 유훈이 없었다고 해도 결코 반대파에게 빼앗겨서는 안 된다는 건 짧은 기간 동안 이미 절감하고 있었다. 그 존재가 든든하고 고마운 동시에 불안하고, 결코 인정하고 싶지 않지만 질시의 감정도 커져 가고 있었다.

만약 정왕이 그 능력을 내가 아니라 그 자신을 위해 쓰려고 들면 과연 저지할 수 있을까?

그 지나친 유능함에 대한 어두운 의문이 그의 흉중에 깃들었다. 그리고 치유되지 못한 실연의 상처가 속으로 곪아 가며 결코 가져서는 안 될 욕망과 애증을 더 키웠다. 점점 커져 폭발하기 직전이나 출구를 찾지 못해 헤매는 원怨忿는 시커먼 악의로 뭉쳐 가장 가깝고 만만한 상대를 찾아 꿈틀꿈틀 움직이기 시작했다.

「민왕께서 왕위를 삭탈당하고 폐서인이 되셨다고요?」

그에게 유감이 많기는 하나 마냥 고소해하기엔 너무도 위태한 시국. 강 건너 불이었던 숙청의 철퇴가 번저 깊숙이 있는 채연에게도 실감나게 다가왔다.

「무엇 때문이랍니까?」

「선황 폐하의 총희였던 영비마마의 후광에 기대어 황궁의 궁녀들을 방탕하게 희롱하고 불법한 행동으로 황실의 위엄을 손상했다는 죄명이라고 하옵니다.」

민왕에게 씌워진 죄목을 들은 순간, 윤문의 냉안冷眼이 떠오르면서 얼음물을 뒤집어쓴 듯 한기가 그녀를 싸하고 덮쳤다. 정자 주변을 살랑이며 스치는 따뜻한 봄바람과 햇살마저도 바래 버린 듯 빛을 잃었다.

그녀를 때려죽이려던 민왕에 대한 윤문의 그 서늘한 복수의 약속. 꽤 많은 시간이 흐른 지금도 떠올리면 등줄기가 오싹해지는 맹세였다. 이성적으로 따져 볼 때 그의 숙청에 그녀가 관계되었을 확률은 거의 전무했다. 하지만 여인으로서의 직감이 민왕의 일은 정략적인 고려보다 윤문의 개인적인 보복이라는 것을 따끔따끔 경고하고 있었다.

너그럽고 덕이 높다는 칭송을 받는 젊은 황제의 어두운 내면. 윤문은 자신이 받은 모욕에 절대 용서가 없었다. 사소할 수도 있는 것마저도 잊지 않고 보복하는 집요함을 가진 황제는 그녀에게 받았던 능멸을 결코 용서하지 않을 거였다. 더불어 그녀를 끝끝내 지켜내 결과적으로 그를 모욕한 정왕에 대한 원한도 만만찮을 터. 자신 때문에 정왕과 목숨보다 소중한 아들 환에게까지 화가 미칠 수도 있다는 가정이 채연의 세상을 캄캄한 암흑으로 물들였다. 아닐 거라고, 공연한 기우라고 치부하려 했지만 무시하기엔 너무도 강렬했다.

「낭랑?」

심중의 격동이 겉으로도 드러났는지, 백지장 같이 하얗게 핏기를 잃은 채연을 향한 송 태감의 눈길에 염려가 가득했다. 바깥일을 전혀 모르면 정왕을 제대로 보필하지 못할 수 있으니 중요한 소식은 알려 달라는 채연의 부탁이 옳다고 여겨 전하기는 했지만 과연 이게 잘하는 짓인가? 전긍하는 그를 보며 그녀는 감정을 추슬렀다. 겁 많은 태감이 이전처럼 입을 딱 닫아 버리면 깜깜한 가운데 속을 끓이는 것 말고는 할 수 있는 게 없었다.

「잠시……, 잠시 햇살이 너무 강렬해 머리가 좀 아찔했나 보네요.」

「안색이 영 좋지 않으신데, 의파를 부르라 할까요?」

「아니에요. 이제 괜찮습니다.」

물러나는 뒷걸음 내내 걱정스레 살피는 눈길을 떼지 않는 태감을 의식해 아무렇지도 않은 척 억지로 미소를 지었지만 그가 멀어지자 밀려오는 현기증을 이기지 못하고 다시금 휘청했다. 환을 안고 멀찌감치 떨어져 연못 주변을 거닐던 유모와 궁녀가 놀라 곁으로 달려왔다.

「아니, 웬 진땀을 이렇게 흘리시는지요? 어디 몸이 불편하십니까?」

손을 들어 이마에 올리니 정말 축축했다. 꼭 쥔 손에도 땀이 흥건히 배어 있었다.

무슨 흉보를 들으신 건가? 궁녀와 유모도 채연의 공포에 감염이라도 된 듯 무거운 얼굴로 어찌할 바를 모르며 서 있었다. 하지만 환은 달랐다. 그를 보면 활짝 웃으면서 팔을 벌려 주는 어미가 자신을 모른 척하는 게 영 마음에 들지 않는지 버둥거리며 소리를 지르기 시작했다.

「어머, 어버…….」

아기의 의도대로 어미는 금세 팔을 뻗어 그를 안아 들었다. 방금 전까지 얼굴을 덮었던 어둠은 씻은 듯 사라지고 오로지 따뜻한 애정만이 한 가득 넘실거리는 시선이 그에게 꽂혔다.

「이런, 우리 왕자를 잊은 줄 알고 골이 났구나.」

하얀 이를 드러내며 방긋거리는 아기의 까만 눈망울에 눈을 맞추며 채연은 불안감을 지우려 안간힘을 썼다.

아무 일도 없을 것이다. 정왕은 목숨을 내걸고라도 나와 환을 지킬 것이다.

그렇지만…… 그 역시 불사신이 아닌 인간. 만약 그가 목숨을 잃는다면?

심장을 관통하는 격통에 채연은 저도 모르게 가슴을 눌렀다. 미래에 대한 불안감이나 공포라고 치부하기엔 과한 아픔. 두려움 때문인 건 분명했다. 하지만 이 두려움이란 감정이 든든한 방파제인 정왕이 사라진 뒤 남겨질 자신들의 비참한 운명 때문인지, 정왕이라는 존재 자체가 세상에서 영영 사라져 버린다는 그 사실 때문인지 알고 싶지 않았다. 모든 시름을 다 잊게 해 주는 아들의 재롱에만 집중하려고 했지만 회피하고픈 진실은 점점 무게를 더해서 압박했다. 피하려던 진실과 그녀는 어쩔 수 없이 대면해야 했다.

지금 그녀에게 두려운 건 정왕의 영원한 부재였다. 그가 주는 영화가 사라지는 게 아니라 바로 그 자체. 그를 볼 수도, 만질 수도, 미워할 수도 없어진다는 것. 전혀 원치 않은 깨달음이었다. 인정하고 싶지 않았다. 영원히 닫혔다고 믿었던 마음이 다시 그에게 다시 열리기 시작했음을.

연민도 모자라 또다시 연모까지 담아 버린 스스로가 한심했다. 그런데 그 사실을 시인하자 마음이 놀랄 정도로 편해졌다. 용서를 간구하며 해바라기를 하는 그에게 비수를 품고 산다는 그 가책만큼은 최소한 끝났다는 의미니까.

한결 평온해진 얼굴로 채연은 환을 마주 보도록 고쳐 안았다.

"그래. 일어나지도 않은 일을 걱정하며 괜히 속을 썩이지 말고 네 아버지를 믿어 보자꾸나. 가끔은 몸서리가 쳐질 정도로 지독하게 약속을 지키시는 분이니 결내 우리들 남겨 두고 먼저 떠나거나 잘 못되지는 않으실 것이다."

맞아요, 라고 맞장구라도 치는 듯 환은 까르르 웃으며 가슴에 얼굴을 비벼 댔다. 아무 근심도 걱정도 없는 천진한 아들의 머리를 쓰다듬는 채연의 입술이 보드랍게 둥글어졌다.

환이 유모와 함께 자러 가자 채연은 수틀을 꺼냈다.

몇 달 전, 그와의 긴장감이 최고조에 달하였을 무렵, 조금이라도 잡념을 떨쳐 보기 위해 수놓았던 이불. 완성되었을 때는 그와 겉으로나마 화해를 했을 때였기에 보고 싶지 않은 것을 마주해야 했다. 아들을 위한 이불을 보며 칭찬을 읊조리는 그에게 가득했던 부러움. 모자 사이에 지극히 당연한 그 일상과 보살핌이 그에겐 경이이고 감동이라는 것을 그녀는 처음으로 알았다. 미처 억제하지 못해 스미어 나오던 동경에 마음이 저릿했었다.

하지만 그를 위해 다른 것을 만들겠다는 소리는 하지 않았다. 아니, 할 수 없었다. 그를 받아들이고 머물겠다는 약속을 지켜 내는 것만으로도 힘겨웠다. 정왕이 원하는 걸 다 내줬는데 여기서 무엇을 더 해야 하냐는 비틀어진 심술이 끝내 모른 척하게 했다.

미움이라는 고통을 털어 낸 지금은 작은 것이나마 위로가 될 걸 주고 싶었다. 옆에 시립한 궁녀가 기대에 찬 눈으로 흰 비단 위에 서서히 윤곽이 드러나는 구름과 용을 살폈다.

「저, 낭랑…… 무엇을 만들려고 하시는지요? 소인의 견문이 좁아 그런지 왕자마마의 소용으로는 그 쓰임이 잘 떠오르지가 않습니다.」

「투선套扇[21]을 수놓아 보려고 합니다.」

입 밖에 뱉어 놓으면 이들의 성화가 무서워서라도 물릴 수가 없겠지. 비틀린 마음이 또 못된 변덕을 부릴까 봐 채연은 솔직히 밝혔

21) 허리에 차고 다니는 작은 부채.

다. 예상대로 궁녀는 좋아서 펄쩍 뛰었다.

「투선은 항시 착용하시는 것이니 전하께 바칠 정표로 정말 딱입니다. 낭랑께서 직접 수놓은 투선을 용포에 다신 전하의 모습을 상상하니 제 가슴이 다 두근거리옵니다.」

「용포에 착용할 정도로 만들 솜씨는 못 된답니다. 번저에 계실 때 어복御服에나 간혹 달아 주시면 감지덕지지요.」

「솜씨가 무슨 상관입니까? 낭랑께서 드리면 무엇이 되건 전하께선 크게 기뻐하시고 항시 차고 다니실 것이옵니다.」

궁녀의 호들갑을 가만한 미소로 지켜보며 채연은 색실을 골랐다. 조금 거칠어도 크게 흠이 되지 않는 이불 수와 달리 좁은 면에 촘촘히 채워 넣는 정교한 수예는 깨알만 한 오차도 허용하지 않았다. 한 땀 한 땀에 남은 앙금을 조금씩 비워 내며 채연은 저녁도 뜨는 둥 마는 둥 사방에 촛불을 밝게 돋우고 손을 움직였다.

그렇지만 채연의 불길한 예감대로 파국은 눈덩이처럼 커져 다가오고 있었다.

건문 2년의 봄은 왔지만 정국은 여전히 삭풍이 휘몰아치는 겨울이었다. 민왕이 숙청된 충격이 가시기도 전에 형주의 상왕이 다음 희생자가 되었다. 주원장의 황자 중 가장 도도하고 자긍심 높은 상왕 백은 형제들과 달랐다. 그의 죄를 물어 폐서인하러 온 군사들 앞에 순순히 무릎을 꿇지 않았다. 잠시 몸을 숙여 미래를 도모하라는 중신들의 간언과 정왕이 미리 보낸 검교의 권유를 단호하게 물리친 그는 궁문을 닫아걸고 스스로 불을 질러 온 일가가 함께 순사하는 극단을 택했다.

「황제의 아들이 어찌 하인배들의 손에 떨어져 서인이 되는 치욕을 당하겠는가? 과인은 왕으로 죽겠다.」

그가 남긴 마지막 옥음. 화염에 휩싸인 왕궁에서 상왕은 황자이 자 번왕으로서의 위엄에 한 치도 어긋남 없이 장엄하고 고고하게 승하했다.

그 비보가 전해지자 조정은 발칵 뒤집혔다. 졸지에 하인배가 되 어 버린 중신들의 입맛은 소태처럼 썼지만 황제의 진노가 워낙 컸 기에 티를 낼 수도 없었다. 황제는 노발대발 분기탱천인 상태. 입만 열면 고함이고 호통인 선황제와 달리 좀처럼 흥분하거나 언성을 높 이는 법이 없는 젊은 황제가 처음 보이는 격노에 그들의 간은 더 쪼 그라들어 있었다.

「반역이 아닌 한 황자들은 함부로 목숨을 거두거나 다치게 해서 는 안 된다는 지엄한 국법을 잊었느냐? 죄가 있는 번왕들을 다스리 는 것은 마땅하되, 절대 지친의 피를 흘리게 해서는 안 된다고 짐이 누누이 당부했건만 도대체 어찌했기에 이런 변고가 일어날 수 있는 가!」

「망극하옵니다. 폐하. 하오나 저희들이 형주 성문을 넘었을 때 상왕께서는 이미 궐문을 굳게 닫으시고……」

「그 입 닥쳐라! 사나운 북적들과도 대적해 싸워 이겨 온 군사들 이다. 만약 네 일가나 지친이 거기 있었다면 봉문이란 핑계로 그리 멀뚱히 서서 구경만 했을 것인가! 네놈들이 정말 짐의 명을 따를 작정이었다면 죽기를 각오하고 왕궁 문을 열어 상왕과 그 일가를 구해 냈을 것이다. 입으로는 짐의 어지를 따르는 척하면서 뒤로는 은밀히 짐을 기망하는 그 속내를 모를 것 같으냐!」

아니라고, 억울하다고 항변하기에는 찔리는 지적. 대놓고 왕들의 목숨을 거두라고 간언할 수는 없었지만 화근을 제거하는 가장 확실한 방법은 죽음이라고 은근슬쩍 돌려 치면서 황제를 설득하려고 해 왔고, 요지부동인 황제 때문에 속을 끓이고 있었던 것은 사실이었다. 솔직히 상왕이 자결했다는 소식을 들었을 때 은근히 쾌재를 부르기까지 했다. 다들 마음으로 지은 죄가 있는 터라 꿀 먹은 벙어리마냥 황제의 눈치만을 살폈다.

「너희들은 짐에게 숙부를 죽였다는 씻을 수 없는 오명을 씌웠다. 더구나 상왕부에서 타 죽은 이 종인령은 고황제의 황장녀인 임안공주의 독자가 아니냐! 이토록 참혹한 변을 당하게 했으니 이제 짐이 사고師姑 앞에서 고개를 들 수 없지 않은가! 하!」

너무도 기가 너무 막히니 호통 대신 헛웃음이 나왔다. 격렬한 흥분에 갑자기 늑골이 찢어지는 것 같아 윤문은 '억' 소리를 내며 가슴을 부여잡았다. 바로 곁에 시립한 환관들이 놀라 다가왔지만 그는 손을 내저어 그들을 물리쳤다. 거친 호흡을 가다듬으며 윤문은 얼음이 뚝뚝 떨어지는 눈초리로 좌중을 쏘아봤다.

공포로 다스렸던 조부와 달리 덕으로 백성을 다스리겠다는 뜻이 짓밟힌 거였다. 더구나 숙질간에 불어닥친 피바람에 흉흉해진 민심은 그를 더욱 노엽게 했다.

「유창영은 관직을 삭탈하고 장 100대를 친 뒤 귀양 보낸다. 그리고 형주에서 황명을 기망하고 임무를 소홀히 한 사들 모두 삭탈하고 그 책임의 경중을 따져 죄를 내리도록 하라.」

「폐하!」

세 대만 맞아도 엉덩이가 너덜너덜해지고, 어지간한 장정도 맨 정신으로 열 대도 버텨 낼 수 없다는 장을 100대나 맞아야 하다니. 모처럼 중책을 맡아 기세등등하게 형주로 떠났던 게 바로 저승길이었구나. 날벼락에 유창영을 비롯한 관리들이 사색이 되었다. 도움을 청하는 눈길을 주변에 돌려 봤지만 모두 시선을 피하기 바빴다. 늘 차분하던 황제의 분위기가 심상치 않은 터라 말 많은 중신들도 입을 닫았다. 체면도 다 팽개치고, 울부짖으며 끌려 나가는 죄인들이 조금은 가련할 법도 하련만, 용안은 여전히 냉엄했다.

「이 종인령은 척신의 위엄에 맞게 예를 치르도록 예조에서 각별히 신경을 쓰도록 하라.」

「황은이 넘치는 명을 속히 복명, 봉행하겠나이다.」

이쯤에서 끝난 것만도 천만다행. 목청을 높여 황제의 은덕을 칭송하는 중신들을 내려다보는 정왕의 시선은 황제보다 더 냉랭하고 어두웠다.

이건 시작일 거였다. 윤문은 도리와 명분을 지키면서 황제의 길을 걸으려고 하지만 그러기엔 이미 너무 멀리 와 버렸다. 무엇이든 처음이 힘든 것이지 그 다음은 더 쉬운 법. 반복이 되면 그건 당연한 일이 되는 것이 세상의 이치였다.

태평성대에 보위에 올랐다면 사직에 길이 남는 성군이 될 수도 있었을 조카. 조부가 아니라 그 아비의 뒤를 이었다면 너나 천하를 위해 모두 좋았을 것을. 어쨌든 하늘의 뜻이 있다면 굳이 내가 없이도 네 뜻을 펼칠 수 있을 것이다.

윤문을 착잡하게 일별하며 그는 망설임을 버렸다.

조하가 파하자 그는 임안공주의 저택으로 향했다.

부고가 이미 널리 퍼졌을 텐데도 공주의 저택은 썰렁했다. 선황제가 살아 있을 때나 금지옥엽 황장녀였지, 이젠 끈 떨어진 연 신세. 더구나 주원장의 무자비한 숙청으로 도륙 나 외로운 부마 일가 독자의 장례였다. 뒷날을 도모할 고리도 없으니 세상인심을 그대로 보여 주듯 적막했다. 흉가에 가까운 적요를 상쇄하는 건 황제의 명으로 나온 예조 관리들뿐이었다.

장례 준비로 분주한 외당은 그나마 훈기라도 돌았지만 수화문을 넘어선 내정은 소리를 죽인 흐느낌만이 간간히 들려올 뿐 을씨년스러움만이 가득했다.

「임안공주께 뵙자고 한다고 전하라.」

뒤늦게 정왕을 발견한 시녀의 얼굴이 굳었다. 특히 공주의 유모였던 여관은 악이 극에 받쳤는지 혐오와 미움을 감추지도 않았다.

「마마께서는 비통이 극에 달해 지금 아무도 만나실 수 없사옵니다.」

「그 뜻은 알겠지만 과인은 꼭 만나야겠다.」

불에 타 시신조차도 건지지 못한 아들. 둘도 없는 독자의 비보를 들은 어미의 참척을 알면 어찌 저럴 수가 있을까? 더구나 다른 이도 아니고 황제 옆에 꼭 달라붙어 형제들을 도륙 내고 있는 원흉인 정왕이었다. 그를 보면 그렇잖아도 무너지는 공주의 가슴이 얼마나 아플까? 몸을 던져서라도 막으려 했다. 하지만 정왕 뒤에 그림자처럼 서 있던 검교들이 어느새 나타나 하인과 시녀들 앞을 막아섰다.

「전하, 가혹하시옵니다. 아드님을 잃으신 공주마마의 참혹한 심성을 부디 헤아려 주십시오.」

발악하듯 외치는 고함을 뒤로하고 정왕은 공주의 침각 안으로 사라졌다.

불도 켜지지 않은 어두운 방 안에 웅크리고 있던 여인이 인기척에 멍하니 고개를 들었다. 괄괄하고 강한 공주의 성질상 정왕을 본 순간 손에 잡히는 온갖 기물들을 다 집어 던지며 악에 받친 저주를 퍼부어야 마땅했지만 잠잠했다. 대신 무례한 침입자를 노려보고 있는 눈망울엔 비수같이 시퍼런 증오만이 번뜩였다. 비통이 극에 달하면 울음도 나오지 않는 것인지 음성도 지극히 건조했다.

「위세당당하신 삼법사의 수장께서 여긴 웬일이냐? 혹여 문상객이 부족할까 한 자리라도 채워 주러 온 것이라면 사양하고 싶구나.」

그에게 상처를 입히지 못한다는 걸 알면서도 이런 독설로 풀어야 숨이라도 쉴 수 있을 것 같은지 그녀의 날 선 비아냥거림이 계속 이어졌다.

「혹여 내가 머리를 풀고 통곡하는 모습을 구경하러 왔다면 일찌감치 돌아가거라. 난 이 한이 풀어지는 날까지 절대 그런 구경을 시켜 줄 생각이 없으니까 말이다. 네게 내 꼬락서니를 염탐해 오라 시킨 자가 있다면 그에게도 그리 전하렴.」

가만히 누이를 응시하는 정왕의 눈망울에 희미하게 감탄이 스쳐갔다. 흐릿하나마 미소도 떠올랐다.

그 미소가 공주에게는 달리 해석이 된 모양인지, 새파란 원독을 가득 담은 눈빛이 더더욱 형형해졌다. 시선이 칼날이라면 눈앞의 정왕뿐 아니라 백만 대군의 피로 장강을 물들이고도 남을 정도로 매서웠다.

「이미 박살이 난 것도 모자라 이제 대가 끊긴 가문이다. 상주 노릇이라도 대신 해 줄 게 아니라면 그만 돌아가 주렴. 자식의 원수

와 한 하늘을 이고 사는 걸 견디는 것도 힘겨운데 한 지붕 아래 있
는 건 내게도 좀 과하구나.」

공주가 그러거나 말거나 정왕은 그녀 곁으로 바짝 다가섰다. 원
수를 갚는 날까지 흉한 모습을 보이지 않겠다고 독한 맹세를 한 공
주의 한계를 자극하는 행동이었다. 이성을 잃고 손을 쳐든 순간 몸
을 숙인 정왕이 그녀의 귀에 대고 속삭였다.

「규는 살아 있습니다.」

「뭐!」

새된 소리로 비명을 흘린 그녀가 벌떡 일어섰다.

「그게 무슨 소리냐. 흡!」

아들의 이름이 튀어나오려는 찰나 정왕의 손이 그녀의 입을 틀어
막았다.

「그의 목숨을 보전하고 싶으면 경거망동하지 마십시오.」

그녀 역시 황제의 딸. 온갖 풍파를 다 겪어 노회해질 대로 노회해
진 공주였다. 알아들었다는 의미로 고개를 끄덕였다.

「상왕저에 있던 검교들이 규를 구해 내 극락사로 피신시켰습니
다.」

「극락사?」

부황이 내려 준 금남의 영역이고 그녀의 사람들로만 채워진 곳.
방금 전까지 가득했던 절망과 원한은 녹아지고 믿고 싶다는 희망
과 의문이 그 자리를 채웠다. 아들의 안위가 확인되자 숙음을 택한
이복 아우에게도 마음이 쓰이는지 공주의 질문이 이어졌다.

「어찌…… 규만 구했느냐?」

「형님은 왕으로 죽겠노라고 거부하셨고, 세자도 부왕의 뜻을 따

르겠다고 했답니다.」

왕궁을 포위하고 있는 황제의 군사들 뒤에서 왕족들을 쥐도 새도 모르게 빼돌리는 건 정왕에게도 목숨을 거는 모험. 큰 위험을 무릅쓰고 아들을 구해 준 것이 그동안의 원한을 잊게 했는지 정왕을 보는 눈초리며 음성이 전에 없이 보드라웠다.

「장례를 치른 뒤 천도제를 지내러 극락사로 가면 무방하겠느냐?」

세세히 일러 주지 않아도 재빠르게 상황을 판단하는 누이에 대한 찬탄을 감추지 않으며 정왕이 고개를 끄덕였다.

「그리 떠나면 아무도 의심하지 않을 것입니다.」

「그럼 그 이후엔 어찌해야 하지? 아무리 내 사람들로 채워진 극락사라지만 전에 네가 심어 놓은 그 여승처럼 스며든 간자가 있을 수도 있고 아주 소소한 이득에도 모래처럼 쓸려 나가는 게 충성심이 아니냐.」

「맞습니다. 당장 숨어 있기엔 최적의 장소이나 오래 머물기는 힘들지요. 달포 정도 뒤에 그 아래 지현에 청해로 가는 상단이 갈 것이니 그들에게 딸려 보내십시오. 조카의 명이 다하지 않았다면 무사할 겁니다.」

한 달 뒤까지 다 안배를 해 놓았다는 사실에 새삼 감탄과 동시에 소름이 돋았다. 이 아이가 체와 함께 섰다면 천군만마를 얻은 것인데. 아쉬움과 함께 불현듯 호기심이 솟았다.

「어째서 규를 구했느냐? 만약 탄로 날 경우, 네게도 결코 이롭지 않을 텐데?」

「제 곁에 지친의 피를 보지 말라고 간청하는 이가 하나 있어서요.」

「무어라?」

고작 계집 하나 때문에 지금 가진 영화와 어쩌면 목숨까지도 위협받을 모험을 했다고? 믿기 어렵다는 불신이 음성에 가득했다.

채연과 아들을 위해서 더 이상 악업을 쌓고 싶지 않다는 것 말고도 여러 가지 이유가 있었지만 그걸 누이에게 구구절절 풀어 놓을 이유는 없었다. 최후의 순간에 단 한 번 아버지의 얼굴을 하면서 뻔뻔하게 짐을 지운 부황에게도, 지금 황제인 윤문에게도 또 다른 형제들에게도 할 수 있는 최선을 다했으니 되었다. 그것에 자족하며 그는 마지막 당부를 덧붙였다.

「소제가 도울 수 있는 건 여기까지뿐이니 부디 주변을 늘 경계하고 자중하십시오.」

아들을 피신시킨 뒤 황도로 돌아오면 싫으나 좋으나 얼굴을 마주해야 하는데 왜 두 번 다시 못 볼 사람처럼 구는 것인지 의아했지만 묻기도 전에 정왕은 가볍게 목례를 하며 나가 버렸다. 죽음보다 더한 고통에서 해방된 마당이라 공주도 지금은 그런 사소한 것을 깊이 따지고 들 기력이 없었다. 그녀를 지탱해 주던 얼화가 사라지자 피로가 급격하게 몰려왔다. 부고를 들은 뒤 먹지도 자지도 못했던 육신이 급격하게 휴식을 요구했다.

고맙다는 인사는 나중에 돌아온 다음에 하면 되겠지. 이대로 실신한 척하는 것도 혹시라도 있을 의심의 눈길을 피하는 데 좋은 방책일 것이다. 공주는 베개에 머리를 대자마자 곧바로 곯아떨어졌다.

정왕이 얼마나 속을 뒤집어 놨기에 두문불출이실까? 밖에서 내내 동동거리다 들어온 유모와 시녀들은 공주가 혼절했다고 비명을 질러 댔다. 고래고래 정왕을 저주하며 의원을 부르는 온갖 난리법석이 벌어졌지만 어느 것도 임안공주의 꿀보다 단 잠을 훼방 놓지 못했다.

수연각 안으로 들어서며 정왕은 크게 심호흡을 했다. 문밖의 소용돌이와 완전히 다른 세상. 한 모금 한 모금 공기를 들이마실 때마다 황궁의 독기가 옅어지고 몸이 정화되는 것 같았다. 뼛속까지 가득한 한기도 한풀씩 녹아내리는 것 같은 이 느낌이 너무도 좋았다. 활시위처럼 팽팽하게 당겨졌던 신경이 느슨하게 가라앉는 걸 즐기며 내실로 향했다.

그가 들어오는 걸 보자 모두 조용히 엎드려 인사말도 입으로만 달싹거렸다. 정왕의 입실을 알릴 때마다 유달리 잠귀가 밝은 환이 매번 깨어나 요란하게 울어 대는 바람에 내린 엄명. 때문에 정신없이 몰두하던 채연은 그의 기척을 알아채지 못했다.

잠시 홀린 듯 그 자태를 바라보던 정왕의 입가에 미소가 떠올랐다. 입술을 조그맣게 오므리고 살짝 주름이 잡힐락 말락 할 정도로 미간을 모은 저 모습은 하기 싫은 일을 꾹 참고 할 때의 표정. 당사자는 모르지만 그는 아는 채연의 버릇이었다.

환의 다음 생일까지는 아직 시간이 많이 남았는데 벌써부터 무엇을 만들고 있는 것인지?

몸을 구부린 그림자가 수틀에 드리워지자 그제야 채연이 화들짝 놀라 일어섰다.

「전하. 용서하시옵소서.」

「아니다. 열중하고 있는 모습이 아름다워 그냥 지켜보고 싶어 내가 기척을 죽였다.」

얼굴에 발간 꽃물이 들었다.

버겁고 미안하기만 했던 칭찬. 하지만 팽팽하게 맞서던 질긴 애증의 싸움에서 애愛가 증憎을 이겼음을 인정하니 불편함 대신 두근거림이 그 자리를 차지했다.

수줍게 눈을 내리깔며 채연은 평소처럼 곁으로 가서 정왕의 요대를 풀어 주고 어복을 벗겨 받아 들었다. 정왕도 또 그녀 자신도 인식하지 못했지만 침의를 입혀 주는 몸태엔 의무감이 아니라 애정이 깃들어 있었다. 그리고 방금 벗어 놓은 옷을 차곡차곡 개키며 주름을 펴는 손길은, 비단이 정왕의 몸이라도 되는 것처럼 부드러웠다.

「곧 인삼차를 올리겠습니다.」

늦은 밤 지쳐 돌아온 정왕을 위해 채연이 직접 꿀에 재워 놓은 귀한 인삼으로 차 한 잔을 달여 주는 것 또한 일상. 화로에 올린 주전자는 금세 바르르 끓어올랐다.

내실을 가득 채운 인삼차의 향기 속에서 채연의 상냥한 음성으로 환이 새로 익힌 재주며 재롱을 전해 듣는 것은 지금 그를 버티게 해 주는 유일한 힘이라고 해도 과언이 아니었다. 간혹 채연이 미처 감추지 못하고 언뜻언뜻 드러내는 그 무한한 내인耐忍의 그림자를 볼 때마다 사람의 속내를 꿰뚫어 보는 자신의 동찰력이 저주스럽고 자신의 존재가 채연에겐 감내해야 하는 시련이라는 현실이 고통스러웠다. 그럼에도 이 불안정한 행복을 놓치는 것보다는 나았기에 모르는 척, 채연이 허락해 주는 부스러기에 감지덕지하며 참아

왔다.

「성심을 상하시는 일이라도 있으신지요?」

그런데 오늘은 뭔가 달랐다. 채연과 그 사이에 있던 단단한 벽이 사라진 것 같은 느낌. 뺨에 떠오른 고운 홍조도 후끈한 화로나 촛불이 만들어 낸 착각이 아니라 서내원에서 곧잘 보이던 연한 설렘의 색과 흡사했다. 그를 향한 눈길에 담긴 부드러움 역시 진짜처럼 보였다.

그가 아는 한 채연이 마음을 돌릴 아무런 계기도 없었다. 자신의 간절한 열망이 만들어 낸 환상이라는 게 가장 걸맞은 추측. 설령 그렇다고 해도 지금은 이것이 진실이라고 믿고 싶었다. 공연히 연유를 파헤치다 꿈처럼 달콤한 이 허상마저 놓치는 불필요한 모험을 하고 싶지 않았다. 그렇지만 허기진 마음이 결심과 다른 물음을 쏟아 냈다.

「아무리 힘들어도 넌 내 여인으로 살겠다는 맹세를 어기지 않겠지?」

그의 음성에 담긴 깊은 불안과 두려움. 이제는 그에게 품었던 미움을 버렸다고 고백해야 했지만 아직도 남은 앙금이 있는 것인지, 아니면 수줍음인지. 쉽사리 입이 떼어지지 않았다. 채연은 고백 대신 거의 완성된 자수를 그의 앞에 내밀었다.

「투선을…… 수놓고 있습니다.」

팽팽히 당겨진 흰 비단의 중심부에 자리 잡은 것은 오색구름과 비바람을 거느린 금빛 사조룡四爪龍. 그의 것이란 의미였다.

가능하면 절대 하고 싶지 않다던 수예를 나를 위해 하다니.

너무 놀라니 말문이 막혀 버렸다. 이것이 정녕 현실인지 감히 손을 대어 확인할 엄두도 나지 않았다. 이것이 단순한 물건이 아니라 채연의 용서가 담겨 있다는 깨달음에 가슴부터 시작된 환희가 온몸으로 퍼져 나갔다. 피부 안쪽에서 나비들이 날갯짓을 하며 팔랑거리는 느낌이 서서히 커지더니 온몸을 가득 채웠다.

조금 전의 따스함은 착각이 아니다. 그가 준 상처로 괴로워하던 채연이 용서하려고 한다. 이유는 알 수 없었지만 채연이 다시 한 발짝 더 다가왔다 그것만은 확실히 느낄 수 있었다. 안도감, 행복감, 환희가 밀려왔다.

「이 마음만으로도 충분하다.」

수틀 안에서 꿈틀대는 용의 발톱을 손끝으로 쓰다듬으며 그는 채연에게 부담이 될까 봐 차마 하지 못했던 고백을 토해 냈다.

「내가 부러워한 것은 환에게 네가 만들어 준 이불에 담긴 마음이었다. 정말 나를 위한다면 너만은 남을 위해 하고픈 것을 참거나 싫은 일을 억지로 하지 말고 하고 싶은 것만을 해라. 너를 족쇄처럼 채우고 있는 그 삼종지도三從之道가 아니라 네 진심으로 내게 오면…… 난 그것으로 족하다.」

통찰력이 뛰어난 사람이니 모르지는 않으리라 짐작은 했다. 그녀가 허락한 것은 몸이지 마음은 여전히 닫혀 있었음을. 알면서도 더 이상 상처를 주고받기 싫어 계속해 왔던 가면극. 이제는 끝을 낼 수 있다는 게 정말로 감사했다.

「전하께서는 힘들지 않으시옵니까?」

「너와 환이 내 곁에 있는 한 뭐든 기쁘게 할 수 있다. 원치 않는 일을 해야 하는 건 나 하나로 족하다. 네가 원하는 일만을 하면서 살게 해 주겠다는 것은 허언이 아니라 진심이다.」

내가 무엇이기에 이 사람은 이리도 나를 갈구하는지.

죄책감이 심장을 관통하며 스스로 믿어지지 않을 정도로 마음이 아팠다. 이른 봄날의 연못처럼 아주 얇게, 마지막으로 남아 있었던 살얼음마저 깨졌다.

채연은 맑은 눈을 들어 그를 똑바로 응시했다.

「저희를 위해서 지신 짐을 덜어 드릴 수 없지만 전하께 조금이라도 위로나 보탬이 되고 싶습니다.」

서내원에서 그가 채연에게 바랐던 역할은 황금 새장 속에서 그만을 위해서 지저귀고 노래하는 작은 새. 그가 그걸 원하면 그녀는 그렇게 살아 줄 거였다. 하지만 채연은 그 이상을 줄 수 있는 여인이었다. 단순한 위안이 아니라 때로는 의지하고 고뇌를 털어놓으며 공명할 수 있는 존재. 불가능하다고 믿고 아예 바라지도 않았던 소망이 현실이 될 수 있었다.

그 반려이자 동반자가 채연이라서 기뻤다. 그는 아주 기꺼이, 오늘 퇴청해 돌아올 때까지도 채연에겐 절대 알려 줄 생각이 없었던, 그를 괴롭히던 고민을 털어놨다. 아버지 같았던 스승이 죽은 뒤, 한 번도 구하지 않았던 위로를 당당하게 요구했다.

「상왕 형님이 순사하셨다.」

민왕의 비보를 들었던 때 이상의 충격. 채연의 눈이 커다래졌다.

「상왕 전하라면…… 학문을 장려하고 선정을 베푸시어 명망이 높으신 분이 아니옵니까?」

그랬다. 민왕을 포함해서 그동안 숙청된 다른 왕들은 누가 봐도 크게 책잡을 수 없는 확실한 핑계가 있었다. 폭정으로 백성을 도탄에 빠뜨렸다거나, 왕으로서 품위를 떨어뜨렸다거나. 하지만 상왕은

日月下

달랐다. 누구와 비교해도 흠잡을 데 없이 왕 노릇을 잘하고 있었다.

「함부로 화폐를 만들고 백성을 죄도 없이 죽였다는 죄목이지.」

그것이 누명임을, 채연은 정왕의 침통한 표정을 통해 짐작했다. 이어지는 설명은 그녀의 짐작을 확인으로 바꿔 주었다.

「장형이 승하하신 뒤 상왕 형님을 태자로 추대하려는 무리들도 있었다. 개국에 공은 크지만 공비는 고려 출신. 하지만 상왕 형님의 왕모는 낙양에서 부황의 대업을 지원했던 막강한 토후의 딸이니 그 배경이 4황형과 비할 바가 아니었지.」

그의 음성에선 참을 수 없는 울분이 스며 나왔다.

「그저 한 번, 태양이 되길 꿈꿨다는 이유만으로 주인 잃은 개처럼 핍박을 받고 있다. 민왕처럼 황제에게 절대 위협이 되지 않는 존재라는 걸, 그렇게 자신을 형편없이 망쳐 가면서까지 보여 주어도, 상왕 형님처럼 학문에만 매진하면서 엎드려 살아도 세상은 그가 태양이 될 수도 있었다는 걸 결코 잊어 주지 않는다.」

민왕이 숙청된 이유가 황제 후보군에 있었기 때문이란 사실은 온종일 그녀를 짓눌렀던 공포를 덜어 냈다. 그가 왜 그리도 앞뒤 가리지 않고 포악하고 방탕하게 날뛰었는지도 이해가 되었다. 민왕의 폐위 소식에 그동안 얼마나 겁을 먹고 떨었는지 정왕이 알았다면 얼마나 웃을지. 여인의 소견으로 공연히 침소봉대하였다는 결론에 도달하자 마음이 한결 편해졌다

그렇지만 정왕은 그녀와 달리 고뇌의 깊이가 더해 가는 것 같았다. 허공을 노려보는 옆모습에 서린 짙은 어둠은 촛불이 드리운 그림자라기보다는 그의 깊은 상심이란 게 더 적합했다.

「앞으로 얼마나 피가 흘러야 할지.」

낮은 중얼거림에 서린 것은 스스로에 대한 무력감. 좀처럼 보이지 않던 방심한 상태를 안타깝게 지켜보던 채연은 조심스럽게, 그녀 입장에서는 최선을 입에 담았다.

「선황 폐하께서도 붕어하셨으니 이젠 삼법사를 떠나 왕부로 돌아가시는 게 어떨지요?」

삼법사를 떠나면, 그의 손으로 형제들을 치는 상잔은 피할 수 있지 않을까? 오래전, 오늘처럼 자신을 풀어 놓던 그 첫 만남에서 채연은 그가 살겁을 혐오한다는 걸 알아챘다. 한 치의 빈틈이나 자비도 없이 그 임무를 수행하긴 했지만 그때나 지금이나 그는 그 일을 결코 즐기지 않았다. 부황도 없는 지금 형제 살상의 죄업을 황제와 함께 짊어질 이유가 없었다.

「그래. 부황이 안 계시니 이제는 삼법사에 묶여 있을 이유가 없긴 하지.」

소년 시절에는 감히 부황의 명을 거역할 수 없었다. 토악질이 밀려와 당장 쓰러질 것 같아도 참으며 참혹한 혹형을 지켜봐야만 했고 그 밤은 어김없이 악몽에 시달려야만 했다. 처음으로 사람을 죽이라고 명령한 날의 그 죄책감은 잊을 만하면 되살아나 불면과 구토를 불러왔다. 그렇지만 이를 악물고 참았다. 한없이 엄혹하고, 한 번도 돌아봐 주지 않던 부황이지만 임무를 제대로 수행할 때는 칭찬을 해 주었고, 기꺼운 눈길로 바라봐 줄 때면 기뻤다.

그를 미혹한 또 하나는 권력자로서의 쾌감. 노골적으로 혹은 은밀히 그를 무시하던 이들이 그의 눈짓 하나에도 벌벌 떨고 굽실거리는 게 통쾌했다. 그렇게 권세와 권력에 중독되었지만 어느 순간 그마저도 희미해지고 무덤덤해졌다. 부황의 상찬은 그가 완수한 결과에만 향해 있다는 걸 감지하면서, 그도 다른 대신들처럼 부황에겐 언제든 버릴 수 있는 패라는 걸 깨달았다. 모든 게 시들해지자 남은 것은 채울 수 없는 허무와 공허뿐. 어느 순간부터 세상과 유리되어 모든 걸 무념무상으로 바라볼 수 있게 되었다.

그렇게 사는 것 자체가 고역이고 고난이 되어 버린 시점에 나타나 인간답게 살고 싶다는 욕구를 갖게 해 준 작고 맑은 존재. 허공에 꽂혀 있던 그의 시선이 천천히 채연에게로 돌아섰다. 그의 눈빛은 불가해한 어둠 속에서 복잡한 파도를 담고 출렁였다.

「아직은 해야 할 일이 남아 있다.」

퍼뜩, 채연의 뇌리에 한 가지 가정이 스쳐 갔다.

「혹시…… 저 때문에 붕어하신 선황제께 빚을 지신 것입니까?」

그래서 새로 등극한 황제 곁에서 형제들을 치는 일을 하고 있는 것은 아닌지. 만약 그렇다면 그 죄를 나는 어떻게 갚아야 하는 것인가?

두려움에 떨면서 대답을 기다리는 그녀를 그가 팔을 뻗어 당겨 안았다.

「아니. 그것은 아니다. 부황은 내게 빚을 지우려고 했지만 아쉽게도 그걸 이루지 못하고 떠나셨지. 내가 반드시 따라야 할 의무는 전혀 없다.」

「하면…… 어째서요?」

「부황께 얻어 내지 못한 걸 지금 황제에게 받아 내 볼까 하는 뜻도 없지는 않지만…… 가장 큰 이유는 나 자신에게 이제 나는 부황의 뜻대로 움직이는 살수殺手가 아니라는 것을 증명하고 싶어서인 것 같다. 네 아비의 말처럼 활인검이 되어 형제들을 돕고 싶은 것이지도 모르지. 순망치한脣亡齒寒이라고 내게도 다가올지 모를 칼날을 지근에서 지켜보다가 제때에 막고 싶은 얄팍한 계산일 수도 있고.」

남은 차를 비우며 그는 자조적으로 중얼거렸다.

「최소한 목숨은 지켜 주는 게 도리겠지. 얼마나 할 수 있을지는 모르겠지만……..」

그녀와 관련된 것을 제외하고는 사람이 아니라 목석처럼 느껴질 정도로 무감동하던 정왕의 이런 동요는 처음이었다. 늘 태산 같던 그의 고백에, 민왕의 비보를 들었을 때부터 싹이 튼 불길함이 다시 커져 갔다. 하지만 이미 지나칠 정도로 무거운 짐을 지고 있는 그에게 더 이상의 부담을 주기 싫었기에 채연은 태손 시절 황제와의 대화를, 그때의 공포를 다시 한 번 삼켰다.

二十三

늦은 시간까지 조하의 일을 돌보던 황제가 침궁으로 돌아온 지 벌써 두 시진. 태음에 맞춰 올린 모까지도 뜨는 둥 마는 둥 물린 황제는 쉬지도 않고 남은 정무를 보고 있었다.

황제의 분위기를 슬슬 살피던 하 태감은 남몰래 낭패감을 삼켰다.

'오늘도 여기서 침수를 드시겠구나.'

황후가 있는 성궁전을 비롯해 여러 후궁전에서 황제를 기다리며 목이 빠져라 건청궁만을 바라보고 있건만 오늘도 움직일 기색이 없어 보였다.

아직 후사도 없는 상황에 한창때인 젊은 황제의 금욕적인 행보는 황실의 고민거리였다. 황후부터 후궁들까지 하나같이 천하절색이건만 태손 때도 의무적으로 들어야 하는 날 이외에는 거의 비를 찾지 않았다. 즉위한 이후로는 국정에 몰두하느라 더더욱 그 발길이 더욱 뜸해진 터. 여인들의 기다림은 오뉴월 한발에 쩍쩍 갈라지는 논바닥 옆에 선 농부보다도 더 목이 타고 간절했다.

눈치를 봐서 어느 궁으로든 좀 납셔 달란 권유를 해 달라는 경사방 태감의 간청이 귀에 쟁쟁했지만 어전태감은 속으로 고개를 내저었다.

지금 숙고하시는 문제의 결단을 내리기 전에는 움직이지 않으신다.

여색으로 고민을 잊어 보려는 것이 대부분의 사내들이건만, 젊은 황제는 달랐다. 무엇이든 집중하면 그 문제를 해결할 때까지는 옆도 돌아보지 않는 외골수. 하지만 신중한 동시에 결단력도 있기에 이렇게 긴 시간 숙고를 거듭하는 것은 극히 드문 일이었다.

잔뜩 긴장하고 있던 어전태감의 귀에 정적을 깨는 옥음이 들려왔다.

「너는 지금 삼법사로 가서 17황숙을 모셔오라.」

그는 날듯이 삼법사로 달려갔다. 이미 퇴청했으면 어쩌나 하는 걱정과 달리 정왕은 늦은 시간임에도 삼법사에 있었다. 마치 기다리고 있었던 듯 황제가 부른다는 태감의 전언에도 전혀 놀라거나 의외라는 기색을 보이지 않았다.

황상께선 과연 무어라고 할지, 그리고 이분의 대답은 무엇일지.

왠지 모를 오싹한 예감을 떨치려 애쓰며 태감은 황제에게 정왕이 왔음을 아뢰었다. 반각도 지나지 않아 침궁 외당의 알현실에 황제가 들어섰다. 몸을 숙이는 정왕을 일으키며 그는 맞은편의 의자를 가리켰다.

「사직 상소문은 잘 보았습니다. 오늘 중신들이 아주 입을 다물지 못하더군요.」

「모두에게 그리 희소식이 될 줄 알았으면 진즉 청할 걸 그랬나 보옵니다.」

「짐이 보기엔 황숙께서 가장 기뻐하시는 것 같습니다만.」

「송구하옵니다. 부족한 사람이 능력에 부치는 짐을 내려놓을 수 있게 되니 그 안도감이 바로 드러난 모양입니다.」

「17황숙이 무능하다면 조하의 백관들 중에 자리를 보전하고 있어야 할 자가 과연 몇이나 될지 의문이군요. 이런 시국에 사직이라니 좀 무책임하다는 생각은 들지 않으십니까?」

「상찬에 몸 둘 바를 모르겠습니다. 하오나 여러 왕들이 왕부를 제대로 다스리지 못한 죄를 받는 가운데 번왕인 제가 황도에 머무르는 것도 이치에 맞지 않다고 봅니다. 형평성을 봐서라도 사직하고 제 왕부로 돌아가 본래 소임을 다하는 것이 옳을 듯싶습니다.」

황제도 정왕도 속내를 드러내지 않고 매끄럽게 상대의 예봉을 피해 가는 데는 도가 튼 사람들이라 무의미한 말의 향연이 계속 이어졌다.

「황숙의 소임은 삼법사를 이끌며 짐을 지키는 것이 아니었습니까?」

「예. 맞습니다. 선황께서 유훈으로 그리 명하셨지요.」

「그런데 어찌 그 지엄한 유훈을 헌신짝처럼 버리려고 하십니까?」

「폐하, 제가 받았던 유훈은 그것뿐이 아니었습니다. 황권을 위협하는 자는 혈육이라도 용서치 말되, 대신 황자들이 주인 없는 개처럼 쫓기다 억울한 죽음을 당하는 일만큼은 막아 달라고 하셨지요.」

깊은 침묵이 내려앉았다. 믿기지 않는 듯, 혹시라도 정왕이 거짓을 아뢰는 것이 아닌지 진위를 파악하려는 예리한 시선이 꽂혔다가 윤문이 천천히 되물었다.

　「정말 그런 유훈을 내리셨단 말씀이십니까?」

　「직접 들은 소신도 당시 믿기지 않았으니 전해 들으시는 황상께서는 더하시겠지요. 하나 제게 하등 도움이 되지 않는 명을 뒤늦게 거짓으로 아뢸 이유가 뭐가 있겠습니까? 분명히 그리 하명을 하셨습니다.」

　그러나 결과는 죽은 황제의 우려대로 제일 아꼈던 아들 중 하나는 가장 비참한 최후를 선택해야 했다. 거기로 몰아간 것은 결국 그라는 죄책감은 윤문에게도 결코 적지 않았다. 아마도 그가 평생 떨쳐 낼 수 없는 무거운 덩어리일 거였다.

　「상왕 숙부의 일 때문에, 그래서 짐을 버리겠다는 것입니까?」

　나냐, 아니면 형제냐. 요지는 그것이었다.

　정왕도 정공법을 택했다.

　「저는 황상이 태양으로 천하의 중심에 서서 명나라를 태평하게 다스리고 주씨 천하를 만대에 이어 주시기를 원합니다. 그리고 저는 그 그늘에서 소임에 맞게 달로 살고 싶습니다.」

　「삼법사의 드러난 기둥과 가지는 새로운 수장을 따를 수 있겠지만 숨은 뿌리는 황숙의 것이라고 해도 과언이 아닙니다. 정녕 다 버리실 수 있으십니까? 그리고 그 힘과 영향력을 원하는 자들의 유혹에 넘어가지 않을 자신이 있으십니까?」

　「욕심이야 다른 이들이 가진 만큼은 있을지 몰라도 소인은 배포가 작습니다. 황상께서 주신 것은 황상께 온전히 돌려 드리고 제 그릇에 맞게 번왕으로만 살겠습니다.」

황제의 시선을 마주한 정왕의 눈은 조금의 흔들림도 없었다. 깊은 물속처럼 속을 알 수 없는 숙부. 최소한 지금 이 순간은 정직해 보이긴 하지만 정말 믿어도 되는 것일까? 갈등하는 황제의 속내를 아는 것처럼 정왕이 다시금 확언을 해 줬다.

「선황께서 붕어하시기 전에 번저로 직접 오셨던 황상께서는 제가 어느 쪽을 선택할지 알고 싶어 하셨지요. 그 답을 지금 올리겠습니다. 황상께서 저를 내치지 않는 한 저는 황상의 곁에 설 것입니다. 이것은 선황께도 드렸던 맹세입니다.」

「그런 분이 삼법사를 떠나신다고요?」

「그것이 가장 좋은 길이기에 택하려는 것입니다. 제가 아무리 충성하고, 폐하가 저를 신임하신다고 해도 세상이 저를 가만히 두지 않을 것입니다. 천치가 아닌 다음에야 작은 권력에 연연해 치명상이 될 그 화살을 고스란히 맞을 수는 없지요.」

정왕은 황제에게 아주 유용한 동시에 솔직히 부담스러운 존재였다. 언젠가는 그의 힘을 거둬 와야 한다는 건 황제도, 지금 자진해서 그걸 내놓는 정왕도 알고 있었다.

삼법사는 본디 황제만을 위해 존재했지만 지금 구성원들의 충성은 윤문이 아니라 정왕에게 쏠려 있었다. 홍무제가 살아 있을 때조차도 정왕이 파직된 동안 수장 대리가 조직을 제대로 장악하지 못하고 쩔쩔맸고 이젠 그들이 유일하게 두려워하던 홍부제도 없었다. 지금 삼법사는 문자 그대로 정왕의 수족. 황제와 조정을 위해 어려운 임무들을 척척 수행할 때마다 오히려 불안감은 더 커지고 있었다. 만약 저 힘이 밖이 아니라 안을 친다면? 당연히 들 수밖에 없는 의구심이었다. 정왕을 어디까지 믿고 활용해야 하는가는 황제를 괴롭히는 난제 중 하나였다.

그것과 별도로 윤문만이 아는, 절대 떨칠 수 없는 내밀한 열등감이 있었다. 영민하다, 뛰어나다는 찬사를 한 몸에 받았던 소년이 유일하게 넘을 수 없었던 벽. 단 한 번이라도 좋으니 제대로 실력을 겨뤄 압도하고 싶었지만 늘 웃으며 모든 걸 져 주고 양보해 준 숙부. 꾸준히 쌓인 그 열패감은 채연이 정왕을 선택함으로 극에 달했다. 마음을 준 여인이 그를 거부한 것이 더 아픈지, 그 상대가 정왕 숙부여서 더 아픈지 모를 정도였다. 정왕을 마주 보면서 패배감을 계속 곱씹고 싶지 않다는 마음이 추를 기울게 했다.

패륜을 저지르라는 끝없는 속삭임도 멀리 떠나보내면 수그러들겠지.

넌 천하를 다 소유했으니 정왕이 원하는 하찮은 것은 줘 버리라는 조부의 유언을 되새기며 그는 결단을 내렸다.

「황숙의 사직을 윤허하는 게 지금 제게 엄청난 손실이라는 건 아시지요?」

피차 주고받을 것은 깔끔해야 하는 법. 정왕의 입가에도 그날 처음으로 진심 섞인 희소喜笑가 머금어졌다.

「제가 무엇을 해 드려야 할지요?」

상큼한 나무의 향내를 머금은 부드러운 밤바람이 감도는 정원으로 내려선 정왕은 방금 물러나온 건청궁을 올려다보았다.

특별히 눈에 띄는 호화스러움도, 정교함도 없는 커다란 건물. 황제의 침궁이라는 유일한 표시는 황금빛 기와와 석계 중앙으로 연결된 어도뿐이었다.

황제만이 걸을 수 있는 어도 양옆에 깔린 포석으로 그의 시선이 옮겨졌다.

지난 세월 동안 철권을 휘두르던 부황의 부름을 받아 수도 없이 오가며 밟았던 돌길. 주씨 천하를 지키고 자신의 목숨을 보전하기 위해 못 할 짓도 많이 저질렀다. 하지만 이제는 정말로 종결. 그들에게 허락되지 않는 어도 옆을 걸으며 미처 감추지 못한 탐욕을 흘리던 형제들과 혼백이 되어 황궁을 떠다니고 있을 부황에게 마음으로 용서를 구했다.

이것이 소자의 최선입니다. 저는 제게 가장 귀한 것을 지켜야 하니 당신이 주신 숙제를 여기서 끝내는 것을 너무 노여워 마십시오. 아무 대가도 없이 떠맡기실 땐 부황도 그 정도는 각오를 하셨겠지요.

어쩌면 평생 다시 들어와 보기 힘들 장소에 하직 인사를 한 그는 몸을 돌렸다.

미련 없이 건청궁을 벗어나는 정왕을 바라보는 늙은 어전태감의 마음은 한없이 무거웠다. 한평생 홍무제의 곁을 지킨 그는 어느 정파에도 치우치지 않았기에 지금 정국을 누구보다도 더 객관적으로 볼 수 있었다.

중신들이 번왕들을 차근차근 제거하고 있지만 연왕은 여전히 건재했다. 아슬아슬할 수도 있었던 힘의 균형이 그나마 이쪽에 있는 것은 천하의 모든 치부와 정보를 움켜쥐고 있다는 삼법사가 황제 편에 확고하게 있기 때문. 정왕이 떠났을 때 닥쳐올 혼란이 훤히 보였다. 건청궁의 담장을 벗어나자 그는 정왕 앞에 무릎을 꿇고 손을 모았다.

「전하, 부디 황상을 떠나지 마시옵소서.」

정왕의 눈빛이 어둡게 변하더니 추상같은 질책이 그의 머리 위로 떨어졌다.

「무엄하구나. 선황과 달리 지금 황상이 내신들을 총애하신다지만 어찌 너마저 이리 분수를 잊고 방자해지는 것인가? 네놈이 정녕 죽고 싶은 모양이구나.」

「전하, 내신이 정사에 나서면 장살하라는 명이 새겨진 그 철패를 직접 받아 건 것이 바로 이 노비이옵니다. 그걸 어찌 모르겠사옵니까? 이 노물이 죽음을 각오하고 간청 드리오니, 선황 폐하의 유훈을 부디 잊지 말고 지켜 주시옵소서.」

두꺼운 무쇠 문에 몸을 부딪치는 것과 같다는 건 그도 알고 있었다. 튕겨져 피를 흘리고 나뒹군다고 해도 매달려야만 파국을 막을 수 있다는 예감에 늙은 태감은 두려움을 버렸다. 선황제의 당부대로 젊은 황제를 지켜야 한다는 일념에 모든 걸 던졌다.

그렇지만 정왕의 반응은 냉암冷暗 그 자체. 극한의 압박감에 짓눌려 심장이 멈출 것 같다는 생각까지 든 찰나에 한결 누그러진 음성이 들려왔다.

「고황제의 혈손이신 황상께서 대가 없이 과인을 풀어 주실 것 같으냐? 유훈은 지키고 떠날 것이다.」

「전하?」

희미한 희망에 얼른 고개를 들어 올려다본 정왕에게서 읽어 낼 수 있는 유일한 감정은 애수. 온화함을 되찾았으나 어둡게 가라앉은 눈빛이 하 태감을 스치고 지나갔다.

日月

「네 충심을 봐서 오늘 일은 불문에 붙여 줄 테니 진정으로 황상을 위한다면 자중자애하라. 이 황궁을 다 털어 봐도 너만큼 진심으로 황상을 섬기는 자가 그리 많지는 않으니. 아마……」

말끝을 흐리는 정왕의 눈길이 높은 담장 너머, 건청궁이 있는 방향으로 향했다.

「앞으로 황제께선 그런 사심 없는 충심이 많이 필요하실 것이다.」

이틀 뒤 정왕이 직접 군사를 이끌고 제왕齊王 부榑를 토벌하기 위해 청주로 떠났다. 밤낮으로 군사를 재촉해 청주에 노착한 정왕의 군사는 미리 잠입해 있던 검교들과 일사불란하게 손발을 맞춰 제왕을 폐해 서인으로 강등했다. 그리고 곧바로 대동人同으로 움직여 대왕代王 계桂 역시 서인으로 강등해 별궁에 유폐했다.

실로 전광석화. 왕부가 있던 도성을 제외한 주변의 백성은 물론이고 관원들조차 무슨 일이 생겼는지 모를 정도로 조용했다. 이전에 나섰던 장수들과 달리 잡음도 희생도 없었다. 뒤늦게 소식을 전해 들은 다른 번왕들은 기가 막혀 그저 고개만 저을 뿐이었다. 그리고 칼날이 자신들에게 미치지 않음을 감사히 여기며 앞다퉈 황제에게 충성을 맹세하기 시작했다.

이 대열에 유일하게 참여하지 않은 예외가 연왕. 무지렁이 백성들조차 다음 차례가 누구일지를 알아차릴 즈음 그가 중병에 걸려 사경을 헤맨다는 급보가 발 빠르게 퍼졌다. 조정 중신들이 반신반의를 하는 가운데 중병에 걸린 연왕이 겨우 살아나긴 했지만 열병의 후유증으로 광증을 일으켰다는 소문이 황도에까지 전해졌다.

「호시탐탐 찬역의 음모를 꾸미던 연왕입니다. 급작스러운 중병에 이은 광증이라니 절대 믿을 수 없습니다. 분명 이건 꾀병일 것입니다.」

「북평에 있는 지휘사에게서 다른 소식은 없는 것이오?」

「그것이, 연왕부 깊숙이 들어간 자들이 없어서요. 아무래도 삼법사의 도움을……」

정보력의 한계를 인정한 일부 신료들이 현실적인 대안을 끄집어내 봤지만 일거에 일축됐다.

「정왕의 허락 없이는 온 세상이 다 아는 사소한 것 하나도 내어놓지 않으려는 자들입니다. 그 내막과 진상을 안다손 쳐도 순순히 알려 주겠습니까?」

「그때 정왕을 물러나게 했어야 하는 것인데. 황상께서는 사직을 윤허하기는 고사하고 어찌 금의위의 군사들까지 내어주신 것인지요? 도대체 심중에 무슨 뜻을 품으셨는지 도무지 알 수가 없습니다.」

노골적인 불평에 둑이 무너진 듯 여기저기서 볼멘소리가 터져 나왔다.

「맞사옵니다. 그를 제거할 천재일우의 기회였건만. 삼법사는 황상을 위해 움직여야 하는데, 선황제께서 붕어하신 뒤로는 황상이 아니라 정왕의 수족이 되어 있소이다. 연왕부에 관한 정보요? 삼법사는 부스러기도 내놓지 않을 것입니다.」

「그렇지요. 더구나 이번에 제왕과 대왕을 치죄한 공으로 더 기고만장해 있으니. 만약 연왕의 환후와 광증이 사실이라면 그들에게는 손도 대지 않고 코를 풀 기회가 아닙니까? 더더욱 우리에게 알려 줄 리가 없지요.」

「허허허. 황상을 위해 목숨을 걸고 번왕들의 숙청을 시작했건 만…….」

뿌리는 놈 따로, 거두는 놈 따로 있다더니. 걸림돌이 되는 중요한 번왕들의 숙청을 마친 정왕이 조만간 북평으로 떠날 예정이었다. 자신들을 대신해 악역을 맡아 주는 건 고마우나 모든 공을 그가 차지하는 건 불편하고 또한 더없이 불안했다.

「말이야 바른 말로, 정왕을 어찌 믿습니까? 삼법사에다 오군도 독부五軍都督府에서 각출한 대군을 거느리고 북평으로 간 그가 연왕 을 폐한 뒤 순순히 그 힘을 내놓으려 들겠습니까?」

그것보다 더 무서운 가정을 황제의 후견이자 태손 시절 사부였던 황자징이 터뜨렸다.

「혹시라도 정왕과 연왕이 손을 잡는다면 어찌 되는 것이오?」

그들에겐 최악의 공포. 정왕이 연왕과 손을 잡으면 승패를 장담 하기 힘들었다. 황제와 정왕 사이에 오간 밀약을 알지 못하는 그들 은 그 일말의 가능성을 허투루 넘길 수 없었다. 아니, 알았다고 해 도 큰 차이는 없었을 거였다. 황제를 정점에 두고 문신들이 중심이 되는 유교 정치를 펼치려는 그들에게는 정왕도 걸림돌이었다. 더구 나 선황께서 생전에 황친들은 정사에 참여하지 말라는 조훈을 만 들지 않았던가? 엄밀히 따져 보면 정왕도 그 명을 거역하는 눈에 가 시 같은 존재였다.

「후견의 유훈을 받은 고명대신들께서 황상께 그 위험을 고하고 정왕에 대한 처분을 얻어 내는 것이 어떻겠습니까?」

「그것도 방도 중 하나이긴 합니다만…….」

그렇지만 정왕이 직접 올린 사직 상소도 반려했던 황제였다. 윤허를 얻을 가능성은 아무리 넉넉하게 셈해 봐도 반반. 만약 허락하지 않았을 때 정왕이 그들을 향해 일으킬 회오리는 상상만으로도 몸서리가 쳐졌다. 건문제 등극 이후 감시나 살겁의 강도가 현저히 낮아지긴 했지만 그가 일으켰던 무자비한 피바람의 기억은 그들에겐 여전히 공포였다. 차라리 죽음이 자비롭다는 그 고신에 목을 내어놓는 위험은 절대 사양하고 싶었다.

　황제를 설득하라는 권유를 받은 다섯 고명대신 중 한 명인 방효유가 결단을 내렸다.

　「황상께선 일이 진척될 때까지는 모르시는 게 옳을 것 같소.」

　이제 한 그루 남은 거목만 쓰러뜨리면 될 터. 그 정도는 우리들의 힘으로 충분히 할 수 있다. 연왕이 정말 중병에 광증이라면 더없이 좋고, 아니라면 감히 거짓으로 황제를 기망한 죄를 물으면 된다. 어느 쪽이든 하늘은 우리의 편. 자신감과 확신이 내려앉았다. 연왕에 앞서 정왕을 제거해야 한다는 합의가 암묵적으로 이뤄진 가운데 황자징이 입을 뗐다.

　「맞습니다. 워낙 어지신 분이라 필히 제거해야 하는 걸림돌이라고 해도 자비를 베풀려고 하실 수가 있지요.」

　「자칫하면 우리가 황상을 기망했다는 죄를 뒤집어쓸 수도 있습니다.」

　상왕의 일로 죄를 받은 자들이 떠오르는지 몇몇이 미적거렸다. 다시 분위기가 무거워지고 늘어지는 가운데 참정參政 철현鐵鉉이 담대하게 나섰다. 정정당당한 무용을 숭상하는 그는 모략과 간계로 매사를 도모한다고, 정왕과 삼법사를 눈엣가시처럼 못마땅해 왔기에 더더욱 강경했다.

「황상을 위해서라면 목숨이라도 내놓아야 하는 것이 우리 중신들이오. 그깟 죄를 받는 게 대수겠소? 만에 하나 책임을 져야 한다면 내 목을 내놓을 것이고, 이 일로 후환이 생긴다면 이 몸이 분골쇄신하여서라도 수습할 것이니 연왕부를 치기 전에 빨리 정왕의 건부터 마무리를 지읍시다. 삼법사의 전횡을 더 이상 두고 볼 수 없소.」

「맞습니다. 죄도 없이 늘 죄인 취급을 받으며 사사건건 감시당하는 건 정말 못 할 노릇입니다. 이제 시대가 바뀌었잖습니까! 삼법사 없이도 천하는 얼마든지 태평하게 다스릴 수 있습니다. 황상께서도 우리의 충심을 알아 주실 것입니다.」

비록 잠시 진노는 하시겠지만 그들과 정왕을 두고 양자택일을 해야 한다면 우리를 택할 수밖에 없다. 자리를 마련한 제태齊泰와 황자징, 방효유 등이 모두 동조하면서 음모는 무르익기 시작했다.

천려일실千慮一失.

만약 정왕이 황도를 떠날 결심을 하지 않았다면 이들의 모의는 이날 모임이 채 끝나기도 전에 그의 귀에 들어왔을 거였다. 명확한 내용까지는 몰라도 모든 정황을 살피고 철저히 경계를 해 음모의 꼬리를 잡았을 것이다.

하지만 조정에 대한 관심을 끊고 연왕의 일을 최대한 빨리 해결하고 떠나겠다는 약속에 충실하기 위해 정왕은 삼법사에서 동원 가능한 모든 촉수를 연왕부로 돌려놓았다. 유능한 검교들이 북평 주변에 총동원된 덕분에 연왕부의 내밀한 정보는 삼법사로 쏟아져 들어오고 있었다. 때문에 조정 대소 신료들의 고민거리인 연왕부의 사정은 삼법사의 내부에선 더 이상 비밀이 아니었다.

「형님께서도 꽤나 다급하셨던 모양이로구나.」

터져 나오는 것은 실소. 그러나 싱긋 물린 웃음에는 어쩔 수 없는 비통이 서려 있었다.

피차 커다란 정은 없으나 그래도 한 치 건너 두 치라고, 조카보다는 조금이나마 더 애틋한 형제. 황위 다툼의 걸림돌이 될 그를 제거하려고 나서기 전까지만 해도, 죽은 의문황태자를 제외하고는, 그나마 눈길이나마 주던 거의 유일한 육친이 4황형이었다. 그것이 자신의 세력 안에 포함시키려는 의도였다고 해도 정에 굶주렸던 그에겐 없는 것보다는 나았던 배려. 황후가 승하한 뒤 후견인 노릇을 해 준 공비에게 입은 은혜 역시 무시할 수는 없었다.

그렇지만 그가 해 줄 수 있는 건 아마도 연왕에게는 죽음보다 더 비참할 수 있는 배려뿐. 그래도 최소한 죽음보다는 나을 것이다. 애써 스스로를 설득했다.

「연왕부의 근위군에 스며들어 있는 검교들에게 언제든지 성문을 열 수 있도록 만반의 준비를 해 놓으라고 전하라.」

「존명.」

「오늘은 이만 퇴청해야겠다. 너는 지휘사를 도와 검교들을 적소에 배치하고, 연왕부와 북평 인근에 잠입한 검교들에게 사소한 징후도 놓치지 말고 수시로 보고하라고 단단히 이르라.」

늘 야밤이나 새벽이 다 되어야 돌아오던 정왕의 이른 퇴청에 놀란 것도 모자라 미복을 하고 채연과 나들이를 나갈 테니 준비하라는 명령에 수연각이 홀랑 뒤집어졌다. 부랴부랴 채연과 치수가 비숫한 궁녀의 평복을 수소문해서 입고, 두 사람은 뒷문으로 나왔다.

누가 볼세라 살그머니 빠져나와 거리로 묻히자 채연은 비로소 참았던 웃음을 터뜨렸다.

「죄를 지은 것도 아닌데 꼭 야밤에 월장을 하는 것 같습니다.」

「다른 문은 지키는 이들이 내 얼굴을 알고 있으니 하는 수 없지.」

「왜 이리 번거로운 일을 자청하시는지요?」

「네가 경사에 온 지도 벌써 몇 년인데 한 번도 황도를 구경해 본 적이 없다는 생각이 불현듯 들더구나.」

정왕의 말마따나 경사에서 지낸 세월을 다 합하면 이태가 넘었지만 황궁과 번저 안을 제외하고는 발을 내디뎌 본 곳조차 전무했다.

갑자기 끌려 나온 당황스러움이 잦아들자 주변이 서서히 눈에 들어오기 시작했다.

개경과 달리 흘러내리는 수로를 따라 검은 기와를 얹은 높은 흰 건물들이 이어지는 풍경은 확실히 이채로웠다. 정남 정북의 방향으로 크고 작은 건물들이 끝도 없이 늘어선 광경은 장관. 아직 국상 중이지만 유훈에 따라 아무런 제재를 가하지 않아 복작거리는 장시며 활기찬 사람들의 모습은 문자 그대로 태평성대였다.

그렇지만 아무것도 모르기에 평화롭고 태평한 이들과 달리 너무나 많은 걸 알기에 힘들고 괴로운 옆의 사람을 의식하며 채연은 부러 밝게 조잘거렸다.

「돌아가신 아버님께서 명나라의 황도는 대문삼천臺門三千이라고 하시더니 정말 과장이 아니네요.」

「대문삼천이라. 선황께서 들으셨으면 크게 기뻐하셨겠군. 그분은……」

정왕의 시선이 청석판의 길 너머, 끝 간 데 없는 먼 공간으로 향했다.

「온 세외가 흠모하고 경외하는 천하의 중심을 꿈꾸셨다. 이곳에서 주씨의 천하가 천년만년 이어지길 원하셨지.」

그 바람에 대답이라도 하는 듯 저 멀리 어느 골목에선 혼례 행렬이 지나가는 요란한 음악소리가 들려왔다. 거리를 오가는 사람들의 삶엔 죽음이나 애도의 흔적은 전혀 없었다. 흰 상복을 입은 것은 그들뿐. 저 높이 황궁을 둘러싸고 있는 중신들과 황족들에겐 엄청난 충격이고 격변을 안긴 황제의 붕어와 그 이후의 소용돌이는 민초들에겐 이미 큰 사건이 아니었다.

백성들에겐 한량없이 너그럽고 후한 그 자애를 자식들에게도 조금은 나눠 줄 것이지, 어쩌면 그리도 박정하게 굴어 자식에게 이렇게 허기진 회한만 갖도록 하는 것일까? 한 번도 뵙지 못한 노황제에 대한 원망이 채연의 마음을 스산하게 했다. 부모 자식 간에 마땅히 가져야 할 따스한 추억조차도 없는 그가 가련해 번화한 거리 한가운데라는 것도 잠시 망각하고 뒷짐을 진 그의 손을 꼭 잡아 줬다.

「전하께서 만천하의 어버이가 아니셔서 저는 기쁘옵니다.」

채연의 갑작스런 애정 표현에 잠시 놀라는 것 같았지만 싫지 않은 듯 입가의 미소가 눈으로 옮겨 갔다. 채연의 작은 손을 겹쳐 잡으며 꾹 힘을 주었다.

「다행이로구나.」

잠시 멈춰 섰던 발걸음을 옮기면서도 그는 잡은 손을 놓지 않았다.

오래전, 팔사날에도 이렇게 걸었던 적이 있었지만 그때는 일탈이 허용되는 축제의 밤. 벌건 대낮에, 멀쩡한 반가의 남녀가 손을 잡고 대로를 걸어가는 광경에 눈살을 찌푸리는 사람들이 많았다. 좀 대담한 축은 대놓고 그 앞에서 눈을 흘기며 쯧쯧 혀까지 차 댔다.

흉하지 않게 손을 빼려고 바둥거려 봤지만 요지부동. 남들이 손가락질을 하거나 말거나 채연이 난처해하는 게 즐거운 듯 짓궂게 더 가까이 끌어당기더니 대로를 느긋하게 걸어갔다. 워낙에 당당하고 뻔뻔하다 보니 흉하다고 수군대며 곁눈질을 하던 행인들이 무안할 지경. 채연은 긴 소매로 손을 최대한 감추려고 애쓰며 반 발짝쯤 뒤에서 고개를 푹 수그리고 따라갔다.

그런데 불현듯 꽃이 만발한 봄날이나 폭서가 맹위를 떨치는 여름날 저녁, 어깨를 나란히 하고 다정하게 예성 강변을 산보하던 부모님의 모습이 떠올랐다. 이곳에선 일탈이지만 고향에서는 당연했던 모습인데 왜 죄인처럼 기죽어야 하는 것인지. 남녀유별을 유별나게 따지는 명나라의 풍습이 도리어 이상한 것이다. 스스로에게 당당해지자 슬그머니 장난기가 솟았다.

꿈이라도 거하게 꾸어 보자고, 숙소에서 는실난실 교태를 연습하던 동료 궁녀들을 떠올리며 그녀는 반 발짝 뒤가 아니라 옆으로 다가가 그의 옷소매를 살며시 잡았다.

도살장에 가는 소처럼 질질 끌려오던 채연의 돌발 행동에 정왕의 눈이 커졌다. 하지만 그것은 아주 잠시. 그는 그 감촉을 즐기듯 그녀를 더 바짝 옆으로 끌어안았다. 도성의 풍기를 문란케 한 한 쌍은 기가 막혀하는 시선을 뒤로하고 도성을 가로지르는 수로까지 다정하게 걸어갔다.

　인적이 드문 강가에 이르자 정왕이 크게 파안대소를 터뜨렸다. 거기에 전염이라도 됐는지 채연도 웃음보가 터져 나왔다. 별반 우스운 일도 아니건만 마주 보면서 한참을 웃어 댔다. 너무 웃어 눈가에 맺힌 눈물을 손수건으로 닦아 내는 채연의 허리를 정왕의 팔이 확 당겨 낚아챘다. 대로에서도 착 달라붙어 걸어온 처지에 새삼 내외를 하기도 민망한 터. 채연은 몸의 힘을 빼고 그에게 기대서 있었다. 그렇게 유유히 흐르는 강을 내려다보기를 한참. 정왕이 홀로 간직하던 결심을 토해 냈다.

　「조만간 사직하고 정왕부로 돌아가려고 한다.」

　급작스런 통고에 채연의 눈이 커다랗게 떠졌지만 곧 침착함을 되찾고 고개를 끄덕였다.

　「옳으신 결단인 것 같사옵니다.」

　흔쾌한 수긍이 고마우면서도 오래전, 낯선 풍토와 혹독한 기후에 적응하지 못하고 결국 병을 얻어 요절한 어린 왕비가 떠오르자 청명했던 마음에 구름이 끼었다.

　「정왕부는 빈말로도 풍요롭다거나 살기 좋은 곳이라고 할 수 없다. 그래. 솔직히 지독하게 척박한 땅이지. 아무도 거들떠보지도 않을 정도로 보잘것없기에 내게 내려진 곳이다.」

　「그래서 전하는 그곳이 싫으셨습니까?」

　채연의 질문이 천만 뜻밖인지 석상처럼 서있던 그가 천천히 몸을 돌리더니 단호하게 고개를 저었다.

　「아무도 탐내지 않는 곳이지만 난 그 땅이 좋았다. 등 뒤에 비수를 품고 웃음 짓는 이도 없고, 색목인 왕모를 둔 천한 황자라는 멸시를 받지 않아도 됐으니까. 가난하지만 내 백성들은 나를 진심으로 따랐고, 나도 그들의 순박함이 좋았다. 이렇게 오랫동안 떠나 있을 거라고는 그때는 상상도 못했지.」

많이 그리워하고 있구나. 선택의 여지가 없기에 그저 지우고 덮었을 뿐. 그가 고백하지 않은 행간을 그녀는 읽어 냈다.

고향을 떠나 만리타향에 온 채연에겐 어디나 마찬가지였다. 호화로우나 가시방석인 황도엔 아무 미련도 없기에 진심으로 흔쾌히 답할 수 있었다.

「전하께서 가장 행복하셨던 곳으로 돌아가는 것이니 저도 기쁘게 따를 것입니다.」

침착하니 현실을 받아들여 주는 게 고마우면서도 괜히 딴죽을 걸고 싶은 이상한 심술에 그는 계속 최악만 일러 줬다.

「여름엔 타 죽을 듯이 덥고, 겨울엔 내쉬는 숨마저 그대로 얼어붙는 곳이다.」

「척박하다고 해도 사람이 살고 있고 또 전하께서도 즐거이 계셨으니 저희도 살 수 있겠지요. 어차피 제게는 황도도 그곳도 낯선 땅이기는 마찬가지입니다. 그리고 환도, 저도 다행히 약골은 아니랍니다.」

안도의 한숨을 삼키며 그는 감사를 가득 담은 눈빛으로 채연을 응시했다. 가장 큰 짐을 덜었다. 그러나 모든 걸 함께 나누기로 약속한 반려에게 그가 정말 정직하게 고백해야 할 중요한 말은 따로 있었다. 채연의 해맑은 동공에 떠오를 실망과 원망을 마주하는 것이 두려워 그는 강을 향해 선 채 나직하게 중얼거렸다.

「너를 왕비로 봉하겠다는 약속을 지키지 못할지도 모르겠다.」

이것이 그를 한없이 침잠하게 하던 원인이었나? 입술을 꾹 깨물고 죄 없는 강을 노려보는 그의 앞으로 다가서서 고개를 저었다.

「왕비라니요. 당치도 않습니다. 저는 괜찮습니다.」

채연에게 돌려진 눈에 담긴 것은 비애와 연민.

「너는 늘 먼저 포기하고 남은 것으로 충분히 만족한다고 하지. 그런데 나는 그런 너를 볼 때마다 마음이 아프다.」

내게 자신을 투사하고 있다. 언제나 포기하고 양보해야 했던 스스로를. 습윤해지는 동공을 감추려 채연은 그의 가슴에 얼굴을 파묻었다.

「저는 그 마음만으로도 충분합니다.」

그를 지독하게 증오하고 있다고 믿었던 당시에도, 정비로 세우겠다고 해 줬을 때 당혹하면서도 실은 은근한 기대감에 두근거렸다.

정왕비인 그녀의 존재는 조선의 이씨 왕가와 공신들에게는 크나큰 고통이자 고민이 될 터. 당한 것에 비해서 한없이 모자라지만 그것이야말로 사필귀정이라고 생각했다. 더불어 암담한 막냇동생의 미래에도 도움이 되지 않을까, 그 기대를 품지 않았다면 거짓. 하지만 진심으로 미안해하고 괴로워하는 그를 보면서 채연은 가슴 깊은 곳에서 꿈틀거렸던 욕망을 털어 버렸다.

「전하를 밀어내거나 성심을 상하게 하려는 것이 아니라 진심입니다.」

「넌, 나를 여러 번 놀라게 하는구나.」

아직도 그녀를 완전히 믿지 못하고 버림받지 않을까 불안해하는 눈빛. 언제나 힘이나 계략으로 빼앗거나 철저하게 계산해 거래하면서만 살아왔던 그는 아무 대가나 요구 없이 무조건 내어주기에 오히려 믿지 못하는 거였다.

그녀의 세상에서는 너무도 당연한 것이 그에게는 이해 불가능한 불가사의. 그의 치밀한 유혹과 미끼에 넘어가 안겼다면 오히려 안심하고 편안해했을 정왕이 가여웠다. 그렇지만 가장 가까워야 할 부자간에도 철저한 거래 관계로 살아온 그에게 당장 그것을 이해하라는 건 무리였다. 아무 조건도 없이 주고받는 관계도 많다는 걸 그가 진심으로 체득하고 받아들이기 까지는 많은 세월이 필요할 거였다.

이 사람과 살아 나가려면 더 많이 현명해져야 한다.

채연은 그의 방식으로, 그가 가장 편안해할 답을 골라냈다.

「전하께서 제게 참지도 누르지도 말고 하고픈 말, 하고픈 것은 다 하고 살라고 하셨잖습니까? 황도를 떠나면 일전에 권하신 대로 전하를 이용하면서, 요조숙녀인 척하지 않고 제 본성대로 살아 보려고 합니다.」

「네가? 네 본성이 어떤 것이기에?」

「아닌 척 하면서 고집도 세고, 하고픈 것은 어떻게든 하고야 마는 극성스런 성미에 머리에 먹물만 가득 들어서 입바른 소리만 하고 또 지는 것도 아주 싫어하지요. 오지랖은 또 엄청나게 넓어서 세상만사 온갖 참견은 다 하고 싶어 하고요. 제 이런 성정을 다스리시느라 부모님께서 많이 고심을 하셨답니다.」

「듣는 것 하나하나가 내게는 딱 마음에 드는구나.」

웃으며 맞장구를 쳐 주는 정왕을 보며 채연은 정말로 하고팠던 요구를 밀어냈다.

「그러니 전하도 그리하십시오.」

「뭐라?」

「제가 항상 억누르고 인내하는 모습이 마음 아프다고 하셨지요? 저는 전하를 보면 그렇습니다. 고황제께서 살아 계실 때는 부황을 위해서 싫은 일을 하셨고 지금은 저와 환을 위해서 그러시지요. 하지만 전하, 아무리 아끼고 싶은 귀한 존재를 위해서라도 끊임없이 일방적으로 참고 희생하는 것이 얼마나 고통스러운지를, 또 종국에는 그 고생과 부담감에 지쳐 후회와 원망까지 품게 될 수도 있다는 걸 저는 잘 압니다. 누구도 강요하지 않고 제 스스로 자청한 것임에도 그렇더군요. 저는 전하께 그런 존재가 되고 싶지는 않습니다.」

「절대 그렇지 않다. 네가 원하는 것은 내게……」

채연은 무엄하게도 정왕의 말꼬리를 끊어 버렸다.

「예. 제게 무엇이든 해 주시는 것 자체가 전하께 기쁨이라는 건 압니다. 그렇지만 전하만이 다 짊어지시는 건 싫습니다. 이제 정왕부로 돌아가면 전하께서도 하시고 싶은 것을 하시면 좋겠습니다. 전하께서도 품었던 소망이 있으셨을 것이 아닙니까?」

뭔가 불쾌한 소리라도 들은 것처럼 눈썹을 찡그렸다. 무심을 가장하던 눈빛에도 긴장이 감돌았다. 하지만 점점 아련하게 풀어지더니 그의 눈길이 먼 서쪽으로 향했다.

「아마도…… 있었겠지. 그렇지만 다 잊었구나.」

「잊었으면 다시 떠올리면 되는 것이고 영영 떠오르지 않으면 다른 것을 찾아보면 되지요. 저는 환은 유모에게 맡기고 서내원에 있는 서책을 모조리 정왕부로 옮겨 누구의 눈치도 보지 않고 눈이 짓무르도록 원도 한도 없이 읽어 볼까 하옵니다.」

日月

아들을 끔찍이 위하는 채연이 그럴 리가 없다는 건 알지만 그도 웃으며 호응을 해 주었다.

「정왕부가 겨울에 너무도 추워서 그곳 백성들이 집을 짓는 방식으로 건물을 회(回) 자 모양으로 겹겹이 막아 침궁을 제일 한가운데 배치하도록 왕궁을 새로 세우고 있었는데…… 오래전에 완공이 됐을 테니 이번에 돌아가면 소문대로 따뜻한지 확인해 보고 침궁 바로 옆에 서각을 꾸미면 되겠군.」

「겹겹이 싸인 왕궁 속의 서각이라니 기대가 되옵니다.」

「이런 서운하군. 나는 그것보다 침궁에서 보낼 긴 겨울날이 더 기대가 되는데.」

「전하!」

석류 빛으로 물든 채연의 얼굴에 그림자가 드리웠다. 단단한 가슴에 여인을 가둔 사내의 혀는 더없이 다정하고 달콤했다. 숨도 쉬기 힘들 정도로 뜨거운 탐닉과는 다른 색채의 열정. 더없이 아낌 받는 소중한 존재라는 걸 실감하게 해 주는 입맞춤. 그 극상의 열락에 마지막 남은 얼음 파편이 녹아 사라지는 걸 느끼며 채연은 인정했다.

이 강물처럼 마음이 함께 흐르고 심장이 함께 뛰게 된 연리지 같은 한 쌍이 됐음을. 절대 낫지 않을 거라고 믿었던 깊은 상처는 흐린 흉터만을 남기고 사라졌다는 것을.

오래전, 차가운 빗속에서 그에게 제발 사라져 달라고 절규하던 그 밤부터 사실은 연서(憐恕)하기 시작했다. 절대 용서할 수 없다는 고집에 그를 밀어냈지만 이제는 아니었다.

눈을 감고 뜨거운 숨결을 나누면서 채연은 준휘에게 작별을 고했다.

명나라로 오지 않았더라면, 또 이 사람을 만나지 않았다면 아마도 정절의 맹서를 지킬 수 있었을지도 모르지. 하지만 이 또한 운명. 당신과 내 연은 거기까지였고, 지금 내 인연은 전혀 예상치도 못한 곳에서 조우한 이 사람. 만약 이것이 당신께 죄를 짓는 거라면, 내생에서 용서를 빌겠어요. 하지만 이생만큼은 이 이에게 충실할 테니 부디 나를 이해하고 용서해 주길.

그렇게 채연은 자신을 묶어 온 오랜 죄책감과 마지막 갈등의 사슬을 풀어냈다.

가쁜 숨을 몰아쉬는 채연을 가슴에 그대로 가둔 채 그녀의 귓가에 정왕이 속삭였다.

「너를 왕비로 봉하겠다는 약속은 아주 오래…… 아니, 어쩌면 영영 지키지 못할지도 모르겠지만 천지신명께 맹세코 넌 내 유일한 여인이 될 것이다.」

「그걸로 충분합니다. 저를 위해서 더 이상 불필요한 위험은 무릅쓰지 마세요. 절대 제가 어린 정왕의 왕모로 홀로 늙어 죽지 않게 해 주시겠다는 그 약조만 지켜 주시면 됩니다.」

아주 단호하고 냉혹한 푸른빛이 그의 눈을 번쩍 스치고 지나갔다.

「그것만큼은 하늘이 두 쪽 나도 절대 어기지 않을 것이다.」

「그리고, 또 하나. 절대 제 마음을 의심하지 말고 믿어 주십시오.」

「믿으라고?」

채연은 그의 시선을 꼿꼿이 받아 냈다. 지금이 그들에게 아주 중요한, 어쩌면 그를 찾아갔던 그 밤보다도 더 아슬아슬하고 중대한 순간이라는 자각이 그녀를 강하게 했다.

「예. 제가 드리는 이 단심의 대가로 저는 전하의 완신願信을 원합니다.」

맑은 눈빛으로 그를 똑바로 응시하는 채연을 내려다보던 어두운 눈동자가 서서히 부드러워졌다. 감정마저도 같은 분량으로 계산하는 그에게 채연의 요구는 오히려 안도감을 주었다.

「믿는다. 넌 내가 이 세상에서 유일하게 진심으로 신뢰하는 존재. 맹세한다. 살아 있는 한, 아니 죽어서도 절대 네 신뢰를 배반하지 않고 무슨 일이 있어도 너를 믿을 것이다.」

마음이 하나로 이어졌다는 확신 하나만으로 이렇게 세상이 달라 보이는 것인지.

눈앞에 흐르는 강물도, 그 강을 둘러싼 주변의 모습도 하나 변한 게 없지만 채연과 정왕의 눈에는 더없이 푸르고 또 밝아 보였다. 뉘엿뉘엿 강을 물들이기 시작한 진홍의 낙조조차도 어제보다 더 붉고 더 찬란했다. 천천히 왔던 길을 되짚어, 다시 복잡한 세상사로 돌아오면서 그들은 이제 조만간 펼쳐질 거라고 믿는 미래를 위한 계획을 하나씩 세웠다.

삼법사의 가장 비밀스런 구역인 수장의 정당엔 긴장감이 팽팽하게 감돌고 있었다.

그도 그럴 것이, 수십 년간 앙숙이었던 삼법사와 금의위, 오군도독부의 장수들이 나란히 모여 앉아 있기에.

삼법사의 관료들은 다른 때라면 외당에서 지휘사의 얼굴이나 보면 감지덕지였을 외부자들이 심장부까지 들어와 앉아 있다는 게 못마땅한 기색이 역력했다. 반대로 금의위는 같은 황제의 직속임에도 삼법사에게 은근히 무시당해 온 울분이 쌓인 터에 또 굽히는 형국이 된 이 자리가 좌불안석. 오군도독부의 장수들은 자신들의 직위가 더 높음에도 낮은 직분의 삼법사 관료들과 동등하게 마주하며 협조해야 한다는 사실이 불만스러운 터라 분위기는 냉랭했다.

견원지간인 그들이 멱살잡이를 하지 않고 이렇게 장시간 있는 건 오로지 정왕 때문이었다. 한편엔 무한한 존경의, 또 다른 두 편엔 무한한 공포의 대상인 그에게 세 무리 모두 엄청난 경외감을 품고 있었다. 지난번 제왕과 대왕을 숙청하는 과정에서 보인 지략이며 과단성은 비록 경원시하는 조직의 수장이긴 하나 결코 폄훼하거나 무시할 수 없었다. 때문에 금의위나 도독부의 장수들은 삼법사에 대한 불만을 꾹 누르고 정왕의 성음을 경청했다.

「병사들의 군량과 장비는 최대한 가볍게 갖춰 움직일 것이니 그에 맞춰 준비를 하라.」

「하면 기한을 얼마로 잡으라고 군령을 내려야 하옵니까?」

「한 달.」

삼법사와 금의위의 관료와 장수들이 잠시 적대감을 잊고 한마음으로 신음을 삼켰다.

쉼 없이 강행군을 해도 어려운 일정. 군령이 지엄하니 반발할 수는 없으나 제발 누군가 나서서 무리라고 설득을 해 주면 좋으련만. 고양이 목에 방울을 달아 줄 용자를 찾는 눈길만이 분주히 오가는 가운데, 눈치를 보던 좌군도독부의 장수 하나가 어렵게 입을 뗐다.

「최대한 빨리 북평에 도착해 기선을 제압해야 함은 소장들 모두가 동감하오나 길에서 기운을 다 소진해 버리면 과연 막강한 연왕부에 위협을 줄 수 있겠사옵니까? 든든한 준비를 갖춰 신중하게 움직이심이 어떨지요?」

용기를 내어 반론을 제기해 봤지만 정왕은 단호했다.

「연왕의 광증은 거짓이다. 그 세와 명분이 부족해 시간을 벌려고 저리 몸을 숙이고 있을 뿐, 일단 거병하면 몇 년은 족히 버텨 낼 저력과 지모가 있는 백전노장이다. 전광석화처럼 달려가 속전속결로 진압해야만 승산이 있지 아니면 기나긴 대란이 될 것이다.」

얼마나 핍박과 마음고생이 심했으면 그 굳세고 영민하던 분이 미쳐 버렸을까 반신반의하면서도 은근히 동정하던 장수들은 정왕의 확언에 의심을 접었다. 가혹한 행군 일정에 암담해 조용해진 좌중을 훑어보던 정왕이 싱긋 웃음을 물었다.

「과인도 선발대와 함께 움직일 거라고 하면 조금은 위로가 되겠느냐?」

정왕도 똑같이 고생을 해야 할 터. 뒤에 편히 앉아서 그들만 몰아대는 것이 아니니 잔불 같은 불평도 꺼졌다.

회군은 느긋하게 할 것이라는 약속에 작으나마 위로를 찾으면서 출정 준비를 위해 물러나자 정왕은 지윤과 지원을 다시 불러들였다.

「연왕 형님의 일을 마무리하면 나는 정왕부로 갈 것이다.」

반려뇌신 했지만 성왕이 사식 상소를 올렸을 때부터 각오했던 바였다. 놀라움 대신 왜 이런 중대한 사안을 알려 주는 것인지 기대와 우려를 담은 두 쌍의 시선이 정왕을 주시했다.

「삼법사를 떠나면 과인 역시 황궁의 눈치를 보며 전전긍긍해야 하는 허수아비 번왕. 정왕부 내위사의 장이라고 해 봤자 그 위세는 삼법사의 말단 검교보다도 못할 것이다. 그래도 상관없다면…… 과인을 따라가겠느냐?」

커다랗게 뜬 지원과 지윤의 눈에 감동이 물결쳤다. 잠시의 망설임도 없이 그들은 무릎을 꿇고 땅에 머리를 대었다.

「성은이 망극하옵니다. 전하께서 허락지 않으셨다면 저희 형제는 몰래 뒤를 쫓아서라도 따라갈 작정이었사옵니다.」

채연과의 화해가 무정한 그에게도 조금은 변화를 줬는지, 그전이라면 별반 마음 쓰지 않았을 충성스런 쌍둥이 형제의 거취가 걸려 그저 툭 찔러 본 타진이었다. 너무나 격렬한 반응에 조금은 미안하기도 하고, 어색해진 그는 지윤을 지목했다.

「좌특무야 묶인 데가 없는 처지니 명쾌할 수 있다만, 넌 마음대로 결정해도 되겠느냐? 지금 마조 도관에 가 있는 내자와 의논도 없이 결정했다고 나중에 치도곤을 맞는 게 아니냐?」

엄한 시어머니처럼 날카로운 힐난으로 다스리는 지원과 반대로 무뚝뚝하니 존재 자체로 수하들을 무섭게 압도하는 지윤이 엄처시하에 산다는 건 삼법사 안에선 공공연한 비밀. 용화가 회잉한 뒤로는 더더욱 꼼짝도 못 하고 있어 동료들에게 놀림을 톡톡히 받고 있었다.

정왕까지 그 사실을 알고 있다는 건 금시초문이라 지윤의 얼굴이 홧홧해졌다.

「아, 아니옵니다. 황도는 너무 번잡하고 인심도 강퍅해 싫다는 사람입니다. 떠난다고 하면 오히려 좋아할 것이옵니다.」

「그럼 그 문제는 그리하도록 하자. 채연도 네 내자를 동기처럼 의지하고 있으니 함께 간다하면 기뻐하겠구나.」

「지금도 많은 은혜를 입고 있는데 가까이서 모시게 된다면 제
처에게도 영광이지요.」

이제 챙겨야 할 일들은 다 챙긴 셈. 황제와 약속한 마지막 숙제만
처리해 주면 족쇄에서 풀려나 자유를 얻을 수 있다. 지도를 보며 행
로와 북평에 있는 검교들을 어디까지 노출하고, 나머지는 어디까지
계속 감춰 둬야 할지 마지막으로 정리하고 있는데 고하는 소리가
들려왔다.

「전하, 병부에서 온 사령이 긴급히 뵙기를 청하옵니다.」

「들라 하라.」

달려 들어온 사령은 꽁꽁 싼 간찰을 정왕에게 바쳐 올렸다. 봉투
를 열어 내용을 읽은 정왕의 눈썹이 크게 치켜 올라갔다.

「북평 도지휘사가 서휘조 장군에게 밀지를?」

「예. 병부상서 대감과 서휘조 장군께서 이리로 오실까도 했지만
그럼 너무 많은 이목이 집중될 것 같아 부득이하게 전하께서 일군
이 머무는 군진으로 은밀하게 납셔 주셨으면 하는 간청을 전하셨
사옵니다.」

정당에 있는 삼법사 관원들의 얼굴에 불쾌감과 낭패감이 동시에
떠올랐다.

곳곳에 검교들이 은밀하게 침투해 있는데 무엇을 놓쳤을까? 또
북평 도지휘사나 우군 도독인 서휘조 상군 모두 병부에 속한 사람
들이긴 하지만 연왕부 토벌은 정왕이 총책임자인데 병부에 보고를
했다는 것도 불쾌했다.

위계를 흐트러뜨린 무엄함을 엄혹하게 꾸짖길 바라는 그들의 기

대와 달리 정왕은 고개를 끄덕이더니 몸을 일으켰다.

「서 장군과도 의논할 일이 있었는데 마침 잘되었군. 시간 끌 것 없이 지금 바로 가 보자.」

「지…… 금 당장 말씀이시옵니까?」

「그래.」

한시도 시간을 낭비하기 아까운 듯 명을 내리는 동시에 일어선 정왕은 급작스런 전개에 멀뚱히 서 지켜보는 관원들 앞을 지나가며 나머지 지시를 내렸다.

「지휘사는 오 교위, 진 첨사와 함께 행로와 지도를 정리해 금의위 총사에게 전달하고, 검교들의 준비도 서두르도록 하라. 그 진척 사항은 돌아와서 바로 보고받겠다.」

「알겠사옵니다.」

공연히 요란이나 떨지, 삼법사도 알아내지 못한 급보를 도지휘사가 찾아내지는 못했을 것이다. 분주한 전하를 헛걸음치게 했다는 꾸중이나 듣겠지. 허둥지둥 정왕을 모시고 나가는 병부 관리의 등에 비웃음 가득한 시선을 한 번 쏘아 준 뒤 그들은 하던 일로 돌아갔다.

병부의 사령이 함께 온 수하들에게 미리 고하게 했는지 군진에선 상서와 서휘조 장군이 몸소 정왕을 맞았다.

「번거롭게 전하의 옥보를 직접 옮기도록 한 것 부디 용서해 주시옵소서.」

「아니오. 이번 출정의 일로 서 장군과는 따로 의논드릴 일도 있어서 잘되었다 싶어 왔소.」

왜소한 병부상서 옆에 있으니 더 크고 늠름하게 보이는 서휘조 장군에게 정왕이 아는 척을 했다.

「일군을 거느리고 먼 길을 오가느라 고생이 많소.」

「소장의 맡은 임무인 것을요.」

입에 발린 소리를 못 하는 무장답게 정중하나 무뚝뚝한 답변이 돌아왔다.

「이리 염직하고 충성스러우니 선황께서 생존해 계실 때 서 장군을 신뢰하셨던 것 같소.」

그는 형제를, 서휘조는 누이를 쳐야 하는 길. 동병상련의 정까지 보태져, 겉치레가 아니라 모처럼 진심 어린 치하에도 서휘조의 반응은 쌩했다.

「당연한 것을 치하하시면 부끄럽사옵니다.」

정왕의 입가가 살짝 굳는 걸 느꼈는지 옆에 선 병부상서가 분위기를 바꾸려고 나섰다.

「전하, 어서 드시지요.」

「오랜만에 서 장군을 보니 반가와 인사가 길어졌군. 도지휘사가 밀지를 보냈다고?」

「예. 워낙 중대한 사안이라…… 안으로 듭셔서 직접 보시는 것이 좋을 것 같사옵니다.」

허리를 조아리는 병부상서를 보는 정왕의 미간에 주름이 잡혔다. 뭔가 이상했다. 부황이 직접 윤문을 부탁한 다섯 고병대신들 중 그를 가장 강하게 견제하려는 자를 꼽으라면 바로 꼬장꼬장한 제 태였다. 서슬 퍼런 홍무제가 두려워 드러내지는 못했을 뿐 그는 삼법사를 경멸하고 무시해 왔고 수장인 그에게도 늘 어딘지 모르게 뻣뻣했다.

그런데 전에 없는 이 과도한 정중함이라니.

뭔가 수상쩍은 냄새가 났다. 하지만 황제 지근에선 별다른 움직임이 없었다. 이 임무를 마치면 전권을 다 내놓고 완전히 물러나기로 밀약까지 한 그를 황제가 칠 리가 없다는 사실이 날카로운 경계심을 조금은 무디게 했다.

무슨 꿍꿍이인지 일단 묶여 들어가 살펴보는 것도 나쁘지 않겠다는 판단에 모르는 척 군진에 들어서는 순간, 확 밀려오는 살기에 정왕은 이를 악물었다. 은밀하게 나온 길이라 호위는 호씨 형제를 포함해 열. 그들을 둘러싼 살기는 족히 수백은 넘었다.

늙은이들이 이런 대담한 짓을 벌이다니!

이제 조정의 감시엔 손을 떼라는 황제의 요구도 요구였지만 번왕들의 숙청에 집중하기 위해 문무백관들에게 뻗친 촉수의 상당수를 거둬 낼 수밖에 없었다. 어차피 그들 대신 손을 더럽혀 주는데 쥐새끼 같은 늙은이들이 따로 나서지는 않을 것이라고 방심했던 게 후회막급이었지만 이미 늦었다.

지원, 지윤 형제와 검교들도 살기를 느꼈는지 이미 손이 검집에 내려가 있었다.

걸음을 멈춘 정왕은 바로 옆에 선 병부상서와 서휘조 장군을 나른한 눈길로 번갈아 보며 씩 웃었다.

「모레 출정할 병사들의 사기와 기강이 높은 건 칭찬할 만하나 어찌 이 황도 안에서 이리 무시무시한 살기를 내뿜는 것이오? 혹시 군진에 적이라도 침입한 것인가?」

그들의 계략이 간파당했다는 걸 알아챈 병부상서와 서휘조 장군이 번개처럼 뒤로 물러나고 준비하고 있던 정예병들이 일제히 칼을 뽑았다. 그들 사이에 순식간에 인의 장막이 세워졌다. 그 기세에 눌릴 만도 하건만 정왕의 능글거리는 어투엔 전혀 흔들림이 없었다.

「병부상서가 이러는 건 그다지 놀랍지 않지만 서 장군까지 가담했다는 건 조금은 놀랍고 서운하군. 피차 사감은 정리된 걸로 믿었는데 말이야.」

파혼으로 원한을 품은 소인배 취급을 받는 건 싫었는지 그는 당당하게 항변했다.

「하늘에 맹세코 제 누이가 당한 모욕 때문은 아닙니다. 삼법사의 전횡을 더 이상 두고 볼 수 없었습니다. 지금 전하가 곧 삼법사이지요. 전하께서 역심을 품으면 황상께 누가 될 수 있다는 판단을 했기 때문입니다.」

또 다른 누이도 지켜 주고 싶었겠지. 나도 그들의 목숨만은 온전하게 지켜 주고 싶었다. 그래서 직접 악역을 맡기로 했고. 하지만 이제 우리의 육친이 죽거나 아니면 네가 죽거나 둘 중 하나가 되겠군.

비소를 삼키며 정왕이 천천히 검을 뽑았다.

「새 황제께서 등극한 이후 덕으로 통치하시려는 황상의 뜻에 따라 삼가다 보니 내 검이 꽤 오랫동안 피 맛을 보지 못했는데 오늘은 원 없이 그 굶주림을 채우겠군.」

동시에 검교들도 정왕을 보호하는 진을 취했다. 주군을 지키기 위해 목숨을 버리겠다는 긱오. 정왕은 가까이 뭍어 선 지원과 지윤에게 아주 작은 소리로 속삭였다.

「싸움이 시작되면 너희 둘은 무슨 수를 써서라도 이곳을 빠져나가라.」

「전하!」

「긴 말로 낭비할 시간이 없다. 아마 지금쯤 삼법사와 황도 근방의 지부와 접들도 피습을 받고 있을 것이다. 번저로 가서 채연과 환을 도피시키고 숨어 있는 자들은 다시금 그림자로 돌려 몸을 감추게 하고 때를 기다리게 해라.」

「전하께서 피하셔야지요. 저희들이 목숨을 걸고 퇴로를 뚫으면……」

「멍청한 것들. 중과부적이라는 것을 모르느냐? 다 궤멸되어 원군을 요청할 수도 없는 상황이니 네놈들이 달아나는 건 내버려 두겠지만 나는 절대 놓치지 않을 것이다. 명심하라. 채연과 환을 살리는 것이 곧 과인을 살리는 것이다.」

참을 수 없는 울분으로 격동하는 수하들에게 그는 냉혹한 현실을 인지시켜 줬다.

「나를 지금 죽이지는 않을 것이다. 명분을 목숨처럼 여기는 황제니 일단 살려 둔 뒤 적당한 누명을 씌우겠지. 그때를 노려라. 여기서 모두 죽으면 그 기회마저도 사라진다.」

너무 분하고 원통해서 당장이라도 피를 토하고 죽을 것 같으나 정왕의 지적은 사실이었다. 병부와 도독부까지 손을 잡고 나선 음모라면 황제의 윤허가 있었기에 가능한 것. 정왕을 살리려면 누구든 살아 나가 그들만 아는 끈을 이어야 했다.

이를 악문 호씨 형제의 검을 쥔 자세가 결사적인 수비에서 퇴로를 뚫고 달아나기 위한 품세로 바뀌었다. 기합 소리도 없이 달려 나간 그들이 휘두른 칼날에 가장 앞에 있던 병사들이 미처 저항하지도 못하고 쓰러졌다.

日月

그게 신호라도 된 것처럼 쟁쟁 쇳소리를 내며 검과 검이 마주치고 치열한 공방전이 벌어졌다. 검교들이 목숨을 걸고 정왕을 지키기 위해 막아선 가운데 지원과 지윤은 최대한 포위가 얇은 쪽을 공략하기 시작했다. 지원이 소매 속에 감췄던 암기 탈수표脫手鏢를 비처럼 뿌리자 혈화血花가 피어오르더니 혈우血雨가 사방으로 뿌려졌다. 그들이 퇴로를 뚫으려는 것을 알아차린 듯 공격이 거세졌지만 정왕이 그들에게서 멀어져 반대 방향을 공략하기 시작하자 진세는 그쪽으로 집중되었다. 그 틈을 타 호씨 형제는 피눈물을 삼키며 몸을 허공으로 날렸다.

　정왕의 예측대로 삼법사도 갑작스런 습격에 아수라장이 되어 있었다. 외부라면 엄중하게 경계를 했겠지만 무기의 소지조차 허락된 소수 외에는 엄격하게 제한된 황궁이었다. 더구나 삼법사 본진에 있는 사람들은 그 머리라고 할 수 있는 지휘사나 첨사, 동지 같은 문관들이 대부분이었다. 무관이나 검교들도 있기는 했지만 삼법사를 치는 군사들에 비하면 그 수는 소수. 아무리 일당백의 실력이라고 해도 오군도독부에서 가려 뽑은 정예병의 숫자를 당해 낼 수는 없었다.
　황도 주변의 각 접도 마찬가지였다. 필사의 저항에도 불구하고 그들 대부분은 일군의 군진에 갇힌 동료들과 같은 운명을 맞고 있었다.
　천신만고 끝에 포위망을 뚫은 지원과 지윤이 마주한 것은 사지에서 빠져나온 검교 중 하나였다. 정왕에게 급보를 전하러 달려온 검교와 마주치자 그들은 마지막 희망을 버렸다. 삼법사도 습격을 당했을 거라고 정왕이 말했을 때도 혹시나 했건만. 지원은 그나마 손이라도 하나 더 는 것에 감사하기로 했다.

「너는 남문의 포목점으로 가라. 그 주인이 황도의 밀접주密接主[1]이니 그에게 이 패를 보이며 비보를 알리고, 원지의 접에까지 모두 몸을 숨기라는 급령을 보내라고 전하라.」

「무슨 말씀이십니까? 당장 접의 동지들을 모아 전하와 삼법사를 구해야지요!」

비분강개로 활활 타오르는 눈을 마주 보며 그는 혈기만 앞선 검교에게 냉엄한 현실을 알려 줬다.

「지금 이 상황을 모르겠느냐? 황상의 윤허가 없었다면 이런 대역무도한 짓거리는 절대 할 수 없다. 삼법사가 습격을 당했다면 황궁 주변의 부접들도 같은 운명이니 찾아가 봐야 소용없다!」

「황상께서요!」

경악과 함께 밀려오는 건 숨 막힐 듯 짙은 배신감. 오로지 황제를 섬긴다는 자부심에 전심전력을 다해 충성해 왔건만. 이렇게 처참하게 버림받고 쫓기는 신세가 된 것이 믿어지지 않는 듯 검교의 낯빛이 창백해졌다가 점점 붉어졌다.

분하기로 따지자면 눈앞의 이 애송이와 비길 바가 아니었지만 지원은 어금니가 깨져라 사려물고 냉정을 유지했다.

「경거망동하면 개죽음을 당할 뿐이다. 지금은 온 천하가 삼법사의 적이니 흔적과 정체를 감추고 명을 기다려라. 조만간 전하를 구하고 우리의 원한을 갚을 날이 있을 것이다. 한시가 급하니 속히 움직여라.」

「존명.」

반쯤은 얼이 빠져 있던 검교는 삼법사의 일원답게 금세 상황 파악을 했는지 짧게 목례를 하고 바람처럼 사라졌다.

　마지막으로 저항하던 자들마저 숨을 거두고 삼법사가 초토화되는 그 시각. 정왕도 마침내 홀로 남았다. 그의 주변에는 사력을 다해 버티다 쓰러진 호위들의 시신이 잘린 팔다리와 함께 널브러져 있었다. 피를 뒤집어쓴 채로 검을 치켜든 채 미소를 짓고 있는 그는 악귀의 현신 같았다. 죽이려고 든다면야 이런 불필요한 고생 없이 화살이나 창으로 깔끔하게 끝낼 수 있겠지만 정왕의 짐작대로 그들의 월권은 여기까지가 한계였다.

　황제의 윤허도 없이 정왕과 삼법사를 치는 것까지는 저질러볼 수 있지만 시해弑害는 다른 차원이었다. 어떻게든 목숨은 붙여 제대로 치죄를 해야 했다. 그러려면 얼마나 더 많은 피를 흘려야 할지. 솔직히 지금 희생도 예상을 훨씬 뛰어넘은 것이었다. 검교들의 악명은 들어 알고 있었지만 직접 맞닥뜨려 보니 명불허전. 그나마 두 놈이 일찍감치 달아났기에 망정이지 남아 있었다면 창피를 무릅쓰고 원군을 청해야 했을 거였다.

　「더 이상 버티시면 저희도 부득이하게 옥체를 상하게 해야 합니다. 그만 항복하십시오.」

　피식. 옅은 비소가 정왕의 입술에 떠올랐다.

　「하인배들의 손에 욕을 낭하시 않겠다고 분사焚死를 선택하신 상왕 형님의 기상에는 미치지 못하지만 내 두 손이 검을 쥘 기력이 있는 한은 너희 같은 모리배들에게 항복하지 않을 작정이다. 조금 쉬어 기운을 모았으니 다시 제대로 해 보자꾸나.」

긴 싸움에도 숨결이 좀 거칠어졌을 뿐 그는 별반 지친 기색을 보이지 않았다. 같은 편이라면 더없이 좋았겠지만 이가 갈리는 지독함. 당장 죽일 수는 없으니 희생은 불가피했다.

「시간을 끌지 말라. 다쳐도 상관없으니 목숨만 붙여 놓으면 된다.」

이죽거리는 눈길이 병사들을 슥 훑었다.

「이쪽은 죽여도 되고 저쪽은 죽이면 안 되니 너희들에겐 좀 불공평하긴 하지만 내겐 고마운 소리로구나. 이 자리에서 왕답게 죽지는 못해도 싸움만큼은 선황제의 아들답게 해 보겠다.」

가려 뽑은 정예병들이지만 죽음이 두려운 것은 인간으로 태어난 이상 인지상정. 기세에 밀려 주춤거리는 병사들을 노려보며 소매로 땀과 섞여 흘러내리는 이마의 피를 닦는 척, 그는 번저가 있는 방향으로 눈길을 슬쩍 돌렸다.

지금쯤은 지원과 지윤이 도착했을까? 두 번 다시 어떤 풍파도 겪지 않도록 해 주겠다고 맹세했는데. 네게는 늘 허언을 하는 거짓말쟁이가 되는구나. 미안하다.

지금 그가 할 수 있는 최선은 시간을 벌어 주는 것뿐. 주력은 이들일 테니 길게 잡고 있으면 있을수록 채연과 환은 멀리 달아날 수 있었다. 승부는 이미 갈려 있지만 그 결과를 늦추는 것은 가능했다. 사신死神의 혈향을 함빡 내뿜으며 그는 이제 방어가 아니라 무조건 공격을 하는 품세로 검을 곧추세웠다.

호씨 형제가 도착했을 때 번저 주변은 고즈넉하니 평온했다.

그렇지만 이미 태풍이 휩쓸고 간 뒤인지, 아니면 기민하게 그들을 노리는 복병이 기다리고 있는지 확신할 수 없었다. 눈빛만으로도 이심전심. 형제는 은밀하게 오갈 때 이용하던 후미진 뒤편 담장을 넘었다.

다행히 최악의 상상과 달리 번저 안도 평화로워 보였다. 그러나 이제 곧 광풍에 쓸려 갈 폭풍 전야의 고요. 안도하며 가슴을 한번 쓸어내릴 여유도 없이 그들은 수연각으로 달려갔다.

「에구머니!」

수연각에 들이닥친 호씨 형제를 발견한 궁녀가 비명을 질렀다. 난입만으로도 놀랄 판인데 심상치 않은 분위기가 그녀들을 더욱 호들랑거리게 했다.

「무슨 일이십니까! 이곳은!」

「낭랑을 뵈어야겠소. 어디에 계십니까? 왕자마마께서도 함께 계시지요?」

「이보시오, 그곳은! 낭랑께 허락을 받아야……」

그러나 그 외침은 성큼성큼 수연각 안으로 달려 들어가는 두 특무의 등 뒤에 공허하게 메아리칠 뿐 발걸음은 전혀 늦춰지지 않았다.

「낭랑!」

다급함에 속이 자글자글 끓었지만 상대는 주군의 여인. 차마 내실의 문을 열어젖히지는 못하고 그 앞에서 지원이 급히 채연을 불렀다.

온종일 이유 없는 긴장과 전율에 환을 안고 서성이던 채연은 무거운 음성에 심장이 쿵 내려앉아 가까운 의자에 주저앉았다. 휘청하니 그대로 쓰러질 것 같았지만 꾸물거려서는 안 된다는 직감에 그녀는 놀란 가슴을 진정시키며 궁녀들에게 눈짓을 했다.

외간 사내를 들이라는 지시에 기겁을 하면서도 그녀들은 내실과 외실을 가르는 문을 활짝 열어젖혔다.

「무슨 일입니까?」

어찌할까 짧게 시선을 교환하는 그들을 지켜보는 채연의 맥박이 빨라졌다.

「전하께 무슨…… 변고라도 생긴 것입니까?」

번쩍 고개를 든 형제의 얼굴에 가득한 것은 비통함과 격분. 아이를 떨어뜨릴 것 같아 환을 안은 팔에 힘을 꽉 주면서 아득해지는 정신을 수습하려 눈을 꼭 감았다.

사람의 감이란 게 어쩌면 이렇게 불길한 것만은 딱딱 맞아떨어지는 것인지.

평소처럼 웃으며 배웅했지만 이상하게 불안했던 아침이었다. 출정은 모레인데 이상하게 긴 이별인 것처럼 마음이 허전해 떠나보내고 싶지 않았다.

하얗게 질린 표정에서 그녀가 최악을 상상했다는 걸 알아챈 지윤이 다급하게 부인했다.

「변고는 있으시나 아직 강건하시옵니다.」

최악의 악몽이 비껴가자 완전히 멈췄던 호흡이 다시 이어졌다. 곧 의문도 꼬리를 이었다.

아직은? 정왕에게 변이 생겼는데 왜 호씨 형제가 이곳에 있는 것이지?

상념이 질문으로 이어지기 전 지원이 할 수 있는 한 가장 간략하게 상황을 설명했다.

「출정을 앞두고 모든 경계가 연왕부에 몰린 틈을 타서 피습을 당했습니다. 전하께선 낭랑과 왕자마마를 속히 도피시키라는 명을 내리셨습니다.」

「전하께서는요!」

「지금 일군의 군영에서 시간을 끌고 계십니다. 이러고 있을 틈이 없사옵니다. 곧 황제의 군사들이 이곳으로도 몰려올 것입니다.」

황제가? 기어이.

커다란 파도가 그녀를 덮쳤다. 머릿속이 하얗게 비고 그대로 정신을 놓기 직전, 채연은 피가 나도록 입술을 깨물었다. 터진 입술에서 흘러나온 비릿한 피 맛과 통증이 흐릿해지려는 그녀의 의식과 이지를 되돌렸다.

그에 대한 미안함과 황제에 대한 공포는 나중에 생각해야 했다. 지금은 생각을 하는 것조차도 사치. 그가 목숨을 걸고 벌어 준 시간이다. 머뭇거려 그 희생을 헛되이 해서는 안 된다. 나와 환이 황제의 마수에서 멀어질수록 그의 운신의 폭이 넓어진다.

그녀는 잠든 아들을 안고 벌떡 일어섰다.

「알겠습니다. 조용히 움직이려면 미복으로 갈아입어야겠지요?」

여차하면 기절한 채연을 업고 뛸 작정까지 했던 지원의 눈에 희미한 찬탄의 빛이 스쳤다.

「예. 그리하심이 옳을 것 같습니다. 서두르십시오.」

참담한 비보에 벌벌 떨며 흐느끼고 있는 유모나 궁녀들의 도움을 받을 생각은 포기했다. 환을 지윤의 품에 안겨 주고 침실로 들어가려는 찰나, 혼비백산한 송 태감이 달려 들어왔다.

「낭랑! 큰, 큰일 났사옵니다!」

채연 앞에 선 호씨 형제를 발견한 그는 평소의 반목도 잊고 반색을 하며 매달렸다.

「이보게! 지금 도독부의 군사들이 번저를 둘러싸고 감히 낭랑과 왕자마마를 내놓으라고 하고 있네! 이게 무슨 날벼락인가! 속히 전하께 연통을 넣어서……」

　그러나 침통한 표정의 호씨 형제를 보자 그의 음성도 점점 작아지더니 마침내 웅얼거림마저도 삼켜졌다. 정왕에게 큰 탈이 생겼다는 걸 짐작했는지 어찌할 바를 모르는 그의 눈이 채연과 왕자, 호씨 형제 사이를 번갈아 오가는 가운데 채연이 결단을 내렸다.

「특무들께선 지금 왕자를 데리고 피신하세요.」

「예? 무슨 말씀이십니까!」

　체념이 담긴 처연한 음성이 고운 입술에서 흘러나왔다.

「이미 포위가 되었다면 나와 왕자 둘 다 번저를 빠져나가는 것은 불가능합니다. 그건 두 특무께서 누구보다도 잘 아시지 않습니까?」

「하오나……」

「이리 머뭇거릴 시간이 없어요. 저는 고초를 겪어도 견딜 수 있으나 어린아이는 뇌옥에서 하루도 버티지 못합니다. 함께 달아날 수 없다면 환이 피하는 것이 맞습니다.」

　정왕이 목숨보다도 아끼는 여인이냐 유일한 왕손이냐? 가능하면 둘 다 피신시켜야겠지만 다 함께 포위망을 뚫고 안가까지 가는 건 장담하기 힘든 모험이었다. 아니, 기적이 일어나지 않는 한 불가능했다.

「잠시 허를 찔리긴 했으나 전하께서 절대 무력하게 손을 놓고 계시지는 않을 것이라고 믿습니다. 제 목숨을 금방 거두지는 않을 테니 구하러 오실 때까지 버텨 내겠습니다.」

망설이는 지원과 지윤에게 향한 얼굴에 떠오른 미소는 바로 얼마 전 그들이 사지에 두고 온 주군과 똑같았다. 정왕의 결연함을 그대로 덧그린 것처럼 무한한 신뢰가 담긴 눈빛으로 채연은 그들에게 무거운 의무의 굴레를 씌웠다.

「전하의 유일한 혈손입니다. 이 아이가 살아야 저도 사는 것이니 부디 지켜 주십시오.」

해묵은 적대감이 녹아내리는 것을 느끼며 지원은 진심을 담아 맹세했다.

「제가 죽어 귀신이 되어서라도 왕자마마를 지키고 전하를 구할 것입니다. 그러니 다시 뵐 때까지 심기를 굳건히 하시고 강건하십시오.」

채연은 뭔가 즐거운 꿈을 꾸는지 까르르 웃는 아들을 마지막으로 꽉 끌어안아 준 뒤 지윤에게 넘겨줬다. 언제 다시 재회할지 기약 없는 모자의 눈물겨운 작별을 방해하기 안타까웠지만 그들은 모질게 몸을 돌렸다.

「조만간 모시러 오겠습니다.」

신출귀몰이라는 명성을 증명이라도 하듯 지원과 지윤은 왕자와 함께 후정 쪽으로 가는가 싶더니 금세 시야에서 사라졌다. 삽시간에 종적을 감춰 버린 그들을 마음으로 배웅하며 채연은 아직도 정신을 수습하지 못하고 있는 송 태감에게 명을 내렸다.

「군사를 이끌고 온 자를 정당으로 데려오세요. 내가 병이 있어 이 소식에 잠시 혼절을 했으나 곧 정신을 차릴 것이니 거기서 보자

고요.」

「낭랑! 무슨 생각이신지요?」

정왕의 비보에 기절할 듯 흔들리고, 아들을 떼어 내고 눈물짓는 약한 여인의 모습은 씻은 듯이 사라졌다. 그들이 아는 연유한 채연이 맞는지 의심스러울 정도로 강한 기세를 풍기는 여인이 서늘한 미소를 피워 올리며 태감을 돌아봤다.

「왕자가 조금이라도 멀리 갈 수 있도록 시간을 끌어야지요.」

양손을 모아 아프도록 꽉 움켜쥐며 채연은 아들이 떠난 방향을 향해 간절히 기원했다.

무력한 어미가 해 줄 수 있는 건 이것밖에 없구나. 부왕이 살아 계신 한 우린 다시 만날 수 있을 것이다. 혹시 다시 만나지 못하더라도 꼭 기억해 다오. 넌 네 부모가 각기 목숨을 바쳐 지키려고 했던 귀한 아이였음을.

「무어라고! 네 무어라 했는가! 정왕 숙부가 찬역을?」

앞에 늘어선 원로 중신들을 노려보는 황제의 눈에 가득한 것은 절대 믿지 못하겠다는 경악과 의구심. 하지만 이 정도는 이미 예상했고 각오했던 바였기에 그 노여운 눈길을 받으면서도 황자징의 음성은 흔들리지 않았다.

「예. 하늘의 도우심으로 감히 연왕과 내통하려 한 정왕과 삼법사의 모의를 사전에 발각해 정왕을 옥에 가둬 놓았사옵니다.」

「무슨 소리인지 소상히 고하라. 그 음모를 네가 어찌 알았으며 왜 짐에게 고하지 않고 너희 임의대로 처단을 한 것이냐?」

제태가 들고 있던 밀지를 황제에게 바쳤다. 두루마리를 펴는 손

日月

이 가볍게 떨리는 걸 보면서 그는 이미 입을 맞춘 누명을 술술 풀어 냈다.

「북평 도지휘사가 이 첩보를 서휘조 장군에게 보내어 왔사옵니다. 대군을 이끌고 출병한 정왕이 작전을 바꿔 회군이라도 하면 큰 일이라 사안이 너무도 화급하여 먼저 처리하였사옵니다. 뒤늦게 아뢰는 점을 깊이 통촉하여 주시옵소서.」

「허허. 찬역이라.」

최초의 경악이 지나가자 내막은 곧 짐작할 수 있었다.

선황제 때부터 쌓여 온 불만과 알력이 폭발한 것이다.

황제의 직속인 삼법사는 조정 대소 신료들을 감시하며 그들을 옥죄어 왔다. 선황제가 살아 있을 때는 그 절대적인 신임에 다들 감히 꿈틀할 엄두도 내지 못하고 살아왔다. 하지만 윤문은 조부와 달리 삼법사를 완벽하게 장악하지 못했다. 때문에 요긴하게 활용하면서도 불편해하고, 정왕에 대한 경계를 놓지 않고 있었다.

그 미묘한 틈새를 파고든 중신들의 모험이 바로 이것. 서휘조 장군까지 가담했다면 도독부와 병부가 주도를 했을 터. 감히 황제의 허락도 없이 도독부의 군사들을 움직인 거였다.

짐이 듣지도 보지도 못하는 멍텅구리인 줄 아느냐고 호통을 치고 싶었다. 그렇지만 윤문은 그럴 수 없었다. 지금 그에게 양자택일만이 가능하기에.

정왕 아니면 눈앞의 중신들.

정왕을 택하면 앞으로 오랜 기간 삼법사에게만 전적으로 의지해야만 했다. 비록 정왕이 역천의 뜻이 없다고 해도 황제의 권위는 형편없이 약해지고 옥상옥이 생기는 최악의 상황은 피할 수 없었다.

중신들은 그가 선택할 수 있는 차악이었다.

감히 짐을 기만하고 능멸한 네놈들의 무도함을 절대 잊지 않겠다.

일단 원하는 대로 속아 주는 척하면서 차곡차곡 하나씩 벽돌을 빼내듯 와해시켜 나갈 것이다. 속으로 비수를 갈면서 윤문은 차분하게 도지휘사의 밀지를 옆에 선 어전태감에게 던져 줬다. 그리고 분노를 차분하게 갈무리하며 차악을 받아들였다.

「삼법사와 정왕의 수하들은 순순히 투항했는가?」

「황공하옵니다. 워낙 지독한 역심을 품은 자들이라 도저히 회유가 불가능하여 모두 처단하였고, 정왕의 번저에도 군사를 보냈으니 곧 모든 식솔들을 금부로 이송할 것이옵니다.」

이만하면 삼법사와 정왕을 상대로 일 처리를 잘한 것이 아니냐, 자랑스러움이 넘쳐흘렀다.

「모든 식솔들이라…….」

듣기 힘들 정도의 나지막한 중얼거림. 하지만 윤문의 곁에 선 하태감은 분명히 들었다. 내신은 절대 정사에 관여할 수 없다는 명을 각골한 그이기에 아무 말도 하지 못했지만 덜덜 떨리는 손으로 밀지를 받아 챙기는 늙은 태감의 만면에 안타까움과 우려가 가득했다.

어전태감 말고는 모두 놓친 불길이 잠시 잠깐 스쳐 간 황제의 눈엔 잔잔한 냉담함만이 남았다. 그리고 눈빛만큼이나 냉랭한 명령이 떨어졌다.

「정왕의 건은 짐이 직접 국문을 할 것이다.」

「지당하신 분부 받잡겠사옵니다.」

「그리고 삼법사는 남은 접을 모두 폐쇄하고 오늘부로 폐한다.」

새로운 수장을 앉히고 삼법사를 존속시킬까 걱정을 했었다. 만약 그리하면 이미 도채원이 있으니 그걸로 충분하지 않느냐고, 모두 상소를 올리고 황제를 설득할 작정을 단단히 했던 중신들의 만면에 웃음꽃이 활짝 피었다.

「황은이 망극하옵니다.」

눈엣가시인 삼법사가 이제 영영 사라진다.

덩실덩실 춤이라도 추고 싶은 심정을 감추지 않으며 그들은 황명을 기껍게 받들었다. 냉정하게 고개를 끄덕이는 황제의 머릿속에 지금 삼법사를 대신할 새로운 숙청 기구를 만늘 궁리가 부지런히 돌아가는 것을 모른 채.

채연과 번저의 식솔들이 군사들에게 포박되어 줄줄이 끌려 나오고, 사력을 다해 저항하던 정왕마저도 마침내 쓰러지던 그 순간. 우연의 일치인지 때를 맞춰 떨어진 명령에 그 영화와 기세가 영원할 것 같았던 황제의 특무 기구 삼법사도 영원히 문을 닫았다.

홍무제 초기 은의위로 시작되어 무소불위의 권력을 휘두르면서 관료부터 백성까지 온 천하를 공포로 몰아넣었던 삼법사는 이렇게 그들이 섬겼던 황제에게 버림받아 사라졌다. 영문도 모른 채 연왕부로 함께 출병해야 할 동료들에게 도륙당하는 그들이 마지막 숨을 거둘 때 본 것은 무엇이었을지. 아마도 그들의 손에 세상을 떠난 원혼들이 흘리는 한 서린 미소가 아니었을까?

二十四

뚜벅뚜벅.

빛 한 점 스며들지 않는 뇌옥의 어둠을 가르는 횃불이 일렁이더니 끼익, 거슬리는 소리를 내며 문이 열렸다. 뼛속을 파고드는 음습함을 조금이라도 막아 보려 잔뜩 움츠리고 있던 인영이 고개를 들었다.

「끌어내라.」

올 것이 왔구나.

길다면 길고 짧다면 짧은 기다림. 가는 체념의 한숨을 삼키며 채연은 양팔을 잡아 일으키는 거친 손길에 몸을 맡겼다. 내내 앉아 있던 터라 저린 발이 잘 움직여지지 않았지만 그들은 아랑곳 않고 걸음을 전혀 늦추지 않았다.

한여름의 무더위도 미치지 않는 축축한 땅속에서 갑자기 끌려 나오자 두꺼운 솜이불을 뒤집어쓰는 듯 더운 대기가 훅 몰려왔다. 몸을 감싸는 열기와 눈을 찌르는 강렬한 햇살에 현기증이 밀려왔다.

日月下

시야가 하얗게 변하면서 갑자기 세상이 빙빙 도는 느낌. 휘청. 쓰러지려는 채연을 양옆에 선 자들이 얼른 부축했다.

「허허. 조심해서 모시라니까!」

여인의 것도 남성의 것도 아닌 가느다란 음성. 깜깜한 곳에 있다 나와 아직 밝은 빛에 익숙해지지 않아 흐릿했지만 앞에 선 사내는 환관의 복식을 하고 있었다. 그녀가 본 것을 증명이라도 하듯 사납게 그녀를 끌어냈던 옥리와 옥사장의 쩔쩔매는 음성도 이어 들려왔다.

「송구하옵니다.」

「속히 가마로 모셔라.」

정왕이 보낸 것일까? 그가 위기를 넘기고 기어이 전세를 역전시킨 것일까?

혹형을 받다가 죽을 거라고 단단히 각오했던 몸에 가득 찼던 긴장이 풀리자 다리가 후들거려 왔다. 그렇지만 미처 질문을 던지기도 전에 옥리들은 채연을 사방이 막힌 가마 안에 밀어 넣었다. 가마는 문이 내려지자마자 바로 덩실 떠올랐다.

「서두르라.」

가마꾼들이 달리는지 흔들렸지만 동시에 샘솟는 불안과 희망 때문에 그녀는 그 불편함도 전혀 깨닫지 못했다. 얼마를 달렸는지. 몇 개의 문을 일사천리로 통과하던 가마가 멈춰 땅에 내려지더니 문이 올려졌다.

「내리시지요.」

두근두근. 당장이라도 튀어나올 듯 맥동하던 심장은 어스름한 보랏빛 자하紫霞에 드러난 정원과 건물을 보자 그대로 멈추는 것 같앉다. 시야에 들어오는 풍경이 믿기지 않았고 또 믿고 싶지도 않았다. 어둠에 젖은 눈이 빛을 이기지 못해 보이는 환영일 것이다. 간절히 기도하며 눈을 꼭 감았다가 다시 떴지만 시야는 더더욱 명료해지고 건물 가운데 떡 걸린 청우전이라는 현판이 확연히 들어왔다. 순간 스르르 무너져 내리려고 했지만 잘 훈련된 궁녀들이 민첩하게 다가와 옥리들과는 비교할 수 없을 정도로 정중하게 그녀를 부축했다.

「어서 안으로 드시지요.」

두 번 다시 돌아오지 않을 거라고 확신했던 곳. 혼이 없는 인형이 된 것처럼 아무 생각도 나지 않았다. 텅 빈 머릿속을 채우는 것은 딱 하나. 황 내사를 비롯한 환관들이 죄를 받았다는 소식에 떠오르던 윤문의 만족감과 민왕에 대한 복수를 약속하던 그 한소였다.

민왕의 소식을 들었을 때부터 끈질기게 따라붙던 불길함. 그렇지만 어떤 최악의 가정에서도 윤문과의 재회 장면은 없었다. 악몽의 한계는 상처 받은 자존심이 창이 되어 정왕을 치고 그녀도 함께 파멸하는 것. 그 결벽한 성격상 그녀를 취하는 건 고사하고 다시 보려들지도 않을 것이라고 믿었다.

그랬는데…… 가시방석처럼 잠시 머물렀던 청우전으로 그녀를 데려간 궁녀들이 준비한 것을 보자 의심할 여지가 없어졌다.

침실에 자리한 것은 향유를 풀어 향긋한 김이 모락모락 나는 목간통. 왈칵 몰려오는 두려움과 혐오에 채연은 몸을 돌려 달아나려고 했다. 갈 곳도 없고 갈 수도 없었지만 그 자리에 머물러 있을 수는 없었다. 그렇지만 채 두 발짝도 떼기 전에 덮쳐 온 여러 개의 손이 그녀를 잡았다.

「놓아 주……」

버둥거리며 벗어나려고 했지만 역부족. 부드럽지만 단단히 잡은 손들은 채연을 의자에 앉히고 척척 옷을 벗겨 내기 시작했다.

「황상을 모시려면 준비를 하셔야지요. 유향을 푼 물에 푹 담그시면 살결이 더욱 보드라워지고 향기가 배어날 것입니다.」

그래도 혹시나 했건만. 팔짱을 끼고 옷을 지키려던 손에서 스르륵 힘이 빠져나갔다.

멍한 가운데에서도 눈에 익은 얼굴을 한둘은 구별할 수 있었다. 청우전에 처음 들었을 때 그녀를 시중들었던 궁인들. 그것은 그녀의 정체를 이들 모두 안다는 의미였다. 그렇지만 아무도 숙부의 후궁을 취하려는 황제의 파렴치한 행각에 거리낌이나 놀람은 보이지 않았다. 지극히 덤덤한 표정으로 자신들의 의무에 충실하게 황제의 명을 이행해 나갔다.

수년 전 바로 이 장소에서 경험했던 일들이 반복되었다. 유혹적으로 보이기 위해 꽃즙으로 유두를 붉게 물들이고 작은 은빗과 은가위로 음모陰毛까지 가지런히 정리를 당해야 했던 그 수치스러운 절차까지 모두 똑같았다. 유일하게 다른 것은 아무리 고통스러워도 절대 윤문을 밀어내지 말고 순응해야 한다고 강조하는 늙은 여사가 없다는 정도. 출산한 여인 특유의 농밀함이 묻어나면서도 아직도 풋풋함이 남은 설화석고 빛 나신을 감탄과 부러움의 눈으로 훔쳐보는 궁녀들을 보는 채연의 입가에 씁쓸함이 물렸다.

이제 내게는 그런 주의를 줄 필요가 없다는 걸 모두들 아는 게지. 사내를 아는 정도가 아니라 아이까지 낳은 어미.

아들의 존재가 떠오르자 가슴이 욱신거렸다. 호씨 형제의 충성심과 그 신출귀몰한 능력을 믿지만 황제의 천하였다. 만약 그들이 변을 당해 아직 두 돌도 채 되지 않은 어린 아기가 홀로 남겨지면 어떻게 하나? 옥에 갇힌 내내 정왕에 대한 염려와 같은 비중으로 그녀를 괴롭혔다.

이판사판의 심정으로 채연은 궁녀들을 지휘하는 청상청의 차림의 여관에게 물었다.

「정왕 전하와 정왕부의 다른 식솔들은 어찌 되었답니까?」

그대로 얼음기둥이 되어 버린 것처럼 바삐 움직이던 손들이 일시에 멈췄다. 채연의 지목을 받은 여관의 얼굴은 하얗게 되었다가 다시 붉어졌다가 시퍼렇게 되기를 반복했다. 그렇지만 연륜이 있는 여관답게 그녀는 평정심을 회복했다. 아무것도 듣지 않은 것처럼 침의를 가져오다가 그대로 멈춰 선 궁녀에게 손짓을 했다.

「이것이 낭랑께서 오늘 입으실 침의냐?」

「예? 아, 예에.」

살아난 듯 화다닥 달려온 궁녀는 은쟁반에 올린 침의를 여관에게 보였다. 여관과 궁녀의 대화가 신호라도 된 것처럼 다들 다시 움직이기 시작했다. 채연이 더 이상 말을 하는 게 두려운지 대화 자체를 원천 봉쇄하려는 것처럼 공연히 부산을 떨어 댔다.

「참으로 백옥 같고 비단 같은 살결이옵니다, 낭랑.」

「이 침의를 입으시지요. 조선에서 조공으로 바친 최상급의 사絲로 만들어 마치 나비 날개와 같이 얇고 보드랍답니다.」

「이리로 앉으셔요. 향택香澤을 발라 빗어 드리겠사옵니다.」

「머릿결이 어쩌면 이리 풍성하고 고우십니까? 빗이 미끄러져 내려가는 것 같사옵니다.」

자신들이 원하는 것 말고는 아무 소리도 듣지 않겠다는 강력한 의사 표시였다. 불과 몇 년 전만 해도 그녀도 같은 처지였기에 무엇을 두려워하는지 잘 알았다. 추궁해 봤자 아무 대답도 나오지 않을 거란 것도. 무의미한 일에 기운을 빼고 싶지 않은 건 피차 마찬가지라 채연은 입을 닫았다.

궁녀들의 과장된 호들갑은 상침尙寢의 지휘로 침실에 붉은 어악을 늘어뜨리고 황제를 맞을 만반의 준비를 마치자 점점 긴장으로 바뀌었다.

황궁의 법도를 모르는 이도 아니고, 황공하게도 살길을 열어 준 황제를 노엽게 해서 자신들까지 화를 미치게 하지는 않을 것이다. 믿으면서도 심상치 않은 기색인 채연을 살피던 그녀들은 황제의 도착을 알리는 소리에 일제히 몸을 숙였다.

「만세 만세 만만세. 노비들이 황상을 뵈옵니다.」

간드러진 합창 속에 성큼성큼 들어선 황제와, 몸을 숙였으되 고개는 대담하게 쳐들고 그를 올려다보는 채연의 시선이 쨍하니 부딪쳤다.

단단한 거부. 공포에 흔들리고 있지만 그 결연함이 윤문의 속을 할퀴었다.

「물러가라.」

모두 뒷걸음질로 쏜살같이 물러가고 침실과 익실의 문이 연이어 닫히는 소리가 들렸다. 일어서라는 손짓에 채연이 결연하게 몸을 일으켰다. 비칠 듯 말 듯 몸에 착 달라붙은 얇은 침의는 오히려 나신보다도 더 색정적이었다. 특히 꽃물을 들인 유두는 목석의 눈이라도 끌 정도로 흰 천에 비쳐 도드라져 올라와 있었다.

　그녀를 훑어보는 윤문의 시선은 찼다. 그렇지만 그 안에 스치는 것은 분명한 욕정과 찬탄. 그가 갑자기 성큼 한 발 다가섰다. 채연을 향해 손을 뻗어 안은 건 계산된 움직임이라기보다는 오랫동안 눌러 왔던 수많은 감정이 이끈 부지불식간의 욕망이었다. 절대 인정하고 싶지 않은 연모와 그리움까지 포함된. 그의 여인을 빼앗아 간 숙부의 흔적을 말끔히 다 지워 내고 몸에 자신을 새겨 넣고 싶었다.

　이제 채연은 내 것이다.

　그 만족감은 숙부의 여인을 취한다는 죄책감도, 그를 거부했던 채연에 대한 애증도, 그런 여인에게 매달리는 못난 사내라는 자책감마저도 잊게 했다. 가린다기보다는 감질나게 보여 주는 역할을 하는 얇은 침의 아래 비치는 하얀 나신. 오래도록 꿈에서만 만났던 그녀를 속속들이 드러내고 싶은 그는 욕정이 이끄는 대로 채연을 침상에 밀어 눕혔다.

　여인의 반응은 격렬했다. 등에 침상의 푹신한 요가 닿는 순간, 공포와 충격으로 얼어붙어 인형처럼 끌려만 가던 채연이 사력을 다해 그를 밀어냈다.

　또 한 번의 완거順拒. 예상치 못한 배척에 윤문이 잠시 멈칫한 틈을 타 채연은 번개처럼 그를 피해 물러났다. 그렇지만 침상에서 벗어났을 뿐. 그녀가 선 곳은 황제를 모시기 위한 침실이었다. 잔뜩 흐트러진 침의를 추스르며 몸을 지킬 것을 찾아 침실을 둘려봤지만 지존에게 위해를 가할 가능성이 있는 것은 가는 바늘 하나도 남겨 두지 않는 것이 철칙. 황제를 모시는 공간에 그런 것이 있을 턱이 없었다. 그녀는 철저하게 무력했다. 그가 다가온 만큼 뒤로 물러나는 것 말고는 할 수 있는 게 없었다.

「다, 다가오지 마십시오.」

「무어라고?」

무엄한 척거(斥拒)에 기가 막혀 한참 말도 못 하던 윤문의 음성에 노여움이 묻어났다.

「넌 지금 네가 무슨 처지인지를 잊은 것이냐?」

「알고 있습니다. 그래서 올리는 말씀이옵니다. 차라리 죽여 주십시오.」

마치 그가 야차라도 되는 것 같은 극렬한 저항에 윤문이 기가 막힌 듯 그녀를 노려봤다.

눈물을 흘리며 감읍할 거라고는 기대하지 않았다. 만약 그랬다면 도리어 놀랐거나 실망했을 거였다. 그렇지만 그가 얼마나 힘들게 결심했는지 조금이라도 숙고를 한다면 이렇게까지 차가워서는 안 되었다.

폐서인이 될 정왕과 함께 나락에 빠지는 것은 당연한 인과응보라고 수만 번 되뇌었다. 그렇지만 정왕이라는 보호막이 사라진 그녀가 귀양지에서 무도한 관료들의 노리개로 전락하는 광경을 상상하자 피가 거꾸로 치솟았다. 그 순간 윤문은 끈질긴 유혹의 목소리에 항복했다.

올곧은 채연의 성정상 옳다구나 하며 그에게 안기지는 않을 것이라고 짐작했기에 당장 어쩔 요량은 정말로 없었다. 이 화려한 신방은 지레짐작을 한 아랫것들의 설레발. 그저 자신의 진심과 배려를 알아주고 조금이라도 감사해 주기를 기대했다. 중신들이 알게 되면 벌집을 건드린 것보다 더한 난리가 날 거라는 걸 알면서도 위신도 위엄도 다 팽개쳤건만.

너 때문에 내가 얼마나 고뇌했는데. 후안무치라 비난받고 청사에 숙부의 여인을 취한 패륜아로 오를 각오까지 했는데 어찌 이럴 수 있느냐, 당장이라도 고함치고 싶은 충동을 막는 것은 오로지 그의 드높은 자존심이었다.

그런데 채연의 반응은 점입가경이었다.

「제 의지와 상관없이 유린당하는 것이 얼마나 치욕이고 고통스러운지 아십니까? 그 모멸감을 이길 수 없어 제 손으로 모진 목숨을 끊으려고까지 했었습니다.」

숙부가 내게 빼앗기지 않으려고 채연을 억지로 안았구나.

정왕을 떠나겠다고 맹세했던 채연이 왜 갑자기 그에게 몸을 허락했는지, 그리고 나서는 왜 갑자기 온데간데없이 사라졌었는지, 뒤늦게 자식을 낳은 뒤에 정왕이 되찾아 왔는지 오랜 수수께끼가 한꺼번에 풀렸다.

채연이 자진해서 정왕에게 안기지 않았다는 사실이 너무도 기뻤다. 그가 아니라 숙부를 선택했다는, 가장 인정하기 힘들었던 배신의 내막이 드러나자 사내로서 자긍심이 살아나며 이 격렬한 거부도 용서할 수 있겠다는 너그러움도 생겨났다. 그렇지만 그것은 아주 잠시였다. 채연은 그의 가슴을 칼로 푹푹 찔러 댔다.

「정왕 전하를 제 목숨보다 더 은애하기에 잊으려고 노력했을 뿐이지요. 그분을 연모하고 그 곁에서 행복하다가도 문득문득 그날의 일이 떠오르면 몸 안에 찬바람이 돌았습니다.」

숨이 찬 듯 잠시 말을 멈추는가 싶더니 채연은 결연한 시선으로 그를 마주봤다.

「그렇게 짓밟히는 건 일생에 한 번도 넘칩니다. 다시 한 번 반복해야 한다면 저는 살지 않겠습니다. 부디 소인을 죽여 주십시오.」

그저 악에 받친 감정의 폭발이나 허튼 위협이 아니라 진심. 청우전으로 건너올 때 가슴을 채웠던 죄책감 섞인 설렘이 썰물처럼 싹 빠져나갔다. 보이지 않는 손이 심장을 쥐어짜는 것 같았다. 남은 것은 뭉개진 진심의 무참한 잔해뿐.

넌 정왕 숙부에게 한번 짓밟혔을지 몰라도 나는 네게 번번이 짓밟히는구나.

이런 결말을 위해 그토록 치열하게 갈등하고 자신과 싸웠는지. 황제로서 체신마저도 버리고 내민 손길이 다시 내쳐졌다는 사실이 자각되면서 연모와 그리움에 밀려났던 배신감과 복수심이 그를 시커멓게 물들였다. 정왕에게 쌓이고 쌓였던 해묵은 패배감도 그를 삼켰다.

최초의 충격이 가시자 그의 영민한 머릿속에 채연과 정왕 모두에게 최고의 설욕이 될 복안이 순식간에 완성되었다.

성큼성큼 침상으로 다가선 그는 좀 전의 실랑이로 흐트러진 이불을 구겨 바닥에 던져 버리더니 두툼한 금침이며 베개를 던지고 마구 흐트러뜨렸다. 곁에 있는 월아탁 위에 곱게 놓인 주병과 술잔도 바닥에 떨어지고 침상 주변은 아수라장이 되었다. 그렇게 최고의 보복을 위한 안배라고 스스로에게 변명히며 그는 서침없는 파괴의 충동에 자신을 맡겼다.

철저하게 난장판을 만들어 놓은 현장을 만족스럽게 슥 훑어보며 윤문이 몸을 다시 채연에게로 돌렸다.

「크게 착각을 한 모양인데 짐도 너처럼 더럽혀진 여인을 취할 생각은 추호도 없다.」

믿기 힘들다는 듯 커다랗게 떠진 채연의 눈망울을 응시하며 그는 비소를 흘렸다.

「다른 이도 아닌 숙부에게 수도 없이 안긴 것이 용인될 정도로 네가 그리도 대단하더냐? 설령 그렇다고 쳐도 길어야 10년이면 스러질 그깟 미색에 짐이 미혹될 거라고 생각했느냐?」

혹시 오해를 했나? 잠시 잠깐 미안해지기도 했지만 그녀는 예전에 황궁에 있을 때처럼 순진한 처녀가 아니었다. 욕망에 흔들리는 사내가 어떤 모습인지 너무도 잘 알았다.

윤문은 그녀를 원했다. 아주 강렬하게. 그녀가 절박하게 저항하지 않았다면 분명 그녀를 안았을 거였다. 지금 저 소리는 자존심을 수습하기 위한 허세이고 가장. 그렇지만 굳이 그 사실을 지적해 겨우 한발 벗어난 수렁에 다시 발을 들일 정도로 어리석지 않았다. 무엇 때문에 자신을 여기에 데려다 놨는지 궁금했지만 그것은 어차피 알게 될 터. 급한 불을 끄기 위해 일단 그의 앞에 무릎을 꿇어 백배사죄를 올렸다.

「황상의 뜻을 오인하고 무엄하게 행동한 것을 용서하시옵소서.」

엎드린 시야에 앞으로 다가와 서는 검은 어혜御鞋가 보이자 몸이 저절로 움츠러들었다. 한 발만 더 옮기면 그녀의 손이나 몸을 밟아 버릴 수 있는 딱 그만큼에서 그는 멈춰 섰다.

이대로 밟아 버려도 꼼짝도 못 할 약한 존재인 주제에 절대 굽히지 않는 여인. 절대 꺾이지 않는 채연에게 그를 좌절하게 하던 정왕이 겹쳐져 더욱 분기가 치밀었다.

「너를 비로 봉하겠다.」

「예? 그것이 무슨 천부당만부당한 말씀이십니까!」

번쩍 고개를 들어 올려다본 그의 냉안에 출렁이는 것은 한공보다 차가운 복수의 열정. 그녀에게 떠오른 공포를 즐기며 그는 천천히 비수를 들이댔다.

「천부당만부당? 아니. 넌 짐의 비가 되어야 한다. 그래야만 정왕이 살 수 있거든.」

정왕을 역모로 몰아 죽이려는 대소 신료들의 뜻과 달리 운문을 그를 살려 두려 작심하고 있었다. 그래야만 중신들이 정왕이 재등용될 가능성에 불안해하며 전횡을 못 하고 그의 눈치를 계속 살필 테니까. 거기에 그를 배반한 두 사람에 대한 응징이라는 달콤한 이득을 하나 더하면 일거양득일 것이다. 소름 끼치는 비소를 흘리면서 그는 스스로 생각하기에 너무도 만족스러운 방안을 채연에게 차곡차곡 알려 줬다.

「너도 알다시피 모반의 대가는 죽음뿐이다. 황자이니 그래도 예우를 해 줘 다른 혹형은 받지 않고 곧바로 능지처참을 당하겠지. 능지처참이 어떤 형벌인지 알고 있겠지? 머리와 사지에 각기 말을 매달아……」

차라리 모른다면 좋으련만. 알고 있었다. 바로 눈앞에서 정왕이 사지를 잡아 찢기는 참상이 어른거려 더 이상 들을 수가 없었다. 귀를 막으며 채연은 절규했다.

「압니다! 아옵니다! 알고 있으니 제발 그만 하십시오! 제발!」

고통에 몸부림치는 여인이 불쌍하다는 감정이 들 법도 하건만,

윤문의 표정은 더더욱 냉랭해졌다. 아예 억양도 없이 저승사자의 음성처럼 냉엄했다.

「그래? 잘 안다니 짐이 길게 설명할 필요는 없겠구나. 정왕이 그렇게 비참하게 죽느냐 아니면 폐서인이 되어서라도 목숨을 부지할 수 있느냐는 네게 달려 있다.」

윤문이 예상하듯 그녀의 패배였다. 정왕을 살릴 수 있다면 해야만 했다.

「제가…… 폐하의 비가 되면 되는 것입니까? 그러면…… 그분은 살 수 있는 것입니까?」

몇 해 전 금림에서 정왕을 위해 그를 떠나겠노라고 약속하던 채연이 떠오르고 그때의 패배감이 다시 엄습했지만 그는 그걸 무시했다. 그의 마음을 받을 자격도 없는 여인이다. 이제 철저하게 부숴 주는 것이 마땅한 처분. 윤문은 삐딱한 웃음을 함빡 머금었다.

「그것만으로는 당연히 부족하지.」

그녀의 몸을 원하는 것도 아니라면서. 윤문의 성정상 그리 말해 놓은 이상 자존심 때문에라도 절대 그녀를 취하지 않을 거였다. 그런데 여기서 무엇을 더 해야 하나? 치밀하고 복수심 강한 황제가 그녀에게 어떤 것을 요구할지 두려웠지만 그녀에겐 선택권이 없었다. 그게 무엇이든 해야 한다고 결심했지만 윤문의 명령은 상상을 넘어섰다.

「조만간 정왕의 국문이 열릴 것이다. 그때 국문장에 나와 숙부가 삼법사를 이용해 다른 왕들을 모함하고 핍박했다고 증언해라.」

「핍박이라니요! 그것은 모두 폐하의 명을 받들어서 한 것이 아닙니까!」

「짐이 그런 명령을 내렸다고?」

덫에 걸린 작고 무력한 짐승을 놀리듯 빙글빙글 웃었다.

「만약 그렇다면 남은 죄는 역모밖에 없는데? 숙부를 위한 짐의 호의를 그렇게 경솔하게 물리쳐도 되겠느냐?」

앙갚음이로구나.

채연은 습해지는 눈을 감았다. 여기에 눈물까지 더해 윤문에게 복수의 쾌감을 더해 주고 싶지 않았다. 살 속으로 파고든 손톱이 부러지도록 주먹을 꽉 쥐면서 오연하게 고개를 끄덕였다. 정왕이 느낄 그 절망감과 배신감을 상상하면 심장이 터져 버릴 것 같았다. 그렇지만 부군을 배신한 천하에 다시없는 요녀이자 탕부로 비난을 받더라도 그를 살릴 수만 있다면 해야만 했다.

「폐하의…… 뜻을 잘 알겠사옵니다. 성지를 받들겠나이다.」

만족에 겨운 파안대소를 기다렸는데 오히려 윤문의 웃음이 싹 지워졌다. 끝까지 그를 비참하게 만드는 여인. 싸늘하게 표정을 굳힌 그는 마치 벌레를 보듯 그녀를 내려다보며 시커먼 악의를 뿜어냈다.

「예전에 죽는 게 더 나을 거라는 짐의 말이 상상이 되지 않는다고 했지? 이제 상상할 필요가 없을 것이다. 네 삶이 바로 그리 될 테니까. 하지만 넌 죽을 수도 없겠지. 불쌍한 여인아. 바삭바삭 마르면서 그렇게 죽지도 살지도 못하는 삶을 살아 보렴.」

더 이상 채연을 보는 것도 참을 수 없다는 듯 윤문은 침실을 박차고 나왔다. 채연 앞에선 가까스로 냉정을 지킬 수 있었지만 부서져라 문을 닫고 나온 그의 붉게 상기된 표정에는 황제로서 보여서는 안 되는 온갖 감정들이 격랑 치고 있었다.

　침실과 이어진 익실 문 옆에 시립하고 있던 어전태감이 달려왔다.

　「폐하.」

　방금 전 그가 어떤 치욕을 당했는지 보고 들은 유일한 목격자. 환관은 사람이 아닌 존재임에도 치부를 들킨 것이 창피하고 부끄러웠다.

　「여기서 보고 들은 일은 다 잊어라.」

　자긍심 넘치는 젊은 황제의 심정이 어떨지 익히 짐작하기에 그는 최대한 심산한 태도를 보이려 애썼다.

　「예.」

　「그리고 내일 한씨를 현비로 봉할 것이니 그 준비를 하라 이르라.」

　「폐하!」

　환관은 입도 생각도 없는 존재여야 한다는 평생의 지침을 그는 처음으로 떨쳤다. 절대 안 된다고 생명을 걸고 호소하려고 했지만 그의 피울음은 분노로 온몸을 감싼 황제의 귀엔 들리지 않았다.

　어가에 올라 청우전을 빠져나가는 윤문의 흉중엔 채연에게 차마 풀어내지 못했던 사무친 원망이 회오리쳤다.

　너를 아끼고 사모했던 그만큼 증오한다.

　절대 용서하지 않겠다. 나를 아프게 한 너를.

　내가 처음으로 온전히 줬던 그 진심을 흙바닥에 팽개치고 밟아 버린 너를.

　윤문이 떠나가고 홀로 침실에 남은 채연은 바닥에 엎드린 채로 꼼짝도 않고 있었다.

노화를 가득 풍기며 나간 황제를 보고 잔뜩 긴장하며 시중을 들러 들어온 여관과 궁녀들의 눈길은 제일 먼저 침상으로 향했다. 엉망으로 흐트러지고 바닥에 떨어진 이불이며 베개는 윤문의 작품이었지만 내막을 모르는 사람들의 눈에는 격렬한 정사가 벌어졌던 증거로 충분했다. 억지로 끌려온 채연의 처지가 안됐기는 했지만 그들 입장에서는 그녀가 황제를 거부하지 않고 모셨다는 것이 중요했다. 안도감에 가슴을 쓸어내리며 엎드린 채연의 곁으로 다가갔다.

타고난 탕부가 아닌 이상 중죄인이 된 정왕과 행방이 묘연한 자식을 떼어 놓고 황궁에 들어와 황제에게 안겼는데 희희낙락할 수는 없을 것이다. 채연의 비감을 자기들 나름대로 해석한 궁인들은 동정을 감추지 않았다.

「낭랑, 조화옹이 지으신 운명이려니 하고 이만 고정하십시오. 상심이 크신 것은 이해하지만 다른 귀인들이 아시면 이 역시 구설이 되옵니다.」

운명? 왜 내게만 이렇게 가혹한 것인지, 천벌을 받을 정도로 악하게 살아온 것도 아닌데 왜 나는 조금의 행복도 누리면 안 되는 것인지, 조화옹이 정말로 존재한다면 그를 붙잡고 묻고 싶었다.

윤문의 요구는 오래전 서내원에서와 차원이 다른 배신이었다. 그때 정왕은 황제 다음의 권력자. 그녀가 없어도 얼마든지 행복한 삶을 누릴 수 있을 거라고 자위할 수 있있다. 하시만 이번엔 나락에 빠진 그에게 칼을 찔러 넣는 것도 모자라 그를 짓뭉개야 했다.

목이 졸린 듯 아파 왔다. 정왕이 없이는 단 하루도 살고 싶지 않을 만큼 은애한다. 자신에게 이런 뜨거움이 있었는지 놀랄 정도로.

그렇지만 그는 이제 채연의 진심을 모르고 멀리 떠날 거였다. 윤문의 의도가 성공한다면 그녀에 대한 격렬한 미움과 원한을 품고. 그녀에게 남겨질 것은 그가 없는 공허한 긴긴 세월. 그렇게 살고 싶지 않았다.

차라리 죽어 버릴까.

순간 밀려온 유혹은 너무도 컸다. 하지만 그녀는 한 남자를 뜨겁게 사랑하는 여인인 동시에 어머니였다. 그녀에게 복수를 하지 못하면 윤문의 분노는 분명 정왕과 그들의 어린 아들에게로 향할 것은 불을 보듯 빤했다. 아들과 그 아비를 살릴 수 있음에도 그 길을 택하지 않으면 죽어서도 자신을 용서하지 못할 거였다. 윤문의 말대로 살았으나 차라리 죽은 것보다도 못한 삶을 살더라도 해야 했다.

잔뜩 웅크리고 앉은 그녀의 눈이 젖어 들더니 침의에 발간 물이 뚝뚝 떨어졌다. 하얀 비단 위에 화사하게 번져 나가는 꽃물은 혈루血涙. 옷자락을 물들이는 붉은빛이 원소절 날 밤 번저를 밝혔던 화등의 빛깔과 흡사하다는 생각하며 그녀는 희미한 실소를 머금었다.

「낭랑!」

꼼짝도 않는 채연을 부축하려고 옆에 다가앉은 궁녀들의 비명이 침실을 울렸다.

밤새 흘린 피눈물로 침의와 비단 침상을 적시면서, 이대로 영영 눈을 감기를 기도했지만 어슴푸레한 아침 햇살은 어김없이 침실의 동쪽 지창을 뚫고 들어왔다. 이른 새벽에 예복을 갖고 온 경사방 태감에게 미리 언질을 받은 궁녀들은 희색이 만면한 얼굴로 단장을 서둘렀다.

아홉 마리의 꿩을 수놓은 청색 적의 위에 난봉운문鸞鳳雲紋을 수놓은 진청색 폐슬蔽膝[22)]과 대대大帶[23)]를 둘러 주고 옥대, 패수를 달아 주었다. 그 위에 대삼, 그리고 구름과 봉황을 직금한 비단으로 만든 하피를 입자마자 기다리기라도 한 것처럼 밖에서 환관의 음성이 들려왔다.

「궁인 한씨는 나와 황상의 명을 받으시오.」

「아이고. 일찍부터 서두르길 잘했습니다. 자칫했으면 예부시랑과 태감을 기다리게 할 뻔했네요.」

「어서 나가시지요.」

청우전 안뜰로 내려오는 채연에게 모두의 시선이 꽂혔다.

얼마나 대단한 경국지색이기에 체통과 위신을 목숨처럼 챙기는 황제가 조정과 황실을 발칵 뒤집어 놓고 기어이 숙부의 잉첩을 비로 책봉한 것일까? 곁눈질도 해서는 안 되는 것이 법도지만 인간으로서 호기심은 어쩔 수 없는 것이었다.

고뇌가 오히려 미색을 더해 주는 것인지, 책비를 받는 경사스런 자리임에도 비애만이 가득한 처연함에 적대감을 잔뜩 품고 명을 받들러 온 이들의 날 선 심기가 조금은 눅어졌다.

희미한 동정과 불쾌감을 품은 그들이나 채연의 비감과는 상관없이 책비례는 법도대로 평온하게 이루어졌다. 청우전에서 현비로 봉해진 뒤 성궁전으로 가서 황후와 여러 비빈들에게 첫인사를 올릴 때도 부액한 궁녀들의 염려와 달리 아무 실수도 없었다. 속이야 심

---

22) 조복(朝服)이나 제복(祭服)을 입을 때 앞에 늘이는 천.
23) 넓은 허리띠.

화로 활활 타오르나 체신을 잃지 않으려고 안간힘을 쓰는 황후가 어진 가면을 벗지 않은 덕분. 만약 눈으로 사람을 찌를 수 있다면 오장육부가 난도질이 되고도 남을 정도로 독기 가득한 강새암의 눈총을 받기는 했지만 모든 절차는 순조롭게 마무리되었다.

황제의 위엄에 눌려 겉으로나마 평온한 척을 하는 황실과 달리 조정은 현비 책봉으로 발칵 뒤집혔다. 하지만 곧바로 이어진 명령에 경악한 중신들은 채연의 일로 황제에게 반발할 여유를 잃었다.

「정왕의 일은 짐이 따로 알아보니 역모와는 상관이 없다. 다만 선황제께서 엄히 금지하신 지친 간 불화의 죄를 지은 것은 명확하다. 그 역시 좌시할 수 없는 대죄이니 조만간 짐이 친히 국문을 해서 그 죄과를 소상히 밝히겠다.」

목숨을 걸고 눈엣가시인 정왕을 사지로 몰아넣었건만. 청천벽력에 하늘이 노래진 그들은 채연의 일은 제쳐 두고 정왕의 사사를 목표로 벌 떼처럼 일어났다.

「폐하, 그 무슨 말씀이신지요? 정왕의 찬역은 북평 도지휘사가 직접 고변한 일이옵니다. 황상께서 몸소 낙점해 임명하신 그의 충성을 믿지 않으시는 것이옵니까?」

「황상께서 지친을 고이시는 하해와 같은 성심은 아오나 대의멸친大義滅親이라고 하였사옵니다. 역적에게 자비를 보이시면 국본이 흔들리옵니다.」

지금 그들의 머릿속엔 채연이 정왕을 구하기 위해 황제를 홀린 것이 아닐까 하는 의심으로 가득 찼다. 요녀의 감언이설에 넘어가지 말고 총명을 되찾으시라고 간언하고 싶었지만 숙부의 잉첩을 비로 봉한 것은 황제의 치부 중에 치부였다. 차마 채연과 정왕을 함께 입에 올릴 수 없는 그들의 속이 타들어 갔다.

그런 그들의 머리 위에 황제의 서늘한 일갈이 덮쳤다.

「짐이 궁금한 것이 하나 있다. 도지휘사의 밀지가 어찌 짐이 아니라 병부상서에게 바로 갔는가? 또 하나 더 묻겠노라.」

움찔하며 고개를 숙인 병부상서를 내려다보는 냉안에 모두의 등줄기에 한기가 돌았다.

「황궁 안에서 짐의 허락 없이 군사를 움직이는 것은 무슨 죄인가?」

역모.

정왕에게 뒤집어씌운 그 누명은 황제가 어지를 바꾼 순간 그들을 얽어맬 올가미였다. 기겁을 하며 일제히 고개를 번쩍 든 중신들을 하나씩 일별하는 황제는 지금 강력하게 경고하고 있었다.

정왕이 네놈들에게 모함 당했음을 짐이 다 안다. 하지만 지금 그대들이 짐에게 더 유용하니 이번 한 번은 용서할 것이다. 대신 목숨을 걸고 충성하고 복종하라.

정왕을 살려 두는 것은 언제든지 그를 복귀시켜 너희들을 베어낼 수 있다는 걸 명심하라는 무언의 협박. 이제 약관을 넘긴 젊은 황제지만 그 역시 홍무제 주원장의 자손이었다.

공포와 경외심이 몸을 관통하는 걸 느끼면서 대소 신료들은 몸을 깊이 숙였다.

바로 그날 밤 황제의 친국이 열렸다.

국문장 전체를 둘러싼 활활 타오르는 주홍빛 횃불은 이승의 풍경이 아닌 것처럼 비현실적인 풍경을 연출했다. 그 지옥도 한가운데에 단단히 포박된 정왕이 무릎을 꿇려 앉혀져 있었다. 이미 고신이 한 차례 있었는지 죄인이 입는 흰 옷에는 군데군데 핏자국이 선연했다.

황제에게 이끌려 국문장 입구로 들어서자마자 눈에 들어온 것이 바로 정왕의 그 비참한 모습이었다. 절로 터져 나오는 외마디 비명을 누르기 위해 채연은 양손으로 입을 막았다.

뒤통수에도 눈이 달린 듯, 하얗게 질려 당장이라도 그의 곁으로 달려가고픈 채연의 움찔거림을 알아채기라도 한 것처럼 윤문이 음산하게 경고했다.

「명심하라. 네 눈물 한 방울마다 그의 손가락이 하나씩 잘릴 것이다.」

그 협박은 얼음물을 끼얹은 것보다 더 확실하게 채연의 정신을 확 돌아오게 했다. 보이지 않는 손이 목을 힘껏 조르는 것처럼 목구멍이 버석거리고 아팠지만 그녀는 초인적인 힘으로 담담한 음성을 짜냈다.

「알고 있사옵니다.」

잠깐 걸음을 늦췄던 황제가 국문장 안으로 들어서자 답응答應환관이 소리를 높였다.

「황제 폐하 납시오」

국문장의 중신들이며 고신관들이 일제히 엎드렸다. 고개를 빳빳이 들고 있는 유일한 이는 정왕. 그렇지만 그 시야에 채연이 들어오자 믿기지 않는 듯 감았던 눈이 크게 떠졌다. 고통마저도 초월한 듯 석상 같던 표정이 처음으로 흔들렸다.

「평신.」

황제의 옥음에 몸을 세운 이들은 황제 옆에 선 여인을 보자 화들짝 놀랐다.

　이 무시무시한 국문장에 웬 여인인가?

　혹독한 고신에도, 황제의 등장에도 무심하던 정왕의 눈망울에 격렬한 파랑이 일었다. 아무것도 보이지 않는 듯 오로지 채연에게만 꽂힌 정왕의 시선과 마치 새기려는 것처럼 정왕을 마주 응시하는 채연의 시선이 허공에서 애절하게 얽혔다.

　공간의 다른 모든 것은 지워지고 단둘만이 존재하는 듯 눈만으로도 서로를 감싸 안는 것 같은 절절한 모습을 바라보는 윤문의 입귀가 비틀어졌다.

　당장이라도 뚝 끊어질 듯 야릇한 긴장감에 숨죽이면서도 채연의 정체를 모르는 대다수의 사람들은 이해할 수 없는 존재의 등장에 머리를 갸웃거렸다.

　저 차림새는 여염집의 부녀자나 궁녀가 아니라 후궁의 복식. 진홍빛 대수의大袖衣와 머리에 꽂은 취적을 보건대 분명 1품의 비였다. 여인의 지위가 어렴풋이 파악되자 새로운 의문이 그들을 덮쳤다.

　황제가 이곳에 후궁을 데리고 나올 이유가 무엇일까?

　그렇지만 그런 소소한 의문은 황제의 하문이 시작되자 금세 묻혀 버렸다.

　「죄인은 자복을 했느냐?」

　「소, 송구하옵니다. 워낙 독하게 버티고 있는 터라…….」

　변명이라도 하면 말꼬리라도 잡아 보련만. 정왕은 '무고다'라는 단 한마디 선언 이후 입을 딱 닫고 있었다. 황족에게 허용된 수준에서 사정을 두지 않고 치죄를 하고 있지만 살이 터지는 모진 매에도 비명조차도 지르지 않는 지독함에 고신관들이 도리어 진땀을 흘리고 있는 지경이었다.

「폐하, 고신의 강도를 높이도록 윤허를 해 주시오면…….」

채연의 격렬한 시선이 윤문에게 향했다. 단 한마디 말도 없었다. 그렇지만 그 눈에서 뿜어져 나오는 건 핏빛 절규였다.

살려 준다고 하지 않았습니까!

하! 가슴에선 노화와 질투가 들끓었지만 다스려 낸 황제의 얼굴에 한기가 번졌다.

그래 살려 주지. 하지만 맹세하건대 죽음보다 못한 삶일 것이다.

시퍼런 맹세를 삼키며 그는 짐짓 자비롭게, 정왕을 자극할 우월감을 가득 담은 시선으로 아래를 내려다봤다.

「더 이상의 고신은 필요 없다.」

「예?」

「정왕저의 궁녀였던 한 현비가 모든 음모를 다 자복했다.」

정왕의 눈빛이 번쩍, 살기가 휘감고 지나가고, 국문을 맡은 중신들은 일제히 기함을 했다.

황제의 후궁 중에 한씨 성을 가진 비는 없었다. 정왕부에서도 그들이 아는 한씨 성의 궁녀는 정왕의 아들을 낳은 잉첩 단 한 명.

혹시 저 여인인가?

새삼 경악을 금치 못하는 가운데 황제가 현비에게 다정하게 몸을 돌렸다.

「현비, 짐에게 고한 것을 여기서 다시 말해 보라. 대질이 되어야 죄인이 거짓 항변을 못 할 것이 아니냐?」

당장이라도 벼락이 떨어져 나를 태워 준다면 얼마나 좋을까. 바랄 수 없는 희망을 담아 하늘을 올려다봤지만 쏟아질 듯 빛나는 은하수만이 흐르는 흑야는 더없이 맑기만 했다.

야속할 정도로 아름답고 찬란한 별의 강을 올려다보며 채연은 크게 심호흡을 했다. 값싼 눈물 한 방울에 그녀가 목숨보다 더 소중하다는 걸 뒤늦게 깨닫게 된 정왕의 안위가 달려 있다는 사실을 스스로에게 각인했다.

우는 건 앞으로 남은 평생 눈이 짓무르도록 할 수 있다. 그러나 지금은 아니다. 부들부들 떨리는 손을 풍성한 대수의 자락에 숨기고 손톱에 찔려 피가 나도록 주먹을 움켜쥐었다.

「정왕은…… 무도한 자들과 어울려 황상을 능멸하고 또 선황제의 유조를 사칭해 형제들인 다른 번왕들을 핍박하였사옵니다.」

「좀 더 구체적으로 말해 보라, 현비.」

말끝마다 다감하게 현비를 붙이는 윤문의 음성과 짐짓 다정하게 잡아 오는 손이 소름 끼치게 싫었지만 티를 낼 수 없었다. 당장이라도 튀어 오를 듯 불길을 뿜는 정왕의 눈을 똑바로 쳐다보며 채연은 또박또박 강요된 대사를 읊었다.

「어린 시절부터 우애가 좋지 않았던 민왕을 황상께 모함하고, 상왕과 그의 세자와 후궁들도 불에 타 죽도록……」

바로 황제, 당신을 위해서 했는데. 하기 싫은 그 의무 때문에 그가 얼마나 괴로워했는데.

정왕 스스로를 제외하고 그 진실을 유일하게 아는 자신이 이 협잡에 동참해야 하는 현실이 끔찍했다. 하지만 역모 죄보다는 이것이 나았다. 아무리 비참한 생이라도 살아 있는 한 최소한 희망은 있으니까.

온 세상이 나를 권력욕에 미친 요부로 몰아도 상관없다. 당신만 살릴 수 있다면. 어떤 상황에서도 나를 믿겠다고 한 그 완신의 약속에 모든 걸 걸겠다. 설령 그 맹세를 지키지 못한다고 해도 당신이 살아나기만 한다면 감내할 수 있다.

정왕을 똑바로 마주 보며 채연은 자신의 진심이 그에게 전달되기를 간절히 기도했다.

「삼법사를 동원해 모의를 하였사옵니다.」

세상이 떠들썩하도록 총애한 여인에게 완벽하게 배반당한 정왕에 대한 동정심에 국문장 안에 있는 사람들이 동시에 신음을, 비명을, 한숨을 삼켰다. 같은 사내로서 그가 떠안은 배신감에 동감한 이들은, 한결같은 사모지정을 짓뭉갠 채연에 대한 증오를 토해 내기를 바랐다.

저 천인공노할 배덕을 꾸짖는 매서운 일갈이라도 던짐이 당연하건만.

그렇지만 정왕은 끝끝내 평온을 잃지 않았다. 크나큰 배덕에 아예 반응할 기력도 사라진 것인지 덤덤했다. 오히려 희미하니 미소 비슷한 것이 입가에 떠올랐다. 그의 얼굴에 떠오른 것은 분노라기보다는 미안함에 가까운 감정. 충격이 너무 크니 그예 실성을 해 버린 것인가 하는 생각이 들 정도였다.

예상치 않은 침착함이 불쾌해진 윤문이 그를 더 자극하려고 다시금 채연을 다그쳤다.

「확실한 것인가?」

독기인지 한인지 눈을 뗄 수 없는 기백을 가득하니 담고 오연하게 선언했다.

「예. 제가 똑똑히 들었사옵니다.」

설화석고가 그대로 사람으로 화한 듯 핏기도 표정도 없는 현비. 처절할 정도로 아름다운 여인은 그 말을 끝내자 냉정하게 몸을 돌렸다.

사람으로 어찌 저럴 수 있는지. 독한 고변에 몸서리를 치면서 황제의 비를 곁눈질하던 자들은 동시에 같은 단어를 떠올렸다.

살부지미殺夫之美.

자신의 그늘 속으로 들어온 현비를 만족스럽게 건너다보며 황제는 국문을 맡은 형부상서에게 명을 내렸다.

「모든 죄상이 드러났으니 옥에 가두어라. 그 징벌은 내일 조하에서 의논해 결정하겠다.」

그리고 옆으로 다가서 떨림을 간신히 누르고 있는 채연을 상냥하게 다독였다.

「섬약한 네게 너무 잔혹한 광경을 보여 준 것 같아 미안하구나.」

정왕에게 더 큰 상처를 주기 위해 가장한 배려와 다감함. 등을 쓰다듬는 손이 뱀이 몸 위를 지나는 것처럼 몸서리가 쳐졌지만 채연은 이를 악물었다.

「황은이 망극하옵니다.」

몸을 숙이면서 그녀는 끌려 나가는 정왕을 몰래 훔쳐봤다. 순간 두 사람의 시선이 마주쳤다. 찰나간이지만 교차된 그 짧은 한 점의 순간에 채연은 정왕이 보내는 무언의 약속을 읽었다. 그녀가 감수해야 했던 이 애참哀慘에 대한 따스한 위로와 해후의 약속.

다시 만날 것이다.

격렬한 증오를 만날까 두려워하는 마음이 착시를 만들어 냈을 수도 있겠지만 그녀는 자신이 본 것을 믿기로 했다. 아니라면 이제 남은 세월을 살아 낼 자신이 없으니까.

정왕의 처결은 짜인 대로 다음 날 곧바로 내려졌다.

17황자 헌은 황친으로 모범을 보이지 않고 사특한 마음으로 형제들을 모함하고 죽음에까지 이르게 한 죄가 크다. 형제간에 화합하며 국운을 융성케 하라는 선황제의 명을 어긴 그 죄를 더 이상 좌시할 수 없어 왕위를 박탈하고 서인으로 만들어 당주로 귀양을 보내노라.

사생결단을 했던 것에 비하면 형편없는 결과였다. 하지만 황제의 뜻이 워낙 강한 터라 중신들은 그와 삼법사를 제거하는 데 성공했다는 것을 위안으로 삼고 더 이상 반발하지 않았다.

정왕이 남해의 고도에 유폐된다는 소식은 그동안 이뤄졌던 다른 번왕들의 숙청과는 비교할 수 없는 파랑이 되어 퍼져 나갔다. 삼법사의 악명이 온 천하에 드높기는 했지만 그 가혹한 감시와 숙청의 대상은 황권에 위험이 될 만한 부와 권력을 가진 자들이었다. 그 무서움을 직접 겪어 보지 못한 민초들 사이엔 조카를 위해 헌신하다 토사구팽 당한 정왕에 대한 동정 심리가 은연중에 퍼져 나갔다.

선황제 때부터 지금 황제에게까지 변함없이 지속된 정왕의 충성심과 효심에 대한 파다한 소문은 조용히 숨죽이며 때를 기다리는 삼법사의 공작. 순진하고 순수해 부화뇌동하기 쉬운 백성들이 그들의 다음 행보에 방해가 되지 않도록 우호적인 여론을 조성하기 위한 치밀한 안배였다.

황제의 친위라는 자부심으로 똘똘 뭉쳐 있던 그들이었다. 비참하게 내쳐진 데 대한 배신감은 숙청을 감행한 중신들이나 사후에 승인한 황제의 예상보다 훨씬 더 깊었다. 사지에서 탈출한 호씨 특무 형제의 피맺힌 후일담에 격동한 그들은 잠시 흐트러졌던 조직을 빠르게 정비하고 더 깊은 심연으로 숨어들어 절치부심, 말 그대로 칼을 갈고 있었다.

대대적인 숙청 이후 많이 잘려 나가긴 했지만 아직 황궁에 남아 있는 자들이 여차하면 사생결단하고 정왕을 빼돌릴 각오까지 하던 참. 정왕의 귀양 소식은 희소식 중에 희소식이었다. 언제, 어느 길로 움직일 것인지에 황궁 속 그림자들은 모든 이목과 촉수를 열어 놓으며 바깥에 부지런히 첩보를 전달하기 시작했다.

삼법사의 남은 조직이 바삐 움직이는 그만큼 숙청에 앞장선 장군들이나 중신들도 경계를 늦추지 않으며 모든 지략을 쥐어짜 내고 있었다. 삼법사가 그간의 숙청으로 말끔히 무너졌을 거라고는 그들도 믿지 않았다.

그들이 제거한 것은 겉에 드러난 줄기가 고작. 하지만 삼법사의 정수는 깊이 파묻혀 암약하는 뿌리였다. 곳곳에서 암약하는 검교들이 필경 정왕을 탈취하려고 들 터. 그때 남은 잔당을 단숨에 제거해야 한다는 계산에 귀양을 떠나는 정왕을 호위하는 군사의 행렬은 길고 삼엄했다.

최대한 안전을 도모하기 위해 여정의 절반은 배로 움직였다. 그리고 시작된 육로는 유람이나 다름없었던 뱃길과 달리 긴장의 연속이었다. 언제 삼법사 잔당들의 습격이 있을지 모른다는 예상에 철통같은 경계 가운데 강행군이 계속되었다. 그렇지만 아무 암습이나 습격도 없이 평온한 나날이 보름 남짓 넘어가자 병사들의 긴장이 슬슬 풀어지기 시작했다.

지휘자인 병부 장수들이나 형부 관리들은 삼법사의 철두철미한 간계와 집요함을 몸소 지켜봤기에 이 고요가 절대로 끝까지 지속되지 않는다고 확신했다. 특히 전장에서 잔뼈가 굵은 장수들은 그들을 집요하게 따르는 살기가 있음을 어느 정도는 감지하고 있기에 더더욱 단속의 끈을 늦추지 않았다.

하지만 보이지 않는 적을 향해 팽팽하게 당겨졌던 병사들의 경계심이 하루하루 풀리는 기색이 역력했다. 습격을 방어하기 쉬운 수로에서 내려 관도로 옮겨 가면서 지휘관들이 더욱 엄하게 단속을 했지만 역부족. 황도를 출발했을 때의 삼엄한 기강은 이미 사라졌고 귀양지인 남쪽으로 갈수록 더더욱 느슨해졌다. 그 빈틈은 황도를 떠날 때부터 그들을 살피고 있었던 검교들에게 여지없이 포착되었다.

그들을 독시하는 무리가 있으니 멀리 돌더라도 안전하게 너른 관도로 가자는 무관들의 주장과 다소간의 위험을 무릅쓰더라도 빠른 길을 택하자는 문관들의 주장이 맞서다가 호송 책임자인 병부사랑중兵部司郎中이 소로를 택했을 때 이들의 운명은 결정되었다.

가만히 있어도 땀이 줄줄 흐르는 습한 남쪽 날씨에 하루도 쉬지 않고 뙤약볕을 달려온 병사들의 체력이 한계에 달하는 늦은 오후. 도무지 떨어질 생각을 않는 기나긴 태양을 원망스럽게 쳐다보며 걷던 그들의 머리 위에 갑자기 화살비가 쏟아져 내렸다.

日月

가려 뽑은 정예병들이지만 연일 이어진 강행군에 지칠 대로 지쳐 있는 상태. 이미 기선을 제압당해 생사가 오락가락하는 순간에 침착하게 대응한다는 건 불가능한 요구였다. 살기 위해 본능적으로 화살을 피하려고 우왕좌왕하자 단단히 짠 방어 대오가 삽시간에 흔들렸다.

「모두 자리를 지켜라. 적들은 우리보다 숫자가 훨씬 적다.」

병사들보다는 좀 더 빨리 정신을 차린 지휘관들이 검을 뽑아 들고 달아나려는 병사들을 막았지만 화살비로 달아난 혼이 미처 돌아오기도 전에 검교들이 일제히 날아들었다, 삼법사의 드러난 역할은 감찰과 숙청이지만 어둠 속에 숨은 대다수의 주 임무는 정탐과 암습. 그들은 실상 황제가 언제든지 가용할 수 있는 예비 전력이었다. 살인만을 위해 훈련된 고수들이 한꺼번에 발호한 위력은 가공했다.

무표정한 살수들의 무자비한 공격에 정예군도 추풍낙엽. 호송대의 규모가 좀 과하지 않느냐는 소리까지 나올 정도로 만반의 태세를 갖췄고, 숫자로도 압도적인 우위였지만 선제공격으로 기선을 제압당한 병사들은 가을날 마른 풀을 베는 것처럼 쓰러졌다. 지휘관들이 피를 토하며 저항을 독려했지만 방패막이로 써야 할 정왕마저 순식간에 탈취당하자 전의를 상실했다.

정병이라는 면모가 무색하게 반 시진도 흐르기 전에 전멸. 숨이 붙어 있는 자들은 모두 성왕의 앞에 무릎 꿇려졌다.

무장들은 죽음을 각오한 듯 의연했지만 여정 내내 정왕을 조롱하며 기나긴 세월 동안 쌓인 원한을 원 없이 풀어내던 병부시랑중 장성후는 땅에 머리를 박으며 손바닥을 싹싹 비볐다.

「전하, 목숨만 살려 주시옵소서. 부디 자비를 베풀어 주십시오.」

그러나 그의 앞에 선 자는 용서와 자비라는 단어를 이제 완전히 지워 버린 존재였다.

천하의 주인을 적으로 돌린 지금 어설픈 아량이나 방심은 곧 죽음. 반드시 살아 돌아가 수백 배로 갚아 주겠다고 하늘에 맹세한 그에겐 징징거리는 사설을 듣는 시간조차도 아까웠다. 가벼운 눈짓에 남은 생존자들의 목은 그 몸과 영영 작별을 고했다.

「혹시라도 숨이 붙어 있는 자가 없는지 재차 삼차 확인하고 숲 깊은 곳에 묻어 버려라.」

지원의 명령에 검교들이 증거를 없애기 위해 기민하게 움직이기 시작했다.

피비린내가 진동하는 한가운데에서 정왕은 지윤이 건네주는 검은 새 장포로 갈아입었다.

「전하, 저희들이 불민하여 고초를 오래 겪으신 것을 용서하십시오.」

「무슨 소리, 아무리 너희들이 일당백이라고 하나 철통같이 경계를 섰을 때 덤비는 것은 달걀로 바위 치기지. 딱 적기였다. 기다릴 줄 아는 믿음직한 모습을 보니 아주 든든하다.」

황군을 습격하고 조정 관료를 죽였으니 이제 빼도 박도 못하는 역도들. 당장 내일을 보장할 수 없는 상황임에도 정왕의 칭찬에 모두의 얼굴이 상기됐다.

내가 부황에게 도구였던 것처럼 나 역시 너희들을 그저 도구로만 생각했건만, 너희는 어째서 내게 이런 맹목적인 충성을 바치는 것인가?

　죄책감과 감사. 두 가지 모순된 감정을 동시에 곱씹으며 그는 자신의 지시를 기다리는 수하들을 죽 훑었다. 이 순간이 왔을 때 어떻게 할 것인지는 긴 여정 내내 끊임없이 계획을 세우고 허물면서 기다려 왔기에 그의 명령에 머뭇거림은 전혀 없었다.

　「좌우 특무와 수염이 없어 여장을 할 수 있는 검교 셋만 남는다. 모두 다시 변복하고 흩어져 최대한 빨리 북평 순천부로 가라. 지원은 가까운 밀접에 가서 남녀의 상복과 흰 수레, 빠른 말을 준비하라고 이르라. 우리는 어둠을 기다려 그곳으로 가겠다.」

　여인들까지 낀 상제 일행으로 위장하면 사람들의 눈을 피하는 데는 그보다 나은 방도가 없기는 하나 그래도 불안함을 떨칠 수가 없었다.

　「전하, 밤낮없이 간다고 해도 두 달이 넘는 긴 여정이옵니다. 호위 다섯만으로는 너무 위험하지 않겠사옵니까?」

　「아무리 잘 감췄다고 해도 호송대의 실종이 알려지는 건 시간문제. 그때 떼를 지어 움직인 흔적이 보이면 금세 추적당한다. 그때는 우리가 바로 이 꼴이 날 것이다.」

　결국 이 천하에서 피할 곳은 연왕이 다스리는 곳뿐이란 건가? 바로 얼마 전까지 서로 대적하며 칼날을 겨누고, 정왕을 죽이려고 시도했던 형제가 다스리는 땅. 연왕이 정왕을 해치기 위해 수단과 방법을 가리지 않았음을 아는 그들의 표정에 비감이 떠올랐다.

　그 동요를 보면서 정왕은 냉정하게 명령을 반복했다.

　「지금 황제와 대적할 수 있는 건 연왕뿐이다. 하지만 그 혼자선 역부족이라는 건 형님 스스로가 잘 아니 우리가 가면 환영할 것이다. 우린 연왕을 도와 황도로 환도할 것이다.」

정왕께서 단언하시니 분명히 그리 될 것이다. 회의감을 지운 그들은 환관으로 숨어 있던 중년인과 약관을 넘기지 않은 어린 검교 둘을 남기고 바람처럼 흩어져 사라졌다.

지원이 밀접으로 떠나고 경계를 위해 주변을 살피는 남은 검교들을 흘끗 일별한 정왕이 옆에 선 지윤에게 낮게 속삭였다.

「환은…… 무사한가?」

묻기조차 두려워하는 기색이 역력했다.

얼마나 속을 끓이셨을까. 그렇다는 대답을 할 수 있다는 사실을 천지신명께 감사하며 지윤은 그간의 사정을 고했다.

「낭랑께서 시간을 벌어 주신 덕분에 왕자마마는 무사히 구출해 우선 마조 도관으로 모셨습니다. 아무래도 길게 머물러선 안 될 것 같아 어머님께서 제 처와 다른 아이들과 함께 마마를 모시고 남해의 마조 본당 근방으로 옮기셨습니다.」

「그러고 보니 네 내자도 몸을 풀 때가 지나지 않았느냐?」

「워낙 강단 있는 사람이라 긴 여정을 잘 견뎌 건강하다고 합니다.」

「첫 아이인데 이리 생이별을 시키다니. 너희에게 못 할 짓을 많이 하는구나.」

자조 섞인 혼잣말이 지윤에게는 오히려 비수 같이 느껴졌다. 숙질을 오가다 현비 자리를 꿰어 찬 채연에 관한 떠들썩한 추문은 그도 익히 알고 있었다. 하지만 그녀의 곧은 심성을 믿기에 정왕의 죄스러워하는 태도가 오히려 미안하고 견디기 힘들었다.

「왕자마마와 함께 낭랑도 구했어야 하는데. 모자란 저희들을 꾸짖어 주십시오.」

「너희가 기절시켜 끌고 가지 않는 한 채연의 고집을 꺾지는 못했을 것이라는 걸 내가 안다. 환을 위해서라면 생명도 내놓을 수 있는 사람이니……」

그리고 나를 위해서는 어쩌면 그녀가 목숨보다 더 귀하게 여기는 정조와 스스로에 대한 올곧은 자긍심마저 내팽개쳤다. 서로 눈도 제대로 마주칠 수 없었지만 그는 본능적으로 알았다. 채연이 그를 구하기 위해 자신을 버렸음을.

그가 씌워 주고 싶었던 고귀한 비의 관을 쓰고 있지만 죽음의 관을 쓴 것처럼 창백한 채연을 보면서 했던 맹세를 다시금 되새겼다. 반드시 채연을 되찾고, 유일무이한 정비의 지위를 주겠노라고. 세상이 그를 뭐라고 비웃건 말건 상관없었다.

땅으로 꺼진 듯 오리무중이었던 호송대의 시신이 발견되고 정왕의 탈주 소식으로 조정이 발칵 뒤집힌 그날, 채연은 자신의 몸에 생명이 깃들었음을 알았다. 필사적으로 감춰 보려 했지만 황궁에 비밀은 없었다. 현비의 회임은 엄청난 파랑이 되어 해일처럼 온 황궁을 가득 뒤덮었다.

그리고 그날 황제가 오랜만에 청우전으로 찾아왔다.

「황제 폐하 납시오.」

의관이 왔다 간 뒤 희색을 감추지 못하며 이제나저제나 황제의 발걸음을 기다리던 청우전의 궁인들이 엎드려 황제를 맞았다.

「폐하, 경하 드리옵니다.」

청우전의 궁인들 중 가장 위인 중문시랑 이공공과 보림인 여관이 대표로 하례를 올리자 무릎을 꿇고 있던 다른 궁인들도 일제히 소리를 높였다.

「경하 드리옵니다.」

수년 전 황태자비가 출산 중에 승하한 뒤 온 황실이 목을 빼고 기다리던 잉태 소식이었다. 황자라면 더 바랄 것이 없지만 황녀라도 황제에겐 귀한 첫 자식이 되니 성총이 상당 기간 머물 터였다. 정왕과의 사이에도 왕자를 순산한 전력이 있고 입궁한 첫날 입은 승은에 곧바로 잉태를 한 걸 보면 필시 다산계이니 황자를 얻는 것은 시간문제일 것이다. 그 황자가 태자가 되어 황위를 이어받았을 때 내려질 광영을 상상하는 그들의 가슴이 설레었다.

그런데 총애하는 후궁의 회임 소식임에도 황제의 반응은 예상과 달리 너무도 무덤덤하니, 오히려 뭔가 노여워하는 빛이 은근슬쩍 흘렀다.

혹시 정왕의 씨라고 의심하시는 것은 아닐까?

태맥이 잡힌다고 수여의가 확인해 주자마자 그들의 심중에도 돋아나 떨치지 못한 불안이었기에 이 공공과 여관은 황제의 눈치를 살폈다. 그래도 모시는 이의 광영이 곧 자신들의 광영인 그들은 황제의 그늘을 지워 주려 잽싸게 나섰다.

「수여의가 이제 겨우 석 달여로 접어드니 태중의 아기씨께서 완전히 자리를 잡는 다섯 달까지는 각별히 주의하라고 하였사옵니다.」

채연이 입궁해 진어를 한 때가 초하初夏. 4월이고 지금은 초추初秋. 7월 중순. 의심하려 들자면 미심쩍기도 하지만 황제의 아이라고 보아도 무방했다. 황제가 아무 말도 없이 침실로 들어가자 그들은 자신

日月下

들의 설득이 제대로 먹혀들어 갔다고 뛸 듯이 기뻐했다.

그렇지만 그 밤의 비밀을 아는 어전태감은 어두운 표정으로 침실 문을 닫고 버릇처럼 이어진 익실의 가장 멀찍한 문 옆에 부복했다.

「잉태를 했다고?」

공손히 엎드려 황제를 맞은 채연의 머리 위에서 들리는 질문은 기실 비웃음. 정왕을 도발하고 고문하기 위해 그녀를 현비로 봉했지만 복수를 위해 윤문이 감내한 범위 안에 정왕의 자식은 없을 거였다.

「그래, 짐의 아이라고 우길 작정이냐?」

「그러지 못한다는 건 폐하께서 잘 아시지 않사옵니까.」

「대충 시일이 맞으니 그날 너와 어행(御幸[24])을 했다면 짐도 감쪽같이 속을 수도 있었을 텐데⋯⋯. 안됐구나.」

「예. 저도 그것을 후회하고 있습니다.」

엎드려 목숨을 빌어도 모자라건만, 담담하다 못해 뻔뻔한 대꾸가 천만뜻밖인지 삐딱하니 휘어졌던 윤문의 입술이 팽팽하게 일자로 당겨졌다.

「뭐라고! 너, 너⋯⋯ 지금⋯⋯ 뭐라고 했느냐!」

격분한 윤문이 말까지 더듬었지만 어차피 죽은 목숨. 채연은 태연했다.

회임을 확신했을 때 처음 든 감정은 원망이었다. 최악의 시기에 자신을 찾아온 아이. 막막할 뿐 아무런 계책도, 대비책도 떠오르지 않았다. 그저 하루라도 더 늦게 탄로 나길 바라면서 필사적으로 회

---

24) 왕이나 황제의 성행위.

임을 감추는 게 고작이었다. 길지도 않은 생에 하도 여러 번 생사의 기로를 오가다 보니 이제는 스스로 희한할 정도로 죽음도 별반 두렵지 않고 심간이 도리어 편했다.

「만약 아이를 품고 있는 걸 알았다면 폐하를 모셨을 텐데 그러지 못해 후회스럽다고 했사옵니다.」

왜 이 여인은 항상 나를 격동하게 하는지.

터져 나오지 못한 것이 속에서 부글부글 끓으면서 윤문의 속을 확확 긁어 댔다. 무슨 대답이 나올지 알면서도 참지 못하고 고함을 쳤다.

「무엇을 위해서! 짐에게 안기느니 차라리 죽겠다면서!」

참고 인내하면 좋은 끝이 있다는 성현의 가르침은 다 거짓. 어차피 죽을 목숨이니 할 말이라도 시원하게 다 하고 가야겠다. 두려움을 버린 채연은 윤문의 입장에선 뻔뻔할 정도로 솔직했다.

「당연히 제 아이를 위해서지요. 폐하.」

왜 내 아이들은 배태될 때부터 환영받지 못하고 세상 빛을 보는 것조차 힘든 것인지.

젖도 제대로 떼기 전에 생이별을 한 아들과 태어나지도 못하고 죽을 운명에 처한 아이가 너무도 안쓰러웠다. 부디 다음엔 나처럼 기구하고 박복한 사람 말고 좋은 부모를 만나 태어나라고 기원하며 채연은 사형 선고를 기다렸다.

납작하니 전혀 티가 나지도 않는 배를 본능처럼 감싼 모습은 처연한 동시에 오연했다.

자식에 대한 군건한 모성이 윤문의 눈에는 정왕을 향한 뜨거운 정념이자 사모로 다가왔다.

나도 정왕 숙부 이상으로 고독하고 쓸쓸한데.

나도 정왕 숙부처럼 진실한 연모와 위로를 필요로 하는데.

황제라는 지위와 권력에 상관없이, 다 빼앗긴 필부가 되어도 변하지 않는 그런 지고지순한 은애. 그가 갈구했던 여인이 그가 이길 수 없는 거대한 벽이었던 숙부에게 오롯이 바치고 있다는 비극이 그의 이지를 다시 태워 버렸다.

정왕을 그의 앞에 꿇려 인돈人豚을 만들어 기게 한 뒤 직접 찢어 죽인다고 해도 절대 벗어날 수 없는 열패감. 하지만 그에겐 정왕을 괴롭힐 수 있는 가장 강력한 무기가 있었다. 이렇게 바닥까지 추락하고 싶지 않았지만 자제할 수 없었다.

「죽고 싶다고? 하나 짐은 그런 자비를 베풀 생각은 조금도 없다. 죽음보다 더 괴롭게 살아야 한다는 짐의 명령은 아직도 유효하다. 유배지를 빠져 달아나 이제 들개처럼 쫓겨 다니다 가장 비참하게 척살될 숙부와 너! 너희 둘 다 서로 죽을 만치 그리워하되, 절대 만나지 못할 것이다.」

본래 내리려던 것과 한참 멀어진 선고를 그는 충동적으로 덧붙였다. 채연에게는 정녕 죽음이 나을 수도 있는 지옥불의 유예였다.

「네 태중의 아이가 여아라면 살겠지만 남아라면 죽을 것이다. 그리고 넌 짐의 후궁으로 살다가 짐이 붕어한 뒤 순장되거나 능원지첩陵園之妾으로 그 능을 지켜야 할 것이다.」

二十五

　사특한 뜻을 품어 황명을 번번이 어기고 황친의 품위를 상한 연왕의 왕위를 박탈하고 왕부의 관속들은 모두 체포해 노비로 떨어뜨리노라.

　북평 포정사 장병에게 연왕과 연왕부의 책임자를 체포하라는 칙령이 내려온 동시에 도지휘사 사귀의 군대가 왕부를 포위하고 목책을 세워 출입을 엄중하게 막았다. 그리고 사귀가 직접 진두에 서서 연왕에게 요구했다.

　「왕부의 문을 열어 투항하고 관속을 인도하시오.」

　황제의 칙명으로 이미 왕위를 박탈당한 죄인의 신분. 왕으로 대우할 이유가 없었기에 그의 태도는 오만불손했다. 상대를 기를 꺾기 위한 의도된 강경함이었지만 그것은 사귀의 결정적인 패착이었다.

　북평 순천부의 백성들은 몽고와 국경을 맞대고 있어 늘 위태롭고 척박한 삶을 이어 왔다. 때문에 그들의 성정은 온화한 남방과 달리 배타적이고 호전적이었다. 지난 긴 세월 동안 몽고의 침입을 막아내며 그들을 지켜 준 연왕에 대한 신뢰와 숭상은 조정에서 상상하는 이상이었다. 새 황제가 보낸 도지휘사나 포정사들이 연왕을 핍박하는 것을 보며 반감과 동정심이 은근히 높아지고 있는 때에 이 포위는 잔뜩 쌓인 불만의 화약에 도화선을 연결한 것과 같았다.

이제 그 심지에 불만 붙이면 바로 폭발할 상태. 바로 그날 밤 연왕의 친위 군대가 행동을 개시했다.

도성 전체가 잠든 야심한 시각, 정체를 알 수 없는 자객들에 의해 장병과 사귀가 암살되고, 연왕부 안에 숨어 내통을 하던 조정의 끄나풀들도 일시에 불귀의 객이 되었다. 그리고 연왕이 몰래 길러 놓은 정예 사병들이 일시에 돌격해 북평의 문 아홉 개를 모두 장악해 버렸다. 황제의 칙명을 받들고 기세등등하게 북평에 입성했던 관군들은 대부분 꽁지가 빠져라 달아나 버리고 살아남은 일부는 연왕군에 투항했다.

실로 전광석화. 수십, 수백 번 계획을 점검하고 가상의 상황을 만들어 모의로 연습까지 했지만 이렇게까지 순조롭게 맞아떨어질 줄은 연왕의 군사들조차도 상상하지 못했다. 만 하루 사이에 북평을 완벽하게 차지하자 왕궁 심처에 모인 사람들의 얼굴에 희색이 만면했다.

「천지신명께서 전하를 돕는 것이 분명하옵니다.」

감격에 겨우니 입에 발린 칭송조차도 천명으로 들리는 모양인지 연왕의 음성도 환희와 격동으로 떨렸다.

「이제…… 조정을 채운 간신들을 몰아내고 천하를 바로잡을 때가 온 모양이다.」

「폐하, 감축 드리옵니다.」

성미 급한 자들이 무릎을 꿇어 황제를 배알하는 구복의 예를 행하기 시작했다. 아직 성급하다고 말리긴 해야겠으나 좋기는 하고, 연왕이 머뭇거리는 그 잠깐의 틈에 이날의 승리를 조율한 그림자가 그들을 얼렸다.

「쌀이 익기도 전에 밥상을 차리려는 자들이 왜 이리 많습니까? 북평의 민심은 우리 것이나 순천부는 천하의 겨우 30분의 1. 이곳을 벗어나면 모조리 황제의 땅입니다.」

제일 먼저 절을 시작한 군사軍師 도연을 비롯한 수하들의 엉덩이가 엉거주춤하니 허공에 멈췄다.

성급한 행동이라는 건 그 역시 동감했기에 연왕도 흥분을 수습하고 부관들을 막았다.

「정왕이 옳다. 안방이나 다름없는 북평을 겨우 되찾은 것뿐인데 이 무슨 설레발들이냐.」

「마, 망극하옵니다.」

황제와 어리석은 조정 중신들 덕분에 자신의 품에 떨어져 준 귀중한 책사에게 연왕이 시선을 주자 정왕은 준비하고 있었던 것처럼 조목조목 필요한 내용을 읊었다.

「대업을 성취해 용천부 경사로 입성할 때까지는 부황의 연호를 따라 올해는 홍무 32년이라고 칭하는 것이 옳을 것 같습니다. 그리고 이제부터 중요한 전투의 선두에는 반드시 형님을 포함한 왕자들이 서야 합니다.」

선두는 가장 위험한 사지인데. 혹시 정왕이 스스로까지 포함해서 짠 정교한 간계에 우리가 걸려든 게 아닐까? 정왕이라면 충분히 그러고도 남을 사람이다. 순간 감추지 못한 의심이 번득였다.

정왕은 그들의 모든 속내를 꿰뚫어 보는 듯 차분히 설명을 계속했다.

「황제는 명분과 절의를 지키는 청류清流이고픈 욕망이 큽니다. 때문에 황숙을 죽였다는 오명을 쓰지 않으려고 할 것입니다. 그동안 번왕들이 폐서인만 되고 목숨을 건진 것이 검교들의 연통 덕분이라고 생각했다면 오산입니다. 그것은 불가피한 경우가 아니면 황친들을 해치지 않으려는 황제의 의지가 있어 가능했습니다. 번왕들을 칠 때도 가능한 왕을 죽이지 않으려고 했고 역모로 몰리던 저까지 살려 두려고 한 그가 하루아침에 바뀔 리가 없지요. 중신들이 아무리 강력하게 간언해도 장수들에게 분명 황족들은 생포하라는 명을 내릴 것입니다. 왕이 있는 곳은 분명 제대로 공격을 못 할 것이니 이쪽에 승산이 있습니다.」

정왕의 지적대로 이왕 제거할 거라면 뿌리까지 확실히 뽑아내어야 한다는 홍무제의 유훈과 중신들의 간언을 거부한 데는 명의를 어기지 않고 얼마든지 치국평천하를 이룰 수 있다는 윤문의 자신감에 원인이 있었다.

대의명분으로 볼 때 그것이 맞았다. 하지만 아직은 불안정한 보좌에 앉은 황제로서는 어리석은 선택. 얼마나 그기 정명을 지켜 나갈지 모르겠지만 그것은 연왕의 반군에게 유리한 이점이고 황제군에겐 어쩌면 치명적일 수도 있는 약점이었다. 어차피 전쟁이란 상대의 약점을 계속 찔러 쓰러뜨리는 거였다. 명분도 군세도 딸리는 반란군으로선 더더욱 그랬다.

정왕의 정연한 논리에 연왕 수하들의 의구심이 눈에 띄게 주는 것이 확연히 보였다. 그리고 완벽하게 수긍한 연왕은 들고 있던 철척鐵尺을 펼쳐 놓은 지도 위의 한 점에 꽂았다.

「곽자郭資는 세자를 보필해 북평을 지켜라. 과인은 정왕과 2왕자, 3왕자와 함께 군사를 이끌고 나가 거용관을 치고, 어지러운 천하를 평정하겠노라.」

건문제를 지지하는 사람들에게는 정난靖難의 변變 혹은 역逆, 훗날 영락제로 등극하는 연왕의 거병을 긍정하는 사가史家들에겐 정난의 사師라고 불리는 대정변의 시작이었다.

북평과 중원을 잇는 요충지인 거용관은 선황제인 홍무제의 신임을 받던 명장 여진이 지키고 있었다. 북평에서 달아난 패잔병들이 잇따라 연왕의 거병 소식을 알렸기에 그도 이미 방비를 하고 있었다. 그렇지만 연왕군은 예상보다 훨씬 빨리 도착한 바람에 협곡에 매복하려는 작전은 시도도 못 해 보고 무산되었다.

이렇듯 허를 찔린 데다 사기충천한 군사들의 기세를 정면에서 감당하기엔 역부족이었다. 노련한 여진은 공성전의 채비를 단단히 하며 경사와 주변의 다른 성에 파발을 띄워 원병을 요청했다.

좁은 계곡 안에 자리 잡은 거용관은 정면 한 길을 제외하고는 들 곳도 날 곳도 없는 천혜의 요새. 관군이 도착할 때까지만 버텨 내면 오히려 연왕을 독 안에 든 쥐로 만들어 협공으로 전멸시킬 수 있다고 믿었기에 그는 자신만만했다.

불행히도 여진이 간과한 통한의 한 수가 있었다. 북평에서 온 패잔병들. 참살당한 동료와 지휘관인 장병과 사귀의 원수를 갚기 위해 앞장서겠다던 뜨거운 충심을 그는 믿었다. 강직하고 충성스러운 그에게 그들의 비분강개는 당연했다. 하지만 그것은 결정적인 패착이었다.

달도 없는 그믐. 야심한 밤에 단단히 닫힌 성문을 지키던 병사들이 비명도 질러 보지 못하고 아군이라 믿었던 자들의 암습에 쓰러졌다. 원통함에 눈도 감지 못한 그들의 몸에서 흐른 붉은 피가 땅을 물들이는 그 시각, 성문이 열리고 잠복해 있던 정왕의 선발대가 거용관 외성을 통과했다. 외성을 장악하자 요란한 뿔 나팔과 북소리의 신호에 연왕이 이끄는 주력 부대가 뒤따라 달려왔다.

철통같은 요새의 방비를 믿고 잠들었던 성안은 이내 아수라장이 되었다. 깜깜한 어둠 속이라 누가 적인지 아군인지도 모르는 상황에 허둥대던 거용관의 관군은 저항 한번 제대로 못 하고 도륙되었고 뒤늦게 군세를 가다듬어 필사적으로 저항을 하던 여진은 결국 동이 터 올 무렵 회래로 달아났다.

「북평의 목줄을 틀어쥐고 있는 거용관을 얻었으니 이제 그 첫걸음은 제대로 뗀 셈이로군.」

긴 수염을 쓰다듬는 연왕의 음성에 만족감이 가득했다.

「그동안 고생한 병사들을 좀 쉬게 하며 그 노고를 치하해 주심이 옳을 것 같사옵니다.」

도지휘사와 포정사를 베어 버린 닐 이후 하루도 쉬지 못하고 이어진 강행군에다, 밤을 꼬박 새운 전투. 연왕을 둘러싼 장수들도 피곤의 기색이 역력했다.

하지만 정왕은 이번에도 그들의 소망을 여지없이 박살 냈다.

「전장에 임해 적을 기다리면 여유가 있고 뒤늦게 적을 쫓는 입장에 서게 되면 피로하게 됩니다. 더구나 적은 많고 우리는 수가 적으니 이 여세를 몰아 회래의 관군을 치지 않으면 전세가 어디로 흐를지 장담할 수 없습니다. 휴식은 그다음에 해도 늦지 않으니 지금 여진을 쫓아 출발해야 마땅합니다.」

정왕은 몸이 쇳덩어리로 되어 있는 것인가?

휴식을 간절히 바라던 장수들의 얼굴에 경악과 원망이 동시에 떠올랐다. 그렇지만 늘 앞장서서 제일 많이 뛰고 고생하는 사람이 정왕이니 힘들다는 소리를 할 수도 없었다. 지친 정도로 따지자면 연왕 역시 만만치 않았지만 그는 달콤한 휴식의 유혹을 과감하게 떨쳤다.

「정왕의 간언이 옳다. 건량으로 배를 채운 뒤 바로 회래로 출발한다.」

병사들을 비롯해 하급 장교들의 불만이 없는 것도 아니었지만 자신들은 역도. 패배는 곧 죽음이라는 위기감이 그들을 체력 이상으로 내달리게 했다.

주야겸행畫夜兼行으로 사력을 다해 달린 반군은 관군이 전력을 제대로 모으기도 전에 회래에 당도해 주력군을 일거에 격파했다. 끝까지 저항한 여진을 비롯한 관군의 장수들은 모조리 목을 베어 일벌백계를 보여 주고, 항복하거나 투항한 병사들은 모두 받아들였다.

북방의 대세는 이미 연왕에게 기울었다고 판단한 주변의 성들은 별다른 저항 없이 잇따라 항복을 하고 그해가 가기도 전에 영평은 물론 그 아래 요충지인 난주까지도 연왕의 세력권 안에 들어왔다.

日月

난주에 입성해서야 연왕은 모두가 그토록 바라던 휴식을 처음으로 명했다. 지금 이 순간엔 승리보다 더 기쁜 휴식 명령에 함성을 지르는 병사와 장수들을 뒤로하며 막사로 들어온 연왕은 지도를 펼쳐 놓고 꼼짝도 않는 정왕을 흐뭇하게 일별했다.

「네가 자거나 쉬는 모습을 도통 본 적이 없구나. 도연이며 다른 장수들이 넌 쇠로 만든 철인이라고 혀를 내두르는 걸 아느냐?」

「필요한 만큼은 쉬고 있으니 심려하지 마십시오.」

한때는 어떻게든 제거하고픈 대적이었지만 한편이 되니 가장 든든한 보좌. 그랬기에 정왕을 보는 연왕의 눈빛은 한량없이 보드라웠다.

「네 한 몸에 수많은 목숨이 걸려 있으니 너무 무리하지 마라.」

든든한 동생에게 연왕은 수하들 앞에서는 절대 드러낼 수 없는 불안감을 풀어냈다.

「천기가 어느 쪽에 있는 것인지. 지금까지는 봄날의 소풍처럼 순조로웠다만…… 이제부터가 진검 승부이니.」

「손자孫子가 암석을 떠내려가게 만드는 거센 물과 같은 것이 세勢라고 했지요. 설령 천기가 운문에게 있다고 해도 우리가 거대한 힘의 흐름을 이뤄 한 방향으로 몰아가면 천기 역시 이쪽으로 올 수밖에 없습니다. 그 세를 잡아 형님 전하께서 원하시는 것을 얻어야지요.」

「우문에 현답이로구나.」

정왕이 가진 태생적인 한계에 도사의 예언까지. 믿지만 그래도 한 가닥 불안감은 떨칠 수가 없는 연왕은 빙 둘러 다시 동생을 떠보았다.

「네가 원하는 게 천하가 아니라는 게 다행이란 생각이 드는구나.」

권력자라면 필연적으로 가질 수밖에 없는 그 불안을 정왕은 다시금 단호하게 떨쳐 주었다.

「처음부터 말씀드렸듯이 전 천하엔 흥미가 없습니다. 제가 원하는 것을 주시는 한 제 충성은 형님께 머물 것입니다.」

「염려 마라. 난 윤문처럼 어리석지 않다.」

무심 무정하기로 따지자면 천하에서 둘째가라면 서러워할 장조카와 동생을 동시에 사로잡아 폭주하게 하는 채연에게 사내로서 흥미가 당기지 않는다면 거짓. 하지만 여색에 흔들리기엔 그가 품은 야심이 너무도 컸다. 금방 스러질 욕망과 호기심 때문에 최고의 조력자와의 사이에 금이 갈 위험을 무릅쓸 생각은 꿈에도 없었다. 천하의 일인자가 되고픈 대야망을 이루기 위해 평생을 살아왔고 이제 날개를 편 그는 보잘것없는 여인에게 목숨을 거는 아우를 절대 이해할 수 없었다.

그렇지만 황위라는 그 필생의 목표가 정왕에게는 원하는 바를 얻는 도구인 것은 그의 홍복. 든든함과 왠지 모를 안쓰러움이 섞인 복잡한 심경으로 정왕을 물끄러미 바라보는 그의 입술에 흡족한 웃음이 걸렸다.

정왕을 얻으면 내 대업에 날개를 얻는 격이라고 하더니 그 원공이란 도사가 정말 신통방통하구나.

연일 도착하는 패보에 조정은 뒤숭숭해져 있었다.

연왕의 반역은 일찌감치 예상했던 일이었다. 때문에 그가 일어서면 황제에게 충성하는 관군들이 그물처럼 엮어 곧바로 제압할 수 있도록 건문제 즉위 초부터 충분히 방비를 해 왔다. 그런데 그 믿음이 얼마나 허무한 착각이었는지. 매번 바늘 틈만 한 약점도 놓치지 않고 허를 찌르는 공격에 관군은 연전연패. 더구나 요지인 거용관을 지키던 여진이며 회래의 장수 송충 등은 선황제 때부터 북방을 든든히 지켜 온 백전노장이기에 그 충격은 더더욱 컸다.

그렇지만 이날은 난주마저 연왕에게 성문을 열었다는 패보보다 더 놀라온 소식에 난주의 일은 태풍처럼 휩쓸려 내려갔다.

「정왕이!」

「예. 아뢰옵기 송구하오나 검은 교룡기를 따르는 부대의 주장主將이 바로 폐서인이 되어 달아난 정왕이라고 하옵니다. 삼법사의 잔당들을 직접 이끌고 있는데 그 잔혹함이 어찌나 지독한지 전장에 나서는 관군들이 검은 깃발만 봐도 모두 몸서리를 치고 있다고 하옵니다.」

가장 치열한 전투마다 앞장서서 막상막하하였던 전세의 판도를 승세로 바꿔 왔던 교룡기가 이끄는 부대. 인간의 몸으로 어찌 그렇게 바람처럼 전장을 옮기며 연일 전투를 수행할 수 있는 것인지, 연왕이 사람이 아니라 귀군鬼軍을 부린다는 흉흉한 뜬소문마저 떠돌게 하던 그 신출귀몰神出鬼沒한 별동대別動隊의 지휘자가 정왕이라는 급보는 그에게 누명을 씌운 중신들의 등골을 오싹하게 만들기 충분했다.

탈주한 뒤 끝내 잡지 못하고 있을 때 불안하긴 했지만 기민한 정왕이니 아마도 국경을 넘어 저 멀리 남쪽으로 달아났으리라 짐작했다. 일부는, 풀뿌리 하나까지 샅샅이 훑는 수색과 탐문에도 그 흔적을 찾지 못한 걸 보건대, 그가 도주하다 죽지 않았을까 하는 희망적인 관측까지 했다. 귀신이 아니고서야 그렇게 하늘로 솟아나거나 땅에 꺼진 듯 사라질 순 없었다. 기둥인 정왕을 비롯한 큰 줄기와 드러난 가지를 제거했으니 삼법사의 남은 잔뿌리는 차근차근히 훑어 내면 된다고 낙관해 왔다.

그런데 그것이 얼마나 큰 오산이고 만용이었는지.

애초에 자비란 없는 그 가혹한 성정에 얼마나 살벌하게 복수심을 불태우고 있을 것인가?

반군에 대한 경계심이 갑자기 그 무게감을 달리해 그들을 덮쳐 왔다. 초반의 급습에 허를 찔려 기세에 밀렸을 뿐, 연왕을 따르는 북평군과 그가 몰래 키운 사병들은 금세 제압할 수 있을 것이란 자신감도 급속도로 줄어들었다. 공을 세워 젊은 황제의 눈에 들어 입신양명을 꿈꾸는 이경륭 등 젊은 장수들을 중심으로 진압대를 편성하려던 주장도 힘을 잃었다.

방금 전까지 대장군 직책을 놓고 벌어졌던 다툼은 사라지고 일사천리로 개국공신인 장흥후長興侯 경병문駺炳文이 대장군으로 결정됐다. 그리고 두 명의 부장副將과 열 명의 장수들이 연왕의 본거지인 북평을 공격하고 반군과 대적하기로 결정이 내려졌다.

출정군이 편성되고 지휘관들이 하직 인사를 올리러 편전에 든 날 윤문은 훗날 두고두고 후회할 훈시를 내렸다.

「충심을 다해 난을 평정하되, 부디 짐이 지친을 죽였다는 오명만은 듣지 않도록 해 다오.」

정전이 있는 외궁에서는 온갖 소용돌이와 태풍이 한꺼번에 휘몰아치고 있지만 후궁들의 구역인 내정 안은 적어도 겉보기엔 평온했다. 하지만 그 안 역시 물밑에선 오히려 사내들의 영역인 바깥보다도 더 치열한 암투가 벌어지는 총애의 전쟁터였다.

다른 때라면 황제를 두고 서로 칼날을 겨누겠지만 지금 모두가 시퍼렇게 날을 세워 겨냥하는 표적은 공통의 적 현비 한씨, 채연이 머무는 청우전이었다.

수년 전 난산으로 죽은 태손비 이후 처음으로 용종을 배태한 여인. 그녀가 복중에 품은 태아가 남아라면 비록 서자이나 황장자였다. 까딱하면 다음 보위가 그에게 이어질 수도 있기에 황후를 비롯한 황궁 여인들과 그 일가들은 잔뜩 신경을 곤두세울 수밖에 없었다.

황손을 잉태했다는 공을 내세워 거들먹거리면 당장 꼬투리를 잡아 미리 기를 확 죽여 버리리라. 아니면 그 방자함을 죄주어 낙태라도 시킬 수 있지 않을까? 독한 시샘부터 은밀한 저주까지, 표독한 시선들이 집중된 청우전에서 현비는 죽은 듯이 꼼짝도 않았다. 잔뜩 벼르는 심중을 읽기라도 하는 것처럼 빌미 잡힐 짓은 아무것도 않고 조용히 태교를 하며 하루하루 몸이 무거워지고 있었다.

상대가 저리 나오니 그들에게 가능한 유일한 징벌은 무시였다.

이국의 공녀 출신에다 일부종사도 못 한 여인. 모두가 경원시해 찾는 이도 없는 청우전에 모처럼 외인이 찾아들었다.

「마마, 두 미인께서 드셨사옵니다.」

기다리던 방문자였다.

「안으로 뫼시어라.」

태교를 위해 경전을 베껴 쓰고 있던 채연은 붓을 벼루 위에 내려

놓고 일어섰다.

「아니, 홑몸도 아니신 분이 어찌 이런 늙은이를 위해 몸을 일으키십니까.」

「아직 괜찮습니다. 그리고 노로를 오시라고 하고 앉아서 맞는 건 예의가 아니지요.」

「호호. 이리 과분한 대접을 해 주시니 이 노물이 몸 둘 바를 모르겠습니다.」

입에 발린 인사치레가 오간 뒤 채연의 눈짓에 주변이 물려지자 두 미인이 대놓고 물어왔다.

「무슨 일이 있으시기에 귀하신 마마께서 이 뒷방 늙은이를 보자고 하셨습니까?」

「뒷방 늙은이라니요. 제가 이 황궁에서 의지하고 의논을 드릴 수 있는 유일한 분께서 그리 말씀을 하시다니요. 어려운 걸음을 해 주셔서 고맙습니다.」

채연의 눈빛이 심상치 않음을 감지했는지, 눈치 빠른 두 미인이 손사래를 쳤다.

「저 같은 늙은이가 무슨 도움이 될 거라고요. 과분한 평가에 몸 둘 바를 모르겠네요.」

「아니지요. 황궁에 처음 와서 죽지 못해 숨만 쉬며 연명할 때 저를 굳세게 해 주셨고, 그 외에도 제게 언제나 피가 되고 살이 되는 조언을 들려주신 분이 두 미인이십니다. 무엇보다 지금 제게 가장 금과옥조는 황궁에선 영원한 적도 아군도 없다는 것이지요.」

당시 그녀가 한 충고는 그것뿐이 아니었다. 채연이 생략한 부분이 두 미인의 심장을 푹 찔렀다.

이용할 수 있는 건 다 이용해야 한다고 했는데. 지금 나를 이용하 겠다는 소리인가?

그녀는 일부러 과장되게 웃으며 아무것도 못 알아들은 척 시치미를 뗐다.

「호호호. 그랬나요? 제가 마마 앞에서 많이 수다스러웠던 모양입니다.」

그렇지만 채연도 물러서지 않았다.

「아닙니다. 그 귀한 고언들이 있어 제가 아직 살아남았고, 앞으로도 그걸 거울로 삼으려고 합니다. 다만 죄송한 건 은혜를 입었으면 갚아야 하는 법인데 저는 가진 것이 없어, 도둑 심보인 것은 알면서도 다시 떼를 써 보려고 합니다.」

대놓고 도움을 요청하는 거였다. 이제는 못 알아들은 척하며 피할 수도 없는 상황. 채연을 물끄러미 응시하는 두 미인의 눈에서 웃음기가 말끔하게 사라졌다.

「제게 무엇을 말씀이신지요?」

「고려 음식이 먹고 싶어서요. 요즘 도통 입맛이 없는데 어릴 때 먹던 음식만 내내 당기고 그리워 부끄러움을 무릅쓰고 노로를 청했습니다.」

고작 그런 용무로 여기까지 불러들여 요란하게 변죽을 울려 댄 것인가? 당혹감이 솟았다.

「그런 일이라면 황상이나 황후마마께 청을 올리신 뒤 제가 그 명을 받잡도록 하는 것이 올바른 순서가 아닐는지요?」

떨어지는 나뭇잎도 조심하며 구설을 피해야 하는 아슬아슬한 위치에 있건만. 겨우 회임을 했다고 채연도 이리 금세 방자해지는 것인가? 노여움마저 살짝 솟으려는 찰나, 채연이 펼쳐 놓은 종이에 가는 붓으로 뭔가를 쓰기 시작했다. 획획 빠르게 움직이는 붓을 따라가는 두 미인의 눈썹이 의아한 듯 치켜 올라갔다.

　- 오래전에 두 미인께서 쩌라면 공녀로 오지 않고 동생과 함께 자결하는 걸로 조선과 숙부에게 복수를 했을 거라고 하신 적이 있었지요.

　그랬었다. 그런데 왜 이걸 말로 하지 않고 글로 쓰고 있는 것일까? 의문을 담고 채연을 응시했지만 상대의 입술에선 쓰고 있는 글과 전혀 상관없는 엉뚱한 하소연이 흘러나왔다.

　「순결치 못한 몸으로 황상을 모신 천한 후궁이라고 다들 흰 눈으로 쳐다보는데 제가 어찌 감히 그런 청을 황상이나 황후마마께 올리겠습니까?」

　아둔한 이라면 도대체 무슨 뚱딴지같은 소리냐고 대놓고 물었겠지만 노회한 두 미인은 채연이 그녀의 방문에 신경을 곤두세우고 있을 황후나 다른 후궁들의 귀를 경계하고 있음을 눈치챘다. 고려 말로 대화를 나눠도 되지만 고려 출신의 환관들이 적지 않은 황궁. 불필요한 위험은 가능한 다 차단하겠다는 채연의 이 주도면밀함이 예민한 신경을 건드렸다.

　그녀조차도 감당하기 힘든 아주 엄청난 부탁을 할 모양이라는 예감이 들었다. 채연이 원하는 걸 듣는 자체가 목숨을 거는 모험이 될지도 모른다는 오싹한 확신이 반무당인 등골을 오싹하게 했다. 지금 고려 음식을 준비해 올리겠다는 핑계를 대며 당장 꽁무니를 빼는 것이 현명하다는 건 알았지만 어쩔 수 없는 호기심이 그녀의 발목을 잡았다.

日月

「황상은 무치이십니다. 황상께서 유일하게 직접 비로 봉하셨을 정도로 계비지총繫臂之寵[25]인 마마이신 것을요. 비천하다고 하시는 건 황상께 대한 크나큰 불충이십니다.」

「그런가요?」

한담을 나누는 것처럼 입은 움직이면서 그녀는 대화의 내용과 전혀 다른 글을 썼다.

– 노로가 의미한 것은 동귀어진. 공멸이었지요.

동귀어진과 공멸이라는 단어에 두 미인의 미간이 눈에 띄게 모아졌다.

도와주지 않으면 함께 죽겠다는 의미?

「노로께서는 늘 제게 큰 깨달음과 가르침을 주시는 고마운 분이시네요.」

중의적인 표현. 생글생글 웃으나 그 모습은 더없이 서늘했다. 등골이 오싹해졌지만 그녀도 간신히 침착함을 유지했다.

「그랬던가요?」

– 출산할 때 태아가 남아일 경우 바꿔치기 할 여아를 수소문해 주십시오.

원하는 게 바로 이것이었구나.

다른 이라면 뒤로 나자빠졌겠지만 두 미인의 주름진 얼굴은 입술이 조금 벌어진 걸 제외하고는 거의 변화가 없었다. 표정은 담담하게 지켜 냈다고 해도 속까지 침착한 건 아니었다. 이를 악물고 경악의 파도를 이겨 낸 그녀의 머리에 의문이 꼬리를 물고 따라왔다.

---

25) 군주의 특별한 총애. 중국 진晉나라의 무제武帝가 예쁜 궁녀를 골라 그 팔꿈치에 붉은 비단을 걸었다는 데서 유래한다.

그런데 여아를 남아로 바꿔치는 것도 아니고 왜 남아를 여아로?

　　남아면 황장자이니 채연의 앞날은 탄탄대로. 지금은 적막강산 신세이나 곁에 황자의 미래를 기대하며 후원 세력이 모일 것이고 또 성총 경쟁에서도 절대적인 우위를 차지할 수 있었다. 이 요구는 상식적으로 납득이 가지 않았다.

　　고개를 갸웃거리면서도 그녀는 밖에서 엿듣는 이가 있다 해도 의심하지 않을 정도로 대화를 유연하게 이었다.

　　「이리 과찬을 해 주시니 이 늙은이가 그냥 넘어갈 수는 없을 것 같네요. 특별히 드시고 싶은 음식이라도 있으신지요?」

　　그러나 침착한 말소리와 달리 비호처럼 붓을 채어 간 그녀의 손이 재빠르게 움직였다.

　　─ 무슨 말씀이십니까? 남아라면 황장자이십니다.

　　「침채[26]와 어음[27] 같은 음식도 그립지만 특히 고려식으로 지은 밥이 먹고 싶습니다. 다른 음식들은 그럭저럭 참을 만하지만 윤기가 자르르 돌고 찰진 함수반은 제수반과는 도저히 비교할 수가 없는 것 같아요.」

　　─ 제 복중 태아는 정왕 전하의 자식입니다.

　　「헉!」

　　이번에야말로 두 미인도 신음성을 참아 내지 못했다. 동요를 그대로 드러내며 파르라니 질린 얼굴이 엄청난 비밀을 폭로한 채연을 마주했다. 그러나 채연은 붓끝을 더욱 날렵하게 움직이며 경천동지

---

26) 무와 배추로 만든 일종의 동치미.
27) 연두부로 만든 탕.

할 진실을 보탰다.

— 폐하도 아십니다.

산전수전을 다 겪어 이제는 놀랄 일은 없다고 믿었더니. 붓을 쥔 손이 떨려 하얀 종이에 점점이 검은 얼룩이 번지는 걸 보면서도 진정하지 못했다. 할 수 있는 것은 당장이라도 쓰러질 것 같은 몸을 추스르기 위해 몇 번이고 심호흡을 하는 것뿐. 주름진 얇은 입술이 보이지 않을 정도로 꾹 다문 그녀는 종이에 구멍이라도 뚫을 듯 글자를 휘갈겨 내려갔다.

「무어 대단한 별찬을 원하시기에 늙은 저까지 오라고 하셨나 했더니만, 참으로 소박하십니다. 내선방內膳房[28] 반국飯局 상식에게 고려식으로 밥을 하는 법을 일러 주고 어선방에서 따로 몇 가지 별찬을 올리겠습니다. 하지만 이번 한 번뿐이라는 고언을 감히 드려야겠네요. 명색이 비마마이신데 고국의 음식을 너무 그리워하시면 그 또한 허물이 될 수 있답니다. 황실에선 소소한 것들도 때로는 엄청난 흠집이 되어 목숨을 위협하는 무기가 되지요.」

— 왜 께게 그런 엄청난 비밀을 고백하는 겁니까? 두렵지 않으십니까?

창백한 두 미인을 채연이 미소 띤 얼굴로 마주 봤다. 죽음을 각오한 평온함이 그녀에게 드리운 그늘마저 걷어 갔는지 활짝 웃는 표정은 요요할 정도로 화사하니 구김살도 하나 없었다.

그 한랭한 청미함에 두 미인은 참으로 오랜만에 공포라는 감정을 세내로 느꼈다.

28) 비빈들의 일상식사를 준비하는 곳.

「그래서 저를 아껴 주시는 두 미인께나 이런 불평을 드리는 거지요.」

― 쳐는 여인이기에 앞서 어미이고, 어미는 자식을 위해서는 목숨이라도 내놓아야 한다고 하신 분이 당신이십니다. 자식이 죽을 위험에 처했는데 어찌 손을 놓고 있겠습니까? 황상은 딸이라면 살려 두겠지만 아들이라면 죽이겠다고 하셨습니다. 설령 황상께서 살려 둔다고 해도 황후가 그대로 있지 않을 것입니다.

「마마께서 그리 생각해 주시니 감읍할 따름이옵니다.」

채연의 직관은 정확했다. 그녀가 황장자를 낳도록 황후도 후궁들도 결코 내버려 두지는 않을 거였다.

― 탄로가 나면 목숨은 고사하고 시신도 온전하게 보존하지 못할 일에 제가 왜 나설 거라고 생각하십니까? 정 그러하시면 복중 태아를 여아로 바꾸는 영험한 비방을 알아봐 드릴까요?

채연의 입가에 어찌 보면 표독하다고 할 냉소가 할긋 떠올랐다.

「감읍이라니요. 이 황궁에서 제가 기댈 분은 두 미인뿐인 것을요. 번거롭다 하지 않고 받아 주시니 늘 고맙게 생각하고 의지하고 있습니다.」

― 쳐는 황궁에 올 때 이미 죽은 사람입니다. 한 번 더 죽는다고 해도 두렵지 않습니다. 다만 도와주시지 않으면 앞서 말씀드렸듯이 혼자 가지는 않으려고 합니다. 그리고 노로가 나서 주시지 않아도 청우컨 사방이 남아를 여아로 바꾸는 비방으로 가득할걸요. 그런 주술로 바꿀 수 있다면 이 아이는 확실히 여아겠지요.

그 역시 정확한 짐작일 거였다. 황제가 두려워 직접 해코지는 못하나 채연이 황자를 낳길 원하지 않는 후궁들이 무고巫蠱를 금하는 국법을 어기고 알게 모르게 주술이며 부적을 청우전 안이나 주변에 엄청나게 감춰 놨을 터. 채연을 회유하기 위해 꺼낸 소리일 뿐 실은 그녀도 그런 비방은 전혀 신뢰하지 않았다.

문제는 채연의 위협은 결코 허풍이 아니란 사실이었다.

선황제 때라면 이런 협박은 가소롭다고 코웃음을 칠 수 있지만 지금 황제와는 아직 그만큼의 신뢰를 쌓지 못했다. 또 새로운 황후나 비빈들을 등에 업고 그녀의 자리를 탈취하려는 적들도 결코 만만치 않았다. 채연이 공멸하려고 들면 휘말릴 가능성이, 불행히도 꽤 높았다. 모험을 하기에는 불리한 형국. 상대를 너무 얕보다가 자기 꾀에 스스로 넘어갔다는 자괴감이 들긴 했지만 엎질러진 물이었다.

일단은 들어주는 척이라도 하는 것이 상책이나 순순히 손을 들기엔 왠지 자존심이 상한 그녀는 채연의 속을 확 긁어 줬다.

「마마께서도 이제 확연히 황궁에 적응을 하신 듯합니다. 말씀의 내용이나 도도한 기품에 정1품 부인으로서의 위엄이 넘치시는군요.」

칭찬이 아님은 채연도 알았다. 너도 이제 다른 황궁의 여인들처럼 타인의 약점을 잡고 이용하는 삶에 완전히 적응을 했구나 하는 비웃음. 그렇지만 지금 그녀는 알몸으로 북풍한설이 몰아치는 벌판에 홀로 서 있는 상황이었다.

비아냥거림에 흔들리지 않으려고 채연은 이를 악물었다.

정왕의 그늘 아래서 온실 속 화초처럼 훈풍이 도는 봄날에만 머물며 살 날이 반드시 올 것이다. 그날이 오면 더 이상 법도에 얽매이지 않고 마음을 다 풀어 보여 주면서 하고픈 대로 살 것이다. 요조숙녀니 열녀 따위는 개나 줘 버리라지. 정왕의 온실로 다시 옮겨질 때까지, 그때까지는 잡초가 되건 독초가 되건, 짐승까지도 잡아먹으며 자란다는 저 남방의 식충초건 간에 꿋꿋하게 버텨 낼 것이다. 그러기 위해선 그들의 소중한 아이를 지켜야 한다.

매시 매초 주문처럼 외우는 맹세를 다시 반복하며 채연은 도도한 미소를 지켜 냈다.

두 미인은 잊고 있을지 몰라도 그녀는 바로 이 늙은 여인이 해 줬던 충고를 하나하나 되새기며 이 순간을 만들어 냈다. 동향에 비슷한 운명으로 이국에 끌려왔다는 동병상련의 정이 있어 그녀에게는 드물게 자애로웠지만 두 미인 역시 이 약육강식의 황궁에서 포식자인 맹수 중 하나. 두 미인에게 아무런 이익도 위협도 되지 않는 무력한 존재로 낙인찍히는 순간 저 발톱은 그녀를 가차 없이 할퀼 거였다. 이 노파 앞에선 절대적으로 강하게 보여야 했다. 지금 이 당당함이 허세라는 걸 간파당하면 끝이었다.

「그리 말씀하시니 그동안 받은 품계에 마땅한 품위를 갖추지 못했단 소리로 들려 심히 부끄럽군요.」

붓을 건네받은 채연의 손은 더욱 빠르게 움직였다.

- 정왕 전하는 이대로 무너지지 않으십니다. 그분이 직접 일어서지 않으면 연왕이나 다른 왕을 내세워 권토중래를 노리실 것이니 만에 하나 천하의 주인이 바뀌었을 때 노로의 조력과 은혜는 절대 잊지 않을 것입니다. 황상의 세상이 이대로 지속되어도 마찬가지입니다. 힘없는 후궁이나 그래도 비입니다. 없는 것보다는 낫지 않겠습니까?

「위엄을 갖추기 위해 더욱 정진해야겠습니다.」

채연을 응시하는 두 미인의 냉한시가 미미하게 흔들렸다.

지금 채연은 모든 정보가 차단된 깜깜한 상자 속에 있는 것과 마찬가지였다. 유배지로 가던 정왕이 탈출했다는 것을 제외하고 아무것도 알지 못해야 마땅했다. 그런데 연왕의 반란군이 황제군과 일진일퇴의 공방을 주고받고 있다는 걸 알고 있는 듯 거래를 제시하고 있었다. 더구나 그 승리의 상당 부분은 정왕이 주도하고 있다는 것은 바로 며칠 전에 도착한 급보였다.

혹시 채연에게 몰래 소식을 물어다 주는 생쥐가 청우전에 들락거리는 것일까?

이름만 바꿨을 뿐 수십 년간 암약하던 비밀 감찰 기관이니 삼법사의 거미줄이 황궁에 남아 있다고 해도 전혀 놀랍지 않았다. 하지만 가까스로 남은 그 귀중한 조직을 소식을 전하는 사소한 일로 드러낼 위험을 무릅쓰는 건, 아무리 정왕이 채연에게 이성을 잃었다고 해도 아귀가 맞지 않았다. 짧은 시간, 기민하게 모든 경우의 수를 따져 본 그녀는 가장 합리적이고 합당한 결론을 도출해 냈다.

스스로 정세를 파악한 것이다. 쓸데없이 글줄만 읽은 게 아니라, 제법 머리를 굴릴 줄 아는구나. 여기서 내가 약속을 한다고 해도 그것을 반드시 실천해야 한단 법은 없으니…….

발을 담그는 동시에 뺄 궁리를 함께 하면서 그녀는 우아하게 고개를 끄덕였다.

「현명하신 마마께선 그 위엄과 기품을 널리 드러내실 거라고 이 노물은 확신하옵니다.」

– 그리 간곡히 말씀하시니 정왕 전하를 믿고 숙고를 해 보지요.

「고맙습니다.」

– 후회하지 않으실 겁니다.

들어야 할 대답을 얻어 낸 채연은 필담을 나눈 종이를 화로에 던져 넣었다.

「마마?」

그녀를 옭아맬 수 있는 증거인데 이것을 왜 태워 버리느냐는 무언의 질문이었다.

불길이 댕기는 걸 보며 채연은 사늘한 미소를 되돌렸다.

「제가 황궁에서 뼈에 새기게 된 교훈이 아무리 사소하더라도 남에 손에 들어갈 가능성이 있는 건 그 무엇도 남겨서는 안 된다는 것이지요. 노로께선 제가 먹고 싶다고 한 요리는 다 기억을 하고 계시리라 믿습니다. 그중 가장 간단한 것으로 한 가지만이라도 해 주시면 은혜로 알겠습니다.」

노회한 두 미인은 필담에서조차 확실한 대답을 하지 않고 요리조리 빠져나갈 구멍을 만들어놓았다. 세상에 드러나면 도리어 채연의 목을 칠 증거. 섣불리 휘둘렀다간 오히려 역공의 빌미가 된다는 걸 진즉에 간파했다는 의미였다.

너울너울 다가온 빨간 불길은 하얀 종이를 삼키더니 금방 꺼멓게 태워 나갔다. 대역죄에 버금가는 엄청난 모의를 함께 했으나 여전히 서로를 완전히 믿지 않는 음모자들은 침묵을 지키며 그들이 함께 세운 계획이 재가 되는 것을 확인했다. 설령 필담을 나누는 걸 지켜보던 숨은 눈이 있었다고 해도 그가 얻을 것은 하얗게 바스러진 재뿐일 거였다.

「그럼 저는 이만 물러가겠습니다.」

日月

「분주한 노로의 시간을 길게 빼앗아 죄송합니다. 멀리 나가지
못함을 용서하세요.」

청우전이 멀어질수록 두 미인의 무표정한 얼굴에 서서히 비소인
지 교소인지 알기 힘든 웃음이 짙어졌다.

이렇게 제대로 뒤통수를 맞아 보기는 어언 수십 년 만의 일. 말문
이 턱 막힐 정도로 꼼짝없이 당해 본 것 역시 그녀 생애를 통 털어
도 몇 번 없는 사건이었다. 아까는 너무 놀라 그녀답지 않게 '어어'
거리면서 휩쓸렸지만 곱씹을수록 황당하고 괘씸했다.

아름다운 독초들로 채워진 황궁 정원에서는 살아남지 못할 것으
로 보았건만 이슬만 먹고 사는 청초하고 여린 난초가 아니었구나.

기가 막히면서도 다른 마음으론 어린 딸이나 손녀의 성장을 보듯
기특함도 설핏 스몄다.

양순하고 여린 듯하면서도 은근히 담대한 모습을 보여 주더니만
저리 깜찍한 계획을 세워 협박을 하다니. 정왕과 얽히지 않았다면
황제의 곁에서 든든하게 자리를 잡아 어쩌면 명나라에도 고려인의
피를 받은 황제가 나올 수 있었을 텐데. 죽은 자식 나이 헤아리기
라는 걸 알면서도 아쉬움이 계속 맴돌았다.

그렇지만 아쉬움은 아쉬움이고 지금 그녀에게 가장 중요한 당면
과제는 어떤 선택을 할지였다. 한 배를 타는 것을 숙고하겠다고 했
으나 백분 진심이 아님은 그녀도 일고 채연도 알았다. 선택권이 없
는 채연은 아이를 지키기 위해 모든 걸 걸고 도박을 했겠지만 선택
권이 많은 그녀는 좀 더 심사숙고가 필요했다.

어선방으로 돌아와 청우전의 부름에 관심을 기울이는 자들의 호

기심을 채워 주기 위해 고려 음식을 몇 가지 마련해 청우전으로 보내고, 근래 통 진어를 시원찮게 하지 않는 황제를 위한 별찬을 진지하게 의논하면서도 두 미인의 반쪽은 허공에 둥둥 떠다녔다.

'채연이 여아를 낳기를 기원해 주면서 오늘 대화를 덮는 것이 내가 베풀 수 있는 최고의 선행이자 호의다.'라는 이성과 '얼마 남지 않은 무료한 인생, 마지막으로 한 번쯤은 모험을 해 보는 것도 나쁘지는 않을 것이다.'라는 두 가지 마음이 치열하게 다투는 가운데 다음 날 두 미인은 또 다시 웃전의 부름을 받았다.

「천세 천세 천천세. 황후마마를 뵈옵니다.」

「일어나라.」

예상보다 훨씬 더 빠른 호출. 황후의 속도 어지간히 타는가 보다 생각하며 두 미인은 손짓에 따라 한 무릎 앞으로 다가섰다.

「현비의 부름을 받아 청우전에 들었다고?」

이 질문 역시 예기했던 것이기에 두 미인의 대꾸엔 거침이 없었다.

「예. 입덧 때문에 고려 음식이 드시고 싶으셨던 모양이옵니다.」

「그래……?」

잠시 말을 끊으며 뜸을 들인 황후가 자신을 향한 집중과 긴장이 최고조에 달한 시점에 그 정적을 확 찢어 냈다.

「그런 일로 필담까지 나눴단 것이야? 더구나 무슨 비밀이기에 태워 버리기까지 했느냐?」

대화를 엿들은 귀가 있으리란 건 예견했지만 엿보기까지 했다는 건 청우전 깊숙이 황후의 사람이 숨어 있다는 의미. 아직 연치는 어리나 끊임없는 숙청에서 살아남은 마씨 가문 출신답게 황후도 만만찮다는 걸 확인하게 된 것은 뜻밖의 수확이었다. 다만 이번만큼은 황후나 황궁의 다른 눈보다 채연의 주도면밀함이 한발 더 앞섰다는 것이 은근히 만족스러웠다.

회심의 미소를 삼키며 두 미인은 매끄럽게 절반의 진실을 고했다.

「잘 알려지지 않은 고려의 음식과 재료 중에 명나라 말로 칭하기 오묘한 것이 있어 그 명칭을 몇 가지 적다 보니 은밀하게 보였나 보옵니다. 그리고 태워 버린 것은……, 오래전 현비마마께서 집찬궁녀로 어선방에 계실 때 어선의 조리법을 사사로이 기록했다가 황궁의 비밀을 밖으로 빼돌린다는 누명을 쓰고 치죄를 받으신 적이 있어 삼가는 의미로 그리 조치하신 것 같사옵니다.」

채연과 두 미인이 나눴다던 대화의 내용이며 지금 하는 설명은 어디 한 군데 흠잡을 곳이 없이 아귀가 딱 맞아떨어졌다. 너무 매끈해 오히려 의심이 갈 지경이었지만 그렇다고 그걸 핑계로 재차 추궁을 하는 건 모양이 살지 않았다. 트집 잡을 거리가 사라진 황후는 그나마 만만한 문제에 화살을 돌렸다.

「그런 일이라면 황후인 내게 처분을 내려 달라고 청할 일이지 어찌 그런 일로 어선방의 수장이자 음선어의의 막중한 임무를 맡은 두 미인을 사사로이 부른단 말이냐?」

「예. 소신도 그리 간언을 올렸고 현비마마께서도 생각이 짧으셨다고 인정을 하셨습니다. 그래도 귀한 용종을 잉태하신 분이 큰마음을 먹고 간청하신 일이라 이번 한 번이라는 약조를 받고 소찬만 몇 가지 준비해 보냈사오니 너그러이 덮어 주시면 현비마마와 온 황실이 황후마마의 덕을 칭송할 것이옵니다.」

「흥. 별걱정을 다 하는구나. 입궁한 지 이태가 넘도록 후사를 잇지 못한 주제에 투기를 한다고 할 것인데 어찌 나서겠는가?」

나이는 어리나 황후로서 위엄이 넘친다고 칭송이 자자한 소녀의 얼굴엔 평소에 그득하던 자긍심 대신 불안감과 자괴감이 짙게 떠올라 있었다. 안된 마음이 반, 적절한 위로를 바쳐 환심을 사야겠다는 마음이 반. 옆에서 함께 격동해 영양가 없는 눈물만 글썽이는 황후의 심복 여관에게 비웃음을 보내며 두 미인이 황후를 다독였다.

「마마의 연치 겨우 열여덟이십니다. 이제 한창 생산을 시작할 때인데 무슨 그런 망극한 말씀을 하시옵니까? 조만간 황후마마께도 좋은 소식이 있어 늠름하신 황자마마를 보실 것이니 심려를 놓으십시오.」

「하아. 그래……. 그래야겠지…….」

황제는 총애는 주지 않아도 위치에 걸맞은 존중은 해 주었다. 그것에 희망을 걸고 무관심을 인내하고, 후궁을 인자롭게 다스리며 절치부심 기회를 기다려 왔다. 그런데 황제의 첫 정인인 조선 공녀가 이제 황자를 출산할지도 모른다는 사실이 어린 황후를 절박하게 몰아가고 있었다.

위박危迫함에 자제력을 잃은 황후는 감정을 거의 감추지 못했고 두 미인의 날카로운 눈은 그걸 놓치지 않았다.

황후의 흑진주 빛 눈동자에 가득한 것은 지난 수십 년간 너무도 많이 보아 온 애절한 그리움과 고독. 그리고 추락의 공포였다. 황제의 발걸음을 기다리며 긴긴 세월 독수공방을 하는 것은 황궁 여인들의 숙명이니 후궁이야 팔자소관이려니 하지만 황후는 사정이 조

日月

금 달랐다. 권력의 정점에 선 황후에게 후사는 단순한 성총의 경쟁이 아니라 가진 권세를 유지하느냐, 나락으로 떨어지느냐의 절박한 문제였다.

순간 일석이조의 비책이 번개처럼 두 미인을 관통했다.

용기나 결단력, 혹은 추진력이 없어서 그저 속으로만 끙끙 앓고 있는 이들에게 가벼운 조언과 격려를 해 준다면? 그리하여 지금 채연이 요청한 일을 바로 황후가 주도하게 해 준다면?

그것이야 말로 손도 대지 않고 코를 푸는 격. 아니, 성공하기만 한다면 채연과 황후 양쪽 모두에게 그녀는 다시없는 은인이 되는 거였다. 남아와 여아를 바꿔치기하는 것은 목숨을 걸어야 하지만, 필경 황후가 죽이려고 들 그 남아를 몰래 빼돌리는 것 정도는 감수할 가치가 있는 위험이었다.

수십 년간 두 미인을 지켜 준 본능이 이 모험에 달려들어야 한다고 그녀를 충동질했다.

크게 심호흡을 하며, 지난 세월 동안 황후와 수많은 비빈들이 그녀를 가장 믿음직한 의논자로 믿도록 해 줬던 자애롭고 믿음직스러운 음성으로, 황후가 내심 가장 바라고는 있으나 차마 입 밖에 내지는 못한 속마음을 대신 읊어 줬다.

「현비마마를 받쳐 주는 세가 없어 그 존재가 미약하기는 하나, 그분 역시 황자를 낳으면 방자한 욕심을 품지 말라는 법이 없으니…… 근심이 적지는 않으실 것이옵니다.」

두 미인의 소곤거림을 들은 이는 황후와 그녀가 본가에서 데려온 여관 단둘. 방자한 지껄임을 멈추라고 호통이라도 치고 싶은 듯 여관의 눈이 죽 찢어져 올라갔다. 황후가 가만히 있는데 나설 수는 없는지라 그녀는 황후의 속을 긁는 두 미인을 매섭게 노려보았다. 약 올리듯 그녀에게 실긋 조소를 보내 준 두 미인은 황후에게 살그 머니 유혹의 그물을 풀었다.

「병은 그 병증이 피부에 머물러 있을 때, 화근은 그 싹이 어릴 때 제거하는 것이 현명하다고 하였지요.」

채연의 회임 소식을 들은 날부터 먹어도 먹은 것 같지 않고 자도 자는 것이 아니었다. 하루하루 오로지 황후라는 긍지로 버텨 왔지 만 그것인 이미 한계. 처음으로 타오르는 속에 시원한 빗줄기가 내 리는 것 같았다. 그래도 한 가닥 남은 이성이 그녀가 함정에 덥석 뛰어드는 걸 막아 줬다.

「무슨 소리를 하고 싶은 것이냐?」

「소인은 황후마마의 충신이옵니다. 황후마마를 위해서라면 여 기 있는 무 재인과 힘을 합쳐 어떤 일이라도 할 수 있사옵니다. 아 니 그런가, 무 재인?」

능구렁이 중에서도 상능구렁이인 두 미인의 이 찐득한 아부가 그 다지 상큼하지는 않았지만 여기서 머뭇거리다간 충심을 의심받을 수 있었다. 그녀도 황급히 몸을 숙여 다시금 충절을 맹세했다.

「이 노비는 황후마마의 명이라면 당장이라도 지금 죽을 수도 있 사옵니다.」

「허허, 황후마마 앞에서 어찌 그런 망발을 지껄이는가? 살아서 분골쇄신해야지. 죽은 귀신을 어디에 쓴다고.」

「옳은 소리다. 내 수족과 같은 네가 그런 경거망동을 입에 담아 서 되겠느냐?」

충직함을 과시하려다 본전도 못 건진 여관의 낯에 바짝 독기가 오르는 것을 보며 두 미인은 회심의 미소를 머금었다. 대신 움직일 손에 확실한 올가미를 걸어 놓은 그녀는 황후의 불안에 최대한 공감하는 표정으로 은밀하게 속삭이기 시작했다.

예상대로 재인은 당장이라도 뒤로 넘어갈 듯 허옇게 질렸다. 하지만 황후는 의외로 담담했다.

「말이야 간단하지만, 그 뒷감당은 어찌하려고 네가 그리 자신만만한 것이냐?」

「송 왕조 때처럼 살쾡이로 바꿔치기하는 것도 아닌데 무에 탈이 있겠사옵니까?」

채연의 일로 놀란 마씨 가문에서 급히 독선생을 두어 속성으로나마 학문을 익힌 황후는 두 미인이 얘기하는 고사가 무엇인지 곧바로 알아들었다.

채연이 낙태를 하거나 태어난 황자가 돌연사하면 열에 열 황후를 의심할 건 명약관화. 유력한 가문을 등에 업은 후궁 중에 그걸 빌미로 그녀를 끌어내리려 들 세력도 분명 있을 거였다. 두 미인이 예리하게 지적했듯 아이를 죽이는 것보다는 바꿔치기가 힘들긴 하지만 후폭풍을 수습하기엔 훨씬 유리했다. 어차피 지금 죽나 나중에 죽나 죽는 것은 마찬가지. 이게 현비 한씨와 손을 잡은 두 미인의 함정이라고 해도 물러설 곳은 없었다. 뱀에 홀려 커다랗게 벌린 입으로 자진해 걸어 들어가는 개구리처럼 황후는 속절없이 걸려들었다.

「실행이 가능하겠느냐?」

사색이 되어 도리질을 하는 여관의 존재를 무시하며 황후와 두 미인은 음모의 시선을 교환했다.

「온 황궁에서 오로지 황후마마만이 가능하시지요.」

　며칠 뒤 옥체가 미령한 황후를 진맥하기 위해 수여의 허씨가 성궁전으로 들었다가 허옇게 뜬 얼굴로 두 미인을 찾아왔다.

　이것은 분명 전에 없던 이상한 연결이었다. 당연히 이목이 집중되었지만 눈과 귀를 쫑긋 곤두세웠던 측조차도 황후와 두 미인, 수여의 사이엔 더 이상 특별한 조우도, 움직임도 없자 그들의 회동은 대부분의 뇌리에서 잊혔다.

　계절이 바뀌고, 현비의 산달이 다가오자 황후는 상식국에 명해 산실청을 마련하고 내자부에 태어날 황손을 위한 내구 선발에 만전을 기하라는 교지를 내렸다. 이에 수여의는 심복 의파를 내자부로 파견해 온파들과 함께 후보들을 뽑는 일에 직접 간여하도록 했다.

　상식국에서 내자부의 내구 선발에 관여하는 건 흔치 않은 일이지만 첫 황손이니 각별히 신경 쓰는 모습을 보이려나 보다. 황후의 자애로움을 칭송하는 아부가 휘날릴 뿐 남달리 보는 시선은 없었다.

　하지만 음모에 연관된 자들은 하루하루 피가 바싹바싹 마르면서, 출산을 앞둔 산모들의 면면을 살피며 딸을 낳을 확률이 높은 여인들을 골라내느라 여념이 없었다.

　평화롭고 안온한 듯 가장하고 있으나 팔열 지옥인 청우전에 앉은 채연은 물론이고 목숨을 건 음모에 동참한 황후와 의파까지 모두가 한마음으로 간절히 바라는 것은 여아 출산. 황후부터 두 미인까지, 채연의 출산이 하루하루 가까워질수록 초조감을 감추기 어려웠다.

마침내 맹춘孟春. 음력 1월 회일晦日. 매달 마지막 날. 온 황실과 조정의 이목이 집중된 가운데 진통이 시작되었다.

이미 생산을 해 본 산모이기에 수여의며 온파들은 비교적 수월한 출산을 예상했다. 하지만 이른 새벽에 시작한 산고는 늦은 밤이 되도록 이어졌다. 산도도 이미 많이 열렸건만 이상하게 산모는 도통 힘을 쓰지 못하고 있었다.

「마마, 의식을 놓으시면 아니 되옵니다!」

심하게 깨물어 피딱지 앉은 입술을 젖은 수건으로 적셔 주는 의파에게 채연이 물었다.

「지금 시각이…… 얼마나 되었는가?」

진통으로 기진한 산모가 묻기엔 어울리지 않는 질문이지만 그래도 하늘같은 비마마의 하문. 의파와 온파들은 뜨악함을 감추고 얼른 시각을 살펴 아뢰었다.

「조금 전에 각루방刻漏房29)에서 정야丁夜. 새벽 1~3시를 알리는 운판 소리가 들렸사옵니다.」

정야면 숙직을 서는 관료들을 제외하고는 모두 퇴청했을 시각. 은밀하게 황궁을 빠져나가야 할 그림자에게는 더없이 알맞은 때였다. 채연은 비로소 오로지 의지로 누르고 있었던 몸의 긴장을 풀었다. 만약에 왕자라면 몰래 빠져나가 살 확률을 조금이라도 높여야 했기에 참아냈지만 이제는 때를 놓치지 않고 이이를 세상 밖으로 내보내 줘야 했다.

---

29) 시간을 살펴 알려 주는 곳.

나가고 싶은 아이를 막던 어미가 마음을 바꾼 것을 알아차리기라도 한 듯 지금까지 없던, 정신이 아찔하도록 강한 진통이 다시 몰려왔다.

「흡!」

　다시 이를 악무는 채연의 꿈틀거림이 이전과 달리 심상치 않음을 알았는지 조금은 늘어져 있던 수여의와 의파, 온파들이 다시 바짝 다가들었다.

「마마, 비명을 너무 참으시면 옥체가 상하시니 힘드시면 그냥 소리를 지르십시오!」

「마마, 이제 다 되었습니다. 조금만 더 힘을 주십시오.」

　제발. 제발. 천지신명이 있다면 이 아이는 딸이도록 해 주십시오. 제가 더 이상 죄를 짓지 않도록. 제 자식을 살리기 위해 남의 자식을 희생시키지 않도록!

　입 밖에 토해 낼 수 없는 간구와 두려움이 출산의 고통과 어우러져 극에 달한 순간 뭉툭한 칼로 몸속을 저며 훑어 내는 느낌과 함께 희미한 고고성이 울렸다.

「마마! 마마! 공주마마이십니다!」

　덩실덩실 춤이라도 추고 싶은 심정이 절절이 묻어나는 수여의의 환호성이 들리기까지 시간은 영원보다도 길었다. 공주라는 단어가 귀에 들어온 순간 온 세상이 환히 밝아졌다. 그렇지만, 만에 하나 아들이더라도 같은 소리를 하며 바꿔치기를 할 거라던 두 미인의 말이 떠오르자 불안으로 맥동이 빨라졌다. 눈으로 직접 확인하기 전에는 믿을 수가 없었다.

「공주를…… 공주를 내게 다오.」

「예? 아, 예. 마마. 아직 씻으시기 전이나 첫 인사를 하십시오.」

발각되면 삼족이 멸문될 모사에서 해방되자 눈물까지 글썽이며 수여의가 직접 채연의 품에 아기를 안겨 줬다. 남아라면 잽싸게 강보에 감싸 씻기게 하는 척하고 데려나가 여아로 바꿨겠지만 그럴 필요가 없으니 자랑스럽게 척척 감싼 천을 풀어 보여 줬다.

말랑한 피부를 어루만지자 밀려오는 것은 안도감과 감사. 채연의 눈시울이 뜨끈해졌다.

내 아기. 살아났구나.

그렇지만 산실에 남은 여인들은 그녀의 눈물을 서운함으로 본 듯 앞다퉈 산모를 위로하러 나섰다.

「공주마마이나 황장녀이시니 황상의 기쁨이 크실 것이옵니다.」

「다음번에는 늠름한 황자마마를 생산하실 것이니 이만 눈물을 거두시옵소서.」

떠들썩하니 입을 모아 절대 있을 수 없는 황자에 대한 희망을 채연에게 불어넣어 주는 가운데, 현비가 공주를 낳았다는 소식은 황제에게도 날듯이 전해졌다.

「공주라고?」

「예. 폐하.」

황제의 반응을 실망감이라고 짐작한 청우전의 환관은 공주 출산이 마치 자신의 죄라도 되는 듯 바닥에 고개를 떨어뜨렸다.

그렇지만 환관을 내려다보고 있던 윤문은 님몰래 안도의 한숨을 삼켰다.

채연이 밉고 정왕이 증오스러웠지만 어린 생명까지 앗고 싶지는 않았다. 그 죽음이 그를 모욕한 두 사람에게 최상의 복수라는 건 알지만 그렇게 바닥까지 떨어지고 싶지 않았다.

「공주와 현비는 괜찮은가?」

「예. 워낙 산고가 길어 기진하시긴 했지만 마마께서는 금세 기운을 차리셨고, 어린 공주마마도 건강하시다고 하옵니다.」

「다행이로군.」

덤덤하니 별다른 성의가 느껴지지 않는 치하. 청우전 환관은 실망감에 입술을 깨물었다.

실로 오랜만에 황궁에 아기 울음소리가 울렸지만 황실의 반석이 될 황자가 아니라 공주. 긴 변란으로 가뜩이나 어려운 정국에 황제의 상심이 크실 것이다. 더 이상 있어 봤자 좋은 소리도 듣지 못하겠다 판단한 그는 얼른 건청궁의 침각을 빠져나왔다.

모두의 밤잠을 설치게 하던 출산이 공주 탄생으로 막을 내리자 전각들의 불도 하나둘 꺼지고 적막한 가운데 윤문은 어상에서 천천히 일어섰다.

「폐하, 이미 야심한 시각이고 내일 새벽에 조참이 있으신데 잠시라도 침수를 드시지요.」

「그냥 잠시 좀 걸어야겠다.」

말려 봤자 소용없다는 걸 깨달은 어전태감의 눈짓에 숙직 어전편자御前綝子가 재빨리 황제의 침의 위에 포삼袍衫을 걸쳐 주었다. 요대를 매어 주려는 손길을 뿌리치며 나온 윤문은 침각 밖으로 나와 긴 난간 기둥 앞에 섰다.

「하아.」

바로 뒤에 시립하고 선 태감의 귀에만 들리는 낮은 한숨. 그림자처럼 소리도 내지 않고 황제의 등을 바라보는 늙은 태감은 각기 다른 이유로 안도의 한숨을 삼켰다.

청우전의 일도, 그가 수직을 서는 날만 골라 간간히 현비를 침전으로 불러들여 손끝도 대지 않고 돌려보내는 일도 함구를 해 왔다. 때문에 문서방文書房 태감과 동사彤史 여관이 그밤에 채연이 황제를 모신 것으로 기거주起居注에 기록할 때도, 정왕의 아이가 용종으로 둔갑하는 것도 벙어리 냉가슴을 앓으며 지켜봐야 했다. 남아일 경우 죽어야 한다는 황제의 통고를 아는 것도 당사자들을 제외하고 그가 유일했다.

왕자가 태어나면 비밀이 새어 나가는 걸 방지하기 위해 실행하는 손은 그여야 한다는 건 다른 언질이 필요가 없었다. 반드시 해야 하나, 정왕과의 정리를 생각하면 하고 싶지 않았던 임무. 피하게 된 건 고맙지만 젊은 황제의 행보를 그로서도 도무지 이해할 수가 없었다.

정왕의 유일한 약점이 현비인데. 그 앞에 둘의 목숨을 흔들고 위협하면 항복은 물론이고 목숨을 빼앗는 것도 가능하건만 어째서 모든 비밀을 안고 가는 것인지? 혹시 아직도 현비에게 남은 미련과 집착이 있는 건 아닐까? 거기에 생각이 미치자 등골이 오싹해졌다.

절대로 아니 되옵니다!

소리가 되어 나오지 못한 절규가 늙은 태감의 입안에서만 맴돌다 삼켜졌다. 애타는 태감과 졸린 눈을 억지로 뜨는 환관들에게 등을 보인 채 석상처럼 서 있던 황제는 여명이 친공을 물들이고 어슴푸레한 박명薄明이 그의 얼굴에까지 스며들 때에야 몸을 돌렸다.

「조참에 늦겠구나. 서둘러 준비하라.」

공주의 탄생을 축하하는 중신들의 하례가 이어졌던 것을 제외하고 이른 조참을 비롯해 황제의 일과는 평소대로 이어졌다.

황제가 산모를 위로하러 청우전에 가지 않은 것은 기다리던 황자가 아니라 황녀를 낳은 데 대한 노여움의 표출이라 믿고 후궁들은 고소를 감추지 않았다. 그렇지만 그 즐거움은 이어진 칙명에 얼어붙고 바스라졌다.

중춘仲春. 음력 2월 삭일朔日. 1일에 탄생한 황녀는 태어난 지 9일째에 열린 삼조三朝 잔칫날 소연素娟이란 명호에 안화安和공주란 작호를 받았다. 그리고 같은 날, 현비 한씨는 오랫동안 적막하던 황실에 황장녀를 낳아 준 공으로 황후 바로 아래인 귀비로 봉해지고 금으로 된 책봉문이 내려졌다.

이렇게 황제를 둘러싼 세력의 초미의 관심사였던 현비의 회임은 모두의 일치된 바람대로 공주를 낳으면서 가장 이상적으로 마무리가 되었다.

반대로 전황은 그들의 소원과 먼 갈지之자 행보를 계속하고 있었다.

경병문이 이끄는 50만 관병은 기세등등하게 웅현雄縣까지 올라가 초반에는 전세를 유리하게 이끌었다. 하지만 결정적인 전투에서 선봉장 양송이 정왕의 절묘한 양동작전에 휘말려 전사를 했다. 매복병에 생포된 부장 장보가 목숨을 구걸하며 경병문이 치밀하게 짜 놓은 전략을 모조리 누설하는 바람에 호타강의 결전에서 그는 대패를 당하고야 말았다.

어지간한 장수라면 혼비백산, 달아나기 급급했겠지만 산전수전을 다 겪은 백전노장인 경병문은 침착하게 남은 군사들을 추슬러 요충지인 진정성으로 들어가 공성전에 돌입했다. 기세등등하니 추격해 온 연왕군이 거센 공격을 퍼부었지만 함락하지 못하고 지리한 공방전이 벌어지는 가운데, 황자징의 끈질긴 건의를 받아들인 건문제는 결정적인 패착을 놓았다.

패전의 책임을 물어 경병문을 대장군에서 물러나게 하고 이경룡에게 부월과 50만 대군을 내리니 난을 평정하는 데 신명을 다하라.

황제에게 충성을 맹세하긴 했으나 한때 생사고락을 함께해 끈끈한 정리가 있는 연왕이라 단호하게 토벌을 하지 못하는 것이다. 그렇지 않고서야 용맹한 그가 정예 대군을 이끌고서 이리 일진일퇴의 공방만을 계속할 수는 없다.

전장의 치열함을 모르는 책상물림 문관들의 입장에선 당연한 의심이었다. 그렇지만 전황이 지지부진한 것은 연왕군의 신출귀몰함과 함께 황제의 명령도 한몫을 했다.

연왕을 죽이고 그가 이끄는 군대를 몰살시킬 기회가 수차례 있었지만 숙부의 목숨만은 빼앗지 말아 달라는 명을 지키려다 보니 화전火戰과 같은 전술을 쓸 수 없었다. 또 연왕의 대장기가 있는 곳엔 상대적으로 강력한 공세를 펼치지 못하니 손이나 발 하나를 묶고 싸우는 격. 경병문이 아니라 제갈공명과 조조가 살아 돌아온다고 해도 어쩔 수 없는 상황이었다.

하지만 조정은 그걸 인정하지 않았고 그 어리석은 선택은 하늘의 운을 그들에게서 떠나게 했다. 부친을 따라 참전해 북평의 배후를 포위하고 있던 경병문의 차남을 비롯한 부장들은 충심을 의심받은 것에 격분해 일제히 사직을 청하고 자리에서 물러났다. 덕분에 연왕 세자는 거의 함락직전이던 북평을 지켜내며 절체절명의 위기를 넘길 수 있었다. 그리고 북평 주변의 반란군도 전열을 가다듬을 수 있었다.

노련한 경병문의 치밀한 지모와 용병술로 팽팽하게 유지되던 다른 전선의 전황도 지휘부가 바뀌면서 흔들리기 시작했다.

새로이 대장군으로 임명된 이경륭은 문무 겸장의 용맹함으로 명성이 자자했지만 치열한 전장에서 잔뼈가 굵은 연왕이나 용인과 전략의 귀재인 정왕과는 애초에 상대가 될 수 없는 온실 속 귀공자였다. 이전에 경험했던 전쟁은 그저 전쟁놀이에 불과했다는 것을 그는 곧 뼈저리게 절감해야 했다. 직접 앞장서 군사들을 독려했지만 충성심과 의욕만으로는 중과부적. 전선은 남쪽으로, 남쪽으로 서서히 무너져 내려갔다.

이렇게 북방이 야금야금 연왕군에게 접수되고 공기가 하루가 다르게 차가워지는 계추季秋. 음력 9월에 도사의 신분으로 황도에 잠입해 있던 검교 하나가 연왕군이 머무는 거용관에 도착했다.

가장 빠르게, 온갖 시시콜콜한 정보까지 다 오가던 삼법사의 비전 급령 체계는 붕괴된 지 오래. 연왕을 알현한 그는 전서구나 전서응으로는 전하기 힘든 황도의 자세한 상황이며 여정에서 보고 들은 민심과 관군의 움직임 등 귀중한 정보를 세세히 보고했다.

「수고가 많았다.」

황제가 될 수도 있는 연왕의 칭찬에도 그는 별반 들뜬 기색을 보이지 않았다.

「마땅히 할 소임을 했을 뿐이옵니다.」

「이리 견마지로로 몸을 아끼지 않고 충성하는 자들이 있으니 과인이 참으로 든든하구나.」

경병문의 경질 이후 지루한 공방전을 끝내고 승세를 잡아 가고 있다는 확신에 여유로워진 연왕은 군사와 관계없는 질문을 무심코 던졌다.

「황궁에 별다른 일은 없는가?」

그가 궁금했던 것은 황도에 남기를 선택한 누이 임안공주의 안부였다. 그런데 그 질문에 왠지 눈치를 보던 검교는 주춤주춤 망설이다 전혀 예상치 않은 소식을 전했다.

「현비…… 가 공주를 낳았고 황제가 크게 기뻐하며 귀비로 봉했다고 합니다.」

잠시간 정적이 막사 안을 채웠다.

공연히 쓸데없는 것을 물어 이런 사달을 내다니.

연왕이 식은땀을 흘리며 수습할 방도를 찾는 가운데 그 난처한 침묵을 정왕이 깼다. 그것도 방금 검교가 그들에게 던진 충격과는 비교할 수도 없는 청천벽력의 선포로.

「그 아이는 내 딸이니 공주가 아니라 군주라고 칭함이 옳다. 아니 그렇습니까, 형님 전하?」

정왕의 시선이 창끝을 겨누듯 연왕에게 딱 꽂혔다.

북평으로 연왕을 찾아온 정왕이 그에게 충성을 맹세하며 요구했던 것은 단 하나. 황좌를 갖게 해 줄 테니 그의 여인을 되찾도록 해 달라는 거였다. 온 천하가 다 알 정도로 요란하게 오쟁이를 진 주제에 어찌 배덕한 여인에게 미련을 버리지 못하나. 기막히고 못마땅하긴 했지만 거절할 이유가 없었기에 받아들였고 도사의 예언대로 정왕은 그에게 날개였다.

열 달을 꼭 채워 나온 아이. 채연이 황궁에 들어가기 직전에 포태됐다면 정왕의 자식일 수도 있지만 아닐 확률도 높았다. 남아라면 아무리 정왕이 우긴다고 해도 황제의 핏줄일 수 있는 황자를 살려둘 수 없지만 대세에 지장이 없는 여아. 그 아이가 공주이든, 정왕의 주장대로 군주이든 그 시시비비를 놓고 의를 상할 필요는 없었다.

찰나간에 계산을 끝낸 연왕은 아주 흔쾌히 정왕의 선언에 동조했다

「본디 초동 고생은 사서라도 한다고 했지. 태어날 때는 부왕과 떨어져 기구하니 고생을 하고 있지만 천하가 태평해지면 이 또한 추억거리가 될 것이다.」

장단을 딱딱 맞춰서 북 치고 장구 치는 형제들의 대화에 장수들의 턱이 바닥까지 떨어졌지만 연왕은 능청스런 너털웃음까지 보탰다.

「허허허. 하루빨리 부녀가 해후를 해야 할 텐데. 다들 힘을 내야겠구먼.」

국본의 근간을 흔드는 천부당만부당이라고 펄쩍 뛰어야 할 사안이지만, 사적으로는 장형이고 공적으로는 주군인 연왕이 확고하게 인정을 하니 감히 토를 달 수 없었다. 사연이 있었다고는 하나 ─ 그것 역시 정왕의 주장이지 그들로서는 딱히 납득이 가지 않는 ─ 훼절한 여인을 고이는 것도 모자라 씨가 모호한 자식까지 받아들이려고 하다니. 사내 망신은 다 시킨다는 불평은 꾹 누르고 모두 입에 발린 감축 인사를 던졌다.

日月

「경하 드리옵니다.」

「어서 대업을 완성하고 해후하셔야지요.」

그 회의가 끝나고 며칠 뒤 정왕은 소식을 물어 온 검교를 따로 불러들였다.

「황도로는 언제 돌아갈 예정이냐?」

「제가 살펴 온 것을 다 기록하고 지도에 표하는 작업을 마친 뒤 모레 새벽에 출발하려고 합니다.」

「날도 험하고 긴 여정으로 피곤할 텐데 너무 무리하는 것이 아니냐?」

「억울하게 개죽음을 당한 동료들을 생각하면 이리 사지 육신이 멀쩡하니 살아 움직이는 것조차도 송구할 따름입니다. 덤으로 사는 목숨이니 원수를 갚기 전에는 절대 쉬지 않을 것이옵니다.」

그의 음성에서는 원한과 분노가 뚝뚝 흘러내렸다.

생사고락을 함께 하는 검교들끼리의 끈끈함은 육친의 정 이상이었다. 억울하게 도륙당한 동지들의 생목숨을 떠올리면 다들 자다가도 이를 득득 가는 형편. 검교들이 주축을 이룬 정왕의 교룡대가 연전연승하는 것은 그들의 남다른 무용에 더해 황제와 관군에 대한 철저한 복수심 덕이 컸다.

「그래. 네 충심과 의기를 분명 하늘이 알아줄 날이 오겠지.」

간단히 치하를 한 정왕은 그에게 은밀한 명을 하나 더 내렸다.

오랫동안 많은 임무를 수행하며 산전수전 다 겪은 그가 보기에도 그 지시는 희한하고 뜬금없었다. 그렇지만 전혀 이해할 수 없던 지령이 한참 뒤에 보면 두세 수 앞을 내다본 안배였다는 걸 알고 놀란 적이 한두 번이 아니었기에 그는 이번에도 그러려니, 받은 것을 품속 깊이 갈무리했다.

검교가 나가자 의자에서 일어선 정왕은 옆에 시립하고 선 지윤에게 몸을 돌렸다.

「한동안 움직이지 않아 몸이 찌뿌둥한데, 오랜만에 대련이나 한 번 해 보지 않겠느냐?」

본디 추문일수록 빨리 퍼지는 법. 채연의 일은 지윤도 이미 전해 들었다.

목숨보다 총애하던 분이 황제의 아이까지 낳았다는데 지금 속이 말이 아닐 것이다.

깊은 은애를 해 본 자만이 가능한 헤아림으로 그는 옆에서 필사적인 눈짓으로 말리는 형을 무시했다.

「영광이옵니다.」

단삼에 액건만 두른 가벼운 차림새에 검 한 자루씩만 들고 두 사람은 막사 밖으로 나왔다. 심란한 인간들의 속내와 상관없이 먹색 하늘에는 구름 한 점 없고 달빛이 휘황하니 그들의 어깨 위로 쏟아져 내렸다.

「검무를 추기에 좋은 날이로구나.」

스르릉. 동시에 검집에서 장검이 빠져나오며 곧추세운 칼날에 창백한 은빛이 부서져 내렸다. '챙' 하는 파공성을 시작으로 검과 혼연일체가 된 두 인영이 빠르게 뛰고, 휘두르고, 찌르며 어둠을 베고, 달을 베었다.

이렇게 달이 밝았던 날에 이백의 시를 읊으며 그의 여인과 행복했었지. 그때엔 올해쯤에는 또 다른 아이를 품에 안을 거라고 기대했었다.

숨이 가빠지고 더 이상 검을 휘두를 힘이 남지 않았음에도 그는 손을 멈추지 않았다. 지윤은 이미 쓰러져 항복을 선언했지만 그의 검무는 계속됐다.

지켜 주지 못한 자괴감. 자신의 아이라고 세상에 단언을 했음에도 정작 스스로는 완전히 떨쳐 내지 못한 번뇌와 질투. 아이가 태어났단 소식을 들은 순간부터 그를 갉아 대는 이 못난 감정의 괴물을 단 한 조각도 남김없이 다 베어 내기 전에는 멈출 수 없었다.

내 딸이다.

채연이 낳았으니 누가 뭐라고 해도 너는 내 자식이다.

설령…… 황제의 딸이더라도!

신들린 듯 너울너울 움직이는 검 끝에 번민과 더불어 산산이 부서진 월광은 은빛 꽃이 되어 어둠 속에 흩날렸다.

건문 3년에서 4년으로 넘어가는 해에 유래 없는 한파가 덮쳐 왔다. 북방의 겨울은 공평하게 혹독했지만 따뜻한 남쪽 출신이 대다수인 관군들의 고통은 북쪽 출신 반군들에 비할 바가 아니었다. 익숙하지 않은 혹한을 이기기도 버거운 그들은 그해 겨울의 전투에는 거의 연전연패. 50만이 넘는 대군을 이끌고 의기양양하니 진군했던 이경륭의 군대가 모래성처럼 무너지는 가운데 건문 4년이 밝아 왔다.

연왕이 빈란으로 정국은 뒤숭숭했지만 황궁의 일상은 삼가는 의미에서 그 규모만 조금 축소되었을 뿐 변함없이 흘러갔다. 흥겨운 춘절에 이어 황후가 주관하는 원소절의 관등회도 변함없이 열렸다. 산후 조리를 핑계로 두문불출할 수 있는 시기도 넘긴 터라 내키지 않는 발걸음을 한 곤녕전의 앞뜰엔 가지각색 화려한 등으로 찬란하니 장관을 연출하고 있었다.

화등花燈 만큼이나 각각의 자태를 자랑하는 내외명부들은 날카로운 가시를 우아하게 감춘 채 사이좋은 척 친분을 과시했다. 그 안에 물에 뜬 기름마냥 유일한 예외는 채연이었다. 작년에는 원소절에 늦추위가 밀어닥쳐 임부라는 핑계로 참석을 피할 수 있었지만 올해는 가시방석이 따로 없었다.

변방 소국의 공녀 주제에 황녀를 생산하고 떡하니 귀비 책봉까지 받다니. 황후와 자리를 바꿔도 모자람이 없는 명문대가 출신인 후궁들로선 용납하기 힘들었다. 그리고 원소절을 맞아 모처럼 황궁에 입궁한 황족들의 부인이나 공주들 역시 후안무치하게 숙질을 오갔다고 믿는 채연을 곱게 봐 주지 않았다.

이제는 황제도 전혀 찾지 않는다니 총애를 잃은 것은 분명하지만 황후 바로 아래인 귀비. 서열이 삼엄한 황궁이라 대놓고 핍박할 수는 없으나 예의상의 안부 인사가 오간 뒤 채연은 완전히 무시당했다. 아들이 정왕에게 구명지은을 입은 은혜가 있어 그나마 임안공주가 고운 눈으로 아는 척을 해 줄 뿐. 황후 바로 옆자리에 앉아 있으되 말 한마디 붙여 주는 사람도 없이 황후를 둘러싼 여인들의 아첨과 아부의 향연을 구경하는 게 채연이 할 수 있는 유일한 일이었다.

워낙 학문을 좋아하는 황제다 보니 그의 비위를 맞추기 위해 후궁들도 글을 배우고 시를 익히는 것이 작금 황궁의 유행. 청등미 놀이를 하려는지 등마다 글자가 하나씩 매달려 흔들리고 있었다.

화려한 등 아래 매달린 글자들을 바라보니 환이 조금 더 자라면 아이들을 데리고 청등미를 하자던 정왕의 약속이 떠올라 더더욱 심란하고 울적했다.

환은 무사할지. 살아 있다면 올해는 벌써 네 살이었다. 만약 이런 변이 없었다면 올해부턴 슬슬 천자문을 익히고 이듬해에는 정말 부자간에 함께 청등미를 할 수도 있었을 텐데.

펼쳐지던 상상의 나래는 황후가 크게 선심을 쓰는 어조로 모처럼 채연에게 말을 걸면서 끝이 났다.

「귀비의 학식이 대단하다 들었는데 청등미에 참여하지 않을 건가요?」

「부친 곁에서 먹을 갈아 드리며 어깨너머로 겨우 글줄이나 익혔사온데 학식이라니요. 황후마마의 과한 상찬에 소비, 몸 둘 바를 모르겠사옵니다.」

「황상께서 귀비를 애총하게 되신 계기가 학재 때문이라는 걸 모두가 아는데 겸양이 지나치네요. 오늘 청등미의 수준이 너무 낮아 귀비의 높은 학문과 격이 맞지 않는다고 무시당하는 게 아닌가 저어되는군요.」

입으로는 칭찬을 가장하고 있으나 가시가 가득 돋아 있었다.

이렇게까지 나오는데 가만히 앉아 있는 건 황후의 트집을 긍정하는 격. 나직이 한숨을 삼키며 채연은 자리에서 일어났다.

「당치도 않사옵니다. 한두 번 멀리서 보기만 했을 뿐 직접 참여해 본 적이 없어, 얕은 재주가 드러날까 두려워 바라만 보았습니다. 황후마마께서 권유해 주시니 해 보긴 하겠으나 혹여 하나도 맞추지 못하더라도 너그럽게 보아 주십시오. 」

「이국 출신에다 집찬녀로 입궁해 황실 행사에 참여해 본 적이 없다는 건 모두 알고 있으니 그런 걱정은 하지 않아도 될 것 같군요.」

그들과 신분이 다르다는 걸 잊지 않도록 찌르는 일침을 미소로 받아넘기며 채연은 등이 늘어선 아래로 내려갔다.

붉고 푸르고 노랗고. 형형색색의 꽃등도 아름다웠지만 그보다 장관인 것은 청등미를 맞추기 위해 그 아래를 오가는 후궁들이었다. 모처럼의 행사라 공들인 예장에다, 그 신분과 법도가 허용하는 한 가장 화려하게 꾸민 장신구들이 번쩍번쩍 빛나는 모습은 또 하나의 꽃밭 같았다. 황후가 상품으로 내린다는 보화와 혹시라도 등수에 들면 황제의 귀에 자신의 이름이 한 번은 들어가지 않을까, 그럼 발걸음이라도 한번 주시지 않을까 하는 기대에 눈에 불을 켜고 여기저기 몰려다니는 꽃의 물결. 지금 황궁 밖에서 몰아치는 태풍은 겹겹이 둘러싸인 구중궁궐 가장 안쪽에 사는 후궁에는 아무 상관도 없는 미풍처럼 느껴졌다.

그렇지만 예의상 참여한 채연은 의욕 없이 건성건성 글자를 훑었다.

이름은 거창하게 청등미이나 까막눈만 간신히 면한 이가 대다수인 수준에 맞춰 네 글자에서 여섯 글자로 된 간단한 경구나 쉬운 시 구절이 대부분이라 별반 집중해 볼 것도 없었다. 너무 많이 맞추는 것도 오히려 흉이 될 터. 나중에 찾아낸 글을 발표할 때 면피나 할 몇 구절을 대충 기억하며 설렁거리던 그녀의 시선에 펄럭거리는 종이 하나가 들어왔다.

여러 명이 나눠 썼는지 가지각색의 필체 속에 이상하게 눈에 띄는 글자. 글눈 어두운 여인들이 알아보기 좋도록 아주 반듯하게 쓴 행서지만 이런 청등미에 달기엔 아까울 정도로 힘이 있었다.

이상하게 눈에 익다 생각한 순간 갑자기 박동이 빨라지기 시작했다. 억지로 면피만 하려던 채연은 필사적으로 그 필체만을 찾아 나가기 시작했다. 그리고 그녀가 찾아낸 글자들은 예상대로 하나의 문장으로 완성되었다.

> 천 걸음 산에 있는데 방도 누각도 아니다　　　　千步之內 非堂非樓

시나 부賦라기에는 생뚱맞은 내용. 분명 경전의 구절은 아니었다. 무엇보다 오늘 등에 달린 청등미엔 여섯 자를 넘어가는 경구는 하나도 없었다.

아직 완성된 내용이 아니라 분명 다른 글과 이어지는 것이다.

흥분으로 확확 달아오르는 얼굴을 찬 양손으로 감싸며 채연은 나머지 수수께끼를 풀기 위해 열심히 등 아래를 오갔다. 여러 차례의 시행착오 끝에 마침내 나머지 내용을 꿰어 맞출 수 있었다.

> 커다란 그릇인데 쇠도 돌도 아니다　　　　有器且大 似石堂金
> 그 안에 물건이 있는데 모래도 흙도 아니다　　　基中有物 似沙非土

쿵쿵.

심장이 당장이라도 뼈를 뚫고 터져 나올 것처럼 거세게 뛰었다.

정왕의 필체였다. 까막눈인 등 장인들이 그림을 그리듯 베껴 쓴 것처럼 딱딱하지만 어떤 악필로 바꿔 쓴다고 해도 그 자획과 체상의 늠름한 풍모를 그녀가 못 알아볼 리는 없었다.

무사하구나.

윤문이 그의 탈출을 알려 준 뒤 그녀는 소식의 파편이라도 주워 보려 안간힘을 썼다. 덕분에 정왕이 연왕 밑에서 반군을 이끌고 있다는 것까지는 겨우겨우 알아낼 수 있었다. 하지만 그것이 한계. 엿들어 보려고 해도 그녀 주변의 궁인들 역시 아는 게 없었다. 아니, 그들 대부분은 내정 담 너머엔 아예 관심조차도 없었다.

만약 그가 전사하거나 붙잡혔다면 그녀를 괴롭히기 위해서라도 황제가 가장 먼저 알려 줄 것이다. 무소식이 희소식이라는 체념과 정왕의 안위를 확인하고 싶다는 욕망이 교차하면서 불안한 하루하루를 보내 왔다.

온 천하에 그 촉수와 거미줄이 뻗치지 않은 곳에 없다는 삼법사인데 아무리 와해됐다고 해도 황궁에 남은 천라지망이 일시에 다 걷어질 리는 없을 터. 남은 조직을 통해 그녀에게 은밀히 무사하다는 소식 하나쯤은 전해 주면 얼마나 좋을까? 아니면 내 배신을 정말이라고 믿고 이제 내게 대한 모든 마음을 버린 것이 아닐까? 서글픔과 두려움이 서서히 스며들고 있는 시점이었다. 그렇게 원망 아닌 원망을 품어 놓고선 막상 정왕이 그녀에게 보낸 흔적을 발견하자 기쁨보다 두려움이 엄습했다.

무서울 정도로 용의주도한 그가 직접 글을 써서 보내는 위험을 무릅쓰다니!

황제를 비롯해 그의 필체를 판별할 수 있는 사람들이 황궁엔 많았다. 그걸 깨달은 순간 당장이라도 그가 쓴 글자들을 뜯어내 갈가리 찢어 태워 버리고 싶었다. 하지만 그랬다가는 도리어 쓸데없는

日月下

이목을 끌 것은 명명백백. 채연은 애써 침착함을 유지하며 청둥미를 푸는 데 집중하는 척했다.

그날 남은 시간을 어떻게 보냈는지 하얗게 지워져 하나도 기억나지 않았다. 별다른 사고 없이 후궁으로 돌아왔으니 흥분을 드러내지 않고 잘 다스렸으리라 스스로 위로하고 짐작하는 것이 고작이었다. 절대 손에서 떼어 놓지 않던 딸을 챙기는 것조차도 그날은 버거웠다.

몸이 좋지 않으니 오늘은 내구가 데리고 자라는 전에 없던 명을 내리고 혼자 남자 채연은 문방사우를 꺼내 뇌리에 각인된 스물넉 자를 손수 옮겨 적어 봤다.

정왕이 그녀에게 보내는 연통임은 분명하나 무슨 소리인지 아무리 봐도 알 수 없었다. 처음에는 파자가 아닐까 했지만 어떻게 풀어도 맞아떨어지지 않았다.

파자도 아니고 시나 경구도 아니라면 어떤 사물이나 위치를 돌려 알려 주는 설명이 아닐까? 그렇게 생각해 보니 분명 어떤 장소에 있는 물건을 가르쳐 주며 그것을 찾아내라는 실마리 같았다. 다시 뚫어져라 종이를 들여다보며 그녀는 처음부터 차근차근 그 의미를 되새겨 보았다.

천 걸음 안에 있는 것으로 방도 아니고 누각樓도 아니라면?

천 보 안이라면 분명 청우전의 담장을 벗어나지 않았다. 청우전은 황궁의 다른 건물들처럼 내각과 회랑으로 이어진 외각과 행각이 있었고 정문의 문각과 정자, 그리고…… 뒤편 담장엔 잘 쓰지 않는 물건을 넣어 두는 작은 헛간 비슷한 창고가 있었다. 지금 앉은 침각에서 따져 보면 대충 몇백 보 정도였다.

분명 그곳이다.

첫 번째 실마리에 확신이 서자 나머지 부분은 술술 풀렸다.

돌도 아니고 쇠도 아닌 큰 그릇이라면 나무상자나 항아리가 분명할 터. 그 안에 그녀에게 전하려는 진짜 무엇인가가 들어 있으리라.

손이 와들와들 떨렸다. 당장이라도 달려가 무엇이 있는지 찾아내고 싶었다. 하지만 어느 때보다도 냉철해야 한다는 냉정한 이성이 그녀의 발목을 잡았다.

황제나 그녀의 약점을 호시탐탐 노리고 있는 황후나 다른 후궁들에게 빌미가 잡히면 지금까지 버텨 온 인고의 세월이 모두 물거품이 된다. 성급함으로 모든 걸 망쳐서는 안 된다.

비록 그녀가 필사한 것이지만 정왕이 보냈다고 믿는 글. 힘들 때마다 꺼내 보며 기대고 힘을 내고 싶었지만 미련 없이 초에 갖다 대었다.

그날 이후 채연은 하루하루 끈질기게 기회를 엿봤다. 혹시라도 그녀에게 전달된 내용을 누군가 함께 발견하고 살피고 있었더라도 그 의심의 눈길이 지치기를 기다리면서 평소처럼 행동하려고 애썼다. 급작스런 행보로 의심을 받지 않기 위해 따스해지는 날씨를 핑계 삼아 조금씩 산보의 반경을 후원으로 넓혀 나갔다. 그리고 우연인 양 종종 창고가 있는 부근으로 가서 물건을 파묻어 두었음직한 곳들을 유심히 살폈다.

다행히 그녀가 궁녀며 환관들을 줄줄이 거느리는 것보다는 혼자 거닐기를 좋아하는 건 모두 알고 있었다. 때문에 청우전의 밖으로 나가지 않는 이상 채연 옆에 바짝 달라붙어 있지 않았다. 그렇게 조심스럽게 기회를 노리던 채연은 몇 군데 후보지를 점찍는 걸 끝내자 본격적으로 포석을 깔았다.

「봄이 완연하니 후원에도 산채들이 많이 올라오는구나.」

배고픈 백성들에게는 귀한 양식이지만 후궁들을 위해 아름답게 가꿔야 할 원유에선 뽑아 없애야 할 귀찮은 잡초였다. 그 지적을 질책으로 느꼈는지 환관과 궁녀들이 황급히 사죄를 올려 댔다.

「망극하옵니다, 마마. 지금 속히 정군들에게 남김없이 뽑으라고 시키겠사옵니다.」

기대했던 그대로의 반응에 채연은 웃으며 손사래를 쳤다.

「아니, 이런, 오해를 한 모양이구나. 요맘때 돋아나는 어린 산채로 봄의 별식을 만들었던 일이 떠올라 한 소리다. 나중에 소일 삼아 직접 좀 뜯어 볼까 하니 그대로 두렴.」

곳곳에서 진상된 귀한 재료들로 만든 산해진미가 그득한 황궁인데 이런 풀떼기들이 뭐가 그리 좋다고. 이해할 수는 없으나 모시는 웃전이니 그들은 끄덕끄덕 수긍하는 척을 했다.

공언한 대로 다음 날 채연은 호미와 바구니를 가져오라고 하더니 정말 후원으로 나섰다. 체통 잃은 모습은 보이고 싶지 않으니 근방을 비우라는 명령도 처신 깔끔한 귀비마마답다는 끄덕임과 함께 별다른 의문 없이 받아들여졌다.

홀로 남자 채연은 크게 심호흡을 했다.

이제 그녀가 할 수 있는 모든 안배는 다 끝났다. 설령 의심하며 숨어서 보는 눈이 있더라도 그것은 불가항력이었다. 더 이상 남은 인내심도 없었다. 하늘에 모든 걸 맡기고 채연은 점찍어 둔 장소 부근에서 채마를 캐는 시늉을 하며 담벼락 부근을 호미로 쿡쿡 찔러 봤다. 장소를 바꿔 가며 그러기를 여러 번. 겨우내 얼었던 땅이라 대부분 단단하니 튕겨 나왔지만 유달리 부드럽게 푹 파이는 곳이 있었다.

이곳이다!

대충 묻은 것 같았지만 삼법사의 일원답게 조심스럽게 안배를 했는지 그녀가 몸으로 가리면 무엇을 하는지 잘 보이지 않는 사각이었다. 다시 한 번 곁눈질로 주변을 살피면서 채연은 호미질의 속도를 높였다.

조심스럽게 흙을 걷어 낸 구덩이엔 마른 재로 덮인 작은 나무 상자가 하나 있었다. 그 안에 든 것은 작은 달걀 크기의 단단하고 얄팍한 것을 꽁꽁 싸맨 누런 기름종이. 무엇인지 열어 보고 싶은 마음은 굴뚝이었지만 채연은 그것을 잽싸게 품에 넣고 흙을 덮었다. 조금 전에 캔 채마를 몇 가닥 심어 시늉으로나마 주변과 비슷하게 만들어 놓고 천천히 자리를 떴다. 그러고도 한참을 후원에서 소일하는 척하다 전각으로 돌아온 그녀는 혼자 남았을 때 겨우 그것을 꺼냈다.

펼친 종이 안에는 딱 세 글자가 새겨진 작은 나무 조각이 나왔다.

주선혜 朱善慧

분명 여아의 이름이었다.

아비가 직접 지었을 딸의 이름인 동시에 그녀를 믿는다는 증거. 황궁에 숨겨 놓은 소중한 간자가 드러날 위험까지도 무릅써 가며 그는 채연에게 완신의 징표를 보내 준 거였다.

이것은 천하가 다 손가락질하는 그녀의 배신은 진정이 아님을 그가 알고, 황제의 딸로 공표된 아이가 그의 딸임을 인정하는 정표이

기도 했다.

　정왕이 변을 당하기 직전에 생겨 열 달을 꽉 채워 태어난 아이. 그도 사람이니 의심했을 거였다. 그런데 인간으로 당연한 그 의혹마저도 떨쳐 낸 거였다. 숙질을 오가고 영명한 황제에게 패륜을 저지르게 한 후안무치한 요녀. 온 세상이 낙인을 찍어 손가락질을 한다고 해도 단 한 명만 그녀의 진심을, 결백을 믿어 주면 되었다. 그의 믿음이 있으니 이제 아무것도 두렵지 않았다.

　아름다움이 사라지면 함께 흩어지는 총애나 언제까지 갈지 모르는 그런 사내의 열정과는 차원이 다른 선물. 세상 어느 여인도 이렇게 완전한 신뢰를 받지 못했을 거였다.

　천천히 고여 떨어지는 눈물과 함께 채연의 가슴속에 남아 있던 불안감이 녹으며 씻겨 내려갔다.

　하루빨리 정왕이 개선하기를 비는 채연의 비원과 반대로 파죽지세로 남하하던 전선은 다시 지루한 교착 상태에 빠져 있었다.

　연왕군을 당장이라도 격파할 듯 호언장담을 하고 떠났던 이경륭은 백구강에서 대패를 당했다. 천신만고 끝에 패잔병 10만여 명과 함께 제남濟南으로 달아났다가 그 근방에서 벌어진 전투에서 또 다시 패해 이번엔 거의 단신으로 도주해 버렸다.

　그 위기일발의 순간에 등장한 것은 참정 철현. 망설이던 대신들을 준동해 정왕의 숙청에 앞장서면서, 혹 후환이 생기면 책임지겠다고 초언징담 했던 그는 대장부의 맹세란 이렇게 지킨다는 걸 보여 주기라도 하듯 분연히 일어섰다.

　좌도독 성용盛庸, 우도독 진곤陳暉과 협력해 반격에 나선 그는 제

남으로 가 성문을 닫아걸고 굳건히 버텨 냈다. 밀리던 전황이 그의 분전으로 역전의 기미가 보이자 조정은 마침내 이경륭은 파직하고, 철현을 산동 포정사로, 성용을 대장군, 진곤을 부장군으로 임명했다. 또 명장 평안과 황도를 비롯한 후방의 방비를 맡았던 서휘조 장군이 이끄는 군대까지 반군 진압에 나섰다.

유능한 장수들을 내치며 전횡을 하던 이경륭이 쫓겨나고 경험이 많은 용장들이 속속 합류하자 황제군은 연왕의 손에 들어갔던 덕주를 되찾았다.

기나긴 전쟁 중 사실상 최초라고 할 수 있는 대승리에 관군의 기세가 다시 상승하기 시작했다. 그리고 마침내 관군과 반군, 양측 모두 운명을 건 건곤일척의 승부가 동창東昌에서 벌어진다.

철현과 성용이 이끄는 군대는 동창성을 등진 채 진을 치고 연왕군을 맞았다. 물러설 곳이 없는 연왕의 군대가 노도와 같은 기세로 관군의 진을 하나씩 무너뜨리며 승리를 목전에 두는 듯 했지만 미리 감춰 둔 매복병들이 연왕이 있는 주력 부대를 덮치면서 전세는 다시 반전되었다.

경병문이나 이경륭과 달리 철현은 숙부를 죽였다는 오명을 쓰고 싶지 않다던 황제의 명을 염두에 두지 않았다. 만약 그 일로 죄를 받아야 한다면 자신이 달게 받을 것이니 부장들은 연왕의 안위를 전혀 염두에 두지 말라고 강조했다. 덕분에 관군들은 연왕의 깃발이 휘날리는 곳에도 화살을 비 오듯 쏟아부었다. 이전까지와 다른, 전혀 경험하지 않았던 강력한 공격. 반군이 혼란에 빠져 우왕좌왕하는 가운데 또 다른 매복 부대가 달려와 공격에 합류하면서 연왕은 삽시간에 겹겹이 포위되었다.

日 月

「연왕을 절대 놓쳐서는 안 된다!」

지금까지 연왕이 이끄는 군대와 맞닥뜨렸을 때 내려지던 군령은 '연왕을 반드시 사로잡아야 한다.'였다. 이 바뀐 명령은 그의 생사 여부는 상관이 없다는 의미. 그동안 연왕을 다치게 해서는 안 된다는 제약 때문에 눈앞에서 놓친 적이 몇 번이었으며, 유유히 달아나는 그를 보며 통탄의 피눈물을 흘린 것이 얼마였던가. 쌓이고 쌓였던 통한을 풀 수 있다는 사실에 군사들의 함성이 하늘을 찌를 듯 크게 울려 퍼졌다.

반대로 연왕군에게는 등골이 서늘해지는 소리였다. 명분을 따지는 황제의 만용 덕분에 풍전등화의 위기에서도 여러 차례 목숨을 보존하고 승리를 쟁취했지만 이제는 그 방패가 사라졌다는 의미. 어쩌면 여기가 마지막일 수 있겠다는 예감에 연왕은 입술을 깨물었다.

그래도 조카의 발을 핥고 조정의 눈치를 보며 납작 엎드려 비루하게 사는 것보다는 이게 나았다. 죽음을 각오한 그는 검을 높이 쳐들며 적진을 향해 돌진하기 시작했다. 연왕이 앞장서서 포위망을 뚫기 시작하자 혼비백산했던 반군들도 정신을 수습하고 그를 보호하기 위해 결사 항전 태세에 돌입했다.

그렇게 죽고 죽이는 치열한 사투가 이어지길 반나절. 그때 저 멀리서 함성이 들려왔다.

포위 속에서 필사적인 지형으로 근근이 버텨 내던 연왕군의 심장이 덜컹 내려앉았다. 만일 관병이 추가로 합류한 거라면 이제는 한계였다.

천명이 내게 여기까지만 허락했다면 하는 수 없지.

비감한 결의를 다지는 순간 주능이 환희에 찬 음성으로 외쳤다.

「전하! 교룡기입니다!」

「정왕이? 창주에서 어떻게 벌써 여기로 왔단 말인가?」

「관군을 격파하고 곧바로 회군을 하신 모양입니다.」

「허허.」

관군에게 포위당한 요충지 창주를 구하러 간 정왕의 별동대가 돌아왔다는 건 승리를 거뒀다는 의미.

이제 살았구나. 역시 천명은 내게 있다.

기쁨과 안도감을 감추지 못하며 연왕은 목청을 돋웠다.

「전장에선 무릇 살려고 하면 죽고, 죽으려고 하면 살아난다. 모두 죽음을 각오하고 임전하라.」

살아날 희망에 병사들의 움직임이 더욱 날래졌다.

천우신조로 정왕의 군대가 때맞춰 포위를 뚫어 준 덕분에 연왕은 간신히 살아날 수 있었지만 이 전투는 참패였다. 이날 연왕군은 만 명이 넘는 병사를 잃었고 연왕의 오른팔인 장옥을 비롯한 여러 맹장들이 전사했다.

「정녕…… 정녕 그것이 참이냐? 장옥도 죽었다고? 네가 잘못 알고 있는 것이 아니냐?」

믿기지 않는 듯 몇 번이나 확인하는 연왕을 차마 올려다보지 못하던 장옥의 부장이 눈물을 떨궜다.

「전하께서 포위망을 벗어나신 걸 모르고 전하를 구하기 위해 악전고투를 하시다가 그만……. 소장을 죽여 주십시오.」

「장옥이, 그가 죽다니! 허허허. 나를 구하려다가 그랬다니. 장옥이. 크흐흑!」

기어이 낙루하는 연왕을 바라보는 다른 장수들의 얼굴에서 비감이 어렸다.

　늘 자신만만하니 낙관적이고 좋지 않은 일은 훌훌 잘 털어 버리는 연왕에게도 오랫동안 동고동락하던 벗이자 장수의 전사가 충격이었는지 그답지 않은 넋두리가 흘러나왔다.

　「거병을 한 지 벌써 세 해가 다 되어 가는데 얻은 것은 겨우 북방의 몇 개 성뿐이고 벗들만 이렇게 하나둘 떠나가는구나.」

　연왕을 따르는 장수들도 비슷한 불안감은 모두 있었다. 그렇지만 자신들이 품고 있었던 회의감이 수장인 연왕의 입에서 흘러나오자 그 충격은 이루 말로 할 수 없이 컸다.

　잠시 회군해 지친 군세를 추스르고 다시 세를 모아 남진하는 게 옳은 게 아닐까.

　패배감 가득한 무거운 의논이 오가는 가운데 내내 무표정하게 자리를 지키던 정왕이 그날 처음으로 입을 뗐다.

　「오로지 북평 하나만을 기반으로 일어나 삼십만 병사로 수백만 관병들과 대적해 여기까지 왔습니다. 이것만 해도 천운이 우리에게 있음인데 어찌 그리 약한 소리를 하십니까? 한 고조는 아흔아홉 번을 패배하고 마지막 싸움에서 승리해 천하를 얻었습니다. 작은 싸움의 패배에 연연하지 말고 허술한 곳을 찔러 곧바로 황도로 남진하는 게 옳습니다.」

　긴 전쟁과 익숙하지 않은 남쪽의 다습한 풍토에 지칠 대로 지친 병사들. 그동안은 계속되는 승리로 어찌어찌 버텨 왔지만 연이은 대패로 사기가 바닥으로 떨어진 마당에 남진이라니. 너무 무모한 것이 아닌가? 반발과 동요가 무표정을 가장한 장수들의 속내에서 물결쳤다.

　오랜 지기이자 동지들을 잃은 비통함에 잠시 흔들리긴 했지만 연왕도 냉철한 전략가였다. 그는 정왕의 제안이 지금 유일한 필승의 한 수임을 직감했다.

　소하를 건너 북방으로 돌아가면 잠시 편할 수는 있겠지만 오랫동안 고향을 떠나왔던 병사들의 동요는 불을 보듯 뻔했다. 천지좌우가 다 적이고 낭떠러지인 처지. 한발 물러서는 것은 곧 패배고 죽음이었다.

　커다란 얼음 기둥처럼 냉랭하니 장수들을 냉시하고 있는 동생 정왕과 공감의 눈빛을 교환하며 연왕은 흐트러진 전의를 가다듬었다.

　「과인에겐 전진만 있지 후퇴는 없다.」

　연왕의 오른편에 슥 다가선 정왕이 거기에 대담하게 한마디를 보탰다.

　「소하를 건너 고향으로 돌아갈 자는 막지 않을 것이니 돌아가시오. 그리고 이 사지에서 함께 활로를 찾겠다는 각오가 선 사람만 남으시오.」

　단 한 명도 아쉬운 판에 어찌! 안타까운 한숨을 삼키는 이도 있었지만 대다수는 얼어붙어 버렸다. 다독거려 말려야 하지 않을까, 몇몇 심복이 호소의 눈빛을 연왕에게 보냈지만 이심전심인지 연왕도 입술을 꾹 다물고 좌중을 훑었다.

　쥐 죽은 듯 침묵만이 내려앉은 가운데 장수 하나가 연왕 앞에 결연히 무릎을 꿇었다. 그게 신호라도 된 듯 충성을 맹세하는 물결이 이어졌다. 잠시 회군을 해 군세를 추스르자는 소리는 씻겨 사라지고 결사 항전의 의지로 가득 찼다.

그 서약 가운데 선 연왕은 교묘하게 수하들을 격동시켜 이런 맹세를 끌어낸 아우를 새삼스럽게 찬탄과 경이의 눈으로 바라봤다.

목적은 같으나 그 승리로 얻으려는 것이 다르다는 게 얼마나 다행인지.

흡족함과 서늘함을 함께 갈무리하며 그는 장수들과 함께 작전 회의를 시작했다.

충천한 사기와 의욕만으로 이길 수 있는 것이 전쟁이라면 승리는 진즉 연왕군의 것이었겠지만 본디 모든 면에서 압도적인 전력을 지닌 관군이었다. 유능한 지휘관들이 이끌며 세를 추스르자 전장은 일진일퇴의 치열한 공방전으로 변모했다.

연왕과 정왕을 비롯한 반군의 장수들 모두 갑옷을 벗고 잔 것이 언제인지 기억이 가물가물할 정도로 연일 치열한 전투가 이어졌다. 이빈, 진문과 왕진 등 연왕군의 맹장들이 하나둘 전사하고 추슬렀던 사기가 꺾어지려는 찰나, 조정은 하늘이 그들에게 준 마지막 승기를 스스로 버렸다.

연왕군의 남진을 저지하는 가장 큰 힘 중 하나가 서휘조 장군이었다. 어려울 때는 별생각이 없었지만 막상 전쟁이 우세해지는 기미가 보이자 중신들의 머릿속에 의심이 파고들었다.

서휘조의 누이가 연왕의 왕비이고 동생은 일찌감치 연왕군에 합류해 전장을 누비고 있는데 정에 이끌리지 않을까? 그들은 끈질기게 황제를 설득해 서휘조 장군은 도성으로 돌아와 후방을 지키라는 조명朝命을 내리게 하는 데 성공했다.

양군이 건곤일척의 승부를 바로 앞둔 시점이었다.

황제와 조정에게는 두고두고 땅을 치고 후회할 실수였지만 연왕군에겐 하늘의 도우심. 분루를 삼키며 서휘조는 황도로 돌아갔다. 곧바로 대격전에서 시작되고, 악전고투 끝에 연왕군은 영벽靈壁에서 대승을 거둔다.

제국의 태양이 바뀔 날이 멀지 않았다는 건 혜안을 지니지 않은 자들의 눈에도 보이기 시작하면서 잡어의 무리들이 물밑에서 바삐 움직이기 시작했다.

二十六

건문 4년 봄.

불쑥 찾아든 윤문을 보자 궁녀와 환관들이 모두 기겁을 했다.

채연도 그들 못지않게 당혹스러웠다. 그의 부름을 받아 침전으로 간 적은 있어도 황제가 직접 찾아온 적은 없었다. 그나마도 그간 몇 달 동안은 진어의 명을 받지 않았다.

느닷없는 이 방문의 의미는 무엇일까? 지루하게 밀고 밀리던 전세가 이제 어느 한쪽에 기운 것이 아닐까? 혹시라도 정왕이 전사했다는 소식을 전해 주러 온 것이 아닐까? 그 소식이라면 윤문이 아주 기꺼이 직접 전해 주려고 할 확률이 높았다. 갑자기 두려움으로 심장이 미친 듯이 뛰기 시작했다.

창백한 얼굴로 기를 맞는 채연을 가볍게 일별하며 윤문은 뜻밖의 명을 내렸다.

「안화공주를 데려오라.」

성심이 복잡하시니 어린 공주마마의 재롱이 보고 싶으신가 보구나.

안쓰러운 표정으로 궁녀들이 일찌감치 잠든 공주를 데리러 갔지만 채연에게는 이 느닷없는 부름이 더 좌불안석이었다. 그러나 그녀의 염려와 상관없이 환관이 아직도 잠이 덜 깨어 눈을 비비고 있는 공주를 업고 들어왔다.

끔벅끔벅, 졸린 눈인 공주는 용케 울지 않았다. 번쩍이는 금색 옷을 입은 낯선 사내가 신기한지 윤문과 마주치자 그렇잖아도 커다란 눈이 더욱 동그래졌다.

「안화공주, 이리 오너라.」

오랜만의 부녀 상봉이라고 믿는 궁녀들은 흐뭇함을 감추지 못하며 윤문의 품에 공주를 안겨 줬다. 낯선 사내를 두려워할 만도 하건만, 태어나 단 한 번도 험한 일을 겪어 보지 않고 금이야 옥이야 귀염만 받은 아이는 새파랗게 질린 어미와 달리 윤문을 향해 겁도 없이 방글방글 웃어 댔다.

「공주마마께서 황상을 알아보시는 것 같사옵니다.」

「그런가?」

「공주마마, 아바마마 하고 말씀 올려 보십시오.」

시키는 소릴 알아듣기라도 하는 것처럼 언뜻 들으면 아바마마 비슷한 소리를 천진하게 옹알거리는 아이를 쓰다듬는 윤문의 손길은 나무랄 데 없이 상냥하니 자애로운 아비의 모습. 하지만 그녀에게는 공포였다.

그가 언제든지 끊어 버릴 수 있는 여린 목숨. 그것과 별도로 윤문에게 안겨 방금 익힌 아바마마라는 단어를 연발하며 애교를 부리는 딸을 보는 채연의 마음은 처참했다. 당장이라도 달려들어 아이를 떼어 내고, 딸에게 네 아버지는 이 사람이 아니라 정왕이고 황제는 우리를 생이별시킨 원수라고 외치고 싶었다.

하나 그건 상상 속에서나 가하지, 현실은 두려움에 부들거리면서도 지켜보는 것밖에 할 수 없었다. 붉은 잇꽃으로 물들인 입술이 하얗게 되도록 꽉 깨물며 채연은 저 멀리서 그들에게 오기 위해 목숨을 걸고 싸우고 있을 사람을 생각했다.

그렇게 자신만의 생각에 몰두해 있느라 채연은 윤문의 손짓에 배속한 궁인들이 모두 방을 나가는 것을 알아채지 못했다. 뒤늦게 조용해진 공간을 깨달았을 때 남은 것은 그녀와 윤문, 그리고 딸.

「클수록 귀비를 많이 닮아 가는군.」

대외적으로는 첫 황손을 낳았다는 공을 붙여 내린 직첩. 정왕에게 채연이 그의 아이를 낳았다는 걸 과시하고 할퀴기 위한 직위였다. 채연이 그리 불리는 걸 끔찍하게 싫어한다는 걸 알면서도 그는 꼬박꼬박 그녀를 귀비라고 불렀다.

살았는지 죽었는지도 모르는 오라비와 달리 아비를 빼닮지 않은 것은 그나마 천우신조였기에 채연은 그 평에 반발하지 않았다.

「황송하옵니다.」

「짐을 닮은 곳은 없는가?」

순간 숨이 꽉 막혔다. 공주의 친부가 누구인지 알면서 또 무슨 뜻으로 그녀를 붙잡고 이러는지. 한동안 잠잠하더니. 고양이가 쥐를 놀리듯 그녀를 괴롭히는 윤문의 고문이 또 시작되는 건가 싶어 두려웠다.

「모…… 모르겠사옵니다. 아직은 공주가 너무 어려서…….」

「그래. 아리따운 어미만을 닮는 것이 공주의 앞날의 위해서도 좋은 일일 것이다.」

정왕을 생생하게 기억하는 이가 한둘이 아니니 영영 정왕과 조우하지 못하고 이대로 황궁에서 스러져야 할 운명이라면 딸을 위해서는 분명 그게 나았다. 그런데 그의 말에 이중적인 의미가 있다는 느낌을 떨쳐 낼 수 없었다.

「폐하, 무슨 좋지 않은 일이 있으시옵니까?」

그녀의 질문을 기다렸다는 듯 그의 대꾸가 돌아왔다.

「반군이 사주泗州에 이르렀다. 정왕의 교룡기를 보자마자 싸우지도 않고 항복을 해 버렸다더군.」

「예? 사주라 하오면!」

장강을 넘었다는 소리. 사주가 함락되었다면 남은 저항선은 양주楊州밖에 없었다. 양주마저 격파되면 연왕의 군대는 파죽지세로 황도인 경사로 몰려올 거였다.

「사주 함락이 짐에게는 나쁜 소식이 분명한데 귀비에게는 어떨지 모르겠군.」

「무, 무슨 망극한 말씀이온지.」

가슴을 가득 채우는 기대감을 감추기 위해 안간힘을 쓰지만 음성에 배어 나오는 희망을 모조리 지우기에는 역부족이었다.

애잔하게 가라앉아 있던 눈동자가 영롱하니 기쁨으로 빛나는 걸을 물끄러미 응시하던 윤문의 입가가 씁쓸하니 말려 올라갔다.

「어리석은 것이냐, 아니면 바보인 것이냐? 그대는 짐의 유일한 혈손을 낳은 귀비다. 만에 하나 반군이 황도를 점령하면 그들은 가장 먼저 짐을 찾아 죽이고 짐의 혈육과 후궁들을 도륙할 것이다. 비록 공주이지만 이 아이는 짐의 유일한 혈손. 과연 살아남을 수 있을까?」

「하, 하지만!」

이 아이는 정왕의 딸이라고 막 튀어나오려던 항변을 그녀는 아슬아슬하게 삼켰다. 정왕의 딸임이 퍼지면 연왕군이 오기도 전에 공주는 죽임을 당할 수 있었다.

「더구나 죄인으로 국문장에 선 정왕을 직접 고변한 그대다. 물론 귀비의 그 선택 덕분에 대역 죄인이 목숨을 건지긴 했지만 그는 그걸 모르지 않느냐? 숙부에게 넌 그를 배반한 것도 모자라 짐의 아이까지 낳았다. 백구강에서부터 선봉에 서서 역도들을 지휘하는 그가 만약 여기까지 오게 된다면 아마 짐보다 귀비와 공주의 목숨을 먼저 거두려고 할 텐데?」

윤문의 지적은 냉혹했다. 가장 정확한 판단이기도 했다. 이렇게 숨죽이며 목숨이라도 부지하려면 황제의 군대가 천하를 지켜 내기를 기원해야 했다. 그렇지만 그 누구도 이해할 수 없겠지만 채연에게는 확신이 있었다.

단 한 번의 오해로 거의 파국까지 갔다가 결국은 서로의 상처를 보듬어 냈던 그들이었다. 그라면, 어떤 일이 있어도 그녀를 믿겠다고 맹세한 정왕이라면 국문장에서 어쩔 수 없이 했던 행동의 이면을 알아챘을 것이다. 혼자만의 착각일 수도 있었던 그 간절한 바람은 딸의 이름을 새긴 나무패를 찾아낸 날 확신이 되었다. 그가 그들을 구하기 위해 오고 있다는 기약이 없었다면 버텨 낼 수 없는 세월이었기에 채연은 흔들리지 않았다.

그렇지만 자신의 믿음과 그 근거를 발설하는 건 황궁 어디엔가 스며 있는 그림자를 위험하게 하고 궁극적으로는 정왕까지 위협할 수 있었다.

윤문의 저 자신만만한 조소를 지워 주고 싶은 욕구를 채연은 꾹 눌렀다.

가장 아픈 곳을 푹푹 찌르는 공격에도 평온함을 지키는 채연이 신기한 듯 지켜보던 윤문이 가만히 물었다.

「그때 황궁에서 쫓겨나지 않았다면…… 만약 그대가 출궁당하지 않고 그대로 내 후궁이 되었다면 짐과 그대는 지금 어떤 모습이었을까?」

황제가 아닌 고독한 젊은 청년의 얼굴. 문득 그녀가 서예를 품평해 주는 것을 좋아하던 외로운 환관과 궁녀로 동병상련을 나누던 그 시절이 떠올랐다. 그때 거짓에서 시작되지 않았다면 조금은 달랐을지도 모르겠지만 이미 돌이킬 수 없는 시간들.

채연은 오랫동안 윤문에게 해 주고 싶었던 얘기를 처음으로 털어놨다.

「오래전…… 폐하께서 태손이시던 시절에 제게 변하지 말라 하셨지요. 욕심을 부리지 않는 모습이 곱다고요.」

기억이 떠오르는지 그의 눈빛과 음성이 동시에 아련해졌다.

「그래. 그러했지.」

「하나 폐하, 저도 폐하께서 혐오하던 그 욕심 많은 여인들 중 하나였답니다. 어선방에 있는 수많은 궁녀 가운데 상식낭자가 되는 것은 열에 한둘. 수많은 상식 중에 두 미인을 제외하고 가장 높은 직첩을 얻은 이가 7품 어녀이었사옵니다. 그런데 저는 6품 보림에다 음선어의를 꿈꿨습니다.」

「그러나 넌 허튼 욕심은 부리지 않았다.」

슬픈 눈으로 그를 바라보며 채연은 가만히 고개를 저었다.

「만약 제가 그때 황궁에서 쫓겨나지 않았다면 저도 폐하께서 싫어하던 그런 모습으로 변했을 것입니다. 황상의 총애를 얻기 위해 아귀다툼하고 제 소생을 태자로 올리기 위해 제가 가진 모든 능력을 동원해 권모술수를 부렸을 테지요.」

아득하게 느껴지던 그날. 민왕에게 맞아 죽을 뻔하고 깨어난 날. 당시 태손이던 황제의 말이 떠올랐다. 두려웠지만 욕심나지 않았다고는 할 수 없는 그 달콤하고 치명적인 약속. 그때 품었던 설렘과 기대감은 그녀를 전율하게 했던 공포와 같은 분량이었다.

「폐하께서 제 소생을 태자로 삼겠다고 하셨지요. 그 놀라운 약조를 해 주신 이유는 제게 대한 성총보다는 뒷배가 없는 저를 통해 외척의 발호를 막으시려는 정치적인 고려이심을 아옵니다. 하지만 그 배경이 없기에 저는 변했을 것이옵니다. 그러지 않는다면 살아남지 못할 테니까요. 운이 좋아 황자를 낳는다면 그 황자를 태자로 만들려고 했을 테고 또 천운으로 태자가 된다면 그 광영을 지키기 위해 더욱 독해졌겠지요. 결국은 폐하의 총애를 잃고 어쩌면 목숨까지 잃었을 것이옵니다. 폐하께서 원하신 것은 욕심을 품을 엄두도 낼 수 없는 조선 공녀 한채연이지 권력욕에 불타는 야심만만한 귀비는 아니었을 테니까요.」

그녀의 고백이 끝나자 방 안이 침묵으로 채워졌다. 자기 머리 위에서 얼마나 신가한 대회기 오가는지 전혀 알아재지 못하고 윤문의 품에 안겨 잠이 들어 버린 공주의 쌕쌕거리는 숨소리만이 들리는 가운데 윤문이 적요를 깼다.

「귀비의 말이 맞을 것이다.」

그렇게 인정을 하고도 한참 동안 잠든 공주의 머리를 쓰다듬던 윤문이 편히 자도록 아이의 머리에 팔을 기대어 줬다.

「이 아이가 사내아이였다면 세상에 태어나자마자 죽어야 했겠지. 그대는 믿지 않겠지만…… 딸이란 걸 들었을 때 네가 낳은 생명을 앗지 않아도 된다는 사실이 진심으로 기뻤다. 공주의 작호를 내린 건 숙부에 대한 복수심도 있었지만 이 아이가 그대가 낳은 내 자식이었더라면 하는 이룰 수 없는 바람 때문이었다. 차라리 그날 너를 강제로 안았으면, 그러면 내 자식이라고 스스로를 속일 수 있었을 거라고 아쉬워했을 정도로 말이야.」

「폐하!」

윤문이 그녀의 고백에 놀란 것처럼 채연에게도 그의 토로는 충격이었다. 실은 이 진심이 버거웠다. 그냥 이대로 서로 원수로, 증오하는 채로 영영 남고 싶었다. 그렇지만 무슨 심경의 변화인지 지금 윤문은 처음으로 온전히 감정을 드러내고 있었다.

그녀가 결코 받아들일 수 없었으나 그 나름으로는 절절하고 진실했던 연모를.

그 애증이 너무도 컸기에 그녀를 아프게 했고, 그 이상으로 그도 아팠음을.

누군가를 연모하는 동시에 증오하는 것이 얼마나 끔찍한지 그녀는 너무도 잘 알았다. 벗어날 수 없는 그 극통極痛에서 몸부림치던 그 순간순간은 문자 그대로 산지옥.

처음으로 그의 마음을 받아 주지 못한 것이 미안했다. 거부하더라도 상처를 조금이라도 덜 주었더라면 좋았을 것을. 안타까움이 투명한 눈망울에 함박 고였다.

윤문이 손을 들어 채연의 눈가에서 금방 흘러내릴 듯 넘치는 눈물을 훔쳐 냈다.

「네게 짐을 위해 흘릴 눈물이 남아 있었다니 놀랍군.」

정말 놀랐다.

입장을 바꿔 그가 채연이라면 자신을 나락으로 빠뜨린 그를 절대 용서하지 못하고 증오할 거였다. 이제 몰락을 앞둔 그를 통쾌하게 바라보며 마음껏 비웃어 주고도 남았다. 그런데 채연은 여전히 처음 만났던 그 시절처럼 맑은 눈으로 아무 사심도 없이 그에게 공감하고 오히려 미안해하고 있었다.

손끝에 닿은 한 방울이 아직도 욱신거리는 실연의 상처에 스미어 켜켜이 쌓인 통증을 잊게 했다. 다음 한 방울은 아직도 떨치지 못한 해묵은 증오를 적시고 풀어냈다. 그렇게 방울방울 떨어지는 눈물이 그의 얼어붙은 마음을 녹이고 망설임을 떨치게 했다.

나를 만나고 또 숙부를 만나면서 거센 소용돌이에 휩쓸려 웃음을 잃어버린 가여운 여인.

그녀를 힘들게 하고 여기까지 끌고 온 것을 사과하고 싶었다. 그렇지만 그는 최후까지 천자여야 했다. 천하의 태양이고 하늘의 아들인 황제는 절대 잘못을 저지르지 않는 법.

「부디 숙부가 네 믿음을 배신하지 않아야 할 텐데.」

그래야 내가 망쳐 놓은 것을 돌려놓으려는 시도가 헛되지 않으니까.

그래야 세상에는 그의 유일한 공주로 알려져 있고 그 스스로도 자신의 딸이기를 바랐던 이 작은 아이가 생명을 부지하고 살아갈 수 있으니까.

「귀비, 아니 채연아. 오늘만큼은 우리 솔직해 보자. 넌 숙부가 반란에 성공하면 정말 너를 용서하고 딸과 함께 다시 받아들일 거라고 믿느냐?」

모른다고 엉너리를 치거나 거짓말을 할까 하는 망설임이 스쳤다. 하지만 이상하게 윤문을 상대로 거짓말을 하기 싫었다. 기만으로 정왕과 윤문, 자신을 모욕하고 싶지 않았다. 어리석다고 자책하면서도 그녀는 진실을 토해 냈다.

「저는 정절을 지켰고 그분은 그걸 믿으실 것이옵니다. 하니 저는 용서받을 것이 없사옵니다.」

「그래? 그렇게 확신한다면 짐이 공주를 위해 선물을 하나 내려야겠군.」

「지금까지 내려 주신 것만으로도 감읍하온데……」

「채연아, 서로 속을 뻔히 아는 처지에 입에 발린 소리는 그만두자꾸나. 네가 그리 확신을 하긴 한다만, 이것이 선물일지 아니면 저승길로 향한 문을 활짝 열어 주는 일인지는 짐도 모르겠다.」

잠시 말을 끊은 윤문은 채연을 보며 희미하게 웃었다.

「만에 하나, 천명이 짐을 떠나고, 정왕 숙부가 네 확신대로 너를 믿고 있다면 그는 여기로 곧바로 올 것이다. 삼법사의 잔당들을 통해 네가 어느 궁에 있는지 정도는 이미 파악하고 있겠지. 하지만 그가 제때 도착하지 못하면 넌 변을 당할 수 있을 것이다.」

충분히 가능성이 있는 가정. 그의 지적으로 돋아나는 새로운 격정에 풍성한 소매 속에 든 손에 땀이 배었다.

공포를 감추려는 채연을 물끄러미 지켜보면서 윤문은 그녀의 귓가에 나지막하게 속삭였다.

「청우전 동편 담을 따라가면 그 끝에 귀문鬼門이 하나 있다.」

「귀문…… 이라 하오시면?」

「그래. 선황제께서 대란大亂이 황궁에 미쳤을 때를 대비한 안배다. 짐을 제외하고 아무도…… 아니, 아마도 정왕 숙부는 알고 있을지도 모르겠군.」

쓸쓸한 중얼거림을 덧붙인 뒤 그는 설명을 이어 나갔다.

「벽에 그려진 효자도孝子圖에서 불효한 죄로 지옥에서 벌을 받는 자의 얼굴을 누르면 기관이 작동해 문이 열릴 것이다. 그 귀문의 끝은 수로에 닿아 있으니 반란군이 황궁에 닿았다는 소식이 들리면 공주를 데리고 그곳으로 가라. 거기서 배를 타고 몸을 피하면 정왕 숙부가 너를 찾아내 주겠지.」

정왕이 합류한 연왕의 군대가 부디 승리하기를. 몇 년째 생이별을 하고 있는 아들 환과 상봉할 날이 어서 오기를 학수고대를 해 왔다. 하지만 자신을 위해 써야 할 기회를 그녀에게 주는 윤문을 마주하는 마음은 결코 편치 않았다.

「폐하는 어쩌시려고 제게 귀문을 알려 주시는 것입니까?」

채연의 반문에 서린 것은 진심 어린 염려. 가치 없는 존재에게 마음을 주지는 않았다는 것은 이 와중에도 위로가 되었다. 하지만 그런 약한 감정을 훌훌 떨친 그는 오연한 황제의 용안으로 그녀를 내려다보았다.

「짐은 선황제의 정통을 이어받은 천자다. 황궁을 두고 어디로 가겠느냐?」

희수에서 연왕을 막겠다며 결사 항전의 맹세를 하고 출정한 성용의 군대, 양주를 지키고 있는 장수들의 충심과 용맹을 믿고 싶었다.

하지만 천명이 기울었음을 그는 감지하고 있었다.

어디서부터 잘못된 것일까?

답을 찾을 수 없는 의문을 가슴이 묻으며 그는 다시 잠든 안화공주의 뺨을 마지막으로 한 번 더 쓰다듬어 주었다.

생사를 초월한 자만이 가질 수 있는 초탈함.

윤문의 드높은 자긍심을 잘 알기에 채연은 더 이상 토를 달 수 없었다. 그저 조용히 윤문이 넘겨주는 딸을 받아 안았다. 그리고 멀어지는 그를 배웅하면서 기도했다.

지나친 욕심임을 알지만 정왕도 자신도 윤문도 무사하기를.

희수를 등지고 배수진을 친 성용의 관군은 기세가 하늘 끝까지 오른 연왕군 앞에서 중과부적이었다. 성용 장군은 건문제 앞에서 한 약속 중 한 가지는 지켰다. 승리하지 않으면 결코 살아서 돌아오지 않겠다는 맹세를.

한 번 기울어진 대세는 두 번 다시 회복되지 않았다.

명장 성용의 전사는 건문제를 지지하면서 마지막까지 정세를 관망하던 관료들의 동요를 불러일으켰다. 공연히 충의를 지킨답시고 어영부영하다가 천하의 주인이 바뀐 뒤에 역적이 되지 않을까? 정왕이 이끄는 군대를 선봉으로 한 연왕의 군은 그야말로 천하무적. 강자에게 순응해 세세손손 영락을 꾀하는 이들은 불확실한 조정에 자신의 미래를 맡기고 싶어 하지 않았다. 부지런히 주판알을 퉁기는 이들이 기하급수적으로 늘어났다.

희수를 건너 우이를 접수한 연왕군이 마지막 관문인 양주에 도착하자 수비 장수 중 하나인 왕례王禮는 감찰어사 왕빈王彬을 포박해 투항해 왔다.

양주가 무너지니 황도인 경사까지는 그야말로 파죽지세. 황도를 지키던 이경륭李景隆은 제대로 싸우지도 않고 금천문金川門을 활짝 열었다. 미리 연통을 했는지, 아니면 일찌감치 눈치를 채고 달려왔는지, 수많은 문무백관들이 이경륭과 함께 밀려오는 대군 앞에 엎드렸다.

「만세 만세 만만세. 황상을 뵈옵니다.」

픽. 비웃음이 대군의 맨 앞에 선 연왕과 정왕 형제의 입가에 동시에 스쳐 갔다.

아무리 조변석개하는 것이 인심이라지만, 저 너머 황궁 안에 건문제가 아직 눈을 번연히 뜨고 살아 있었다. 그러나 기정사실화된 승리를 확인해 주는 광경이기도 했고 또 연왕의 입장에서는 결코 기분 나쁘지는 않은 호칭이었다.

바로 이 순간을 위해 10여 년 넘게 웅크리며 웅지를 다져 왔고 지난 수년간 생사의 고비를 이겨 내지 않았던가. 감개무량했다.

그러나 감회도 잠시, 금천문 안쪽에서 분노에 가득한 명령이 들려왔다.

「무엇하느냐! 성문을 닫으라. 역도의 무리를 막아라!」

묵직한 성문이 닫히는 동시에 성벽 위에서 화살이 쏟아지기 시작했다.

납작 엎드린 이경륭을 비롯한 관료들의 고개가 동시에 뒤로 휙 돌아가고 연왕과 정왕의 미간은 저 너머에서 들리는 익숙한 음성에 절로 찌푸려들었다.

「저 목소리는?」

「서휘조 장군이군요. 이경륭이 금천문을 열었다는 소식을 듣고 달려온 것 같습니다.」

연왕 옆에 바짝 붙어 보좌하고 있던 서증수徐增壽의 낯빛이 창백하게 변했다.

그는 매부인 연왕을 따르고 형은 건문제를 선택했을 때부터 이미 예견된 상황이었다. 그래도 이미 전세가 기울어졌으니 아무리 대쪽 같은 형이라도 못 이기는 척 항복을 해 올 것이라 기대를 했다. 그런데 아예 대놓고 저항의 선두에 서다니. 형제가 적이 되어 서로 칼을 맞대야 하는 막막한 심정이 역력히 드러났다.

끝까지 건문제의 편에 선 큰처남이 못마땅하고 원망스러운 마음은 연왕이 가장 컸지만 황위를 위해 처가까지 도륙했다는 오명을 뒤집어쓸 순 없었다. 황제의 자리를 위해 난을 일으키고 조카를 죽이려고 하지만 가능한 한 그럴듯한 명분 안에서 악명을 얻고 싶지 않은 그 심기를 짚은 정왕이 이번에도 악역을 자청했다.

「대업의 성취가 눈앞입니다. 이곳은 제게 맡기고 형님께서는 황궁까지 완전히 평정된 뒤 문무백관들을 거느리고 천천히 입성하십시오.」

연왕으로서는 거부할 이유가 없었다. 반드시 해야 하지만 그의 입으로 대놓고 하기 힘든 명령을 정왕에게만 들리게 속삭였다.

「황궁의 일까지 차질 없이 잘 부탁한다.」

누가 황제이든 그의 차지는 가장 궂은 더러운 치다꺼리. 악명 따위는 그에게 아무 상관이 없었지만 마지막으로 확인할 일이 있었다.

「전 형님 전하의 약조를 믿습니다.」

세 해 전 연왕의 군대에 합류하면서, 그리고 채연이 공주를 낳았다는 소식을 들었을 때, 두 목숨은 오로지 정왕의 것이라는 그 밀약. 지금 그 맹세를 다시 확언하라는 압력이었다.

채연이 낳은 아이가 아들이었다면 진짜 정왕의 자식이라고 해도 살려 둘 수 없지만 정세에는 의미 없는 공주. 때문에 그는 망설임 없이 고개를 끄덕였다.

「물론이다.」

확답을 받자 정왕이 금천문을 향해 직접 말을 달렸다.

「무엇들 하느냐! 금천문을 공격하라! 서휘조 장군을 막아라」

이미 승패가 갈린 만사휴의萬事休矣 상황임에도 저항은 만만치 않았다.

충의를 입에 달며 떵떵거리던 고관대작의 상당수는 그 맹세를 헌신짝처럼 버리고 일찌감치 연왕군에 납작 엎드렸지만 무지렁이 병사들은 그들처럼 약삭빠르지 못했다. 서휘조를 포함한 남은 충신들의 지휘 아래 섬겨 온 주인을 위해 사생결단하고 성문을 막았다. 사주를 넘은 이후 만나지 못했던 결사항전에 연왕의 대군도 주춤하며 밀리기 시작했다.

그러나 서휘조가 아무리 명장이고 충심이 깊다고 해도 쓰러지는 기둥을 홀로 떠받칠 수는 없었다. 지난 세 해 동안 검은 색만 봐도 아군마저도 몸서리를 칠 정도라는 정왕의 별동대가 본격적으로 나서자 전세는 서서히 역전되기 시작했다. 닫혔던 두꺼운 성문은 번개처럼 달려간 별동대에 의해 다시 활짝 열렸다. 열린 문으로 대군이 물밀듯이 밀려들어 갔다. 그나마 성이라는 요새에 기대어 겨우 버티던 황제군도 하나둘 쓰러지고 속절없이 무너지기 시작했다.

다른 때라면 공을 세우려 앞장서 광분했을 서증수였을 거였다. 하지만 형제의 목숨이 얽히니 어찌할 바를 모르고 발을 동동 굴렀다. 그 모습을 일별하며 정왕이 선심을 크게 써 줬다.

「서휘조 장군은 반드시 생포하라!」

그의 명이 떨어지자 흙빛이던 서증수의 얼굴에 비로소 핏기가 돌아왔다.

「과인은 일군을 이끌고 적진을 돌파해 곧바로 황궁으로 갈 것이오. 장군은 서휘조 장군의 군대를 상대하시오.」

정왕의 속셈을 모르는 서증수는 자기 입으로 차마 할 수 없었던 간청을 받아들여 주는 거라고 믿었다. 형제가 직접 칼을 맞대는 건 괴로웠지만 그래도 그가 있어야 형이 목숨을 잃는 참사를 막을 수 있을 것이다. 눈물까지 글썽이며 감읍했다.

「전하! 백골난망이옵니다. 저희 가문이 이 은공을 어찌 다 갚사올지요.」

그러나 마음은 이미 채연과 얼굴도 한 번 못 본 딸이 있는 황궁에 가 있는 정왕의 귀에 그의 공치사는 하나도 들리지 않았다.

말머리에 머리를 부딪칠 정도로 연신 고개를 숙이는 서증수를 뒤에 둔 채 검은 교룡기와 정왕의 준마는 바람처럼 달려 나갔다. 그 뒤를 별동대가 따랐다. 연왕군이 입성했다는 소식이 그새 퍼졌는지 북적이던 황도는 쥐 죽은 듯 조용했다.

그 텅 빈 거리를 질주하는 정왕의 가슴은 터질 것 같았다. 햇수로 3년. 바로 지금을 위해 살아왔다. 그러나 두 눈으로 채연이 무사한 것을 확인할 때까지는 안심할 수 없었다.

그에게는 무엇과도 바꿀 수 없는 소중한 여인이지만 세상의 눈으로 볼 때 채연은 영화를 좇아 황제에게 간 천하의 음녀이자 요부. 황제를 따르는 자들의 입장에서 볼 때는 원수의 여자이기도 했다. 연왕군과 황제군, 양쪽 모두의 공분과 멸시를 한 몸에 받고 있는 채연이기에, 자칫하면 변을 당할 수도 있었다. 그걸 잘 알기에, 외성에서 황궁까지의 거리가 그에게는 지난 긴 세월보다도 더 길게 느껴졌다.

어디서 시작됐는지, 이미 불길이 번지고 있었다. 아수라장이 된 황궁에 정왕이 이끄는 일군이 도착하자 그 혼란은 극에 달했다. 복병을 예상했지만 황궁 수비대는 이미 그런 기본적인 작전을 펼칠 장수도 없는 상태. 가장 먼저 도착한 척후대에 황궁의 문은 맥없이 뚫렸다.

외성부터 달려온 정왕의 말발굽은 멈추지도 않고 활짝 열린 문을 통과했다.

「황제와 황후를 찾아라! 황궁에서 쥐새끼 한 마리도 빠져나갈 수 없도록 하라!」

승리와 복수의 흥분에 혹시라도 탈이 날까, 그는 말머리를 나란히 하고 있는 호씨 형제에게 다시금 당부했다.

「속전속결! 하나 의미 없는 살생은 최대한 피하라.」

원한으로 따지자면 그들도 그 누구 못지않았지만 그래도 지휘관인지라 애써 분기를 눌렀다.

「존명!」

「뒤를 부탁한다.」

짧은 당부를 하는 시간마저도 아까운 그는 말머리를 곧바로 동쪽으로 돌렸다.

목적지는 청우전. 황제를 찾으라는 고함 소리와 함께 궁의 혼란은 시시각각 더해 갔지만 그림자처럼 떠나지 않는 호위 열 명도 그 무엇에도 눈을 돌리지 않고 정왕을 따라 한 방향을 향해 말을 몰았다.

그에게는 억겁처럼 느껴지는 긴 시간이지만 실상은 일각도 되기 전에 청우전의 문루가 시야에 들어왔다.

한 여름 폭서에 지쳤는지 풀마저도 축 늘어진 나른하고 평화로운 오후. 동쪽 끝에 있어 한적한 청우전은 황궁을 덮치고 있는 거대한 파멸의 회오리가 아직 닿지 않은 듯 고요했다. 활짝 열린 문 사이로 연못이 보였고 그 연못가에 여인의 그림자가 신기루처럼 아련하게 드러났다.

박동이 걷잡을 수 없이 빨라지기 시작하더니 심장이 당장 갈비뼈를 뚫고 박차고 나올 것처럼 쿵쿵거렸다. 지난 세월 동안 몽중에서만 재현되던 영상이 막상 현실이 되었건만. 오히려 비현실처럼 몽롱해지고 눈앞에 맺히는 상像이 믿어지지가 않았다.

수하가 청우전 문을 열어젖히자 꿈속에서 매번 그러했던 것처럼 여인이 고개를 들었다. 그리고 그를 발견했다. 그대로 얼어붙은 것처럼 꼼짝을 않던 여인의 발걸음이 서서히 그를 향해 다가오기 시작하더니 점점 빨라졌다.

이제 달려와 안길 것이다. 하지만 채연을 안으려고 하면 언제나처럼 허공을 감싸 안는 허우적거림을 느끼며 깨어나는 나를 발견하게 되지 않을까? 또 그런다면 오늘은 심장이 터져 버릴 것이다. 더 이상은 그 행복한 백일몽에서 깨어나 악몽 같은 현실로 돌아가고 싶지 않다.

그런데, 그의 팔에 닿은 것은 막사의 차가운 대기가 아니라 보드라운 육신. 천 일 가까운 시간 동안 그리고 또 그려 왔던 바로 그 따스한 촉감이었다.

「헌!」

채연은 처음으로 그의 이름을 부르며 단단한 가슴에 매달렸다. 매 시각 이 순간을 꿈꾸고 애타게 기다려 왔다.

음란한 탕부라는 경멸은 차라리 견디기 쉬웠다. 가장 힘들었던 것은 시시때때로 자신을 덮치는 회의감. 무거운 바위처럼 그녀를 짓누르는 절망감을 애써 지우며 이를 악물고 살아 냈다. 그는 자신의 결백을 믿으니 반드시 데리러 올 거라고, 딸의 이름이 새겨진 그 나무 조각 하나에 모든 걸 걸었다. 그 기다림이 결코 헛되지 않았음을, 채연은 자신을 감싸고 함께 뛰는 박동에서 확신했다.

그녀를 꼭 안아 주는 체온과 옷을 뚫고 느껴지는 맥동이 현실이란 걸 확신하자 다시 그의 얼굴을 보며 존재를 확인하고 싶었다. 하지만 그는 왠지 채연을 놓아주지 않았다. 벗어나려는 바르작거림을 느끼지 않았을 리가 없는데도 놓지 않는 이유는 곧 알 수 있었다. 그녀의 머리에 파묻은 그의 얼굴에서 전해지는 체온과 다른 따스한 물기.

울고 있구나. 누구에게도 보일 수 없는 이 눈물을 얼마나 많이 참아 왔을까. 그기 견뎌 왔을 간난신고艱難辛苦가 아파 그녀의 눈망울도 젖어 들고 이슬이 되어 흘러내렸다.

샘이 터진 듯 오열을 멈추지 못하는 그녀와 달리 금세 격동을 진정시켰는지 그가 몸을 떼었다. 이제는 눈으로도 다시 확인하고 싶은지 조금 거리를 두고 채연을 뚫어져라 응시했다.

「그댈 믿으라 하더니 절대 혼자 늙도록 두지 않겠다던 내 약조는 믿지 못한 것이냐?」

글썽한 눈으로 그를 올려보고만 있던 채연의 입술이 떨렸다.

「미, 믿었습니다. 그래도…….」

말을 잇지 못하는 채연을 다시 숨이 막히도록 끌어안아 주던 그의 시선이 유모에게 안겨 자고 있는 작은 아기의 존재를 곧 찾아냈다.

「군주를 이리 다오.」

갑작스럽게 들이닥친 정왕과 군사들에게 놀라 굳어 있던 궁녀는 반사적으로 안화공주를 그의 팔에 넘겨주었다.

그의 입에서 거침없이 튀어나온 군주라는 낯선 호칭에 채연은 치미는 흐느낌을 참기 위해 주먹으로 입술을 틀어막았다.

그녀의 떨림과 감동을 느끼지 못할 리가 없건만. 아이를 받아 안은 그는 옆도 돌아보지 않고 수행한 호위들에게 쉴 새 없이 명령을 내렸다.

「청우전의 궁인들은 끌고 나가고, 너희들도 모두 황제를 찾아 나서라.」

「하오나 전하.」

이미 대세는 기울었지만 황제의 추종자들이 많은 황궁이었다. 호위 하나 없이 정왕을 두고 가는 것은 위험하다고 생각하는지 미적거렸지만 그가 딱 잘랐다.

「황제를 찾는 공을 다른 부대에게 빼앗길 순 없다. 과인은 비와 군주를 피신시키고 곧 합류할 테니 모두 서두르라.」

「존명.」

후궁을 지키는 것보다는 황제를 잡는 쪽이 분명 더 구미에 당기는 임무긴 했다. 그들이 명을 수행하기 시작하자 그는 채연을 이끌고 딸의 이름을 물어 놨던 청우전 안쪽으로 깊숙이 들어갔다.

방금 전의 소란이 마치 거짓이었던 양 후원은 고즈넉했다.

지금 그녀를 잡고 있는 단단하고 커다란 손의 체온과 다른 팔에 안긴 딸을 보고 있지 않다면 깨어날 때마다 허망함으로 베갯잇을 적시게 하는 꿈결의 한 가닥으로 느껴질 정도로 비현실적인 평온함. 아직도 아슬아슬하고 위험이 남아 있지만 그래도 수년 만에 느껴 보는 행복한 안도감이었다. 가슴 한구석에는 이래도 되는지 불안함이 남아 있었지만 그래도 딸의 존재를 그가 한 점 의심도 없이 인정했다는 사실과, 설령 죽더라도 그와 함께할 수 있다는 사실이 그녀를 여유롭게 했다.

그렇게 마음이 편해지자 그의 변한 모습이 눈에 들어왔다.

여위었다. 비단 얼굴뿐 아니었다. 예전에는 그린 듯 부드러운 미소로 감춰졌던 예기가 이젠 고스란히 드러나 있었다. 손을 대기만 하면 당장 베일 듯 시퍼렇게 벼린 칼날 같은 그 팽팽함이 안쓰러워 가슴이 시렸다.

그때 그의 품에 고치처럼 폭 안겨 있던 품에서 떨어지자 잠시 들썩하던 공주는 몹시도 졸리는지 다시 풀썩 고개를 떨어뜨렸다. 바로 그들 주변에서 하늘과 땅이 바뀌는 격변이 벌어지는데도 너무도 태평하게 세상모르고 곯아떨어져 있는 아이를 잠시 내려다보던 그는 머리를 편히 받쳐 어깨에 기대게 해 주었다.

그 모습에 다시 눈시울이 뜨거워지는 동시에, 애써 가슴에만 묻어 두며 기도만 했던 존재가 그녀의 가슴을 가득 채웠다. 차마 묻기 두려웠지만 그래도 더 이상 참을 수 없어 용기를 그러모았다.

「우리…… 환이, 왕자는……?」

얼마나 오랫동안 저 작은 가슴을 끓이고 있었을까. 미안한 감정을 감추지 못하면서 그가 환히 미소를 지었다.

「임 도사와 호 부인이 데리고 남해로 피신해 있지. 그래야 만에 하나 일이 잘못됐을 때는 곧바로 세외로 피할 수 있을 테니까.」

「다행입니다. 정말 다행이네요.」

주르륵 흘러내리는 눈물을 닦아 낼 생각도 하지 못하며 채연은 계속 같은 소리를 반복해 되뇌었다.

반드시 이길 거라고 다짐했지만 실상 승산이 결코 높지 않았던 싸움. 미몽으로 끝날 수 있었던 재회가 이루어진 것은 얼마나 큰 기적인지. 그는 새삼 하늘에 감사했다.

그저 살아 있기만을 기도하며 보낸 세월 동안 채연이 어떤 고초를 겪었을지. 서내원에 납치해 갔을 때부터 내내, 그의 그늘에서 부귀영화를 누리게 해 주겠노라고 했던 호언장담이 떠오르자 새삼 미안함에 가슴이 서늘하게 식었다.

「그대에겐 늘 식언을 하게 되는군.」

앞뒤로 다 끊어먹은 그 짧은 한마디에 담긴 사죄를 읽은 채연이 단호하게 고개를 저었다.

「아니요. 전하께선 제게 한 맹세를 어기시지 않으셨습니다.」

그를 올려보는 채연의 입가엔 잔잔한 미소가 꽃망울처럼 피어올랐다.

「전하께서 많은 것을 약속해 주셨지만 제게 의미가 있는 것은 단 하나뿐이었습니다. 어떤 일이 있어도 저를 의심하지 않고 믿겠

日月 🦋

다는 그 맹세요. 서로에 대한 연모와 상신相信이 있었기에 그때 전하를 떠날 수 있었고 우리 선혜를 지켜 낼 수 있었습니다.」

그들에게 가장 의미가 깊은 밤의 기억이 그들 사이에 내려앉았다.

그의 오해로 빚어진 그 끔찍했던 시간을 지우기로 결심한 날 채연에게 했던 그의 맹세. 앞으로 어떤 일이 있어도 그녀를 믿겠노라는.

그를 살리기 위해 권세에 눈이 먼 표독한 간부를 연기하며 그녀는 주문처럼 그 완신의 약속을 떠올렸다. 이지를 가진 사람이라면 누구도 믿지 않을 그녀의 진심이 정왕에게 전달되기를 그렇게 피토하는 심정으로 빌었다.

그가 탈출에 성공해 연왕군에 합류했다는 소식을 들었을 때 하늘에 감사를 올리면서도 두려웠다. 황녀를 출산하고 귀비로 책봉된 뒤에는 그와 아들을 살린 것으로 만족하자며, 마지막 순간이 오면 차라리 그의 손에 죽는 게 행복일 것이라고 자신을 달래었다. 그러면서도 그를 믿고 싶었고 또 믿어 왔다.

그 신뢰가 보답을 얻은 거였다. 수많은 시련과 아픔 위에 차곡차곡 쌓인 그 믿음이 있었기에 가능한 해후. 어느 누구도 이해할 수 없는 그들만의 감정이었다. 볼을 타고 흘러내리는 맑은 눈물을 손끝으로 훔쳐 내어 주는 정왕의 눈빛도 촉촉하게 젖어 들었다.

「고맙다.」

저 작고 여린 어깨와 팔에 얼마나 많은 짐을 지고 힘들게 걸어왔는지. 그러나 구구절절한 위로의 말로 보상하기엔 불가능한, 멀고도 험했던 행로. 그가 채연에게 말하지 않았고 또 앞으로도 절대 말하지 않을 수많은 고초들을 겪었던 것처럼 그녀도 마찬가지일 거였다.

그러나 그 수많은 감정을 토로하기에 어울리지 않은 시간과 장소. 지금 이 순간도 실상은 사치였다.

그 짧은 한마디로 아쉬움을 갈무리하며 그는 청우전 뒤쪽으로 그녀를 이끌었다.

왜 황궁 밖이 아니라 이쪽인 걸까?

궁금증이 솟았지만 지금은 사소한 호기심을 만족하려 지체할 상황이 아니라는 것쯤은 그녀도 알 수 있었다. 황궁 어디선가 불이 난 듯 매캐한 연기가 코를 찌르기 시작하고, 희미하지만 비명 소리 같은 것도 들려오기 시작했기에.

확실한 목적지가 있는 듯 청우전의 주랑을 따라가던 그는 주랑 끝머리에 있는 벽화 앞에서 멈췄다. 부모에게 불효한 자들을 그린 지옥도 앞에서 그는 아귀들이 불효자들을 밀어 넣는 곳을 밀었다. 기관이 설치된 곳인지 단단한 벽이 끼긱, 거슬리는 소리를 내며 밀리더니 사람이 드나들 수 있는 공간이 나타났다.

「귀문?」

저도 모르게 나온 소리에 채연을 바삐 밀어 넣던 정왕의 발걸음이 '뚝' 하고 멈췄다.

「어찌 그대가 이 귀문을 알지?」

그와 죽은 부황만이 아는 이 비밀통로의 존재를 또 아는 자가 있다면 여기로 피신시키는 건 무의미했다. 오히려 채연을 더 위험 속에 빠뜨릴 수도 있다. 면밀하게 세워 놓은 계획이 뒤틀린 난감함을 삼키며 다음 방도를 찾기 위해 통로 밖으로 나가려고 다시 채연을 끌었다. 그런데 그의 옷소매를 채연이 살며시 붙잡았다.

「황상이 말씀해 주셨어요. 선황제께서 알려 주신 비로秘路라고 하면서……」

「윤문이 여길 알려 줬다고?」

「예. 만약 전하가 제때에 우리를 구하러 오지 못하면 선혜를 데리고 귀문으로 나가라고요. 수로에 조각배가 있을 테니 그걸 타고 피신하라고 알려 줬어요.」

「하아.」

조카. 그대는 내가 예상했던 것보다 훨씬 더 진심이었던 모양이군. 매사에 의심이 많아 겹겹이 그물을 치는 부황이 내게 맡겨 둔 그 안배가 배신당할 걸 염려해 따로 알려 준 탈출로를 미련 없이 채연과 내 딸에게 양보하다니.

활활 타오르다 못해 화염 그대로 얼어붙은 적원심노積怨深怒에 균열이 갔다. 절치부심했던 시간과 공들인 복수를 무위로 돌려야 한다는 게 몸서리치게 싫었다. 하지만 윤문이 자신의 생명을 포기하고 채연과 그의 딸을 구하려 했다는 사실을 외면하기 힘들었다.

짧은 순간 치열한 갈등 끝에 그는 결단을 내렸다.

귀문을 지나 밖으로 빠져나가자 수로에는 정말로 조각배가 매어져 있고 청색 도포를 입은 중년의 도사 하나가 노를 잡고 있었다. 인기척을 느끼고 몸을 돌렸다가 그들을 발견한 도사의 온몸에 긴장이 흘렀다.

경계심과 의아함이 잔뜩 묻어난 도사와 그 도사 못지않게 놀라는 채연과 달리 정왕은 기다렸다는 듯 그에게 다가섰다.

「과인은 정왕이다.」

정체를 밝히자 도사는 반사적으로 몸을 숙였다. 둔중한 체구와 어울리지 않게 그는 민첩했다. 다가오는 정왕에게 몸을 숙이면서 노를 고쳐 쥐는 몸놀림은 예사롭지 않았다. 무지한 이의 눈에는 평범한 움직임이지만 정왕은 도사가 노를 쥔 공격 자세를 놓치지 않았다.

「선황의 지밀호위 중에 저봉_{杵棒}[30]의 절세 고수가 둘 있었지.」

경악으로 커지는 도사의 눈을 응시하며 잠시 사이를 두던 그는 기억 속의 이름을 내뱉었다.

「아마도…… 그대는 제문이거나 장청이겠군.」

잠시 망설이던 도사가 순순히 인정했다.

「노비는 제문이옵니다.」

「황상을 모셔 올 테니 너는 여기서 내 비와 군주를 보호하고 있으라.」

「전하!」

채연과 도사의 입에서 동시에 경악이 쏟아져 나왔다. 의심이 가득한 시선으로 응시하는 제문을 무시하고 정왕은 채연을 끌어당겨 안았다.

「많이 노여워할 거라는 건 알아. 하지만 내게 혈육의 피를 손에 묻히지 말라고 한 그대이니 부디 이번에도 원한을 좀 거둬 줘. 이걸로 오래 묵은 빚과 새로운 빚을 한꺼번에 청산하면 내 남은 생 내내 그대에게 빚을 갚도록 하겠다.」

그녀를 할퀴는 독설과 행동을 수없이 쏟아 냈지만 보답받지 못

---

30) 절굿공이 모양의 긴 타격 무기.

한 은애의 비틀린 표현이라는 걸 알기에 윤문을 미워하면서도 그 감정이 증오에까지는 닿지 못했다. 정왕을 괴롭히기 위해서라는 이유를 붙였지만 곧바로 앗아 갈 수 있는 딸의 목숨을 지켜 주었다는 감사함도 있었다. 살려 줄 수 있는 공주이길 바랐다는 고백을 들으면서 증오도 스러지고 윤문이 자신을 위해 마련된 탈출로를 알려 줬을 때 그녀는 감원恨怨을 버렸다. 채연에게 윤문은 미움보다는 애련하고 가여운 대상. 그가 비참한 최후를 맞는 것은 결코 원치 않았다.

하지만 정왕의 흉중에 맺힌 만한萬恨과 고통은 그녀가 겪은 것보다 몇 배나 더 심했을 것이기에 감히 용서를 입 밖에 낼 수 없었다. 그런데 그가 윤문을 목숨을 구하기 위해 직접 나서겠다니. 솔직히 너무도 고맙고 반가웠다. 동시에 정왕의 안위에 대한 염려가 몰려왔다.

「황상이 어디 계신지도 모르는데…… 어떻게 모셔 온다고 하십니까?」

「그는 황제로서 죽으려고 할 것이다. 분명 건청궁에 있겠지.」

윤문의 성격상 목숨을 구걸할 리도 없고, 마지막으로 본 날 결심이 변치 않았다면 연왕군에게 잡혀 모욕당하느니 스스로 죽음을 택할 거였다.

하지만 과연 윤문이 정왕의 진심을 알아줄 것인지. 황제 곁에 남은 사람들이 도우러 간 정왕을 해치지 않을까? 겨우 재회했는데 그렇게 변을 당해 영영 이별한다면? 현실적인 문제가 떠오르자 그를 보내기 무서워 잡은 옷자락을 차마 놓지 못했다.

정왕이 정말 윤문을 구할 모양이라고 판단했는지 제문이 현실적인 지적을 했다.

「건청궁을 지키는 호위들의 저항도 만만찮을 터인데 침전까지는 어떻게 들어가시려고 하시옵니까?」

「그것은 과인이 알아서 할 터이니 넌 내 비와 군주의 안위를 지키고 있어라. 혹여 비나 군주에게 무슨 일이 생긴다면 네가 지키려는 황제의 목숨으로 갚아야 할 것이다.」

허세는 조금도 섞이지 않은 서슬 퍼런 위협에 제문은 커다란 머리가 뱃전에 닿을 정도로 육중한 몸을 깊이 숙였다.

「노비의 목숨을 걸고 두 분을 지킬 것이옵니다.」

정왕은 하얗게 질려 파들거리고 있는 채연의 입술을 훔쳤다. 달콤한 숨결을 삼키며 이대로 모든 걸 잊고 달아나고 싶다는 충동도 함께 삼켰다. 그는 강렬한 입맞춤에 멍해진 채연을 간신히 떼어 냈다.

「금방 돌아올 테니 기다려.」

그리고 그는 채연과 도사가 지켜보는 가운데 다시 비도 속으로 사라졌다. 그가 들어가자 기관이 작동되는지 벽이 스르르 돌아 문이 있었던 자리는 다시 멀쩡한 담으로 돌아갔다.

치솟는 불길의 연기가 황제의 침궁까지 닿고 있었다.

「폐하, 황후마마께서 불에 몸을 던져 자결하셨다고 하옵니다. 크흐흑.」

이경륭이 금천문을 열고 연왕에게 항복했다는 소식에 이은 흉보에 마지막까지 황제를 지키고 있던 이들의 얼굴이 흙빛이 되었다.

「짐이 황후에게 끝까지 죄인이 되는군.」

日月

폐제의 황후로 살아남아 욕을 보는 것보다는 그래도 그 길이 차라리 나을 것이다. 그렇게 위안을 하려고 해도 미안하다는 감정을 떨치기 힘들었다. 마씨 일가에 대한 분노에, 부부였으나 남보다도 못한 관계였다.

황가의 혼인이야 다 그런 것이니 채연만 없다면 그럭저럭 서로 가면을 쓰고 살아갔을 수도 있었을 텐데. 그래도 당신은 끝까지 황후로서 죽는군. 이승에서 못 한 감사와 사죄는 곧 따라가서 하리라.

그는 남은 신하들에게 눈을 돌렸다.

「그대들의 충정은 짐이 잊지 않겠다. 하니 모두 속히 피하라.」

그들을 보내고 남은 윤문이 어떤 길을 택할지는 명약관화. 한림원 편수가 눈물을 쏟았다.

「폐하, 부디 몸을 피하셨다가 후일을 도모하시옵소서. 간적들의 배신으로 역도의 무리들이 황도까지 들어오기는 했으나 천하의 남쪽은 아직 폐하의 것이옵니다. 그러하오니……」

「천명이 이미 짐을 떠났다. 짐의 마지막 명령이니 여기 있는 이들은 속히 황궁을 떠나라.」

「폐하. 저희는 끝까지 폐하를 따르겠사옵니다.」

한때 천하의 주인이었던 그를 지금 지키고 있는 대신들은 불과 수십 명. 윤문은 쓸쓸하게 입술을 말아 올렸다.

「짐이 후일을 도모하려면 그대들이 살아 있어야 할 것이 아닌가.」

그날은 절대 오지 않으리란 걸 그도, 이 자리를 지키고 있는 충신들도 알고 있었다. 서로에 대한 애처로운 연민에 대성통곡을 하면서도 마지막까지 황제를 지키겠다고 맹세를 했다.

「뜻은 고마우나, 짐의 길은 홀로 갈 것이다. 여봐라, 이들을 모두 끌어내라.」

명을 따라도 될지 몇 안 남은 환관과 호위들이 머뭇거리자 윤문의 호통이 커졌다.

「네놈들이 감히 짐을 능멸하는 것이냐?」

「존명.」

호위들도 눈물을 줄줄 흘리면서, 역시 통곡을 하는 대신들을 끌어내기 시작했다. 죽어도 황제와 함께하겠다고, 끝까지 따르게 해 달라는 애원과 저항이 이어졌다. 그러나 황제를 호위하기 위해 가려 뽑은 거한들을 문약한 서생들이 당할 수는 없었다. 덥석덥석 들어 밖으로 내동댕이치기를 여러 차례. 호위들에게 밀리지 않는 고강한 무공을 지닌 감찰어사를 제외한 대신들은 모조리 쫓겨나 버렸다. 윤문이 눈을 부릅뜨며 위협적인 안광을 쏘았지만 감찰어사는 차라리 자신을 죽이라는 듯 고개를 숙여 버렸다.

침전은 순식간에 비워지고 육중한 문이 굳건하게 닫혔다. 문밖에서 계속 울부짖으며 문을 두드리는 소리가 들렸지만 단단한 나무는 끄덕도 하지 않았다. 썰렁한 공간에 몇 안 되는 호위와 환관들만이 남자 윤문은 내내 곁을 지키고 있던 태감에게 손짓을 했다.

「하 태감. 준비한 것을.」

줄줄 흐르는 눈물을 소매로 슥슥 닦아 낸 태감이 기름통을 굴려 불을 붙일 준비를 하자 소감과 호위들이 기겁을 했다.

「폐하! 아니 되옵니다.」

당장이라도 몸을 던져 막을 태세. 그러나 윤문은 그것을 허용하지 않았다.

「끝까지 짐에게 충성한 그대들을 잊지 않을 것이다. 이제 그대들도 모두 몸을 피하라.」

「그럴 거였으면 진즉 역도에게 투항하였을 것이옵니다. 이 자리에서 죽으라시면 당장 이 검으로 저희 목을 찌르겠사옵니다. 그러나 떠나지는 못하옵니다.」

홀로 가지 않고 길동무가 있다는 사실이 이리 든든한 걸 보면 나는 아직도 한참 모자란 인간이구나. 미안했다. 동시에 고마웠다.

「후회하지 않겠느냐?」

「끝까지 폐하의 곁을 지키도록 해 주시니 저희로서는 광영이옵니다.」

「어리석기는.」

마지막 미련을 떨치려는 그의 손짓에 젊은 소감들과 호위들이 기름통을 열어 입구부터 그들 주위를 빙 둘러 골고루 뿌렸다. 바싹 마른 나무에 기름이 순식간에 흠뻑 스며들어 갔다. 아무리 굳은 결의와 각오를 했다지만 그들도 인간. 삶에 대한 미련을 완전히 버릴 수는 없었다. 불을 붙이는 손끝이 떨렸다. 하지만 위엄을 잃지 않고 지켜보는 황제의 시선을 의식하며 태감은 눈을 질끈 감고 등잔을 밀었다.

살아 있는 황제도, 죽은 황세도 역도들에게 욕을 보도록 해서는 안 된다. 황궁과 함께 타 장엄하게 사라지는 것이 저 고귀한 분의 위엄에 걸맞은 최후다. 그 확신이 그를 과감하게 했다.

수십 년간 잘 마른 건물에 스며든 기름은 불꽃이 닿자 힘을 얻어 화르르 타오르기 시작했다. 문밖에서도 곧 불길을 느꼈는지 울부짖음과 문을 두드리다 못해 몸까지 부딪히는 기색이 들려왔다.

「폐하! 저희도 함께 가겠사옵니다. 폐하!」

고요한 침궁 안에 바깥의 소음은 다른 세상의 것처럼 공허하게 울려 퍼졌다.

너울너울, 춤을 추며 다가오는 불길이 번뇌까지 태우는 것인지. 모든 걸 다 잃은 지금 오히려 홀가분했다.

역모의 완성은 내 시신을 찾아 죽음을 확인하는 것일 텐데. 선황제를 닮아 의심이 많은 4황숙이니 내 붕어를 확신하지 못하면 여럿을 잡고 괴롭히겠군. 두고두고 마음을 졸이는 모습을 저승에서 바라보는 것도 재미가 있겠구나.

슬며시 고소까지 떠올랐다.

유일하게 마음에 걸렸던 것이 채연과 안화공주였지만 그가 할 수 있는 안배는 다 한 셈. 정왕이 구했거나 아니면 일러 둔 곳으로 몸을 피했겠지. 부디 행복하기를. 그의 유일한 혈육으로 세상에 알려질 안화공주가 정왕의 보호 아래 남은 삶을 평온하게 살아 내기를.

용상을 둘러싼 아홉 명의 신하들에게 감사의 인사를 하려는데 뭔가 쿵 떨어지는 소음이 들렸다. 비장하니 숙이고 있던 얼굴이 일제히 소리가 난 방향으로 움직였다. 그들의 눈에 들어온 것은 활짝 열린 침전의 벽 가운데로 성큼성큼 들어오는 인영. 붉은 갑옷 차림이라 마치 사신처럼 보이는 그 존재가 누구인지를 인지하자 윤문의 동공이 커졌다.

「17황숙!」

「예?」

남은 아홉의 얼굴에도 경악이 떠올랐다.

「정왕이 아닌가!」

황제를 따르는 자에게는 악귀와 동일어. 그 철두철미한 교란술과 무자비함에 얼마나 많은 충신들이 죽어 갔던가. 난을 일으킨 연왕보다도 정왕이 그들에게는 어쩌면 더 이가 갈리는 존재였다.

「하늘이 무심치 않구나. 저승의 길동무로 원수를 보내 주다니!」

호위들이 일제히 검을 뽑아 들자 이번에도 윤문이 제지를 했다.

「멈추라.」

당장이라도 정왕의 목을 베고 싶어 살기를 뿜어내는 호위들은 존재하지 않는 것처럼, 혼란스런 공간에 단둘만이 남은 듯이 차갑게 가라앉은 두 사람의 시선이 얽혔다.

정왕이 채연을 제쳐 두고 그를 찾으러 올 리는 만무했다.

채연과 공주는 이제 무사하겠구나. 그 나름으로는 최선을 다해 안배했지만 난리에 어찌 될지 몰라 가슴을 졸였다. 마지막 남은 짐이 덜어지자 윤문의 마음은 스스로도 놀랄 정도로 평온해졌다.

「짐의 목숨을 거두러 온 모양인데 들어온 곳으로 나가 조금만 기다려 주시면 아무 수고도 없이 원하는 바를 이룰 수 있을 겁니다.」

한때는 뼈를 갈아 마시고 싶을 정도로 미워했던 조카. 원수를 갚고 채연과 해후한다는 목표가 없었다면 버텨 낼 수 없었던 세월이었다. 윤문이 채연과 그에게서 빼앗아 간 세월을 돌려줄 수는 없지만 그래도 그의 핏줄임을 알면서도 딸을 지켜 줬고 채연을 살려 주려고 했다. 그 사실을 되새기며 정왕은 마치 어제 헤어졌던 것처럼 무덤덤하니 윤문의 옆에 선 늙은 태감에게 시선을 꽂았다.

「하 태감, 선황제께서 감춰 두라고 하신 궤를 꺼내 오라.」

「예? 그것을 지금요?」

「지금이 아니면 언제겠느냐? 이날을 위해 부황께서 안배를 해 놓으신 것이다. 서두르라.」

정왕의 지시에 움직이는 꼭두각시라도 된 양 태감이 황제의 침상 아래로 기어 들어갔다.

그가 교묘하게 감춰 놓은 비밀 공간에서 붉은 칠을 한 커다란 궤를 꺼내 올 때까지 모두들 숨도 제대로 쉬지 못했다. 혹시라도 이 난을 역전할 비방이라도 숨겨 두신 것이 아닐까? 그 비밀을 가르쳐 준 사람이 정왕이라는 사실마저도 잠시 잊고 윤문을 제외한 자들은 기대감에 부풀었다.

그런데 태감이 연 상자 안에서 나온 것은 승려의 신분을 증명하는 도첩 세 장과 승복, 그리고 은자가 든 주머니였다.

이것이 도대체 무엇인지. 눈을 부릅뜨고 상자 속을 응시하던 호위와 환관들의 얼굴에 실망이 떠올랐다.

그러나 정왕은 그들의 반응에는 아랑곳 않고 한쪽에 있는 봉투를 집어 윤문에게 건넸다.

「부황께서 황제께 남기신 것입니다.」

윤문이 떨리는 손으로 봉투를 열었다.

주원장의 성품을 보여 주듯 편지는 매정할 정도로 짧았다.

윤문은 귀문으로 피하고, 따르는 자들은 시구문으로 나가 신악관 神岳觀에서 만나라.

「이 무슨…….」

이런 날이 올 거라는 걸 이미 예측하고 계셨던 것인가? 손에 쥔 것이 분명 눈에 익은 조부의 필체이고 그의 지시라는 걸 알면서도 믿기 어려웠다.

「제가 들어온 통로는 귀문까지 지하 비도秘道로 연결되어 있고 그곳에 황상을 안전하게 피신시키기 위해 기다리는 자가 있습니다.」

정왕의 설명을 감찰어사가 펄쩍 뛰었다.

「폐하, 함정이옵니다! 이 자가 누구이옵니까! 살려 주신 폐하의 은덕을 잊고 연왕의 개가 되어 반군을 이끈 장수이옵니다. 폐하를 속여 욕보이려는 속셈이오니 속지 마옵소서!」

「이건 대란을 대비해 부황께서 안배해 놓으신 것이오.」

「폐하 속지 마시옵소서!」

팽팽한 기 싸움이 이어지는 가운데 윤문은 말없이 남아 있는 신하들 중에 유일하게 글을 아는 감찰어사에게 주원장의 서신을 넘겨주었다.

무릎을 꿇고 선황제의 밀지를 받아든 그의 눈에도 경악이 떠올랐다.

「이, 이것은……」

「감찰어사가 보는 그대로요.」

「하지만, 이게 어찌?」

남겨진 편지의 필체는 분명 홍무제의 것이었다. 하지만 감찰어사는 곧 삼법사에는 모필의 달인이 많았다는 사실을 떠올렸다. 정왕을 쳐 내면서 삼법사도 붕괴되긴 했지만 그중 한둘 정도는 살아남았을 수 있었고 그들에게 이 정도 위조는 식은 죽 먹기.

「몇 수 앞을 내다보면서 섬밀한 음모를 짜내는 이가 정왕입니다. 이것은 틀림없이 폐하를 욕보이려는 함정이옵니다!」

「어사, 내가 목숨까지 걸고 황제를 함정에 빠뜨려서 얻을 게 뭐가 있겠는가?」

「연왕에게 큰 포상을 약속받았겠지.」

「하.」

정왕이 대놓고 비웃자 분위기가 다시 험악해졌다.

「이 연왕의 개가 감히 어느 안전에서! 이놈이 폐하를 끝까지 능멸하려 들다니!」

감찰어사의 지적이 맞는다고 생각했는지 당장이라도 뽑으려는 듯 모두의 손이 검으로 닿았다.

늙은 태감과 소감 둘은 제쳐 둔다고 해도 감찰어사를 포함한 나머지 여섯은 만만찮은 무인들이었다. 특히 호위들은 황제를 호위하기 위해 가려 뽑은 일당백, 일당천의 고수들. 아무리 정왕의 무공이 고강하다고 해도 중과부적이었다.

그러나 정왕은 그들 중 누구에게도 눈길 한 자락 주지 않고 운문만을 응시했다.

「별궁에서 마지막으로 뵈었을 때 하 태감에게 밀봉한 궤를 비밀리에 침전에 감춰 두라고 하셨고 제겐 중과부적이 되면 이 궤를 황상에게 보이며 도피시키라는 명을 내리셨습니다.」

「하 태감, 네가 아는 대로 감춤 없이 말해 보라.」

눈이 핑핑 돌아가는 상황에 정신을 못 차리던 늙은 태감이 얼른 나섰다.

「선황제께서 붕어하시기 전날에 노비를 불러 침전 침상 아래의 비밀 장소를 알려 주시며 이 궤를 감춰 놓으라고 하셨사옵니다. 그 외에는 아무것도 들은 바가 없었사옵니다. 저는 당연히 황상께서도 아시는 줄로만 알고…….」

재빠르게 정왕이 설명을 이었다.

「제게는 그 궤에 무엇이 들었는지를 알려 주셨습니다.」

죽음에 대한 공포보다, 또 함정에 빠질지도 모른다는 두려움보다 지금 더 그를 강하게 덮치는 것은 의문.

감찰어사의 지적처럼 오랫동안 안배해 놓은 속임수일까? 그렇지만 시해하기 위해 달려오는 건 마땅했지만 함정에 빠뜨리기 위해서 걸어야 하는 것은 그의 목숨이었다. 겨우 해후한 채연 모녀를 두고 죽을 위험을 무릅쓸 정도로 복수심이 강할까?

「어째서…… 짐에게 그걸 알려 주는 겁니까?」

이유야 어쨌든 너는 내 딸을 살려 줬고, 내 아비에겐 너를 끝까지 돌보겠다고 맹세를 했다. 그러나 정왕은 구구절절한 설명은 모조리 생략했다.

「저는 셈이 정확합니다. 그 어떤 빚도 남기지 않지요.」

그가 무엇을 빚이라고 하는지는 윤문도 알아챘다. 문득 승하하기 직전, 조부와 나눴던 마지막 대화가 떠올랐다.

황제가 빛나기 위해서는 오명을 뒤집어쓰면서 그 주변을 치워 줄 인물이 반드시 필요하다는 것. 그것을 정왕이 해 줄 것이니 황숙 중에 그만은 꼭 중용하라는 그 유언이. 그러나 지금 윤문에게는 그런 회상조차도 사치였다.

「이러고 있을 여유가 없습니다.」

입구에 놓은 불길은 이제 그들이 있는 주변까지 그 뜨거운 혀를

날름거리고 다가왔다.

남은 신하들의 시선이 일제히 윤문에게로 향했다.

「폐하…….」

어쩔 것인지. 선택을 애걸하는 간절한 음성.

이미 죽음을 각오하긴 했다. 황후처럼 시신도 적들의 손에 들어가지 않는 소사가 남은 택취 중에 최선이라고 믿기에 기꺼이 함께하려 남았다. 하지만 실낱같으나마 달아날 길이 보이는 거였다. 그 희망을 외면할 정도로 완전히 초탈한 인간은 없었다.

간절한 애원이 가득한 눈을 하나하나 마주 보면서 윤문은 고개를 저었다,

「그대들은 선황제께서 명하신대로 시구문으로 나가 몸을 피하라.」

「폐하, 아니 되옵니다.」

그들의 실랑이와 점점 조여 오는 불길을 번갈아 보던 정왕이 한마디를 던졌다.

「천명이 어디에 있는지 다시 한 번 시험해 보고 싶지 않습니까?」

「만약 짐이 다시 천명을 얻는다면 황숙은 살생부 제일 위에 이름을 올릴 것인데도요?」

「그리 순순히 죽어 드리지는 않을 것입니다.」

정왕의 도발에 윤문의 결심이 흔들리는 걸 감지했는지 감찰어사가 얼른 보태었다.

「폐하, 부디 권토중래를 노리시옵소서. 선황제께서도 그걸 염두에 두시고 이런 신묘한 안배를 해 두셨을 것이옵니다.」

日月

승자로서 정왕의 자신만만함이 윤문의 자존심을 건드렸다. 최후를 앞두고 잠시 잊고 묻혀 있었던 그 검고 짙은 질투도.

「군자의 복수는 10년도 길지 않지.」

윤문이 마침내 결심한 듯 벌떡 일어섰다.

「궤를 들고 짐을 따르라.」

잠시 멍하니 있던 그들은 벼락이라도 맞은 것처럼 윤문의 뒤를 따랐다.

지하 통로는 그리 깊지 않은 듯 바로 머리 위에서 말발굽 소리며 비명, 울부짖음이 마치 딴 세상의 울림처럼 들려왔다. 땅 위에서 벌어지고 있는 참상을 애써 무시하며 그들은 묵묵히 길을 인도하는 정왕의 뒤를 따랐다.

갈림길에 서자 그는 오른편을 가리켰다.

「하 태감은 궤를 들고 나와 황상을 따르고 다른 자들은 시구문으로 나가 흩어져 신악관으로 가라.」

계속 경계를 늦추지 않고 정왕을 주시하던 감찰어사가 궤를 낚아챘다.

「난 황상을 따라 귀문으로 가겠소.」

그가 왜 그러는지 모르는 바는 아니기에 굳이 저지하지 않았다.

「도첩이 세 장이니 그것도 나쁘지는 않겠지. 서두르라.」

비도가 황궁 중심부에서 멀어지는지 얼마 지나 점점 조용해지더니 축축한 물기가 머리 위에서 뚝뚝 떨어지는 게 느껴졌다.

「바로 앞에 계단이 있으니 조심하십시오.」

계단에 이어진 것은 작은 건물. 벽을 조심스럽게 밀자 어둡고 작은 문채의 내부가 보였다. 어둠에 익은 눈이 빛에 적응하자 그들은 입구에 선 채연과 공주를 발견하고 깜짝 놀랐다.

「귀비마마!」

정왕이 황제뿐 아니라 채연과 공주까지 함께 구해 낸 걸로 알았는지 감찰어사의 음성에 감사가 묻어났다.

그렇지만 그들의 짧은 외침에 정왕의 눈에 시퍼런 불길이 일었다.

귀비라고 부른 태감과 감찰어사가 얼어붙을 정도로 싸늘한 일별. 황명으로 묻혔던 정왕과 채연의 과거가 그들의 머리에 떠오름과 동시에, 공주를 안고 있던 채연은 황제가 아니라 정왕 옆에 섰다.

자신이 누구에게 속해 있는지를 보여 주는 태도. 그런 그녀를 정왕이 그들의 시선에 아랑곳없이 자신의 팔 안으로 끌어당겼다. 눈을 가진 이라면 누구도 놓칠 수 없는 교감이었다. 한때 자신이 모셨던 황제 앞이니 저어해야 마땅하건만, 채연 또한 한 점 부끄러움이 없다는 듯 그들을 당당하게 마주 보았다.

얼마나 서로를 은애하는지 온몸에서 풍겨 나오는 절절한 애정에 윤문의 가슴 한구석이 다시 난도질당했다. 왜 명예롭게 죽을 터를 벗어났을까 후회가 덮쳐 올 정도의 굴욕이었다. 그러나 그 감정마저도 내색하지 않는 것이 그의 마지막 자존심.

「그대와 공주가 무사한 걸 봤으니 이제 짐이 마음 편히 떠날 수 있겠군.」

혼자만의 일방통행이었던 연모와 거대한 벽과 같은 숙부에 대한 질투를 참을 수 없어 무리수를 두었고 결국 자신까지 망쳤다. 그 행동이 잘못된 것이긴 해도 그의 정애만큼은 진실했다. 그 순정을 돌려줄 수 없어서 미안한 여인의 눈에 짙은 연민이 가득했다.

그 흔들림을 정왕은 민감하게 감지했다. 윤문에 대한 채연의 감정이 비록 동정뿐이라고 해도 달갑지 않았다.

「폐하께서 제 비와 군주를 살려 주려던 것은 잊지 않겠습니다.」

「컥!」

정왕의 입에서 나온 군주라는 단어에 태감과 감찰어사가 숨넘어가는 소리를 냈지만 그는 아랑곳 않았다. 인연을 끊는 인사. 이로서 서로 은원을 모두 청산하고 아무런 마음의 빚을 남기지 않겠다는 의사표명이었다.

「이 일이 4황숙 귀에 들어가면 17황숙도 무사하지 않을 테고, 짐이 권토중래에 성공하면 그 역시 황숙께는 이롭지 않을 텐데, 무모하십니다.」

「한때 삼법사를 이끌었던 몸입니다. 황상 덕분에 방심의 결과가 무엇인지 뼛골에 새겼기에 이제는 그리 허술하지 않으니 염려하지 않으셔도 됩니다.」

이로서 모든 은원은 깨끗해졌다. 어찌 됐든 그에게는 혈육. 꼼꼼히 저울에 올려놓고 따지자면 손해 보는 느낌도 있지만 마지막 순간까지 채연과 딸을 지켜 주려고 했던 노력은, 박한 그의 셈법으로도 많은 원한을 감했다. 부황의 마지막 유언을 지키는 셈까지 치면 저울은 팽팽해졌다.

이것이 옳은 길일 것이다.

그는 채연이 안고 있는 딸을 가볍게 받아 안으며 그들을 재촉했다.

「서두르시지요.」

문채에 숨겨진 비밀 공간을 나오자 보이는 것은 푸른 청포 차림의 중년 도사. 그는 윤문을 보자 수로에 띄워진 작은 조각배 위에서 크게 읍을 했다.

「폐하. 상황이 급박해 예를 올리지 못함을 용서하시옵소서. 어서 오르시지요.」

정왕은 배에 오르는 윤문 일행에게 주원장의 마지막 안배를 알려 줬다.

「선황 폐하의 명으로 출가해 신악관에서 수도하고 있는 제도사입니다.」

「선황께선 짐이 이리 되리란 걸 예측하고 계셨던 건가?」

한탄과도 같은 중얼거림이 새어 나왔다.

그가 이루려던 것은 그의 조부가 다진 강력한 통치 기반 위에 그의 아버지가 꿈꿨던 덕치로 다스리는 제국. 그런데 그게 어디서부터 어긋난 것일까?

「만약…… 짐이 황숙을 내치지 않았다면, 황숙이 내 편이었다면 이런 처참한 지경에까지는 이르지 않았을까?」

굳이 대답해 줄 필요는 없었지만 정왕은 황제에 대한 마지막 예우로 대꾸를 해 줬다.

「천하의 주인은 하늘이 정하는 것이니 그것은 모르는 일입니다. 하지만…… 저를 버리지 않았다면 결과가 지금과 같았다 해도 저는 폐하 곁을 지키고 있었겠지요.」

야심만만한 연왕이 없었다면 그 아비인 의문황태자가 품었던 웅대한 뜻을 펼칠 수도 있었던 조카. 단점도 많지만 영민하고 강성한 제국을 이뤄야 한다는 의지와 황권에 대한 긍지는 누구도 따라갈 수 없는 황제. 그러나 천명이 윤문에게 허락한 것은 여기까지였다.

「이제부터 왕 도사와 출가한 그의 사제 둘이 폐하를 모실 것입니다.」

그는 윤문 일행이 배에 오르는 걸 침통한 표정으로 돕는 도사에게 서두르란 눈짓을 했다.

「신악관 이후부터는 부황께서 내게 명하신 바가 없으니 이제 모든 것은 너희의 몫이다.」

비밀스런 도주처는 아는 사람이 적을수록 좋은 법. 제도사는 머리가 뱃전에 닿도록 꾸벅 몸을 숙이는 것으로 인사를 대신했다. 그리고 노를 젓기 시작했다. 흘러내려 가는 물결에다 내공이 고강한 도사의 힘이 더해지자 조각배는 빠르게 멀어졌다.

세 사람의 인생을 그리도 모질게 핍박했던 질긴 인연도 운명도 이 물처럼 부디 다 흘러가 버리기를. 부디 무사하기를. 그리고 행복하기를.

떠나가는 윤문도, 멀어지는 그를 바라보는 채연도, 정왕도 함께 같은 기원을 했다.

점점 작아지던 배가 마침내 작은 점이 되어 사라지자 정왕이 채연에게 손을 내밀었다.

「이제는 돌아가자.」

結

영락 4년.

내관관이 비단 보로 덮인 작은 탁자를 높이 들어 올렸다. 넘어지지 않는 게 용하다 싶을 정도의 무릎걸음으로 앞으로 기어간 그가 황제가 앉아 있는 바로 아래에서 멈추자, 단 아래에 있던 어전태감이 거창한 의식이라도 되는 것처럼 과장된 몸짓으로 비단 보를 걷었다.

탁자 위에 덩그러니 놓인 것은 책.

황제의 손짓에 태감이 탁자를 황제의 보좌 바로 아래로 옮겨 가자 그는 황제를 위해 황금색 비단으로 장정된 책을 집어 들었다.

「음선요결飮膳要訣이라. 이로써 도가의 허황된 양생이나 비급이 아니라 제대로 된 음식과 섭생으로 몸을 안락하게 해 병을 미리 대비하고 다스리는 법을 두루 알릴 수 있게 되었으니 그 공이 크오. 황실에 그동안 수많은 음선어의와 상식들이 있었으나 각기 자신의 영역만 밝을 뿐 두 가지를 함께 정리해 후세에 전할 공력과 학문을 갖춘 이가 없었는데 하늘이 두 미인을 내고 또 정왕비를 같이 내린 것은 가히 홍복이로다. 짐의 치세에 이런 과업을 완성하게 하려는 열성조의 배려가 아닌가 싶군. 정왕비와 두 미인의 노고가 컸소.」

「황공하옵니다.」

공치사가 아니라 진정으로 만족스러워하는 모습과 칭찬에 어좌 아래에 몸을 숙이고 있는 황족들과 그 비빈들의 얼굴에 일제히 부러움의 빛이 떠올랐다. 그것만으로도 속이 꼬이는 판인데 황제는 특별히 치하를 더했다.

「공주와 군주들도 여인이라 하여 학문을 등한시하지 말고 황숙모처럼 법도에 밝고 온유경신溫柔敬愼한 여군자가 되도록 노력해야 할 것이다.」

누구의 말이라고 토를 달까. 우렁찬 합창이 곤녕궁을 울렸다.

「명심하겠사옵니다.」

채연을 대놓고 무시하고 경원시하던 다른 왕비들이며 비빈들의 얼굴이 땡감을 씹은 것처럼 일그러졌다. 그렇지만 군이 명절을 택해 황족들을 다 모아 놓고 최근에 완성된 음선요결을 받은 것도, 또 전에 없이 정왕비에게 과한 칭찬을 하는 것도 그들에 대한 경고일 거였다. 속내야 어떻든 앞으로 지금까지처럼 대놓고 정왕비를 따돌리는 건 불가능할 터. 불편한 심사를 달래는 그들에게 황제는 재차 일격을 가했다.

「막 힘든 과업을 완수한 정왕비에게 좀 미안한 일이나 짐이 부탁을 하나 더 해야겠소.」

명도 아니고 부탁? 이번엔 다른 황친들뿐 아니라 채연과 두 미인의 눈동자에도 놀라움이 떠올랐다.

「붕어하신 부황께선 황실의 비빈들과 공주, 군주들에게도 학문을 배워 올바른 몸가짐과 마음가짐으로 내조에 힘쓸 것을 강조하셨지. 하지만 남아 있는 책들은 너무 오래되어 시절에 맞지 않거나 내용이 부실하고 빈약해 훈육에 어려움이 많았소. 그래서 황후도 오래전부터 그걸 안타깝게 여겨 옛 여인들의 아름다운 이야기를 모아 여인들의 행동규범을 정리할 뜻을 품어 왔소.」

사람들의 시선이 일제히 황후에게로 향했다.

격론 끝에 2황자 고후를 제치고 책봉을 받긴 했지만 무신들의 지지를 받지 못한 장자 고치의 태자위를 든든히 지켜 주려면 정왕의 후원과 뒷받침이 필수다. 이미 황제와 사전에 교감을 나눈 터였다. 때문에 평소 채연에게 냉랭하던 황후는 눈에 넣어도 아프지 않은 장자를 위해 사감을 접고 긍정의 미소를 입가에 머금었다.

「항상 행동거지를 바르게 하고 집안이 화목하도록 힘써야 하는 아녀자들의 도리를 황실부터 백성들에게까지 두루 가르쳐야 한다는 제 소청을 황상께서 너그럽게도 가납하여 주셨지요. 하니 정왕비가 책임을 지고 여사들을 통솔해 옛 책들이며 효자고황후의 어록과 교훈을 취합하고 교정하여 여도女道의 규범을 세우는 내훈을 집필해 주세요.」

정왕이 자기 자식이라고 강력하게 주장을 하고, 황제가 묵인을 해 줘서 다들 덮고 가지만 아비가 누구인지 불분명한 아이를 낳은 여인이었다. 그런 배덕한 탕부에게 여도의 규범을 집필하라니, 어불성설이었다. 황제야 공이 큰 정왕을 봐서 그런다고 하지만 황후는 정왕비를 탐탁찮게 여기는데 이 무슨 조화인가? 그렇지만 자리가 자리인지라 다들 속으로만 투덜거릴 뿐 이번에도 꿀 먹은 벙어리가

日月

되어 불만을 꿀꺽 삼켰다.

쏟아지는 눈총을 느낀 것인지, 아니면 주제를 아는지 창백해진 정왕비가 고사를 했다.

「황상의 상찬과 하해와 같은 황은에 감읍하오나 소비는 그런 막중한 과업을 수행할 능력이 턱없이 모자라옵니다. 덕과 학식이 높은 다른 분께서 맡으시는 것이 가할 것이니 부디 황명을 거두어 주시옵소서.」

「과한 겸양은 비례라 하지. 정왕비가 비록 여인이긴 하나 부황도 아끼셨던 선친의 학문을 그대로 이어받아 그 깊이가 한림원 학사들에게도 결코 떨어지지 않는다는 것을 짐이 알고 있소. 힘이 들겠지만 황실의 안녕을 위해서니 짐의 청을 받아 주시오. 황실 자손들에게 뼈가 되고 살이 될 모후마마의 주옥같은 교훈이 모두 사장되어 흩어지는 망극한 일이 생기면 짐이 저승에 가서 고개를 들 수 없게 되오.」

황제가 이렇게까지 강력하게 나오는 데는 필시 곡절이 있으리라 짐작이 되었다. 무엇 때문일까? 잠시 고민하던 그녀는 몇 달 전부터 세심하게 때를 기다리다 얼마 전 정왕이 주청한 사직에 대한 대답이란 것을 깨달았다.

확인하듯 살짝 고개를 돌린 채연과 정왕의 눈길이 마주쳤다. 그녀의 성취에 흐뭇해하면서도 복잡다난한 심정이 담긴 그의 쓴웃음과 맞닥뜨리자 확신이 들었다.

그랬다. 채연의 짐작은 정확했다.

바로 며칠 전 음선요결이 완성되자 그는 곧바로 황제에게 금의위를 통솔하는 직위를 내놓고 정왕부로 돌아가겠다는 주청을 올렸다.

「부황의 유훈 중 하나가 번왕과 황친들은 정사에 관여하지 말라는 것이었습니다. 어지러운 때라 미약한 힘이나마 보태긴 했지만 그것이 길어서는 결코 종사에 이롭지 않을 것이니 이만 사직을 윤허하여 주십시오.」

정왕의 가치는 윤문처럼 지금 황제에게도 고민거리긴 했다.

양날 검처럼 언제든지 그 검을 쥔 자를 다치게 할 수 있는 존재. 더구나 그는 지나치게 날카롭게 잘 벼려진 명검 중의 명검이었다. 다치는 정도가 아니라 치명상을 입을 수 있었다. 폐제를 따르던 무리들이 정왕을 제거했던 걸 어리석다 비웃으면서도 한편으론 이해가 갈 정도였다. 덕분에 정왕을 수하에 두는 횡재를 하고 대업을 이루긴 했지만 그와 함께했던 공신들 역시 정왕의 존재를 부담스러워하는 것은 마찬가지. 이쯤에서 날개를 꺾어 멀리 치워 버리는 게 현명할 수도 있었다. 더구나 알아서 물러나겠다고 하니 모양새도 좋았다.

하지만 확률이 낮은 막연한 위험 때문에 놓기엔 그 재주가 너무나 아까웠다. 그를 위해서 모든 걸 해 줄 수 있는 존재. 폐제가 철저하게 붕괴시킨 삼법사 대신 수족 같은 환관들로 동창을 만들어 공신들을 견제하고 있지만 아직은 그 힘이 턱없이 모자랐다. 더구나 동창 자체가 내신들을 절대 중용하지 말라는 부황의 유조를 어기는 것이다 보니 전폭적으로 힘을 실어 주기는 눈치가 보였다.

숙원이던 북방 정복을 위해 조만간 몽고와의 일전을 앞두고 있고, 또 천도까지 준비하는 지금 공신들과 환관, 그 어느 쪽과도 얽히지 않아 권력의 균형을 이뤄 주는 제3의 세력인 정왕을 놓아 버리는 게 과연 현명한 일일까?

日月

좀처럼 손익 계산이 나오지 않자 황제는 시간을 끌기 위해 버럭 성질을 내었다.

「정왕부? 그 척박한 땅으로 돌아가겠다고? 그곳에 짐 몰래 금은보화라도 파묻어 놓았느냐?」

「황도에 비하면 척박하지만 그곳도 사람이 사는 곳입니다. 그리고……」

생의 대야망을 이루고도 아직도 채워지지 않아 더 큰 권세와 더 많은 영토를 원하는 황제에게는 이해되지 않겠지만 그는 물러나려는 가장 큰 이유를 진솔하게 밝혔다. 더불어 채연을 제외하고는 그 누구에게도 고백하지 않았던 상처도 드러냈다.

「이국 출신에 신분이 낮은 왕모를 뒀다는 이유로 멸시받은 기억은 저 하나로 족하옵니다. 제 왕자와 군주는 그저 운명의 파도에 휩쓸렸을 뿐인 가여운 비가 요녀라고 손가락질을 받지 않는 곳에서 살게 해주고 싶습니다.」

「허허. 누가 감히 그런 무엄한 짓을 했느냐!」

전혀 몰랐던 것처럼 진노한 척을 하고 있지만 정왕의 유년시절이 어땠는지 황제도 대충 알고 있었다. 그 자신도 정왕이 받았을 상처에 결백하다고 할 수 없는 입장이었으니까. 그리고 채연이 황실 안에서 어떤 취급을 받고 있는지에 대해서도 모르지 않았다. 그래도 그동안 황제의 귀에 들릴 정도로 큰 분란이 없었기에 신경을 쓰지 않았었다.

그런데 정왕의 굳은 결의를 보아하니 어린 왕자의 심기를 다친 사달이 있었으리라 짐작이 됐다. 전란 중에 태어난 군주는 아직은 어려서 출생에 대한 추문을 모르지만 황도에서 황친들과 계속 부딪치는 한

악의를 품은 속삭임을 알게 될 것은 명약관화였다.

「무슨 일이 있었는지 대충 짐작은 간다. 하지만 아무리 그래도 그런 사소한 이유로 막중한 책무를 버리려 하다니 심히 경솔하구나.」

「수신제가修身齊家 치국평천하治國平天下라 하였습니다. 일가도 제대로 건사하지 못해 마음을 상하게 하는 이가 어찌 국무를 수행할 수 있겠습니까? 제게는 소소한 문제가 아니니 부디 사직을 윤허하여 주시옵소서.」

「짐의 바로 아랫자리에서 일인지하 만인지상의 권력을 휘두르는 너다. 모든 걸 내려놓고 병풍 같은 번왕으로만 살아 낼 수 있을 것 같으냐?」

「그동안은 국사에 매인 몸이라 왕부를 보살피는 본업에 소홀히 했지만 찾아보면 왕부에서도 제가 할 일이 있겠지요. 그리고 이제 천하도 태평해졌으니 윤허해 주시면 정왕부에 적을 두고 유유자적하며 유람이나 즐겨 보려고 합니다. 그것도 지치면 서재를 열어 문사들과 교류하고, 비와 함께 유람기나 사서를 써 보는 것도 좋겠지요.」

술술 읊는 계획을 들을수록 황제의 미간에 잡힌 팔자 주름이 깊어졌다. 자신이 쥐고 있는 권력보다 정왕이 원하는 삶이 더 좋은 것 같다는 묘한 부러움이 그의 심사를 더 뒤틀었다.

「천하가 태평? 청난 직후에도 폐제에게 충성한답시고 짐을 따르길 거부하고 죽은 대소 신료들이 수천이 넘었고 아직도 그 잔당들이 폐제가 살아 있다고 믿으며 각지에서 암약하고 있다. 더구나 북쪽에선 몽고가 호시탐탐 중원으로 내려올 기회만을 노리고 있는 걸 생각하면 짐은 자다가도 가슴이 갑갑해 벌떡 일어나 밤잠을 설칠 지경인데, 유람? 교류? 천하가 아니라 오로지 네 속만 태평하구나!」

日月

「망극하옵니다.」

버럭버럭 고함을 치는 걸 보자 부황이 떠오르자 슬쩍 미소가 떠올랐다 사라졌다. 부황처럼 음흉하고 의심이 많으며 감정의 파랑이 격렬하지만 황형은 최소한 꼬이지는 않았다. 초봄 연못의 얇은 살얼음판 위에 선 것처럼 아슬아슬하던 부황에 비하면 한결 예측 가능한 존재.

입으로는 사죄를 하나, 눈에 담긴 웃음의 파편을 놓칠 황제가 아니었다.

「무엇이 그리 우스운 것이냐!」

「망극하오나, 진노하시는 모습이 붕어하신 선황과 너무도 닮으셨단 생각이 불현듯 들어 저도 모르게 웃음이 나왔습니다. 용서하십시오.」

엄혹하나 태산같이 장대하고 존경스러웠던 아버지. 어릴 때부터 주원장을 따라 전장을 누비고 천하를 통일하는 웅부雄富한 대업을 곁에서 지켜봤던 영락제였다. 부황에게 품고 있는 경외감은 제국이 완성된 뒤 태어나 어린 나이에 번왕으로 책봉되어 번국에서 성장한 아우들과 비할 게 아니었다. 닮았다는 소리는, 의도하지 않았지만 그의 허영심을 충족시켜 주는 다시없는 아부였다. 당장이라도 불벼락을 내리려던 노염은 씻은 듯 사라지고, 실룩실룩 벌어지는 입을 감추기 위해 괜히 긴 수염을 쓰다듬으며 헛기침을 넌빙 했다.

「험험, 부황의 아들이니 닮은 것은 당연한 것인데 그것이 무에 놀랄 일이라고.」

기분이 좋아졌음에도 황제는 정왕이 바라는 대답을 끝내 해 주지 않았다. 이 아우를 버리는 것과 계속 움켜쥐는 것, 어느 쪽이 더 이득인지 좀 더 신중하게 계산을 해 봐야 했다.

「네 뜻은 잘 알았으니 이만 물러가라.」

단번에 허락이 떨어질 거라고는 믿지 않았기에 정왕도 순순히 물러 났다.

황태자로 책봉된 고치가 그를 남다르게 따르는 것을 경계하는 중신 들은 쌍수를 들고 환영할 터이고, 청난 때 큰 공을 세워 황제의 각별 한 총애를 받는 둘째 황자 고후가 밀려난 게 정왕의 개입 때문이라고 믿는 측은 태자의 강력한 후견인이 사라지길 바랄 거였다. 또 공신들 과는 은근슬쩍 대립하며 앙앙불락하지만 그에 관해서만큼은 뜻을 같 이하는 내신들이 있었다.

연왕의 절대적인 신임을 받으며 가장 깊숙이에서 연왕가의 일거수일 투족을 샅샅이 전해 주던 환관 마화馬和. 당시 정왕에게 약점을 잡혀 회군한 연왕은 왕부의 늙은 환관들과 호위들을 모조리 잘라냈지만 정 작 밀정은 그가 각별히 신임하던 젊은 환관이었다. 의심 많은 연왕이 지만 열세 살의 어린 나이에 연왕부에 들어와 성장한 마화가 삼법사 의 끄나풀일 거라고 상상조차 하지 못했다. 숙청의 와중에 오히려 그 를 더 신뢰하고 곁에 두었다. 황제가 된 뒤엔 긴 세월 동안 고난을 함 께해 준 그를 내관감의 장인태감으로 승차시키고 정씨 성을 하사하는 전무후무한 광영까지 내렸다.

이제 정화鄭和라고 불리는 젊은 태감은 삼법사의 귀였던 치명적인 과 거를 지우고 싶어 했다. 그런 그의 치부를 쥐고 있는 정왕은 가장 버 겁고 멀리하고 싶은 존재일 거였다.

누구에게 묻건 백에 백 그를 경질하라고 조언할 터.

부디 황제가 수족 같은 내신들과 공신들의 뜻을 따르기를. 그리고 황제도 언제나 조심해서 휘둘러야 하는 칼인 그를 버겁게 여기고 날개를 떼어 주기를 기도하며 물러 나왔다.

아무래도 스스로의 이용가치에 대해 과소평가를 했던 모양이다.

편히 물러나는 건 어림도 없다는 걸 각인시켜 주려고 작정을 했는지 황제는 호통을 높였다.

「붕어하신 부황께서 날마다 강조하셨던 것이 가화만사성家和萬事成이셨다. 이 화합은 내 지붕 아래의 식솔뿐 아니라 지친들과의 화합도 의미하는 것인데 근래에 황족들을 보면 천륜지정天倫之情을 잊은 것 같다. 특히 패를 지어 근거 없는 헛소문으로 분란을 일으키고 화목을 깨는 일이 빈번한 것 같아 짐의 마음이 심히 좋지 않구나.」

바보가 아닌 한 무슨 의미인지 모를 수 없는 경고였다.

전혀 예상치 않게 돌아가는 분위기에 놀라면서 반쯤은 체념을 담고 묻는 듯한 채연의 시선에 정왕은 고개를 한 번 끄덕이는 걸로 답을 했다.

헛소문은 내버려두면 잦아드는 것이니 가라앉기를 기다리자는 채연의 간청에 지난 수년간 지그시 인내해 왔다. 하지만 한계에 도달한 지 이미 오래. 조만간 그가 틀어쥐고 있는 약점을 하나씩 풀어 주며 내자와 자식들을 단단히 단속하라고 친절하게 조언을 해 줄 작정이었다.

지금 이 자리와 황제의 연설은 그의 발목을 황도에 붙들어 매는 대신 제공하는 미끼. 버거운 그를 멀리 보내 제어하려던 조카와 달리 형은 끝까지 쥐고 휘두를 작정인 거였다.

황제가 놓아주지 않는 한 이어는 불가능. 미련을 빠르게 털어 버리자 이 자리가 조금은 즐거워졌다. 그가 하려던 일을 대신 해 주는 ─ 같은 핏줄답게 계산만큼은 아주 정확한 ─ 황제의, 황친 모두를 향한 추상같은 경고를 느긋하게 감상했다.

상대에게 위압감을 주는 능력이 탁월한 황제는 물을 끼얹은 듯 조용한 좌중을 천천히 훑으며 공포감을 극대화한 뒤 마지막 일격을 가했다.

「차후에 또다시 황족들끼리 불화한다거나 서로를 음해하는 추문이 들려올 시에는 노소와 신분의 고하를 막론하고 그 근원을 찾아 엄히 다스리겠다. 대본당에서 수학하는 황자들과 왕자들은 특히 명심하도록 하라.」

채연에게 마 황후의 어록과 여도에 관한 서적들을 모아 새로운 행실교범을 집필하라고 한 것이 황실 안에서 그녀의 위치를 확고하게 세워 준 거였다면 지금 이 경고는 폐제와의 추문을 환 앞에서 수군거리는 것도 해서는 안 된다는 엄명이었다.

황제에 대한 정왕의 영향력을 못마땅해하는 중신과 척신들의 얼굴에 그림자가 내려앉았다. 불만으로 삐죽이 튀어나오려는 입을 억지로 집어넣기 바쁜 비빈들과 달리 번왕과 황친들은 모골이 송연해졌다. 은원이 확실하기로 악명 높은 정왕이 우리를 가만히 두겠는가? 더구나 황제가 저리 확실하게 뒤를 받쳐 주니, 그 보복의 엄혹함은 이루 말로 할 수 없을 거였다. 은밀히 감췄다고 믿고 있었던 온갖 치부를 떠올리며 그들은 좌불안석 정왕과 황제의 눈치를 살폈다. 번왕들은 황제의 윤허를 받는 대로 속히 짐을 싸 번국으로 돌아가야겠다고, 핑계를 찾느라 머리를 열심히 굴렸다.

日月

그들의 속을 빤히 들여다보는 정왕의 입귀에 실소가 맺혔다.

저들은 내가 황제를 움직였다고 믿겠지.

전혀 아니라고는 할 수 없지만 조금은 거리가 있는 진실. 하지만 상관없었다. 황제가 그를 필요로 하는 한, 채연과 아이들은 안전했다. 그의 발목에 감긴 사슬이 풀어지지 않더라도 어차피 아슬아슬한 줄타기는 거의 한평생 해 온 일. 결코 떨어지지 않는다고 장담은 할 수 없지만 지금까지 해 온 것처럼 잘해 나갈 수 있으리라.

모두에게 가시방석이었던 황실 모임은 억지로 즐거운 척 이어지다가 겨우 끝이 났다.

자리에 있었던 이들은 초대받지 못했거나 다른 사정으로 참석하지 못한 황족이며 척신들에게 앞으로 정왕비에게 절대 밉보여서는 안 된다는 첩보를 전했다. 혹여 실수를 할까 철이 덜 든 어린아이들까지 단단히 단속하며 그들은 이구동성으로 어선방에서 정성껏 마련한 그 진귀하고 화려한 어선의 맛도 느낄 수 없을 정도였다고 회고했다.

이 시간을 즐겼던 사람은 단 셋. 자신이 가진 권력을 정왕을 포함한 모두에게 극적으로 과시한 황제와 어쨌든 꼭 필요했던 것을 챙긴 정왕, 완전한 국외자였던 두 미인뿐이었다.

입 무겁기로 소문난 그녀였지만 그날 일은 혼자만 담기엔 무리였는지, 시푸르딩딩 죽을상을 한 황속들을 한자리에서 그리 많이 본 것은 처음이었노라고, 칠십 평생에 다시 보기 힘든 구경거리였다고 한 점 동정도 없이 고소를 가득 머금고 그 광경을 어선방의 상식들에게 읊어 줬다.

정왕은 즐긴 정도가 아니라 번저에 돌아와서도 대소人웃를 참지 못했다. 마치 실성한 사람처럼 멀쩡히 있다가 아무 이유도 없이 허리가 접히도록 웃어 대는 정왕을 보며 공포에 질린 번저의 궁인들은 가능한 그의 근방에 오지 않으려고 안간힘을 써 댔다.

　그들과 달리 그치지 않는 파안대소의 이유를 아는 채연의 입가에 살며시 미소가 걸렸다.

　「그리도 즐거우십니까?」

　「즐겁다마다. 하나같이 벌레 씹은 표정을 한 황족들과 척신들, 환관들을 떠올리면 나도 모르게 자꾸 웃음이 터져 나오니…… 하하하. 아무리 기분이 나쁠 때라도 아까 그 몰골을 떠올리면 우울함이 싹 가실 것 같군. 아하하하. 비는 통쾌하지 않소?」

　「오늘 일로 공연히 적을 만든 게 아닐까 하는 걱정이 드옵니다.」

　「분명 지금 다들 앙앙불락하고 있겠지. 하지만 그것까지는 어쩔 수 없소. 그동안 비의 만류 때문에 인내하고 있었지, 오늘 황상이 나서지 않으셨다면 조만간 내가 손을 쓰려고 마음먹고 있었소. 그동안 충분히 참을 만큼 참았어. 지나칠 정도로.」

　아직 웃음의 꼬리가 남아 있긴 하지만 어금니를 사려무는 정왕의 눈에 시퍼런 불꽃이 화르르 스쳐 지나갔다.

　「감히!」

　연왕은 황위에 오르자 약속대로 채연을 정왕비로 책봉을 해 주었다. 폐제의 후궁을 살려 두는 것도 말이 안 되는 판에, 공신인 정왕의 왕비로 책봉했다간 황실의 권위가 서지 않고 민심을 잃는다는 반발과 상소가 빗발쳤지만 황제는 콧방귀도 꿰지 않았다.

　일사천리로 밀어붙이는 황제와 정왕의 뜻대로 되었지만 세상은 그녀가 폐제의 유일한 혈육을 낳은 귀비였다는 과거를 결코 잊으려 들지 않았다.

자식들을 멀리 떨어뜨려 놓으며 견제를 했던 주원장과 달리 새로운 황제는 번왕들을 수시로 황도로 불러들이고, 그 왕자들을 대본당에서 훈육한다는 명목으로 인질처럼 잡아 두었다. 때문에 과거와 달리 황친들끼리의 만남이나 모임이 수시로 이뤄졌지만 그 자리에서 채연은 철저하게 이방인이었다. 그것은 각오했던 바였고, 얼마든지 견뎌 낼 수 있었다. 어차피 그들은 스쳐 가는 사람들. 어떤 오명을 뒤집어쓰더라도 그녀는 스스로에게 떳떳했고, 또 정왕과 아이들과 함께할 수 있다면 상관없었다.

하지만 한참 어미의 손이 필요한 때 멀리 떨어져 몇 년을 보내야 했던 가여운 아들. 무한한 애정 속에서 구김살 한 점 없이 자라게 하고 싶었던 환이 그 멸시와 모욕 속에 노출되기 시작했다.

뜬금없이 달기姐己[31]나 하희夏姬[32]가 누구인지 묻기 시작하더니, 어느 날 왜 어마마마를 살부지미라고 부르는 거냐고 울음을 터뜨릴 때 채연의 가슴이 무너져 내렸다. 뒤늦게 그 일을 전해 들은 정왕은 그녀와 아이들 앞에선 단 한 번도 드러내지 않았던 살기를 내뿜으며 그런 소리를 한 자들을 가만히 두지 않겠다고 격노했다.

화가 나고 슬펐지만 그녀보다 더 아파하는 정왕 때문에 상처를 드러낼 수 없었다. 자신의 기구한 운명에 정왕과 아이들까지 휘말려 불필요한 상처를 받는 게 미안해 죽고 싶었다. 알아듣게 왕자를

---

31) 은(殷)나라 주왕(紂王)의 비로 주왕의 폭정을 야기한 음란하고 잔인한 독부.
32) 춘추시대 정나라 목공의 딸로 희대의 요부. 남편 셋, 왕 둘, 아들을 죽게 하고, 진(陳)나라 멸망의 원인이 되었다. 이후에도 초나라의 장수들이 하희를 차지하기 위해 싸움을 벌여 초나라의 국력이 쇠퇴해졌다.

잘 달랠 것이니 참자고, 한 번만 더 감내하자고, 산 채로 심장을 도려내는 것 같은 고통을 참으며 그를 만류했다.

내막 모르는 세상의 눈으로 보기에 그녀는 숙질 사이를 오갔으니 분명히 손가락질을 받을 만하다고, 환과 정왕을 상처 준 이들에 대한 원망을 품지 않으려고 안간힘을 쓰긴 했지만 그녀도 인간. 드러내지 못했을 뿐 가슴에 원독이 남아 있었던 모양이었다. 아까 황궁에서는 너무 놀라 의식하지 못했지만 돌아와 이렇게 정왕과 마주 앉으니 은근히 통쾌하기는 했다. 아니, 솔직히 아주아주 많이 통쾌했다. 정왕처럼 배를 잡고 웃고 싶을 정도로.

「진솔하게 고백하면…… 신첩도 묵은 체증이 내려가는 것 같사옵니다.」

「하하하. 늘 성현처럼 말하고 행동하던 비가 이런 소인배의 감정을 인정하다니, 더 즐거워지는군. 세 분의 황제를 모셨지만 이렇게 하해와 같은 배려와 즐거움을 주신 분은 처음이야. 황상께 대한 충성심이 마구 샘솟아. 하하.」

그렇지만 그의 웃음에선 쓸쓸함과 아쉬움이 희미하게 묻어났다. 지난 몇 달간 두 사람을 버티게 해 줬던 꿈. 벼랑 끝에 선 것 같은 황도를 떠나 책에서만 보던 곳들을 유람한 뒤 함께 유람기도 써 보고, 그러다 지치면 정왕부에서 함께 사서도 쓰고, 그 외에도 같이 할 많은 일들을 계획하고 그랬다.

이제는 불가능해진 소망을 떠올리자 채연의 눈망울이 흐려졌다.

「하지만…… 사직은 이제 힘들어지신 것 아니오니까…… 어째서 폐하는…….」

「지존의 자리에 앉으면 그 누구도 믿지 못하게 되지. 다른 점이

라면 부황은 가차 없는 숙청을 통해 공포로 다스렸지만 지금 황제
는 충성 경쟁을 통해 그들의 고삐를 당기는 것인데……. 나는 환관
과 공신들이라는 미꾸라지들이 더 열심히 일하고 황상께 충성하도
록 하는 메기인 모양이오.」

「메기라니요?」

「장강의 어부들이 미꾸라지를 멀리 운송할 때 물통에 메기를
한 마리 넣어 두곤 한다더군. 그러면 잡아먹히지 않으려고 미꾸라
지들은 열심히 헤엄을 치고 움직여 도착할 때까지 생생하게 살아
있지.」

「그렇군요.」

채연의 음성이 점점 작아졌다. 미안함에 눈도 마주치지 못하는
그녀를 그가 가만히 당겨 안았다.

「정왕부에서 비와 한없이 유유자적할 수 없는 게 아쉽기는 하
지만 국구가 했다는 말씀처럼 활인검이 되려고 마음을 먹으니 금
의위를 휘두르는 것도 나름대로 즐겁다오. 그걸로 내가 저지른 업
보들이 다 덜어질 순 없겠지만 어쨌든 더 이상 피바람을 일으키
지 않으면 하늘의 인과응보를 최소한 이승에선 늦출 수 있지 않을
까?」

「전하께서 그런 말씀을 하시니 놀랍사옵니다.」

오래전 여름밤의 기억이 마치 어제인 섯처럼 다시 생생하게 떠올
랐다. 인과응보니 사필귀정이니 하는 소리를 가차 없이 비웃던 정
왕을 떠올리는 채연의 눈이 웃음으로 가늘어졌다.

「10여 년 전 그대가 말했던 인과응보가 정말 실현된 걸 보니 나
도 조금은 하늘의 눈치를 보는 척 자중해야겠다는 생각이 들더

군.」

「무슨 말씀이신지요? 신첩은 잘 알아듣지 못하겠사옵니다.」

「얼마 전 조선의 정세를 들었는데, 개국을 한 그 장수가 아들에게 폐위를 당해 연금되어 있다고 하오.」

「이성계가요? 정말이시옵니까?」

「그렇소. 비가 궁금해할 것 같아 조선의 사정을 자세히 알아오라 시켰는데, 정말 가관이더군. 왕자들이 난을 일으켜 그 이성계를 쫓아내고 세자로 책봉한 막내아들을 비롯한 계비 소생은 모조리 도륙을 했다고 하오. 그리고 국구가 변을 당한 그 두문동의 일을 주동했던 정도전이라는 신하도 왕자들의 반란 때 척살된 모양이야. 그 이후에는 함께 반란을 도모했던 왕자들끼리 또 내란이 일어났는데 지금 왕이 된 자는 다섯째 왕자더군.」

다섯째 왕자라면 이방원. 그 역시 아버지와 오라버니, 정혼자를 불에 타 죽게 한 주동자 중 하나였다. 그가 왕좌를 차지했다는 소식은 놀라우면서도 씁쓸했다.

하지만 정안군 또한 그가 쌓은 죄업의 굴레를 벗어나지 못하겠지.

권력의 정점에서 온 세상을 다 얻은 듯 의기양양하던 강비의 거만한 모습이 떠올랐다. 부모 형제의 원수 앞에서 무릎을 꿇고, 그들의 안위를 위해 자진해 공녀로 떠나려던 자신의 운명에 체념하면서도 분노했던 그 아픔도.

그녀가 직접 원한을 갚으려 나섰다고 해도 그렇게까지 하기는 힘들 정도로 비참한 이씨 왕가의 소식이었다. 하늘의 벌은 느리나 아무것도 놓치는 법이 없던 옛말을 떠올리며 채연은 지금 자기 앞

日 月 下

에 있는 정왕을 위해서라도 모진 마음이나 미움을 품지 않겠다고 결심을 다졌다.

「한데, 어찌 조선의 소식을 그리 상세히 알고 계시옵니까?」

그의 눈에 한순간 당혹감이 스쳐 갔다. 하지만 그는 잽싸게 표정을 수습했다.

「사신들로 나갔던 자들이 올리는 일지를 보다가 비가 생각이 나서. 이왕 보는 김이라 예전 것들도 가져오라고 해서 자세히 좀 살펴보았지.」

느긋하게 받아넘기고는 있으나 빙긋이 입가에 걸린 미소는 분명 비밀을 품고 있었다. 몸과 마음을 오롯이 나눈 세월은 그녀에게 그 정도 혜안은 주었다.

도대체 무엇을 감추고 있는 것일까? 문득 떠오른 생각에 가슴이 선뜻해졌다.

「전하, 혹시……」

「왜 그러오?」

물끄러미 바라보는 채연의 시선을 그대로 받아 내고 있긴 하지만 켕기는 것이 있는 눈치. 채연의 박동이 빨라졌다. 음성에서도 떨림이 묻어났다.

「진하, 선한 끝은 있어도 악한 끝은 없다고 하였습니다. 오늘 황상께서 충분히 알아듣도록 엄명을 내리셨으니 혹시 진노가 남으셨더라도 이번만큼은 너그러이 덮어 주셔요. 신첩이 간곡하게 부탁드리옵니다.」

들키지 않았구나. 긴장했던 정왕의 어깨에서 힘이 빠졌다. 안도의 한숨을 삼키며, 당장이라도 무릎을 꿇고 사정할 것 같이 들썩이는 채연을 휙 끌어당겨 안았다. 얼굴을 보이지 않도록 가슴에 꽉 당겨 안은 여인의 머리 위에서 지금 준비하고 있는 선물이 도착했을 때 깜짝 놀라며 기뻐할 모습을 상상하며 웃음을 깨물어 삼켰다.

「예전부터 약속하지 않았소? 난 비가 원하는 일만 한다오. 그대가 원하지 않으면 너그러이 덮어 주리다.」

「전하께는 늘 감사하다거나 죄송하다는 사죄만 드리게 되네요. 하지만 정말 감사해요.」

「내겐 그대의 청이 곧 명령이오.」

모진 풍파를 겪었음에도 끝끝내 선량함을 잃지 않은 여인. 세월이 지나면 스러지는 미모와 비교할 수 없는 귀한 보물을 품고 있는 반려를 안은 팔에 힘을 주었다. 채연이 곁에 있을 때면 변함없이 휘감고 지나가는 열기에 몸을 맡기며 행복한 사내답게 자비로워지기로 했다.

은혜는 받은 만큼, 원수는 최소한 열 배로 갚는 것이 그의 셈법이지만 황제가 반분은 풀어 줬으니 이번만큼은 채연과 환의 마음을 다치게 한 딱 그만큼만 마음고생을 시켜 주지. 비단결 같은 마음을 지닌 소중한 왕비의 소망대로 아주 너그럽게.

한여름의 중원은 아득히 먼 지평선 너머까지 녹음으로 물들어 있지만 그 푸른 잎마저도 축축 늘어지는 계절. 이미 늦은 오후를 지나 저녁으로 가고 있음에도 종일 뙤약볕에 달궈진 평원은 전혀 수그러드는 기미가 없이 지열을 맹렬하게 뿜어냈다. 부지런한 농부들조차 일찌감치 쉬러 갔는지 인적마저 드문 평원에 유일하게 움직이며 길을 재촉하는 일행이 있었다.

日月

"나리, 저기 멀리 보이는 곳이 원유입니다. 이제 반 시진 정도만 더 가면 객관이 나오니 힘드시더라도 조금만 힘을 내십시오."

입을 떼는 것도 지치는 폭염이건만 중년 사내는 지치지도 않고 살갑게 설명을 해 댔다.

말머리를 나란히 하고 가던 젊은 청년이 그가 가리키는 방향으로 시선을 돌렸다.

"원유요?"

이마에 흐르는 땀을 닦는 모습도 어찌 저리 수려한지. 혼기 찬 딸이 있다면 매파라도 한번 넣어 보고 싶구먼. 속으로 입맛을 쩝쩝 다시며 그는 신이 나서 말을 이었다.

"황제 폐하와 황친들께서 피서를 하거나 사냥을 하시는 곳이지요."

"그럼 저곳에 바로?"

"예. 정왕비 마마께서 지금 피서를 가 계신 서내원이 바로 원유 안에 있습니다. 오늘 하루만 더 고생하시면 내일은 뵈올 수 있을 것입니다."

"고생이라니요. 과분한 대접에 편히 움직이고 있습니다."

익숙한 사람도 힘든 강행군이지만 긴 여정 동안 청년은 불평 한마디 없었다. 좀처럼 입을 여는 법이 없던 청년의 음성에 귀를 쫑긋 세운 관리들을 향해 역관이 빠르게 봉익을 했다. 청년의 대답이 만족스러운 듯 수행원 중 우두머리 관리의 얼굴이 환해졌다.

그들이 무슨 얘기를 나누는지 대충은 알아들으나 모르는 척, 무심히 흘리는 청년의 귀에 희미한 으르렁거림과 땅울림이 들려왔다.

또 소나기인가?

갑자기 쏟아지는 빗줄기에 쫄딱 젖는 봉변을 당한 게 이미 한두 번이 아니었다. 그래도 이렇게 더울 때는 차라리 고마운 비. 은근히 기대를 하며 시선을 위로 올렸다. 하지만 하늘은 구름 한 점 없이 새파랬다. 사방으로 시선을 돌려 봤지만 야트막한 산자락 하나 없이 끝없이 펼쳐진 먼 평원 어느 방향에도 구름의 전조는 없었다.

대신 저 멀리에서 피어오르는 자욱한 먼지구름이 그의 시야에 들어왔다. 먼지구름이 커질수록 땅울림과 우렛소리도 커졌다.

서역 사막이나 북방에 분다던 모래 폭풍이 중원에 몰아칠 리는 만무하고, 말로만 듣던 누리 떼인가?

"저…… 저것은 무엇입니까?"

그의 손가락이 가리키는 방향으로 역관과 관리들의 시선이 동시에 움직였다. 처음에는 청년과 마찬가지로 의아한 표정으로 바라보던 그들의 시야에 말에 탄 한 떼의 사내들과 펄럭이는 검은 깃발이 들어왔다. 눈을 크게 뜨고 깃발의 모양을 확인한 순간 그들은 일제히 말에서 우르르 뛰어내렸다.

영문을 알지 못해 홀로 마상에 있는 청년의 존재를 뒤늦게 알아챈 역관이 숨넘어갈 듯 재촉했다.

"나리, 어서 말에서 내리십시오. 정왕 전하십니다."

"정왕 전하요? 그분은 황상을 수행해 북평에 가셨다지 않으셨습니까?"

"지금은 북경北京이라고 부르지요. 황상께서 등극하시던 해에 그리 개명을……."

긴 여정 동안 든 버릇대로 청년에게 새로운 정보를 알려 주려던 그는 아차 싶은지 말을 끊고 채근했다.

"예정보다 일찍 환도하신 모양입니다. 서두르십시오. 어서요, 어서!"

여전히 미적거리는 청년이 갑갑한지 병사 둘이 달려와 얼른 그를 들어 내리다시피 말에서 내려놓았다. 모두들 바닥에 납작 엎드리는 것과 거의 동시에 쿵쿵거리는 요란한 말발굽 소리가 그들 앞에서 딱 멈췄다.

「천세 천세 천천세. 정왕 전하를 뵈옵니다. 홍복을 누리소서.」

정왕을 만났을 때 하라고, 역관이 귀에 못이 박이도록 알려 준 귀에 익은 문장이 청년의 귀에 들어왔다. 하지만 그는 굴욕적인 이 자세도, 그를 이 먼 이국땅에 불러들인 이 사내도 마음에 들지 않았다. 때문에 다른 이들의 음성에 묻히길 바라면서 입을 꾹 다물었다.

「전하, 북경에서 무사히 환도하신 모습을 뵈오니 소인들 기쁘기 한량없사옵니다.」

「그래.」

무심하게 수행 관리의 인사를 받던 정왕의 발길이 흙바닥에 엎드린 청년 앞에 우뚝 멈춰 섰다.

「그대가 한가의 성수인가? 일어나 보라.」

바로 옆에 있던 역관이 그의 귓가에 속삭였다.

"어서 전하께 인사를 다시 올리십시오."

어떤 사람일까? 서두르라는 역관의 최촉催促보다는 호기심이 그를 움직였다. 그렇지만 다른 이들처럼 그의 명에 숨넘어가는 시늉을 하고 싶지 않은 반발심에 청년은 일부러 천천히 몸을 일으켰다.

"처음 뵙사옵니다. 소인 한성수라고 하옵니다."

다급히 통역을 하는 역관의 말을 귓등으로 흘리며 성수는 정왕을 마주 봤다.

그도 결코 작은 키는 아닌데도 상대는 성인이 된 뒤 처음으로 올려다봐야 할 정도로 장신. 살짝 올려본 시야에 들어온 사내는…… 바위처럼 단단하고 차가워 보였다. 기가 약한 사람은 그저 마주 보는 것만으로도 오금이 저릴 정도로. 압도적인 위압감은 체구만으로는 설명할 수 없는 강렬한 기운이었다.

그렇지만 밀리기 싫은 오기에 성수는 눈을 피하지 않았다.

잔뜩 경계심을 품고 있지만 호기심이 가득한 아직은 순수한 눈망울과 심연의 깊이를 담은 야청색 시선이 허공에서 얽혔다.

서로 대적이라도 하는 듯 마주 보는 탐색의 시간이 길어지면서 조금은 의외라는 감상이 그를 스쳐 갔다. 지금 마주하고 있는 사내는 바람결에 들려온 악명과는 조금 달라 보였다. 거대한 호수 같이 속을 들여다볼 수 없기는 하나, 결코 교활하거나 사악해 보이진 않았다. 사신처럼 잔혹하다는 악명에서 연상되는 탁한 사기邪氣와는 거리가 있는 맑고 견고한 냉기. 최소한 그가 상상했던 모습은 아니었다.

「채연과…… 정말 많이 닮았군.」

희미한 미소와 함께 흘러나오는 낮은 중얼거림. 가까이 선 그의 귀에는 분명히 들렸다.

'채연'이라는 단어에 묻어나는 따스함에 잔뜩 부풀어 올랐던 경계심과 적대감이 급속도로 줄어들었다. 누이를 떠나보낸 뒤, 혹시나 하는 심정으로 틈틈이 명나라 말을 익혔기에 능숙하진 못해도

日月

어지간한 대화는 이해할 수 있었다. 정왕은 그가 못 알아들을 거라고 생각하기에 저렇게 무방비하게 애정을 드러낸 것일 터. 저렇게 빈틈없는 사내의 틈새를 뚫고 나온 감정이라면 거짓은 아닐 것이다.

소용돌이치는 안도감에 그는 자신이 단단히 여민 감정의 고삐를 늦췄다는 걸 알아채지 못했다. 눈앞에 선 어린 청년의 표정 변화를 유심히 관찰하던 정왕의 입가에 서서히 미소가 피어올랐다.

「처남도 명나라 말을 하는 모양이군.」

"아니오, 모르옵니다."

화들짝 놀라 고개를 휘휘 저으며 부정한 순간, 성수는 아차 했다. 지금의 대답은 자신이 정왕의 얘기를 알아들었고, 명나라 말을 한다는 무엇보다 확실한 증거였다.

정왕의 부리부리한 눈이 웃음으로 가늘어졌다.

「모습도 재주도 닮았군. 역시 비의 동기다워.」

정왕의 흐뭇한 반응과 달리 그가 명나라 말을 전혀 모른다고 알고 있었던 역관과 수행원들의 눈이 경악으로 커졌다. 자기들끼리 떠든 소리 중에 혹여 그의 귀에 들어가서는 안 될 얘기들이 있지 않았나 전전긍긍하는 것이 보였다.

긴 여정동안 칙사 대접을 하며 극진히 모셔 준 수행자들을 본의 아니게 속인 것이 미안스러워진 성수는 역관에게 얼른 변명을 했다.

"여기 오는 동안 필담으로 대화를 나누면서 조금 귀동냥을 한 정도입니다."

그러면 그렇지. 반신반의하면서도 조금은 살아난 표정으로 역관이 얼른 정왕에게 옮겼다.

「그래……? 비의 말대로 정말 동량지재陳樑之材인 모양이군.」

천천히 고개를 끄덕이며 수긍을 해 주긴 하나 느릿하게 흐린 말꼬리며 번뜩이며 스친 눈초리는 선의로 눙친 거짓말을 간파했다는 걸 보여 주고 있었다.

소문 이상으로 만만찮은 사람이다.

지위를 떼어 놓더라도 자신은 절대 상대가 되지 않는다는 열패감이 휘감았다. 더 이상 청맹과니인 척하는 것도 우스워 그는 이 상황에서 가장 적절한 인사를 올렸다.

「황공하옵니다.」

「그대의 누이가 명에 처음 왔을 때보다도 더 능숙한 것 같군. 거절하지 않고 먼 길을 와 줘서 고맙네.」

고맙다고? 정작 그가 해야 할 소리였다.

명나라에 와 누이를 만나는 것은 지난 10년간 그가 꿈꿨던 전부라고 해도 과언이 아니었다. 재주가 범상치 않은 늦둥이가 자만심으로 똘똘 뭉친 천둥벌거숭이가 되지 않을까 저어해 엄하게 훈육하던 부모나 형과 달리 큰누이는 그의 응석을 받아 주고 기를 한껏 세워 주는 동조자이자 스승이었다.

부모를 잃고 숙부의 집에서 눈칫밥을 먹을 때도 온몸을 바쳐 그를 보호해 줬던 든든한 기둥. 그리움인 동시에 우상이었다. 그녀가 자신들을 위해 공녀의 길을 택했다는 걸 알게 된 이후엔 죄책감까지 더해져 한으로 남았다.

이를 악물고 명나라 말을 독학한 것은 스스로에 대한 채찍질이었다. 혹시나 명나라에 가서 누이의 소식이라도 알아볼 수 있지 않을까 하는 기대. 일말의 가능성도 없다는 걸 알면서도 차마 버릴 수가 없었다.

이따금 조선에서 바친 공녀가 황제의 후궁이 되어 공주를 낳았다거나, 번왕의 아들을 낳아 왕비가 되었다는 둥의 풍문이 바람결에 실려 왔지만 확인할 길도 없었고, 또 워낙 터무니없는 소리라 조선에선 그를 포함해서 누구도 믿지 않았었다.

때문에 명나라의 전란이 잦아든 뒤 조선에 온 사신이 수년 전 공녀로 보내졌던 정왕비의 혈육들을 찾자 조정은 발칵 뒤집어졌다. 왕자의 난에 휘말려 의주로 귀양을 갔던 매형 조윤기를 부랴부랴 한양으로 불러올려 이조정랑에 임명하고, 과거도 보지 않은 그에게도 벼슬자리가 내려졌다. 부모 형제의 원수인 이씨 왕가가 내리는 벼슬을 받지 않겠다는 의지를 끝끝내 꺾지 않은 탓에 숙부가 난처해지긴 했지만 그가 출사하지 않은 것에 대해선 사신이 크게 트집을 잡지 않아 조용히 넘어갔다.

그런데 그다음 해에 온 사신은 정왕의 배첩年帖[33]과 함께 처남인 한성수를 명나라에 초청하고 싶다는 빙청장聘請狀을 가져왔다. 말이 좋아 초청이지, 작금 명나라에서 황제 다음이라는 정왕의 요청은 조선 조정엔 지엄한 명령과 진배없었다.

혹시라도 성수가 또 거부할까 봐 숙부와 매형은 물론이고 작은누이까지 설득하려고 나섰다. 하지만 그들은 몰랐다. 그가 얼마나 큰누이를 그리워하고 있는지, 또 얼마나 이씨 천하를 탈출하고 싶어 하는지.

33) 일종의 명함.

두문동에서 소사한 역도의 후손이라고 경원시할 때는 차라리 견딜 만했다. 하지만 조선 관료들에겐 더없이 뻣뻣하니 오만방자하던 명나라 사신들이 정왕비의 동생인 그 앞에서 설설 기다가 떠나자 그를 둘러싼 세상이 갑자기 달라졌다. 고관대작들의 가문에서 보낸 매파들로 문턱이 닳고 그의 존재 자체를 버거워하던 사촌들은 물론이고 듣도 보도 못한 사돈의 팔촌까지 나타나 고개를 숙여 대자 그나마 남은 정나미마저도 다 떨어져 버렸다.

그가 흔쾌히 명나라 행을 승낙했을 때 속 모르는 이들은 안도의 한숨을 내쉬었지만 그는 아주 기쁘게 사신들과 함께 떠나왔다. 거센 풍랑도, 산 채로 익혀지는 듯한 극염極炎과 험난한 여정도 전혀 상관없을 정도로.

「불러 주신 은혜에 오히려 제가 감사를 올려야지요.」

「그리 말해 주니 다행이군.」

지평선 너머로 길게 그림자를 드리우기 시작하는 해를 보면서 정왕이 말에 올랐다.

「긴 얘기는 객관에 가서 하도록 하지. 비를 너무 오래 기다리게 하고 싶지는 않다.」

무심해 보이는 한마디지만 그 속에 스미어 나오는 다정은 감출 수 없었다.

성수의 단단했던 입매가 느슨해졌다. 어린 눈에도 한 마리 학처럼 청수清秀하고 다사로웠던 채연의 정혼자 준휘와 달리, 얼음처럼 차갑고 어두워 보이는 사람이지만 누이에 대한 마음만큼은 뜨겁다는 걸 깨달았다.

어쩌면 고집이었을 것이다. 함께 읽었던 사기의 열녀편에 등장하는 수많은 열녀들처럼 정혼자에게 절개를 지키며 수절할 거라고 믿었던 누이에 대한 배신감. 누이를 빼앗아 간 낯선 사내에 대한 시기. 몸은 자랐으나 그를 계속 어린 성수로 머물게 했던 가슴속 응어리를 과연 이 사내가 풀어 줄 수 있을까?

그는 자신에게 보조를 맞춰 말 머리를 나란히 하며 달려 주는 정왕을 흘끔흘끔 훔쳐보면서 단단히 세웠던 마음 벽 한 귀퉁이가 조금 허물어지는 걸 느꼈다.

급작스레 온 사위가 어두워지더니 묵빛으로 변한 하늘에 번쩍, 큰 금이 그어졌다. 곧이어 우르릉 쾅쾅, 뇌성이 천지를 울리고 투둑투둑 한 방울씩 떨어지던 비는 곧 쏴아아 소리를 내며 검은 지붕을 거세게 두드리기 시작했다. 억수같이 퍼붓는 소나기는 이글거리며 타오르던 태양이 데워 놓은 대지를 식히며 장막을 드리운 듯 무겁고 뜨거운 대기를 흔들었다.

장대비로 식은 시원한 공기가 전각 안으로 스며들자 팔이 빠져라 칠륜선七輪扇[34]을 돌려 바람을 일으키던 환관들의 얼굴에 화색이 돌았다. 그때 다시 한 번 번쩍, 밝아졌다가 어두워지더니 벼락이 바로 근방에 꽂혔다. 사방이 탁 트인 정자 안에 있던 사람들이 모조리 기함하고, 기가 약한 사람은 일순 정신이 나갈 정도의 요란한 굉음. 고물고물 책장을 넘기며 읽는 시늉을 하고 있던 여아가 울상이 되어 곁에 있는 여인에게 달려가 안겼다.

「어마마마, 무섭사옵니다.」

---

34) 오늘날의 선풍기와 비슷한 날개가 일곱 개 달린 커다란 부채.

「우리 군주가 많이 놀랐나 보구나. 여기 있으면 괜찮단다.」

「하지만…… 나쁜 짓을 한 사람에게…… 천제님이 벼락을 내린 다고…….」

「그렇긴 하다만 선혜는 착하니 그런 걱정을 하지 않아도 된단 다.」

「그치만, 그치만…….」

아이의 조그만 입술이 파르르 떨리더니 갑자기 와앙 울음을 터 뜨리며 어미의 품에 머리를 파묻었다.

「아침에…… 아까 제가 차게 한 서과西瓜[35]를 줬어요. 근데, 수하 가 혼이 났어요.」

「수하가 혼이 나? 어째서?」

「수하가…… 수하가 먹이를 너무 많이 줘서 묘아가 아프다고, 딸 꾹.」

「묘아가 아파?」

어디에 가든 떼어 놓지 않던 고양이가 보이지 않음을 채연은 비 로소 눈치챘다. 무슨 일인지 상황이 대충 이해가 되었다.

버림받고 다친 미물을 그대로 두지 못하는 것은 그녀를 닮았는지 얼마 전에 어디선가 주워 온 짐승. 태어난 지 얼마 안 된 어린 생명 이라 이것저것 함부로 먹이면 탈이 난다고 단단히 주의를 줬건만, 먹으면 안 되는 걸 먹이고 엉뚱하게 수하란 궁녀가 누명을 쓴 모양 이었다.

「군주가 정말 잘못이 많구나. 무슨 잘못을 한 건지 알고 있느

35) 수박.

냐?」

눈물과 콧물로 뒤범벅이 된 귀여운 얼굴이 위아래로 조금 움직이더니 채연을 빤히 올려봤다. 잘못을 인정했으니 용서해 주세요 하는 어여쁜 애소哀訴. 그러나 채연은 고삐를 늦추지 않았다. 군주에게는 지나칠 정도로 유한 정왕 때문에 응석받이가 되어 가는 딸의 버릇을 다잡을 다시없는 기회였다.

「무엇을 잘못했는지 말해 보아라.」

활짝 웃으며 안기면 만사형통인 아버지와 달리 어머니는 애교가 잘 통하지 않았다. 혹시 편들어 줄 사람이 없나, 주변의 눈치를 살살 살폈지만 늘 편을 들어 주던 오라비부터 시작해서 무조건 오냐오냐해 주는 내구까지 다들 딴청을 하고 있었다. 하늘의 벌도 무서웠지만 역성을 들어주는 이가 하나도 없다는 현실에 설움이 복받쳐 다시 서글프게 훌쩍였다. 그렇지만 더 이상 달래 주지 않고 가만히 쳐다만 보고 있는 어머니의 얼굴은 완강함 그 자체. 결국 포기한 군주는 자신의 죄를 이실직고했다.

「어마마마의 말씀을 어기고 묘아에게 서과를 먹였고, 또……」

「또?」

「수하가 혼나는데도 가만히 있었사옵니다.」

「잘 아는구나. 넌 첫째로 어미가 하면 안 된다고 했던 일을 했고, 둘째로 자신이 저지른 일을 아랫사람에게 씌우고 모른 척하는 잘못도 저질렀다. 죄도 없이 누명을 쓴 수하가 얼마나 억울하고 놀랐을지 생각을 해 보았니? 그리고 고양이는 서과 같은 걸 먹으면 탈이 난단다. 아직 어린 고양이라 먹어서는 안 될 것을 잘 모르니 사람이 잘 가려서 돌봐야 하지 않겠니?」

끄덕끄덕. 작고 고운 얼굴이 아래위로 크게 움직였다.

「그러면 이제는 어떻게 해야 하지?」

「다…… 다시는, 어마마마의 말씀을 어기지 않겠사옵니다.」

나름으로는 심각하지만 혀 짧은 소리가 어른들의 눈엔 귀엽기만 했다. 우는 모습도 어쩌면 저리 앙증맞은지. 긴 속눈썹에 방울방울 눈물이 글썽하니 맺힌 모습은 아직 어린 아이임에도 천하절색이 되겠다는 감탄이 절로 나오는 깜찍한 미모. 아침에 유모가 곱게 빗어 땋아 준 머리에서 빠져나온 곱슬머리가 이마에서 흔들리는 모습은 마치 인형 같았다.

조그맣고 통통한 아이를 안아 다독이는 채연을 둘러싼 여인들, 환관들 모두의 입가엔 미소가 사르르 맺혔다. 채연의 눈매도 웃음으로 곱게 휘어졌지만 엄한 음성을 간신히 지켜 냈다.

「어미와의 약속을 어긴 벌로 앞으로 사흘간 서과와 빙과氷菓는 먹어서는 안 된다. 그리고 너 때문에 죄 없이 벌을 받은 궁녀에게 미안하다고 꼭 사죄를 해야 한다. 알겠느냐?」

자다가도 벌떡 일어나는 음식들이지만 벼락이 어지간히 무서운지 고집쟁이인 군주답지 않게 시원스레 대답이 나왔다.

「예. 어마마마.」

아버지 못지않게 누이를 끔찍이 챙기는 환은 천방지축인 동생이 충분히 혼이 났다고 생각했는지 점잖게 나섰다.

「잘못을 고백하고 용서를 빌었으니 비가 그칠 때까지 여기 있으면 괜찮단다. 자자, 그만 울고. 군주답게 체통을 지켜야지. 어마마마께서 하시던 일을 계속 하시도록 옆에서 책을 보도록 하자.」

그렇지만 잘못을 저지르자 곧바로 떨어진 벼락에 놀란 군주는 고개를 세차게 저었다.

「싫어요. 어마마마 옆에 있을래요.」

옷자락을 꼭 쥐고 있는 손엔 절대 어미에게서 떨어지지 않겠다는 고집이 가득했다. 어리광과 애교가 과하다 싶게 넘치는 딸과 달리 애어른처럼 생전 떼를 쓰거나 응석을 부리는 법이 없는 아들을 살짝 아쉽게 일별하며 채연은 딸을 당겨 무릎에 앉혀 줬다.

「그러렴.」

「마마, 지금 많이 힘드시온데……. 군주마마 제가 안아 드릴 테니 이리로 오시지요.」

「싫어!」

혹시라도 어미의 품에서 떨어지게 할까 싶은지 군주는 작은 팔을 뻗어 채연의 몸에 찰싹 달라붙었다. 번저의 모든 궁인들이 살아 있는 관음보살이라는 칭송하는 순후한 어머니 곁에 있으면 벼락을 맞지 않겠지. 아이 나름의 하늘의 벌을 피하려는 영악한 몸부림이었다.

곁에 항상 그림자처럼 붙어 있는 여관이 감추고 있는 몸의 변화를 벌써 짐작하고 있음을 알아챈 채연은 안심시키려는 듯 고개를 살짝 저었다.

「괜찮다네.」

그리고 품에 안은 아이의 능을 부드럽게 토다였다.

「그래, 선혜야, 천둥이 그칠 때까지……」

매달려 있던 아이의 무게가 순식간에 사라졌다.

「다 큰 군주가 왜 이리 아기처럼 어마마마를 귀찮게 하는 것이냐?」

「아바마마!」

어머니도 좋지만 선혜가 가장 좋아하는 존재는 아버지. 조금 전까지 죽도록 무섭던 뇌성벽력도 갑자기 나타난 아비 앞에선 그 위력을 잃었다.

「왜 이제 오셨어요? 소녀, 아바마마가 많이 그리웠사옵니다. 너무너무 보고 싶었사옵니다. 매일매일 기다렸사옵니다.」

기껏 서너 달 남짓의 부재였건만 마치 수십 년 만에 해후라도 하는 듯 애달픔이 절절. 반가워 어쩔 줄을 모르는 딸을 보는 정왕의 눈가에 주름이 잡혔다. 함박 물린 커다란 미소와 함께 안아 든 딸을 보듬는 손길엔 따사로움이 넘쳤다.

「우리 선혜가 많이 보고 싶어 했다니 고맙구나.」

파고들 수만 있다면 아예 속으로 들어가려는 것처럼 가슴에 얼굴을 부비며 떨어지지 않는 딸을 안은 채 그는 남은 한 팔로 몸을 숙여 예를 표하려는 채연의 허리를 잡았다. 웃음이 찰랑대는 시선을 마주하며 짓궂게 물었다.

「왕비는 어땠소?」

어떻게 내 속에서 저런 꼬리 아홉 달린 여우가 나왔는지. 그녀도 분명 저렇게 감정을 마음껏 드러내며 살았던 어린 시절이 있었을 거였다. 하지만 이제는 죽었다 깨어나기 전에는 불가능한 애교. 거침없이 아양을 철철 흩뿌리는 딸과 그것이 좋아서 입을 다물지 못하는 그 아비에게 채연은 곱게 눈을 흘겼다.

「신첩도 당연히 기쁘옵니다.」

「그것뿐이오?」

「전하!」

아이들이 있고, 보는 눈이 한둘도 아닌데 어찌 이렇게 저를 난처하게 하십니까? 새치름하게 말려 올라간 눈꼬리에서 풍기는 무언의 질책에 그가 파안대소를 터뜨렸다. 허리를 감고 있는 팔에 힘이 들어가고, 커다란 손이 무심하게 스치는 것처럼 다가와 부푼 가슴의 둔덕을 부드럽게 감쌌다.

「알겠소, 비의 환영 인사는 나중에 따로 듣지.」

그가 원하는 환영이 무엇인지를 보여 주는 신호였다. 다른 이들이 보기엔 연리지 같은 내외의 다정한 해후 장면이었지만 뜨거운 시간을 약속하는 은밀한 손놀림에 채연의 몸이 뜨거워졌다. 그렇게 그녀를 후끈 달아오르게 해 놓고는 그는 약이 오를 정도로 무덤덤한 음성으로 아들을 챙겼다.

「세자는 잘 지냈느냐?」

「예. 아바마마. 강녕하신 모습을 뵈오니 소자 기쁘옵니다.」

생김은 정왕의 판박이나 고지식한 채연을 많이 닮은 아들의 대답은 그 어미처럼 정중하고 흠잡을 데 없었다.

「세자의 염려 덕분에 무사히 돌아온 것 같구나.」

진심으로 그를 따사롭게 반기며 기다려 주는 채연. 그를 향한 자식들의 눈에 담긴 감정은 경외나 공포가 아니라 티 없는 애정과 신뢰였다. 이렇게 함께 한 지 여러 해가 되었지만 아직도 꿈같았다. 잠이 깨면 사라질 환상 같아서 시금도 기끔은 두려웠다. 아마도 살아 있는 한 그 공포는 절대 완전히 떨치지 못할 거였다.

행복할수록 불안한 그의 속내를 읽은 듯 채연의 눈빛이 달래듯이 부드러워졌다.

「왕자뿐 아니라 저도 빨리 돌아오시길 전전반측, 학수고대를 하였답니다.」

「그거야말로 가장 반가운 소리로군.」

이것은 사람을 미혹하는 월광이 아니라 일광 속에 있는 현실. 어떤 풍파도 사익함도 침범할 수 없는 그만의 낙원이었다. 그는 작은 아이의 무게와 옆에 선 채연의 체온 가운데에서 아무리 음미해도 질리지 않는 행복감을 만끽했다. 그리고 황제에게 아쉬운 소리까지 하면서 날듯이 달려오게 한 선물 얘기를 꺼내려다, 비로소 정자 안에 줄줄이 엎드려 있는 낯선 외인들의 존재를 깨달았다.

「웬 자들인가?」

정왕의 음성에 묻어난 불쾌감에 여사들의 몸이 일제히 움츠러들었다. 그저 무심하게 던진 딱 한마디인데 이 삼복염천에 왜 뼛골이 시리는 것처럼 느껴지는 것인지. 전혀 어울리지 않는 한기에 몸을 옹송그리는 그들을 위해 채연이 얼른 나섰다.

「저를 도우러 온 여사들이옵니다.」

「여기까지 여사들을 데리고 왔단 말이오?」

드나드는 빈객으로 대문이 미어터지는 번저와 달리 서내원에서는 모든 방문을 거절하고 은거하는 것이 정왕가의 관례였다. 좀처럼 드문 가족만의 휴식을 방해한 존재들에 대한 불만을 드러내듯 미간에 주름이 모였다.

「황상도 최소한의 신료만을 거느리고 피서를 하러 하궁夏宮으로 가셨는데, 비는 어째서 이곳까지 이들을 불러들인 것이오!」

「용서하셔요. 부족한 재주에 막중한 중임을 맡다 보니 마음이 급하여 모두를 귀찮게 하고 전하께 심려를 끼쳤습니다. 미리 전령이라도 보내셨으면 벌써 다 돌려보냈을 텐데, 저번에 온 전언에선

한 열흘은 더 있어야 돌아오실 것 같다고 하여 신첩이 실수를 했사옵니다. 전하께서 오셨으니 내일 아침 일찍 돌려보내겠습니다.」

「하루 이틀에 끝날 일도 아닌데 몸도 별반 강건하지 않은 사람이 너무 몰두하는 것이 영 마땅치가 않소.」

「명하시는 대로 쉬엄쉬엄 할 것이오니 그만 노여움을 거두어 주십시오.」

서내원까지 여사들을 데리고 와 진척을 서둔 것은 그녀 나름의 이유가 있었다. 지금도 황제가 맡긴 내훈을 쓰는 일에 너무 심력을 쏟는다고 못마땅해하는 정왕인데, 그에게 가장 먼저 알게 해 주고 싶어 고이 감춰 둔 소식을 들으면 아마 당분간은 꼼짝도 못 할 거였다.

그것은 두 사람이 간절히 바라다가 포기했던, 새로운 생명이 탄생할 거라는 소식.

환을 가졌을 때도, 또 선혜를 가졌을 때도 정왕은 한 번도 곁에 있어 주지 못했다는 걸 두고두고 걸려 했다. 다시 잉태를 한다면 그때는 처음부터 끝까지 반드시 함께해 주겠다고 거듭 맹세를 했지만 아이는 좀처럼 생기지 않았다.

결국 상식국의 수여의가 직접 배태를 돕는 보약을 짓기 위해 진맥을 하러 왔다가 청천벽력을 떨어뜨렸다. 회잉이 되지 않는 것은 황후와 후궁들이 그녀에게 몰래 먹였던, 포태를 막는 온갖 독한 약들 때문이라는. 다시 아이를 갖기는 힘들 거라는 소식에 절망하는 채연에게 정왕은 오히려 자신이 지켜 주지 못해 그런 고초를 겪었다고 미안해했다. 정작 죄를 지은 사람들보다 더 죄스러워하는 그에게 미안해 채연은 그 난리에서도 무사히 지켜 낸 두 아이만으로도 감사하자고 마음을 접었다.

혹시나 하는 심정으로 자궁에 쌓인 독을 푸는 약재와 음식을 꾸준하게 상복해 왔지만 한 해 두 해가 흐르면서 포기를 했다. 그렇기에 이유 없이 노곤하고 잠이 쏟아질 때도 책 때문에 연일 밤을 새워 피곤한가 보다 생각했지 다른 쪽으로는 전혀 의심을 하지 않았다. 경수가 끊긴 지 석 달이 다 되었다는 걸 알았을 때야 그녀는 확신할 수 있었다, 자신의 몸에 애타게 기다렸던 새 생명이 드디어 깃들었음을. 이로써 황궁과 얽힌 그 지긋지긋한 악연이 완전히 끊어지는 것 같아 더더욱 기뻤다.

나중에 단둘이 있을 때 바라마지 않는 선물이 찾아왔음을 알려 주면 얼마나 좋아할지.

명절을 앞둔 아이 같은 두근거림을 감추며 채연은 예정보다 일찍 돌아온 정왕 때문에 공연히 날벼락을 맞은 여사들부터 우선 구해 주었다.

「멀리까지 와서 노고가 많았네. 마침 황상께서도 피서를 가셨다니 이런 혹열(酷熱)에는 잠시 쉬어 주는 것도 긴 걸음에는 오히려 도움이 될 것이야. 전하와 황도로 환궁할 때 기별할 것이니 그때까지는 여사들도 사가로 돌아가 잠시 쉬도록 하게.」

「망극하옵니다.」

채연을 보필하느라 힘이 부쳤던 여인들의 입이 벙싯 벌어졌다.

희색이 만면해지는 여사들을 보니 매사에 꼼꼼하고 일단 열중하면 침식을 잊는 채연 때문에 얼마나 극고생을 했을지 짐작이 되었다.

「태감은 내일 여사들이 돌아갈 때 모두에게 비단 두 필씩을 내려 주도록 하라.」

나찰보다 무섭고 엄한 분이라더니 그게 다 헛소문이었구나. 좀 전보다 더 크고 낭랑하니, 진심이 가득하다 못해 철철 넘치는 인사가 정자 안을 울렸다.

「전하, 성은이 망극하옵니다.」

귀찮은 방해꾼들을 깔끔하게 해치운 정왕은 목을 꽉 끌어안고 있는 딸부터 내려놓았다. 그의 선물에 채연이 놀라고 기뻐하는 모습을 보고 싶어 더 이상 기다리기가 힘들었다.

「자, 군주는 이제 유모에게 가 보도록 하라.」

「하지만…….」

가장 불쌍한 표정을 애교스럽게 지어 봤지만 허리를 굽혀 그녀를 내려다보는 아비의 표정은 단호했다.

「어마마마와 함께 긴히 만날 빈객이 기다리고 있으니 유모와 함께 있으렴. 군주가 무엇을 하고 지냈는지는 그 일이 끝난 다음에 듣겠다.」

선혜가 세상에서 가장 곱다 하는 아바마마지만 저렇게 딱 잘라 말할 때는 아무리 울고불고 고집을 부려도 소용이 없다는 건 군주도 익히 알고 있었다. 그래도 몇 달 만에 뵙는데 한 번만 더 떼를 써 볼까 망설이는데 언제 다가왔는지 오라비가 막아서서 대신 대답을 해 버렸다.

「소자와 선혜는 여기서 좀 전까지 하던 공부를 계속하고 있겠사옵니다. 두 분 마마께서는 걱정 마시고 가시옵소서. 귀한 빈객을 오래 기다리게 함은 도리가 아닌 듯싶습니다.」

「그래. 그동안 무엇을 읽고 배웠는지 저녁에 둘의 성취를 한번 보겠다.」

서책이라면 사족을 못 쓰는 어머니나 세자 오라버니와 달리 틈만 나면 게으름을 피웠던 군주의 고개가 땅으로 푹 수그러들었다.

다행히 저녁에 보시겠다니 반나절 동안 아바마마가 하문하실 만한 내용을 벼락치기로 외우면 어찌어찌 면피는 되겠지. 환관들이 받쳐 주는 지우산을 쓰고 아버지와 어머니가 정자를 벗어나자마자 선혜는 오라비를 붙잡고 나올 만한 질문을 찍어 달라고 졸라 대기 시작했다.

어린 깜냥으로는 약은 머리를 굴리는 것이었지만 그 부모는 등 뒤에서 벌어지는 깜찍한 행동을 훤히 꿰고 있었다. 웃음기가 폴폴 묻어나는 시선으로 채연은 정왕을 흘겨봤다.

「참으로 짓궂으십니다. 선혜가 서책엔 도통 취미가 없다는 걸 잘 아시지 않사옵니까? 취미가 없는 정도가 아니라 죽기 다음으로 싫어한다는 게 맞는 말이겠지요. 신첩이나 왕자, 군주에겐 싫은 일은 하나도 하지 않고, 오로지 하고픈 것만 하게 해 주시겠다면서 어찌 저런 힘든 과제를 주시는 것입니까?」

그의 만면에도 참지 못한 웃음과 장난기가 넘쳐 났다.

「비나 세자는 그래도 되지. 하지만 저 아이는 그리했다간 너무 기세가 살아 천상천하 유아독존이 될 것 같소. 가장 못하고 싫어하는 것이 학문이니 저걸로 기를 좀 죽여 줘야지.」

「선혜의 응석을 한없이 받아 주시어 저리 기세등등하게 만드신 분이 그런 말씀을 하시다니…….」

「누군가와 너무도 닮아서 웃으며 안겨 오면 도저히 거절을 할 수 없거든. 세상의 그늘은 하나도 모르게 해 주고 싶고, 원하는 건 다 들어주고 싶어져.」

가슴 깊은 곳부터 익숙한 행복감이 피어올라 온몸을 감싸고 돌았다. 옆에서 듣는 이들은 군주에 대해 말하는 걸로 알겠지만 그가 그렇게 가장 해 주고 싶은 대상은 바로 마주하고 있는 자신이라는 것을 잘 알기에.

「전하는 그리해 주고 계시옵니다. 충분히요.」

알고 있음에도 가끔은 확인을 하고 싶었다. 익숙하다고 해서 그 기쁨이 덜한 건 아니기에. 지금처럼 이렇게 확고한 대답이 돌아올 때면 변함없이 뿌듯하고 행복했다.

「그리 고운 대답을 해 주니 비에게 또 다른 상을 내려 줘야겠군.」

채연의 눈에 기대감이 확 피어올랐다.

「이번 원행에서 또 진귀한 서책이나 서첩을 얻으신 모양이옵니다.」

「아니. 그것보다 더 귀한 것이지.」

「혹시……」

가슴이 콩닥거렸다. 그 흥분과 기대감이 음성에서도 풍겨 났다.

「전부터 수소문을 하시던 왕헌지의 또 다른 진품 수적을 드디어 구하신 것이옵니까? 아니면 내훈에도 쓰일 만한 고서인지요?」

「주먹만 한 야광주나 진주의珍珠衣 같은 패물이 아니라 서책을 상으로 받고 싶어 하는 여인은 아마 온 천하에 비뿐일 것이오.」

「부부는 닮는다 하지 않았사옵니까. 금은보화보다 귀한 서책을 더 좋아하는 것은 전하를 닮아 그런 것이니 허물치 마셔요. 그런데 그 상은 무엇인지요? 정말 궁금하네요.」

그가 절대 이길 수 없는, 채연의 반짝이는 시선을 슬쩍 피하며 그는 터져 나오려는 미소를 베어 물었다.

「오늘 비에게 아주 오래전에 했던 언약을 드디어 지키려고 하오.」

「언약이요?」

느닷없는 소리에 채연은 곰곰이 기억을 더듬어 보았다. 하지만 뚜렷이 떠오르는 게 없었다. 약속에 대해 지독할 정도로 철저한 정왕이기에, 지금까지 그가 내뱉은 말 중 지키지 않은 건 없었다. 무엇이 남았다는 것인지?

「전하께서 하신 말씀은 아무리 사소한 것이라도 다 지켜 이뤄 주셨는데 또 무엇이 남았다는 것인지요?」

「오래전, 내가 비에게 아주 큰 잘못을 저질렀을 때니 노여웠던 비의 기억엔 남지 않았을 수도 있겠지.」

이제는 희미한 흉터만 남았지만 그래도 되새기기는 싫어 가능한 지우려 노력하던 과거의 상처. 황폐해져 텅 비었던 시간이라 그가 무슨 약속을 했는지 가물가물했다. 다만 그때 그녀의 마음을 풀기 위해 정왕은 그가 줄 수 있는 많은 것들을 강조했던 기억은 어렴풋이 떠올랐다. 그리고 그조차도 역겨워 아예 귀를 닫았던 것도.

방금 전까지 티 없이 밝았던 마음에 한 점 구름이 떠다니기 시작했다. 하지만 그녀보다도 더 괴로워하며 절대 입에 담지 않던 정왕이 자진해 과거의 일을 꺼낸 것이 신기하기도 하고, 또 호기심도 생겨 채연은 다시 그를 채근했다.

「무엇인지 궁금해 가슴이 터지겠사옵니다.」

日月

「비의 가슴이 터지진 않아도 될 것 같소. 저곳에 있으니.」

「예?」

그가 가리킨 곳은 옥란당 앞에 있는 정자. 거기에 선 것은 분명 사내였다. 그것도 아주 젊고 훤칠한. 아무리 귀한 빈객이라도 일가가 아닌 한 외인은 수화문 안으로 들이지 않는 것이 법도인데 어쩐 일인가?

의구심이 솟았지만 미처 묻기도 전에 정왕은 서슴없이 채연을 그 앞으로 인도해 갔다.

인기척을 느꼈는지 연못을 바라보고 있던 젊은 사내가 몸을 돌렸다. 말랐지만 훤칠한 그림자가 그늘진 정자 안에서 밝은 곳으로 돌아서자 채연의 입술에서 외마디 신음이 흘러나왔다.

오라버니!

볕에 까맣게 그을긴 했으나 준수한 청년의 얼굴은 분명 큰 오라버니. 그러나 두문동에서 순사한 오라비가 살아 있을 리도 없고, 설령 살아 있다고 해도 벌써 십수 년이 지난 지금 그때의 모습 그대로일 수 없었다.

죽은 이가 다시 살아 돌아온 게 아니라면 저이는 누구인가?

혼란스러웠다. 말도 잊고 얼빠진 표정으로 그를 뚫어져라 응시했다.

벼락에라도 맞은 듯 멍히니 바라만 보는 그녀 앞에 다가온 청년이 목이 메어 버석버석한 음성으로, 꿈결에서나 듣던 애달픈 한 단어를 밀어냈다.

"누님."

숨이 막혔다. 머리끝부터 발끝까지 온갖 감정과 떨림이 그녀를 천천히 채우고 흔들었다. 사무치게 애틋하고 그리워 떠올리는 것만으로도 아팠던 존재. 동생의 이름을 부르고 싶었지만 혀가 얼어붙은 듯 목소리가 나오지 않았다. 그렇게 온몸을 돌아서 점점 더 격렬해진 감정이 마침내 밀려 터져 나왔다.

눈물이 그렁그렁한 눈으로 채연은 그녀를 응시하는 청년을 와락 끌어안았다.

終

日 月

1407년	영락제의 황후, 인효황후仁孝皇后 서씨 승하하다.
1408년	영락제의 요구에 따라 5명의 처녀를 시작으로 조선의 공녀 헌납이 재개되다.
1409년	음선어의 두 미인 흥하다. 정1품 부인夫人으로 추존되고 시호를 하사받다.
1421년	영락제 북경으로 천도하다.
1424년	성조成祖 영락제永樂帝 재위 22년에 붕어하다.
	조선 공녀 공헌현비를 포함한 16명의 후궁들이 순장되다.
	장남인 태자 주고치가 홍희제洪熙帝로 등극하다.
1425년	인종仁宗 홍희제 재위 9개월 만에 붕어하다.
	10명의 후궁들이 순장되다.
	장남인 태자 주첨기가 선덕제宣德帝로 등극하다.
1426년	영락제의 차남, 낙양 한왕 주고후 모반을 일으키다.
	황제가 정왕과 함께 친정해 반란을 진압하다.
	큰 공을 세운 정왕 세자 주환과 태자 사부였던 한성수를 일등정난 공신에 봉하다.
1435년	선종宣宗 선덕제 재위 11년에 붕어하다.
	10명의 후궁이 순장되다.
	장남인 태자 주기진이 정통제正統帝로 등극하다.
1436년	정왕비 한씨 북경에서 승하하다.
1437년	정왕 주헌 북경에서 승하하다.
1445년	건문제建文帝 주윤문, 북경에서 붕어하다.
	묘호는 없이 공민혜황제恭閔惠皇帝란 시호만 주어지다.
	훗날 남명의 홍광제弘光帝가 묘호를 혜종惠宗, 시호를 양황제讓皇帝로 추증하다.

後記

정말 오랜만에 인사를 드립니다.
후기를 쓸 날이 과연 올까 싶었는데 정말 오기는 오는군요.

계획이란 깨어지기 위해 있는 거라고 하지만 정말 일월은 본래 계획에서 백만 광년은 떨어져 버렸네요. 본래 예정은 철은 별로 없으나 할랑할랑 언제나 즐거운 한량인 명나라 오렌지 황자가 조신한 여자 만나서 정신 좀 차리려니까 갑자기 아버지 돌아가시고 고생을 죽어라 하는 가벼운 얘기였는데…….

그런데 골치 아픈 황제 같은 건 안 해도 돼서 행복한 이 오렌지가 내내 반항을 심하게 하더니 결국은 완전히 다른 사람으로 태어나 버렸군요. 정말 최고로 말 안 드는 남자 주인공에다 개인적으로도 요 몇 년 이상하게 바빠서 띄엄띄엄 쓰다 보니 훌쩍 3년이 흘러가 버렸네요. 출간 예고를 해 놓고 너무 오랫동안 기다리시게 한 것 죄

日月

송합니다.

중국이라 자료가 많을 거라고 예상했는데 비교적 가까운 과거임에도 이상하게 명나라 초기는 정보도 적고 굉장히 여러 가지 '설'들이 많더군요.

건문제는 황제임에도 출생연도와 죽은 시기, 가족 관계에 대해서도 두세 가지 다른 연표와 관계도가 등장합니다. 일단 황후부터 챙기자면 태손일 때 마씨 성을 가진 정비가 있었는데 그녀는 즉위하기 전에 죽습니다. 그런데 다른 계보를 보면 황후가 또 마씨입니다. 그래서 자매인 것으로 설정을 해 봤습니다. 그리고 자손에 관해서는 황자를 둘 뒀다는 기록도 있고, 자식이 없다는 기록도 있습니다. 이렇게 모호한 것을 다행이라고 생각하고 언제나 그래왔듯, 이야기 진행에 적당한 내용을 골라서 썼습니다. 건문제가 이 책에서보다 더 어렸을 수도 있고, 자식이 있었을 수도 있고, 같은 마씨 집안에서 2명이 비로 들어가지 않았을 수도 있습니다.

그리고 그의 최후는 경사, 혹은 남경 황궁에서 불타 죽었다는 것이 정설이지만 여기선 정통제 때 건문제가 북경에 와서 자신의 정체를 드러냈다는 야사를 선택했습니다. 실제로 건문제라고 주장한 사람이 나타나 그렇게 살다 죽었다는 기록은 있습니다. 그가 정말 건문제인지는 아무도 모르겠지만요. 그리고 남해의 절에서 승려로 살다 90세 넘어 죽었다는 얘기도 있고요.

어느 쪽이 진실이든 영락제가 건문제의 죽음을 확인하지 못한 것 때문에 제위 내내 불안해했던 것은 사실인 것 같습니다. 그 유명한 환관 정화의 남해원정이 남해에 살아 있다는 건문제를 찾기 위해서였다는 게 상당수 역사학자들의 공통된 의견이지요.

영락제는 황제가 된 뒤 정통성을 내세우기 위해 주원장의 정비인 마황후를 자신의 모후라고 주장했지만 그의 생모가 한족이 아니라 고려나 몽고 출신이란 건 보수적인 중국학자들도 인정하는 정설입니다. 하지만 생모가 누구인지는 '일월'에서 선택한 공비를 비롯해 석비, 이숙비 등 여러 가지 설이 있다는 것도 말씀드려야 할 것 같네요.

연도를 꼼꼼하게 따지시는 분들은 중국 황제의 연호가 아는 것과 조금 다르다고 생각하실 수 있을 텐데요, 그건 연호를 따지는 방식에 따른 차이입니다.

예를 들어 1398년에 홍무제가 죽고 그 해에 건문제가 등극을 합니다. 이때 즉위한 1398년, 원년을 건문 1년으로 계산하는 파가 있고 다음 해인 1399년을 건문 1년으로 계산해 연호를 계산하는 경우도 있습니다. 저는 즉위 원년을 건문 1년으로 표기를 했습니다. 우리나라의 경우도 공양왕 14년이 조선 태조에겐 1년이 되는 것이죠.

건문제를 포함한 조연이나 단역들은 거의 모두 실재했지만 정왕과 채연은 가상 인물입니다. 주원장의 9황자가 세 살 때 요절을 했는데 그 황자는 빼버리고 한 계단씩 올려서 17번째에 정왕 헌을 살짝 끼워 넣은 것이니 아무리 찾아보셔도 정왕이란 사람은 없답니다. 그리고 황자들의 나이도 5황자인 주왕 아래로는 제 임의대로 설정했고요.

비공식적으로는 어떨지 몰라도 조선에서 공식적인 공녀 차출은 조선 태종, 명나라는 영락제 때 시작됐습니다. 처음엔 후궁을, 나중엔 집찬녀, 특히 두부를 잘 만드는 여자들까지 요구했다고 하네요.
두 미인은 조선 태종 때 명나라에 끌려가 영락제와 함께 순장된 공헌현비의 동생을 모델로 한 인물입니다. 세종 때 언니의 뒤를 이어 공녀로 끌려가서 내명부에서 존경 받는 여관으로 삶을 마쳤다고 하네요. 74세로 세상을 떠난 뒤에는 정1품 부인으로 추존되고 황제가 직접 제문과 묘표, 묘지명을 내렸다는군요. 참 기구하긴 하나 매력적인 인물이라서 시대를 당기고 변형을 시켜 봤습니다.

명나라 초기 남경의 황궁이나 수도 관련 자료들이 많이 없어서 북경을 모델로 좀 대충 가려고 했는데 까막눈인 작가를 대신해서 열심히 고문서 찾아주고, 중국 웹사이트 서핑을 하며 꼼꼼하게 자료 번역까지 해 준 도서출판 가하 편집부께 감사드립니다.
이 노력을 봐서라도 좀 더 정확하게 실제에 맞춰야 했겠지만 재미를 위해서란 핑계로 정사보다는 야사를 많이 차용했습니다. 위에 설명 드린 큰 덩어리들 외에도 소소한 왜곡이 많으니 여기 등장하는 역사적 사실은 너무 심각하게 따지지 마시고 그냥 편히 즐겨 주시면 좋을 것 같습니다.

역천이라는 역사적 배경상 지금 정왕의 성격이 더 적합하기 하지만 어디론가 떠나가 버린 행복한 오렌지 황자는 개인적으로 좀 아깝네요. 할랑하니 정이 가는 참 귀여운 총각이었는데. 언젠가 다른 곳에서 이 끄트머리 황자도 찾아올 기회가 있겠지요.

　'일월'을 읽는 시간이 즐거우시면 좋겠습니다.
　항상 건강하고 행복하세요.

2011년 여름,
이리리 드림.

참고 도서

개경의 생활사 - 고려 500년 서울 한국역사연구회 지음 / 휴머니스트

건축가가 찾아간 중국정원 - 강남 원림건축 26곳 최부득 지음 / 미술문화

건축예술 - 루빙지에 지음 / 김형호 옮김 / 대가

고금횡단 한자여행 - 김준연 지음 / 학민사

고대발명 - 덩인커 지음 / 조일신 옮김 / 대가

고려시대 사람들이야기 3 - 박용운 외 지음 / 신서원

고사성어대사전 - 해동한자어문회 엮음 / 아이템북스

공녀 - 정구선 지음 / 국학자료원

공자의 식탁 - 장징 지음 / 박해순 옮김 / 뿌리와 이파리

국화 - 이어령 책임편집 / 종이나라

궁녀 - 신명호 지음 / 시공사

궁중음식과 서울음식 - 한복려 지음 / 대원사

내시와 궁녀, 비밀을 묻다 - 박상진 지음 / 가람기획

도교와 여성 - 잔스추앙 지음 / 안동준, 김영수 옮김 / 창해

도교의 신과 신선 이야기 - 구보 노리타다 지음 / 이정환 옮김 / 뿌리와이파리

도교의 신들 - 마노 다카야 지음, 이만옥 옮김 / 들녘코기토

명절 - 웨이리밍 지음 / 진현 옮김 / 대가

무기와 방어구 - 중국편 시노다 고이치 지음/ 신동기 옮김 / 들녘코기토

문물 - 리리 지음 / 김창우 옮김 / 대가

미녀란 무엇인가 - 중일 미인의 비교문화사 장징 지음 / 이목 옮김 / 뿌리와이파리

민가 - 샨더치 지음 / 김창우 옮김 / 대가

복식 - 화메이 지음 / 김성심 옮김 / 대가

부채의 운치 - 저우위치 지음, 박승미 옮김 / 산지니

서예 - 천팅여우 지음, 최지선 옮김 / 대가

세밀화로 그린 군사 일러스트 백과 - 유병용 엮고 지음 / 국일미디어국일출판사

세밀화로 그린 복식 일러스트 백과 - 유병용 엮고 지음 / 국일미디어국일출판사

시와 그림으로 읽는 중국 역사 - 이은상 지음 / 시공사

약초한방 대백과 - 한국성인병예방 연구회 엮음/ 아이템북스홍진미디어

요리의 향연 - 야오웨이 쿤 지음 / 김남이 옮김 / 산지니

우리가 정말 알아야 할 우리규방문화 - 허동화 지음 / 현암사

원림 - 러우칭씨 지음 / 안계복 외 옮김 / 대가

음식 - 리우쥔루 지음 / 구선심 옮김 / 대가

이조실록 왕비열전 제 1권 - 김영곤 지음 / 고려출판사

이중텐 제국을 말하다 - 이중텐 지음 / 심규호 옮김 / 에버리치홀딩스

이중텐 교수의 중국 남녀 엿보기 - 이중텐 지음 / 홍광훈 옮김 / 에버리치홀딩스

일천인물 - 유철천 지음 / 서림문화사

전통공예 - 항지앤, 꾸어치우후이 지음 / 한민영 옮김 / 대가

전통의약 - 랴오위췬 지음, 홍혜율 옮김 / 대가

제왕의 책 - 윤희진 지음 / 황소자리

조선시대의 음식문화 - 김상보 지음 / 가람기획

조선왕조 궁중음식 - 김상보 지음 / 수학사

조선왕조 궁중음식 - 한복진 지음 / 화산문화

조선의 무기와 갑옷 - 민승기 지음 / 가람기획

주원장전 - 오함 지음 / 박원호 옮김 / 지식산업사

중국 명시 감상 - 이석호, 이원규 엮음 / 위즈온

중국 복식 5000년 -하 - 중화오천년문물집간 지음 / 경춘사

중국 복식사 - 이정옥 외 / 형설출판사

중국 음식 문화사 - 왕런샹 지음, 주영하 옮김 / 민음사

중국 황제 - 앤 팔루던 지음 / 이동진, 윤미경 옮김 / 갑인공방

중국 황제 어떻게 살았나 - 쟝위싱 지음 / 허유영 옮김 / 지문사

중국 황후 후궁 열전 제 5권 / 인문출판사

중국고대건축사 - 유돈정 지음 / 세진사

중국을 뒤흔든 우리 선조 이야기 - 고려, 조선편 - 이수광 지음 / 일송북

중국의 가구와 실내장식 - 미셸 뵈르들리 / 김삼대자 옮김 / 도암기획

중국의 고대 축제와 가요 - 마르셀 그라네 지음 / 신하령, 김태완 옮김 / 살림

중국의 고대건축 - 러우칭시 지음 /한동수 옮김 / 혜안

중국의 술 문화 - 허만즈 지음 / 김하림 외 옮김 / 에디터

중국의 음식문화 - 이해원 지음 / 고려대학교 출판부

중국의 차 문화 - 왕총런 지음/ 김하림, 이상호 옮김 / 에디터

중국의 풍속 - 김원중 지음 / 을유문화사

중국의 황태자 교육 - 왕징룬 지음 / 이영옥 옮김 / 김영사

지도로 보는 한국사 - 김용만, 김준수 지음 / 수막새

천고의 명의들 - 쑨리천 외 지음 / 류방승 옮김 / 옥당북커스베르겐

천자문뎐 - 신화, 역사, 문명으로 보는 125가지 이야기 - 한정주 지음 / 포럼

청등실록 제 1권 - 송지영 지음 / 교육도서

청렴과 탐욕의 중국사 - 중국 관료 열전 - 사식 지음 / 김영수 옮김 / 돌베개

쾌락의 혼돈 - 중국 명대의 상업과 문화 - 티모시 브룩 지음 / 이정, 강인황 옮김 / 이산

파자破字 이야기 - 홍순래 편저 / 학민사

한방약초 민간요법 대백과 - 한국성인병예방 연구회 엮음/ 아이템북스홍진미디어

황궁의 성 - 시앙쓰 지음 / 강성애 옮김, 허동현 감수 / 미다스북스

황제 배후의 여인 - 장유유 지음 / 허유영 옮김 / 에버리치홀딩스

황제들의 중국사 - 사식 지음 / 김영수 옮김 / 돌베개

황제의 유언 - 허무펑 지음 / 류방승 옮김 / 비아북

후비 - 중국사 열전, 황제를 지배한 여인들 - 샹관핑 지음 / 한정민 옮김 / 달과소

100개의 키워드로 읽는 당시 - 김준연 지음 / 학민사

5천년 내력의 중국 황실 건강법 - 자오양 지음 / 이설영 옮김 / 살림

참고 사이트

네이버 국어사전
네이버 백과사전
네이버 한문사전
위키 백과